国家出版基金项目
NATIONAL PUBLICATION FOUNDATION

"十四五"时期国家重点出版物出版规划项目
国家社会科学基金重大招标项目

总主编 蒋承勇

19世纪西方文学思潮研究

第四卷 唯美主义

蒋承勇
马 翔 著

图书在版编目 (CIP) 数据

19世纪西方文学思潮研究. 第四卷，唯美主义 / 蒋承勇，马翔著；蒋承勇总主编. — 北京：北京大学出版社，2022.9
　ISBN 978-7-301-32944-3

Ⅰ. ①1… Ⅱ. ①蒋… ②马… Ⅲ. ①唯美主义 – 文艺思潮 – 研究 – 西方国家 – 19世纪 Ⅳ. ① I109.9

中国版本图书馆 CIP 数据核字 (2022) 第 049030 号

书　　名	19世纪西方文学思潮研究（第四卷）唯美主义 19SHIJI XIFANG WENXUE SICHAO YANJIU（DI-SI JUAN）WEIMEI ZHUYI
著作责任者	蒋承勇　马　翔　著　蒋承勇　总主编
责任编辑	初艳红
标准书号	ISBN 978-7-301-32944-3
出版发行	北京大学出版社
地　　址	北京市海淀区成府路205号　100871
网　　址	http://www.pup.cn　　新浪微博：@北京大学出版社
电子信箱	alicechu2008@126.com
电　　话	邮购部 010-62752015　发行部 010-62750672　编辑部 010-62759634
印 刷 者	涿州市星河印刷有限公司
经 销 者	新华书店 720毫米×1020毫米　16开本　28.25印张　520千字 2022年9月第1版　2022年9月第1次印刷
定　　价	128.00元

未经许可，不得以任何方式复制或抄袭本书之部分或全部内容。
版权所有，侵权必究
举报电话：010-62752024　电子信箱：fd@pup.pku.edu.cn
图书如有印装质量问题，请与出版部联系，电话：010-62756370

总　序

　　与本土文学的演进相比，现代西方文学的展开明显呈现出"思潮""运动"的形态与持续"革新""革命"的特征。工业革命以降，浪漫主义、现实主义、自然主义、唯美主义、象征主义、颓废主义，一直到20世纪现代主义诸流派烟花般缤纷绽放，一系列文学思潮和运动在交叉与交替中奔腾向前，令人眼花缭乱、目不暇接。先锋作家以激进的革命姿态挑衅流行的大众趣味与过时的文学传统，以运动的形式为独创性的文学变革开辟道路，愈发成为西方现代文学展开的基本方式。在之前的文艺复兴及古典主义那里，这种情形虽曾有过最初的预演，但总体来看，在前工业革命的悠闲岁月中，文学演进的"革命""运动"形态远未以如此普遍、激烈的方式进行。

　　毫无疑问，文学思潮乃19世纪开始的现代西方文学展开中的一条红线；而对19世纪西方文学诸思潮的系统研究与全面阐发，不仅有助于达成对19世纪西方文学的准确理解，而且对深入把握20世纪西方现代主义与后现代主义思潮亦有重大裨益。从外国文学学科体系、学术体系和话语体系建设的角度看，研究西方文学思潮，是研究西方文学史、西方文论史乃至西方思想文化史所不可或缺的基础工程和重点工程，这也正是本项目研究的一个根本的动机和核心追求。

一、文学思潮研究与比较文学

　　所谓"文学思潮"，是指在特定历史时期社会文化思潮影响下形成的具有某种共同思想倾向、艺术追求和广泛影响的文学潮流。一般情况下，主要可以从四个层面来对某一文学思潮进行观察和界定:其一,往往凝结为哲学世界观的特定社会文化思潮(其核心是关于人的观念),此乃该文学思潮产生、发展的深层文化逻辑(文学是人学);其二,完整、独特的诗学系统,此乃该文学思潮的理论表达;其三,文学流派与文学社团的大量涌现,并往往以文学"运动"的形式推进文学的发展,此乃该文学思潮在作家生态层面的现象显现;其四,新的文本实验和技巧创新,乃该文学思潮推进文学创作发展的最终成果展示。

通常,文学史的研究往往会面临相互勾连的三个层面的基本问题:作品研究、作家研究和思潮研究。其中,文学思潮研究是"史"和"论"的结合,同时又与作家、作品的研究密切相关;"史"的梳理与论证以作家作品为基础和个案,"论"的展开与提炼以作家作品为依据和归宿。因此,文学思潮研究是文学史研究中带有"基础性""理论性""宏观性"与"综合性"的系统工程。"基础性"意味着文学思潮的研究为作家、作品和文学现象的研究提供基本的坐标和指向,赋予文学史的研究以系统的目标指向和整体的纲领统摄;"理论性"意味着通过文学思潮的研究有可能对作家作品和文学史现象的研究在理论概括与抽象提炼后上升到文学理论和美学理论的层面;"宏观性"意味着文学思潮的研究虽然离不开具体的作家作品,但又不拘泥于作家作品,而是从"源"与"流"的角度梳理文学史演变与发展的渊源关系和流变方式及路径、影响,使文学史研究具有宏阔的视野;"综合性"研究意味着文学思潮的研究是作家作品、文学批评、文学理论、美学史、思想史乃至整个文化史等多个领域的研究集成。"如果文学史不应满足于继续充当传记、书目、选集以及散漫杂乱感情用事的批评的平庸而又奇怪的混合物,那么,文学史就必须研究文学的整个进程。只有通过探讨各个时期的顺序、习俗和规范的产生、统治和解体的状况,才能做到这一点。"[①]与个案化的作家、作品研究相比,以"基础性""理论性""宏观性"与"综合性"见长的西方文学思潮研究,在西方文学史研究中显然处于最高的阶位。作为西方文学史研究的中枢,西方文学思潮研究毋庸置疑的难度,很大程度上已然彰显了其重大的学术意义。"批评家和文学史家都确信,虽然古典主义、浪漫主义和现实主义这类宽泛的描述性术语内涵丰富、含混,但它们却是有价值且不可或缺的。把作家、作品、主题或体裁

[①] R. 韦勒克:《文学史上浪漫主义的概念》,裘小龙、杨德友译,见 R. 韦勒克:《文学思潮和文学运动的概念》,刘象愚选编,北京:中国社会科学出版社,1989年,第186—187页。

描述为古典主义或浪漫主义或现实主义的,就是在运用一个个有效的参照标准并由此展开进一步的考察和讨论。"① 正因为如此,在西方学界,文学思潮研究历来是屯集研究力量最多的文学史研究的主战场,其研究成果亦可谓车载斗量、汗牛充栋。

19 世纪工业革命的推进与世界统一市场的拓展,使得西方资本主义的精神产品与物质产品同时开启了全球化的旅程;现代交通与传媒技术的革命性提升使得世界越来越成为一个相互联结的村落,各民族文化间的碰撞与融汇冲决了地理空间与权力疆域的诸多限制而蓬勃展开。纵观 19 世纪西方文学史不难发现,浪漫主义、现实主义等西方现代诸思潮产生后通常都会迅速蔓延至多个国家、民族和地区——新文化运动前后,国门洞开后的中国文坛上就充斥着源自西方的浪漫主义、现实主义等文学思潮的嘈杂之声;寻声觅踪还可见出,日本文坛接受西方现代思潮的时间更早、程度更深。在全球化的流播过程中,原产于西方的浪漫主义、现实主义等诸现代文学思潮自动加持了"跨语言""跨民族""跨国家""跨文化"的特征。换言之,浪漫主义、现实主义等西方现代文学思潮在传播过程中被赋予了实实在在的"世界文学"属性与特征。这意味着对西方现代文学思潮的研究,在方法论上必然与"比较文学"难脱干系——不仅要"跨学科",而且要"跨文化(语言、民族、国别)"。

事实上,很大程度上正是基于 19 世纪西方文学思潮"跨语言""跨民族""跨国家""跨文化"之全球性传播的历史进程,"比较文学"这种文学研究的新范式(后来发展为新学科)才应运而生。客观上来说,没有文化的差异性和他者性,就没有可比性;有了民族与文化的差异性的存在,才有了异质文学的存在,文学研究者才可以在"世界文学"的大花园中采集不同的样本,通过跨民族、跨文化的比较研究,去追寻异质文学存在的奥秘,并深化对人类文学发展规律的研究。主观上而论,正是 19 世纪西方现代文学思潮国际性传播与变异这一现象的存在,才激活了文学研究者对民族文学和文化差异性审视的自觉,"比较文学"之"比较"研究的意识由此凸显,"比较文学"之"比较"研究的方法也就应运而生。

比较文学可以通过异质文化背景下的文学研究,促进异质文化之间的相互理解、对话、交流、借鉴与认同。因此,比较文学不仅以异质文化视

---

① Donald Pizer, *Realism and Naturalism in Nineteenth-Century American Literature*, Carbondale: Southern Illinois University Press, 1984, p. 1.

野为研究的前提,而且以异质文化的互认、互补为终极目标,它有助于异质文化间的交流,使之在互认、互鉴的基础上达成互补与共存,使人类文学与文化处于普适性与多元化的良性生存状态。比较文学的这种本质属性,决定了它与"世界文学"存在着一种天然耦合的关系:比较文学之跨文化研究的结果必然具有超越文化、超越民族的世界性意义;"世界文学"的研究必然离不开跨文化、跨民族的比较以及比较基础上的归纳和演绎,进而辨析、阐发异质文学的差异性、同一性和人类文学之可通约性。由于西方现代文学思潮与生俱来就是一种国际化和世界性的文学现象,因此,西方文学思潮的研究天然地需要比较文学与"世界文学"的方法与理念。

较早对欧洲19世纪文学思潮进行系统研究的当推丹麦文学史家、文学批评家格奥尔格·勃兰兑斯(Gerog Brandes,1842—1927)。其六卷本皇皇巨著《十九世纪文学主流》(*Main Currents in Nineteenth Century Literature*)虽然没有出现"文学思潮""文学流派"之类的概念(这种概念是后人概括出来的),但就其以文学"主流"(Main Currents)为研究主体这一事实而论,便足以说明这种研究实属"思潮研究"的范畴。同时,关于19世纪流行于欧洲各国的浪漫主义思潮,勃兰兑斯在《十九世纪文学主流》中区分不同国家、民族和文化背景做了系统的"比较"辨析,既阐发各自的民族特质又探寻共同的观念基质,其研究理念与方法堪称"比较文学"的范例。但就像在全书中只字未提文学"思潮"而只有"主流"一样,勃兰兑斯在《十九世纪文学主流》中也并未提到"比较文学"这个术语。不过,该书开篇的引言中反复提到了作为方法的"比较研究"。他称,要深入理解19世纪欧洲文学中存在着的"某些主要作家集团和运动","只有对欧洲文学作一番比较研究"[1];"在进行这样的研究时,我打算同时对法国、德国和英国文学中最重要运动的发展过程加以描述。这样的比较研究有两个好处,一是把外国文学摆到我们跟前,便于我们吸收,一是把我们自己的文学摆到一定的距离,使我们对它获得符合实际的认识。离眼睛太近和太远的东西都看不真切"[2]。在勃兰兑斯的"比较研究"中,既包括了本国(丹麦)之外不同国家(法国、德国和英国)文学之间的比较,也包括了它们与本国文学的比较。按照我们今天的"比较文学"概念来看,这属于典型的"跨语言""跨民族""跨国家""跨文化"的比较研究。

---

[1] 勃兰兑斯:《十九世纪文学主流·第一分册·流亡文学》,张道真译,北京:人民文学出版社,1997年,第1页。

[2] 同上。

就此而言,作为西方浪漫主义思潮研究的经典文献,《十九世纪文学主流》实可归于西方最早的比较文学著述之列,而勃兰兑斯也因此成为西方最早致力于比较文学研究实践并获得重大成功的文学史家和文学理论家。

日本文学理论家厨川白村(1880—1923)的《文艺思潮论》,是日本乃至亚洲最早系统阐发西方文学思潮的著作。在谈到该书写作的初衷时,厨川白村称该书旨在突破传统文学史研究中广泛存在的那种缺乏"系统的组织的机制"①的现象:"讲到西洋文艺研究,则其第一步,当先说明近世一切文艺所要求的历史的发展。即奔流于文艺根底的思潮,其源系来自何处,到了今日经过了怎样的变迁,现代文艺的主潮当加以怎样的历史解释。关于这一点,我想竭力的加以首尾一贯的、综合的说明:这便是本书的目的。"②正是出于这种追根溯源、系统思维的研究理念,他认为既往"许多的文学史和美术史"研究,"徒将著名的作品及作家,依着年代的顺序,罗列叙述","单说这作品有味、那作品美妙等不着边际的话"。③而这样的研究,在他看来就是缺乏"系统的组织的机制"。稍作比较当不难见出,厨川白村的这种理念恰好与勃兰兑斯"英雄所见略同"。作为一种文学史研究,勃兰兑斯的《十九世纪文学主流》既有个别国家、个别作家作品的局部研究,更有作家群体和多国文学现象的比较研究,因而能够从个别上升到群体与一般,从特殊性上升到普遍性,显示出研究的"系统的组织的机制"。勃兰兑斯在《十九世纪文学主流》的引言中曾有如下生动而精辟的表述:

> 一本书,如果单纯从美学的观点看,只看作是一件艺术品,那么它就是一个独自存在的完备的整体,和周围的世界没有任何联系。但是如果从历史的观点看,尽管一本书是一件完美、完整的艺术品,它却只是从无边无际的一张网上剪下来的一小块。从美学上考虑,它的内容,它创作的主导思想,本身就足以说明问题,无须把作者和创作环境当作一个组成部分来加以考察,而从历史的角度考虑,这本书却透露了作者的思想特点,就像"果"反映了"因"一样……要了解作者的思想特点,又必须对影响他发展的知识界和他周围的气氛有

---

① 厨川白村:《文艺思潮论》,樊从予译,上海:商务印书馆,1924年,第2页。
② 同上书,第3页。
③ 同上书,第2页。

所了解。这些互相影响、互相阐释的思想界杰出人物形成了一些自然的集团。①

在这段文字中,勃兰兑斯把文学史比作"一张网",把一部作品比作从网上剪下来的"一小块"。这"一小块"只有放到"一张网"中——特定阶段的文学史网络、文学思潮历史境遇以及互相影响的文学"集团"中——作比照研究,才可以透析出这个作家或作品与众不同的个性特质、创新贡献和历史地位。若这种比照仅仅限于国别文学史之内,那或许只不过是一种比较的研究方法;而像《十九世纪文学主流》这样从某种国际的视野出发进行"跨语言""跨民族""跨国家""跨文化"的比较研究时,就拥有了厨川白村所说的"系统的组织的机制",从而进入了比较文学研究乃至"世界文学"研究的层面。在这部不可多得的鸿篇巨制中,勃兰兑斯从整体与局部相贯通的理念出发,用比较文学的方法把作家、作品和国别的文学现象,视作特定历史阶段之时代精神的局部,并把它们放在文学思潮发展的国际性网络中予以比较分析与研究,从而揭示出其间的共性与个性。比如,他把欧洲的浪漫主义文学思潮"分作六个不同的文学集团","把它们看作是构成大戏的六个场景","是一个带有戏剧的形式与特征的历史运动"。② 第一个场景是卢梭启发下的法国流亡文学;第二个场景是德国天主教性质的浪漫派;第三个场景是法国王政复辟后拉马丁和雨果等作家;第四个场景是英国的拜伦及其同时代的诗人们;第五个场景是七月革命前不久的法国浪漫派,主要是马奈、雨果、拉马丁、缪塞、乔治·桑等;第六个场景是青年德意志的作家海涅、波内尔,以及同时代的部分法国作家。勃兰兑斯通过对不同国家、不同团体的浪漫派作家和作品在时代的、精神的、历史的、空间的诸多方面的纵横交错的比较分析,揭示了不同文学集团(场景)的盛衰流变和个性特征。的确,仅仅凭借一部宏伟的《十九世纪文学主流》,勃兰兑斯就足以承当"比较文学领域最早和卓有成就的开拓者"之盛名。

1948年,法国著名的比较文学学者保罗·梵·第根(Paul Van Tieghem,1871—1948)之《欧洲文学中的浪漫主义》,则是从更广泛的范围来研究浪漫主义文学思潮,涉及的国家不仅有德国、英国、法国,更有西

---

① 勃兰兑斯:《十九世纪文学主流·第一分册·流亡文学》,张道真译,北京:人民文学出版社,1997年,第2页。
② 同上书,第3页。

班牙、葡萄牙、荷兰与匈牙利诸国;与勃兰兑斯相比,这显然构成了一种更自觉、更彻底的比较文学。另外,意大利著名比较文学学者马里奥·普拉兹(Mario Praz)之经典著作《浪漫派的痛苦》(1933),从性爱及与之相关的文学颓废等视角比较分析了欧洲不同国家的浪漫主义文学。美国比较文学巨擘亨利·雷马克(Henry H. H. Remak)在《西欧浪漫主义的定义和范围》一文中,详细地比较了西欧不同国家浪漫主义文学思潮产生和发展的特点,辨析了浪漫主义观念在欧洲主要国家的异同。"浪漫主义怎样首先在德国形成思潮,施莱格尔兄弟怎样首先提出浪漫主义是进步的、有机的、可塑的概念,以与保守的、机械的、平面的古典主义相区别,浪漫主义的概念如何传入英、法诸国,而后形成一个全欧性的运动"①;不同国家和文化背景下的"现实主义"有着怎样的内涵与外延,诸国各自不同的现实主义又如何有着相通的美学底蕴②……同样是基于比较文学的理念与方法,比较文学"美国学派"的领袖人物 R. 韦勒克(René Wellek)在其系列论文中对浪漫主义、现实主义和象征主义等西方现代文学思潮的阐发给人留下了更为深刻的印象。毫无疑问,韦勒克等人这种在"比较文学"理念与方法指导下紧扣"文学思潮"所展开的文学史研究,其所达到的理论与历史高度,是通常仅限于国别的作家作品研究难以企及的。

本土学界"重写文学史"的喧嚣似乎早已归于沉寂;但"重写文学史"的实践却一直都在路上。各种集体"编撰"出来的西方文学史著作或者外国文学史教材,大都呈现为作家列传和作品介绍,对文学历史的展开,既缺乏生动真实的描述,又缺乏有说服力的深度阐释;同时,用偏于狭隘的文学史观所推演出来的观念去简单地论定作家、作品,也是这种文学史著作或教材的常见做法。此等情形长期、普遍地存在,可以用文学(史)研究中文学思潮研究这一综合性层面的缺席来解释。换言之,如何突破文学史写作中的"瓶颈",始终是摆在我们面前没有得到解决的重大课题;而实实在在、脚踏实地、切实有效的现代西方文学思潮研究当然也就成了高高矗立在当代学人面前的一个既带有总体性,又带有突破性的重大学术工程。如上所述,就西方现代文学而论,有效的文学史研究的确很难脱离对文学思潮的研究,而文学思潮的研究又必然离不开系统的理念与综合的

---

① 刘象愚:《〈文学思潮和文学运动的概念〉前言》,见 R. 韦勒克:《文学思潮和文学运动的概念》,刘象愚选编,北京:中国社会科学出版社,1989 年,第 8 页。
② R. 韦勒克:《文学研究中现实主义的概念》,高建为译,见 R. 韦勒克:《文学思潮和文学运动的概念》,刘象愚选编,北京:中国社会科学出版社,1989 年,第 214—250 页。

方法;作为在综合中所展开的系统研究,文学思潮研究必然要在"跨语言""跨民族""跨国家""跨文化"等诸层面展开。一言以蔽之,这意味着本课题组对19世纪西方文学思潮所进行的研究,天然地属于"比较文学"与"世界文学"的范畴。由是,我们才坚持认为:本课题研究不仅有助于推进西方文学史的研究,而且也有益于"比较文学与世界文学"学科话语体系的建设;不仅对我们把握19世纪西方文学有"纲举目张"的牵引作用,同时也是西方文论史、西方美学史、西方思想史乃至西方文化史研究中不可或缺的基础工程。本课题研究作为"国家社科基金重大项目",其重大的理论价值与现实意义大抵端赖于此。

二、国内外19世纪西方文学思潮研究撮要

20世纪伊始,19世纪西方文学思潮主要经由日本和西欧两个途径被介绍引进到中国,对本土文坛产生巨大冲击。西方文学思潮在中国的传播,不仅是新文化运动得以展开的重要动力源泉之一,而且直接催生了五四新文学革命。浪漫主义、现实主义、自然主义、象征主义等西方19世纪诸思潮同时在中国文坛缤纷绽放;一时间的热闹纷繁过后,主体"选择"的问题很快便摆到了本土学界与文坛面前。由是,崇奉浪漫主义的"创造社"、信奉古典主义的"学衡派"、认同现实主义的"文学研究会"等开始混战。以"浪漫主义首领"郭沫若在1925年突然倒戈全面批判浪漫主义并皈依"写实主义"为标志,20年代中后期,"写实主义"/现实主义在中国学界与文坛的独尊地位逐渐获得确立。

1949年以后,中国在文艺政策与文学理论方面追随苏联。西方浪漫主义、自然主义、象征主义、唯美主义、颓废派等文学观念或文学倾向持续遭到严厉批判;与此同时,昔日的"写实主义",在理论形态上亦演变成为"社会主义现实主义"或与"革命浪漫主义"结合在一起的"革命现实主义"。是时,本土评论界对现实主义和自然主义做出了严格区分。

改革开放之后,"现实主义至上论"遭遇持续的论争;对浪漫主义、自然主义、象征主义、唯美主义、颓废派文学的研究与评价慢慢地开始复归学术常态。但旧的"现实主义至上论"尚未远去,新的理论泡沫又开始肆虐。20世纪90年代以来,现代主义、后现代主义等文学观念以及解构主义、"后殖民主义"等文化观念风起云涌,一时间成为新的学术风尚。这在很大程度上延宕乃至阻断了学界对19世纪西方诸文学思潮研究的深入。

为什么浪漫主义、自然主义等西方文学思潮,明明在20世纪初同时进入中国,且当时本土学界与文坛也张开双臂在一派喧嚣声中欢迎它们的到来,可最终都没能真正在中国生根、开花、结果?这一方面与本土的文学传统干系重大,但更重要的却可能与其在中国传播的历史语境相关涉。

20世纪初,中国正处于从千年专制统治向现代社会迈进的十字路口,颠覆传统文化、传播现代观念从而改造国民性的启蒙任务十分迫切。五四一代觉醒的知识分子无法回避的这一历史使命,决定了他们在面对一股脑儿涌入的西方文化—文学思潮观念时,本能地会率先选取—接受文化层面的启蒙主义与文学层面的"写实主义"。只有写实,才能揭穿千年"瞒"与"骗"的文化黑幕,而后才有达成"启蒙"的可能。质言之,本土根深蒂固的传统实用主义文学观与急于达成"启蒙""救亡"的使命担当,在特定的社会情势下一拍即合,使得五四一代中国学人很快就在学理层面屏蔽了浪漫主义、自然主义、象征主义、唯美主义以及颓废派文学的观念与倾向。20年代中期,浪漫主义热潮开始消退。原来狂呼"个人"、高叫"自由"的激进派诗人纷纷放弃浪漫主义,"几年前,'浪漫'是一个好名字,现在它的意义却只剩下了讽刺与诅咒"①。在这之中,创造社的转变最具代表性。自1925年开始,郭沫若非但突然停止关于"个性""自我""自由"的狂热鼓噪,而且来了一个180度的大转弯——要与浪漫主义这种资产阶级的反动文艺斩断联系,"对于个人主义和自由主义要根本铲除,对于反革命的浪漫主义文艺也要采取一种彻底反抗的态度"②。在他看来,现在需要的文艺乃是社会主义和现实主义的文学,也即革命现实主义文学。所以,在《创造十年》中做总结时他才会说:"文学研究会和创造社并没有什么根本的不同,所谓人生派与艺术派都只是斗争上使用的幌子。"③借鉴苏联学者法狄耶夫的见解,瞿秋白在《革命的浪漫谛克》(1932)等文章中亦声称浪漫主义乃新兴文学(即革命现实主义文学)的障碍,必须予以铲除。④

---

① 朱自清:《那里走》,《朱自清全集》(第四卷),南京:江苏教育出版社,1990年,第231页。
② 郭沫若:《革命与文学》,郭沫若著作编辑出版委员会编:《郭沫若全集》(文学编·第十六卷),北京:人民文学出版社,1989年,第43页。
③ 郭沫若:《创造十年》,郭沫若著作编辑出版委员会编:《郭沫若全集》(文学编·第十二卷),北京:人民文学出版社,1992年,第140页。
④ 瞿秋白:《革命的浪漫谛克》,《瞿秋白文集》(文学编·第一卷),北京:人民文学出版社,1985年,第459页。

"浪漫派高度推崇个人价值,个体主义乃浪漫主义的突出特征。"[①]"浪漫主义所推崇的个体理念,乃是个人之独特性、创造性与自我实现的综合。"[②]西方浪漫主义以个体为价值依托,革命浪漫主义则以集体为价值旨归;前者的最高价值是"自由",后者的根本关切为"革命"。因此,表面上对西方浪漫主义有所保留的蒋光慈说得很透彻:"革命文学应当是反个人主义的文学,它的主人翁应当是群众,而不是个人;它的倾向应当是集体主义,而不是个人主义……"[③]创造社成员何畏在1926年发表的《个人主义艺术的灭亡》[④]一文中,对浪漫主义中的个人主义价值立场亦进行了同样的申斥与批判。要而言之,基于启蒙救亡的历史使命与本民族文学—文化传统的双重制约,五四一代文人作家在面对浪漫主义、自然主义等现代西方思潮观念时,往往很难接受其内里所涵纳的时代文化精神及其所衍生出来的现代艺术神韵,而最终选取—接受的大都是外在技术层面的技巧手法。郑伯奇在谈到本土的所谓浪漫主义文学时则称,西方浪漫主义那种悠闲的、自由的、追怀古代的情致,在我们的作家中是少有的,因为我们面临的时代背景不同。"我们所有的只是民族危亡,社会崩溃的苦痛自觉和反抗争斗的精神。我们只有喊叫,只有哀愁,只有呻吟,只有冷嘲热骂。所以我们新文学运动的初期,不产生与西洋各国19世纪(相类)的浪漫主义,而是20世纪的中国特有的抒情主义。"[⑤]

纵观19世纪西方诸文学思潮在中国一百多年的传播与接受过程,我们发现:本土学界对浪漫主义等19世纪西方文学思潮在学理认知上始终存在系统的重大误判或误读;较之西方学界,我们对它的研究也严重滞后。

在西方学界,对19世纪西方文学思潮的研究始终是西方文学研究的焦点。一百多年来,这种研究总体上有如下突出特点:

第一,浪漫主义、现实主义、自然主义、象征主义等西方文学思潮均是以激烈的"反传统""先锋"姿态确立自身的历史地位的;这意味着任何一个思潮在其展开的历史过程中总是处于前有堵截、后有追兵的逻辑链条

[①] Jacques Barzun, *Classic, Romantic and Modern*, London: Secker & Warburg, 1962, p.6.
[②] Steven Lukes, *Individualism*, Oxford: Basil Blackwell, 1973, p.17.
[③] 蒋光慈:《关于革命文学》,转引自中国社会科学院文学研究所现代文学研究室编:《"革命文学"论争资料选编》(上),北京:人民文学出版社,1981年,第144页。
[④] 何畏:《个人主义艺术的灭亡》,转引自饶鸿兢、陈颂声、李伟江等编:《创造社资料》(上),福州:福建人民出版社,1985年,第135—138页。
[⑤] 郑伯奇:《〈寒灰集〉批评》,《洪水》1927年总第33期,第47页。

上。拿浪漫主义来说,在19世纪初叶确立自身的过程中,它遭遇到了被其颠覆的古典主义的顽强抵抗(欧那尼之战堪称经典案例),稍后它又受到自然主义与象征主义几乎同时对其所发起的攻击。思潮之争的核心在于观念之争,不同思潮之间观念上的质疑、驳难、攻讦,便汇成了大量文学思潮研究中不得不注意的第一批具有特殊属性的学术文献,如自然主义文学领袖左拉在《戏剧中的自然主义》《实验小说论》等长篇论文中对浪漫主义的批判与攻击,就不仅是研究自然主义的重要文献,同时也是研究浪漫主义的重要文献。

第二,19世纪西方诸文学思潮观念上激烈的"反传统"姿态与艺术上诸多突破成规的"先锋性""实验",决定了其在较长的历史时间区段上,都要遭受与传统关系更为密切的学界人士的质疑与否定。拿左拉来说,在其诸多今天看来已是经典的自然主义小说发表很长时间之后,在其领导的法国自然主义文学运动已经蔓延到很多国家之后,人们依然可以发现正统学界的权威人士在著作或论文中对他的否定与攻击,如学院派批评家布吕纳介(Ferdinand Brunetière,1849—1906)、勒梅特尔(Jules Lemaître,1853—1914)以及文学史家朗松(Gustave Lanson,1857—1934)均对其一直持全然否定或基本否定的态度。

第三,一百多年来,除信奉马克思主义的文学批评家(从梅林、弗雷维勒一直到后来的卢卡契与苏俄的卢那察尔斯基等)延续了对浪漫主义、自然主义、象征主义(巴尔扎克式现实主义除外的几乎所有文学思潮)几乎是前后一贯的否定态度,西方学界对19世纪西方诸文学思潮的研究普遍经历了理论范式的转换及其所带来的价值评判的转变。以自然主义研究为例,19世纪末、20世纪初,学者们更多采用的是社会历史批评或文化/道德批评的立场,因而对自然主义持否定态度的较多。但20世纪中后期,随着自然主义研究的深入,越来越多的学者采用符号学、语言学、神话学、精神分析以及比较文学等新的批评理论或方法,从神话、象征和隐喻等新的角度研究左拉等自然主义作家的作品,例如罗杰·里波尔(Roger Ripoll)的《左拉作品中的现实与神话》(1981)、伊夫·谢弗勒尔(Yves Chevrel)的《论自然主义》(1982)、克洛德·塞梭(Claude Seassau)的《埃米尔·左拉:象征的现实主义》(1989)等。应该指出的是,当代这种学术含量甚高的评论,基本上都是肯定左拉等自然主义作家的艺术成就,对自然主义文学思潮及其历史地位同样予以积极、正面的评价。

第四,纵观一百多年来西方学人的19世纪西方文学思潮研究,当可发现浪漫主义研究在19世纪西方诸文学思潮研究中始终处于中心地位。这种状况与浪漫主义在西方文学史上的地位是相匹配的。作为向主导西方文学两千多年的"摹仿说"发起第一波冲击的文学运动,作为开启了西方现代文学的文学思潮,浪漫主义文学革命的历史地位堪与社会经济领域的工业革命、社会政治领域的法国大革命以及社会文化领域的康德哲学革命相媲美。相形之下,现实主义的研究则显得平淡、沉寂、落寞许多;而这种状况又与国内的研究状况构成了鲜明的对比与巨大的反差。

三、本套丛书研究的视角与路径

本套丛书从哲学、美学、神学、人类学、社会学、政治学、叙事学等角度对19世纪西方文学思潮进行跨学科的反思性研究,沿着文本现象、创作方法、诗学观念和文化逻辑的内在线路对浪漫主义、现实主义、自然主义、象征主义、唯美主义、颓废派等作全方位扫描,而且对它们之间的纵向关系(如浪漫主义与自然主义、浪漫主义与象征主义等)、横向关联(如浪漫主义与唯美主义、浪漫主义与颓废派以及自然主义、象征主义、唯美主义、颓废派四者之间)以及它们与20世纪现代主义的关系进行全面的比较辨析。在融通文学史与诗学史、批评史与思想史的基础上,本套丛书力求从整体上对19世纪西方文学思潮的基本面貌与内在逻辑做出新的系统阐释。具体的研究视角与路径大致如下:

(一)"人学逻辑"的视角与路径

文学是人学。西方文学因其潜在之"人学"传统的延续性及其与思潮流派的深度关联性,它的发展史便是一条绵延不绝的河流,而不是被时间、时代割裂的碎片,所以,从"人学"路线和思潮流派的更迭演变入手研究与阐释西方文学,深度把握西方文学发展的深层动因,就切中了西方文学的精神本质,而这恰恰是本土以往的西方文学研究所缺乏或做得不够深入的。不过,文学对人的认识与表现是一个漫长的发展历程。就19世纪西方文化对人之本质的阐发而言,个人自由在康德—费希特—谢林前后相续的诗化哲学中已被提到空前高度。康德声称作为主体的个人是自由的,个人永远是目的而不是工具,个人的创造精神能动地为自然界立法。既不是理性主义的绝对理性,也不是黑格尔的世界精神,浪漫派的最高存在是具体存在的个人;所有的范畴都出自个人的心灵,因而唯一重要的东西就是个体的自由,而精神自由无疑乃这一自由中的首要命题,主观性因此成为浪漫主义的基本特征。浪漫派尊崇自我的自由意志;而作为"不可言状的个体",自我在拥有着一份不可通约、不可度量与不可让渡的自由的同时,注定了只能是孤独的。当激进的自由意志成为浪漫主义的核心内容,"世纪病"的忧郁症候便在文学中蔓延开来。古典主义致力于传播理性主义的共同理念,乃是一种社会人的"人学"表达,浪漫主义则强调对个人情感、心理的发掘,确立了一种个体"人学"的新文学;关于自我发现和自我成长的教育小说出现,由此一种延续到当代的浪漫派文体应运而生。局外人、厌世者、怪人在古典主义那里通常会受到嘲笑,而在浪漫主义那里则得到肯定乃至赞美;人群中的孤独这一现代人的命运在浪漫派这里第一次得到正面表达,个人与社会、精英与庸众的冲突从此成了西方现代文学的重要主题。

无论是古希腊普罗米修斯与雅典娜协同造人的美妙传说,还是圣经中上帝造人的故事;无论是形而上学家笛卡尔对人之本质的探讨,还是启蒙学派对人所进行的那种理性的"辩证"推演,人始终被定义为一种灵肉分裂、承载着二元对立观念的存在。历史进入19世纪,从浪漫派理论家弗里德里希·施莱格尔(Friedrich von Schlegel)到自然主义的重要理论奠基者泰纳以及唯意志论者叔本华、尼采,他们都开始倾向于将人之"精神"视为其肉身所开的"花朵",将人的"灵魂"看作其肉身的产物。这在很大程度上要归功于19世纪中叶科学的长足发展逐渐对灵肉二元论——尤其是长时间一直处于主导地位的"唯灵论"——所达成的实质性突破。1860年前后,"考古学、人类古生物学和达尔文主义的转型假说在此时都结合起来,并且似乎都表达同一个信息:人和人类社会可被证明是古老的;人的史前历史很可能要重新写过;人是一种动物,因此可能与其他生物一样,受到相同转化力量的作用……对人的本质以及人类历史的意义进行重新评价的时机已经成熟"[①]。在这种历史文化语境下,借助比较解剖学所成功揭示出来的人的动物特征,生理学以及与之相关的遗传学、病理学以及实验心理学等学科纷纷破土而出。在19世纪之前,生理学与生物学实际上是同义词。19世纪中后期,随着生理学家思考的首要问题从对生命本质的定义转移到对生命现象的关注上来,在细胞学说与能量守恒学说的洞照之下,实验生理学的出现彻底改变了生理学学科设置的模

---

① 威廉·科尔曼:《19世纪的生物学和人学》,严晴燕译,上海:复旦大学出版社,2000年,第111页。

糊状态,生理学长时间的沉滞状态也因此得到了彻底改观。与生理学的迅速发展相呼应,西方学界对遗传问题的研究兴趣也日益高涨。在1860年至1900年期间,关于遗传的各种理论学说纷纷出笼(而由此衍生出的基因理论更是成为20世纪科学领域中的显学)。生理学对人展开研究的基本出发点就是人的动物属性。生理学上的诸多重大发现(含假说),有力地拓进了人对自身的认识,产生了广泛的社会——文化反响:血肉、神经、能量、本能等对人进行描述的生理学术语迅速成为人们耳熟能详的语汇,一种新型的现代"人学"在生理学发现的大力推动下得以迅速形成。

无论如何,大范围发生在19世纪中后期的这种关于人之灵魂与肉体关系的新见解,意味着西方思想家对人的认识发生了非同寻常的变化。在哲学上弭平唯物主义和唯心主义二元对立的思想立场的同时,实证主义者和唯意志论者分别从"现象"和"存在"的角度切近人之"生命"本身,建构了各具特色的灵肉融合的"人学"一元论。这种灵肉融合的"人学"一元论,作为现代西方文化的核心,对现代西方文学合乎逻辑地释放出了巨大的精神影响。可以毫不夸张地说,与现代西方文化中所有"革命性"变革一样,现代西方文学中的所有"革命性"变革,均直接起源于这一根本性的"人学"转折。文学是"人学",这首先意味着文学是对个体感性生命的关怀;而作为现代"人学"的基础学科,实验生理学恰恰是以体现为肉体的个体感性生命为研究对象。这种内在的契合,使得总会对"人学"上的进展最先做出敏感反应的西方文学,在19世纪中后期对现代生理学所带来的"人学"发现做出了非同寻常的强烈反应,而这正是自然主义文学运动得以萌发的重要契机。对"人"的重新发现或重新解释,不仅为自然主义文学克服传统文学中严重的"唯灵论"与"理念化"弊病直接提供了强大动力,而且大大拓进了文学对"人"的表现的深度和广度。如果说传统西方作家经常给读者提供一些高出于他们的非凡人物,那么,自然主义作家经常为读者描绘的却大都是一些委顿猥琐的凡人。理性模糊了,意志消退了,品格低下了,主动性力量也很少存在:在很多情况下,人只不过是本能的载体、遗传的产儿和环境的奴隶。命运的巨手将人抛入这些机体、机制、境遇的齿轮系统之中,人被摇撼、挤压、撕扯,直至粉碎。显然,与精神相关的人的完整个性不再存在;所有的人都成了碎片。"在巴尔扎克的时代允许人向上爬——踹在竞争者的肩上或跨过他们的尸体——的努力,现在只够他们过半饥半饱的贫困日子。旧式的生存斗争的性质改变了,与此同时,人的本性也改变了,变得更卑劣、更猥琐了。"①另外,与传统文学中的心理描写相比,自然主义作家不但关注人物心理活动与行为活动的关系,而且更加强调为这种或那种心理活动找出内在的生命——生理根源,并且尤其善于刻意发掘人物心灵活动的肉体根源。由此,传统作家那里普遍存在的"灵肉二元论"便被置换为"灵肉一体论",传统作家普遍重视的所谓灵与肉的冲突也就开始越发表现为灵与肉的协同或统一。这在西方文学史上,明显是一种迄今为止尚未得到公正评价的重大文学进展;而正是这一进展,使自然主义成了传统文学向"意识流小说"所代表的20世纪现代主义文学之心理叙事过渡的最宽阔、最坚实的桥梁。

(二)"审美现代性"的视角与路径

正如克罗齐在《美学纲要》中所分析的那样,关于艺术的依存性和独立性,关于艺术自治或他治的争论不是别的,就是询问艺术究竟存在不存在;如果存在,那么艺术究竟是什么。艺术的独立性问题,显然是一个既关乎艺术价值论,又关乎艺术本体论的重大问题。从作为伦理学附庸的地位中解脱出来,是19世纪西方现代文学发展过程中的主要任务;唯美主义之最基本的艺术立场或文学观点就是坚持艺术的独立性。今人往往将这种"独立性"所涵纳的"审美自律"与"艺术本位"称为"审美现代性"。

作为总体艺术观念形态的唯美主义,其形成过程复杂而又漫长:其基本的话语范式奠基于18世纪末德国的古典哲学——尤其是康德的美学理论,其最初的文学表达形成于19世纪初叶欧洲的浪漫主义作家,其普及性传播的高潮则在19世纪后期英国颓废派作家那里达成。唯美主义艺术观念之形成和发展在时空上的这种巨大跨度,向人们提示了其本身的复杂性。

由于种种社会—文化方面的原因,在19世纪,作家与社会的关系总体来看处于一种紧张的关系状态,作家们普遍憎恨自己所生活于其中的时代。他们以敏锐的目光看到了社会存在的问题和其中酝酿着的危机,看到了社会生活的混乱与人生的荒谬,看到了精神价值的沦丧与个性的迷失,看到了繁荣底下的腐败与庄严仪式中藏掖着的虚假……由此,他们中的一些人开始愤怒,愤怒控制了他们,愤怒使他们变得激烈而又沉痛,恣肆而又严峻,充满挑衅而又同时充满热情。他们感到自己有责任把看

---

① 拉法格:《左拉的〈金钱〉》,见朱雯等编选《文学中的自然主义》,上海:上海文艺出版社,1992年,第341页。

到的真相暴露在光天化日之下。而同时,另一些人则开始绝望,因为他们看破了黑暗中的一切秘密却唯独没有看到任何出路;在一个神学信仰日益淡出的科学与民主时代,艺术因此成了一种被他们紧紧抓在手里的宗教的替代品。"唯美主义的艺术观念源于最杰出的作家对于当时的文化与社会所产生的厌恶感,当厌恶与茫然交织在一起时,就会驱使作家更加逃避一切时代问题。"[①]在最早明确提出唯美主义"为艺术而艺术"口号的19世纪的法国,实际上存在三种唯美主义的基本文学样态,这就是浪漫主义的唯美主义(戈蒂耶为代表)、象征主义的唯美主义(波德莱尔为代表)和自然主义的唯美主义(福楼拜为代表)。而在19世纪后期英国那些被称为唯美主义者的各式人物中,既有将"为艺术而艺术"这一主张推向极端的王尔德,也有虽然反对艺术活动的功利性,却又公然坚持艺术之社会—道德价值的罗斯金——如果这两者分别代表该时期英国唯美主义的右翼和左翼,则沃尔特·佩特的主张大致处于左翼和右翼的中间。

　　基于某种坚实的哲学—人学信念,浪漫主义、自然主义和象征主义都是19世纪在诗学、创作方法、实际创作诸方面有着系统建构和独特建树的文学思潮。相比之下,作为一种仅仅在诗学某个侧面有所发挥的理论形态,唯美主义自身并不具备构成一个文学思潮的诸多具体要素。质言之,唯美主义只是在特定历史语境中应时而生的一种一般意义上的文学观念形态。这种文学观念形态因为是"一般意义上的",所以其牵涉面必然很广。就此而言,我们可以将19世纪中叶以降几乎所有反传统的"先锋"作家——不管是自然主义者,还是象征主义者,还是后来的超现实主义者、表现主义者等——都称为广义上的唯美主义者。"唯美主义"这个概念无所不包,本身就已经意味着它实际上只是一个"中空的"概念——一个缺乏具体的作家团体、缺乏独特的技巧方法、缺乏独立的诗学系统、缺乏确定的哲学根底支撑对其实存做出明确界定的概念,是一个从纯粹美学概念演化出的具有普泛意义的文学理论概念。所有的唯美主义者——即使那些最著名的、最激进的唯美主义人物也不例外——都有其自身具体的归属,戈蒂耶是浪漫主义者,福楼拜是自然主义者,波德莱尔是象征主义者……而王尔德则是公认的颓废派的代表人物。

　　自然主义旗帜鲜明地反对所有形而上学、意识形态观念体系对文学

[①] 埃里希·奥尔巴赫:《摹仿论——西方文学中所描绘的现实》,吴麟绶、周新建、高艳婷译,天津:百花文艺出版社,2002年,第564页。

的统摄和控制,反对文学沦为现实政治、道德、宗教的工具。这表明,在捍卫文学作为艺术的独立性方面,与象征主义作家一样,自然主义作家与唯美主义者是站在一起的。但如果深入考察,人们将很快发现:在文学作为艺术的独立性问题上,自然主义作家所持守的立场与戈蒂耶、王尔德等人所代表的那种极端唯美主义主张又存在着重大的分歧。极端唯美主义者在一种反传统"功利论"的激进、狂躁冲动中皈依了"为艺术而艺术"(甚至是"为艺术而生活")的信仰,自然主义作家却大都在坚持艺术独立性的同时主张"为人生而艺术"。两者的区别在于,前者在一种矫枉过正的情绪中将文学作为艺术的"独立性"推向了绝对,后者却保持了应有的分寸。在文学与社会、文学与大众的关系问题上,不同于同时代极端唯美主义者的那种遗世独立,自然主义作家大都明确声称,文学不但要面向大众,而且应责无旁贷地承担起自己的社会责任和历史使命。另外,极端唯美主义主张"艺术自律",反对"教化",但却并不反对传统审美的"愉悦"效应;自然主义者却通过开启"震惊"有效克服了极端唯美主义者普遍具有的那种浮泛与轻飘,使其文学反叛以更大的力度和深度体现出更为恢宏的文化视野和文化气象。就思维逻辑而言,极端唯美主义者都是一些持有二元对立思维模式的绝对主义者。

(三)"观念"聚焦与"关系"辨析

历史是断裂的碎片还是绵延的河流?对此问题的回答直接关涉"文学史观"乃至一般历史观的科学与否。毋庸讳言,国内学界在文学史乃至一般历史的撰写中,长期存在着严重的反科学倾向——一味强调"斗争"而看不到"扬弃",延续的历史常常被描述为碎裂的断片。比如,就西方文学史而言,20世纪现代主义与19世纪现实主义是断裂的,现实主义与浪漫主义是断裂的,浪漫主义与古典主义是断裂的,古典主义与文艺复兴是断裂的,文艺复兴与中世纪是断裂的,中世纪与古希腊罗马时期是断裂的,等等。这样的理解脱离与割裂了西方文学发展的传统,也就远离了其赖以存在与发展的土壤,其根本原因是没有把握住西方文学中人文传统与思潮流派深度关联的本原性元素。其实,正如彼得·巴里所说:"人性永恒不变,同样的情感和境遇在历史上一次次重现。因此,延续对于文学的意义远大于革新。"[①]当然,这样说并非无视创新的重要性,而是强调在

---

① 彼得·巴里:《理论入门:文学与文化理论导论》,杨建国译,南京:南京大学出版社,2014年,第18页。

看到创新的同时不可忽视文学史延续性和本原性的成分与因素。正是从这种意义上说,因西方文学潜在之人文传统的延续性及其与思潮流派的深度关联性,它的发展史才是一条绵延不绝的河流,而不是被时间、时代割裂的碎片。

  本套丛书研究的主要问题是19世纪西方文学思潮,具体说来,就是19世纪西方文学发展过程中相对独立地存在的各个文学思潮与文学运动——浪漫主义、现实主义、自然主义、唯美主义、象征主义和颓废派文学。我们将每一个文学思潮作为本套丛书的一卷来研究,在每一卷研究过程中力求准确把握历史现象之基础,达成对19世纪西方文学思潮历史演进之内在逻辑与外在动力的全方位的阐释。内在逻辑的阐释力求站在时代的哲学——美学观念进展上,而外在动力的溯源则必须落实于当时经济领域里急剧推进的工业革命大潮、政治领域里迅猛发展的民主化浪潮,以及社会领域里的城市化的崛起。每个文学思潮研究的基本内容大致包括(但不限于)文本构成特征的描述、方法论层面的新主张或新特色的分析、诗学观念的阐释以及文化逻辑的追溯等。总体说来,本套丛书的研究大致属于"观念史"的范畴。文学思潮研究作为一种对文学观念进行梳理、辨识与阐释的宏观把握,在问题与内容的设定上显然不同于一般的作家研究、作品研究、文论研究和文化研究,但它同时又包含以上诸"研究",理论性、宏观性和综合性乃其突出特点;而对"观念"的聚焦与思辨,无疑乃是文学思潮研究的核心与灵魂。

  如前所述,文学思潮是指在特定历史时期社会—文化思潮影响下形成的具有某种共同美学倾向、艺术追求和广泛影响的文学思想潮流。根据19世纪的时间设定与文学思潮概念的内涵规定,本套丛书共以六卷来构成总体研究框架,这六卷的研究内容分别是:"19世纪西方浪漫主义研究""19世纪西方现实主义研究""19世纪西方自然主义研究""19世纪西方唯美主义研究""19世纪西方象征主义研究"和"19世纪西方颓废主义研究"。各卷相对独立,但相互之间又有割不断的内在逻辑关系,这种逻辑关系均由19世纪西方文学思潮真实的历史存在所规定。比如,在19世纪的历史框架之内,浪漫主义与现实主义既有对立又有传承关系;自然主义或象征主义与浪漫主义的关系,均为前后相续的递进关系;而自然主义与象征主义作为同生并起的19世纪后期的文学思潮,互相之间乃是一种并列的关系;而唯美主义和颓废派文学作为同时肇始于浪漫主义,又同时在自然主义、象征主义之中弥漫流播的文学观念或创作倾向,它们之间存在一种交叉关系,且互相之间在很大程度上存在着一种共生关系。正因为如此,才有了所谓"唯美颓废派"的表述(事实上,如同两个孪生子虽为孪生也的确关系密切,但两个人并非同一人——唯美主义与颓废派虽密切相关,但两者并非一回事)。这种对交叉和勾连关系的系统剖析,不仅对"历史是断裂的碎片还是绵延的河流"这一重要的文学史观问题做出了有力的回应,而且也再次彰显了本套丛书的"跨文化""跨领域""跨学科"系统阐释之"比较文学"研究的学术理念。

目　录

导　论　唯美主义在中国的百年传播 …………………………………………… 1

第一章　唯美主义产生的语境 …………………………………………… 32
　第一节　唯美主义的社会土壤 ………………………………………… 32
　第二节　科学主义思潮的兴起 ………………………………………… 36
　第三节　哲学与美学的"发酵" ………………………………………… 41
　第四节　跨艺术门类的互证 …………………………………………… 72
　第五节　艺术家地位的上升和艺术市场的建立 ……………………… 91

第二章　19世纪唯美主义文学谱系 ……………………………………… 102
　第一节　前身：巴洛克文学 ……………………………………………… 102
　第二节　法国唯美主义 ………………………………………………… 105
　第三节　英国、爱尔兰唯美主义 ……………………………………… 136
　第四节　美国唯美主义 ………………………………………………… 175
　第五节　俄国唯美主义 ………………………………………………… 187
　第六节　德国、奥地利唯美主义 ……………………………………… 199
　第七节　其他欧美国家的唯美主义 …………………………………… 214

第三章　"艺术高于生活"的理论脉络 ………………………… 225
第一节　摹仿论统御下的理论酝酿 …………………………… 226
第二节　经验论与唯理论的对峙与融合 ……………………… 229
第三节　德国美学："首足倒置" ……………………………… 234
第四节　艺术美对自然美的超越 ……………………………… 242

第四章　艺术自律的诗学准备 …………………………………… 247
第一节　审美意识的"蛰伏" ………………………………… 248
第二节　审美作为完整人性的拼图 …………………………… 251
第三节　自由：艺术自律的翅膀 ……………………………… 254
第四节　艺术无功利思想 ……………………………………… 257
第五节　艺术自律还是审美自觉？ …………………………… 261

第五章　形式主义溯源与误区 …………………………………… 265
第一节　本体论视域中的"形式" …………………………… 266
第二节　认识论视域中的"形式" …………………………… 273
第三节　科学主义视域中的"形式" ………………………… 278
第四节　语言学转向中的"形式" …………………………… 283

第六章　艺术拯救世俗人生 ……………………………………… 288
第一节　宗教艺术化与艺术宗教化 …………………………… 289
第二节　生活艺术化与艺术生活化 …………………………… 297

第七章　理论与创作的错位与对应 ……………………………… 308
第一节　"艺术高于生活"与"逆反自然" ………………… 308
第二节　"艺术自律"与"异教情调" ……………………… 315
第三节　"形式"的自觉与"感觉"的描写 ………………… 321
第四节　"艺术拯救世俗人生"与"感性解放" …………… 339

第八章 唯美主义思潮的本质 ················· 348
  第一节 "感性认识"之显现 ················· 348
  第二节 唯美主义本质论 ················· 355
  第三节 唯美与感性的"现象学"纽带 ················· 362
  第四节 文学的"内宇宙"转向 ················· 369
  第五节 唯美与象征的关系 ················· 371
  第六节 唯美与"颓废"的关系 ················· 376

余 论 唯美主义、消费文化与艺术大众化 ················· 382
附 录 中西"文学自觉"现象比较 ················· 389
参考文献 ················· 413
主要人名、作品名、术语中外文对照表 ················· 423

导 论
唯美主义在中国的百年传播

唯美主义进入中国已逾百年。百余年来，国人对唯美主义时而饶有兴致，时而保持警惕，甚至全盘否定。这种摇摆不定且大相径庭的态度其实已经充分说明唯美主义的话题是既含混又别具魅力的。毋庸讳言，在中国新文学发生、发展的历史长河中，唯美主义并非国人最迫切需要的艺术养料，我国的文学传统与现实国情没有独立孕育唯美主义的土壤，新文学历史上更没有出现严格意义上的唯美主义理论体系与唯美主义理论家。从踏入"国门"伊始，唯美主义就和象征主义、颓废派以及其他西方现代文学流派一道被中国现代文学界统称为"新浪漫主义"，引起了陈独秀、沈雁冰、田汉、郭沫若、沈起予等人的关注，当时新文学界将"新浪漫主义"视为中国文学未来的形态，其实也就是说，唯美主义不是国人的迫切需求。站在今天的历史坐标往回看，我们不能否认唯美主义在新文学构成中的作用，它与其他形形色色的西方文学思潮一起构成了中国新文学的"武库"。随着时代的发展，唯美主义已经从一个完全舶来的观念逐渐融入五四以来中国新文化和文学的肌理中。同时，我们无法否认，正如"美是什么"的千古谜题一样，直到今天，唯美主义思潮仍然是一个有待破解的"难题"。由于中国百年来的沧桑巨变、新文学"武库"之驳杂和唯美主义本身的多层次性，我们仍有必要对唯美主义思潮在中国新文学百年的接受情况重新进行梳理。

一、五四时期的译介热潮

唯美主义思潮在中国的传播首先从作家作品的译介开始。从现有的资料来看，就英国唯美主义文学而言，王尔德（Oscar Wilde, 1854—1900）

是最早被译介到国内的唯美主义作家,鲁迅和周作人合译的《域外小说集》第一次收录了王尔德的童话《快乐王子》。随后,《一个理想的丈夫》《温德米尔夫人的扇子》《莎乐美》等王尔德的戏剧被大量译介,更被中国戏剧界频繁改编;王尔德的小说《道林·格雷的画像》自1922年3月15日于《创造》季刊创刊号上被郁达夫译介开始,便陆续由杜衡译等人不断推出不同译本。此外,佩特(Walter Pater,1839—1894)的理论、拉斐尔前派(Pre-Raphaelite Brotherhood,当时被称为"先拉飞派")的创作、具有唯美主义倾向的刊物《黄面志》(*The Yellow Book*)及其作家群被《沉钟》《小说月报》《新月》《狮吼》《金屋月刊》《大公报文学副刊》《真善美》等杂志译介,一时形成五四新文学界的"唯美—颓废"热潮。1929年4月,鲁迅在朝华社编印的《文苑朝华》第一期第四辑《比亚兹莱画选》一文中,选取英国唯美主义画家比亚兹莱(Aubrey Beardsley,1872—1898)12幅绘画作品,并写了一篇"小引"专门介绍比亚兹莱:"他是由《黄书》(即《黄面志》——引者注)而来……无可避免地,时代要他活在世上。这90年代就是世人所称的世纪末,他是这年代底独特的情调底唯一的表现者。90年代底不安的、好考究的、傲慢的情调呼他出来的。"①英国唯美主义理论也纷繁而至,具有代表性的成果是萧石君的《世纪末英国新文艺运动》(1930),该书介绍了英国唯美主义运动的过程,尤其是英国唯美主义思想家佩特的思想。此外,朱维基、林语堂、沈泽民、梁实秋、郭沫若、张定璜等人各自译介了佩特、王尔德等人的理论思想。

  法国唯美主义作家戈蒂耶(Théophile Gautier,1811—1872)的作品首次出现在1925年的《学衡》杂志上。后来,曾孟朴、曾虚白父子于1927年在《真善美》杂志上不断刊发戈蒂耶的诗歌和小说。1929年,这本杂志又译介皮埃尔·路易斯(Pierre Louys,又译比尔·路易斯)的名作《阿芙罗狄特》(*Aphrodite*,1896),当时译为《肉与死》,这个并不"忠实于"原文的译名可以说抓住了这部小说的唯美主义特质。《真善美》杂志是五四新文学首个译介法国文学的重镇,同时也是宣传"艺术至上""艺术非功利"等唯美主义思想的重镇。《狮吼》杂志是由"狮吼社"于1924年创办的文学刊物,起初由"狮吼社"核心成员滕固、方光焘等人负责编辑,由国华书局承办发行。后几经沉浮,《狮吼》改由邵洵美的金屋书店发行,并于

---

① 鲁迅:《〈比亚兹莱画选〉小引》,见《鲁迅全集》(第七卷),北京:人民文学出版社,2005年,第356页。

1928年更名为《狮吼·复活号》重新出刊。邵洵美成为社团与刊物的核心人物,该刊共发行十二期后宣告停刊,邵洵美等人又创办了《金屋月刊》。《金屋月刊》成为"狮吼社"创作的园地,同时也是译介国外唯美主义思潮的窗口,法国唯美主义诗歌流派帕尔纳斯派(又译"巴纳斯派",亦称"高蹈派")的作品就率先在《金屋月刊》第一期上发表。因此,《真善美》与《狮吼》《金屋月刊》成为新文学传播唯美主义的阵地,它们都处于对外开放的前沿——上海,当时的上海还有《幻洲》和《文艺画报》等具有唯美主义背景的刊物。

除却英法两国,美国的埃德加·爱伦·坡(Edgar Allan Poe,1809—1849)、亨利·詹姆斯(Henry James,1843—1916)和意大利的邓南遮(Gabriele D'Annunzio,1863—1938)等其他国家的作家也陆续被介绍进来。在文化传统和地缘政治上,日本文学对中国新文学而言具有特殊意义,五四催生了对日本唯美派文学的译介热潮,日本唯美派文学为唯美主义思潮的中国传播提供了成熟的"范本",证明唯美主义在东方文化圈同样可以生根发芽。周作人在1918年4月19日发表了《日本近三十年小说之发达》的演讲,不仅提到了日本的社会问题小说对国人的影响,还提到了永井荷风(1879—1959)和谷崎润一郎(1886—1965)等唯美派作家。周作人认为唯美派的特征是享乐主义,是对自然派(写实派)静观实写风格的不满。"自然派欲保存人生之经验,此派之人,则欲注油于生命之火,尝尽本生之味。彼不以记录生活之历史为足,而欲自造生活之历史。其所欲者,不在生之观照,而在生之享乐;不仅在艺术之制作,而欲以已之生活,造成艺术品也。"①也就是说,唯美派不是将艺术生活化(摹仿),而是将生活艺术化。随后,永井荷风、谷崎润一郎和佐藤春夫(1892—1964)等人的作品被国人大量引入,至1943年间形成三次日式唯美主义的译介高潮。

值得一提的是俄国唯美主义文学译介,由于地缘政治和国情的关系,俄国文学从20世纪初就得到中国学者的关注。李大钊在1918年写的文章《俄罗斯文学与革命》中最早提到俄国唯美主义,即"纯艺术派":

> Nekrasof(涅克拉索夫)后,俄国诗学之进步衍为二派:一派承旧时平民诗派之绪余,忠于其所信,而求感应于社会的生活,Gemtchujnikov(热姆丘日尼科夫)(1821—1909)、Yakubovitch(雅库

---

① 周作人:《日本近世三十年小说之发达》,《新青年》第5卷第1号,1918年7月15日。

鲍维奇)为此派之著名作者;一派专究纯粹之艺术而与纯抒情诗之优美示例以新纪元,如 Tuttchev(丘特切夫)、Fete(费特)、Maikov(马伊可夫)(即迈科夫——引者注)、Alexis Tolstoy(阿历克塞·托尔斯泰)等皆属之。①

而后,瞿秋白、郑振铎和汪倜然分别在《俄国文学史》(1921—1922)、《俄国文学史略》(1924)和《俄国文学》(1929)中提到俄国纯艺术派,并介绍了丘特切夫(Fedor Ivanovich Tyutchev,1803—1873)、费特(Afanasy Afanasyevich Fet,1820—1892)、阿·康·托尔斯泰(Aleksey Konstantinovich Tolstoy,1817—1875)、迈科夫(Apollon Maykov,1821—1897)、波隆斯基(Yakov Petrovic Polonsky,1819—1898)等人。正如李大钊在《俄罗斯文学与革命》一文中指出,相比于平民诗派,纯抒情诗派(纯艺术派)的影响在俄国青年中的影响力有限,纯艺术派在当时的俄国非常边缘化。中国文学研究者对于唯美主义在俄国遭受冷遇的局面一定不会感到诧异和陌生。相应的,俄国纯艺术派在中国的系统译介也一度中断,直至20世纪八九十年代以后才逐渐恢复。

现代文学发展的三十年离不开五四精神的发扬,五四精神在知识分子群体中首先体现为一种文化上的自我批判精神,是站在彼时中国现实场域,以西方文化为标杆对中国传统文化的反思态度。现代文学三十年的特殊性在于,文学创作者往往集文学研究者、文化批判者、译介者的身份于一身。纵观中国现代文学发展的理路,大致存在四组对立的话语和视角,我们可以将其归纳为:为人生——为艺术,乡土——都市,旧形式——新形式,群体——个体。唯美主义思潮与中国现代文学的关系正是在这四组矛盾的张力中展开,形成唯美主义在中国现代文学中的独特境遇。

二、为人生——为艺术

文学研究会是五四新文学运动中成立最早、影响最大的文学团体,以文学研究会为核心确立了"为人生"的文学创作目标和艺术标准,很快成为新文学的主流话语。受欧洲批判现实主义和苏俄革命文学的影响,"人生派"的文学主张反映现实生活,探讨现实人生的问题,尤其是描写和揭

---

① 李大钊:《俄罗斯文学与革命》,见中国李大钊研究会编注:《李大钊全集》(第2卷)(最新注释本),北京:人民出版社,2006年,第238页。

露人生的痛苦困境及其形成的社会问题。一言以蔽之,文学要主动而及时地介入现实和公共领域,为大众发声。人生派成为当时文坛的主旋律,也许主要并非因为它的写实主义气质或写实主义背后蕴含的朴素的人道主义观念,而是那分强烈的干预生活的企图,这样的企图既有传统知识分子"为天地立心,为生民立命"的抱负,也出于新式的知识分子心理——知识分子主体地位的提升带来的使命感、职业感。与传统知识分子最大的不同在于,"为人生"的知识分子赋予了文学更多的认识功能——分析社会和文化心理的本质。与人生派文学对立的是艺术派,包括创造社、浅草社、沉钟社、弥洒社、南国社、新月派与初代海派等文学团体。他们对于文学的主张不一,但有着基本共性,即与社会现实问题保持距离,主张作者审美旨趣的自我表现,保持艺术的纯粹,追求作品的形式美,这就与唯美主义思潮有了直接的关联。

有趣的是,艺术派的文学主张同样出于新式的知识分子心理,却与人生派走向截然不同的道路。这种不同的根源在于,人生派更重视文学的认知功能,而艺术派更具文学的审美自觉。事实上,文学,尤其是叙事类文学进入艺术审美的门槛,正是在五四时期,这种局面的产生同样与唯美主义文学的译介有关。新月派代表人物闻一多对英国唯美主义运动颇有研究,在《先拉飞主义》一文中他对英国唯美主义运动先驱拉斐尔前派的"诗画一律""灵肉一致"的创作特征做过分析,还在《建设的美术》一文中引用罗斯金(John Ruskin,1819—1900)的观点提倡工艺美术的重要性:"无论哪一个国家,在现在这个 20 世纪的时代——科学进步,美术发达的时代,都不应该甘心享受那种陋劣的、没有美术观念的生活,因为人的所以为人,全在有这点美术的观念。"[①]闻一多曾参与文艺研究团体"美司斯"(Muses)宣言的起草,宣言中说道:"生命底艺化便是生命达到高深醇美底鹄底唯一方法。"[②]闻一多极为欣赏英国诗人济慈(John Keats,1795—1821)"美即真、真即美"的思想,认为济慈作为艺术的殉道者,不仅是"艺术底名臣",更是"艺术底忠臣""诗人底诗人"。[③] 他还提出新格律诗的理论,并浓缩为著名的"三美"主张,即"音乐美"(音节、平仄、韵脚)、"绘画美"(辞藻)、"建筑美"(节的匀称和句的均齐)。对新艺术观念的提倡、对诗歌形式美的自觉追求让闻一多获得了"唯美论者"的名号。当代

---

① 闻一多:《建设的美术》,见《闻一多全集》(2),武汉:湖北人民出版社,1993 年,第 3 页。
② 闻一多:《"美司斯"宣言》,《清华周刊》第 202 期,1920 年 12 月 10 日。
③ 闻一多:《艺术底忠臣》,见《闻一多全集》(1),武汉:湖北人民出版社,1993 年,第 71 页。

学者朱寿桐认为:"闻一多是新月派中唯美主义色彩最浓丽的诗人……渗透着唯美主义的绮丽靡绯。"①另一位新月派诗人周作人提倡诗歌的格律,讲究形式美,提出"为诗而诗"的唯美诗学。

前文提到,日本文学对中国新文学具有非常重要的影响,唯美主义思潮在很大程度上是通过日本文坛的中介而与中国产生直接联系的。许多新文学作家都有留学日本的经历,比如创造社的主要成员郭沫若、成仿吾、郁达夫、张资平、郑伯奇、田汉等人。早期创造社主张作家要忠于自我,表现个性,尊重艺术本身,反对"文以载道"的旧文学观念。创造社的成员也经由日本文学的影响,译介并借鉴唯美主义文学的创作观念和技巧,以田汉为代表的中国戏剧的唯美风同样受到日本"新剧"及其代表的"纯粹戏剧"观念的影响。田汉对唯美主义戏剧的译介和中国化做出了重要贡献,他改编的《莎乐美》在1921年发表,带动了中国新戏剧创作的"莎乐美热"和"王尔德热"。唯美主义戏剧主要表达重艺术、轻现实的价值观和世界观,戏剧家往往设置艺术与现实、灵与肉、死与生的冲突,凸显艺术(理想)世界高于现实人生的理念。田汉认为艺术代表了现实生活的理想方向,"人类的精神(human spirit)是进化的,而社会上的进化太慢了。艺术只是向前进,是由这个阶段跳至别个阶段的。所以艺术常常是推进社会的原动力。社会尚未进化到某一个阶段时,艺术便早告诉出什么是Should be 的了"②。因此,田汉认为艺术家必然要对现实不满,反抗旧道德。他一方面主张暴露人生的黑暗面,另一方面又提倡艺术至上主义,将"生活艺术化"③,将人生提升至艺术的境界,从而忘却现实的痛苦,这样的思想显然具有唯美主义的特征。在田汉的作品中,"生活的艺术化"表现为对艺术殉道精神的歌颂,《苏州夜话》《梵峨嶙与蔷薇》《名优之死》《古潭的声音》《湖上的悲剧》等作品都刻画了为追求纯粹美至死不渝的人物形象,表达了肉体皮囊在艺术精神面前不值一提的价值取向。

郭沫若同样主张"生活的艺术化",但不是王尔德那样的纨绔之风,而是"用艺术的精神来美化我们的内在生活……养成美的灵魂"④。郭沫若

---

① 朱寿桐:《新月派的绅士风情》,南京:江苏文艺出版社,1995年,第146页。
② 田汉:《艺术与艺术家的态度》,见《田汉文集》(第十四卷),北京:中国戏剧出版社,1987年,第194页。
③ 田汉:《田汉致郭沫若》,见郭沫若著作编辑出版委员会编:《郭沫若全集》(文学编·第十五卷),北京:人民文学出版社,1990年,第90页。
④ 郭沫若:《生活的艺术化》,见郭沫若著作编辑出版委员会编:《郭沫若全集》(文学编·第十五卷),北京:人民文学出版社,1990年,第207页。

推崇佩特,在1923年11月4日的《创造周报》第26号上发表《瓦特·裴德的批评论》一文,译介了佩特的感觉主义思想和《文艺复兴》序言,他的历史剧《王昭君》《卓文君》和《聂嫈》中刻画的三个"叛逆的女人"形象显然受到王尔德《莎乐美》的影响。成仿吾持文学"无目的的合目的"观点,他在《新文学之使命》中说:"至少我觉得除去一切功利的打算,专求文学的全Perfection与美Beauty有值得我们终身从事的价值之可能。"①郑伯奇也说:"艺术的王国里,只应有艺术至上主义,其他的主义都不能成立。"②

受唯美主义影响最大的创造社作家当属郁达夫,郁达夫反对"文以载道"和"移风易俗"的文学教化思想,认为文学的目的就是表现"美",表现作家的个性,而不是成为伦理教化的工具。"亚连辟山(即奥林匹斯山——引者注)上的Muse(即文艺女神缪斯——引者注),并不是人家的使婢,若定要讲她作手段用,设了美人局,来施连环计,则是使用的人的堕落,并非文艺的职务应该如此的。"③他最先向国内介绍了英国唯美主义阵地《黄面志》作家群④,包括《黄面志》插画家比亚兹莱,以及王尔德等人。郁达夫欣赏《黄面志》作家群,认为他们的共同特征是"对于艺术的忠诚,对于当时社会的已成状态的反抗,尤其是对于英国国民的保守精神的攻击"⑤。他认为欧内斯特·道森的诗歌具有"音乐上的美,象征上的美,技巧上的美"⑥。英国唯美主义作家对社会的疏离、对艺术世界的营造正好切合了以郁达夫为代表的"零余者"的心理诉求。唯美主义对郁达夫的影响同样是以日本唯美派作家为中介,其中"谷崎润一郎和佐藤春夫等人的小说是他比较喜欢的"⑦,在郁达夫的某些自叙传小说中就可以看到日

---

① 成仿吾:《新文学之使命》,见《成仿吾文集》编辑委员会编:《成仿吾文集》,济南:山东大学出版社,1985年,第94页。
② 郑伯奇:《新文学之警钟》,《创造周报》第31号,1923年。
③ 郁达夫:《〈茫茫夜〉发表之后》,《时事新报·学灯》,1922年6月22日。
④ 以《黄面志》杂志为阵地出现了一批具有唯美倾向的青年作家,一改当时英国文坛盛行的道德主义风气。主要成员有欧内斯特·道森(Ernest Dowson,1867—1900)、约翰·戴维森(John Davidson,1857—1909)、阿瑟·西蒙斯(Arthur Symons,1865—1945)、乔治·吉辛(George Gissing,1857—1903)、乔治·摩尔(George Moore,1852—1933)、叶芝(William Butler Yeats,1865—1939)、莱昂内·约翰逊(Lionel Johnson,1857—1909)、埃德蒙·戈斯(Edmund Gosse,1849—1928)、亨利·詹姆斯等。
⑤ 《集中于〈黄面志〉(THE YELLOW BOOR)的人物》,见《郁达夫文集》(第5卷),广州:花城出版社,1982年,第170页。
⑥ 同上,第176页。
⑦ 郑伯奇:《忆创造社》,见饶鸿竞、陈颂声、李伟江等编:《创造社资料》(下),福州:福建人民出版社,1985年,第859页。

本唯美派作品的独特气质,呈现无处安放的肉欲苦闷,以及肉欲背后的孤独病患者。《黄面志》美术编辑、画家比亚兹莱对于中国文坛而言充满吸引力,他的创作怪诞、诡异,剑走偏锋,将浓厚的异域情调、充满性意味的女性形象与当时英国唯美主义运动倡导的简洁流畅的审美眼光相融合,他的创作生涯所遭遇的非议和独特的个人身世也为其增添了神秘色彩。鲁迅、田汉、周作人、邵洵美、闻一多、张闻天、张竞生等人都对比亚兹莱的画颇感兴趣,比亚兹莱遂成为唯美主义思潮在中国传播的媒介。新月派的梁实秋也为之倾倒,1925年,梁实秋在哈佛求学期间在美国的旧书店买到一册《黄面志》,杂志上比亚兹莱的插画引起了他的诗兴,他说:"把玩璧氏(即比亚兹莱——引者注)的图画可以使人片刻的神经麻木,想入非非,可使澄潭止水,顿起波纹,可使心情余烬,死灰复燃。一般人斥为堕落,而堕落与艺术固无与也。"①梁实秋以比亚兹莱的插画为主题作了《舞女的报酬》和《孔雀裙》两首新体诗寄回国内,以《题璧尔德斯莱②的图画二首》为题发表在当年《清华周刊·文艺增刊》第九期上。梁实秋认同文艺作品具有独立价值,指出"文艺的价值,不在做某项的工具,文艺本身就是目的"③。

由此可见,创造社和新月派等艺术派文学作家团体带来的是与人生派不一样的高蹈气质,从文学创作上看,由于人生派文学关注的重心在文学的认识和揭露功能,难免忽视文学的艺术追求,导致新文学形式的粗糙,这说明新文学在丢弃旧文学日趋僵化的形式的同时,还没有形成新的形式上的自觉。艺术派已经意识到这个问题,他们重视文学的形式美,探索新文学的形式,在某种程度上改变了新文学诞生初期的粗糙形态。更为深刻的是,他们带来了一种新观念,即艺术高于人生;可能世界高于现实世界;个体(可以)超拔于群体。诚然,这种观念的形成固然离不开现实因素和文化传统的驱动,比如知识分子希望借助艺术实现"美育",改变国民性和传统士大夫思想中传统道家"出世"思想以及文人/伶人自哀情结,但它借由唯美主义思潮"艺术高于生活"的理论命题打开了中国文学与文化的另一种可能性,填补了传统文化的缺失,拓展了国人意识的深广度。

---

① 梁实秋:《题璧尔德斯莱的图画二首》,见《梁实秋文集》编辑委员会编:《梁实秋文集》(第5卷),厦门:鹭江出版社,2002年,第64页。
② 即比亚兹莱。
③ 梁实秋:《论思想统一》,见《梁实秋文集》编辑委员会编:《梁实秋文集》(第6卷),厦门:鹭江出版社,2002年,第436页。

甚至可以说,其启蒙意义并不亚于"为人生"的文学。

"艺术高于生活"和"生活摹仿艺术"是唯美主义思潮的重要理论,将生活艺术化,使普通人的感性能力向艺术家/审美家提升,从而在生活领域进行审美启蒙运动。因此,西方在唯美主义思潮展开过程中,尤其是在社会生活领域,开始了一股"美育"的潮流,这股潮流从英国的工艺美术运动中诞生,由出版社、画廊、博物馆、慈善机构等一系列艺术类社会组织、艺术活动和成员构成,并蔓延至诸多国家,推动了欧洲"新艺术运动"(Art Nouveau)浪潮。受到唯美主义思潮的启发,五四时期同样掀起了关于"美育"的讨论和呼吁,蔡元培、鲁迅、朱光潜、梁实秋、田汉、王统照等人都曾论述"美育"对国民教育的重要性。区别在于,西方唯美主义的"美育"着眼点是改善工商文明和工具理性对人性的异化,用审美弥合由劳动分工和阶级分化引起的社会分裂,是审美现代性对启蒙现代性的反抗,在"艺术"与"生活"之间更偏向"艺术"。与之相比,五四新文化运动倡导的"美育"是对国民进行现代性启蒙,用审美中蕴含的"个人/个性"和"自由/自我"元素加速传统文化的现代化转型,在"艺术"与"生活"之间更偏向"生活"。从这个意义上说,唯美主义的中国化传播并没有所谓的审美现代性发生的土壤。

三、乡土——都市

从20世纪20年代末开始,上海逐渐成为新文化运动大本营,随之而来的是上海文学界的繁荣,形成了不同于中国其他地区的海派文化与文学。海派文学在当时具有明显的"现代性",它是由都市的发展和商业文化的形成带来的。田汉曾说:"这都市和乡村的冲突在我们也曾感到,这意义的确很重大,并且是国际的(International)。这点我们南国很感到苦闷。我们的戏大部分是属于都市的,所以这次我想将《南归》赠给陶先生,这是描写乡村生活的,虽然不见得十分完善。同时以《火之跳舞》赠给陈先生,这是描写都市劳动者的。"[①]田汉在创作、推广他的戏剧时遇到的现实问题便是由于发展极不平衡的城乡的二元对立导致的人生观、艺术观方面的巨大差异。因此,唯美主义在中国的接受过程中,贯穿着另一对现代中国的二元话语:乡土与都市。

---

① 田汉:《艺术与艺术家的态度》,见《田汉文集》(第十四卷),北京:中国戏剧出版社,1987年,第196页。

一般将现代主义文学的海派分为两个时期。第一代海派文学作家主要由上海的滕固、邵洵美、章克标、方光焘、林徽因等狮吼社、绿社等社团成员构成。滕固也有留学日本的经历,在此期间,他阅读了西蒙斯、王尔德、戈蒂耶等人的作品,也接触到谷崎润一郎等日本唯美派文学。日本江户时代本土文化自躬享乐、放荡好色、乐而不淫的精神追求在西方唯美主义的"刹那主义""感觉主义"的理论和视野中被"激活"为官能享乐式的"物哀"。当然,欧洲的唯美主义运动以及后来的欧洲新艺术运动同样吸收了日本江户时代兴起的浮世绘(风俗画)等东方艺术元素(如惠斯勒和比亚兹莱的作品)。唯美主义思潮在形成和传播过程中天然地融汇了东西方文化和艺术,因此,它强调的"感性""纯美""神秘""异国情调"等元素对国人而言接受起来并不困难。第一代海派作家的留日经历使他们和唯美主义"一拍即合",尤其是日式唯美派文学。通过阅读作品我们可以发现,滕固学习了唯美主义思想,尤其接受了唯美主义倡导的"感官享乐"的理念,他的小说《银杏之果》《迷宫》《石像的复活》以及诗文《死人之叹息》都具有浓厚的官能享乐主义情调。滕固也是一位文艺评论家,他的专著《唯美派的文学》(1927)对英国唯美主义进行专题研究,他在这本专著中提到了英国唯美主义运动与"感觉美"的紧密联系,他认为英国唯美运动属于新浪漫主义,可以追溯到威廉·布莱克(William Blake)与济慈,后经拉斐尔前派正名,到19世纪末与法国的象征主义汇合才算画上句号。至此,才算是正式"别成一流派"[①]。

邵洵美于20世纪20年代留学英国和法国,接触到唯美主义的一手资料,他先是惊异于希腊女诗人萨福的神丽,然后从萨福"发现了他的崇拜者史文朋(A. C. Swinburne),从史文朋认识了先拉飞尔派的一群,又从他们那里接触到波德莱尔(Charles Pierre Baudelaire)、凡尔伦(Paul Verlaine)"[②]。邵洵美的诗歌《花一般的罪恶》围绕女性的躯体,将感官欲望发挥到极致,编织着"颓加荡"的梦境,"那树帐内草褥上的甘露,正像新婚夜处女的蜜泪;又如淫妇上下体的沸汗,能使多少灵魂日夜醉迷"[③]。从中我们可以看到波德莱尔、魏尔伦、王尔德以及《黄面志》诗人的影响,他还翻译了爱尔兰唯美主义作家乔治·摩尔的《我的死了的生活的回忆》

---

① 参见滕固:《唯美派的文学》,上海:光华书局,1927年,第1—3页。
② 谢志熙:《美的偏执——中国现代唯美—颓废主义文学思潮研究》,上海:上海文艺出版社,1997年,第227页。
③ 邵洵美:《天堂与五月》,西安:西北大学出版社,2019年,第112页。

的片段。邵洵美羡慕摩尔和王尔德的品位考究、仪式感强的唯美生活方式,"我以为像他那样一种生活,才是真的生活,才是我们需要的生活"①。

章克标从日本留学回国后加入狮吼社,和滕固相似,他的创作风格带有明显的日本唯美派文学的影响,追求官能的享乐主义,将人体的官能拓展到极限,并以此为美的极致。"眼有美的色相,耳有美的声音,鼻有美的馨香,舌有美的味,身有美的独,觉有那个美的凌空虚幻缥缈的天国。"②他的《银蛇》《恋爱四象》《一个人的结婚》等小说,也都是围绕追逐肉身感官享乐而展开的。

相比于创造社和新月派作家,第一代海派作家群更加自觉地"摹仿"西方唯美主义者的"纨绔"之风,尤其是邵洵美,他将生活艺术化,在日常生活中也穿着奇装异服,像王尔德那样高谈阔论。这种风气既与"颓废"(Decadence,时称"狄卡耽"或"醴卡耽")这一概念的引入密切相关,也是唯美主义文艺不可或缺的美学特质。李欧梵认为,中国新文学中的"颓废本来就是一个西洋文学和艺术上的概念……因为望文生义,它把颓和荡加在一起,颓废之外还添加了放荡、荡妇,甚至淫荡的言外之意"③。章克标回忆道:"我们这些人,都有点'半神经病',沉溺于唯美派——当时最风行的文学艺术流派之一,讲点奇异怪诞的、自相矛盾的、超越世俗人情的、叫社会上惊诧的风格,是西欧波特莱尔、魏尔伦、王尔德乃至梅特林克这些人所鼓动激扬的东西。"④这都说明,就像上海大都市在当时的中国是某种奇观的存在那样,海派文人的风气在彼时的社会意识中是多么惊世骇俗。

叶灵凤从早期的创造社脱离,成立了上海滩具有唯美主义背景的刊物《幻洲》,担任过邵洵美主办刊物的编辑,并和穆时英一起创办《文艺画报》。叶灵凤推崇戈蒂耶、王尔德和爱伦·坡等人,在创作上和日常生活中有意地摹仿王尔德。叶灵凤的小说《永久的女性》讲述了青年画家秦枫谷苦寻理想中的绘画对象,后以纯情少女朱娴为模特,创作了名为"永久的女性"的画像,轰动了上海滩,但这张画与模特都不属于他。艺术家为了他的艺术牺牲自己的幸福,表现了永恒艺术与现实人性的争斗,这部小

---

① 邵洵美:《火与肉》,上海:金屋书店,1928年,第52页。
② 章克标:《来吧,让我们沉睡在喷火口上欢梦》,《金屋月刊》1929年第1卷(2)。
③ 李欧梵:《漫谈中国现代文学中的"颓废"》,见《中国现代文学与现代性十讲》,上海:复旦大学出版社,2002年,第48页。
④ 章克标:《回忆邵洵美》,《文教资料简报》1982年第5期,第68页。

说明显摹仿了《道林·格雷的画像》。此外,叶灵凤的《鸠绿媚》《处女的梦》《女娲氏之遗孽》《昙华庵的春风》《姊嫁之夜》等小说都在营造肉身感官和奇巧梦幻的唯美情调,他将这些审美特质以心理意识的描写贯穿起来,具有明显的现代派文学风格,他"不是完全追求康德的那种纯粹、抽象的崇高美……追求的是远离精神的享乐化和自由化的唯美主义"①。叶灵凤将唯美主义推崇的"肉与死"的主题继续推进,将性冲动和官能刺激放大到极致,这固然具有迎合当时阅读市场需求的考虑,但也明显可以看出日本唯美派的影响。

许多人将叶灵凤归入新感觉派。新感觉派是30年代承接第一代海派而起的第二代海派,相较前者对西方唯美主义在审美主体气质上的摹仿,后者更多的是在题材与意象上的借鉴。他们通过酒吧、夜总会、咖啡厅、跑马场等典型都市场景,充分调动各种修辞手法,"将主观感觉投射到客观事物上,从而使主观感觉客观化,构成所谓的'新现实'"②。新感觉派的创作展示了现代都市喧嚣、浮躁的"摩登"情绪,其呈现的感官主义、印象主义等特质都散发着唯美气息。新感觉派是五四新文学伊始最完整的现代主义小说流派,它的产生和存在也得益于上海这个独特的中国都市。

中国新感觉派来源于日本的新感觉派。日本新感觉派是西方唯美主义文学的东方化,他们主张"艺术高于生活",强调"人生苦短,及时享乐",崇尚"官能体验",捕捉转瞬即逝的直觉,偏向"人工美"。日本新感觉派来源于法国的保罗·穆航(Paul Morand,1888—1976)。保罗·穆航于1925年来到上海,惊叹租界中的上海酒吧是"世界最大的酒吧",也目睹了在上海杂居的来自各个国家的民众。对他而言,上海的魅力无疑在于它的国际化。③ 日本新感觉派代表作家横光利一就写过以上海为背景的小说。中国新感觉派已经具有现代主义文学的特征,由于它的日本文学和法国文学源头和唯美主义思潮有着紧密的联系,在其呈现的具体作品中还是能够辨认出明显的唯美主义特征,比如颓废的情调、对肉欲的渴望和华丽的辞藻等,其中最显著的特征便是对"感觉"的呈现。新感觉派认为面对新世界,人们要调动各种感官去认识和表现世界,依靠感觉、直觉、

---

① 薛家宝:《唯美主义与中国现代文学》,北京:中国社会科学出版社,2015年,第143页。
② 范伯群、朱栋霖主编:《1898—1949中外文学比较史》(下卷),南京:江苏教育出版社,2007年,第169页。
③ 参见彭小妍:《漫游男女:横光利一的〈上海〉》,《东岳论丛》2013年第5期,第33—49页。

联想等感性认识来把握主体观念中的事物,捕捉刹那的感受。因此,他们表面上是在感觉外部对象,实际上通过文学描写表现了作家用语言捕捉感觉的能力。这让人想起郁达夫的话:"在物质文明进步,感官非常灵敏的现代,自然要促生许多变态和许多人工刺激的发明。"①显然,这也是为何新感觉派只能诞生在上海的原因,因为相对于中国其他地区,只有上海才具有"摩登"的氛围,简而言之,就是大都市的氛围:"及穆时英等出来,而都市文学才正式成立。"②

刘呐鸥首次把都市作为独立的审美对象,展现上海滩的"现代性"——摩天大楼、夜总会、女郎、火车等,表现都市快节奏的生活环境带来的传统伦理观念的变化。穆时英多描写上海的夜总会以及美艳、神秘的摩登女郎,在西方唯美主义文学中,魅惑的女性形象往往是表现新奇感官的载体。穆时英在把握"感觉"可能性的技巧上有诸多探索,他对光影、声音、色彩的表现更具有实验性质。施蛰存受爱伦·坡、施尼茨勒(Arthur Schnitzler,1862—1931)的影响很大,他善于表达都市人的"现代情绪"。如果说刘呐鸥和穆时英更注重表现印象式的感官体验,那么施蛰存则继续往心理深处挖掘。他借鉴精神分析的话语,揭露都市人压抑的潜意识和性本能,因而具有更多现代派文学的色彩。

都市崛起是唯美主义产生的现实语境,也是"现代感"的温床。首先,从第一代海派和第二代海派身上表现出"以丑为美"的文学现象是中国文学传统所没有的基因。"审丑"意识成为"现代感"的特征,只有在城市的"温床"中才能发生,"发达资本主义时代的抒情诗人"波德莱尔的作品就是在都市里开出的"恶之花"。"'恶之花'生长于现代都市的废墟之上,归根到底这'恶'的世界是工业与消费时代的产儿。"③其次,新感觉派文学捕捉"瞬间"的感受,放大刹那间的瞬时意识,与唯美主义推崇的"刹那主义"有异曲同工之妙,这种时间意识同样来源于都市因缘际会、稍纵即逝的生存体验。时间日趋个人化,每个人都是潜在的"时间的不感症者"。当然,唯美主义侧重对感官的展现,这种"感官"是高蹈的、艺术家式的理

---

① 郁达夫:《怎样叫做世纪末文学思潮?》,见《郁达夫文集》(第六卷),广州:花城出版社,1983年,第288页。
② 苏雪林:《新感觉派穆时英的作风》,见沈晖编:《苏雪林文集》(第三卷),合肥:安徽文艺出版社,1996年,第355页。
③ 陈建华:《"恶"声的启示——重读波特莱尔的〈恶之花〉》,《书城》2010年第10期,第60—68页。

想形态;而新感觉派则更侧重表现日常都市人的生存体验与压抑焦虑的情绪,呈现政治、社会、文化急剧转型期的新都市人迷茫又新奇的矛盾心态,在表现方式上开始使用心理分析的手法,缺少唯美主义那般超越尘世(现实)的形式感。如果说唯美主义是近代文学向现代文学过渡的形态,那么新感觉派则"头枕着唯美主义,整个身体已经属于现代主义了"[①]。再次,正如西方现代艺术的崛起依靠的是强大的文化市场推动,19世纪末在上海蓬勃出现的报纸杂志等传媒机构以及新式学校、社团、沙龙、咖啡馆、酒吧等公共空间催生了数量可观的职业作家、专业撰稿人、评论家等新式知识分子,文学创作和评论的职业化提升了作家的地位,这充分说明,劳动分工是文学艺术独立的社会基础。

从另一方面说,正是出于商业因素的考量,海派作家要顾及作品的"销量",他们的创作便天然地带有商业色彩,因此,他们关于感官主义的描写难免具有"媚俗"倾向。在五四新文学语境中的海派往往与京派作为"镜像"存在。与海派创作的浓厚商业意图相比,京派从创作出发点上倒是更加"为艺术而艺术",他们也更有理论上的支撑,比如朱光潜就从西方美学的角度谈道:"美感的世界纯粹是意象世界,超乎利害关系而独立……艺术的活动是'无所为而为'的。"[②]对艺术"无功利"的追求正是沈从文、周作人等京派作家看轻海派的一大原因。

如果说海派的创作视角是"都市",那么许多京派的作家则是"乡土"传统的继承者。这并不是说京派作家生活在农村,而是他们的创作内容是以家乡为背景,并且在价值取向上偏向批判城市文明,感怀乡土的淳朴之美。比如沈从文笔下的湘西,废名笔下的湖北黄梅,师陀笔下的河南等。事实上,文学领域的"乡土"概念同样是五四以来的产物,因为以往的农耕社会无所谓"乡土",它是伴随着京沪等城市的出现产生的。由于中国古代没有"纯文学"的土壤,现实的政治环境日益恶化,而海派对文学政治功利性的冲击又受到商业元素掣肘,因此京派作家往往借助"乡土"资源,以"怀旧"的视角和口吻呈现日渐远离的乡土中国的自然美和人性美,对都市商业文化嗤之以鼻,试图维护文学的"纯洁性"。"在纯文学中还有一批以膜拜艺术为己任的'为艺术而艺术'者,他们倾向'唯美'而以'美的

---

① 薛家宝:《唯美主义与中国现代文学》,北京:中国社会科学出版社,2015年,第169页。
② 朱光潜:《谈美》,见《朱光潜文集》第2卷,合肥:安徽教育出版社,1987年,第6页。

使者'自居。"① 无论是朱光潜欣赏的"和谐静穆"的意境,还是沈从文向往的"希腊小庙",抑或是李健吾欣赏的"克腊西克"(classic),表面上是力求营造西方古典式的静穆、节制之美,而骨子里透出的是中国古典的中庸、和谐的美感。与新感觉派笔下都市冷漠的生人环境和男女电光石火般的情欲状态不同,这些京派作家倡导"美化了"的乡土淳朴爱情及其代表的伦理关系,以此为意象营造不受都市商业氛围"污染"的纯美境界,为自己构筑时代转型期的精神堡垒,颇似西方唯美主义者"遗世独立"的不妥协态度。因此,由于农业社会和半殖民地半封建社会的特殊性,唯美主义思潮在中国传播的另一个特征在于中国文化语境中乡土与都市的复杂关系。海派都市话语构成中国唯美派文学写作的审美特征,京派乡土视角因社会转型和西方"纯美""纯文学"观念的接受,其文学独立之观念已非古代陶渊明等士大夫"出世"情怀可比,他们为中国"纯文学"理念的发生、发展留下了空间。

四、旧形式——新形式

新文学的基础是白话文取代文言文,白话文进入文学的范畴必然呼唤文学形式的革新,五四文学之"新"除了思想内容的变革外,还体现在对文学形式的探索中,唯美主义对文学形式美的重视为新文学的形式探索注入了养料。需要指出的是,中国古典诗词在其成熟期本就是高度形式化的,对于韵律、平仄、对仗等形式要素有着严格的要求,而某种文学类型的衰弱除了其内容上的日趋陈腐之外,往往也伴随着形式上的僵化。但文学的形式经过世世代代的传承,已经化为审美上的"集体无意识",成为某种特定的审美习惯。因此,在新文学对新形式的建构中,往往能看到中国传统文学形式的要素,这首先体现在新诗的创作理念中。

梁实秋于1931年在《诗刊》创刊号上评论中国新诗的形式追求,他认为由于汉字的特殊性,新诗不能完全摹仿西文诗的格律,新诗要创造自己的格律,他说:"《诗刊》上所载的诗大半是诗的实验,而不是白话的实验。《诗刊》最明显的特色便是诗的格律的讲究。"② 中国古典文学,尤其是古诗词的式微,其中一个很重要的原因就是形式的僵化,原本形式上的美感

---

① 范伯群主编:《中国近现代通俗文学史》(上卷),南京:江苏教育出版社,2010年,绪论第6页。

② 梁实秋:《新诗的格调及其他》,见《梁实秋文集》编辑委员会编:《梁实秋文集》(第5卷),厦门:鹭江出版社,2002年,第529页。

变成了"为形式而形式",成为情感内容的异化物。五四新文学意在变革僵化的文学形式及其背后蕴含的僵化思想,探索新的文学形式,在这方面,穆木天和王独清的理论阐释具有代表性。

象征派诗人穆木天受到西方"纯诗"(poésie pure)概念的启发,在《谭诗》一文中首次提出中国新诗的"纯诗"概念,他认为,真正的诗人的精神不迎合大众,不渴望被大众理解,只对自己负责,只有真正诗人的精神才能创造出"纯粹的诗"。穆木天提出"纯粹的诗"的概念:在形式上有统一性和持续性的时空间的律动,是数学(造型)和音乐(韵律)的结合体①,诗的形式就是"律"。从穆木天的新诗理论可以看到唯美主义强调形式美(音乐美)的渊源,同时也能看出中国古典诗歌的形式传统——严格的格律要求。或者说,他是用中国传统诗歌的格律之美来理解"纯诗"。穆木天的理论针对的是当时中国白话新诗在形式上的散漫,许多新诗既丢掉了中国古典诗歌的格律要求,又缺少西方现代诗歌的形式自觉。穆木天认为,诗歌除了在音乐美上做文章外,还得在造型美上下功夫,造型美不仅要依靠诗行的组合,而且很多时候是靠意象营造官能色彩实现的,他将杜牧的《泊秦淮》视为具有象征和印象色彩的诗歌形式之典范:"他官能感觉的顺序,他的情感激荡的顺序;一切的音色律动都是成一种持续的曲线的。"②这样的阐释表明,诗的内容与形式是统一的,诗歌形式上的探索必然影响到内容上的表达,这与西方唯美主义从理论(音乐性)到创作实践(感觉化)的转换是一致的。

为了诊治中国新诗审美薄弱和创作粗糙的弊病,王独清在《再谭诗》中呼应了穆木天关于"纯诗"的观点,表明他和穆木天共同的唯美派的立场。他将穆木天关于造型美和音乐美的观点进一步精细化,提出"纯诗"的公式:(情＋力)＋(音＋色)＝诗。③ 需要指出的是,19世纪以降的西方形式主义诗学往往排斥情感因素,他们喜欢用科学主义的思维去构建抽象的形式美,王独清以公式解诗便是范例。但中国古典诗学讲究"诗情",我们很早就发现"诗缘情而绮靡"的道理。因此,与穆木天相似,王独清的纯诗理论同样是"中西合璧",他认为,由于中西文字在表意、表音倾向上

---

① 参见穆木天:《谭诗——寄沫若的一封信》,见杨匡汉、刘福春编:《中国现代诗论》(上编),广州:花城出版社,1985年,第97页。
② 同上,第96页。
③ 王独清:《再谭诗——寄给木天、伯齐》,见杨匡汉、刘福春编:《中国现代诗论》(上编),广州:花城出版社,1985年,第104页。

的差异,这个公式中最难应用的是"音"和"色",他以自己的诗歌《玫瑰花》为例:

> 在这水绿色的灯下,我痴看着她,
> 我痴看着她淡黄色的头发,
> 她深蓝的眼睛,她苍白的面颊,
> 啊,这迷人的水绿色的灯下!①

王独清借这首诗表明,"色"落实在文字上,就表现为与感官有关的词,和韵律结合形成心理上的"色的听觉"和"音画"效果——不禁令人想起拉斐尔前派"诗画一体"的特征。事实上,诗歌的造型、韵律以及诗歌的内容构成的是一个整体,它作用于人的意识形成情绪上朦胧的"场",这个"场"并非由诗本身产生,而是人的感性能力(不同的人有不同的体验)的作用。因此,王独清推崇兰波,认为兰波的诗"实在非一般人所能了解。但要是有人能用很强的 sensibility(感性能力——引者注)去诵读,我想定会得到异样的色彩"②。

梁宗岱也提到纯诗的概念,他更突出了纯诗的"音乐性":"所谓纯诗,便是……纯粹凭借慰藉那构成它底形体的原素——音乐和色彩——产生一种符咒似的暗示力,以唤起我们感官与想象底感应,而超度我们底灵魂到一种神游物表的光明极乐的境域。"③利用纯粹形式与感官的应和到达神秘的形而上领域,这是象征主义诗学的基础,而对诗歌形式的音乐化追求,对感官能力的锻造,则是唯美主义的诗学宗旨。

唯美主义思潮带来的文学"形式的自觉"对新文学在形式上的探索起到了非常重要的作用,它使人们意识到,艺术的美终究离不开形式,新文学的生命力不能缺少新形式的支撑。除了上文提到对"新诗"形式的探索外,唯美主义思潮催生了"美文"意识的产生,汉语中"文学"一词是舶来品,来源于近代日本对英语"literature"的翻译。"literature"在英语中也指"文献""著作""资料"等意义,它包含的"文学艺术"之审美含义是随着近代美学的发展而产生的。受此影响,汉语"文学"一词才有了"文学艺

---

① 王独清:《再谭诗——寄给木天、伯齐》,见杨匡汉、刘福春编:《中国现代诗论》(上编),广州:花城出版社,1985年,第107页。
② 同上。
③ 梁宗岱:《谈诗》,见杨匡汉、刘福春编:《中国现代诗论》(上编),广州:花城出版社,1985年,第186页。

术"的含义。在此之前,中国的"文"主要是指与诗词歌赋相对的"杂文",它并没有获得艺术审美的"入场券"。人们只看重它的实用性,或是某种"奇技淫巧",甚至"作文害道",其审美价值是被长期忽略的。这一状况一直持续到五四新文学运动的"美文运动",周作人、朱自清、林语堂、王统照、何其芳、废名等人在理论建构和实际创作中将"纯文学"的概念引入白话散文中,使白话散文"艺术化"。这说明国人已经开始自觉追求文学的审美价值和语言艺术自身的规律。如果说梁实秋在新诗形式的探索中还没有意识到文学的语言本体,那么"美文"的出现和创造不但更新、拓展了"新文学"的观念和内涵,同时也推动白话文自身的完善。更重要的是,在中西文学、美学史的历史经验中,新文学理论者已经看出,新形式建构的出路不是找到另一种美的客观形式来取代旧文学的僵化形式,而是发挥艺术家的自由创造力,兼容并包中西文学,去探索新形式。比如,邵洵美崇拜戈蒂耶、斯温伯恩对诗歌完美形式的追求,但他认为,诗的形式"不只指整齐,单独的形式的整齐有时是绝端丑恶的。只有能与诗的本身的'品性'谐和的方是完美的形式"[①]。穆木天也指出:"我们对诗的形式力求复杂,样式越多越好,那么,我们的诗坛将来会有丰富的收获。我们要保存旧的形式,让它为形式之一。"[②]

五、群体——个体

人生派的创作具有朴素的人道主义思想,这与中国国情相关,也与来自欧洲的批判现实主义文学的影响密不可分。但细究起来,这种"为人生"态度的驱动很大程度上源于传统知识分子的"家国情怀":为天地立心,为生民立命。王统照曾说,新文学中关于"为艺术的文学"和"为人生的文学"的讨论并无必要,"文学,艺术,影响于社会非常之大,支配人心的力量,比一切都要加重……最是治疗中国麻木病的良药"[③]。"为人生"和"为艺术"最终都是为疗救现实,因此,中国接受西方美学思想与唯美主义思想的重要动力之一就是推动"美育",从而提升国人的思想层次,进而改良国民性。从朱光潜、沈从文等人的美学思想中都能看出这一倾向。如

[①] 邵洵美:《〈诗二十五首〉自序》,《文教资料简报》1982年第5期,第78页。
[②] 穆木天:《谭诗——寄沫若的一封信》,见杨匡汉、刘福春编:《中国现代诗论》(上编),广州:花城出版社,1985年,第97页。
[③] 王统照:《通信三则》,见杨洪承编:《王统照全集》第六卷,北京:中国工人出版社,2009年,第314页。

上文所述,在中国唯美主义倾向的创作中,尤其是戏剧的创作中,也可以看出这种"家国情怀"。田汉等人的新戏剧通过创造美好的艺术世界来反衬和影射现实的恶劣、政治的黑暗和人心的丑陋。从某种意义上说,他们并非追求西方唯美主义追求的具有"形而上"色彩的纯美,而是表达传统文人"出世"思想和"自哀/自怜"的情结。甚至新感觉派的穆时英、刘呐鸥、施蛰存等人也曾创作过"普罗小说",对时政保持介入的姿态。成仿吾在谈到艺术的作用时,能够在融合中西文化与美学观念的基础上一针见血地指出艺术的社会价值:"同情的唤醒"和"生活的向上"①。在成仿吾看来,这两者的达成并不是士大夫式的"民胞物与"心理,而是靠艺术唤醒人的自我意识,类似于一种无目的的合目的。应当说,成仿吾用中国知识分子的眼光看出了唯美主义思想的某些内在方面,但他又时刻返回"启蒙"的特定语境,将时代的使命和国家的使命也赋予了新文学,认为这是文学家的重大责任,文学家既是"美的传道者"②,又是真与善的勇士。

因此,我们可以认为,人生派和艺术派的矛盾既是现实与艺术的张力,也是儒道文化之间的互补结构。儒道之所以互补,源于其内在价值观念的统一:个体融化于群体。事实上,西方的人道主义观念是建立在个体本位基础上的,是对每一个抽象的个体人格的"同情",这与群体本位的"家国情怀"有着本质的不同,后者并没有独立于现实之外的抽象"自我",而是融入大众的"无我"。郭沫若在阐述"美的灵魂"的概念时借用叔本华的哲学观点,认为天才是纯粹的客观性,是忘掉小我,融合于大宇宙之中;又借用《庄子·达生》的故事来印证叔本华:艺术的精神就是无我,就是把自我变为艺术,抛弃一切功利的考量。③ 郭沫若对叔本华哲学中关于"艺术与意志"关系的理解是道家式的,即放弃自我意志的"无我"才能达到唯美的境界,这就和唯意志论哲学南辕北辙了。由于中国超稳定的小农经济以及建立在农耕文明之上的中央集权政体,构成了皇帝、官僚和平民的三级社会秩序,基于群体意识之上的平民意识深入普罗大众的内心深处。"人""群(众)""平民"往往是同义词。周作人一面倡导个人主义的人间本

---

① 成仿吾:《艺术之社会的意义》,见《成仿吾文集》编辑委员会编:《成仿吾文集》,济南:山东大学出版社,1985年,第167页。
② 成仿吾:《新文学之使命》,见《成仿吾文集》编辑委员会编:《成仿吾文集》,济南:山东大学出版社,1985年,第91页。
③ 参见郭沫若:《生活的艺术化》,见郭沫若著作编辑出版委员会编:《郭沫若全集》(文学编·第十五卷)。北京:人民文学出版社,1990年,第207页。

位主义,另一面又倡导全民性的"平民文学",因此,在五四新文学者们看来,个人主义和人道主义(平民主义)往往是冲突的,"人的文学"变为"平民文学",这便注定了两者最终都将汇入"群众的文学"的结局。此种"错位"源于中西方对"个体性"理解的文化差异。

因此,哪怕是"为艺术"的五四文学家,他们也不能真正和群体、和现实保持精神上的距离。正如田汉所说:"艺术家是反抗既成社会的。艺术家少有代表个人痛苦的,这样便是个人主义的艺术。代表多数的是社会主义的艺术,we 的艺术,'仁'的艺术。"① 他在创造具有唯美主义风格的戏剧时又希望"尽力作'民众剧运动'"②,突出反抗的主题,将唯美主义对纯粹美的追求转换为号召民众不妥协地抵抗现实不公的时代话语。

梁实秋在 1928 年的文章《王尔德和唯美主义》中从"艺术与时代""艺术与人生""艺术与自然""艺术与道德""个性与普遍性"以及"艺术与艺术批评"六个方面对王尔德的唯美主义思想做了系统性的评论。在谈到个性与普遍性问题时,梁实秋认为古典主义强调"普遍性"——常态的人性,浪漫主义强调"个性"——怪异。王尔德偏向个性,尤其以怪异、变态的人性表现个性,他所"企求的是艺术的绝对的独立,不但对于一般的观众宣告独立,即对于普遍的常态的人性亦宣告独立"③。梁实秋对人性的理解偏向古典主义,将王尔德体现出的"个性"视为非常态。细细辨析,我们可以发现这种偏向背后有着群体意识的"集体无意识",梁实秋对人性的古典主义理解基于"普遍",即承认一种看似西化的普遍性的人性,只不过,他所谓的"普遍"是和"常态"结合在一起的,也就是说,"反常"的就不是普遍的"人性"。这种观点其实是将"普遍"视为"相同"或"相似",将"普遍性"等同于"群体性"。事实上,近代以来西式的"人性"之普遍性指的是承认个体普遍的抽象"人格",而非相同或相似,即承认"反常"同样属于人性的普遍性,是每一个个体都可能存在的人性形态。不过,从另一方面来说,正是被视为"非常态"的异类人性成为五四新文化革命的"他山之石"。

在强大的传统文化背景中,也许只有都市意识和商业思维的植入,才

---

① 田汉:《艺术与时代及政治之关系》,见《田汉文集》(第十四卷),北京:中国戏剧出版社,1987年,第 200 页。
② 田汉:《我们的自己批判》,见《田汉文集》(第十四卷),北京:中国戏剧出版社,1987 年版,第 329 页。
③ 梁实秋:《王尔德的唯美主义》,见《梁实秋文集》编辑委员会编:《梁实秋文集》(第 1 卷),厦门:鹭江出版社,2002 年,第 170 页。

可能带来真正的基于个体意识之上的人道主义观念的萌芽。以穆时英为例,他在《〈公墓〉自序》一文中谈论自己的写作心理:

> 当时的目的只是想表现一些从生活上跌下来的,一些没落的pierrot(小丑)。在我们的社会里,有被生活压扁了的人,也有被生活挤出来的人,可是那些人并不一定,或是说,并不必然地要显出反抗,悲愤,仇恨之类的脸来;他们可以在悲哀的脸上戴了快乐的面具的。每一个人,除非他是毫无感觉的人,在心的深底里都蕴藏着一种寂寞感,一种没法排除的寂寞感。每一个人,都是部分的,或是全部的不能被人家了解的,而是精神地隔绝了的。①

这是一种真正意义上的人道主义思想,他不是要"化大众"和"大众化",或是"为民请命",而是承认每一个人的人格面具,承认每一个个体的绝对独立性,并对此表示理解和同情。

由于五四新文学对唯美主义思潮的接受从一开始就带有明确的目的,中国的人文环境也不具备细细咀嚼、完全消化唯美主义思想的条件,因此,随着局势的"吃紧",唯美主义思潮很快被淹没。虽然李金发、梁宗岱、九叶诗派等少数人在"纯文学"的道路上继续深化并走向现代主义,但是大多数具有唯美色彩的作家都从30年代后期便开始转向"为人生"的艺术。40年代,毛泽东在《在延安文艺座谈会上的讲话》中号召作家放下架子,向群众学习,向工农兵的生活、情感和审美趣味学习,最终的目的是为了"提高他们的斗争热情和胜利信心,加强他们的团结,便于他们同心同德地去和敌人作斗争"②。群众/平民的文学取得了压倒性的地位。

六、"历史的枷锁"

从1949年到1956年,我国处于新民主主义到社会主义的过渡期,国家百废待兴,在政治、军事、经济、社会秩序领域的重建工作是第一位的。1956年4月28日,毛泽东在中共中央政治局扩大会议上提出"百花齐放、百家争鸣",作为我国发展科学、繁荣文艺的方针。同年5月,毛泽东又在最高国务会议第七次会议上正式提出实行"双百方针",点燃了人文思想领域的火花。伴随着当年的"美学大讨论",新中国最早提到"唯美主

---

① 穆时英:《南北极 公墓》,北京:人民文学出版社,1987年,第174—175页。
② 毛泽东:《在延安文艺座谈会上的讲话》,见《毛泽东选集》(第三卷),北京:人民出版社,1991年,第862页。

义"的论文发表于1956年,有意思的是,这是一篇建筑专业的文章,题为《必须在建筑科学中贯彻"百家争鸣"》(《建筑学报》1956年第7期),在这篇有着浓厚时代气氛的文章中,作者邹至毅指出在建筑领域存在的唯美主义和复古主义的主张,导致建筑只顾美观,片面强调美感,缺乏实用眼光,造成经济上的极大浪费,妨碍了建筑科学的发展。当然,作者"醉翁之意不在酒",他要抨击的对象实际上是当时存在的教条主义、宗派主义、专制主义和偶像崇拜,呼吁"百家争鸣"。第二篇提到唯美主义的文章《试论刘勰文学批评的现实性》(吴林伯,《文史哲》1956年第10期)同样发表于1956年。一般认为,魏晋南北朝时期的文学思想标志着中国文学的审美自觉。在作者看来,六朝文学的形式化呈现出"颓废"的气象,这些文章脱离政治、社会和现实,是"唯美主义"的文学,《文心雕龙》正是刘勰不满当时骈俪文风所作,其实也表达了吴柏林先生对唯美主义的观点。同样在1956年,秦毓宗的文章《要正确地对待古代遗产——和刘开渠先生商谈对中国古代雕刻的研究问题》(《美术》1956年第12期)在艺术研究、美学研究中涉及唯美主义问题,和当时的主流意识一致,他也是将唯美主义等同于形式主义,视为资产阶级学者的糟粕。当然,这一类观点受到当时苏联官方文艺界的影响,莫斯科美术家协会党组秘书A.莫罗佐夫在苏联美术家代表大会前的论坛中谈道:"我们的美术家们自豪地把自己为人民利益服务、为共产主义服务的崇高的思想立场,同文学艺术的'独立性'这一虚伪的口号,同'为艺术而艺术'的伪善观点对立起来。"[①]这个论坛的讲话在1957年被摘录进我国的刊物《美术研究》第1期。事实上,"双百方针"的发布和"美学大讨论"的展开之初衷本就含有批判资产阶级思想糟粕,树立社会主义意识形态的初衷,因此,50年代我国知识界对"唯美主义"避之不及,直到50年代末才真正尝试去认识它。《语文学习》刊物在1958年第7期发表了《自然主义、唯美主义、形式主义》一文,尽管对唯美主义介绍的篇幅不长,认识上较粗浅,在价值判断上迎合当时的政治氛围而显得保守和武断,但这证明学界开始正视唯美主义本身。60年代起,人文学术研究几乎停滞,遑论与现实"脱节"的唯美主义研究了。当时,作为《黄面志》杂志和比亚兹莱的崇拜者,叶灵凤在香港仍在研究和谈论他们的作品,但影响有限,未成气候。

---

① 《苏联美术家代表大会前夜论坛摘要》,《美术研究》1957年第1期,第86—96页。

七、"暖日晴风初破冻"

1978年,中国近现代文学研究专家任访秋在《略论王国维及其文艺思想》(《开封师院学报(社会科学版)》1978年第5期)一文中谈论王国维的文艺观时论及唯美主义,仍然是简单地将唯美主义和形式主义画等号,与"文革"前的学术观点并无区别,反映出"文革"十年学术的停滞。从70年代末80年代初开始,伴随着对闻一多、田汉、王尔德、戈蒂耶等人的研究,我国学界才开始真正将唯美主义纳入研究视野,并出现对唯美主义思潮的专题研究,其中包括伍蠡甫的论文《西方唯美主义的艺术批评》(《文艺理论研究》1981年第1期)和卢善庆的《"唯美主义"来龙去脉的考察和批评——读R. V. 约翰逊〈美学主义〉》(《外国文学研究》1983年第1期)。同时,我们也开始对西方唯美主义向中国传播的"中转站"——日本唯美主义文学进行评介[①],并译介作为英国唯美主义思潮源头之一的拉斐尔前派绘画的国外相关研究[②]。应当说,这一阶段是中国又一次思想大解放时期,随着文艺界的拨乱反正,对文学本质、规律和作用的反思促成文学本体论研究在80年代中期的勃兴。站在新的十字路口,面对改革开放、商品经济、国外思潮等新局面和新契机,学界对唯美主义诗学的关注更多了一层现实的考量,不少研究都是对以前的某种思维定势、定论的反思。

从90年代开始,随着图书出版、学术机构日益体制化,许多出版社翻译出版了唯美主义名作,相应的学术研究也更加专业化和学院化,出现了一批关于唯美主义研究的专著。赵澧、徐京安主编的《唯美主义》(1988)是最早对唯美主义进行译介的著作。在该书序言中,徐京安认为唯美主义思潮是19世纪后半叶颓废主义大潮的支流,它发源于法国的颓废主义,在英国成为一场轰轰烈烈的文艺运动。作者认为,颓废主义和唯美主义同属于"世纪末"(fin de siècle)思潮,两者有诸多重合之处,但颓废主义更偏向思想、诗学层面,而英国唯美主义运动更为复杂,它不纯粹体现在艺术领域,与生活有着更为密切的关联。不过,该书的重点不在研究,而在于译介唯美主义文学和理论作品。薛家宝的《唯美主义研究》(1999)是

---

① 参见李芒:《美的创造——论日本唯美主义文学》,《外国文学评论》1987年第3期,第31—36页。
② 西蒙·威尔逊:《罗塞蒂,伯恩-琼斯象征主义与唯美主义绘画》,陈友仁译,《世界美术》1986年第3期,第15—18页。

新中国成立后首部系统研究唯美主义思潮的专著。作者在书中追溯唯美主义产生与发展的历史过程,提炼唯美主义的诗学特征,介绍唯美主义文学的代表人物、作品和主要观点,探讨唯美主义和19世纪其他文学思潮流派的关系,并对唯美主义的历史作用和局限做了评价。作者认为唯美主义的基本特征是哲学上的主观唯心主义倾向,艺术上的形式主义倾向,理论与实践上的颓废倾向。[1] 作者在论述唯美主义与其他文艺流派的关系时指出,象征主义脱胎于唯美主义,吸收了唯美主义的营养,两者都属于颓废主义。同时,包括印象主义、表现主义在内的现代主义文学都是从唯美主义那里受到了直接的启发。不过,由于时代的局限性,虽然薛家宝先生敏锐地注意到了唯美主义思想内部关于"功利与非功利""颓废与高蹈""理论和创作"的矛盾,但并未继续朝着矛盾"突击",也未深入分析矛盾相互转化的契机,因此,这本专著有着看似"工整"的体系,但没能"击中"唯美主义的某些本质特征。

事实上,如果不论及艺术与生活的关系,唯美主义的本质特征就无从谈起,周小仪的《唯美主义与消费文化》(2002)和刘琼的《神圣与世俗:唯美主义的价值意向》(2017)主要从艺术与生活的关系,尤其是和商业社会的关系切入唯美主义话题。他们认为唯美主义在高举"为艺术而艺术"旗帜的同时,跌入了商业化的陷阱:一方面,"唯美"的生活需要商业资本维持;另一方面,市场机制成为"规训"审美趣味的力量,掌控了艺术的评价权,审美关系被货币关系取代,唯美主义变成消费主义。周小仪先生的研究认为:"审美在生活领域的增值带来的是审美价值本身的贬值。"[2] 毋庸讳言,审美需要物质条件的保证,马克思也指出:"忧心忡忡的、贫穷的人对最美丽的景色都没有什么感觉……"[3] 尤其是在充分市场化的社会环境中,"生活的艺术化"往往伴随着不菲的经济成本。然而,艺术和艺术家的独立本就是社会分工的结果,社会分工自然导致人的片面发展(异化),而人性的异化反过来又需要艺术审美对人性的整合作用。因此,马克思提出的终极解决之道是扬弃私有制和异化劳动,也就是说,马克思并不认为审美的问题来源于艺术自身,他关注的还是人的全面发展的问题,同时

---

[1] 参见薛家宝:《唯美主义研究》,天津:天津社会科学院出版社,1999年,第36—37、104—119页。
[2] 周小仪:《唯美主义与消费文化》,北京:北京大学出版社,2002年,第233页。
[3] 马克思:《1844年经济学哲学手稿》,中共中央马克思恩格斯列宁斯大林著作编译局译,北京:人民出版社,2000年,第87页。

也是社会公平的问题,即让每个人的感性都得到充分的发展,让感觉成为"人"的感觉,因为审美本就是人的本质力量的证明。笔者认为,当今世界,包括中国社会确实存在消费主义式"伪审美",但并不能因此否定审美本身。我们应该警惕的不是日常生活的审美化,反而恰恰应该创造让日常生活审美化的社会条件;我们应该警惕的也不是审美趣味的不一致、"阳春白雪"和"下里巴人"参差不齐,而恰恰要鼓励百花齐放的审美环境,人人各美其美。真正值得警惕的是审美的不足,以及享受审美机会的不平等,正是这两者滋生了那些打着审美旗号的消费主义式"伪审美"。

在国别研究方面,朱立华对英国唯美主义有不少研究,他认为英国唯美主义具有多层次的特点,它既是一场文艺运动,也是诗学流派与观念。他的代表作是《拉斐尔前派诗歌的唯美主义诗学特征研究》(2013),该书的研究对象是作为英国唯美主义文学源头之一的拉斐尔前派诗歌,填补了国内学界的某些空白。在日本唯美派文学研究方面,叶渭渠的《日本现代文学思潮史》(1991)专门开设一章来介绍日本唯美派思潮。齐珮的《日本唯美派文学研究》(2009)是1949年后第一部专题研究日本唯美派文学的著作,也顺带简单介绍了西方唯美主义文学思潮。由曾思艺领衔的《19世纪俄国唯美主义文学研究——理论与创作》(2015)是近期出版的国内系统研究俄国唯美主义文学思潮的集大成之力作。

应当说,现阶段学术界对唯美主义的认识更多的还是偏向诗学层面,比如杜吉刚认为,西方唯美主义不是特定的某个流派,而是作为一种立足于此岸世界的纯粹世俗的文艺思潮出现的。杜吉刚是国内到目前为止研究唯美主义诗学最深入的学者之一,他在《世俗化与文学乌托邦:西方唯美主义诗学研究》(2009)中将唯美主义的诗学概括为"文学艺术自律""个人主体地位的确立""先验领域的销蚀"与"现实人生的拯救"四个主题。杜吉刚将唯美主义视为诗学理论,并且也看到了诗学理论自身内部的错位关系,但由于作者研究的立足点是诗学层面,使唯美主义研究缺少了来自社会运动和文学创作的印证、补充,从严格意义上也不能说是完整的唯美主义思潮研究。顾梅珑在其专著《现代西方审美主义思潮与文学》(2018)中以历史的眼光梳理唯美主义思想的发生和流变,认为唯美主义与众多文学流派和现象有着密切的内在联系,并对一些唯美主义色彩浓厚的作家进行专题研究介绍,同时对唯美主义的"审美化"眼光展开反思。不过,这本专著主要聚焦西方20世纪现代文学中的唯美主义思想和元素,关注的重点也并非唯美主义思潮在19世纪的"主部"。

当又一个新世纪和新千年到来之际，我国学术界再度开启总结和反思中国新文学的热潮，出现一批关于西方文学思潮在中国传播的研究。如前所述，新文化运动对国外文学思潮的接受是"杂食性"的，因此在这些研究中，尽管对唯美主义的研究只是其中一部分，但好处在于，读者可以在一个更加立体的视角中对唯美主义加以审视。肖同庆在《世纪末思潮与中国现代文学》（2000）中对"世纪末"思潮在中国的传播做了专题研究，他沿用日本学者厨川白村的观念，将"世纪末"思潮命名为"新浪漫主义"，并将唯美主义和颓废主义以及前期象征主义一道归入新浪漫主义的范畴中。客观地说，作者对于唯美主义的理解并未超出当代学者的观点。与之类似，张大明在《西方文学思潮在现代中国的传播史》（2001）中认为，中国现代文学将"世纪末思潮"和"颓废派"以及"现代主义"视为一回事，统称为"新浪漫派"，它是西方文学现代转型过程中和写实风格不同的所有文学流派的统称。新浪漫派的特征是灵的觉醒、挖掘神秘、探求人心内部的消息、从丑中寻美。唯美主义也属于新浪漫派的一支，"为艺术而艺术"是新浪漫派特征的体现。不过，《西方文学思潮在现代中国的传播史》重在史料的铺陈，对于唯美主义代表人物的观点和作品在中国的传播与接受情况做了重点介绍，但对于唯美主义思潮的个人见解不多，在"唯美主义与新浪漫派的关系"的问题上也没有深入展开。由范伯群、朱栋霖主编的《中外文学比较史：1898—1949》（2007）也谈到新浪漫主义的问题，作者将新浪漫主义的理论基础归纳为弗洛伊德主义、神秘主义和享乐主义，并认为五四新文学家对新浪漫主义的兴趣在于试图以世界文学新潮作为中国文学现代化的一个参照系。

比较纯粹的关于唯美主义思潮在中国传播与接受研究的代表性著作主要有谢志熙的《美的偏至：中国现代唯美—颓废主义文学思潮研究》（1997）和薛家宝的《唯美主义与中国现代文学》（2015）。两部著作史料翔实，视野宽阔，在唯美主义思潮中国化的研究过程中触及了唯美主义的一些理论问题，如纯文学的概念、颓荡的情调、形式主义的诗学、"恶中寻美"的主题等。但是，由于唯美主义思潮的复杂性，两者都未给予唯美主义明确的界定，因此研究的对象也并不统一。李雷在《审美现代性与都市唯美风——"海派唯美主义"思想研究》（2013）中聚焦海派文学，他认为海派文学呈现出典型的唯美主义特征，并将其命名为"海派唯美主义"，意指由20世纪二三十年代活跃在上海的热衷译介和创作唯美主义作品并效法西方唯美主义者"生活艺术化"理想的社团和作家群共同促成的文学思潮。① 海派唯美主义的独特性在于将唯美主义与现代消费文化"打包"接受。作者引入审美现代性的概念,将上海十里洋场的都市景观视为海派唯美主义发生的温床。审美现代性代表未来、此岸、感性、主体,核心品格是"反叛",按照作者的逻辑,上文提及的"新浪漫主义"正是审美现代性在文学领域的表现。同时,作者认为,审美现代性的极端形态是"审美主义",即将审美作为超越理性和道德的最高价值,审美主义在文学中就是唯美主义。

八、纯文学:"中国特色"的衍生话题

谈到唯美主义,自然会涉及"纯艺术""纯文学""文学自律"的话题,中国现代文学中出现的纯文学观念正是唯美主义思想"弥散"的结果。应当说,纯文学只是一种理想的形态,在中国的文化语境中更多地扮演"文化反思"的角色。改革开放以来,文学创作不得不面对市场化的挑战,仿佛站在又一个历史关口,"纯文学"理念对新时期中国文学的发展具有别样的意义。陈晓明、毕光明等学者都曾谈论这个话题。陈晓明认为"纯文学"就是回到文学自身的文学,是 80 年代中国文学被建构起来的理想②,多少带有一些"悲壮"的意味。但陈晓明反对将"纯文学"理解为"为艺术而艺术"的文学,毕竟中西文化土壤区别太大,笔者对此非常认同。毕光明认为,"文革"结束后,在新时期的文化建设中,文学不断向着自身回归,是一场对文学传统的真正意义上的革命。"纯文学"就是在这一历史变革中产生的,它是相对于"主旋律文学"和"通俗文学"而言的更关心人的精神存在的文学。③ 可以看出,他对于"纯文学"的理解是以政治和市场为坐标的。事实上,毕光明对"纯文学"的界定本身也含有很大的模糊性,更准确地说是对当代中国文坛的一种批评视角。马睿在《未完成的审美乌托邦:现代中国文学自治思潮研究(1904—1949)》(2006)中对"纯文学"有着非常理性的分析,作者认为唯美主义是一股现代性思潮,随着美学从审美自觉意识向审美中心主义的发展而孕育,因此,唯美主义是审美现代性的产物,"纯文学"正是在唯美主义思潮的启发中产生的。一般认为,"纯

---

① 参见李雷:《审美现代性与都市唯美风——"海派唯美主义"思想研究》,北京:文化艺术出版社,2013 年,第 7 页。
② 参见陈晓明:《不死的纯文学》,北京:北京大学出版社,2007 年,自序第 2 页。
③ 参见毕光明:《纯文学视镜中的新时期文学》,北京:中国社会科学出版社,2013 年,第 11、372 页。

文学"是"以审美为第一要素和最高本质的文学"①。作者认为这样的概念不能证实,只能证伪,是一种理论上的设想,但不管怎么说,文学自治思潮从根本上推动了中国现代文学的发展。马睿将现代文学三十年中文学自治思潮的演化大致分为三个时期:1. 萌芽期(1904—1923),以1904年王国维主编《教育世界》为起点,一直持续到20年代初,以周作人提出"人生的艺术"为标志告一段落。这一时期,"美学""审美""美育""美术""艺术""纯文学"等外来概念在现代汉语中趋于定型。2. 发展期(1923—1937),以1923年年底到1924年"新月社"成立为起点,到1937年8月1日《文学杂志》出至第4期停刊为终点。在这一阶段,文学自治思潮中内涵的启蒙现代性和审美自觉意识出现对立。3. 整合—消歇期(1937—1949),以北平沦陷,京派在昆明、四川等地重新集结为起点,到1949年年末沈从文自杀未遂和朱光潜在《人民日报》(11月27日)发表《自我检讨》一文以示要清算自己的自由主义文艺观为标志,中国现代时期的文学自治思潮宣告终结。胡有清对"纯文学"问题也有着长期的关注,他在《中国现代文学中的纯艺术思潮》(2017)中将纯文学理解为反对过度功利化、政治化以及商业化倾向的文学思潮。在对周作人、新月派和京派的纯艺术思想的分析中,他总结出纯文学的四个不同侧面和层次:艺术独立(文学地位论)、无用之用(文学功能论)、健全人性(文学性质论)、醇正美文(文学文体论)。同时,作者客观地指出,中国纯艺术思潮并非单纯来源于西方,也受到中国传统文化的滋养。总体而言,因为"纯文学"是一个非常宏大的问题,同时也是一个具有浓厚"中国特色"的文学问题,当代众多学者的论述更多的是从新时期中国文学发展的角度切入这个论题,这既是一种现实需要,恐怕也是一种"无奈"之举。当然,它已经远远超出19世纪唯美主义思潮的范畴了。

总体而言,与现代文学三十年不同,随着唯美主义思潮热度的消散,新中国70年的唯美主义接受重在研究层面,尤其是对于唯美主义中国化问题的总结,且研究模式日趋学院化和专业化,并开始涉及唯美主义思潮的不同层次。由于唯美主义思想已经融化进美学、诗学、大众文化的潮流中,以它为"驿站"生发出其他领域的研究,使得唯美主义问题变得更加"含混",正因如此,"返回"19世纪,对源发于彼时的西方唯美主义思潮本

---

① 马睿:《未完成的审美乌托邦:现代中国文学自治思潮研究(1904—1949)》,成都:巴蜀书社,2006年,第35页。

身的研究仍有很大空白。

九、回到问题本身

作为文艺观念的唯美主义伴随"为艺术而艺术"口号的提出浮出地表,马上成为19世纪众多文艺思潮中具有独特气质和魅力的一股"势力"。所谓"唯美"的宗旨与价值追求就是"为艺术而艺术",可以说,"为艺术而艺术"几乎是唯美主义的通俗表达。这也说明,艺术与美在唯美主义的语境中被视为一回事,当然从美学上说,两者本来也没有本质区别,不过是审美活动的不同侧面和表述,"艺术是给情感的内容赋予对象化的形式,美是以对象化的形式体现着的情感的内容"①。尽管唯美主义自诞生之初就充满了争议和非议,但丝毫无法阻挡那些"高蹈"的理论家、艺术家们的追捧,连有些拒不承认"为艺术而艺术"的创作者都"无可奈何"地被评论界贴上了唯美主义的"标签",甚至有种说法认为,整个19世纪后期直至20世纪现代派艺术可以说都是"为艺术而艺术"的产物。② 问题在于,"为艺术而艺术"这个短语本身显得语焉不详,具备各种解读路径和阐释空间,它可以被理解为对康德美学的通俗化表达,也可以被理解为艺术家不入俗流的"姿态",还可以被理解为关于艺术创作的美好心愿,甚至也能被理解为艺术作品中某些独特的美感……这样一来,唯美主义到底是艺术创作的特征,还是诗学理论,抑或社会运动,似乎都可以成立,于是乎唯美主义倒成了一个"无边的"概念了。

西方学界对唯美主义的代表性的界定在思想观念与社会运动上游移,但最终也回到观念领域。例如,莱昂·谢埃(Leon Chai)认为:"唯美主义运动的核心是这样一种愿望:重新定义艺术与生活的关系,赋予生活以艺术品的形式并把生活提升为一种更高层次的存在。"③与此相似,提姆·巴林杰(Tim Barringer)认为:"唯美主义的定位具有裂隙与含混性,它既包含了传统的精英向度,又包含了流行的文化元素。"④对流行文化

---

① 邓晓芒、易中天:《黄与蓝的交响——中西美学比较论》,武汉:武汉大学出版社,2007年,第379页。

② 参见张敢:《欧洲19世纪美术:世纪末与现代艺术的兴起》,北京:中国人民大学出版社,2010年,第212页。

③ Leon Chai, *Aestheticism. The Religion of Art in Post-Romantic Literature*, New York: Columbia University Press, 1990, p. ix.

④ Tim Barringer, "Aestheticism and the Victorian Present: Response", *Victorian Studies*, Vol. 51, No. 3(2009), pp. 451—456.

的渗透、对生活的影响,已经从文艺观念进入社会运动层面了。与欧洲大陆相比,英国唯美主义的独特性在于,它是社会与美学评论的混合物,不局限于诗学和创作领域,还产生了相应的社会艺术运动,所以英国的唯美主义思潮也称为美学运动或审美运动。

但从世界范围来说,唯美主义在一国的传播并不必然带来相应的社会运动,更多的是以诗学观念的形式影响文艺创作。对此,提姆·巴林杰也认为,唯美主义几乎不是一个连贯的运动,更不是拉斐尔前派那样有着固定成员的兄弟会,而"只能被认为是一种共享的思想感情,把众多富有创造精神的艺术家包括诗人、画家、装饰艺术家和雕刻画家联系在一起"①。在此,唯美主义的定义回到了诗学观念上来,作为一种共同的艺术追求与倾向影响与联系着一大批艺术家。艾布拉姆斯(M. H. Abrams)与哈珀姆(G. G. Harpham)在《文学术语词典》(2014)中持类似观点。克里斯·波尔蒂克(Chris Baldick)在《牛津文学术语词典》(2000)中认为,唯美主义是一种将美视为其本身目的的理念与倾向,一种将美从道德、教条与政治目的的附庸中独立出来的企图。

有学者将"为艺术而艺术"的观念加以拓展,在整个哲学发展史中寻找其理论根源。他们认为这种美学思潮并非产生于19世纪的文艺圈,而是产生于德国古典哲学,并将其命名为"审美主义"(同样的名词:Aestheticism)。例如,乔纳森·弗里德曼(Jonathan Freedman)认为,作为英国19世纪末基础广泛的文学、艺术与文化现象,对唯美主义的正确认识应与所谓的审美主义相联系,即"一种将艺术作为本体论根据的特权,一种认识论的范畴"②。威廉·冈特(William Gaunt)指出,唯美主义在德国偏重于哲学概念,传到法国才落实为具体创作。德国哲学家呕心沥血的工作是哲学上的苦苦追索,而法国人则更像艺术家,他们善于把诗学理论浪漫化,"对他们来说,一种理论就是一种灵感,唯一的价值就在于能够激发艺术创作"③。

在我国,对审美主义的阐释见于刘小枫、王一川、李晓林、顾梅珑等学者笔下。其中,王一川在《两种审美主义变体及其互渗特征》(2006)一文中将审美主义区分为广义和狭义两种。广义的审美主义,可以称为思辨

---

① 提姆·巴林杰:《拉斐尔前派艺术》,梁莹译,北京:中国建筑工业出版社,2007年,第151页。
② J. L. Freedman, *Henry James, Oscar Wilde and Commodity Culture*, Stanford, Calif.: Stanford University Press, 1990, p.11.
③ William Gaunt, *The Aesthetic Adventure*, London: Jonathan Cap, 1945, p.13.

式审美主义,注重从思辨角度高扬审美旗帜,主张审美与艺术是文化的最高原则,以审美去改造现有的衰败文化。狭义的审美主义在中国常被称为"唯美主义",可以称为日常式审美主义,在承认思辨式审美主义原则的前提下,进而着重让这种原则从思辨王国沉落为现实生活行为:突出艺术本身的自为性,提出"为艺术而艺术"原则,并且身体力行地追求日常生活的审美化或艺术化。①

在我们看来,任何文艺思潮都无法仅凭自身话语逻辑产生,必定要借重哲学、美学的理论资源。其实上文提到的广义的审美主义可以理解为唯美主义的美学根源,或者说是唯美主义在美学上的理论准备,是在哲学中给予审美以恰当位置的尝试,并在后来内化为唯美主义本身的内涵。美学作为独立学科出现的标志是将"审美"(aesthetic)作为一个意识领域中独立的领域加以研究,因此也被称为"审美学",美学学科和美学历史的发展给予唯美主义思潮极大的启发。就此而言,唯美主义当然是建立在美学的发生、发展史之上,但将"审美"作为一种主义则有些歧义。作为美学的核心概念,审美是人类文明发展到一定程度才产生的精神性活动和禀赋,与之相比,"唯美"则表示一种价值判断,唯美主义比审美主义更准确地表达出这种价值判断的思想和信念。我们同样认为,任何一种思潮都是多层次的,在不同层次上有不同的形态,但不同层次之间贯通着统一的逻辑,唯美主义思潮同样如此。因此,所谓广义和狭义的区别只是唯美主义内在不同层次的表现,它们本质上是一个整体。

这样一来,唯美主义概念不是更加"无边"了吗?事实上,任何概念都不可能是"无边的",就像大多数没有经过学术训练的读者也能凭借阅读的感觉和直觉判断写实和想象的区别,都能或显或隐地意识到一部文学作品写得"真不真",是偏重现实的还是偏重想象的。可以说,任何概念都能追溯其本质,哪怕是那些精神现象的概念。但是试图凭借"从个别到一般"的经验分析的方法显然无法直击问题的"要害",我们不能简单地将各个国家的唯美主义传播的情况叠加在一起,或将广义和狭义的唯美主义形态加以组合就组装出唯美主义的概念。这就迫使我们调整观照它的方式和角度,避免淹没在无边的外延之中,甚至要凭借某种现象学的方法直观本质。

---

① 参见王一川:《两种审美主义变体及其互渗特征》,《社会科学》2006 年第 5 期,第 178—185 页。

第一章
唯美主义产生的语境

作为一种精神现象,唯美主义具有自身的逻辑层次,各个层次之间也具有相互影响的有机结构,纷繁复杂的外延是其内在本质在不同层次上的反映。因此,在直观唯美主义的本质之前,我们还得尽可能多地占有"历史材料",对唯美主义观念产生的前因后果进行梳理。与其他的文艺思潮类似,唯美主义思想的产生离不开特定的时代历史语境,这一语境包括当时的生产力水平、社会意识形态、前沿哲学、科学思想等因素。同时,唯美主义的特殊之处在于,它不仅是一种新的艺术眼光和创作技巧,还是指向艺术本体和创作本体的反思性的哲学思考。因此,我们还需要考察当时其他主要艺术门类与文学之间的"互文关系",并审视艺术家主体地位的时代变迁。

第一节 唯美主义的社会土壤

"作为一场运动,唯美主义与维多利亚时代的社会现实紧密相连,并非仅仅是形式主义式的梦境。"①唯美主义的产生有独特的历史土壤,那便是工业化与城市化进程中的工商业环境。

自 18 世纪工业革命拉开序幕以来,工业化与城市化是先发资本主义国家的两大"主题"。工业化进程由机器化大生产承担,机器时代的来临

---

① See Tim Barringer, "Aestheticism and the Victorian Present: Response", *Victorian Studies*, Vol. 51, No. 3 (2009), pp. 451—456.

不仅改变了社会生产方式,也改变了劳动分工的方式,由此带来人与自我、人与他人关系的巨变。"英国开始了一种世界史上前所未有的生活方式。从来没有如此多的发明被转化为经济效益和物质财富。人们的生活也从来没有如此依赖于机器。"①1851 年,首届世界工业博览会在英国水晶宫举办,展出了农业、工业、交通运输业等领域的生产机器。世博会成为先发资本主义国家展示国力的窗口,让大众一睹工业化的成就。在英国的带动和影响下,海峡对岸的法兰西也不甘落后,他们在 19 世纪中期开启了工业化和城市化的步伐,并于 1855 年和 1856 年先后举办世博会以宣传国家力量。由世博会展示的机器化浪潮很快传到欧洲其他国家和大洋彼岸的美国。在南北战争之后,国家工业化和城市化提上日程。到 19 世纪末,缝纫机、拖拉机、轮船的制造和使用,尤其是标准化的生产方式的采用和推广,使美国一跃成为发达工业化国家,从而改变了建国以来的农耕文明底色,形成美国文化的转折点,其标志性事件便是 1893 年在"梦幻之城"芝加哥举办的代表美国工业化成就的"哥伦比亚世界博览会"。"哥伦比亚世界博览会"成为彼时美利坚最重要的精神建设标志,表明美国"从一个农业国转变成工业大国,几百万英里的铁路线遍布城乡,电报线纵横交错"②。以工业化为主导的城市文明逐渐成为美国人生活的主体。

  工业化与城市化进程相辅相成。1851 年,英国成为世界上第一个城市人口超过总人口半数的国家,基本上实现了城市化。法国在 19 世纪上半叶仅有规模不大的人口流动,然而到了 19 世纪下半叶,乡镇人口开始有规模地向城市迁徙,并且在 1851 年至 1872 年、1876 年至 1881 年、1896 年至 1901 年间形成了几次迁移的高峰。③ 美国同样如此,在工业化的带动下,美国城市化水平迅速提高,19 世纪中叶到 20 世纪初,美国乡村人口、工商业以及各种机构向各个城市聚集,城市人口占总人口的比重从 1870 年的 25.0%提高到 1920 年的 50.9%。城市的功能由原来的商品集散地转变为工业生产集中地,非农业人口逐渐向城市集中并最终超过农

---

① William Gaunt, *The Aesthetic Adventure*. London: Jonathan Cap, 1945, p. 18.
② Emory Elliott, et al., eds., *The Columbia Literary History of the United States*, New York: Columbia University Press, 1988, p. 527.
③ 参见新玉言主编:《国外城镇化——比较研究与经验启示》,北京:国家行政学院出版社,2013 年,第 32—33 页。

业人口。①

城市化进程带动了中产阶级的崛起。19世纪是西方发达国家内部中产阶级力量发展成型并走向成熟的过程。中产阶级倡导的自律、顾家、团结和勤劳致富等价值观念无疑与资本积累时期的时代精神十分合拍。19世纪后期，英、法等国的中产阶级坚信，他们才是推动人类文明进步的关键力量，并且乐观地认为："在中产阶级的主持下，在中产阶级的道德和经济经验指导下，人类社会会取得最为迅速的进步。他们坚信持续不断的物质进步具有重要意义，坚信这种进步是必然的。"②可以说，中产阶级的意识形态已然成为时代的明信片，在英国，甚至连当时大英帝国的象征者，英国的维多利亚女王本人都被认为是中产阶级的代言人，因为"她的举止体现了中产阶级最为宝贵的品质，她似乎又成为中产阶级胜利的缩影，而这个阶级的精神传统我们干脆称之为'维多利亚'"③。大洋彼岸的美利坚，作为英国清教徒的"乌托邦"，几乎与西欧的工业化和城市化发展保持同步，自19世纪30年代起，美国进入以中产阶级为主的文化形态中。

机械化大生产作为人们认识世界、征服自然的工具，它建立的基础是标准化的生产方式，反对一切不可控的变量。人们的思维方式逐渐受此影响，形成追求效率、实用与财富的工商文明。工商文明与中产阶级的价值导向相辅相成，注重伦理秩序，讲究有序井然，给人以严谨、刻板甚至保守、庸俗之感。丹尼尔·贝尔（Daniel Bell，1919—2011）认为，到了19世纪末期，理性主义、讲究实际、注重实效的世界观"不仅开始控制了技术经济结构，也开始统治文化领域，特别是宗教秩序向孩子灌输'适宜'动机的教育体系。它无往而不胜，只在文化领域内遭到一些人的反对，这些人蔑视它的非英雄和反悲观情绪，以及它对待时间的有条不紊的态度"④。这种意识形态使得社会精神在整体上变得功利、保守与平庸，久而久之，压抑了人的生命活力与丰富的精神世界，"中产阶级的卫道士们害怕大规模

---

① 参见刘春成、侯汉坡：《城市的崛起——城市系统学与中国城市化》，北京：中央文献出版社，2012年，第311页。
② 罗伯特·E.勒纳、斯坦坦迪什·米查姆、爱德华·麦克纳尔·伯恩斯：《西方文明史》（Ⅱ），王觉非等译，北京：中国青年出版社，2009年，第823页。
③ 同上书，第721页。
④ 丹尼尔·贝尔：《资本主义文化矛盾》，严蓓雯译，北京：人民出版社，2010年，第54—55页。

消费化,认为其美化了日常生活,夸大了个体的情绪与精神状况"①。事实上,对中产阶级的嘲讽在许多写实派作家那里得以更加直接地呈现,比如左拉(Émile Zola,1840—1902)、福楼拜(Gustave Flaubert,1821—1880)和龚古尔兄弟的作品。许多艺术家、美学家批判工商文明和中产阶级过度追求效率和财富的意识形态导致人的审美感受力变得麻木,大众艺术品位逐渐下降。"当时的英国社会极拘泥于传统,人们一言一行都必须与严格的社会行为与道德规范相符,稍微偏离常规就会被视为脱离正轨,连艺术与文学的原则都弃之不顾,必须恪守社会规范。"②英国诗人、思想家威廉·莫里斯(William Morris,1834—1896)认为,机器可以做任何事情,但是做不出艺术品,现代文明使人失去了享受淳朴的愉悦的能力,尤其是享受原本应该由劳动带来的幸福感,使人因庸俗而失去了对艺术的感受力。③ 英国诗人、教育家马修·阿诺德(Matthew Arnold,1822—1888)将中产阶级称为"非利士人"(Philistine),意为无文化品位、唯利是图的市侩;将跟风中产阶级、粗俗愚昧的劳工视为"群氓"(Populace)。画家惠斯勒(James Macneil Whistler,1834—1903)认为,19世纪是商人趣味取代艺术家品味的时代,出现了许多庸俗、无聊、华而不实的艺术赝品。"艺术家的职业消失了,取而代之的是制造商和小贩。"④阿诺德、罗斯金、莫里斯、王尔德等人都表达了工业化对人的异化。在美国,反城市化思潮在19世纪70年代已经有了苗头⑤,城市化和工业化导致否定人的自由意志的决定论观念兴起,人们普遍认为:"庞大的工业机器体系使得个体变得渺小,产生一种无力感。大都市将个人缩小为渺小的单元,经过量化的机器运转方式,丰富的个体差异被抹平。"⑥

---

① Mary Gluck, "Interpreting Primitivism, Mass Culture and Modernism: The Making of Wilhelm Worringer's Abstraction and Empathy", *New German Critique*, No. 80 (Spring/Summer, 2000), pp. 149—169.

② 维维安·贺兰:《王尔德》,李芬芳译,上海:百家出版社,2001年,第1页。

③ 参见 William Morris, "How I Became a Socialist", in *The Collected Works of William Morris*, Vol. XXIII, London: Routledge/Thoemmes Press, 1992, p. 281.

④ J. A. M. Whistler, "The Ten O'Clock Lecture", in Eric Warner, Graham Hough, eds., *Strangeness and Beauty: An Anthology of Aesthetic Criticism 1840—1910*, Vol. 2, *Pater to Symons*, London: Cambridge University Press, 1983, p. 80.

⑤ Humphrey Carpenter, *Geniuses Together: American Writers in Paris in the 1920s*, Boston: Houghton Mifflin Company, 1988, p. 113.

⑥ V. L. Parrington, *The Beginnings of Critical Realism in America*, New Brunswick, NJ.: Transaction Publishers, 2013, p. 327.

工业化和城市化创造丰富物质财富的同时,又导致社会贫富差距的扩大,那些来自城市底层或农村的产业工人,多数成了严格甚至严酷的机器化大工业制度的牺牲品,他们被牢牢地束缚在机器周围,成为流水线上日复一日的"熟练工人"。经济上的窘迫、社会资源的匮乏以及劳动分工带来的精神的扁平化,使产业工人更加远离艺术和审美。作为社会成员中数量庞大的一支,产业工人审美资源的缺失导致社会整体审美品位的下滑。贫富差距扩大的一大原因是社会分工,在19世纪,艺术创作成为社会分工的衍生品,加速了大众审美与艺术从业者审美旨趣的分化,此种现象一方面促使具有社会责任感的艺术精英萌发审美启蒙的思想,另一方面也倒逼许多艺术精英排斥大众,逃避世俗,躲进艺术的象牙塔。

第二节　科学主义思潮的兴起

工业文明的推动力,在很大程度上归功于自然科学的"狂飙突进"。19世纪又被称为"科学的世纪",英国社会学家比阿特丽斯·韦伯夫人(Beatrice Webb,1858—1943)认为,19世纪七八十年代,人们有种天真和狂热的"科学崇拜"(the cult of the scientific),"即单靠科学就能扫除人类所有的苦难。谁也不能否认,科学家是那个时代英国最重要的知识分子;他们作为享有国际声誉的天才而格外引人注目;他们是那个时代自信的战士;他们击溃神学论者,挫败神秘主义者,将他们的理论强加于哲学家头上,把新发明赐给资本家,将新发现引入医学界;同时,他们冷落艺术家,忽视诗人,甚至怀疑政治家的能力"[①]。19世纪,以经典数学和经典力学为基础,构建起包含化学、生物学、天文学、地理学等学科的近代科学体系,人们普遍认为,世界是理性的、合逻辑且能够基于观察和实验来精确计算的。英国物理学家焦耳(James Prescott Joule,1818—1889)最早用科学实验的方法确定能量守恒和转化定律,为唯物主义的自然观提供了依据;贝纳尔(Claude Bernard,1813—1878)的"决定论"认为自然界的因果关系具有不以人的意志为转移的规律性和必然性;华莱士(A. R. Wallace,1823—1913)和达尔文(Charles Darwin,1809—1882)通过观察生物界,得出"自然选择、适者生存"的自然法则,认为包括人在内的有机

---

① Beatrice Webb, *My Apprenticeship*, London: Longmans, Green, and Co, 1938, p.113.

物的存在只是随着自然环境的变化而机械地发展着,并无先验目的或自由意志选择的余地;遗传学说则将有机物的自然体征甚至人的气质性格都归结为生物遗传,成为自然主义文学重气质(遗传)不重性格(社会)的指导原则。不仅如此,诸多自然科学理论甚至还"越界"到人文社会学科,被直接移植过来解读人文社科领域的现象,其中代表人物是孔德(Auguste Comte,1798—1857),他相信既然社会也属于自然,那么自然科学的实证法则同样适用于观察与解释人类社会;斯宾塞(Herbert Spencer,1820—1903)则借生物学中"适者生存"的观点阐释他的社会观点,认为社会制度、宗教信仰与伦理道德皆是人的"自然选择",将人的自然性与社会性等同起来;丹纳(Hippolyte Taine,1828—1893)认为艺术精神等意识形态研究与自然科学研究在方法上是相类似的,强调"种族、环境和时代"对人的决定作用;费尔巴哈(L. A. Feuerbach,1804—1872)的人本主义建立在自然物质基础上的"人的本质"和人的生物意义上的"感觉",在本质上并没有跳脱出"自然主义"的范畴……总之,人们相信世界是由必然的自然秩序掌控的,面对不可理解的偶然,人们也愿意相信还有未能找到的自然规律:"我们有希望看到人们必须承认自然秩序的存在。自然秩序的观念作为机体发展的场所和自然观念紧紧地结合起来了。"[①]此外,对有机体的科学研究顺利地转移到对生物体质的生理研究:巴甫洛夫(I. P. Pavlov,1849—1936)从动物受刺激产生的自然反应中得到启发,认为"条件反射"是人类行为中的重要因素。19世纪自然科学对声、光传播的物理研究与对人体感知器官的生理研究同步推进。

值得注意的是,物理学和生理学、生物学的发展为心理学成为独立科学准备了条件。彼时的心理学也带有明显的生理学痕迹,比如德国感官神经生理学,其代表人物恩斯特·韦伯(Ernst Weber,1795—1878)确立了感觉的差别阈限定律。随后,费希纳(Gustav Theodor Fechner,1801—1887)发展了韦伯的研究,运用心理物理法对外界物理刺激和心理现象之间的函数关系做了精确的数学测量,为冯特(Wilhelm Wundt,1832—1920)写作标志着心理学滥觞的《生理心理学原理》(*Principles of Physiological Psychology*,1874)奠定了基础。冯特将自然科学的实验方法和内省方法相结合,认为心理学的研究对象只有一个,那便是个体的直接感觉经验。

[①] A. N. 怀特海:《科学与近代世界》,何钦译,北京:商务印书馆,2009年,第85页。

总而言之，19世纪形成了经验主义和实证主义的方法论，基于"形而上学"的古典哲学思维摇摇欲坠。正如莫泊桑（Guy de Maupassant，1850—1893）在《论小说》中所言："心理学应该在书中含而不露，就像它实际上隐藏在生活里的各项事件中的一样。"①在心理学和精神病理学等学科的影响下，布尔热（Paul Bourget，1852—1935）、龚古尔兄弟（Edmond de Goncourt，1822—1896；Jules de Goncourt，1830—1870）和莫泊桑等19世纪后期的小说家都十分重视对人的心理状态，尤其是本能、潜意识状态的描写，掀起了一股心理小说热。

事实上，唯美主义与19世纪自然科学之间的关系同样非常密切（下文会详细论述），尽管这一点往往遭到忽略。如果说心理学的发现源于自然科学带给人们的信心，人们认为用自然科学的定量分析可以捕捉深不可测的人心，那么在此基础上，人们自然会联想到，何不用心理学来定量地分析审美这一看似感性而主观的心理体验呢？事实上，古希腊哲学就开始从人的心理状态出发研究审美和创作的问题，比如德谟克利特（Demokritos，约前460—约前370）和柏拉图（Plato，前427—前347）都认为诗歌创作离不开人的灵感元素，亚里士多德（Aristotle，前384—前322）从欣赏角度出发谈论悲剧的"净化"作用。西方近代经验美学开始抛开神秘主义和抽象思辨的色彩，直接从人的感性经验出发研究审美意识的形成，开始触及心理和生理的实践经验，到了19世纪，随着心理学的发展，诞生了心理学美学。当然，还有一个重要的因素推动心理学盛行，那就是商业主义大潮对理性主义哲学强调的崇高之美的冲击，这种崇高感随着宗教主导力的弱化，以及私人生活逐渐成为大众文化语境的核心内容而逐渐消逝。

心理学美学中最具实证主义、科学主义特质的一支是实验美学。实验美学起源于德国，它一改德国古典哲学形而上的气息，否认形而上的美的理念存在，而采用"从个别到一般"的实证路径，继而推演出基于各种艺术门类的审美观念。比如费希纳认为心理现象和物理现象之间具有紧密的关系，他发展心理物理学方法，试图利用精确的度量、统计来测定感觉经验的刺激强度，用一套数学方程式来表示感觉和刺激的函数关系，以此将感觉量化，被称为费希纳定律（Fechner's Law）。显然，费希纳视"美"

---

① 莫泊桑：《论小说》，见莫泊桑：《漂亮朋友》，王振孙译，上海：上海译文出版社，1993年，第586页。

为心理—物理现象,也可以根据实验测量来推测,比如让实验者从一堆指定的图形中选择最喜欢的图形,或者在众多物品向人们呈现其最佳效果时测量物品的数量关系。① 由于费希纳心理学美学的经验主义性质,他对美感的认识偏重于由感官刺激带来的快感和不快感的印象,但对有些艺术形式而言,这种方法就不适用,比如文学就不直接与感官刺激相关。对此,费希纳认为,感官刺激的主要因素构成了美感的形式,而联想的主要因素构成了美感的内容,从中我们既可以看到他的妥协,也可以看到基于刺激—反应关系基础上的心理学美学的力不从心之处。奥斯瓦尔德·屈尔佩(Oswald Külpe,1862—1915)继承冯特的实验心理学,使费希纳的心理学美学更加精细化,创造了时间变异法,通过在审美欣赏的不同时段改变审美对象的位置,以测定审美体验中的定量(直接因素)和变量(间接因素)。由于科学实验对实验对象的条件限制,屈尔佩的实验法必然更多地集中于"审美静观"的层次。另一个实验美学的代表人物是西奥多·齐亨(Theodore Ziehen,1862—1950),他认为不存在先验的客体,我们能感知的都是经验表象,美学研究的对象主要是关于美感的经验,即由审美对象唤起的主体感觉表象。但由于每个人的感觉表象存在诸多差异,因此要采用心理学实验的方式统计不同实验对象的心理反应,辨别实验对象对某个审美客体的喜爱程度。实验美学的影响也波及美国,代表人物是威特默(Lightner Witmer,1867—1956),威特默通过印象法的实验得出这样的判断:刺激感官的声、色、味带来的快感和由线条、比例的形式带来的快感是不一样的,后者才是真正的美感。这就从心理学美学向形式主义美学靠拢了。

　　与近代德国美学的形而上思辨气息不同,近代英国美学具有强调形而下经验事实的传统,在 17 世纪、18 世纪以培根的经验主义和霍布斯的经验心理学为哲学基础形成了英国经验主义美学,代表人物是洛克(John Locke,1632—1704)、哈奇生(Francis Hutcheson,1694—1747)、夏夫兹博里(The Earl of Shaftesbury,1671—1713)、休谟(David Hume,1711—1776)、博克(Edmund Burke,1729—1797)等人。英国经验主义美学把感觉经验作为美学研究的出发点,从自然生理感官到社会性的感觉,再到个体特殊的快感,抓住经验性的美感,审视主体生理、心理的审美活动,提出"快感""印象""内感官""同情说""观念联想"等审美心理学观念来解释审

---

① 参见费希纳:《美学入门》,转引自张玉能、陆扬、张德兴等:《西方美学史·第5卷·十九世纪美学》,北京:北京师范大学出版社,2013年,第83页。

美活动,把西方美学引向侧重生理学和心理学的研究方向。19世纪英国美学继承了经验主义形而下与注重经验事实的传统,斯宾塞、达尔文、浮龙·李(Vernon Lee,1856—1935)、詹姆斯·萨利(James Sully,1842—1923)等人从人的感觉经验、感官感受的能力方面对审美心理与生理机制做出阐释。浮龙·李追随美国心理学家威廉·詹姆斯(William James,1842—1910)的理论,认为在欣赏活动中,人体器官变化是美感的根本原因,美就是能引起有益于人体器官变化的心理,丑是有损于人体器官变化的心理。李还探讨了美感和形式之间的关系,认为各种线条或音调组成的形式可以激发相应的人的生理、心理状态,是19世纪末科学形式主义的先驱。萨利也从心理学角度谈论美,他认为美就是在纯粹观赏(相当于静观)状态中的愉悦感。纯粹观赏主要指的是视觉和听觉层面的感官活动,将美感限定在视觉和听觉层面,使美感区别于其他感官过多的生理欲望成分,显示出审美非功利性的特点。达尔文从进化论的角度将美感视为后天形成的能力,并无先天的鉴赏标准,他将美与人的感官愉悦联系在一起,认为许多动物也有这样的感官功能,但是人的感官更复杂,但也更纯粹和无功利性。从这个角度出发,达尔文也认为最能带来美感的感官是视觉和听觉,将视觉和听觉作为美感的来源是英国美学的普遍特征。

美国的心理学美学代表人物是威廉·詹姆斯,他是美国唯美主义小说家亨利·詹姆斯的哥哥。威廉·詹姆斯将心理学视为自然科学,而不是形而上学,在《心理学原理》(*The Principles of Psychology*,1890)一书中,他否认人的情绪变化导致人体器官变化的观点,而是持相反观点,即人体器官状态的变化才导致情绪的变化,美感从根本上说是由内脏、肌肉、五官、血管等器官变化引起的。更重要的是,詹姆斯的心理学出发点是现实生活中活生生的个体,而不是形而上地研究意识各个组成部分。他提出了"意识流"思想的雏形:"在每一个个人的意识中,思想都是可感知地连续的。"[①]"连续"意味着没有断裂,没有明确的分界线。意识从一个时刻到另一个时刻的变化不是突然产生的,不同的时刻其实处在同一条意识之流中。人类的感觉也是如此,在日常生活的情境中,我们很难区分各个不同的感官感知的先后顺序,它好像是一股脑儿向我们"涌来"。

事实上,心理学美学的实证性、定量性都体现出它的科学主义基因,它将自然科学的目光和手段置于审美主体之上。与此相对照的是另一美

[①] 威廉·詹姆斯:《心理学原理》(上),田平译,北京:中国城市出版社,2012年,第146页。

学流派——形式主义美学,它同样追求实证主义和科学主义,只不过它将自然科学的目光和手段置于审美对象一边,试图通过定量的方式找到美的本质属性,即某种美的特定形式。应当说,这种美学派别和思维方式都试图改变德国古典美学的思辨特质,从主体与客体的相反方向追寻美的秘密,形成互为镜像的对立统一体。

自然科学的兴盛带来大众思维方式的变化,实证主义和经验主义似乎成为颠扑不破的方法论,导致哲学、美学、文学艺术等人文学科的科学主义转向,形成19世纪的科学主义思潮。科学主义一方面使人文学科的研究借鉴和采纳实验、观察、计算、检验等定量研究,试图从"量变"中找到"质变"的原因。另一方面,科学主义也使文学、艺术研究向知识学转化,学科分类越来越细致,各个艺术门类之间都试图建立起自己的知识谱系。自此,对具体艺术问题的"自下而上"的研究范式开始取代形而上的美、美感、理念、形式等"自上而下"的研究范式。

科学主义的思维方式极大地影响了艺术领域的世界观和方法论。在世界观层面,19世纪产生了自然主义文学观念,它将人视为科学实验中的对象,对人物进行手术刀式的解剖观察,否定了人的主观能动性,并将之本能化。人的意志是冲动,感情是情欲,人的主观能动性服从于自然生物规律。此外,19世纪的一些文艺作品比以往更注重人的心理活动和意识深处,展现当下的、个体的、经验的"人",而有别于古典哲学观念中先验、静态的"人"。在方法论层面,以自然主义文学和印象派绘画为代表的的写实主义艺术追求还原"当下感受到"的真实,尽力地摹仿现实,排斥抒情、想象、夸张等主观方法,用个人观察到的切身经验记录现实生活和人物活动的表象;同时,推动艺术描写、刻画人的切身感受、体验甚至本能状态和无意识心理。事实上,唯美主义看似和科学主义大潮以及写实主义观念相去甚远,甚至截然相反,但作为共同的社会文化语境中的产物,两者之间有着内在的微妙联系。

第三节　哲学与美学的"发酵"

一、德国古典哲学与浪漫主义

一般认为,唯美主义文学与西方非理性哲学思潮同步,将文学艺术的重心置于意志冲动、感性欲望等非理性基础之上,从而开启了西方文学与文化的非理性主义转向。然而,正如18世纪、19世纪西方非理性哲学、美学以及文艺思潮(浪漫主义)直接来源于理性主义哲学的巅峰——德国古典哲学,唯美主义同样在德国古典哲学中找到了重要的理论支撑与精神"养料"。对此,学界也已经有了相当程度的认识,比如康德哲学早已被认为是唯美主义诗学理论的奠基者。事实上,除了康德哲学,费希特、谢林和黑格尔的哲学观点都在不同方面与不同程度上为唯美主义思潮的出现准备了条件,当然,这些条件并不是"现成的",而是建立在唯美主义者的阐释甚至误读的基础上。

1."艺术自律"对康德哲学的"误读"

唯美主义的理想是让艺术成为独立王国,不受世俗价值观念的侵扰,提出"艺术自律"的观念,对此,康德哲学似乎顺理成章地成为打造"艺术独立王国"的"地基"。康德将审美视为鉴赏判断,审美过程中鉴赏判断在感性愉悦之前,还带有理性主义认识论的痕迹,但他将审美判断力视为与认识能力、意志力并列的先天禀赋,指出主体在面对具体对象时所具有的反思的判断力。① 这样一来,美学的研究视角就是以人自身为出发点,而不是外界的客观存在。康德将鉴赏判断的发生归于四个契机:无利害的愉悦感、无概念的主观普遍性、形式的合目的性、共通感。四个契机相当于《纯粹理性批判》的四个先验范畴:质、量、关系、模态。在康德看来,纯粹的审美活动必然符合上述特征,总结起来就是,美感是无目的的合目的性形式、无功利,并且可以达成普遍共识的愉悦。继康德以降,西方美学界对美的认识基本沿袭和发展了康德关于审美"无功利"和"形式的合目的性"观点,将其视为破解美和艺术本质的钥匙。比如沿着"无功利"道路的"审美距离说""孤立说"等,沿着"形式的合目的性"的"实验心理学美学""格式塔美学""符号论美学"等,审美无功利与形式的合目的性观念的影响延续到英美新批评和俄国形式主义文论。唯美主义思潮便是借着审美"无功利"和"形式的合目的性"观点的翅膀在19世纪展翅飞翔。

更重要的是,康德将审美带来的愉悦归结为"情感",并将其确立为美学的先天原则,审美判断力是在人的共通情感的基础上形成主观的普遍

---

① 参见康德:《康德三大批判合集》(下),邓晓芒译,北京:人民出版社,2009年,第229—231页。

性。审美属于人的认识能力范畴,即感性认识,但感性认识并非为了认识客观对象,而是一种反思的视角,通过认识对象反思共通的人性,激发人的情感。在审美过程中,人的诸认识能力不约而同地协调一致,产生审美愉悦。"为了分辨某物是美的还是不美的,我们不是把表象通过知性联系着客体来认识,而是通过想象力(也许是与知性结合着的)而与主体及其愉快或不愉快的情感相联系。所以鉴赏判断并不是认识判断,因而不是逻辑上的,而是感性的(审美的)。"①由于知性的基础是认识,道德的基础是自由意志,在康德看来,审美判断属于"非认识的认识"(认识能力的活动)、"非道德的道德"(自由协调的活动)。认识与道德通过审美结合起来,知、意、情构成完整的人性。在此意义上,美成为能够独立于真与善的人性范畴。无论是将感性作为美学的形而上学领域,还是将情感作为美学的先天原则,都承认审美是人性中不可或缺的部分,人的自由本质正是通过审美才得以全面地展现。审美也不是不要目的,而是主观合目的,康德所说的目的指的是人凭借理性拥有关于某个对象或结果的概念,并运用我们的意志去获得对象或结果,这个对象或结果就被叫作目的。如果说自由就是以自身为目的,那么审美也能够不为某种外在的目的或利害关系而仅仅是为了自身,即审美自由。戈蒂耶用一种通俗的话语将其表述为:"真正美的东西都是毫无用处的,所有有用的东西都是丑陋的,因为它是某几种需要的代名词。"②

我们往往将"艺术自律"理解为对形式的自觉——形式主义。形式主义的追求同样受到康德哲学的影响,康德认为:"有关一个客体的概念就其同时包含有该客体的现实性的根据而言,就叫作目的,而一物与诸物的那种只有按照目的才有可能的形状的协和一致,就叫作该物的形式的合目的性。"③形式主义者们将单纯形式的合目的性称之为"纯粹美",一旦涉及质料和概念就不可避免地会带有功利成分,对形式的鉴赏判断最能体现"无目的的合目的性",克莱夫·贝尔(Clive Bell,1881—1964)总结为"有意味的形式"④。事实上,在康德哲学中,"纯粹美"的确是由形式的合目的性引起的美感,可以说是一种由思维活动建构的概念,在日常生活和

---

① 康德:《康德三大批判合集》(下),邓晓芒译,北京:人民出版社,2009年,第249页。
② 泰奥菲尔·戈蒂耶:《莫班小姐》,黄胜强、许铭原译,北京:中国社会科学出版社,2013年,序言第20页。
③ 康德:《康德三大批判合集》(下),邓晓芒译,北京:人民出版社,2009年,第230页。
④ 克莱夫·贝尔:《艺术》,薛华译,南京:江苏教育出版社,2005年,第4页。

大自然中极难找到，反倒是依靠概念和一定的利害关系的不够纯粹的"依存美"才是主流。并且康德认为"依存美"才可能承载美的理想，美的理想需要具有客观目的性的概念作为基础，它是由人的理性主导的，只有"依存美"才能调动起想象力、知性、理性，而纯粹美只能调动前两者。此外，从康德哲学的内在逻辑看，他所谓的"形式"并非客观对象的某种属性，而是指人的诸认识能力看似趋向某种目的的和谐，一种主体认识能力相互协调的"完形"①。换言之，这里的"形式"是内在的，指向人类学意义上的个体心理机制。因为我们总是按照认识能力的某种合目的性原则去思考对象，因此，对象本身不是终极的认识目的，人本身（自由）才是目的。"对由反思事物的形式而来的愉快的感受性不仅表明了主体身上按照自然概念在与反思判断力的关系中的诸客体的合目的性，而且反过来也表明了就诸对象而言根据其形式甚至无形式按照自由概念的主体的合目的性。"②

但是，这种极端的形式主义创作理念属于"乌托邦"式的追求，尤其在文学研究中。单纯对形式的审美鉴赏被康德称为纯粹鉴赏判断，对任何一个具有日常审美经验的人来说，完全不涉及质料，不依赖于感官的审美活动是不可想象的，审美经验大多混杂感官、经验、概念甚至功利等经验因素。康德将只涉形式的纯粹鉴赏判断"提纯"，是为了研究需要。即便人们在进行审美鉴赏的过程中兴许可以达到这样的理想，但在艺术创作过程中却很难做到，甚至唯美主义作家在其创作实践中亦如此，因为创作无可避免地要渗透作者的某些理念与意图。因此，"审美自由"与"艺术自律"之间并不能简单地画等号。对此康德其实也早已预料，在他的美学视野中，审美判断的最终目标是引导人获得自由感，实现的途径是通过审美调动全人类普遍的情感，因此相较于艺术（人工创作），人们对大自然的欣赏更能"单独唤起一种直接的兴趣和优点"③，更能体现"无目的的合目的性"，从而体现审美的自由本质。更重要的是，康德认为：

> 对一个作为自然目的之物首先要求的是，各部分（按其存有和形式）只有通过其与整体的关系才是可能的。因为该物本身是一个目

---

① 参见曹俊峰、朱立元、张玉能：《西方美学史·第4卷·德国古典美学》，北京：北京师范大学出版社，2013年，第90—91页。
② 康德：《康德三大批判合集》（下），邓晓芒译，北京：人民出版社，2009年，第241页。
③ 同上书，第342页。

的,因而是在某个概念或理念之下被把握的,这理念必须先天地规定应该在该物中包含的一切东西。但如果一物只是以这种方式被设想为可能的,它就仅仅是一个艺术品(人工制品),也就是一个与它的质料(各部分)有别的理性原因的产品,这个理性原因的原因性(在获取和结合各部分时)是被一个关于由此而可能的整体的理念(因而不是被外在于该物的自然)所规定的。①

因为鉴赏中调动了理性能力,而理性正是道德的原则,所以审美中必然也蕴含了潜在的道德诉求。但由于审美是形式判断,不涉及真正的道德原则和目的,因此,在康德看来通过审美可以暗示人的道德本体,人的感受力会更加细腻,在普遍的形式中"看出"道德,体会共通的人性,开启道德的自觉,能鉴赏自然美的人一定具有道德感。于是,美就成为德性/善的象征,"并且也只有在这种考虑中……美才伴随着对每个别人都来赞同的要求而使人喜欢,这时内心同时意识到自己的某种高贵化和对感官印象的愉快的单纯感受性的超升,并对别人也按照他们判断力的类似准则来估量其价值"②。在此我们可以看出康德哲学所带有的近代人本主义气质,这与唯美主义诗学排斥一切道德干预,重"人工"而轻"自然"的价值理念,以及试图用某种近似科学(认识论)的形式主义思维取代自然情感的价值取向是有很大不同的。此外,康德从他带有机械主义和古典形式主义的思维方式出发谈论美的问题,可见他的艺术品位还带有古典主义的倾向,他重视古典诗歌、造型艺术,对音乐则不太重视,因为音乐太突出感性了,而音乐是唯美主义诗学最向往的艺术形式,音乐性体现的形式美是唯美主义最看重的审美特质,这说明康德和唯美主义对"形式"的理解是不一致的。

综上所述,康德哲学关于"审美自觉"的论述为唯美主义文学的诗学理论建构提供了依据,但唯美主义对康德哲学的借鉴也存在有意无意的"误读"。但正是这样的"误读"为我们理解唯美主义文学的实质打开了缺口。康德的洞见与局限很大程度上在于他建构了"物自体"的概念,"物自体"不可认识,但可以用"反思的判断力"来衔接纯粹理性(认识)与实践理性(自由)。这种做法一方面将人的自我意识局限在"物自体"之外,限制了认识能力的边界;但另一方面却保护了意识的能动性,意识可以在受保

---

① 康德:《康德三大批判合集》(下),邓晓芒译,北京:人民出版社,2009年,第409页。
② 同上书,第391页。

护的"领地"内运用十二范畴主动获得经验表象,建构认识对象。对文学领域而言,经过浪漫主义对古典美学原则的冲击,人们逐渐意识到,"美"并非来源于某种抽象的客观存在、形式或规律,艺术也并非要"认识"某种客观本质,而是要表现人的感性。事实上,近代美学研究视野的发展同样呈现为这样的路径:从研究普遍的社会性的感觉转向研究个体的丰富的感性,从研究美的抽象概念转向关注切身的审美经验。康德哲学正处在这样的转型过程中,于是我们也可以在康德哲学中看到"形式主义因素和主情主义因素的矛盾"[①]。这提醒我们,19世纪唯美主义文学创作也许并非意在寻找某种古典主义式的美的范式,而是紧紧抓住个性化的感性领域。

2. 席勒:寻找感性与理性的桥梁

康德哲学的总体逻辑是"自然向人生成",他将鉴赏判断作为纯粹理性和实践理性的中间环节,把美学作为自然王国通向自由王国的中间环节,他关心的是人性完善的问题、人类发展前途的问题。18世纪是启蒙主义的世纪,启蒙主义以自由、平等、博爱的人道主义原则为思想体系,人道主义理想的潜台词便是实现所有人的全面发展。从康德哲学中我们可以看到西方资产阶级人道主义思想的底色,这一底色同样出现在席勒的哲学、美学思想中。席勒的哲学、美学思想就是在人道主义理想的地基上建立起来的。在席勒看来,艺术和美就是实现人道主义理想的钥匙,审美是实现人的完善的途径。可以说,席勒在很大程度上继承了康德的逻辑框架并加以改造。

席勒认为古希腊人具有完整统一的人性,人的感性冲动和理性冲动协调发展。感性冲动的对象是一切物质存在,感性冲动要求绝对的现实性,将单纯的形式充实进内容,相当于在对象化中实现人的鲜活力量,它追求变化与流动;理性冲动在席勒看来是形式冲动,来源于人的理性,即将一切感性的、流变的对象抽象为永恒、必然的形式,使千变万化的自然界显示出人的法则,相当于自然的人化。席勒认为,古希腊人的理性与感性是统一的,他们的艺术与自然也是统一的,所以古希腊人提出艺术要摹仿自然。近代人则处在感性冲动和理性冲动的双向撕扯之中,底层劳工

---

① 邓晓芒、易中天:《黄与蓝的交响——中西美学比较论》,武汉:武汉大学出版社,2007年,第142页。

缺乏教养，没有理性的制约，凭本能行事，只有宣泄生命冲动的粗野；上层贵族太理性化、形式化，以至于失去感性生命的活力，变得矫揉造作。于是，艺术与自然之间也发生了对立。席勒认为，只有游戏冲动才能使感性冲动和理性冲动的互相冲突变成相互作用，这是因为在游戏中，人既释放着自然天性，同时又必须遵守游戏规则，让人感受到自在和自由、物质和精神、内容和形式之间的协调统一。由此，游戏冲动使人达到真正的自由感。游戏的思维就是艺术的思维，艺术是近代人的游戏。在游戏/艺术/美的作用下，自然王国向着自由王国发展，人恢复了完整的人性，游戏的对象就是完整的人性，就是美（活的形象）。"人同美只是游戏，人只是同美游戏；只有当人是完全意义上的人，他才游戏，只有当人游戏时，他才完全是人。"① 在席勒那里，艺术的本质就是审美，美是艺术的本质规定。

相比于康德，席勒的"游戏说"美学观点更具有实践论的色彩，也更偏离认识论哲学的传统，对于理解艺术创造的心理机制更有帮助。自然的物质存在是美的感性条件，自由是美的内在根据。艺术创作就是通过赋予自然对象以形式（法则），自然对象成为自我规定的自律形态（自由），艺术就是在感性现象中显现出的自由。由于将感性纳入美的范畴中，并和理性一起同归于自由，席勒对崇高的理解也比前代美学家更进一步，他将美和崇高在"自由的显现"这一维度上联系在一起。

3."绝对自我"与感觉主体

康德认为人的经验表象是由"物自体"刺激自我意识产生的，费希特在康德的基础上继续推进，他认为所谓"物自体"其实也是自我建立起来的概念，对"物自体"的经验表象亦是主体自我刺激产生的。于是，费希特在抛弃"物自体"概念的同时提出了"全部知识学原理"的三个正、反、合命题。

首先，自我设定自我。费希特认为一切都应从"自我"出发，自我的一切知识都是自我的综合，"我就是我"是一个能动性的过程，而非静止的状态。"自我存在着，而且凭借它的单独存在，它设定它的存在。——它同时既是行动者，又是行动的产物；既是活动的东西，又是由活动制造出来

---

① 弗里德里希·席勒：《审美教育书简》，冯至、范大灿译，上海：上海人民出版社，2003年，第117页。

的东西。"①费希特的"自我"是绝对自我,是超越日常的个体意识之上的先验概念。这种"唯我论"式的原理经过施莱尔马赫(Friedrich Daniel Ernst Schleiermacher,1768—1834)的发展成为浪漫主义的"温床"。浪漫主义将个体意识发扬到极致,"'我们'绝不是'我'。但'我们'能够并应该成为'我'"②。经由浪漫主义文学的过渡,绝对自我的理念在唯美主义文学中落脚为"茕茕孑立、形影相吊"的"颓废"形象,他们用感官世界将敏感、孤独而高贵的个体保护在"紧闭的窗户"③中。一方面,窗户是紧闭的,它以脆弱、内向、自恋的姿态表现出对世俗社会功利、市侩的价值观的疏离,维持个体人格的高贵;另一方面,窗户是通透的,它并非隔绝个体与外界,而是以两者之间的感性关系取代实用关系。正如黑格尔指出:"一方面主体想深入了解真实,渴望追求客观性,但是另一方面,他又无法离开这种孤独自闭的情况,摆脱这种未得满足的抽象的内心生活,因此他就患上一种精神上的饥渴症。我们见过,这种病也是从费希特哲学产生出来……就是这种心情产生了病态的心灵美和精神上的饥渴病。"④诸如佩特的理论和于斯曼等人的创作都具有鲜明的"唯我论"色彩:塑造颓废形象,聚焦感官世界,沉迷于超越世俗生活的怪异、反常的感觉体验。

其次,自我设定非我。费希特的"自我"是能动的主体,它必须设立一个"非我"作为行动的对象。从这个意义上说,"非我"是与自身对立统一的,如果没有非我,自我的能动性便无从体现,比如空气的阻力是飞行的基础。非我既在自我之外,又在自我之内,"自我扬弃自己,同时又不扬弃自己"⑤。这样一来,对于自我的理解,必须通过非我,也就是通过对象化的方式才能返回自身。事实上,唯美主义诗学理论和文学创作都试图重塑主体/自我与对象/非我的感性关系。在唯美主义作品中,对感性关系的抒写落脚为对感觉印象的描写。一方面,感觉对象被统摄在感觉主体的感性之流中,对象成为确证感觉主体内在丰富性的一个环节,由对象刺

---

① 费希特:《全部知识学的基础》,见梁志学编译:《费希特文集》(第1卷),北京:商务印书馆,2014年,第505页。
② 刘小枫编:《夜颂中的革命和宗教——诺瓦利斯选集卷一》,林克等译,北京:华夏出版社,2007年,第193页。
③ See Patrick McGuinness, *Poetry and Radical Politics in Fin de Siècle France: From Anarchism to Action Française*, New York: Oxford University Press, 2015, pp. 9—12.
④ 黑格尔:《美学》(第一卷),朱光潜译,北京:商务印书馆,1979年,第83页。
⑤ 费希特:《全部知识学的基础》,见梁志学编译:《费希特文集》(第1卷),北京:商务印书馆,2014年,第505页。

激主体而产生的感觉的多样性与可能性成为主体丰富性的证明,甚至往往"本末倒置",为了凸显感觉的丰富性而刻意营造怪诞的感觉对象。另一方面,感觉的丰富性以永不满足的感觉欲望填充,感觉对象成为欲望主体的客体,但欲望又指向永远的匮乏,它无法满足于具体的欲望对象。"欲望是一种存在与匮乏的关系。确切地说,这一匮乏是存在的匮乏……存在就是据此而存在着。"①主体为了满足自身而不断置换各种感觉对象,或者说欲望在寻找其对象的过程中得以维持。从道林、莎乐美、德泽森特、塞弗林等唯美主义小说的主人公,以及唯美主义诗歌的抒情主体那里可以看出,主体沉溺于由对象带来的感觉之流中不可自拔。"对新感觉的不断渴望,没有它,自我就失去了它的动感。"②唯美主义文学在感觉主体与感觉对象的营造过程中再现了费希特式绝对自我的内在矛盾结构:"被直观者的活动,就其对直观者的影响而言,同样也是由一种返回于自身的活动所规定的。通过返回于自身的活动,被直观者规定自己对直观者发生影响。"③在费希特那里,由于自我设定非我作为对立面,自我就受到非我的"限制",从而形成感觉。"感觉是作为自我的一种活动推演出来的,通过这种活动,自我把在自身发现的异样的东西与自己联系起来,占有这种东西,并在自身设定这种东西。"④因此,感觉便天然地含有"异化"的意味。在物质生产"狂飙突进"的 19 世纪,非我往往呈现为"物"的观念。相比浪漫主义文学对情感的自然流露、对自我的无限张扬,典型的唯美主义文学则聚焦于对人工造物的感觉印象之呈现,沉迷于对物的沉醉与迷狂。于是,世俗情感、情欲逐渐隐退,渐次成为"恋物"的注脚。"恋物"一词含有"拜物教"与"恋物癖"两种含义,两者是一体两面的。马克思指出:"当物按人的方式同人发生关系时,我才能在实践上按人的方式同物发生关系。"⑤拜物教(人与物)的基础是生产资料私有制基础上建立起

---

① Jacques Lacan, *The Seminar of Jacques Lacan*, Book Ⅱ, *The Ego in Freud's Theory and in the Technique of Psychoanalysis 1954—1955*, Jacques-Alain Miller, ed., SylrannaTomaselli, trans., Cambridge:Cambridge University Press, 1988, p. 223.
② Leon Chai, *Aestheticism: the Religion of Art in Post-Romantic Literature*, New York: Columbia University Press, 1990, p. 24.
③ 费希特:《全部知识学的基础》,见梁志学编译:《费希特文集》(第 1 卷),北京:商务印书馆,2014 年,第 653 页。
④ 同上,第 124 页。
⑤ 马克思:《1844 年经济学哲学手稿》,中共中央马克思恩格斯列宁斯大林著作编译局译,北京:人民出版社,2000 年,第 86 页。

的生产关系(人与人),而恋物癖(人与人)是以人造物为媒介(人与物)的情欲冲动。在唯美主义文学中,"恋物"的两种含义往往相辅相成。

最后,自我在自身中设定了非我和自我的对立。通过"自我设定自我"(正题)与"自我设定非我"(反题),就产生了合题,即自我在和非我的对立中意识到对立本身也是自我设定的,于是便回到了自我的绝对性。一切经验对象,包括感觉、知觉、印象等意识都不是来源于某种"物自体"的刺激,而是由自我与非我的内在相互作用产生的。费希特指出:"被感觉的东西,在现在的反思中,并且对于这个反思来说,也变成自我。因为进行着感觉的东西,只当它是被自身所规定的时候,亦即感觉着自身时,才是自我。"① 费希特改变了康德带有机械唯物主义的认识观,他将所有的刺激都纳入自我,这固然陷入了独断论的窠臼,却在另一层面展现出自我意识与对象意识的对立统一结构。这一结构以"自恋情结"这一唯美主义文学的重要主题形象地呈现出来:我爱上了另一个(对象化的)我,另一个我既不是我(否则我无法爱上),又是我(来源于我的意识)。对自恋情结的刻画正是唯美主义文学独特的标志之一,也是"遗世独立"的感觉主体的自我确证。王尔德认为:"自恋是一生的浪漫故事的开端。"② 法国哲学家萨拉·考夫曼(Sarah Kofman,1934—1994)也认为:"艺术与自恋情结之间的关系是根本性的。"③ 人的感觉是对象化的,感觉主体通过感官与对象发生联系,在对象上反身体验到感觉的丰富性。唯美主义文学作品中总是出现感觉异常敏锐的人物形象或叙事者/抒情主体。

正因为自我的意识的内在矛盾都是自我规定的,而不会由自我以外的什么东西规定,意识的运动就是一个不断自我回溯、反思的过程,在费希特看来,这就是自由,并且自由是达不到,但可以无限接近的。"人应该无限地、不断接近那个本来永远达不到的自由。——审美判断就是这样。"④ 因此,由于费希特将美和自由联系在一起,因此他认同康德将审美判断视为无限的判断。不过,费希特也和康德一样预设了一个美的理想,

---

① 费希特:《全部知识学的基础》,见梁志学编译:《费希特文集》(第1卷),北京:商务印书馆,2014年,第719页。

② 奥斯卡·王尔德:《供年轻人使用的至理名言》,见王尔德著,赵武平主编:《王尔德全集·评论随笔卷》,杨东霞、杨烈等译,北京:中国文学出版社,2000年,第489页。

③ Sarah Kofman, *The Childhood of Art: An Interpretation of Freud's Aesthetics*, Winifred Woodhull, trans., New York: Columbia University Press, 1988, p.119.

④ 费希特:《全部知识学的基础》,见梁志学编译:《费希特文集》(第1卷),北京:商务印书馆,2014年,第529页。

他的美学思想还带有形而上学的痕迹。

4. 精神化的自然与"反自然"的精神

谢林不赞成康德在形式上寻找美的依据,而是将美与真、善统一起来加以考量,但他也认同康德的"审美无利害"的思想。费希特强调绝对自我的普遍精神,外部自然是普遍精神在个体意识中的反映,"自然必须是精神,而不能是其他事物"①。谢林对费希特的普遍精神理念加以拓展,并吸收了斯宾诺莎的泛神论观点,在谢林看来,自我意识就是将自己变成对象,又最终返回自身的对立统一活动。差异是从同一中分化出来的,在自我与非我的对立之上,还有一个绝对同一,一切对立的东西都是从最初的同一状态中分化而来。在此我们可以看到柏拉图的"理念论"和普罗提诺(Plotinus)的"太一说"的影子,也可以看到谢林对费希特"自我与非我"的对立统一关系的继承,还可以看到浪漫主义思潮不同于古典主义艺术的那种对冲动、怪异、反常、恐怖的特殊性感受的哲学基础。谢林认为,认识绝对同一需要通过艺术直观,在艺术直观中,自由与自然、主观与客观、理性与感性、有限与无限、有意识与无意识等对立项都被统一起来。在此,我们也可以将艺术直观视为审美活动。

谢林认为精神与自然是同一的,一开始精神还在萌芽状态,只能以可能的姿态潜伏在自然中,精神的发展过程就是世界从自然发展到人的过程,最终返回绝对同一。相对应的,绝对同一的发展就是自然、人类、艺术三个阶段。因此,精神就是自然、宇宙、神,当然,也就是美。谢林关于精神发展过程的构想具有鲜明的目的论色彩,它最先启发了浪漫主义的"自然崇拜",但浪漫主义的宗旨并非寻求人与自然合一,而是张扬个体。"浪漫主义的'自然崇拜'其实是对自然的文明化,他们认为自然应该被纳入人类的领域并与文明等同。"②经过早期浪漫主义借歌颂自然而张扬个体,自然的理性主义逐渐与人的自由意志合为一体。但在唯美主义的语境中,借由"艺术高于自然/现实"的理念,"自然崇拜"异化为"逆反自然"的审美趣味。唯美主义认为艺术高于自然/现实,实际上是将自由意志推动的自由创作极致化,表现个性化的美感体验。"避免过于真切地表现真

---

① 弗兰克·梯利:《西方哲学史》,贾辰阳、解本远译,北京:光明日报出版社,2014年,第426页。

② David Weir, *Decadence and the Making of Modernism*, Amherst: University of Massachusetts Press, 1995, p.16.

实世界，那只是纯粹的摹仿；避免过于直白地表现理想，那只是纯粹的理智……艺术的重点既不应放在认知能力，也不应放在推理能力，而只应关注美感。"①于是我们可以看到，不仅唯美主义诗学理论一再鼓吹艺术高于自然，而且唯美主义文学作品也往往呈现对自然造物、生命活力以及田园式审美趣味的排斥，转而迷恋城市、人造物、非生殖的性行为等"非/反自然"事物与行为。

谢林在其先验哲学中论述了精神的发展在人类历史中的表现，即自由意识的发展。但自由意识如何能够发展为绝对同一的自我意识呢？谢林认为要通过艺术（美感）直观。人间的艺术是上帝艺术的启示，在启示的神秘主义中绝对同一被展现出来，神性的绝对性可以被人直观到，艺术因此成为绝对同一的直观显现。在艺术中，意识与无意识、有限与无限、自然与自由、理性与感性实现了统一，艺术直观比哲学（理智）直观更深刻地展现绝对同一。"艺术作品唯独向我反映出其他任何产物都反映不出来的东西，即那种在自我中就已经分离的绝对同一体；因此，哲学家在最初的意识活动中使之分离开的东西是通过艺术奇迹，从艺术作品中反映出来的，这是其他任何直观都办不到的。"②这一颇具神秘色彩的艺术观念开启了审美现代性的理论范式：用艺术崇拜代替上帝崇拜，将"美的崇拜"放置在"上帝死了"的空位上，以防被"恋物的商品崇拜"③抢占先机。唯美主义是在19世纪后期宗教信仰衰落的西方传统文化暮霭中出现的，它的文化与理论诉求是重新定义艺术与生活的关系，将艺术作品的形式赋予生活，从而将其提升至更高层次的存在。④唯美主义思潮正是西方文化与理论范式转型的关键一环，"当人造艺术成为准则或一种宗教——如对于佩特、于斯曼和许多称之为灵魂自传家的作家——时，我们便看到了现代文化的前兆"⑤。我们在于斯曼具有典型唯美风格的作品《逆天》中可以看到，对主人公德泽森特而言，避难所与舒缓剂的角色起初由艺术扮演，但正如谢林指出的，在人的艺术之外还有更高的神的艺术，它通过

---

① Oscar Wilde, "Intentions", Josephine M. Guy, ed., *Complete Works of Oscar Wilde*, Vol. 4, Oxford: Oxford University Press, 2007, p.160.
② 谢林:《先验唯心论体系》，梁志学、石泉译，北京：商务印书馆，1976年，第308页。
③ 瓦尔特·本雅明:《巴黎，19世纪的首都》，刘北成译，北京：商务印书馆，2013年，第15页。
④ Leon Chai, *Aestheticism: the Religion of Art in Post-Romantic Literature*, New York: Columbia University Press, 1990, p. ix.
⑤ 弗雷德里克·R.卡尔:《现代与现代主义：艺术家的主权1885—1925》，陈永国译，北京：中国人民大学出版社，2004年，第13页。

人间艺术向凡人显现。德泽森特最终耗尽了对其他艺术形式的热情而倒向了宗教,"在神经官能症的刺激下,复苏的天主教教义经常激励着德泽森特"①。正如他打造了修道间,过起了想象中的修士生活那样,宗教是他逃避世俗世界的避难所,"超脱现实的信仰对未来的生活来说是唯一的精神舒缓剂"②。不过,与其说德泽森特是从审美崇拜重新走向上帝崇拜,毋宁说他将宗教审美化了,他在单旋律的圣歌中,品味"出了一种狂热的信仰与热情的喜悦。人类精神的实质在这种具有独特风格、信念坚定、柔和悠扬的天籁之音中奏响了"③。奥地利唯美主义诗人霍夫曼斯塔尔在诗剧《愚人与宗教》中写到由小提琴声和钟声引起的一系列复杂的联觉与联想:"它有意味无穷的形式……我在其中触摸到了合一的神性与人性。"④当感觉妙至毫颠之际,往往能够超越现实世界的感受,抵达某种神性的意味(如波德莱尔的诗歌《感应》)。从中我们可以看到,宗教的启示性、神秘感、忏悔意识与唯美主义的音乐意识不谋而合,勾连现代人日益深化的自我意识结构。我们同样也能看到,唯美主义文学表现的内容一旦触碰宗教与神性的领域,便具有了象征主义的意味,致力于传达某种心灵深处某些形而上的感动。因此,谢林哲学对于艺术的神秘主义理解隐藏了理解唯美主义与宗教隐含关系的"密码"。

谢林开始将美与艺术放在(人类)历史的最高点,艺术可以通过"直观"引导人们认识终极的绝对同一,并且他和康德一样,认为在艺术领域确实需要天才的禀赋。这样一来,谢林的美学思想既包含了感性因素(直观),又推崇了强力的个体(天才),其实已经具有某种唯意志主义的苗头了。

5. 自我意识与主奴辩证法

唯美主义诗学理论提出"为艺术而艺术",艺术的出发点与归宿是达到自觉的状态。在此我们可以看到黑格尔哲学体系的构架:绝对精神是精神经过不断扬弃最终返回自身的存在,扬弃的过程是精神自我认识达到自觉的历程。黑格尔在《美学》中依据理念与感性显现的演化程度将艺

---

① 乔里-卡尔·于斯曼:《逆天》,尹伟、戴巧译,上海:上海文艺出版社,2010年,第149页。
② 同上书,第203页。
③ 同上书,第188—189页。
④ 胡戈·冯·霍夫曼斯塔尔:《风景中的少年:霍夫曼斯塔尔诗文选》,李双志译,南京:译林出版社,2018年,第252页。

术的历史分为象征型艺术、古典型艺术、浪漫型艺术三个阶段。在浪漫型艺术中,有限的感性形态已经无法承载无限的理念精神,由于精神溢出物质,因此浪漫型艺术主观性很强,主要体现个人的意志和愿望,表现人内心的冲突,是动作和情感的冲动。古典型主义所力求避免的痛苦、丑陋、罪恶等事物反而成为浪漫型艺术的主要内容。浪漫型艺术的理念和形式重新分离,最终导致艺术的解体,艺术理念则融入宗教。因为在黑格尔看来,艺术并不是理念的最高表现形式,理念注定要超越感性形式所能充分体现的东西。艺术的归宿就是逐渐接近宗教,继而走向哲学的位置,黑格尔这一判断为唯美主义倡导的艺术宗教化/宗教艺术化提供了底气。

黑格尔哲学大厦的地基可以追溯到精神现象学中,精神现象学是研究意识经验现象的哲学,马克思称《精神现象学》是黑格尔哲学的"真正诞生地和秘密"[1]。黑格尔对精神自觉的认识是基于对自我意识结构的分析,他认为,自我意识之所以具有把握对立统一的矛盾关系的理性能力,是因为自我意识本身即是矛盾:意识将自己一分为二(反思的"我"与被反思的"我"),同时又意识到两者是同一个意识。于是我们可以看到费希特与谢林哲学的影子:将自然与精神一分为二,但两者是同一个绝对的同一。黑格尔将这种本体论内化为对意识现象结构的分析,这就形成了建立在自我与对象辩证关系基础上的意识结构深度,它首先表现为欲望。自我意识将自己对象化,就将自己放在了欲望客体的位置上,通过对欲望客体的追求反身实现自身,欲望客体成为自我意识的一部分。"欲望,还有欲望的满足所带来的自身确定性,都是以对象为条件的,都需要扬弃这个他者才能成立。"[2]因此,欲望是维持自我意识的必然,通过对欲望客体的追求,意识主体显现出能动的生命力,"正是依靠着一个普遍的、流动的媒介,生命才不再是一种静止的形态分解,而是转变为形态的一种运动,换言之,转变为一种处于演进过程中的生命"[3]。自我意识的能动本质并不在于具体的欲望客体,而是将欲望客体不断吸收回意识主体的冲动与过程,即对欲望的欲望。黑格尔将费希特的自我与非我的关系推进到自我意识结构的内部,一方面弥补了费希特式"自我"的形式性和空洞性,另一方面扩大了自我意识的能动性。

---

[1] 马克思:《1844年经济学哲学手稿》,中共中央马克思恩格斯列宁斯大林著作编译局译,北京:人民出版社,2000年,第97页。
[2] 黑格尔:《精神现象学》,先刚译,北京:人民出版社,2015年,第116页。
[3] 同上书,第116页。

19世纪后期,黑格尔哲学在英国哲学界流行,当时以弗·赫·布拉德雷(Francis Herbert Bradley,1846—1924)和鲍桑葵(Bernard Basanquet,1848—1923)为代表的一批美学家高举"复兴黑格尔"的旗号,用自己的理解和需要重新阐释黑格尔哲学,以反对当时风靡英国的经验主义和实证主义思想。这股"黑格尔主义热"影响了佩特,佩特读到的第一本黑格尔的著作正是《精神现象学》,为了阅读《精神现象学》,他还专门学习了德语。① 佩特于1864年被授予牛津大学布雷齐诺斯学院(Brasenose College)研究员职位,"主要是由于……他对德国哲学的研究,尤其是……黑格尔哲学"②。在佩特等人的推动下,黑格尔的哲学思想在牛津已形成气候,人们已经普遍认为牛津是"黑格尔化"的,那里是英国黑格尔思想的源泉。因此,在佩特的创作与美学研究中,我们能够看到黑格尔哲学的影子,佩特经常宣称自己是黑格尔的历史观的忠实信徒。③ 佩特早期的唯美主义思想以黑格尔的"美是理念的感性显现"为根基。在1880年至1885年期间,佩特为给他的美学思想的代表作《马利乌斯——一个享乐主义者》做准备而广泛阅读黑格尔著作,两份未出版的读书笔记手稿从此流传下来。在其中一部关于"道德哲学"研究的手稿中,佩特明确地阐述了他对黑格尔哲学的理解,这份手稿对佩特哲学发展的重要性早已得到研究者的承认。④ 《马利乌斯——一个享乐主义者》以古罗马时期一位青年的个人游历为框架,描写一个享乐主义者(实际上是佩特理解的唯美主义)的意识形成过程。马利乌斯的经历正是不断吸收并扬弃他者的意识,逐渐形成享乐主义意识的过程。

在马利乌斯的享乐主义意识形成的每个阶段,他都遇到代表不同价值观念的人物形象:首先是形式主义诗人弗拉菲安,其次是信奉斯多葛主义的皇帝奥勒利厄斯,再次是军官科内利乌斯。弗拉菲安是文学形式主义者的代表,他向马利乌斯展示了语言艺术的极致追求。"似乎他拥有的一切都是最上等出色的,他讲话的习惯,包括选词造句都与当时的纨绔子

---

① W. W. Jackson, *Ingram Bywater: The Memoir of an Oxford Scholar, 1840—1914*. Oxford: Oxford University Press, 1915, p. 79.

② See Edward Thomas, *Walter Pater: A Critical Study*, London: M. Seeker, 1913, p. 24.

③ Elizabeth Prettejohn, *Art for Art's Sake: Aestheticism in Victorian Painting*, New Haven and London: Yale University Press, 2007, p. 159.

④ Giles Whiteley, *Aestheticism and the Philosophy of Death: Walter Pater and Post-Hegelianism*, Oxford: Legenda (Studies in Comparative Literature), 2010, pp. 24—25.

一般无异。"①弗拉菲安孜孜不倦地追求遣词造句,营造绮丽的文体,让人想到古罗马文学白银时代的形式主义文风。这确乎是人们对唯美主义文学的传统理解:语言上的刻意雕琢。但是,佩特借叙事者发表对此观点的不屑:"这种只注重形式华丽的罗马绮丽文体必定会流于形式浮华、矫揉造作和质量上的不足。"②"事实上,作为文学动用的手法,它本来没有任何新奇之处,历代的绮丽体文学在构思上大体相同。"③那么,佩特追求怎样的文体呢?他说:"用感官体验真正的生活,然后再将它们变成优美的文字写在纸上。"④"词语应该表达出事物的本质,最重要的是能表达个人真实的印象。"⑤在此,对"形式"的理解发生了翻转,不是某种特定形式激起了人的感觉——以反映论为基石的自然科学式的形式主义,而是将人的感觉注入形式之中,用人的主观性(感性)填充冰冷的客观形式。从美学上说,是从摹仿某种客观的美的本质形式转向表现切身的美感经验。因此,从表面上看,小说中对弗拉菲安绮丽体的描写,似乎在呈现文体上的华丽与精致,但叙事者是通过由文体所激发的视觉、听觉、温度感觉等丰富体验以及由此带来的想象来实现的,并且借助了音乐这一艺术形式。作为马利乌斯的启蒙者,弗拉菲安一直扮演着导师的角色,马利乌斯则像个言听计从的学生,弗拉菲安引领马利乌斯进入"感觉"的大门。随着生命逐渐消逝,两人的关系发生了反转,虚弱的弗拉菲安开始回忆过去,马利乌斯则像母亲一样照顾他,随着马利乌斯的"成长",弗拉菲安成为了马利乌斯意识的一部分,他完成了使命,被马利乌斯"扬弃"。于是,两人的疏离感油然而生,马利乌斯"对弗拉菲安这种情感上的疏远早在弗拉菲安被病痛折磨得神志不清时便已产生了"⑥。不久,弗拉菲安便驾鹤西去。

与弗拉菲安相反,奥勒利厄斯向马利乌斯宣传斯多葛派禁欲主义,这让马利乌斯觉得奥勒利厄斯拥有的只不过是一种"平庸的情感"。斯多葛主义从自然肉身的反面,即精神的普遍性出发表达个体灵魂的独立性。黑格尔认为:"自我意识的这种自由已经作为一个自觉的现象出现在精神

---

① 华特·佩特:《马利乌斯——一个享乐主义者》,陆笑炎、殷金海、董莉译,哈尔滨:哈尔滨出版社,1994年,第28页。
② 同上书,第56页。
③ 同上书,第57页。
④ 同上书,第106页。
⑤ 同上书,第92页。
⑥ 同上书,第70页。

史之中,这就是斯多葛主义。"①但是,斯多葛主义在黑格尔看来只是思想的纯粹普遍性,它的自我意识没有内容的支撑,只是一个抽象的本质、一个自由的概念,没有生命的充实,这导致了灵肉分离的痛苦。按照小说的故事逻辑,奥勒利厄斯是弗拉菲安的否定,即马利乌斯享乐主义意识形成的否定环节。科内利乌斯则向马利乌斯展现了肉身的美,但与弗拉菲安相比,科内利乌斯又更有"精神的魅力"。"马利乌斯觉得他同科内利乌斯之间的友谊完全不同于弗拉菲安。他从前对弗拉菲安是崇拜式的依恋,这使他表现得像个无所适从的奴隶;而现在,他是在归顺于感觉的世界,这是个可见的世界。"②通过奥勒利厄斯与科内利乌斯的中介作用,马利乌斯逐渐超越了弗拉菲安,不再满足于空洞的形式,从而追求某种由独立的自我意识带动的新感性:"周围一切可见的物体,甚至是最普通的日常用品对马利乌斯来说都是一首诗、一朵盛开的鲜花、一种新的感觉。在这一刻,马利乌斯觉得仿佛有一股神奇的力量将他的眼睛擦亮。"③随着感官的打开,马利乌斯的享乐主义意识塑造完成,他可以"专心于事物的某些方面,所谓事物的美学特征。那诉诸眼和想象力的东西……因为专心于事物的美的想象的一面,就能观照到他自身或他们的因素"④。事实上,从弗拉菲安到奥勒利厄斯,再到科内利乌斯,呈现为正—反—合结构。对于马利乌斯来说,在与这些人的交往中,自我逐渐被他们代表的不同价值取向所吸引,每一次他都渴望成为对方,但在吸纳对方的某些思想后,最终又离开了他们。正如黑格尔指出:"精神转变为一个对象,因为它就是这样一种运动:自己转变为一个他者,也就是说,转变为精神的自主体的一个对象,同时又扬弃这个他者存在。"⑤在意识过程中,主体将他者吸纳到自身,成为自我意识的一部分。主体被他者所渗透,通过与他人不断互动而不断重塑。由此,佩特将享乐主义意识的形成过程纳入黑格尔精神哲学整体性中的一个必要环节,他对黑格尔的重读,"形成对唯美主义思想的'反思'……黑格尔主义就成为了佩特思想的结构(形式)"⑥。马

---

① 黑格尔:《精神现象学》,先刚译,北京:人民出版社,2015年,第128页。
② 华特·佩特:《马利乌斯——一个享乐主义者》,陆笑炎、殷金海、董莉译,哈尔滨:哈尔滨出版社,1994年,第134页。
③ 同上书,第134—135页。
④ 同上书,第152页。
⑤ 黑格尔:《精神现象学》,先刚译,北京:人民出版社,2015年,序言第23页。
⑥ Giles Whiteley, *Aestheticism and the Philosophy of Death: Walter Pater and Post-Hegelianism*, Oxford: Legenda (Studies in Comparative Literature), 2010, p.4.

利乌斯在生命的尽头完成了和弗拉菲安合为一体的愿望,在更高的层次上实现对弗拉菲安式的形式主义的复归——基于感觉的形式主义,即佩特心目中的唯美主义。

在黑格尔的哲学逻辑中,主体即实体,是自在且自为的。自我意识将自我一分为二,作为对象的自我同样是一个实体,即自我意识的同类。自我意识在这个意义上说是类意识,"我即我们,我们即我"①。类意识使自我意识具有客观化的要求,自我意识要在外部客观世界中将自身实现出来,将客观世界的对象变成自己的一部分,反映在人与人之间就是"主奴关系"。主奴关系既发生在人与人之间——主人和奴隶,也发生在自我意识的两个环节——主人意识(主体的我)与奴隶意识(对象的我)。自我意识结构中潜在地包含主奴意识的两个方面。首先,自我意识"通过扬弃他者使自己保存下来,也就是说,它通过扬弃它的他者而重新获得自身的一致性;其次,它也让另一个自我意识保存下来,因为它曾经在他者之内存在着"②。奴隶一开始要服从主人,奴隶是主人改造外部世界的中介,他的意识就是主人的意识。但在劳动的过程中,奴隶在改变世界的过程中形成了自我意识,而主人由于不与对象直接接触而逐渐丧失了自我意识。因此,主奴关系是一种辩证关系,主奴的位置/意识可以发生转换,"在对物进行塑造时,仆从意识认识到自为存在是它自己固有的自为存在,认识到它本身就是自在且自为的……尽管它曾经看起来仅仅是一个不由自主的意向,但现在恰恰通过劳动转变为一个自主的意向"③。两种意识、两个阶级的意识内化为自我意识中的两面——自我意识部分(主)与对象意识部分(奴),主奴意识的两面性同样能够外化为现实的实践关系。这是黑格尔在论述自我意识结构的基础上具有洞见的发现,也是对费希特和谢林思想的发展。事实上,除上文提到的《马利乌斯——一个享乐主义者》外,《情迷维纳斯》《阿芙罗狄特》《秘密花园》《逆天》等具有浓郁唯美主义风格的作品在塑造感觉主体的过程中不约而同地呈现了诸种"主奴关系"。

以《情迷维纳斯》为例,小说描写了虐恋形式的"主奴关系":塞弗林(受虐者/奴隶)与旺达(施虐者/主人)。塞弗林沉迷并以非常卑微的姿态维持着与旺达小姐的虐恋关系,旺达最终厌烦并邀请来自希腊的美男子

---

① 黑格尔:《精神现象学》,先刚译,北京:人民出版社,2015年,第117页。
② 同上书,第118页。
③ 同上书,第125页。

帕帕加入原本稳定的主奴结构,由他替代旺达鞭打塞弗林,从而导致结构的破坏,这对于塞弗林而言意味着背叛与欺骗,他开始意识到自己的卑贱。根据精神分析的观点,"受虐恋就是转向自身的施虐恋,而我们也可以依样地说,施虐恋就是转向别人的受虐恋"①。虐恋关系与主奴关系一样蕴含了相互转化的契机。在小说中,这个契机以一种唯美主义文学特有的"异教情调"表现出来,在塞弗林看来,旺达是"维纳斯",她代表爱与美;她的新欢——希腊美男子帕帕是"阿波罗",代表男性的阳刚之气。"阿波罗还在鞭打我,我的维纳斯在残忍地嘲笑我,最初我还是感觉到了一种超越感觉的美妙。"②在旺达看来,背叛与欺骗的虐恋方式是对塞弗林受虐怪癖(奴隶意识)的治疗。事实上也是如此,在"阿波罗"的鞭笞中,塞弗林被注入了阳刚之气——主奴间生死较量的勇气,他重新感受到自尊与愤怒,疯狂诅咒女人/主人。从文化隐喻的角度说,传统观念标签置于女性身上的"疯狂""非理性""情绪化"以及女性身体更具"流动性""更易受外界影响"等特质使其历来与酒神精神联系在一起。③ 帕帕的介入象征日神精神对塞弗林的酒神迷狂的中和,使塞弗林意识到"盲目的激情和情欲将人们引向一条黑暗的小路"④。弗洛姆(Erich Fromm,1900—1980)曾在《逃避自由》(1941)中谈到受虐倾向与自由意志的关系,他认为尽管"受虐冲动的方式各异,但其目的只有一个:除掉个人自我,失去自我,换句话说,就是要除掉自由的负担"⑤。如果说酒神精神是将个体消融在自然中,就像奴隶的自我意识寄生在主人的自我意识中那样,是个体放弃自由意志,融入群体的表征;那么日神精神则是将个体意识重新凝聚在神性的形象中,凝聚被撕裂的个体。"酒神是野性的神,代表不受控制的过度自然,酒神被它的敌人所撕碎的身体在阿波罗那里得到复原。"⑥一方面,唯美主义文学中主体对感性、感觉之流的沉迷是酒神精神的体

---

① 蔼理士:《性心理学》,潘光旦译注,北京:商务印书馆,1997年,第253页。
② 利奥波德·范·萨克·马索克:《情迷维纳斯》,康明华译,北京:新世界出版社,2012年,第165页。
③ F. I. Zeitlin, "Playing the Other: Theater, Theatricality, and the Feminine in Greek Drama", *Representations*, No. 11 (1985), pp. 63—94.
④ 利奥波德·范·萨克·马索克:《情迷维纳斯》,康明华译,北京:新世界出版社,2012年,第165页。
⑤ 埃里希·弗洛姆:《逃避自由》,刘林海译,北京:国际文化出版公司,2007年,第104页。
⑥ Dennis Sweet, "The Birth of 'The Birth of Tragedy'", *Journal of the History of Ideas*, No. 2 (1999), pp. 345—359.

现;另一方面,其对形式、美丽外观、个体神性的追求正是以日神精神作为内在的文化支撑。对于"胎化"的男性塞弗林而言,日神精神使其重拾自我,获得自我拯救。在旺达随帕帕离去后,塞弗林继承父业,"两年中都在帮他承担压力,学习怎样照看田产",这是他"以前从没做过的"[①]。他在劳动中治愈了奴隶意识,并从受虐者变为施虐者,完成了"奴隶—主人"的角色转换。因此,《情迷维纳斯》中的"主奴辩证法"是"酒神精神与日神精神"互补关系的变体。

如果说《马利乌斯——一个享乐主义者》与《情迷维纳斯》侧重不同自我意识之间的主奴关系,那么《道林·格雷的画像》以更隐晦的方式表达了同一自我意识之中的主奴结构。道林在画家巴西尔和演员西比尔面前无疑占据了"主人"的地位,美貌让他成为主宰者,衬托出其他人的卑微。而亨利勋爵则代表一种冷静的旁观者,他总是发表一针见血、带有讽刺意味的点评,成为道林行动的反思者。在亨利的挑唆、撩拨下,道林卑贱的奴隶意识通过他和自己的画像的互动得以展现。道林每次作恶后都会不由自主地一窥画像的变化,而在他印证这一变化后,尽管他对此感到惶恐与厌恶,却有一分欲罢不能的自足,这仿佛成为他和画像之间的某种默契。根据文本的描述,发现画像变化的除了巴西尔(被道林杀死,死无对证)之外,始终只有道林。直到道林死亡后,第三人才真正在场看到画像,而那时的画像又恢复往昔般韶秀俊美。这为读者提供了一种解读路径:画像的变化是道林意识中的自我形象在画像中的投影,"表面似乎没有什么变化,跟他离开它时一样。那肮脏和恐怖显然是从内部透出来的"[②]。画像成为道林自由意识中的对象意识,"看着那画的变化倒真有趣,它能让他深入自己的思想的底奥。这画会成为他一面最神奇的镜子。它已经向他揭示了他的外形,同样也能向他揭示他的灵魂"[③]。画像与自我容貌的对比使道林兴奋,他陷落在艺术与现实、自我与对象、表象与真实、肉体与灵魂的多重镜像中不可自拔,由此建构了自恋(主)/自卑(奴)两位一体的自我意识。道林以为杀死自己的画像就能杀死过去获得彻底解脱,他在刺向画像的同时杀死了自己,而画像却恢复了韶秀俊美。这一戏剧化

[①] 利奥波德·范·萨克·马索克:《情迷维纳斯》,康明华译,北京:新世界出版社,2012年,第166页。

[②] 奥斯卡·王尔德:《莎乐美 道林·格雷的画像》,孙法理译,南京:译林出版社,1998年,第194页。

[③] 同上书,第147页。

的刺杀行为不啻一次社会意义上的谋杀,更是一次充满仪式感的想象中的自杀——借杀死他者/自我的时候宣布了所厌弃的"自我"的死亡,同时也是理想"自我"的新生,并借此完成主奴关系的颠倒。事实上,我们可以在自我意识的结构中将亨利、巴西尔与西比尔等人与道林的关系都看作道林与画像(自我)、自我意识与对象意识、主人意识与奴隶意识在不同层次上的折射。

如果说黑格尔的"主奴辩证法"在对意识结构的哲学分析中论证了自我意识的对象性,那么唯美主义作品对"主奴关系"的描写同样是立足于这一结构:诸多感觉形态是同一个感觉主体的组成部分,是感性丰富性在不同侧面的反映。比如德国唯美主义诗人格奥尔格在诗集《第七个环》中以"马克西敏"这个现实与想象结合的形象作为"诗性自我"的一种艺术投射。格奥尔格"通过'马克西敏'体验到的一切,使他自身禀赋的那种特质获得了一个形态"[①]。"马克西敏"成为诗人感觉体验的中转站与收集器。由于唯美主义文学往往表现出一种"恋物情结",物已经成为感觉的主要源泉,感觉不可避免地带有物化的痕迹。因此,"主奴关系"在唯美主义文学中也成为人与物的新型关系的注脚:人的自我确证越来越依赖于他所占有的"物"。丹蒂(dandy,又译"纨绔子")[②]、闲逛者(flâneur,又译"游荡者")[③]等形象的出现与"19世纪末大都市对'物'的功能的特定重塑密切相关……物质在能指意义上的根本转变改变了人的身份认定与交互方式"[④]。

[①] E.克莱特:《论格奥尔格》,莫光华译,见格奥尔格:《词语破碎之处:格奥尔格诗选》,莫光华译,上海:同济大学出版社,2010年,第244页。

[②] 丹蒂是19世纪初在英国出现的一类"花花公子",他们有钱有闲、注重仪表、谈吐不凡、自命清高。丹蒂主义传到法国后,受到波德莱尔等人的推崇,获得了在审美领域中的意义,成了体现高雅品位、追求完美形象和追求优越智力的象征。

[③] 闲逛者是爱伦·坡、波德莱尔笔下最早出现的一种人物形象,他们是大都市的产物。闲逛者隐身于人群之中,作者通过闲逛者的视角,以非实用、非理性的感性方式观察城市的内涵、人与城的关系。闲逛者是现代性时空的观察者、体验者和抵抗现代性的英雄,它代表一种文化态度,也是重要的都市文化意象。以波德莱尔为例,人群中的波德莱尔就是城市中的艺术家的具体化身,他是通过内在于人群中的主观性来看待城市的,代表客观的城市形象向主观的城市形象的转变。参见瓦尔特·本雅明:《巴黎,19世纪的首都》,刘北成译,北京:商务印书馆,2013年;上官燕:《游荡者、城市与现代性:理解本雅明》,北京:北京大学出版社,2014年;理查德·利罕:《文学中的城市:知识与文化的历史》,吴子枫译,上海:上海人民出版社,2009年,第92页。

[④] J. O. Taylor, "Kipling's Imperial Aestheticism: Epistemologies of Art and Empire in Kim", *English Literature in Transition 1880—1920*, Vol. 52, No. 1 (2009), pp. 49—69.

6. 费尔巴哈：古典主义的终结

费尔巴哈哲学是德国古典哲学的终结，也是近代人本主义美学的先驱。他既对黑格尔哲学、美学强烈的唯心主义的神秘色彩不满，也不认同康德的先验认识论，而是强调人的感性本质，他认为人的一切认识活动都是通过感觉而成为认识自己的对象。"他是作为感觉对象而成为自己的对象。主体和对象的同一性，在自我意识之中只是抽象的思想，只有在人对人的感性直观之中，才是真理和实在。"①费尔巴哈所说的"感性"摆脱了法国浪漫主义和德国古典哲学的审美至上色彩，并且受到 19 世纪浓厚的科学主义思想以及机械唯物主义、实证主义的影响。他提倡的人的感觉相当于人的自然生理意义上的感觉，即人的神经活动，具有机械唯物主义的特征。"在身体表面，即皮肤上散布着最纤细的感受性，而脑的意义，你只能在它作为感觉着的神经，从头盖骨里出到头的外面来的地方找。正如你自己的知觉和感觉能力倾向于表面一样，你只能在事物，如在生活中一样，直接向你的感官显露的地方，获得它们的本质。"②费尔巴哈认为人的感觉具有可靠性，这种可靠性并非来自某种先天的认识范畴，而是来自感性直观所反映的经验现实，这就否定了不可知论。"我的感觉是主观的，但它的基础或原因（Grund）是客观的。"③人的认识能力完全可以认识世界，哪怕是现在还未被人的感觉所认识的事物，将来也会通过相应的感官被人认知。

费尔巴哈给予人的感官、感觉无限的信心，并将审美和艺术建立在人的感觉上，契合了 17 世纪、18 世纪以降的感性学道路，同时与英国唯美主义思潮的感觉主义理论思想有相通之处，打破了德国古典哲学的神秘主义。他认为，美感和其他感觉都是感性，两者并不对立，自然生理感觉是美感的基础。不过，动物也有感觉，那么人的美感与动物的感觉区别在哪儿呢？对此，费尔巴哈只能回答，因为人的感觉具有无限性、普遍性和精神性，背后有人的情感（爱）的支撑，因此人能产生美感，在这个问题上

---

① 路德维希·费尔巴哈：《未来哲学原理》，洪谦译，见《费尔巴哈哲学著作选集》（上卷），荣震华、李金山等译，北京：商务印书馆，1984 年，第 83 页。
② 路德维希·费尔巴哈：《反对身体和灵魂、肉体和精神的二元论》，李时译，见《费尔巴哈哲学著作选集》（上卷），荣震华、李金山等译，北京：商务印书馆，1984 年，第 206 页。
③ 路德维希·费尔巴哈：《论唯灵主义和唯物主义，特别是从意志自由方面着眼》，张大同译，见《费尔巴哈哲学著作选集》（上卷），荣震华、李金山等译，北京：商务印书馆，1984 年，第 530 页。

费尔巴哈又陷入了唯心主义式的循环论证。费尔巴哈认为感性便是现实，人所感觉到的对象决定了人，人在对象中感觉到自己的本源。"人由对象而意识到自己；对于对象的意识，就是人的自我意识。你由对象而认识人；人的本质在对象中显现出来，对象是他的公开的本质，是他的真正的、客观的我。"①费尔巴哈认为的美就是人的感性本质的对象化，人在对象化的过程中获得了自我确证，感到了满足，这种观点是对费希特哲学的进一步提升。也正是在这个世界观的基础上，费尔巴哈提出不是神创造人，而是人创造神，神的本质就是人的本质，神只不过是人创造的异化形式，人与人之间的情感是宗教情感的基础。这样的人本主义学说为马克思主义哲学、美学的来临提供了启示。费尔巴哈进一步指出，宗教只不过是人将自己的本质力量转移到上帝身上，对自己本质的崇拜变成了上帝崇拜；艺术/审美的原则是将人的形象当作最高的东西来崇拜。因此，宗教和艺术在根基上是可以相通的，当人们将神当作人来崇拜，将神的故事当作人的故事进行想象时，宗教就转向了艺术。上述观点无不体现出18世纪以降诗化宗教和宗教诗化的思维方式的内核。

总之，康德哲学在形式主义的外壳中埋下了主情主义的种子，划定了感性的势力范围。谢林在对"创造性自然"的阐释中为唯美主义的"反自然"情调从浪漫主义的"自然崇拜"之母体中破壳而出埋下了伏笔，他对艺术直观的宗教意义的阐释成为唯美主义诗学理论建构的世界观来源。费希特则从形式上论证了"自我"的主体性，在自我与非我的对立中找到了统一的路径，这为唯美主义文学塑造感性主体，并将感觉印象确立为审美对象的观念做好了准备。作为德国古典哲学的集大成者，黑格尔关于"绝对精神"的世界观为唯美主义诗学提供了思维框架的启示：艺术的出发点与归宿都应该是艺术本身。黑格尔在自我意识与对象意识的矛盾关系中发现主奴意识的辩证法，这正是许多具有颓废派色彩的唯美主义作品热衷描写的题材之一；对主奴关系的描写中隐藏着酒神精神与日神精神的辩证结构。我们可以将唯美主义文学展现的诸多感觉形态看作是同一个感觉主体的不同层次（丰富性）。由于对象意识的否定结构，19世纪人与物的新型关系也通过"主奴关系"得以呈现。

---

① 路德维希·费尔巴哈：《基督教的本质》，荣震华译，见《费尔巴哈哲学著作选集》（下卷），荣震华、王太庆、刘磊译，北京：商务印书馆，1984年，第30页。

7. 德国浪漫派的"铺垫"

唯美主义思潮被认为是新浪漫主义或晚期浪漫主义的一支，这说明它与浪漫主义思潮之间有着密切的联系。浪漫主义思潮主要有两个理论基础，一是德国古典哲学，二是空想社会主义。空想社会主义批判资本主义原始积累的血腥，主张废除私有制，消灭剥削，消除阶级分化，建立绝对平等的社会。他们认为资本主义异化了人性，剥夺了人的全面发展，后来由莫里斯等人倡导的英国工艺改良运动主张用美的工艺拯救异化的工人劳动，其实都是空想社会主义乌托邦色彩之表现。如果说作为社会运动的唯美主义之美育主张与空想社会主义相关，那么唯美主义与浪漫主义之间的亲缘关系更直接地体现在德国哲学思想中，尤其是德国浪漫派的思想。第一，德国浪漫派追求精神的绝对自由，将个体精神与神性等同，表现自我即表现神性，自我就是神性的至美，美取得了与宗教相等甚至相同的位置，荷尔德林与弗里德里希·施莱格尔都论述了诗与宗教的紧密联系，两者都是对人性/神性的表现。第二，德国浪漫派追求无限和扩张的精神境界，注定无法在"自然"中找到，只能转向心灵深处去探索隐秘的感性心理。正如弗里德里希·施莱格尔（Friedrich von Schlegel）对浪漫主义诗歌的著名定义中所表达的那样，"浪漫主义诗歌是一种进取的普遍性的诗歌"（die romantische Poesie ist eine progressive Universalpoesie）[①]，即浪漫主义诗歌不寻求某种外在的一致性和普遍性，而是突入内心世界的差别性和独特性。浪漫主义艺术开始"从内而外"表现绝对的"内向性"，由此导致浪漫主义式的"忧郁"，比如表现"感伤"的主情主义，艺术作品即作者心灵的外在显现。第三，由于追求绝对扩张的自我，产生了崇拜天才的心理，推动了以创造为内核的艺术家地位的上升。在 1800 年左右，"天才"一词指的不再是个人拥有的某种素质，而是指那些全面超越庸众的"超人"。[②] 从天才崇拜到艺术崇拜和审美崇拜仅一步之遥，天才主体的高蹈、忧郁、脆弱的心理趋势被唯美主义思想继承，成为作品中茕茕孑立的唯美主义者形象。"在其他任何地方人们都不会发现在'为艺术而艺术的'信徒——福楼拜、勒孔特·德·李勒、戈蒂耶——身

[①] 阿瑟·O.洛夫乔伊：《存在巨链——对一个观念的历史的研究》，张传有、高秉江译，北京：商务印书馆，2015 年，第 413 页。

[②] T. C. W. Blanning, *The Romantic Revolution: a History*, New York: Modem Library, 2011, p.30.

上发现的那种痛苦的声音,那种从心灵深处不知不觉流溢出的忧郁。"①第四,浪漫主义注重感性,注重表现感性的自我,理性的和谐规则已然失效,一切看似丑陋、怪异、荒诞、极端的对象都成为艺术表现的载体。像诺瓦利斯(Novalis,1772—1801)和 E. T. A. 霍夫曼(Ernst Theodor Amadeus Hoffmann,1776—1822)等人的作品就具有超前的"颓废"特征,影响了后来的戈蒂耶、波德莱尔、于斯曼、兰波等人,波德莱尔甚至将霍夫曼的《布拉姆比拉公主》称为"高级美学的问答手册"②。第五,由于强调个性、自我、自由,浪漫主义对古典文学、美学的清规戒律进行了彻底清算。美没有先天的标准,艺术不再对自然或古人亦步亦趋,在摹仿论之外开辟了表现论的领域。第六,经过德国古典主义的辨析,知情意、真善美各自找到了自己的依据。为艺术而艺术、艺术高于生活、对抗市侩主义的思想在浪漫主义思潮中逐渐浮现。以赛亚·伯林就认为,浪漫主义就是自由的观念,包括艺术自由的观念,"企图把一种美学模式强加于现实生活,要求一切都遵循艺术的规律"③。这些因素都为唯美主义思潮的诞生做好了准备。

二、唯意志主义的非理性"燃料"

唯意志主义从德国古典主义的废墟中发端,它撷取了德国古典哲学中的非理性主义、神秘主义和实践伦理学的火种发展而来,马上波及欧洲其他国家。由于科学主义和实证主义的兴起,传统的形而上学被迫做出应对,但他们不再祭出逻各斯等理性大旗,而是在非理性中找到对抗科学主义和理性主义的法宝,形成了唯意志主义潮流。唯意志主义高扬"意志""生命""身体"的旗帜,确立生命本体论在哲学上的中心地位。唯意志论美学的出发点是唯心主义的意志论,他们不是从某种客观的美的理念出发谈美,也不是将主体视为理性的产物,而是抓住主体的心理状态,从美感出发谈美,这个特征符合 18 世纪以降的美学发展趋势。唯意志论哲学为艺术领域的变革提供了非理性元素的"燃料"。

叔本华将黑格尔的绝对精神改造成意志,并将柏拉图的理念世界降格,在理念之上再设置世界的本原——意志。由意志直接外化出来的是

---

① 欧文·白璧德:《卢梭与浪漫主义》,孙宜学译,北京:商务印书馆,2016 年,第 321 页。
② 陈恕林:《论德国浪漫派》,上海:上海社会科学院出版社,2016 年,第 351 页。
③ 以赛亚·伯林:《浪漫主义的根源》,吕梁、洪丽娟、孙易译,南京:译林出版社,2011 年,第 144 页。

理念,理念具有普遍的形式本质;理念再外化出个别、偶然的表象。与遵循自身逻辑的绝对精神不同,意志是不可遏制的盲目的生命冲动。在意志的主导下,人有无可摆脱的欲望,欲望永远无法真正满足,只能在暂时的满足(无聊)和不满足(痛苦)之间来回摇摆,这就是人生的悲苦现状。只有两种途径可以摆脱意志带来的痛苦,一是宗教式的禁欲,彻底消除意志,达到类似东方哲学的无我状态;二是通过哲学或审美使人进入暂时的忘我境界,从而解脱欲望的痛苦。

  叔本华认为,审美的理想状态是纯粹的直观,即达到主客体同一的"观审"状态,在这种状态中,人可以暂时脱离作为世界本源的意志的摆布,从而肯定人作为"认识"的纯粹主体地位;相应的,纯粹直观的对象也不再是个别事物的表象,而是看到了表象背后的理念——理念是意志的客体化。"这正是由于主体已不再仅仅是个体的,而已是认识的纯粹而不带意志的主体了。这种主体已不再按根据律来推敲那些关系了,而是栖息于、沉浸于眼前对象的亲切观审中,超然于该对象和任何其他对象的关系之外。"①这样的纯粹直观无疑表明了审美的纯粹,即无功利性,审美摆脱了世俗生活伦理、个体意志的束缚,直观不需要求助概念、逻辑、推理等理性认识的条件,它就是自身的依据(审美自足)。审美之所以是直观,是由于审美活动具有非理性的特质,审美排除了受意志控制的理性认识活动,这样才能打破主客之间的隔阂,在主客分离之前直接把握理念。审美中的沉醉状态"是认识理念所要求的状况,是纯粹的观审,是在直观中浸沉,是在客体中自失,是一切个体性的忘怀,是遵循根据律的和只把握关系的那种认识方式之取消"②。叔本华的论述颇有东方美学的特质,他受印度哲学的影响,推崇在直观中瞬间把握理念,跳脱客观规律的束缚,凸显了现代性审美的"顿悟""当下""刹那"的特质。这些特质也几乎是所有生命本体论美学的路径,因为生命的存在和证明必然联系着瞬间性、刹那性。在叔本华看来,尽管意志是无从摆脱、永不满足的,除非死亡才能平息生命意志的骚动,但审美可以暂时使人摆脱无休止的意志控制,摆脱现世的痛苦,这就赋予了艺术高于生活,并且可以"救赎人生"的崇高地位。

  和叔本华相似,尼采将世界的本原视为意志,即生命冲动,但尼采的生命意志更具主动性、创造性。在尼采的逻辑中,个体的痛苦和毁灭正好

---

① 叔本华:《作为意志和表象的世界》,石冲白译,北京:商务印书馆,1982年,第248页。
② 同上书,第273页。

印证生命意志追求扩张的强力,意志的扩张和冲突演化出整个世界历史的进程。从肯定生命意志出发,尼采高扬人的肉身和感官,认为感官比理性更加可靠:"借助我们的感官,我们拥有多么精细的观察工具啊!……我们今天拥有科学的程度,恰好让我们下定决心,接受感官的证明。"①肉体感官捕捉的正是流动不居的经验,比理性和一切外来的工具更贴合生命意志的本性。显然,尼采的观点继承浪漫主义以降对现代文明的批判,在19世纪,这种批判达到了顶峰,并形成不同的批判路径。尼采的路径是反理性主义的,认为人的肉身感官被现代文明和科学技术过度理智化和数据化,从而变得迟钝,表现出生命活力衰弱的症候。在尼采看来,孱弱的生命感受不到美,反过来说,美正是强力意志和生命活力充盈的表现,艺术带来的美感享受是对人自身生命强力的确证。"艺术使我们想起动物活力的状态;它一方面是旺盛的肉体活力向形象世界和意愿世界的涌流喷射,另一方面是借助崇高生活的形象和意愿对动物性机能的诱发;它是生命感的激发。"②正因如此,尼采反对生命的颓废,也反对以瓦格纳为代表的浪漫主义式的颓废艺术,认为它们是生命的虚无主义者。

  尼采给这样的观点找到了艺术理论的支撑,它用哲学的方式将西方艺术的精神动力概括为酒神精神与日神精神。酒神精神代表了不可遏制的精神力量,带有原欲的色彩,其特质可以概括为"醉"和"痛","醉"代表迷狂。日神精神是对酒神精神带给个体痛感的调和,它代表"梦"与"美"。从人类学上说,酒神之迷狂源于原始初民的群体无意识,是将个体融入群体和自然的"忘我"状态,它伴随人的自然化,带来欲望的骚动和激情的喜悦;"痛"代表激情、粗野的后遗症,是被永恒的原始骚动支配的痛苦,也象征集群侵入个体,个体无法忍受群体对个体的消解带来的伤痛。日神精神代表"梦幻",将人的内心深处的幻象以某种美丽的"外观"显现出来,它帮助被酒神精神冲击的破碎个体重新凝聚为一个完整的理想化形象,使个体的完整性和神性得以重塑。"阿波罗通过对现象之永恒性的闪亮赞美来克服个体之苦难。"③从文艺学上说,酒神精神象征人的无穷尽的创造动能,它是狂热的、激情的、流动的,这是一切艺术创造的动力,最能代表酒神精神的艺术就是音乐。音乐是最无法被造型化的艺术,依靠流动

---

① 尼采:《偶像的黄昏》,卫茂平译,上海:华东师范大学出版社,2007年,第56页。
② 周国平编译:《悲剧的诞生:尼采美学文选》(修订本),太原:北岳文艺出版社,2004年,第342—343页。
③ 弗里德里希·尼采:《悲剧的诞生》,孙周兴译,北京:商务印书馆,2012年,第122页。

的音符和振动的空气层冲击人的情感和情绪深处。"唯有从音乐精神出发,我们才能理解一种因个体之毁灭而生的快乐。因为这样一种毁灭的个别事物,使我们明白的无非是狄奥尼索斯艺术的永恒现象。""狄奥尼索斯式的音乐家则完全无需任何形象,完全只是原始痛苦本身及其原始回响。"[①]尼采将音乐称为意志本身的映像,是具有形而上学性质的物自体。音乐仍然具有形式,否则,音乐就和日常杂音没有区别,杂乱无章的情感宣泄称不上是艺术。情感需要定型,成为可理解的对象,这就是形式的力量。由于日神精神代表梦幻,梦幻的"外观"显现为美丽、朦胧的静观,是一片美的世界,象征着艺术在感性直观上的形式化,最能代表日神精神的艺术形式是雕塑。这样一来,艺术和审美既需要强劲的生命意志作为"动势",又需要将这股强力意志对象化、定型化的"静势",这就是酒神精神和日神精神的辩证法。

克尔凯郭尔(Soren Aabye Kierkegaard,1813—1855)从个体切身的伦理存在出发,把握个体内心诸如畏惧、烦闷、绝望、痛苦、怀疑等各种情绪,他认为这些情绪是人的存在最本真的体验,它们驱使人采取行动,只有通过对情绪的体验才能把握存在。在克尔凯郭尔看来,传统的理性主义形而上学在认识存在的本质方面都是隔靴搔痒,徒劳无益,因为它远离个体存在的本真状态。对情绪的体验很自然地令人想到艺术,艺术是最能够表达这些情绪的载体。所以克尔凯郭尔的人本主义思想带有很强的感性色彩和诗化特征。狄尔泰(Wilhelm Dilthey,1833—1911)从人的"生命本体论"出发解释世界,生命是世界的本原,生命是客观化的精神活动,放大情感和意志在生命现象中的地位,把生命视为神秘的心灵体验。个体的心灵体验是生命本身的能动性和规定性,是生命的意义所在。那么哪些人的心灵体验最深刻、最能动、最丰富呢?无疑是艺术家、诗人。狄尔泰以诗人的体验作为样板来解释生命本体论,他认为诗人通过自身内在体验区捕捉和领悟生命的意义,达到比常人更独特的理解,这就是他的体验诗学。

唯意志论美学强调生命本身在审美中的意义,从生命、生活、情绪、直觉即人的切身体验出发理解美,用生命价值本体论"重估一切价值",启发了19世纪后期柏格森、齐美尔等人的哲学思想。19世纪的美学沿着18世纪的步履继续向前,日渐抛弃美的形而上学,与科学主义和实证主义的

[①] 弗里德里希·尼采:《悲剧的诞生》,孙周兴译,北京:商务印书馆,2012年,第45页。

美学思潮分庭抗礼。美学不再是形而上学,也不是艺术哲学,而是生存哲学,也就是生存/生命的艺术化,为唯美主义思潮的壮大提供了理论支撑。

三、马克思主义和社会学美学

作为先发的资本主义工业化国家,18世纪、19世纪的英国由于中产阶级与大众文化的兴起,开始了一股追寻审美趣味的社会热潮。当然,中产阶级对审美趣味的热衷同时伴随着对社会阶层和文化合法性的指认。正如阿多诺(Theodor Adorno,1903—1969)所说:"审美趣味是历史经验中最精确的测震仪,与其他官能不同的是,它甚至能够记录自己的行为。"①不同的审美趣味之间难免引发龃龉和责难,对于审美趣味的争辩反映出阶级分化带来的社会意识分化之现象。与此相应,有些知识分子则扮演"文化引路人"的角色,试图弥合社会分化带来的负面效应,承担起"化大众"的精英角色。因此,作为资本主义和工业革命最发达的国家,19世纪上半叶的英国美学具有浓厚的社会学、经济学色彩。这里要提到两位代表人物约翰·罗斯金与威廉·莫里斯,他们二人与唯美主义思潮之间有着千丝万缕的联系。

罗斯金的美学观点注重艺术与人性、艺术与社会环境之间的联系。他擅长艺术评论,并将艺术创造与当时的社会历史背景,尤其是与社会经济发展相结合,试图寻找某种艺术社会学规律。他推崇哥特式艺术,认为哥特艺术具有一种野蛮生长的勃勃生机,与此相比,在资本主义工业化大生产中,社会分工使工人重复单调地做一件事,完成一道固定的工序,显得死气沉沉。罗斯金指出,在劳动分工中,一个人的聪明才智甚至还不足以做出一根钉子,只会在完成钉子的某个部分上耗尽自己的能量。"事实上,劳动分工不是劳动的分裂,而是人的分裂;人的生命被肢解成残缺的碎片。一个人身上仅存的那点聪明才智,还不足以做成一枚完整的别针或钉子。"②由于劳动的分裂,人的生命开始萎缩,灵性与创造力受损,导致艺术也被异化。因此,罗斯金十分看重艺术蕴含的内在生命力,认为美就是健全的生命力的感性表现。他主张艺术应该表现真实,真实就是观

---

① Theodor Adorno, *Minima Moralia: Reflections on a Damaged Life*, E. F. N. Jephcott, trans., London: Verso, 1974, p.145.
② John Ruskin, "The Stones of Venice", Vol. II., in E. T. Cook, A. Wedderburn, eds., *The Works of John Ruskin*, Vol. 10., London and New York: Longmans, Green, and Co, 1904, p.196.

察到的自然,"凡不是从自然物体所提取者,必属丑陋……'效法模仿于自然',这件事本身并不是造型之所以为美的'肇因',只不过人也没有能力,在不依赖'自然'之协助下,还能理解与构思美"①。不过,罗斯金所谓的真实不是机械地摹仿现实,他将拉斐尔前派艺术看作是表现真实的典范,认为他们注重观察和描写细节,而这些细节又是艺术家自身真实的感受,而非来源于学院式的教条,也就是说,艺术要忠实于画家感受到的真实。罗斯金认为,只有忠实于现实的艺术才能体现出艺术家真实的情感和伟大的人格。罗斯金对当时英国社会中人的片面化和大众品味庸俗化的批判无不说明他对艺术社会功能的重视,他认为艺术具有社会教育的作用,通过艺术欣赏可以培养公民的道德品质,这就赋予艺术社会改良的作用。他对美和艺术的评论是与社会批评相结合的,充满了现实基础。总体而言,他的美学思想是庞大的,也是折中的,带有浪漫的乌托邦色彩。

莫里斯在一定程度上继承和发展了罗斯金的美学思想中的社会性元素,主张通过艺术美化生活,改造资本主义社会的弊端。莫里斯受到社会主义思潮的影响,歌颂工人运动,并和马克思的女儿艾琳娜·马克思(Eleanor Marx,1855—1898)一起创立"社会主义同盟"。和罗斯金一样,莫里斯认为资本主义社会使艺术异化,他用社会主义理论对这一异化现象做了分析,认为美是劳动中人的愉悦感之表现,艺术异化的原因是劳动的异化,异化劳动使劳动者失去了积极性和创造性,劳动中本来含有的自由创造变成了功利的技术。机器化大生产使劳动者终日困苦窘迫,劳动成了令人厌恶的负担,艺术也同技艺相分离。在1879年的一次名为《人民的艺术》("The Art of the People")的演讲中,莫里斯认为当今文明国度的首要职责是让劳动者感到幸福,以尽最大努力减少不愉快的劳动。②沿着这个思路,他还提出了审美的阶级性观点。由于贫富差距和阶级分化,艺术越来越脱离普通劳动人民,成为资本家的专属享乐,劳动人民被剥夺了审美的权利,艺术成了与大众对立的奢侈品。整个社会的审美趣味就被败坏殆尽。因此,要改变这一现状,必须进行社会变革,改变社会生产关系;同时,他提出用手工业代替机器生产,使艺术回归日常劳动,将艺术和技艺重新结合在一起,艺术与劳动者也就结合在一起了。劳动和艺术都恢复了使人愉悦的本质。此外,莫里斯还主张创造条件美化大众

---

① 约翰·罗斯金:《建筑的七盏明灯》,谷意译,济南:山东画报出版社,2012年,第158页。
② See William Morris, "The Art of the People", in William Morris, *Hopes and Fears for Art*, London: Longmans, Green, and Co, 1919, pp.38—70.

生活环境，让艺术融入衣食住行的方方面面，变成劳动和生活的必需品。他和英国拉斐尔前派画家伯恩-琼斯（Edward Burne-Jones，1833—1898）等人共同探索发展装饰艺术，因为装饰艺术更充分地体现出大众性与生活性。

莫里斯的艺术评论也是按照这样的思路进行的，他总是从特定的社会历史条件出发分析当时的艺术形式。如果说罗斯金的社会艺术批评还带有明显的人本主义色彩，侧重从生命力完善的角度分析艺术，那么与罗斯金不同的是，莫里斯更侧重从生产关系和阶级分化的角度探讨艺术，一方面比罗斯金更能抓住某些问题的本质，但另一方面也会将艺术史上那些永恒的审美性局限化，以致忽视艺术价值的丰富性和永恒性。

总之，英国的社会学美学从批判资本主义的社会组织和人性异化入手，将（古典）艺术视为改善人性的希望，实质上与德国古典哲学的复古主义世界观和艺术乌托邦幻想相通。他们认为伴随着机器化大生产和劳动分工，劳动生产越来越碎片化，缺乏人的精神灵性与完整个性，因此产品也失去了人的主体性与创造性。这与艺术的本质是相反的，因为"艺术作品是个体化的，需要创作者全身心投入，包括他内心最深处。因此艺术作品能成为作者心灵纯粹的反映和完整的表达"[①]。因此他们非常重视艺术与社会的互动关系，认为社会形态决定艺术形态，艺术形态反过来服务于社会形态。他们反对艺术的娱乐功能和形式主义倾向，注重艺术对美德的熏陶，当然这里的美德主要是指公民的社会责任感。因此，从表面上看，英国社会学美学看似和唯美主义"为艺术而艺术"的观点大相径庭，他们甚至也反对"为艺术而艺术"的极端姿态，但细究起来，两者在出发点和诗学宗旨上有共同之处。应当说，英国社会学美学的一些观点启发了一些唯美主义者，并在不经意间道出唯美主义者不愿承认但事实上存在的某些美学现象。此外，为了实现社会审美教育，由罗斯金和莫里斯等人推动并影响的社会艺术运动也成为唯美主义大潮的组成部分。社会艺术运动倡导者们认为，工人只有在手工劳动中才能获得劳动的快乐，"谨慎细心地制作手工艺比机械工作更有吸引力"[②]。当然，社会学美学一反艺术与技术相分离这一近代以来的历史趋势，主张将艺术与劳动和技术相结

[①] Georg Simmel, *Philosophy of Money*, David Frisby, ed., Tom Bottomore and David Frisby, trans., London and New York: Routledge, 2004, p. 459.
[②] 威廉·莫里斯：《有效工作与无效劳动》，沙丽金、黄姗译，北京：中国对外翻译出版有限公司，2013年，第21页。

合，进而改变劳动的形态，这是不无可取之处的，从中我们可以看到马克思主义的影响。

  马克思对主客体之间建立在实践基础上的辩证统一关系进行了分析。他认为，人的本质力量必须在劳动实践中得以实现，劳动对象就是人的本质力量的确证。在劳动实践关系中，客体是人化的对象，也是对象化了的人，客体是主体本质力量的全面反映。只有在这个时候，人的本质力量的对象化才构成主客之间的统一关系。在劳动异化的情况下，人的本质力量无法在对象中得以确证，劳动对工人来说是外在的东西，不属于他的本质。人在自己的劳动中不是肯定自己，而是否定自己；不是自由发挥自己的本质力量，而是使自己的身心遭受折磨，人也成了非人。因此，在非异化劳动中，人是"社会的人"，社会是由众多的主客体关系构成的。在异化劳动中的人是"非社会的人"，是异化、孤立和扁平的人。人的审美和审美能力只有在"社会的人"那里才得以发展起来。"一方面为了使人的感觉成为人的，另一方面为了创造同人的本质和自然界的本质的全部丰富性相适应的人的感觉，无论从理论方面还是从实践方面来说，人的本质的对象化都是必要的。"①在黑格尔那里，实践只是一种知识分子精神性的理性思辨活动，它是抽象的和静观的。在费尔巴哈那里，实践则是筋肉的人的物质生活和感官活动，它是物质的和生物学意义上的；而在马克思这里，实践就是现实的人的感性活动，它是丰富和鲜活的。换句话说，真正的劳动就是自由自觉的感性活动，这里的感性是包含了知情意、真善美在内的自我意识的全部能动性。"异化""实践"是德国古典哲学的概念，马克思将其与"劳动"这一英国古典政治经济学概念联系在一起。马克思认为，如果脱离这几个概念，人的本质和美的本质问题就不可能得以澄清，一切以实践的人和人的实践为基础，这就切中了美学问题的核心。

第四节　跨艺术门类的互证

  唯美主义的一个重要特征和理想追求是打通各个艺术门类，换句话说，是将人类的审美能力放大到极致，形成融会贯通的效果，这种效果最

---

① 马克思：《1844年经济学哲学手稿》，中共中央马克思恩格斯列宁斯大林著作编译局译，北京：人民出版社，2000年，第88页。

直观的显现方式便是在文学作品中对"通感"的追求。通感不仅意味着人的不同感官之间的相互作用,同时意味着基于不同感官基础上的不同艺术门类之间的相互影响。在唯美主义思潮的发生发展过程中,以音乐、绘画和装饰艺术为代表的 19 世纪西方众多艺术形式都在经历着根本性的变化。这些艺术门类和文学有着密切的互动、互文关系,具有相辅相成的互证关系。[1]

一、古典主义时期音乐的转型

前文说到,唯美主义文学追求"音乐"的效果,从某种程度上说,音乐是唯美主义诗学的艺术之王。这得益于音乐的重要特性——高度形式化。音乐和雕塑、建筑与绘画不同,这些艺术门类始终是空间中持久存在的客观事物,但音乐不指向外部世界,而是单纯地指向自我,审美主客体之间的隔阂降至最小,诚如黑格尔所言:"音乐的基本任务不在于反映出客观事物而在于反映出最内在的自我,按照它的最深刻的主体性和观念性的灵魂进行自运动的性质和方式。"[2]当然,在 18 世纪以前的欧洲,由于摹仿论的美学观念根深蒂固,音乐的美感往往被视为来自摹仿,而摹仿的效果是通过歌词表现的,因此,音乐依附于歌词,被视为一门相当低级的艺术。随着摹仿论统治的松动,音乐艺术的美也从歌词中独立出来,它的非摹仿性得到承认,尤其是纯音乐带来的审美享受,其载体是由音程和弦组成的曲调形式,康德在阐释自己的美学观的时候提到音乐的"无词"特性,即高度的形式感。在 19 世纪初,西方古典主义时期音乐达到了曲式结构的高峰,以若干乐章组成的对立统一的古典交响的套曲结构成为固定范式。西方古典主义时期音乐具有严谨匀称的比例,音符、调性、和声、乐章等音乐元素的编排像极了建筑艺术,透露出数学的美感。这些都是古典美学重理性、重规章的特征,不过,古典主义时期音乐的另一种审美特质往往被人忽略,那就是戏剧性。古典主义时期音乐的戏剧性一方面由庞大、恢宏而缜密的形式结构(调式编排,节奏快慢,乐章设计的重复、对称、对立效果)产生的情绪与情感上的落差造成;另一方面则来自于人为赋予的对音乐主题的想象,比如和戏剧结合的歌剧中的音乐,歌剧的内容往往是古典文学、神话、传说等题材。这样一来,音乐的戏剧性就不

---

[1] See Elizabeth Prettejohn, *Art for Art's Sake: Aestheticism in Victorian Painting*, New Haven and London: Yale University Press, 2007, p.3.

[2] 黑格尔:《美学》(第三卷上册),朱光潜译,北京:商务印书馆,1979 年,第 332 页。

纯粹是形式本身带来的了,而是包含了对(戏剧/文学)内容的想象。总体而言,古典主义时期的音乐要求服从严格的曲式原则,通过音乐要素的多样性实现统一性。

随着古典主义的典范形式到达极致,音乐家自觉很难超越,而无法超越的典范往往意味着形式的僵化,也就是说这一形式不再对提升美感起到正面促进作用,反而成为阻碍个性化表达的戒律,这便预示音乐是时候要破旧维新了。从浪漫主义音乐开始,古典主义时期音乐结构的对称工整和乐章的稳定结构与顺序层次开始发生变化,调式更为复杂,音乐的主题开始多样化,强调个性高于共性,情感甚于规则。浪漫主义作曲家尝试各种音符的组合,不和谐音、半音和声、远关系转调的广泛使用,逐渐从调性音乐向多调性音乐转化。幻想曲、即兴曲、狂想曲等小型抒情音乐得以迅猛发展。同时,作曲家开始注重"音色"的审美力量,使之与旋律、和声、调式、节奏一样成为音乐表现的元素,各种乐器的功能和音质获得较大改进,这也说明音乐对声音本体的日渐重视。

在浪漫主义音乐后期出现了印象主义音乐,它是在象征主义文学和印象主义绘画的影响下发展起来的。与古典主义音乐追求共性、浪漫主义追求个性化的音乐表达不同,印象主义音乐通过简短的音乐主题、色彩斑斓的和声、细腻透明的配器表现主观的瞬间感受和直觉印象,淡化音乐的戏剧性,这显然受到印象主义绘画重视光与色变化的启发。印象主义音乐成为浪漫主义音乐和现代主义音乐的过渡。

从气势恢宏、结构严谨的古典主义音乐到强调表达个性情感的浪漫主义音乐,调性音乐到达了它的顶峰,但有些先锋作曲家认为,现代人快节奏的情感波动和微妙的情绪起伏在调性音乐中很难被表达出来,于是在 20 世纪初,无调性音乐成为音乐现代化转型的一个重要标识。无调性音乐是针对调性音乐而言的,调性音乐表现为几个音符按照一定的关系联结在一起,构成一个体系,并以某一个音为中心音(主音),一个调式就有一个特定结构,如主音、属音、下属音等,音阶中的每个音各司其职,不得越位。乐曲通常由主音或主和弦开始,结束时又将回到主音或主和弦,形成一个回环,它使音乐的进行具有可预期性和强烈的方向感。作为对比,无调性指音与音之间缺乏调性感,刻意破坏耳朵对于和弦的协和性感知。无调性音乐的特点为无主音或中心和弦,无调号,无调式特性,半音阶的各音均可自由应用,尽可能不采用传统的和弦结构,避免能产生调性作用的和声,这导致无调性音乐的旋律、和声、曲式、节奏与音乐构成方法均与传统音乐差异极大。这种曲式令人感到没有预期,不可捉摸,善于表现心灵的混乱、情绪的起伏和无指向性的意识,体现出刹那、残缺、混乱的现代人心理图式。无调性音乐善于捕捉细微意识的变化,它不给出一个明确的态度、故事、情感,而是让听者通过曲调的形式自行感受。倡导无调性的音乐家认为,音乐的结构应该越来越复杂,越来越多变化而减少重复,用不和谐的和声取代传统的和弦编排。因此,无调性音乐给人以不和谐、怪异、生涩、冰冷而缺少情感的感受。总体而言,19世纪后期到20世纪的西方音乐的变化呈现为从严谨到灵活、从完整到片段、从单一到多元、从永恒到刹那、从和谐到怪异、从理性到感性的变化趋势。当然,无调性音乐的发展说明,它无法成为音乐的主流,取代不了传统的调性音乐,但从艺术史的角度说,20世纪音乐的变化是艺术家不满传统,求新求变,用创新突破固化艺术思维的尝试。

二、传统绘画的新变

由于视觉是人类感官中接收信息最丰富的器官,视觉艺术总会敏感地接受和传递一个时代审美风尚转变的信息。在影视艺术出现以前,绘画无疑是视觉艺术的代表。随着世界文化交流的深入,城市化的进程以及文化市场的形成,19世纪绘画艺术及其延伸的装饰艺术体现出风起云涌的变革态势,它们随着大型展览和商业活动充分介入社会公共领域,改变了传统绘画的形式和功能。传统绘画的新变为唯美主义思潮的发展提供了助推效应,甚至它本身就融入了唯美主义大潮之中。有学者认为,通过研究19世纪中后期的绘画,有助于我们重新认识和定义唯美主义运动。①

1."拉斐尔前派"的出现

拉斐尔前派的出现对于19世纪的英国画坛的变革和唯美主义运动的产生无疑具有根本性的影响。在此之前,威廉·布莱克②(William

---

① See Elizabeth Prettejohn, *Art for Art's Sake: Aestheticism in Victorian Painting*, New Haven: Yale University Press, 2007, Introduction, pp. 1—9.

② 威廉·布莱克是英国浪漫主义诗歌和绘画的代表人物。他不遵循学院派的陈规戒律,不拘泥于写实风格,自由地描绘自我内心世界,作品带有浓厚的神秘色彩和宗教情绪。

Blake，1757—1827）、透纳①（Joseph Mallord William Turner，1775—1851）和约翰·康斯特布尔②（John Constable，1776—1837）等人的创作和理论为拉斐尔前派的出现做了铺垫，预示古典学院派教条的日益式微。古典主义绘画建立在营造"仿真效果"（verisimilitude）之上，追求逼真的视觉"假象"，成为西方学院派绘画的金科玉律。显然，"仿真"建立在古典的摹仿论概念和近代"透视法"之上。根据文艺复兴时代的美术史家瓦萨里（Giorgio Vasari，1511—1574）的说法，大约是在13世纪末期，意大利文艺复兴先驱、佛罗伦萨画派创始人乔托（Giotto di Bondone，约1266—1337）首次在作品中使用"近大远小"的透视法，以便在平面上产生一个错觉空间。而线性透视体系的再发现，则是由意大利画家、雕塑家、建筑家布鲁克莱斯基（Filippo Brunelleschi，1377—1446）在15世纪完成的。③ 事实上，任何对现实的摹仿都是一种世界观的建构，"仿真效果"也不例外，它代表了那个时代艺术家观察世界的方式。"仿真"的美学原则在英国艺术界的典型便是"如画"（Picturesque）风尚。"如画"是一种看待大自然的方式，不是从个人对自然的感性体验出发创作和形成风景画及其理论，而是从既定的美学理念出发把握自然美。在18世纪后半叶，随着英国画家吉尔平（William Gilpin，1724—1804）对"如画"美学的系统整理，在英国掀起了一场"如画运动"（Picturesque movement），以"如画"作为自然风景欣赏指南。追求时尚的年轻人根据吉尔平的"如画"体系到英国野外寻找"如画"般的景观。④ 可以说，"如画"既是一种美学概念，又是意识形态的产物。到了19世纪，一些艺术家开始质疑"仿真"是否能够表现出人们眼中真实看到的"自然"，拉斐尔前派就是其中的代表。拉斐尔前派的成立目的即是为改变当时学院派日趋机械化、程式化的美术潮流。该派最初是由不满以拉斐尔绘画为典范的古典绘画传统的三个年轻人组成，他们

---

① 透纳是英国19世纪学院派画家的代表，善于描绘光与空气的微妙关系，尤其对水气弥漫的掌握有独到之处。透纳的表现方式对现代艺术有着不可估量的影响，他发现色彩在审美中所具有的力量，使"颜料"本身成为画面的主题，推动了绘画艺术对自身媒介的自觉。

② 康斯特布尔是英国风景画家，他将更多的色彩引入风景画，取得了绚烂的效果，深刻影响了19世纪的绘画艺术。

③ 参见约翰·基西克：《理解艺术——5000年艺术大历史》，水平、朱军译，海口：海南出版社，2003年，第203—205页。

④ 参见周泽东：《论"如画性"与自然审美》，《贵州社会科学》2007年第5期，第134—138页；陈晓辉：《论西方"风景如画"的意识形态维度》，《东南大学学报（哲学社会科学版）》2013年第1期，第80—85页；何畅：《19世纪英国文学中的趣味焦虑》，北京：中国社会科学出版社，2018年。

是威廉·亨特（William Halman Hunt,1829—1896）、约翰·米莱斯（Sir John Everett Millais,1829—1896）和但丁·罗塞蒂（Dante Gabriel Rossetti,1828—1882）。后来，但丁·罗塞蒂的弟弟威廉·罗塞蒂（William Michael Rossetti,1829—1919）、托马斯·伍尔纳（Thomas Woolner,1825—1892）、詹姆士·科林森（James Collinson,1825—1881）、弗雷德里克·乔治·史蒂芬（Frederic George Stephens,1827—1907）等画家也加入进来，围绕罗塞蒂形成了一个松散的艺术圈。这个圈子还包括画家圈子以外的人，如但丁·罗塞蒂和威廉·罗塞蒂的妹妹克里斯蒂娜·罗塞蒂（Christina Georgina Rossetti,1830—1894）、画家兼诗人爱德华·伯恩-琼斯、英国工艺美术运动推动者威廉·莫里斯以及画家兼设计师福特·马多克斯·布朗（Ford Madox Brown,1821—1893）等人。虽然作为一个团体的拉斐尔前派很快在 1850 年由于成员间意见不统一宣告解散，但是他们带来的新颖的艺术观念在英国影响深远，并受到罗斯金的赞赏和支持。可以说，拉斐尔前派作为英国先锋艺术的前哨站，直接影响了英国的唯美主义运动。

每个时代都有其独特的视觉意识。在 17 世纪到 19 世纪学院派绘画艺术理论中，自然（Nature）、摹仿（Imitation）和发明（Invention）是关键字眼。其中，"自然"代表自然界和现实世界中具有创造性的力量，是艺术家要摹仿的自然本质。"发明"并非指原创，而是在"历史画"中选择和表现主观的事物，比如描绘取材自圣经、神话传说、古代的崇高的人物。[①] 拉斐尔前派提倡"返回自然"，也就是说，他们觉得学院派古典主义绘画不够"自然"，即不够"真实"，因为古典主义绘画预设了一套关于"真实"的前提、标准和规范。然而，也正是关于"真实"的"滤镜"将真实过滤和虚化了，实质上是将人置于自然之上。拉斐尔前派认为，"真实"是每个画家所观察到的真实，这种"真实"对观察主体而言，意味着必须具有真挚的情感、对自然的喜爱和崇敬；对观察方式而言，意味着要认真研究自然的状态，捕捉直接的观察体验，呈现丰盛的细节。换句话说，拉斐尔前派倡导的"自然"是不规则、粗糙、不稳定的"自然"，是平滑、规则的反面，代表了自由精神，而古典艺术中的人为的"自然"正好相反，这就是罗斯金和拉斐尔前派提倡"摹仿自然"的本意。即是说，"自然"是"自由"的代表，而"人

---

① 参见修·昂纳、约翰·弗莱明：《世界艺术史》（第 7 版修订本），吴介祯等译，北京：北京美术摄影出版社，2013 年，第 570 页。

工"代表"不自由"的刻意。正如罗斯金所说:"在纯洁健康的自然界中,几乎找不到任何彻头彻尾的畸形之物,只有不同程度的美丽。"①

这不禁令人联想到风靡 19 世纪的"写实主义"潮流,事实上,拉斐尔前派对自然的精细观察和"写实主义"有着相似的生长土壤:19 世纪自然科学与摄影技术的发展以及实证主义哲学的开创。因此,"它是现代的,是在特定的历史时期下产生的一种现实主义。在文艺复兴的绘画中是不可能想象到这个细节的"②。不过,由于拉斐尔前派出于反叛古典主义和工业化的需要而缅怀中世纪,导致他们的创作经常取材于宗教故事和宗教形象,尤其是通过凸显具有灵性的女性形象之美来对抗陈腐习气。因此,在他们内部,就蕴含了分裂的趋势:方法上走向写实,内容上走向神秘,因为他们写的是主观之"实",所以方法和内容的分裂得以调和,并为继承者们继续主观化做了铺垫。

同样受到实证哲学影响的英国评论家罗斯金非常赞赏拉斐尔前派破旧立新的勇气,一个很重要的原因在于罗斯金对"自然"的理解与拉斐尔前派相近,或者说他用美学的高度总结了这样的"真实"观:"对于年轻画家来说,除了对大自然的真实模仿外,他们所做的其他一切都是不能容忍的……他们的义务既不是选择,也不是构思、想象或实验,而是谦虚诚实地对大自然亦步亦趋,追随大自然之手。"③画家应当研究自然,发现自然的美,并将它的可爱之处如实地展现出来,并且,所有的画家都应接受"真实"的检验。那么,罗斯金认为什么才是真实呢?真实是对自然真理(本质)的忠实描述,"真理一词在用于艺术时,表示把大自然的某一事实如实陈述给大脑或感官。当我们感受到这样的陈述非常忠实时,我们就得到了真理的概念"④。结合前面的论述,我们可以推断罗斯金的"真实"并非对自然表象的机械摹仿,而是画家感知到的自然美。自然美并非为了人类而创造,而是作为上帝之作的必须完美之品而存在。因此,"未受训练的感官不易察觉大自然的真理"⑤,画家的感官必须异于常人,用完全不

---

① 约翰·罗斯金:《近代画家》(第一卷),张璘、张杰、张明权等译,北京:清华大学出版社,2012年,第 19 页。
② 参见提姆·巴林杰:《拉斐尔前派艺术》,梁莹译,北京:中国建筑工业出版社,2007 年,第 10 页。
③ 约翰·罗斯金:《近代画家》(第一卷),张璘、张杰、张明权等译,北京:清华大学出版社,2012年,第 285 页。
④ 同上书,第 16 页。
⑤ 同上书,第 36 页。

同的眼光观察自然,将那些最值得描绘的自然对象通过画家的印象呈现出来,使观众的大脑产生对它的概念,引导观众对自然物进行思考,体会画家在观察自然时的思想和情感。因此,画家的审美感知是以敏锐的感官感知为基础的。罗斯金强调对自然的精细描绘并非否认宗教神秘主义的情调,他将审美感知与感官享乐加以区别,认为希腊语中的"审美"一词是指后者,而后者仅仅是低层次的感官享受,这样的感官享受被他称为"唯美的"。更高层次的美具有道德属性,与爱(宗教意味的)联系在一起。与"唯美的"感官享乐相比,他认为审美应该是"理论的"(theoria)①,生成的是愉悦、崇拜、感激之情,就像对上帝的爱。因此罗斯金认为,美的印象既不属于感官层面,也不属于智力层面,而是道德层面。

维多利亚时代早期的英国艺术具有强烈的伦理道德以及观照现实的色彩。从法国"进口"的"为艺术而艺术"思想在英国的扎根需要更长时间的酝酿。尽管罗斯金对于真实和美的论述带有道德主义和古典主义的痕迹,极力回避审美中感性的力量,但他的"真实"观却给道德主义"挖了墙角",留下了通往感觉主义的暗道。既然"真实"无非是敏感的艺术家体验到的并且通过作品传达出来的非程式化(个人化)的真实,那么最重要的媒介就是作家自身"看"的真实,也就是真实感,而这种真实感是个人化和个性化的,否则就会回到古典主义的成规。这样一来,画家就从画"典范的"自然走向了画"个人的"自然。也就是说,"真实"从一种必须遵守的"他律"变成了个体的"自律","自律"的真实就离"自律"的审美一步之遥了。

1855年前后,拉斐尔前派最早的成员分道扬镳。以罗塞蒂为核心重新聚集了莫里斯、伯恩-琼斯、弗雷德里克·桑迪斯(Frederic Sandys, 1829—1904)、西蒙·索罗门(Simeon Solomon, 1840—1905)等艺术家、诗人,他们形成了所谓后期拉斐尔前派,其实已经偏离了拉斐尔前派的初衷,进一步向主观神秘主义转化。与前期的米莱斯和亨特忠实于"现实"的风格不同,后期拉斐尔前派受到济慈诗歌的启发,转向追求灵肉一致的神秘主义、感官主义的颓废气息。虽然拉斐尔前派向往中世纪情调,但他们不像宗教禁欲主义那样蔑视肉体,在他们看来,"肉体美"是可贵的,是"灵魂美"的证明。后期拉斐尔前派更具唯美主义特征,他们探求各种艺

---

① "理论"(theory)一词,源自古希腊语 theoria,是由"旁观"(look on)引申出来,具有看、观察、考虑之意。

术门类间的关系,尤其是追求绘画、文学与音乐的"互文"关系。因此他们也被保守的评论者批评:"'为艺术而艺术'是这种新批评的肤浅谬论,它将艺术贬低为纯粹的感官装饰。"①这种批评实际上道出了拉斐尔前派重感官、重肉欲的艺术特色。正如闻一多所言:"艺术类型的混乱是'先拉飞派'的一个特征,……这种现象不是局部的问题,乃是那个时代全部思潮和生活起了一种变化——竟或是腐化。"②于是,后期拉斐尔前派已经容纳意大利文艺复兴初期和鼎盛时期的风格,向威尼斯画派偏重肉感表现的方向发展。

2. 英国工艺美术运动

1861年,莫里斯、罗塞蒂、伯恩-琼斯与福特·马多克斯·布朗③等人在红狮广场共同创建"莫里斯-马歇尔-福克纳公司"(MMF)④,开始从事手工刺绣和染织设计工作,并联手打造了莫里斯新居"红房子"(Red House)的家具与内饰,后经由"莫里斯商会"把这些装饰工艺实现产业化,由此催生了倡导中世纪复古主义和装饰艺术相结合的英国工艺美术运动。工艺美术运动持续时间大约从19世纪60年代到20世纪初,得名于1888年成立的"艺术与手工艺展览协会"。工艺美术运动作为英国的设计改良运动,又被称为"艺术与手工艺运动",标志着装饰艺术的成熟与发展。工艺美术运动的驱动因素有二:一是艺术家普遍认为工业化流水线的艺术产品没有美感,外形粗糙简陋,商家注重销量,不注重设计;二是由于缺乏艺术修养的暴发户的涌现,使工艺风格显得矫揉造作,而具有高艺术品位的手工艺品又多为上层权贵垄断,导致艺术消费者的审美趣味遭到了严重败坏。工艺美术运动试图在工业化的土壤中重塑手工艺的价值,呼吁塑造"艺术家中的工匠"或者"工匠中的艺术家";倡导返回中世纪,借鉴哥特的审美主义风格,以唤起艺术上的灵性;强调艺术与生活相结合的实用主义,讲究简单、朴实、合理的设计。工艺美术运动的影响迅速波及欧美国家,成为打破艺术与生活壁垒的尝试和证明,催生了欧洲的新艺术运动。

由于艺术与生活的结合,工艺美术运动(以及后来的新艺术运动)推

---

① "The Grosvenor Gallery", *London News*, 8 May 1880, p.451.
② 闻一多:《先拉飞主义》,见《闻一多全集》(2),武汉:湖北人民出版社,1993年,第153页。
③ 布朗是拉斐尔前派成员,室内装饰设计师。
④ 1875年,MMF公司解体,重组成莫里斯公司(Morris & Co),由莫里斯一手掌控。

动了装饰艺术的发展变革,20世纪初流行的装饰艺术运动是两者的延续和发展。① 装饰艺术历史悠久,甚至可以说是人类艺术的起源。装饰艺术起源于人类对劳动工具的开发,在制造和使用工具的不断实践中,那些源于秩序、协调、平衡等生理机能的感知经过无数次重复和演练,逐渐转变为心理和精神层面的活动,进而产生出美感享受。于是,劳动工具成为体现人类原始审美意识的来源,在此基础上形成的装饰艺术成为人类寻求实用性和审美性交融的创造性心理产物。"装饰"(ornament)一词源于拉丁文"orno",在近代以前的西方修辞传统中,它具有"提供必需品"与"修饰"两层含义,前者意为必要,后者意为过度。② 18世纪以降,"装饰"一词中"提供必需品"这个含义日渐消失[其实意大利建筑学家阿尔伯蒂(Leon Battista Alberti,1404—1472)早在1452年完成的《建筑论》一书中就将"装饰"理解为"过度"],到18世纪末,这个词更多地联系着浮夸、矫饰的"过度"含义。③ 唯美主义思潮在世俗生活领域推动艺术与生活的融合,因此装饰艺术的性质具有明显的两重性:一面是观赏性,一面是功能性。为了与生活场景相区分,装饰艺术与传统艺术相比在总体上呈现夸张、矫饰的特征。它不以摹仿自然为终极目的,而是运用形式美的法则,讲求比例均衡、对称反复,追求动态与静态、节奏与韵律的对立统一,具有很强的形式感。当人们从观赏性角度看待装饰艺术时,可以将其理解为"艺术的生活化";反之,当人们从功能性的角度看待它时,又可以将其理解为"生活的艺术化"。工艺美术运动和装饰艺术成为唯美主义,尤其是英国唯美主义运动不可分割的部分。甚至有人将MMF公司的成立视为英国唯美主义运动萌芽的标志性事件。④ 事实上,前期和后期拉斐尔前派在技巧上最大的差别正是"写实"与"装饰"的区别⑤,写实偏重对客观的还原,色彩构成偏重理性分析;而装饰性的色彩更偏重主观,长于

---

① 阿拉斯泰尔·邓肯:《装饰艺术》,何振纪、卢杨丽译,杭州:浙江人民美术出版社,2019年,第1页。

② See Eric Cheyfitz, *The Poetics of Imperialism: Translation and the Colonization from The Tempest to Tarzan*, New York: Oxford University Press, 1991, p.93.

③ See Laura George: "The Native and the Fop: Primitivism and Fashion in Romantic Rhetoric", *Nineteenth-Century Contents*, Vol. 24, No. 1 (2002), pp. 33—47.

④ See Lionel Lambourne. *The Aesthetic Movement*, London: Phaidon Press Limited, 1996, p. 18.

⑤ 参见平松洋:《美的反叛者:拉斐尔前派的世界》,谢玥译,南昌:百花洲文艺出版社,2017年,第250页。

自由抒情,展现风格化的趣味,"用自由的想象力去反抗强烈的理性和现实需求"①。即是说,绘画从观察、摹仿、介入自然的认识功能逐渐转变为追求形式美的自我展示(自律、自足)功能。

3. 印象派的横空出世

60年代,法国印象主义画派出现,由于英法两国艺术家频繁交往,在艺术的观念上相互影响,我们可以将拉斐尔前派与印象派视为英吉利海峡两岸的美术"两生花"。印象派及其先驱巴比松画派②同样追求"真实",他们源自法国现实主义绘画传统,又在画面构图和空间安排方面受到摄影成像技术的启示,捕捉景象的即时瞬间。爱德华·马奈(Edouard Manet,1832—1883)认为古典主义绘画中再现自然是人为地欺骗了观众的眼睛,因为古典主义强调的焦点透视、空气透视(色彩透视)和明暗交互渐变的画法其实是画室中刻意设计的理想状态,为的是呈现对象丰满的立体感,而不是人在户外阳光下看见的自然的真实感。印象派认为,如果在户外观看自然,人看见的就不是一个个各具色彩的物体,而是调和在一起的一片明亮的混合色块。为了还原这样的效果,马奈改用明暗强烈、刺目的色彩对比来调配颜色。克劳德·莫奈(Claude Monet,1840—1926)继承了马奈的风格,追求描绘自然的"现场感",捕捉刹那间观察到的自然,更多地关注画面的总体效果,缺乏细节修饰。后期印象派的高更(Paul Gauguin,1848—1903)反对前期印象主义残留的自然主义式的写实倾向,但也极其重视艺术对现场感觉的表现。他认为拉斐尔等人都是感觉的先行者,人类的感官是思想的直接门户。感官越是敏锐,思想就越是深邃,绘画是一切感觉浓缩的产物,是艺术皇冠上最美的珍珠,最能体现感觉的丰富性。

印象主义通常被认为是拉斐尔前派的对立面,但与后者的相似之处在于,印象派同样自信地倡导"自然"的权威,即自然在人眼中本来的样子。对比起来,拉斐尔前派希望并且自信画家主体能够表现出事物本来的样子,而印象派则更加主观化,他们只表现自己看到的印象。"这两派都声称他们只画自己看到的东西,但是当前拉斐尔主义致力于表现事物

---

① 詹姆士·特里林:《装饰艺术的语言》,何曲译,杭州:浙江摄影出版社,2016年,第166页。
② 巴比松画派(Barbizon school)指的是一群活动于1830—1880年间,由靠近法国枫丹白露森林的巴比松镇的风景画家们组成的非正式艺术家团体。他们信奉"回归自然",是首批走出画室直接面对自然写生的画家,这种创作态度影响了印象主义画风。

的本来面貌时,印象派的目标则是表现事物表现出的样子;前者描绘物体,后者则描绘大气层中的事物在视网膜上留下的意象。"①印象派试图捕捉画家眼中瞬间出现的自然印象,这样的"真实"甚至比一般的"真实"还要真实,这是由于世界是运动的,"逝者如斯夫,不舍昼夜",对于运动表象的把握就是定格那一瞬间的印象。而且,对于瞬间印象的呈现反过来表现的是感觉本身:人看到了自己的"看"。在此,艺术形式和审美经验之间的区别被最小化了。艺术成为我们最好的感知媒介,一种记录我们最多样印象的手段。②印象主义想把他们看见的自然画下来,这跟现实主义画家在绘画目的方面其实是相似的,但两者在达到这一目的的手段方面存在差异。印象派绘画之所以呈现出对呈现瞬间感受的兴趣,背后的社会历史原因在于19世纪中后期英法等国发生的剧烈、混乱的工业化和城市化变革,这一变革使整个世界看上去不再稳定和真实。③ 可以说,印象主义绘画表达了当时人们观察世界的视点和对世界之看法的转变,它是写实主义的一种变体,它们表现艺术家亲眼看到的现实,尤其是刹那间的现实。这种"现实"是个人的、刹那间的,是他人不可替代的,因此,印象主义可以被视为一种极端的写实主义。既然是极端的,也就预示它已经开始从表现客观转向表现主观了。印象派从诞生之初便形成超越绘画领域的巨大影响力,包括王尔德、李利恩克龙(Detlev von Liliencron,1844—1909)在内的许多作家的创作都受到印象派的影响,借鉴和摹仿印象主义的技法。印象派绘画还影响了法国后来的纳比派,纳比派成为新艺术运动在法国的主要旗手,他们的绘画作品追求简化的形式美,突出色彩和构图的技术要素,体现鲜明的装饰艺术特征。纳比派和象征主义诗学、文学紧密联系,互相启发,两者都拒绝摹仿客观真实,而是倾向于形式的自我表现,体现出共同的音乐化倾向。

4. 浮世绘:来自东方的唯美灵感

说到印象主义,就不得不提来自日本的独特绘画艺术——浮世绘。

---

① 劳伦斯·宾扬:《〈前拉斐尔主义〉前言》,见约翰·罗斯金:《前拉斐尔主义》,张翔译,上海:上海人民出版社,2008年,前言第5页。

② See Henry James, *The Painter's Eye: Notes and Essays on the Pictorial Arts*, J. L. Sweeney, ed., Cambridge: Harvard University Press, 1956, p.217.

③ 参见弗雷德·S.克雷纳、克里斯汀·J.马米亚编著:《加德纳艺术通史》,李建群、王燕飞、高高等译,长沙:湖南美术出版社,2013年,第712页。

印象主义的崛起,一个重要原因便是欧洲画坛对浮世绘的关注和接受。

"浮世"一词在日语中与"忧世"同音,"忧世"来自佛教用语,意为此岸或秽土,指虚无缥缈的俗世凡尘。"浮世"一词从初始就含有艳俗放荡之意,在15世纪的日本,它意指灯红酒绿、虚无短暂的红尘。16世纪、17世纪以后具体化为妓院、歌舞伎等欢场,当时,"浮世"一词开始流行,隐含对现世炎凉、玩世不恭的嘲讽,以及和光同尘的享乐心态,并出现以"浮世"为名的文学作品,还有各种手工艺品、装饰品,如"浮世帽""浮世发髻"等。"浮世绘"也就在这样的环境中产生了,它的字面意思为"虚浮的世界绘画",即描绘世间风情的画作。18世纪开始,幕府政权开始推行重商政策,江户一带城市兴起,经济富庶,随着城市经济和市民文化的繁荣,娱乐产业空前发达,在这样的背景下,在社会中普遍形成"人生如梦、及时享乐"的价值观,浮世绘创作达到高峰。

浮世绘的形式主要有肉笔绘和版画,前者是由画师直接在纸或绢上徒手作画,成本高、耗时大,主要面向上层贵族定制;后者受中国明朝刻本书籍的影响,是浮世绘最主要的类型,特点是成本低、可复制,便于满足广大平民的需求,当时成熟的彩色套印版画技术更是造就了浮世绘的夺目光彩。浮世绘的内容一部分来源于叙事文学的某些题材,另一部分来源于美女、欢场、茶道、歌舞伎、春宫画等,显然是为了迎合城市中商贾市民的世俗生活需求,生动鲜活地展现了江户时期鲜活的市井气息。从这个意义上说,浮世绘表现了江户社会都市化的审美眼光,重视感官享乐,追求刹那、瞬间的快感,"奏响了一曲显示着平民意气的凯歌,标明了真正自由艺术的胜利"[①]。

浮世绘采取散点透视,平面构图,喜好色彩平涂,注重线的运用,因而呈现出纤细柔美、色彩亮丽、装饰意味浓郁的特色。如前所述,装饰性是19世纪欧洲美术面临的共同课题,浮世绘的"装饰性"应和了19世纪西方装饰艺术的兴起,促使其被西方艺术界和消费者接受。浮世绘的"装饰性"又有其独特之处,它与文艺复兴以来西方美术所追求的三维空间不同,表现的重点在于色彩与形状的协调,其装饰性手法基于对自然的淳朴情感,也就是将生活情感以单纯的形状样式化、形象化。[②] 事实上,这种装饰性画面具有工艺的性质,并且与日本人的生活情趣紧密相连,无论在构思、布局,或

---

① 顾申主编:《浮世绘》,北京大陆桥文化传媒编译,青岛:青岛出版社,2011年,第27页。
② 参见潘力:《浮世绘》(第2版),石家庄:河北教育出版社,2012年,第293、306页。

者在制作、技巧方面,都体现出浓浓的东方情趣。浮世绘受到中国古典绘画的影响,从中可以见到中国画的印记,但更多地蕴藏着日本的"绳魂"情结。"绳魂"观念起源于日本的原始神道,表现为崇尚自然的情感、生命和谐的意识、性文化上的开放等自然本位与现世本位思想。与纯粹的中国农耕伦理型文化相比,"绳魂"情结与西方重世俗本位、个体本位的文化更为接近,当西方人打开日本的大门时,他们一下子就被浮世绘吸引了。

周作人在《日本之浮世绘》一文中写道:"日本昔慕汉风,以浮世绘为俚俗,不为士大夫所重。逮开关后,欧土艺术家来日本者,始见而赏之,研究之者日盛。"①这说明被上层社会视为"下里巴人"的浮世绘在东方和西方受到的不同境遇。浮世绘传入西方世界的时间最早可追溯到17世纪,当时,被日本人视为废纸的大量浮世绘版画作为包装物和填充物随瓷器被运往西方。荷兰是欧洲诸国中最早对日本展开商业活动的国家,日本美术品最初是以荷兰为窗口输往欧洲的。19世纪中期日本被迫跟欧美通商时,这些版画可以在日本街头的小吃馆里被廉价购买。1854年,美国东印度洋舰队彻底打开了日本国门,从此进一步加速了浮世绘向海外的输出。外交人员不断带回各式各样的日本工艺美术品,在欧洲引发了收藏日本美术品的热潮。19世纪中后期,欧洲发达国家热衷举办各类展览和博览会,这些博览会的举办除却政治和经济的考量外,还包含推广本国文化的功能,它们代表政府承担了以往由贵族扮演的艺术赞助者的角色。法国作家阿波利奈尔(Guillaume Apollinaire,1880—1918)认为,现代万国博览会"既是博物馆,又是工厂、市场和露天游艺会"②。博览会为浮世绘走向欧洲起到了推波助澜的作用,在1862年的伦敦国际展览中心、1867年和1878年的巴黎万国博览会、1873年的法国中央实用美术联合会展和维也纳万国博览会等展会上都出现了浮世绘的"倩影",吸引了许多欧洲国家艺术圈的注意。当时以库尔贝为代表的现实主义美术发展到顶峰,欧洲敏感的年轻画家们正在寻找新的突破口,浮世绘的出现为他们带来了全新的表现方式。1878年巴黎万国博览会之际,法国批评家感叹道:"日本主义! 现代的魅惑。全面侵入甚至左右了我们的艺术、样式、趣味乃至理性,全面陷入混乱的无秩序的狂热……"③在文学界,埃德

---

① 周作人:《日本之浮世绘》,见《周作人论日本》,西安:陕西师范大学出版社,2005年,第89页。
② 转引自雅克·杜加斯特:《存在与喧哗:19、20世纪之交的欧洲文化生活》,黄艳红译,北京:中国人民大学出版社,2015年,第119页。
③ 转引自潘力:《浮世绘》(第2版),石家庄:河北教育出版社,2012年,第275页。

蒙·德·龚古尔是法国最早接触浮世绘的人之一。在他看来，来自东方的浮世绘版画彻底颠覆了西方绘画的传统观念，改变了艺术家观察世界的方式，他写道："看着他们，令我感觉希腊艺术因为过度完美而显得无聊，这种艺术永远无法从学术派的诅咒中解脱出来。"① 龚古尔大力提倡并收藏浮世绘，在 1881 年以介绍自己的藏品为主题出版了《艺术家的家》，他还在 1891 年与 1896 年先后出版了《歌麿》与《北斋》两部专著，成为介绍日本艺术的主要人物，让浮世绘在法国文艺界被接受。于是，浮世绘很快造就了 1860—1910 年间风靡欧洲的"日本主义"。日本的建筑风格、工艺品、服饰、茶道、花艺等，都成为当时的流行文化，在欧洲开启了一股西方艺术和东亚艺术相互融合的异域杂糅（cross-fertilization）风格。当时对日本艺术和日本情调的崇拜已经达到这样的程度：仅在 1884 年就向欧洲出口了近 400 万把扇子、13.2 万多把伞和超过 1.6 万块屏风。② 在美国同样如此，日本艺术品的风靡在 19 世纪 70 年代末成为美国新艺术运动和工艺美术运动的一部分。1878 年，妇女艺术馆协会（Women's Art Museum Association）赞助了一场从辛辛那提私人收藏者那里借来的日本艺术品展览，向公众展示了各种各样的陶瓷、青铜器、漆器、景泰蓝制品和乐器。1880 年 5 月在辛辛那提举行的日本艺术品大拍卖会提供了数不清的陶瓷制品。日本的建筑美学也启发了美国建筑师，关于日本建筑艺术的文章首次出现在 1876 年 1 月的《美国建筑家》（*American Architect*）创刊号上。费城百年博览会上的日本展览建筑和花园（美国第一座日本花园）则得到了美国民众相当大的关注。③

作为唯美主义的前驱，拉斐尔前派与浮世绘之间颇有渊源。1863年，拉斐尔前派画家威廉·罗塞蒂在《读者》上发表了一篇评论《北斋漫画》的文章，字里行间洋溢着对葛饰北斋（1760—1849）作品的仰慕："这些

---

① 修·昂纳、约翰·弗莱明：《世界艺术史》（第 7 版修订本），吴介祯等译，北京：北京美术摄影出版社，2013 年，第 712 页。

② James D. Kornwolf, "American Architecture and the Aesthetic Movement", in D. B. Burke, ed., *In Pursuit of Beauty: American and the Aesthetic Movement*, New York: Metropolitan Museum of Art, 1986, p. 347.

③ See James D. Kornwolf, "American Architecture and the Aesthetic Movement", in D. B. Burke, ed., *In Pursuit of Beauty: American and the Aesthetic Movement*, New York: Metropolitan Museum of Art, 1986, p. 347; Alice Cooney Frelinghuysen, "Aesthetic Forms in Ceramics and Glass", in D. B. Burke, ed., *In Pursuit of Beauty: American and the Aesthetic Movement*, New York: Metropolitan Museum of Art, 1986, p. 228.

画无论从哪个方面看都无疑属于当前各国美术中的杰出之作,奇特的想象、准确的把握、活泼的构图和浪漫的笔法,对欣赏者充满了魅力。也许可以认为,这些版画的水准超过了欧洲美术。"①惠斯勒在巴黎接触了印象主义画家,他最初主要在铜版画中吸取日本美术的构图特点。从60年代开始,具有典型日本特征的和服、屏风、团扇等道具开始大量出现在他的作品里,他所采用的不均衡构图已经出现浮世绘风景画的痕迹,比如《长长的祈祷曲》(1864)、《瓷器王国公主》(1864)、《金色屏风:紫色和金色随想》(1865)、《孔雀的房间》(1876)、《凉台:粉红色与绿色的变奏》(1867—1868),其中以《孔雀的房间》最为著名,被誉为"对日本化绘画"最辉煌的尝试。醉心于日本美术的惠斯勒在1885年著名的《十点钟演讲》("The Ten O'Clock Lecture")中将日本美术与古希腊艺术相提并论:"即使改写美术史的天才再也不会出现,跟美有关的故事也已完结——它被刻在了帕特农神庙的大理石上,也被绣在了以葛饰北斋的作品《相州梅泽左》为扇画的折扇巾。"②比亚兹莱的创作受到浮世绘的启发,突出线条的简洁流畅与对比强烈的色块,营造出怪诞、夸张的装饰性效果,无怪乎鲁迅评价比亚兹莱时指出:"视为一个纯然的装饰艺术家,比亚兹莱是无匹的。"③爱尔兰唯美主义作家乔治·摩尔也指出,以浮世绘为代表的日本艺术的传入,改变了英国人的视觉感知习惯。④

浮世绘传到欧洲后,立即引起了印象派画家的兴趣。马奈、莫奈、毕沙罗(Camille Pissarro,1830—1903)、德加(Edgar Degas,1834—1917)、雷诺阿(Pierre-Auguste Renoir,1841—1919)等人对浮世绘作品十分感兴趣。由浮世绘刮起的旋风还波及梵高(Vincent van Gogh,1853—1890)、高更等后印象派画家。

马奈是浮世绘最初的传阅者之一,他亲自收藏了许多日本工艺品,作为葛饰北斋的崇拜者,临摹过许多葛饰北斋的作品。马奈受日本浮世绘

---

① 转引自顾申主编:《浮世绘》,北京大陆桥文化传媒编译,青岛:青岛出版社,2011年,第166页。
② 《相州梅泽左》创作于1831年,是葛饰北斋以富士山为背景的浮世绘系列作品《富岳三十六景》之一,这幅画中出现了富士山与丹顶鹤。J. A. M. Whistler, "The Ten O'Clock Lecture", in Eric Warner, Graham Hough, eds., *Strangeness and Beauty*: *An Anthology of Aesthetic Criticism 1840—1910*, Vol. 2, *Pater to Symons*, London: Cambridge University Press, 1983, p. 89.
③ 鲁迅:《〈比亚兹莱画选〉小引》,见《鲁迅全集》(第七卷),北京:人民文学出版社,2005年,第356页。
④ 参见乔治·摩尔:《十九世纪绘画艺术》,孙宜学译,北京:中国人民大学出版社,2003年,第180页。

的影响,大胆采用鲜明的色彩,舍弃传统绘画的中间色调,将绘画从营造立体感的透视法传统束缚中解放出来,朝二元的平面创作迈出了革命性的一大步。马奈的代表作《奥林匹亚》(*Olympia*,1863)被誉为"将日本绘画特色移植到法国绘画的成功之作"①。

  莫奈也是最早接触和收藏浮世绘版画的印象派画家之一,他收集了包括喜多川歌麿(1753—1806)、葛饰北斋、歌川广重(又名安腾广重,1797—1861)等画师的二百三十余幅作品。② 浮世绘对莫奈的影响主要体现在两方面:一是浮世绘对外在自然气候变化的敏感与擅长捕捉瞬息万变的自然面貌的莫奈不谋而合,二是浮世绘强烈的装饰意味迎合了莫奈晚年对美术装饰性的追求。在《白杨树》系列(*Poplar Trees*,1891—1892)、《鲁昂大教堂》系列(*Rouen Cathedral*,1892—1893)等晚期作品中均可以看到作者极富韵律的装饰性手法,通过层层叠加的色块,捕捉在流光中物体表面色彩形成的幻影。

  德加收集了包括鸟居清长(1752—1815)、喜多川歌麿、葛饰北斋、歌川广重等人的浮世绘版画,领略到东方绘画观察事物的独特视角。浮世绘的构图具有随意性,如同人在生活中偶然回头一瞥所见的瞬间。受此影响,德加强调构图要选取最独特的视角,从令人意想不到的角度展现作者的印象,突破了古典主义以画面中心为稳定的视觉和物理中心的禁锢,大胆切割画面,使视觉偏离画面中心,营造一种奇特的不稳定感,也就是他所认为的现代人的真实感。这种理念使德加尤其擅长捕捉人物动作的瞬间,赋予构图更多的运动感。

  梵高欣赏浮世绘的线条及造型,东方式的单纯色彩与利落的线条成为他后期作品中表现自然的主要手法。在浮世绘的启发下,梵高的画风由早期沉闷、昏暗逐渐向简洁、明亮、色彩浓烈转变,形成了他中后期的独特个人特色。他曾说:"我们喜欢日本版画并受到其影响,在这一点上与所有印象派画家是共同的";"从某种意义上说,我的所有工作都是以日本美术为基础展开的"。③ 他的《花魁图》(1887)、《雨中桥》(1887)、《龟户梅屋》(1888)等油画作品是对江户时期溪斋英泉(1791—1848)和歌川广重版画作品的临摹。

  梵高曾说:"谁爱日本艺术,谁受日本艺术的影响,谁就想到日本去。

---

① 顾申主编:《浮世绘》,北京大陆桥文化传媒编译,青岛:青岛出版社,2011年,第173页。
② 参见 M. 苏立文:《东西方美术的交流》,陈瑞林译,南京:江苏美术出版社,1998年,第260页。
③ 转引自潘力:《浮世绘》(第2版),石家庄:河北教育出版社,2012年,第301页。

更正确地说,是到与日本相似的地方去,即到法国南方去。我认为,归根到底,未来的新艺术的诞生地是在南方。"他在抵达法国南部小城阿尔勒后兴奋地写道:"在这片土地上,由于透明的空气和明亮的色彩效果,如同见到日本般的优美。水在风景中形成美丽的翡翠般丰富的蓝色块,完全和浮世绘中看到的一样。青色的地面、浅橙的日落、灿烂的黄太阳。"① 高更也曾收藏浮世绘版画,在离开巴黎时还将其中一部分带到塔希提岛。高更被"日本趣味"深深吸引,他的作品用简洁的线条和夸张的色块组成,具有浓厚的主观色彩和装饰效果,从中可以看到浮世绘版画的影响。

总而言之,印象派和后印象派借鉴了浮世绘的技巧风格,主要表现在以下几个方面:一、世俗化的题材,关注现世、现实和平民生活,展示原生态的广阔生活空间。二、自由的构图形式。在西方传统绘画中,画家的视点作为绝对条件,一切要素都要服从于对它的摹仿,利用透视法严格规范画面布局的左右对称和垂直构图。而日本浮世绘则强调服从被描绘的客体,允许表现不同对象特征的不同视点并存,以不规则形状为美,远景、近景布局采用对照方法,对角线相向扩大空间效果,这是日本人的自然观和生命意识的体现,别开生面的空间结构启发了印象主义。三、重视线条造型的力度和主导性,一改西方传统绘画靠明暗色彩对比营造立体感的方式,浮世绘采用利落、简约的线条勾勒,形成疏密错落的秩序感。四、追求装饰性。在传统写实主义的影响下,西方绘画具有比较明显的叙事性,追求以真实的人物、完善的场景与明确的肢体语言表现出戏剧性的场面。浮世绘画面则虚实结合、对比强烈、大胆夸张,与现实生活形成反差,产生适合装饰的漫画感。在有意识的取舍与夸张中,画面的故事场景隐退,而重点讲述人物、景物的自然状态,这与印象主义对传统"真实感"的颠覆不谋而合。五、无影平涂的色彩价值。江户时期浮世绘版画大量使用斜线构图的方式,用纯净鲜明的不同色调之间的对比,体现出画面的动感与和谐,使画面整体呈现华美、鲜亮、趋于平面化的刺激,还原了光线对视觉感官的刺激,迎合了印象主义对刹那、瞬间之真实感觉的追求。

欧洲人很快接纳并热衷摹仿、借鉴浮世绘的现象并非偶然。这种局面一方面说明作为东方艺术的浮世绘具有西方传统绘画稀缺的审美特质,以至于他们惊喜地发现这一"他山之石";另一方面也说明,浮世绘代表的日本美术与当时的西方画坛之间有着内在的精神共鸣,否则我们无

---

① 转引自潘力:《浮世绘》(第2版),石家庄:河北教育出版社,2012年,第302页。

法想象，两个毫无联系的艺术类型之间会产生什么交集。"日本人较之中国人更加注重感觉，更加现实，也就是更重视人自身。在这方面虽然与欧洲人追求的官能性有所区别，但却有着共通的古典精神。"①基于原始神道基础上的日本"绳魂"文化和"物哀"情结注重以情绪化的直觉感悟进行审美活动，在绘画领域体现为追求视觉美感和精致的工艺，并在工具材料、制作效果方面不断进行大胆变革，借助浓重的色彩、简洁的轮廓和夸张的造型强化绘画的装饰性，表现出对形式和感官享乐的极致追求。在这个意义上，浮世绘与唯美主义的美学主张也不谋而合，抑或说，浮世绘本身就呈现出唯美主义的特质，比如日本唯美派作家永井荷风就对浮世绘赞不绝口，他认为："最耐人寻味的东西，身上可能具备两种品质：邪与媚。浮世绘就有这样的品质。邪与媚的统一，让感观享乐的世界有了丰富的质感，沉甸甸，如晚熟的高粱，所有的穗子都垂下来了，富足，殷实，直达天边。"②在永井荷风看来，浮世绘天然地表现出对感官、肉欲、恋物的亲近感，与自己文学创作上的唯美主义诉求一脉相通，尤其对女性绰约多姿形态的展现，对男女之间云朝雨暮的性爱之描写，呈现出浓厚的享乐主义和感官主义情趣。并且，这种肉欲表现并非流于生物性的自然主义倾向，而是含有精神性的追求和灵韵。事实上，这种性爱观既是日本独特享乐观的传承，亦是鲜明的江户时代情调的反映。当时人们崇尚所谓"色恋"，即一种不同于肉体交合，讲究灵与肉结合的性爱观，哪怕去欢场作乐，人们也不认为仅仅为了寻欢，更是去寻找类似于爱的东西，这种"色即是恋，恋即是色"的态度，统领着日本的性爱观。③ 从中可以看出，性爱、身体都已经脱离了单纯的生物化范畴，而向着感性化、形式化、仪式感的唯美方向提升。类似的性爱观和身体观，我们在《莎乐美》《道林·格雷的画像》《阿芙罗狄特》等经典唯美主义作品中都能感受到。

18世纪末到19世纪中期，从喜多川歌麿、溪斋英泉等人的江户晚期浮世绘作品中可以看到人与物关系的新变化，比如重视画面中道具和人物动势的内在呼应关系以暗示画框外的内容；又如放大人物动态的幅度、表情的扭曲程度和五官比例的不协调，折射出所谓颓废的世态心理，呼应了江户晚期的审美倾向。这些特征从表面上看，是绘画风格的夸张化，进一步凸显装饰性的特质，从内在美学意义上说，是人与物关系的进一步激

---

① 转引自潘力：《浮世绘》（第2版），石家庄：河北教育出版社，2012年，第316页。
② 顾申主编：《浮世绘》，北京大陆桥文化传媒编译，青岛：青岛出版社，2011年，第49—50页。
③ 参见顾申主编：《浮世绘》，北京大陆桥文化传媒编译，青岛：青岛出版社，2011年，第82页。

进化,物的地位渐渐压倒了人,而且使人的身形仪表向"非人"(物化)状态靠近。物化是社会工业化、城市化的艺术表征,西方唯美主义作品中经常出现的"恋物"倾向正是这一表征的形象化。

日本唯美派文学的出现直接受到西方唯美主义思潮的直接影响,只不过由于日本传统文化的关系,唯美主义在东渐过程中,其内在的感觉主义核心特质经过文化折射后表现得更加明显了。因此,日本唯美派文学的一大重要特征是"用欧洲的艺术形式,发挥日本的趣味","是异国情调与江户情趣的融合"。① 在东西方文化艺术的互动中,西方唯美主义受到了来自东方的浮世绘之启发,而日本的唯美主义又受到了西方唯美主义的直接影响。在此过程中,日本艺术界重新发现了一直被视为通俗化、大众化的浮世绘之艺术魅力,并且浮世绘中也有一些作品吸收了西方传统的透视法。如果说,西方唯美主义思潮兴起的一大重要推动力是工业化给艺术家带来的矛盾心态,他们急于寻找一种美学上的话语资源对抗工商业文明导致的美感弱化和庸俗化,而浮世绘蕴含的东方文化具有的装饰性、象征性、异域性、享乐性和丰富性等特质所表现出某些前(非)现代性的特征,则非常自然和及时地被吸收进唯美主义理念和创作中,成为西方唯美主义对抗工商文明的话语资源。另一方面,随着明治维新开启的"全盘西化"之势,19世纪末到20世纪初的日本工业化兴起,迫使作坊式的手工艺产业急速式微。与此同时,伴随着照相技术的传入,"当年已改成东京的江户,尽管还拥有许多浮世绘师,但隅田川口林立的工厂早就夺走了他们创作的灵感"②,浮世绘在民间的境遇终于因无法跟上迫切追求"现代化"的日本民众之口味而走向衰弱。东西来去之间,境遇天壤之别,真可谓东西方文化艺术交流与融通的有趣现象。

第五节 艺术家地位的上升和艺术市场的建立

唯美主义"为艺术而艺术"口号的提出并非想象中那样"高蹈",而是有着非常现实的元素,那就是艺术家地位的上升,使他们开始有底气为自己的领域划定界限,筑起艺术的门槛。对艺术家社会地位的认可,也就是

---

① 叶渭渠、唐月梅:《日本现代文学思潮史》,北京:华侨出版社,1991年,第399—400页。
② 陈炎锋编著:《日本"浮世绘"简史》,台北:艺术家出版社,1990年,第11页。

对创造性的精神劳动和审美价值的认可。艺术家地位的上升过程伴随着不同层面的文化现象：在哲学层面上表现为个体自由概念的出现，在美学层面表现为技术与艺术的分离，在诗学层面表现为从摹仿论向表现论的转变，在文艺思潮层面上表现为新古典主义的衰弱和启蒙主义、浪漫主义的兴起，在政治层面上表现为资产阶级势力的崛起，在经济层面上表现为包括报刊出版业在内的文化产业市场的出现。

艺术家地位的上升过程经历了相当长的历史阶段，这个过程在17世纪末到19世纪这段时间内得以加速推进。在古希腊罗马时期，官方有"自由艺术"(liberal arts)的说法，它来源于拉丁语"arts liberales"，也被称为"博雅艺术"或"人文学科"，在中世纪早期固定为七门学科，分别是语法、修辞学、逻辑学、算数、几何学、音乐和天文学。在16世纪以前，西方人对艺术(art)、技艺之间的区分还很模糊，只有诗歌才被普遍承认是创造（想象）的产物，其他艺术都还被视为"技艺"(craftmanship)。比如"masterpiece"(杰作)这个词的组成部分"master"(师傅)，便喻示了"杰作"的原本含义——手工艺品。手工艺品原本是学徒为了跻身工艺师工会的参评作品，后来逐渐被用于指称绘画和雕塑。[①] 这说明，与美学成为一门独立学科的过程道阻且长一样，艺术与技艺在很长一段时间内并没有被明确区分。近代以前，人们认为绘画、雕塑等艺术门类的本质和手工艺技术一样，都是一种操作和熟练程度层面的问题，本质是对现实的一种摹仿，而忽略了审美艺术中的创造性（想象/虚构性）本质，即"无中生有"的自由。从17世纪末、18世纪初开始，创造性逐渐被视为所有艺术的重要特征，伴随而来的是审美艺术的独立、美学作为学科的建立和艺术家地位的上升。

在18世纪以前，艺术家总是作为某种势力（多半是教权、王权、行会）的附庸，他们的地位甚至不如铁匠和裁缝，画家和雕塑家甚至要加入刀具、马具、裁缝、香料、杂货销售等行会中才能获得社会身份。他们当中虽然也包括游离于这些势力之外的民间艺人，但是很难说他们具有创作上的自觉意识。以西班牙为例，关于艺术是不是"技艺"的问题在17世纪的西班牙引起热烈争论。对画家而言，他们当然希望绘画脱离"技艺"而成为"自由艺术"，这样他们就能摆脱手艺人的行列，享受到免除纳税和免服兵役的优惠。许多人支持画家们的主张，其中包括著名剧作家维加

---

① 参见修·昂纳、约翰·弗莱明：《世界艺术史》（第7版修订本），吴介祯等译，北京：北京美术摄影出版社，2013年，第3页。

(Lope de Vega，1562—1635）。当时的西班牙画家委拉斯凯兹（Diego Rodríguez de Silva y Velázquez，1599—1660）在创作其代表作《宫娥》（*The Maids of Honor*，1656）时，正值他寻求获得圣地亚哥骑士团成员资格之际，只有成为骑士团成员，才能便于晋升为贵族。直到生命的最后一刻，委拉斯凯兹才在教皇的干预下艰难地获得勋位。在那个年代，几乎所有画家都和拥有摩尔人和犹太人血统的人一样，被摒弃在贵族阶级之外。

《宫娥》（见图 1.1）通过精巧的布局，加强了画里画外人物的对视效果。国王、王室成员和画家本人形成隐含的看和被看的权力格局。委拉斯凯兹通过空间编码和视点选择巧妙地将画家本人以及他所代表的绘画艺术提高到至高无上的地位，因此，这幅画通常被解释为画家对自己职业地位的一种捍卫。① 更不用说和意识形态紧密相连的文学创作了，在 17 世纪的法国，拉辛和莫里哀等作家无不仰仗王权的势力，如果没有国王的庇护，恐怕他们的创作生涯早就被贵族势力扼杀。

图 1.1　委拉斯凯兹《宫娥》

---

① 参见修·昂纳、约翰·弗莱明：《世界艺术史》（第 7 版修订本），吴介祯等译，北京：北京美术摄影出版社，2013 年，第 591 页；弗雷德·S.克雷纳、克里斯汀·J.马米亚编著：《加德纳艺术通史》，李建群、王燕飞、高高等译，长沙：湖南美术出版社，2013 年，第 603 页。

文学家、艺术家自主性的提升离不开封建王权瓦解、资产阶级崛起的历史背景。17 世纪、18 世纪,伴随着资产阶级革命、英国国力上升、国家意识崛起,出现了诸如约翰·德莱顿(John Dryden,1631—1700)、亚历山大·蒲柏(Alexander Pope,1688—1744)、塞缪尔·约翰逊(Samuel Johnson,1709—1784,又译萨缪尔·约翰孙或撒缪尔·约翰孙)等在内的一些新古典主义思想家。从总体上说,英国的新古典主义是法国新古典主义的英国版本,在文艺思想和美学观念上并没有超出法国新古典主义的成就。但是,由于英国资产阶级的早熟,英国新古典主义者更少依附封建贵族,表现出新兴资产阶级作家的独立性。当然,这分"独立性"是有选择和妥协的,表现在他们自觉地将自己的职业荣耀和国家荣光"捆绑"在一起。约翰逊指出:"每个民族的主要荣誉来自他们的作家。"[1]约翰逊意识到语言文学对民族国家的凝聚力和文化传统形成具有重要作用,他以莎士比亚为例,认为莎士比亚值得作为英国语言的独创性大师供后辈们学习[2],这就是约翰逊编纂英语词典的初衷。当然,他从文学的伦理道德和政治作用等社会功能角度理解文学,甚至有些过分看重文学的社会功能。从这个意义上说,虽然艺术家、文学家借助国家机器提升了自身的社会地位,使艺术不再作为消遣、娱乐的点缀,但从另一个角度看,由于出发点和归宿是为了政治需要,而不是艺术审美,因此艺术家社会地位的上升是存疑和不稳定的。

18 世纪,启蒙运动用天赋人权和个体自由反对封建专制和思想禁锢,艺术家地位藉由启蒙主义者的知识分子形象进一步得到提升。文化市场也随着市民社会的形成和资产阶级地位的上升得以发展,越来越多的作家和艺术家摆脱了宫廷、皇家、贵族和教会的资助,依靠艺术市场生存。在法国,1777 年,博马舍成立了戏剧家协会,1791 年和 1793 年颁布的法律明确了"文学知识产权"。贝纳丹·德·圣-皮埃尔(Jacques-Henri Bernardin de Saint-Pierre,1737—1814)认为,为了使艺术作品被准确地视为一个真正的创作主体的发明,应该承认"一部书、一台机器或者某种有用的发明的作者(在这种发明中人花费他的时间、劳作和天才),完全有权从卖书商或使用人那里获取一种永久的税收,如同封建领主从在他的

---

[1] Samuel Johnson,"Preface to *A Dictionnary of the English Language*",李赋宁译,见王佐良、李赋宁、周珏良等主编:《英国文学名篇选注》,北京:商务印书馆,1983 年,第 444 页。

[2] 参见撒缪尔·约翰孙:《莎士比亚戏剧集序言》,李赋宁、潘家洵译,见中国社会科学院文学研究所编:《文艺理论译丛》(上、下),北京:知识产权出版社,2010 年,第 841 页。

土地上建设的人身上抽取土地转移税一样"①。

同样是在 18 世纪的法国,夏尔·巴图(Charles Batteux,1713—1780)将雕塑、舞蹈、绘画、诗歌、音乐等艺术形式命名为 beaux-arts,英文译成 the fine arts,即"美的艺术",艺术与技术开始有了初步的区分。经过狄德罗(Denis Diderot,1713—1784)、康德、黑格尔、鲍姆嘉通(Alexander Gottlieb Baumgarten,1714—1762)等人的努力,现代艺术体制与美学观念才渐渐得到确立。② 美学作为独立学科的产生,是立足于"美的艺术"概念基础上的,今天我们对艺术的认识就是基于西语传入的"美的艺术"。③ 我们很难想象,如果没有艺术的独立,美学还能够确立吗?我们同样不能想象,没有美学的独立,艺术的独立是否可能。

相对应的,在哲学领域,对个体精神自由和创造的重视也浮出水面。康德认为,美的艺术是天才的艺术,天才是给艺术提供规则的才能,"是一种产生出不能为之提供任何确定规则的那种东西的才能:而不是对于那可以按照某种规则来学习的东西的熟巧的素质;于是,独创性就必须是它的第一特性"④。这就明确地将艺术家的创造能力置于摹仿能力之上了。黑格尔认为艺术是一种富有创造力的精神活动,他认为理念是永恒的,但如何理解它并用感性的形式表达出来,却有着自己的规律。艺术"必须由它本身生发,把抽象规则所无法支配的那些更丰富的内容和范围更广的个别艺术形象拿到心眼前观照"⑤。也就是说,艺术是创造者精神(心眼)丰富性的对象化体现,无法倚靠理性摹仿完成,否则只会产生千篇一律的技术产品。因此,黑格尔将艺术家与工匠区别看待,艺术家在黑格尔那里被赋予"天才"的赞誉。艺术家不像科学家、神学家那样主要靠勤奋和修养,而"需要一种特殊的资质,其中天生的因素当然也起重要的作用",艺术创作的才能"不是艺术家凭自力所能产生的,而是本来在他身上就已直接存在的"。⑥ 以黑格尔为代表,德国近代哲学对"天才"有着普遍的欣

---

① 转引自冯寿农编著:《法国文学批评史》,上海:上海外语教育出版社,2019 年,第 123—124 页。
② 参见高建平:《美学的当代转型:文化、城市、艺术》,保定:河北大学出版社,2013 年,第 22 页。
③ 参见鲁迅:《儗播布美术意见书》,见《鲁迅全集》(第八卷),北京:人民文学出版社,2005 年,第 50—55 页。
④ 康德:《康德三大批判合集》(下),邓晓芒译,北京:人民出版社,2009 年,第 348 页。
⑤ 黑格尔:《美学》(第一卷),朱光潜译,北京:商务印书馆,1979 年,第 34 页。
⑥ 同上书,第 361 页。

赏,这在浪漫主义对"天才的自我"的强调中浮现出来。浪漫主义艺术重"自我"表达,显然,"自我"首先指向的是天才的自我、创造的自我、艺术的自我。比如浪漫主义音乐的兴起,标志着音乐成为个人精神需求、欲望冲动的产物,音乐创作开始成为独立的、自为的存在,不像古典主义音乐那样受到贵族需要的支配。① 艺术开始成为创造者个人旨趣、禀赋、才智的体现。

  19世纪另一个不能忽视的艺术现象是艺术市场的建立。在19世纪的法国,原本垄断艺术评判和艺术活动组织工作的法国皇家科学院在市场经济的冲击下摇摇欲坠。1830年以后,艺术家们起来反抗皇家科学院对艺术的垄断,由科学院官方组织和钦定的沙龙往往变成由平民艺术家的作品和艺术市场中的作品充斥的艺术集市。艺术家针对宫廷沙龙的反抗斗争一直持续到19世纪后期,1881年,法国政府放弃了对艺术沙龙的控制权,转而承认艺术家协会的社会地位,促使法国艺术从科学院体制走向市场体制。因此,伴随和促成艺术家地位上升的另一社会现象是文化艺术市场的形成。教育的普及、民众文化程度的提升、中产阶级群体的扩大、城市市民生活方式的成型等因素推动了19世纪发达国家文化艺术消费市场的形成和扩张。艺术市场依托于传媒业的发展,随着报纸胶印工艺和彩色印刷工艺以及铁路交通网在19世纪中期以来的发展,纸质出版物迅速在城市普及。在英国,1855年英国取消印花税,使印刷成本大为降低,并引进美国高速印刷机,英国报刊业得以迅速发展。图书、报纸、杂志的井喷使读者数量激增。在英国,长篇小说这种文学体裁就是在传播出版媒介的发展中走向繁荣的,"从城市到乡下……不同职业的男女老少,都喜欢读小说"②。诸如狄更斯这样的经典、严肃作家,其经典性是通过娱乐性和通俗性得以承载和实现的。③ 在法国,19世纪后期,报刊业、新闻业蓬勃发展,1870年的巴黎每天能发行100万份报纸,外省能发行30万份。这个发行规模以惊人的速度增长,到20世纪初,巴黎每天的报刊发行量增加到500多万份,外省增加到400多万份。法国政府还在1881年颁布法令保障言论自由,更是推动了报刊业的发展。报刊成为登载侦探悬疑故事、武侠小说、言情小说等长篇连载小说的阵地,在报刊业

---

  ① 朱秋华:《西方音乐史》,北京:北京大学出版社,2002年,第117页。
  ② Anthony Trollope, *An Autobiography*, Oxford: Oxford University Press, 1980, p. 219.
  ③ 参见蒋承勇:《娱乐性、通俗性与经典的生成——狄更斯小说经典性的别一种重读》,《浙江社会科学》2014年第9期,第122—127页。

的推动下,创作者的受众意识(市场意识)开始形成,推动了艺术的通俗化和大众化,许多创作者被推向市场,接受大众的检验。由于艺术市场的发展,审美成为大众广泛需要的精神生活,艺术创造也能给予创作者商业利益和体面生活。围绕艺术市场,产生了以大众审美趣味为圭臬的"艺术商人"或"市场型作家"。当然也有被市场淘汰的"弃儿",比如梵高,他的作品在生前得不到大众和同行的认可,"不幸"成为被艺术圈抛弃的"失败者"。到19世纪末,报刊已经成为市民文化生活的主要载体,大众通过这些报刊了解文学圈的最新动态和作品。因此,由商品经济和文化市场组成的杠杆,对艺术家而言也充满了市场风险,以至于龚古尔兄弟在1866年发出这样的感慨:"报纸杀死了沙龙,公众取代了社交界。"①

这里产生一个问题:艺术创作为政治权力服务和为市场效益考量,究竟哪一个更体现艺术家的地位?就前者而言,艺术家的地位依附于他服务的统治阶级,在西方封建时期,艺术作为王室、宫廷、贵族沙龙里的娱乐消遣,艺术创作时的情感和艺术欣赏时的情感之间存在着断裂,创作者必须去体悟和揣测统治者的品位和政治权力的需要。当然,由于人类情感存在普适性的一面,统治阶级和被统治阶级之间也可以通过艺术发生情感的共鸣,在宫廷沙龙的艺术作品中仍然可以容纳艺术家自己的情感,甚至被今天的读者欣赏。只是由于艺术资源的垄断,艺术的情感熏陶在当时只存在于权力掌控者内部。就后者而言,创作者要顾及艺术消费者的欣赏水准,有时难免会屈尊于媚俗、低俗的审美趣味。但是,艺术家为市场考量,毕竟是自己的选择,他也有选择"说不"的权利。艺术家作为商品经济的市场要素为自己的选择负责,促进了艺术市场的完善;当大量的创作者进入艺术市场中时,就会在无形中提升消费者的艺术品位,艺术家的审美趣味与艺术消费者的审美趣味之间会形成双向互动的良性循环。

艺术市场形成的另一个作用是,"作为社会子系统的'艺术'进化为一个完全独立的实体是资产阶级社会发展逻辑的重要组成部分。随着劳动的分工变得更加普遍,艺术家也变成了专门家"②。在此过程中,由于文艺越来越普及化和市场化,也催生了艺术消费者群体的分化,产生一批脱离大众趣味的先锋艺术家,他们坚持捍卫艺术的神圣领地,带动了一批追

---

① 让-皮埃尔·里乌、让-弗朗索瓦·西里内利主编:《法国文化史(卷三)启蒙与自由:十八世纪和十九世纪》(第3版),朱静、许光华译,上海:华东师范大学出版社,2012年,第225页。
② 彼得·比格尔:《先锋派理论》,高建平译,北京:商务印书馆,2002年,第100页。

随者。到19世纪下半叶,"为艺术而艺术"这个说法已成为美学家们最喜爱的口号,甚至与他们的观点和他们的衣着一样个性鲜明。[①] 在文学领域,表现为作家对自身创作个性和艺术风格,以及对文学边界的自觉坚持和探索。福楼拜就属于19世纪后期具有自觉意识的作家,只不过他的文学自觉建立在科学主义地基之上。福楼拜认为,写文学史应当像写自然史那样客观中立,不带任何偏见和伦理道德观念,仅仅分析文学形式的问题就可以了。这种精英主义的论调显然超出了普罗大众的接受范围。他继而认为,文学形式成为作家的风格和个性才是作家之为艺术家的关键,以往的批评过多地关注作品产生的环境和作家生平,忽略了创作者的风格,这是本末倒置的。可以看出,福楼拜对创作风格的重视突出了创作者的本体地位,艺术本身成为目的而不是手段。福楼拜孜孜不倦地追求文学的精确客观,但在具体的创作中,精确客观的追求却成为文学自觉论的注脚,这是颇有意思的现象。王尔德认为,好的艺术不应该去摹仿自然或表现时代,而应当以艺术家的自我意识为表现对象,艺术的美就是艺术家意识中的美感的外显。艺术美就是艺术家的心灵美,换句话说,没有美的意识就不可能有艺术创造。艺术家意识在作品中其实就表现为艺术个性和风格,对艺术个性和风格的重视充分肯定了艺术家的主体性。

当然,坚持艺术至上的先锋艺术家并非孤军奋战,支撑他们存在的除了个人的艺术禀赋和价值导向外,还有几个文化艺术市场的重要构成因素:

第一个因素是艺术商人,他们对高雅艺术、先锋艺术的推广起到了至关重要的作用。艺术商人的角色脱胎于艺术中间人,他们从17世纪起就已经出现了。到了18世纪,出现了专为作曲家和演员安排音乐会的艺术经理人,以及图书、演奏会和画展评论家等艺术中间人角色。在维多利亚时代,随着中产阶级的兴起和繁荣,艺术市场成为较成熟的产业,艺术商人的作用已经越来越显著,他们具有引导和创造市场需求的影响力,在1870年前后,仅巴黎就存在上百名艺术商人。艺术商人在市场上扮演着艺术家作品的代言人角色,他们往往具有较高的艺术品位,他们的工作从客观上提高了大众的审美修养,推动审美风尚的根本转变。如果没有艺术商人,高雅和先锋艺术就还是局限于小圈子中,不会壮大成为一股不可

---

① 彼得·盖伊:《现代主义:从波德莱尔到贝克特之后》,骆守怡、杜冬译,南京:译林出版社,2017年,第58页。

抗拒的力量。这说明,市场化对艺术品位和艺术家地位而言是一柄双刃剑。

第二个因素是公益、非公益的艺术机构及其管理者,他们帮助很多先锋艺术家获得展示自身作品的机会,使其被公众知晓、接受和喜爱。19世纪中后期,艺术机构如雨后春笋般兴起,艺术机构的管理者和工作人员占据着重要的艺术事业岗位,他们在大众和精英、通俗和高雅的审美趣味中间尽力保持着平衡,尤其在英国,艺术思潮与社会运动之间具有更为密切的联系。作为先发资本主义强国,英国在19世纪滋生出阶级分化、贫富差距、环境恶化、信仰失落等社会问题,由此导致了宪章运动和牛津运动①等社会、思想改良运动。艺术在当时被赋予改良国民素质,弥合阶层裂隙,改善劳资关系,复兴民族文化的重任。在这种背景下,英国出现了许多诸如克尔民间传美社团(the Kyrle Society for the Diffusion of Beauty among the People)、F. D. 莫里斯的工人学院(F. D. Maurice's Working Men's College)、圣乔治公会博物馆(the Guild's Museum of St George,成立于1878年)、阿伦德尔社团(Arundel Society,成立于1849年)、学校艺术协会(Art for Schools Association,成立于1883年),菲茨罗伊绘画社(Fitzroy Picture Society,成立于1891年)与美第奇社团(Medici Society,成立于1908年)等艺术推广和传播机构。也有T. C. 霍斯福尔(T. C. Horsfall,1841—1932)、萨穆埃尔·巴内特(Samuel Barnett)与亨利埃塔·巴内特(Henrietta Barnett,1851—1936)、威廉·罗斯特(William Rossiter)等许多被称为"审美布道者"②的艺术公益活动者,这些人都致力于启迪下层民众,通过各种相互关联的艺术运动使下层民众得以接触艺术。"审美布道者们"相信,为了带给大众美的启迪和艺术的熏陶,组织一系列公益性的艺术活动是非常必要的。他们提供免费音乐会、游乐场、公园,游说延长博物馆与画廊在周末的开放时间,鼓励艺术家对贫民开放工作室。随着女性地位的上升,女性审美布道者扮演了重要的角色。与通过画廊传播艺术的专业路径不同,她们教穷人蕾丝编

---

① 牛津运动是指19世纪中期由拥有英国牛津大学教职的神职人员发起的天主教复兴运动,主张恢复天主教礼仪、信仰等传统,旨在针对英国社会思想领域的信仰真空以及诗意的日益缺乏之状况,体现出宗教的审美化与世俗化趋势。
② Diana Maltz, *British Aestheticism and the Urban Working Classes, 1870—1900: Beauty for the People*, New York: Palgrave Macmillan, 2006, p. 2.

织、纺纱与刺绣等手工艺活。① 罗斯金关于"美是生活必需品"理念的坚持激励了这些人,就连王尔德、伯恩·琼斯、叶芝等人都参与到对劳动者的审美教育实践中。和艺术机构的公益化并行的是艺术活动的民间化,在19世纪,画家的作品想要进入官方艺术展和沙龙展出是非常困难的事。那些先锋的艺术家由于审美上的反传统而受制于学院派和官方的壁垒。印象派画家在作品屡遭拒绝后,决定在1873年建立自己的社团,并在巴黎举办独立的展览,成为印象派"一炮走红"的关键。

第三个因素来自评论界,许多艺术家、艺术收藏家、艺术机构的工作者同时也是艺术评论的撰稿人。"他们的对象不是艺术创造者,而是艺术消费者;他们与艺术之间的关系比画商和经理人等与艺术之间的关系要模棱两可得多。"②收藏家也是艺术品的主顾,他们对艺术风尚产生了很大影响。

第四个因素是赞助制度的存在,和以前依附于贵族阶层资助的传统创作者不同,19世纪后期的赞助绝大部分出自私人,诸如艺术类的杂志社和出版社,尽管它们力量有限,但有些先锋作家确实需要依靠这些保障性的经济来源才有底气拒绝市场,它们在促使先锋文学逐渐脱离通俗文学的过程中起到了非常重要的作用。③

但是,资本终究是追求利润最大化的,由于资本的大量涌入,艺术市场逐渐远离了平民大众。并且随着工业革命的崛起和手工技术的衰落,缺乏文化修养的暴发户的冒头,再加上贱货次品生产出来的伪"艺术",公众的审美趣味遭到了严重的败坏。④ 因此,在19世纪的艺术创作场域,形成两股相反的走向:一面是排斥商业元素的考量,极力保持艺术的小众化、精英化、专业化;一面是拥抱市场,使创作更符合日益扩大的艺术市场需求。先锋、高蹈的艺术姿态与通俗、大众的消遣考量都离不开艺术市场的建立和完善,甚至可以说,正是在艺术市场运作的过程中,艺术逐渐分化为高雅和通俗对立的两极。这两股相反的走向共同将艺术/艺术家推到了聚光灯下,甚至成为宗教信仰的替代物。艺术逐渐取代了宗教在大

---

① See Diana Maltz, *British Aestheticism and the Urban Working Classes*, 1870—1900: *Beauty for the People*, New York: Palgrave Macmillan, 2006, p.33.
② 彼得·盖伊:《现代主义:从波德莱尔到贝克特之后》,骆守怡、杜冬译,南京:译林出版社,2017年,第50页。
③ 参见蒂姆·阿姆斯特朗:《现代主义:一部文化史》,孙生茂译,南京:南京大学出版社,2014年,第93页。
④ 参见E. H. 贡布里希:《艺术的故事》,范景中译,南宁:广西美术出版社,2008年,第501页。

众意识领域的神圣地位,对艺术的追逐受到艺术之高墙内外因素的共同驱动,这种驱动自然地抬升了艺术家的地位,对艺术的崇拜转而衍生为对艺术家的崇拜。"那种唯心主义词汇——'伟大神父'甚至是'救世主'——在19世纪艺术家和他们的崇拜者当中变得司空见惯。在这个越来越后基督教的时代,为崇高信仰无私奉献的荣耀感还没有消失殆尽。"①

在以上因素的共同发酵下,唯美主义思潮破土而出并滋养壮大。当然,唯美主义思潮有一个发展演变的过程,在各个不同国家和地区形成不同的形态和轨迹,它们构成了19世纪唯美主义思潮的谱系。

---

① 彼得·盖伊:《现代主义:从波德莱尔到贝克特之后》,骆守怡、杜冬译,南京:译林出版社,2017年,第23页。

第二章
19世纪唯美主义文学谱系

　　唯美主义作为一种诗学理论,必然影响具体的文学创作,形成创作中有迹可循的某些共同的风格特征。在梳理19世纪唯美主义文学思潮谱系之前,我们需要特别指出的是,虽然谱系中出现的理论者和作品都具有较为鲜明的唯美主义倾向,但文论家、艺术家的思想是多元和发展的,文学作品本身也是开放和复杂的。在学理上,我们不能武断地说那些提出唯美主义观点的人就是唯美主义者,也不能简单地说某部具有唯美主义风格特征的文学作品就等同于唯美主义,从而封闭作品其他的解读路径。之所以要梳理唯美主义的谱系,不是为了粗暴地给这些人物、观点和作品贴上"唯美主义"的标签(在行文中有时为了表达的简洁需要不得已为之),而是便于我们梳理这些观点和作品中某些共同之处,以便研究唯美主义的发展逻辑和内在机理。

第一节　前身:巴洛克文学

　　唯美主义风靡于19世纪,但是,一种鲜明的形式主义文学创作意识却早在16世纪末、17世纪初的意大利和西班牙等天主教地区就已经出现,那就是"巴洛克文学"。"巴洛克"(Baroque)一词来源于西语"形状奇特的珍珠"(barroco),引申出"不规则、凌乱"的含义。17世纪,新古典主义批评家用"巴洛克"来形容文艺,顾名思义,是指那些不同于新古典主义均衡、典雅、和谐、理性的文艺作品。可以想见,"巴洛克文学"一开始具有贬义,用来形容不合规范、不合古典、离经叛道的创作。巴洛克文学的特点是形式雕琢，追求新颖，用词浮夸，充满奇异的想象力和强烈的戏剧性冲突，富有感官冲击力，表现出怪诞、奇异的美学风格，还具有打破不同艺术门类界限的趋势。随着浪漫主义与19世纪末现代主义的兴起，巴洛克文学的形式主义追求日益得到重视。

巴洛克文学首先产生于16世纪的意大利。与欧洲多地轰轰烈烈的宗教改革运动相比，文艺复兴冲击波过后的意大利却陷入沉寂，天主教在意大利的中心地位难以撼动，意大利成为反宗教改革的大本营。教廷在思想领域的控制使人们的精神空间日益窒息，知识分子和文人的笔触被迫向内转。经济上，由于新大陆的发现和新航路的开辟，海上运输的枢纽逐渐从地中海转向大西洋，从而带动尼德兰和英国经济腾飞，并导致意大利在经济上逐渐没落，成为"明日黄花"。当然，天主教廷并不甘心沉沦，他们试图通过推动新颖的文艺风尚重新激活大众日益麻木的宗教情感。巴洛克式教堂就承载着这一目的：外形陡峭凌厉，追求西方雕塑的动势，内部色彩富丽华美，喜好富丽的装饰和雕刻，常用穿插的曲面和椭圆形空间，融入绘画艺术的光影变幻技巧，给人以自由奔放、饱含世俗情趣之感。同时，王室宫廷奢靡浮华的消遣趣味滋长了巴洛克艺术的生成。可以说，巴洛克文学正是在经济停滞、社会萧条、国力衰落、宗教战争的历史土壤中开出的早熟的唯美"奇葩"。意大利巴洛克文学的代表是诗人马里诺（Giambattista Marino，1569—1625），他认为诗人的宗旨是给读者以奇异的感性体验。马里诺的诗歌夸张造作，喜用对偶制造华丽繁复的文字效果，追求诗歌的音乐性和文字的感官效果，反映了17世纪意大利文学衰落时期贵族阶级的趣味，以他的诗风为榜样的"马里诺诗派"在意大利文坛盛行一时。

另一个巴洛克艺术重镇是西班牙。16世纪末，西班牙文艺复兴时期以费尔南多·德·埃雷拉（Fernando de Heircra，1534—1597）、路易斯·巴拉奥纳·德·索托（Luis Barahona de Soto，1548—1595）、巴尔塔萨尔·德尔·阿尔卡萨尔（Baltasardel Alcazar，1530—1606）等诗人为代表的具有形式主义倾向的塞维利亚派诗歌中就已经出现喜好雕琢的巴洛克特征。17世纪中叶，巴洛克风格在西班牙文坛成为主流，巴洛克文学在西班牙的出现与盛行也意味着西班牙王国的衰弱。17世纪末，随着宗教剧作家、诗人卡尔德隆（Pedro Calderón de la Barca，1600—1681）的逝世，西班牙巴洛克文学走向没落。

西班牙巴洛克文学分为两个流派：夸饰主义（culteranismo）和警句主

义（conceptismo，又称观念主义）。前者矫揉造作，堆砌辞藻，滥用修辞，在文字表达上大做文章，营造感官的享乐，试图创造出一个绝美的世界，代表人物是诗人、剧作家贡戈拉（Luis de Góngora y Argote，1561—1627），因此又被称为"贡戈拉主义"，此外还有佩德罗·德·埃斯皮诺萨（Pedro de Espinosa，1579—1650）和索托·德·罗哈斯（Pedro Soto de Rojas，1584—1658）等人。警句主义则在内容上别出心裁，在有限的短句中凝练别致的联想，用冷僻的词汇和强烈的对比烘托机警的概念，代表人物是诗人、散文家克维多（Francisco Gomez de Quevedo y Villegas，1580—1645），散文家巴尔塔萨尔·格拉西安（Baltasar Gracian，1601—1658）等。警句主义还影响了 17 世纪英国玄学派诗歌。事实上，两种文风并不是泾渭分明，而是在当时西班牙的作家中广泛并存，被称为西班牙"黄金世纪"最后一位大师的剧作家卡尔德隆的戏剧作品中就兼有两种风格。

夸饰主义显著地体现出唯美的文学旨趣，比如贡戈拉的诗歌用词、用典铺张繁复，追求语言的韵律美，使诗剧富有音乐性，还大量运用表现色彩的词汇，冲击读者的感官想象。如《你是清晨破晓的光束》（*Cual parece al romper la manana*）一诗：

> 你是清晨破晓的光束，
> 鲜艳玫瑰衬托的珍珠，
> 玑子洁白镶嵌的红呢，
> 自然造化的神工鬼斧。
> 你就是我神圣的牧姐，
> 耀着两片奇迹的面颊，
> 还有双串美丽的泪珠，
> 血乳交融是你的颜色。①

作为文学形式主义追求的"探险者"，巴洛克文学在不同程度上影响了欧洲浪漫主义文学、文学"世纪末"思潮和 20 世纪现代主义文学。巴洛克文学表现出唯美主义的某些特征，但两者的时代背景和文化土壤都是如此不同，这说明文学形式美的追求是文学自身发展过程中始终伴随的意识，也是文学获取自身话语权的有力武器，只要有合适的土壤，文学的

---

① 陈众议、宗笑飞：《西班牙文学：中古时期》，南京：译林出版社，2017 年，第 224 页。

形式主义倾向就会"破土而出"。细究起来,我们可以发现巴洛克文学和唯美主义思潮都借重宗教和东方异域资源。唯美主义思潮酝酿的酵素之一是对社会急速工商业化的抵抗,用精英的审美品位抵御世俗化、快餐式的大众审美。宗教(主要是天主教)的唯灵主义、神秘主义气质被置换为艺术上的灵韵与朦胧情调;宗教艺术的超世俗特征被借用为高蹈艺术的门槛。因此,唯美主义往往涉及复古的宗教题材和趣味,并伴随审美化了的宗教意识复兴。巴洛克艺术也是借重天主教来抵御资本主义和新教思想的攻势,天主教廷和王室用一种反天主教(推崇感性)的思维方式来保卫禁欲主义的天主教信仰,从中我们可以看到文艺复兴人本主义对天主教潜移默化的"改造",也说明天主教本身就包含一种自我革命的悖论,正如唯美主义内部蕴含的各种错位一样。由此我们可以认为,巴洛克文学可谓是早熟的唯美主义"奇葩"。

第二节　法国唯美主义

一般认为,受到德国古典哲学、美学影响的法国是唯美主义思潮的直接起源地,因为"为艺术而艺术"的思想在法国文化界首次出现。1789年法国大革命以及后来的一系列政治运动风起云涌,导致许多法国知识分子流亡德国并试图取到德国哲学的"真经"。从19世纪末开始,法国人心中就形成了令人着迷的德意志美好幻景——一个富有哲理和诗情画意的国度。普法战争的失败也促使法国将德国作为本民族的对照和榜样。法国知识界接受德国文化、效仿德国思想、学习德国艺术的局面一直延续到19世纪末,海涅、康德、费希特、黑格尔、叔本华、作曲家瓦格纳(Wilhelm Richard Wagner,1813—1883)等人成为法国思想界的"热门话题"。法国知识分子还将柏林称为"施普雷河①畔的雅典",去瓦格纳的定居地拜罗伊特(Bayreuth)朝圣成为众多法国艺术家的时尚仪式。

"为艺术而艺术"(法文:l'art pour l'art;英文:art for art's sake)便是法国人对康德思想的通俗化和口号化。作为唯美主义的根本宗旨,"为艺术而艺术"这个短语的确切来源,一直有着各种不同的说法:一种观点

---

① 施普雷河(Spree River)是德国东北部河流,全长403公里,为柏林最重要的河流之一,柏林许多重要的建筑物和历史景点都坐落在施普雷河的两畔。

认为,"为艺术而艺术"出现于 1804 年法国文学家、思想家贡斯当(Banjamin Constan,1767—1830)的日记中。在日记中,贡斯当记录了旅居在德国的英国文人亨利·罗宾逊①(Henry Crabb Robinson,1775—1867)的谈话,正是后者将康德美学介绍给贡斯当。贡斯当在日记里写道:

> 席勒来访。他在艺术中是头脑敏锐的人,完全是一个诗人。诚然,日耳曼人的诗歌与我们的诗歌有着完全不同的类型和深度。我拜访谢林的学生罗宾逊,他关于康德美学有一些很有分量的观点。为艺术而艺术(l'art pour l'art),无目的性,因为一切的目的都会伤害艺术。但是艺术具有无目的的合目的性。②

一般认为,"为艺术而艺术"可能并非贡斯当的原创,而是他在旅居德国期间听到的对康德美学的讨论,这一短语在当时被用于"无利害""无目的的合目的性"等对康德美学的通俗化表达中。

提到贡斯当就不得不提到他的密友,法国作家斯达尔夫人(Germaine de Staël,1766—1817)。斯达尔夫人是旅居德国的法国知识分子,也是法国传播康德美学的重要人物奥古斯都·施莱格尔(August Wilhelm von Schlegel)的好友。1804—1813 年间,施莱格尔陪伴她游历瑞士、意大利、法国和英国。斯达尔夫人可以说是德国文化思想的"第一手"接触者,她在 1813 年谈论德国文学与文化的著作《德意志论》(Of Germany)中介绍了简化版的康德哲学。以贡斯当和斯达尔夫人为首的法国知识分子团体科佩集团(Coppet)由于受到法国大革命的冲击,别求新声于异域,想要借助德国的哲学、美学、文学资源,甚至是那些粗糙、原始、怪诞又充满活力的德国民间文学,将其嫁接在法国文学的土壤中,以取代法国古典主义的僵化传统,创造新型的法国文学,这首先影响了法国的浪漫派。克罗齐(Benedetto Croce,1866—1952)认为,以斯达尔夫人为代表的法国浪漫派在德国思想的影响下,用"为艺术而艺术"的公式宣布了艺术的独立性。③

---

① 罗宾逊是英国律师、文人,日记作家,他的日记记录了早期浪漫主义运动的情形。他曾在德国游学,将德国哲学和文学思想传播回国。

② John Wilcox,"The Beginnings of L'art pour L'art", in *Journal of Aesthetics and Art Criticism*, Vol. 11, No. 4(1953),pp. 360—377.

③ 参见克罗齐:《美学的历史》,王天清译,北京:商务印书馆,2017 年,第 206 页。

另一种版本流传更为广泛，主人公是法国哲学家维克多·库申（Victor Cousin, 1792—1867）。库申是 19 世纪法国最著名的哲学家之一，也是当时法国美学界最有建树的思想家之一。库申也曾访学德国，深受德国哲学的影响，回到法国后，他开始向法国知识界介绍康德的哲学思想。1818 年在索邦神学院（Sorbonne）的系列讲座中（讲稿《论真善美》直到 1836 年才刊发），库申首次明确使用了"为艺术而艺术"这一短语，他提出："美是无用的，真正的艺术家除了激发纯粹的美感之外没有别的目的"；"艺术不再服务于宗教和道德，正如它不服务于合意和实用一样。艺术不是手段，它本身就是自己的目的"；"一定要为宗教而宗教，为道德而道德，为艺术而艺术"。[1] 需要指出的是，库申本人并非主张"为艺术而艺术"的唯美主义者，他深受柏拉图哲学与 18 世纪法国道德主义哲学的影响，将道德和高尚的精神作为美的最高准则。当然，这种倾向在本质上是库申基于自己的哲学主张的选择，作为对比，我们可以参照唯美主义者佩特在《柏拉图与柏拉图主义》（*Plato and Platonism*, 1893）中以"感觉主义"的思想对柏拉图哲学的新解。库申区分了物质美（五官感觉）、智性美（艺术美）、道德美（类似崇高），道德美容纳前两种美，占据最高点。[2] 他虽然承认美感离不开感官，美几乎永远使感官得到愉快，但愉快不等于美，因为所有感官都能给人带来愉快，而美感只来自于视觉和听觉。应当说，库申的观点只是对康德等前人观点的归纳总结，并无太多创新之处，但是经过库申的数次演讲，"为艺术而艺术"的提法在法国逐渐扩散开来。1828 年，另一位法国哲学家泰奥多尔·西蒙·儒富罗尔[3]（Théodore Simon Jouffroy, 1796—1842）在一个非公开的美学讲座上（1843 年讲稿才得以付梓）也提到美与功用的区别。[4] "为艺术而艺术"这一术语在法国的广泛使用是在 19 世纪 30 年代中期，它在法国印刷物中的出现似乎可以追溯到 1833 年。[5] 有趣的是，这一术语的流行主要得益于德西雷·

---

[1] John Wilcox, "The Beginnings of L'art pour L'art", in *Journal of Aesthetics and Art Criticism*, Vol. 11, No. 4(1953), pp. 360—377.

[2] 参见库申：《论美》，宋国枢译，见蒋孔阳主编：《十九世纪西方美学名著选（英法美卷）》，上海：复旦大学出版社，1990 年，第 363 页。

[3] 儒富罗尔，法国哲学家，以翻译苏格兰"常识"派哲学著作著称。

[4] 参见雷纳·韦勒克：《近代文学批评史》（第三卷），杨自伍译，上海：译文出版社，2009 年，第 39—40 页。

[5] John Wilcox, "The Beginnings of L'art pour L'art", in *Journal of Aesthetics and Art Criticism*, Vol. 11, No. 4(1953), pp. 360—377.

尼扎尔（Desiré Nisard，1806—1888）等法国新古典主义批评家对它的攻击，由此引发了关于"为艺术而艺术"的争论。这场争论引出了被认为是唯美主义文学开创者之一的戈蒂耶。

戈蒂耶最早是作为法国浪漫派的拥趸被文坛关注的，但他显然是非常特殊的一个。早在1832年的《〈阿贝杜斯〉序言》中，戈蒂耶就指出，诗歌的目的不是实用，而是美；诗歌不应表现现实。"'赋诗何为？'……目的何在？旨在求美。这还不够吗？……一般来说，一件东西一旦变得有用，就不再是美的了；一旦进入实际生活，诗歌就变成了散文，自由就变成了奴役。所有的艺术都是如此。"①这篇序言标志着戈蒂耶的唯美主义转向，但人们一般把戈蒂耶另一篇著名的序言，即小说《莫班小姐》（1835）的序言看作是唯美主义文学的宣言。这篇序言以一种挑衅的口吻阐述了"审美无功利"的观念："真正美的东西都是毫无用处的，所有有用的东西都是丑陋的。"②不过，序言除了强调"审美无功利"的观点外，并没有系统阐发"为艺术而艺术"的理论，也没有使用"为艺术而艺术"的口号，更多的是带有"愤世嫉俗"的嬉笑怒骂，表达了对市民阶级的愤恨和鄙视。其实，戈蒂耶只是对那种文学道德主义的要求嗤之以鼻，他认为，诚然文学会在一定程度上反映社会道德面貌，但文学左右不了社会道德水平，过分强调文学的道德意义是把文学和道德的关系搞反了。"书是社会道德的写照，而社会道德则不是书的追随者……文学和艺术能左右社会道德的价值取向。言此论者必定是个疯子。"③其实在今天看来，这并非什么出格的言论，只是表达一种常识。当然，在那个年代，戈蒂耶这些话已经显得比较前卫出格，体现出唯美主义者的气质。1840年，戈蒂耶在西班牙游历了半年之后，对西班牙建筑的造型美和颜色感产生了极大的兴趣，更加坚定了"审美无功利"和"艺术无目的"的思想，但直到1847年他才在文章中开始使用"为艺术而艺术"这个短语。戈蒂耶表达了如下观点，可以看作是他对"为艺术而艺术"这一术语的理解：

"为艺术而艺术"指的是那种除了美本身之外与其他目的毫无关系的作品……"为艺术而艺术"并非像反对者所说的那样是为形式而

---

① 泰奥菲尔·戈蒂耶：《〈阿贝杜斯〉序言》，黄晋凯译，见赵澧、徐京安主编：《唯美主义》，北京：中国人民大学出版社，1988年，第16页。

② 泰奥菲尔·戈蒂耶：《莫班小姐》，黄胜强、许铭原译，北京：中国社会科学出版社，2013年，序言第20页。

③ 同上书，第17页。

形式，而是摒弃所有艺术之外的观念，抛开一切教条、一切实用的目的……我们必须承认，美的概念并不像康德所说的那样是绝对主观的，它并不总是一种意见，而是一种印象。①

戈蒂耶还用诗歌表达了艺术之永恒高于现实之短暂的唯美主义理念："一切都过而不留，唯艺术独有千秋。"②

戈蒂耶早年崇拜雨果（Victor Hugo，1802—1885），是浪漫主义的鼓吹者。在"欧那尼之战"中，年仅19岁的戈蒂耶披着长发，身着红背心，率领名为"雨果铁军"的鼓动队为《欧那尼》喝彩。戈蒂耶还曾创作过浪漫主义的诗歌作品，1830年出版的《诗歌集》就是浪漫主义风格的创作。随着浪漫主义大潮在法国的消退，戈蒂耶另辟蹊径，提出"艺术无目的"的主张，以希腊美为正宗，逐渐远离了浪漫主义的热情奔放。他的诗歌在语言的雕琢方面孜孜追求，甚至给人镂金错彩、弄刀操斧的刻意之感，与此相应的是他在情感流露中的"冷静"，这就与浪漫主义追求的"情感的自然流露"大相径庭。戈蒂耶甚至认为诗歌不应该表现感情，他曾和泰纳当面讨论"为艺术而艺术"是否恰当，泰纳认为诗歌应该表达情感，戈蒂耶回答："泰纳，你似乎也变成资产阶级的白痴了，居然要求诗歌表达感情。光芒四射的字眼，加上节奏和音乐，这就是诗歌。"③诗集《珐琅和雕玉》（1852）标志着戈蒂耶诗歌创作的最高峰，书中的18首（再版时增加为37首）诗歌集中体现了作者"为艺术而艺术"的美学观念，遣词造句精巧细致，以自然美、人体美和艺术美为题材，被认为是具有浓厚唯美主义色彩的作品。戈蒂耶在论及《珐琅和雕玉》时说："这个题目……表示我计划用非常谨严的形式，来处理微末的题材——如在黄金或黄铜的表面，用色彩鲜艳的珐琅，描绘图画，或使用一个雕刻匠的轮盘，处理各种宝石。每一片都得精细琢磨，一似可以做宝石盒，或印章、戒指上的装饰。"④这部诗集在1875年再版，戈蒂耶增加了一首名为《艺术》的诗作为诗集与自己诗学观念的总结，他在这首诗中提出，最美的作品出自最坚硬、最难对付的形式。即是说，诗歌的最高追求是营造刻意、精巧的形式，使之呈现类似于雕塑的视觉和触觉（坚硬）之感受，就像与最坚硬的大理石搏斗一番。

---

① John Wilcox, "The Beginnings of L'art pour L'art", in *Journal of Aesthetics and Art Criticism*, Vol. 11, No. 4(1953), pp. 360—377.
② 范希衡选译：《法国近代名家诗选》，南京：南京大学出版社，2014年，第8页。
③ 参见柳鸣九主编：《法国文学史》（第二卷），北京：人民文学出版社，2007年，第223页。
④ 卫姆塞特·布鲁克斯：《西洋文学批评史》，颜元叔译，台北：志文出版社，1984年，第451页。

戈蒂耶认为艺术是自由创造,艺术家只崇拜美,诗除了追求美之外没有别的目的。"艺术意味着自由、享乐、放荡——它是灵魂处于逍遥闲逸状态时开出的花朵。"[①]但他与库申、儒富罗尔对"美的无功利"内涵的理解并不相同,这点也是经常被人忽略的。事实上,戈蒂耶追求唯美,不仅体现在追求语言之雕饰(语言的形式)上,更体现在官能和肉体感觉的营造(语言的内容)上。小说《莫班小姐》通过至高、至美的两性或同性之爱表现妙至毫巅的细腻感觉,而同性之爱的主题正是唯美主义文学的一大偏好。

戈蒂耶创作的另一唯美主义特征是对通感的探索。通感在戈蒂耶那里表现为跨艺术门类之间的互通,即有意识地用语言摹仿其他艺术给人带来的感受,用文字的表现力承载作者的想象,进而激发读者去想象其他艺术媒介给人的感官享受。除了前文提到的雕塑感,他也追求诗歌的画面感,强调对事物的细致描摹,力求还原审美对象微妙的细节。比如《她纯白的秀额》一诗:

> 她纯白的秀额上的浅蓝纹
> 似曾接纳日本最澄明的青空。
> 她透明的颈,如玛瑙的额,
> 比白瓷更为皎洁。
> 她润湿的双瞳里,柔光闪烁,
> 她的声音比夜莺之歌更为温婉,
> 她向我们幽暗的天空升起,
> 如被棉裳缠裹的月亮。
> 她黑银的美目柔然盼兮,
> 她妩媚的秀鼻是梦幻的雕琢,
> 她的双唇红若桃花,红若草莓。
> 她的举止有中国式的婀娜,
> 在她身旁,在她娇美的四周,
> 你呼吸着柔和如茶的芳香。[②]

这首诗将女性的皮肤、眼睛、鼻子、嘴唇、体香逐一展现,使用了许多直观的喻体进行衬托修饰,且涉及视觉、嗅觉、听觉等感官,读之令人感觉缺少

---

① 伍蠡甫:《欧洲文论简史》,北京:人民文学出版社,1985年,第335页。
② 引自波德莱尔等:《法兰西诗选》,胡品清译,上海:上海三联书店,2014年,第99—100页。

灵动的意蕴，但戈蒂耶的诗歌也并非主要写意，而是用详尽的笔墨展现审美对象给人带来的感觉。又如这首《中华拾锦》：

> 如今我那爱恋的人是在中国，
> 她和年迈的双亲
> 寓居于一个瓷塔，精细的，
> 有黄河及鹭鸶为饰。
> 她的眼角向上倾斜，
> 你的手掌能容纳她的纤足，
> 她的肌肤有铜灯之色泽，
> 她的指甲修长而鲜红。①

《中华拾锦》和《她纯白的秀额》比较类似，重在描写而不是抒情，为读者勾勒审美对象的动人细节。这些极具画面感的描写与戈蒂耶早年学习绘画有关，他对构图、色彩有着天然的敏感，同时也受到当时盛行的写实主义手法影响。诗歌中写实色彩的注入是戈蒂耶区别于早年追求的浪漫主义的显著标志，同时也是法国帕尔纳斯派的主要特征之一。《珐琅和雕玉》被帕尔纳斯派诗人奉为艺术典范，由于戈蒂耶和帕尔纳斯派的出现，法国诗坛开始由浪漫主义的主观抒情转入客观描写，继而向自然主义过渡，表现出唯美主义和自然主义之间的复杂关系。

戈蒂耶的创作为帕尔纳斯派开辟了道路。帕尔纳斯是希腊中部的一座山峰，耸立在科林斯湾以北的德尔菲岛上，相传为诗神缪斯所居，因此被视为诗人获取灵感的圣地，后成为"诗坛"的别称。19 世纪 60—70 年代，一批年轻诗人在勒孔特·德·李勒(Leconte de Lisle, 1818—1894)的团结和号召下，不定期地在勒迈尔书局出版了 3 册诗歌丛刊，定名为《当代帕尔纳斯》。这些诗人具有某些共同的创作倾向，故名"帕尔纳斯派"。这批诗人包括戈蒂耶、李勒、西奥多·德·庞维勒(Théodore de Banville, 1823—1891)、弗朗索瓦·科佩(François Coppée, 1842—1908)，埃雷迪亚(José Maria de Heredia, 1842—1905)、苏利·普吕多姆(Sully Prudhomme, 1839—1907)等人，也包括后来转向象征主义的魏尔伦和马拉美。帕尔纳斯派是法国唯美主义文学创作的先锋，该派主要诗人庞维勒在他 1872 年发表的《法国诗歌刍议》和李勒于 1887 年在法兰西学院的

---

① 引自波德莱尔等：《法兰西诗选》，胡品清译，上海：上海三联书店，2014 年，第 103—104 页。

演说《以诗人的名义》中,都提到了"为艺术而艺术"的思想。

戈蒂耶是帕尔纳斯派的先驱,李勒是帕尔纳斯派的领袖。他们的诗风也成为帕尔纳斯派的基调。帕尔纳斯派在诗歌创作理念上崇尚理性,企图把自然科学引入诗歌,使诗歌科学化、客观化;在表现方式上追求写实、重视分析,反对直白地抒情,主张用心智代替情感,借象征分析情感;在诗歌形式上,提倡严格的诗律,追求完美的形式,标榜"为艺术而艺术"的形式主义。帕尔纳斯派是19世纪科学主义与实证主义在诗歌领域的反映。

需要指出的是,东方艺术对唯美主义思潮的发生和发展具有推动作用。东方元素的频繁出现是帕尔纳斯派诗人的共同特征,他们在创作中经常融入东方艺术的意象,营造东方情趣,尤其是中国和日本的艺术品,如刺绣、瓷器、茶杯、屏风、青龙等,使之类似中国的咏物诗。事实上,咏物诗在中国魏晋南北朝时期兴起,彼时中国文坛首次出现"审美自觉"的观念,"咏物"与审美自觉在东西方的"不约而同"是一个有趣的现象。

李勒是帕尔纳斯派的领袖,他出生于印度洋上的法属留尼汪岛,早年爱好旅行,于1846年定居巴黎。李勒的母亲是当时著名诗人帕尔尼(Évariste-Désiré de Parny,1753—1814)的表妹,受家庭影响,他从小就对诗歌有一种特殊的感情。在大学时代,他迷上了雨果的诗歌,尤其是《东方集》中的异国情调使他心驰神往。他曾在巴黎从政,一度热衷于空想社会主义,但不久便因失望而退出政界,专心于文学,并担任国会图书馆馆长。1886年,他当选法兰西学院院士,继承了雨果在法兰西学院的席位。李勒较为著名的诗歌是四部诗集:《古诗集》(1852)、《野诗集》(1862)、《悲诗集》(1884)和《晚诗集》(1895)。他还是诗歌译者,翻译了荷马、赫西俄德、埃斯库罗斯和欧里庇得斯等古希腊诗人的作品。在《古诗集》的序言中,李勒提出"艺术非个人化""艺术科学化"和"诗艺完美化"的主张,认为美不是真的仆人,诗人必须抛弃个人情感,追求完美的形式,实现诗歌与科学实证联姻的道路。尽管李勒写诗的手法偏向科学的写实,但他写的并非现实生活之实,反而刻意割裂诗歌与现实世界的关联,转向对异国空间、古代和生物世界的描写,追求陌生化的情调(这也是帕尔纳斯派诗歌的共性)。此外,李勒视艺术为宗教般神圣,艺术的唯一宗旨就是表现美,在审美趣味上持高蹈姿态。他认为诗歌不应迎合大众,创作应具有科学精神,诗的美感来源于观察与哲思。在李勒的诗中,审美对象都被精确而细腻的话语表达出来,诗行、声律、字意形成的画面给人以大理石般立体、

坚硬的雕塑感,线条明晰有力,工整华丽之余有时也难免显得生硬冷酷,
比如这首《六月》:

> 草地有湿润的绿草香,
> 旭日深入茂林;
> 一切闪光,新叶
> 和颤抖的鸟巢同时苏醒。
> 山坡上,勤奋的溪,
> 明亮地、欢乐地在青苔和百里香上流淌;
> 它们和笑着的风及晨鸟齐唱,
> 在山楂丛上。
> 草地充满和谐的声音,
> 黎明为小径做一幅珍珠地毯,
> 离开最近的绿橡树的蜜蜂,
> 把金翅悬在白色的野玫瑰上。
> 垂柳下,徐缓而美丽的母牛,
> 吃着茂密的草,在温暖的水边。
> 牛轭尚未使倔强的脖子弯曲,
> 金鼻孔弥漫着粉红蒸气。
> 在饰以繁花的,
> 穿过草原流向蓝色天际的江之彼岸,
> 吼叫的公牛——草原的暴君,
> 呼吸着令它沉醉且鞭打它的红胪的空气。①

这首诗是典型的李勒诗风。全诗就像一幅原野中的风景画,那里有溪流在流淌,有鸟儿在歌唱,蜜蜂在采蜜,有母牛在吃草,公牛在嚎叫。全诗没有明显的抒情主体和情感表达,而是在对一个个景物的描写中自然展开,伴随颜色、气味、声音的交织,给人以不同的感觉体验之想象,体现出帕尔纳斯式的客观化倾向。有人考证,关于光线的描写在《古诗集》中占全部诗行的21%,在《野诗集》中占比11%,在《悲诗集》中占到14%,在《晚诗集》中占15%,其他关于色彩的描写更是不胜枚举,对于声音的描写不下上千个相关意象。②

---

① 引自波德莱尔等:《法兰西诗选》,胡品清译,上海:上海三联书店,2014年,第113—114页。
② 参见郑克鲁:《法国诗歌史》,上海:上海外语教育出版社,1996年,第177—178页。

庞维勒是继戈蒂耶和李勒之后法国文坛最有名的新秀之一,他努力学习戈蒂耶、李勒等人的创作理念、艺术风格和语言形式,借鉴他们对事物色彩外形的表现手法。1842 年,庞维勒出版了第一部诗集《人像石柱》,1846 年发表第二部诗集《钟乳石》,这些诗歌在当时受到了一些负面的批评,但也引起法国文坛的注意。1850—1852 年间,他担任《权力报》文艺副刊的主编,从此专心于文学创作和评论的工作;1857 年,他发表《颂歌集》,并称这是献给雨果的作品,该诗集被雨果称赞为"本世纪抒情作品的丰碑之一"。这部诗集将诗歌美学转向韵律的营造,是庞维勒诗艺成熟的标志。同年,在《奇歌集》中,庞维勒大胆地进行诗歌声律的革新,从而一举成名并受到圣伯夫①(Charles A. Sainte-Beuve,1804—1869)的赞叹。庞维勒还为报刊撰写文艺评论,曾担任过多家报纸的戏剧评论家。1858 年,庞维勒被授予荣誉军团骑士勋章,1886 年晋升为荣誉军团军官。他于 1891 年在巴黎去世,葬于蒙帕纳斯公墓,享年 68 岁。为纪念他,在巴黎与尼斯两座城市中各有一条街道以他的名字命名。

庞维勒是诗歌形式主义的倡导者,他在 1872 年发表的《法国诗歌刍议》一文中提出"韵脚是诗歌的一切"的说法。如果说戈蒂耶和李勒的诗重在画面,那么庞维勒的诗则侧重律动和用韵。他的诗歌用韵十分考究,擅长从诗歌声律中将感觉、情绪等体验表现出来,体现了"音乐化"的倾向,已经接近后来的"纯诗"概念了(庞维勒确实影响了前期象征主义)。比如诗集《流放者》中的《致拉图比的月桂》(节选)一诗:

> Arbremouvant! Laurier! tu le sais, moi dont l'âme
> 撑起一天风雨的月桂呵,你一清二楚,
> Bondissait jusqu'aux cieux d'un vol démesuré,
> 我的灵魂向漫漫长天无羁驰骋,
> Je n'en ai rien connu, je n'ai rien désiré!
> 我对此一无所知也没有任何向往,
> J'ai vécu seul, penché sur le monde physique,
> 孤寂地生活着向这茫茫世界抛下月光冷冷,
> Toujours étudiant le grand art, la Musique,
> 继续学习伟大的艺术和音乐,

---

① 圣伯夫,法国文学评论家。他是将传记方式引入文学批评的第一人,他认为了解一位作者的性格以及成长环境对理解其作品有重要意义。

Dans le cri de la pourpre et dans le chant des fleurs
在紫红色的哭泣声与群芳的漫唱中，
Où dort la symphonie immense des couleurs,
交织而成的颜色的交响乐里，
Dans les flots que la mer jette de ses amphores,
在大海云崩涛裂的激浪中，
Dans le balancement des étoiles sonores,
在群星清脆的摇曳中，
Dans l'orgue des grands bois éperdus sous le vent!
在长风振奋的浩浩林木的琴声中！
J'ai mis tout mon orgueil à devenir savant,
我研究伟大的艺术——音乐的构成，
Pâle et muet, j'entends le murmure des roses:
面色苍白默默无语倾听玫瑰花的低吟：
Et de tous les trésors et de toutes les choses
世间珍宝、人间万物
Qui plantent dans nos cœurs un regret meurtrier,
只能在我心中播下致命的怨憾，
Tu le sais bien, je n'ai voulu que toi, Laurier!
只有你，月桂！我只想要你的翠冠碧英！①

这首诗不但表现了对艺术与美的无悔追求，表达了艺术至上的态度，还通过通感手法打通五彩斑斓的色彩感与余音缭绕的音乐感之间的壁垒，成为庞维勒诗歌艺术的巅峰之作。又比如这首《艺术家的痛苦》（节选）：

Artiste foudroyé sans cesse, ô dompteur d'âmes,
不停受伤的艺术家，哦，心灵驯化者，
Sagittaire à l'arc d'or, captif mélodieux,
手握黄金弓的弓手，声调悦耳的俘虏，
Qui portes dans tes mains ton bagage de flames
将你烈火的箱子，以及围绕诸神前额的

---

① 原文引自 https://www.mta.ca/banville/exiles/23.html，访问日期：2020 年 12 月 10 日，参考葛雷译文（有修改），参见飞白主编：《世界诗库·第 3 卷·法国·荷兰 比利时》，广州：花城出版社，1994 年，第 290—291 页。

Et tes soleils volés autour du front des Dieux!
你的飞翔的太阳,送到你的手边!
Laisse toute espérance, éternelle victime,
留下所有的希望,你是永远的受害者,
Et ne querelle plus ton désespoir amer,
不要再为痛苦的绝望而争吵,
Puisque tu t'es chargé de remplir un abîme
因为你负责填满深渊
Où tu verses en vain toute l'eau de la mer!
凭空将大海填满!

Va, tu peux y jeter les océans, poëte,
去吧,诗人,你可以吐出汪洋大海,
Sans étouffer ses cris et son rire moqueur.
无需掩住你的叫喊,和嘲弄的笑声。
La curiosité de la foule inquiète,
不安的民众禁不住好奇,东猜西猜
Voilà le nom du gouffre où tu vides ton cœur!
这是深渊的名字,那里你倒空你的心!①

诗人的才华如浩瀚的大海,任凭民众东猜西猜,也猜不到艺术家的深不可测的心灵深渊。诗歌表达出艺术家高于大众、艺术高于生活的高蹈姿态。从形式上说,该诗是亚历山大诗体,一行共十二个音节,在第六个音节后有个顿挫。法国格律诗不讲究音步,但却十分讲究诗行音节数量的整齐。诗行的音律是:1+9+2,这是非常自由也非常罕见的形式,诗歌篇幅很长,但仍然严格控制押韵,形成一种极其克制的形式感和音乐美。印象派音乐大师阿希尔-克劳德·德彪西(Achille-Claude Debussy,1862—1918)的代表作《星光灿烂之夜》的歌词即取自庞维勒的诗作。实际上,试图仅仅凭借音韵表达诗美是非常困难也失之偏颇的,这等于削弱了文字的力量。因此,庞维勒后期的诗歌走向极端,就成为纯形式的游戏和实验,失去了耐人咀嚼的韵味。

---

① 原文引自https://www.mta.ca/banville/sang/03.html,访问日期:2020年12月10日,由李国辉教授译成中文(有修改)。

何塞·埃雷迪亚是帕尔纳斯派的重要诗人,也是李勒的忠诚门徒与亲密朋友。他是西班牙人后裔,生于古巴,在巴黎接受教育。他毕生从事文学创作,尤其擅长十四行诗的写作。1893 年,他将自己发表在《当代帕尔纳斯》杂志上的诗结集为一生唯一的诗集《奖杯》出版,共收录 118 首十四行诗,颇具影响。这些诗的共同特征在于注重形式与表达技巧,韵律丰富,节奏灵活,却尽量避免情感的流露。1893 年,埃雷迪亚被授予法国国籍,次年当选为法兰西学术院①院士,纯文学作家很少能获此殊荣。《奖杯》是埃雷迪亚的代表作,诗集分为"古希腊和西西里""古罗马和蛮夷""中世纪与文艺复兴"三大部分,堪称是一部诗化的历史传说。体现了埃雷迪亚将诗歌与历史、神话、博物学相结合的个人特色。诗人显然不想去客观地描述沙场战事,而是在诗中追忆古代文明,凭吊先贤荣光。埃雷迪亚是西班牙远征者的后裔,他对骁勇善战、不畏牺牲的英雄气概有一种特别的敬意,这体现在他塑造的那些英雄形象及其精神风貌之中。除了擅长塑造英雄形象,埃雷迪亚还善于描写宏大的历史场景,请看《恶战之夜》:

> 仗打得真凶,军官和队长
> 重新集合士兵,他们还闻得到
> (空中颤抖着他们的吼叫)
> 杀戮的热流和刺鼻的肉香。
> 士兵们悲哀地数着阵亡的伙伴,
> 他们看着帕尔特王的弓箭手
> 像一团团枯叶,在远处盘旋奔走;
> 褐黑的脸上淌着淋漓大汗。
> 就在这时,军号一齐吹响,
> 燃烧的天幕下,那威武的大将
> 浑身是血,出现在人们面前。
> 绛红的帅服,红色的铁甲,
> 他驾驭着受惊的战马
> 伤口血流如注,浑身是箭!②

---

① 法兰西学术院是法兰西学院下属的五个学术院之一,主要任务是规范法国语言,保护各种艺术,是五个学术院中历史最悠久、名气最大的学术权威机构。
② 引自飞白译:《法国名家诗选》,深圳:海天出版社,2014 年,第 273 页。

这首诗描写了古罗马大将马克·安东尼(Mark Antony,约前83—前30)大战帕尔特人(Pathia,又译帕提亚人)的壮烈场景。埃雷迪亚提出诗人在历史面前应保持距离,写出非个人化的诗歌,这使得他的历史题材诗歌如同一幅极具现场感的鲜活历史画。

苏利·普吕多姆于1901年成为首届诺贝尔文学奖得主。他自幼在巴黎长大,由于幼年生活的压抑养成了沉默、内敛而又敏感、善思的性格。他本来选择了工科的道路,成为一名工程师,后由于眼疾的原因,加上帕尔纳斯派对他的影响,促使普吕多姆走上文学的道路,开始在《当代帕尔纳斯》上发表作品。1865年,普吕多姆出版了第一本诗集《长短诗集》(*Stances et Poèmes*),受到了当时法国著名文学评论家圣伯夫的赞赏。一年后,普吕多姆第二部诗集《考验》(1866)出版,收录了不少爱情题材的十四行诗。紧接着又出了一本配图诗集《意大利笔记》(1866—1868)和抒情诗集《孤独》(1869)。晚年,普吕多姆从写诗转向写美学和哲学的散文,出版了《艺术表现》(1884)、《关于诗歌艺术的思考》(1892)、《我能知道什么?》(1896)和《帕斯卡的真正宗教》(1905)等评论文集。

帕尔纳斯派客观冷静、无动于衷的诗歌美学思想与普吕多姆早年所受的自然科学的思维训练一拍即合。普吕多姆的诗歌讲究形式美与雕塑感,是理性与感性、科学与艺术的结合体,具有典型的帕尔纳斯诗风。普吕多姆喜欢借用自然科学题材,比如《银河》一诗,用银河中的星辰之间看起来近,实际上很远的科学事实,象征人与人之间的心灵隔膜;又如《太阳出来了》,将太阳对地球地理生态的巨大影响与古希腊神话相结合,隐喻原始生命力与人类文明的关系。普吕多姆擅长敏锐的观察和辩证的哲思,在象征中冷静地触及审美对象的本质,他最著名的作品当属《花瓶碎了》:

> 扇子一碰,瓶就裂了
> 瓶上的樱花随之凋零不过是微微触及
> 没有声音
> 然而那轻微的裂痕
> 却不断扩展
> 用无法看清的速度
> 向四周蔓延。
> 瓶水越渗越快
> 花儿失去了水分

大家还没在意

别碰,它碎了。

这和爱人的手一样

稍不注意,就能碰伤心灵

伤痕自行扩大

爱之花逐渐枯萎

在常人眼中,它变化不大

而那纤细的伤痕里

却传来低低的哭声

它碎了,别碰。①

  这是以爱情枯萎的感伤为主题的诗歌,从诗风上看是一首典型的帕尔纳斯派诗歌。诗人用扇子比喻负心之人,用破裂的花瓶比喻受伤的心。更为巧妙的是,由于花瓶的裂痕是日渐增长的,瓶子里的水逐渐流失,而外人不太容易注意到,于是,"在常人眼中,它变化不大",只有当事人自己才能真切地感受到细微和刻骨的伤痛。本体与喻体之间的结合巧妙而贴切,全诗没有撕心裂肺的情感直露,有的只是对花瓶破碎之过程的细致描写,留白之处有心人自有体会。

  弗朗索瓦·科佩是法国诗人和戏剧作家,出生于巴黎,曾是政府公职人员,后作为帕尔纳斯派的代表诗人之一受到公众青睐,并于1884年当选为法兰西学术院院士。科佩的代表性诗集有《圣物盒》(1866)、《亲密》(1867)、《卑微者》(1872)、《红本子》(1874)、《诗的故事》(1881)等,诗剧作品有《过客》(1869)、《克雷莫纳的琴师》(1876)、《为了王冠》(1895)等,科佩的诗文精于描写、用词考究、注重形式,擅长塑造诗行和用词的雕塑感;在题材上,明显受到自然主义的影响,聚焦日常生活,尤其是社会底层人的贫困和庸俗生活。

  从初衷上说,帕尔纳斯派是写实主义对抗浪漫主义的斗争在诗歌中的展现。他们青睐文学的真实性,试图从客观描写中表现美,事实上他们的真实已经偏离客观存在,他们的美感也不是简单地通过写实得以表现。以普吕多姆和科佩为代表,后期的帕尔纳斯派诗歌呈现出明显的散文化倾向,这是他们重描写、重写实的诗风走向极端化的必然走向,也正因如此,他们在艺术上走向了没落。法国唯美主义需要在一位更具理论素养、

---

① 引自普鲁多姆:《普鲁多姆诗选》,李斯等译,长春:时代文艺出版社,2010年,第1页。

更离经叛道之人的推动下走向高潮,这个人便是波德莱尔。

波德莱尔同样受到戈蒂耶的启发和影响,《恶之花》(Les Fleurs du mal)便是献给戈蒂耶的礼物,但是,波德莱尔并不能算是一个纯粹的唯美主义者,他不赞成"为艺术而艺术"的观点,认为"为艺术而艺术"的空想不但排斥道德,而且往往排斥激情(过于追求形式),因此必然是违背人性和毫无结果的。[①] 当然,波德莱尔并非文学道德论者,他关注的重点在于激情而非道德。不过,我们仍然承认波德莱尔对唯美主义文学思潮的引领地位,主要因为以下几点原因:

第一,波德莱尔发扬了戈蒂耶关于文学自律的观点。他在谈论戈蒂耶时说到,诗不等于科学和道德,否则诗就会衰退和死亡;诗"不以真实为对象,它只以自身为目的"[②]。

第二,波德莱尔将唯美主义理念进一步拓展,开发出了"审丑"的现代美学观念。在《恶之花》和《巴黎的忧郁》(Le Spleen de Paris)中,审丑体现为对"恶"的极致描写。对"恶"的迷恋与其说是波德莱尔个人成长过程中的心路历程在创作中的反映,不如说是新的美学观念对他的直接影响。波德莱尔笔下的"恶"属于巴黎这一国际大都市,其实也属于任何一个正在急速扩张的西方都市。从写实主义的视角而言,"恶"来自于现代都市快速扩张中引发的都市化的社会问题;从美学史发展的视角而言,"恶"是都市化带来的现代审美范式转变的结果,古典式的和谐、典雅、整一的美经过浪漫主义的冲击波后再也难觅昔日的荣光,夸张、怪诞、恐怖、忧郁、病态、痛苦等特质才是真正的"罗曼司",才能获取进入审美殿堂的资格。事实上,"恶"并不是伦理道德的范畴,而是审美范畴,指的是那些由现实中令人不快的事物构成的审美意象。对这些"恶"的审美日益被现代美学家、作家重视,成为他们拓展审美视野,探寻新的审美意象,打开艺术表现力的载体。"怪物""腐尸""骷髅""坟墓""垃圾"等意象在《恶之花》中随处可见,出现的方式花样翻新。以至于《恶之花》出版的时候,马上被当局视为有伤风化的作品。法庭判决波德莱尔罚款三百法郎,并勒令其删掉其中六首所谓"淫诗"。对此,我们不得不感叹天才的作家总是超前的,当时郁郁不得志的波德莱尔却成为西方文学转型期的关键枢纽,同时也是西

[①] 参见夏尔·波德莱尔:《论彼埃尔·杜邦》,见夏尔·波德莱尔:《浪漫派的艺术》,郭宏安译,上海:上海译文出版社,2013年,第30页。

[②] 夏尔·波德莱尔:《论泰奥菲尔·戈蒂耶》,见夏尔·波德莱尔:《浪漫派的艺术》,郭宏安译,上海:上海译文出版社,2013年,第116页。

方现代主义文学的先行者。T. S. 艾略特（Thomas Stearns Eliot，1888—1965）就将波德莱尔与但丁（Dante Alighieri，1265—1321）、歌德（Johann Wolfgang von Goethe，1749—1832）相提并论，认为他们都是具有"时代感"的人。艾略特认为但丁代表了西方古典主义宗教理想，歌德是启蒙主义的典范，那么波德莱尔则代表了整个现代。① 从审美的角度看，"恶"不应作伦理道德层面的理解，"恶"一旦进入文学表现的范畴就成为审美对象，对"恶"的艺术表现（审丑）从根本上说仍旧是一种"审美"。因此，我们也不能从写实主义和反映论的角度出发，认为审丑反映了什么丑恶的内在本质，而应当意识到这种审美范式的转换对作者的艺术敏感度、文字表现力和审美共情力的提升作用，它为文学创作打开了新的天地。事实上，唯美主义文学作品最不缺少的就是对"丑恶"的审美，因此这些作家作品往往被贴上"颓废"的标签。唯美的追求结出了"丑恶"的果实，这真是一个有趣的现象。当我们结合上文对波德莱尔的分析，就不难理解这一现象产生的原因。

第三，波德莱尔的唯美主义思想还体现在他的文字对感官体验可能性的展现中。波德莱尔认为艺术就是对感官的训练："享受是一门学问，五种感官的运用需要特殊的启蒙，……因此，你们需要艺术。"② 人的感官之能动性在于突破单一感官的生理限制而上升为美感，继而形成通感，《感应》一诗被认为是诗学话语中的"通感说"的最好诠释，也被认为是波德莱尔诗学观念的重要实践。诗人是神秘的自然神殿的通灵者，诗人的感觉不同凡响，能够感知自然万物的内在相通之处，并超越自然感官的媒介限制而生发出全新的感觉，达到精神和感官的通灵境界。除《感应》外，波德莱尔在《人造天堂》中细腻描述鸦片和印度大麻给吸食者带来的醉生梦死的幻觉："感官的精细和敏锐程度非同寻常。眼睛可以看透无穷。耳朵可以在一片尖锐无比的嘈杂里抓住最不容易捕捉的声音……声音有了颜色，颜色有了曲调，音符变成了数字，在您耳朵中的音乐展开时，您进行着令人难以置信的速度惊人的数字运算。"③ 从某种程度上说，毒品有时给吸食者带来一种短暂的极致快感，类似于艺术家在艺术中获得的高峰

---

① 转引自李永毅：《艾略特与波德莱尔》，《外国文学评论》2011 年第 1 期，第 67—79 页。
② 夏尔·波德莱尔：《一八四六年的沙龙》，见夏尔·波德莱尔：《美学珍玩》，郭宏安译，南京：译林出版社，2014 年，第 76 页。
③ 夏尔·波德莱尔：《论酒与印度大麻——同为扩张个性的方式之间的对比》，见夏尔·波德莱尔：《人造天堂》，高美译，武汉：华中科技大学出版社，2014 年，第 24 页。

体验,吸食者在被放大了的感官体验中仿佛达到了"天堂",但这"天堂"是人造的、魅惑的,也是置人死地的。此外,波德莱尔在诗中经常表现"通感"。比如:"音响和清香在暮霭之中荡漾"(《黄昏的谐调》);"而那绿油油的罗望子的清香,在大气中荡漾,塞满我的鼻孔,在我心中混进水手们的歌唱"(《异国的清香》);"一个喧嚣的海港,可以让我的灵魂大量地酣饮芳香、色彩和音响"(《头发》)。① 在灯塔中,他用文字表现对鲁本斯(Peter Paul Rubens,1577—1640)、达·芬奇(Leonardo da Vinci,1452—1519)、伦勃朗(Rembrandt Harmenszoon van Rijn,1606—1669)、米开朗基罗(Michelangelo Buonarroti,1475—1564)、瓦托(Jean-Antoine Watteau,1684—1721)②、德拉克洛瓦(Eugène Delacroix,1798—1863)③等画家作品的直观感受。最著名的当属《感应》一诗。事实上,我们可以将《感应》中具有通灵能力的诗人看作是现代艺术家的化身,而那些表现通感的诗歌犹如一次次具体的感官实验,在感官体验的冒险中,打开感官的边界(通感),也打开感性(审美体验)的边界,突破艺术媒介的壁垒,实现不同艺术门类的"互文",这是由唯美主义思潮开启的现代艺术的重要特质。与帕尔纳斯派相似,波德莱尔也追求诗歌与绘画、雕塑和音乐互通,他说:"今天,每一种艺术都表现出侵犯邻居艺术的欲望,画家把音乐的声音变化引入绘画,雕塑家把色彩引入雕塑,文学家把造型的手段引入文学,而我们今天要谈的一些艺术家则把某种百科全书式的哲学引入造型艺术本身。"④波德莱尔对绘画、雕塑、音乐等艺术具有很高的鉴赏力,在他的《一八五九年的沙龙》等艺术评论文章中便可见一斑,这些艺术鉴赏力为他的文学创作和诗学观念的革新注入了新的动力。

第四,波德莱尔明确提出"艺术高于自然"的观点。如前所述,"艺术高于自然"的观点经过了漫长的历史准备,在德国古典哲学和浪漫主义思潮中加以酝酿,波德莱尔作为文学领域的代言人将这一观点明确提出并加以阐释。在波德莱尔看来,自然是天定的,是一部事先"编排好"的词典,它不是由人创造的,因此缺乏想象力。在西方哲学、诗学的语境中,对于自然有各种不同的理解,但自然基本都包含了"现实"这一意思。在波

---

① 诗句引自波德莱尔:《恶之花》,钱春绮译,北京:人民文学出版社,2011年,第50、53、55页。
② 瓦托,法国洛可可时代画家,作品多以上流社会的浮华场面为主题。
③ 德拉克洛瓦,法国浪漫主义画派的代表人物,影响了法国印象派。
④ 夏尔·波德莱尔:《哲学的艺术》,见夏尔·波德莱尔:《哲学的艺术》,郭宏安译,上海:上海译文出版社,2012年,第121—122页。

德莱尔的诗学体系中,"现实"主要指与人的自由意志相对的物质世界和维持物质世界的生产体系,也就是说,自然的机械和呆板象征着日益变得庸俗的现实世界。"没有想象力的那些人抄袭词典,从中产生出一种很大的恶习,即平庸。"①显然,波德莱尔重视想象力的作用,这是浪漫主义思潮影响力的延续,他受到法国浪漫派画家德拉克洛瓦的启发,推崇自由的艺术创作观,他认为缺乏想象力的作家只能抄袭词典,并以为那就是创作,就是艺术本身。不仅如此,波德莱尔还将浪漫主义对自由和想象力的推崇再推进一步。在波德莱尔看来,艺术是艺术家与自然之间的竞技场,艺术高于自然之处就在于凭借想象力改变自然和现实的无趣,用自由对抗自然。"自然在这里被梦幻改造、修正、美化、再造。"②于是,波德莱尔在审美范式上排除了古典主义的田园牧歌和浪漫主义的自然颂歌,推出一种新质的"人工美"。"人工美"不仅体现在将那些远离自然的城市生活、工业文明的意象审美/审丑化,还体现为对于非常态、超自然生理感觉的营造,更表现为一种价值取向:通过贬低自然,将人的灵性从自然中剥离,从而让艺术/人工绝对地高于并统摄自然。显然,这已经越出了浪漫主义的思维方式,体现出颓废(Decadence)的特征了。③"颓废"是滥觞于古罗马帝国晚期的文艺现象,19世纪中后期开始流行于法国,用来称呼那些文化"腐朽"现象。法国自诩为"拉丁文明"价值观念的守护者,当时许多法国艺术家、作家借曾经高度文明却又日渐衰弱的罗马帝国之酒浇法兰西民族命运多舛之"块垒",这种"衰落"的感觉是在法国遭受普法战争失败、巴黎公社运动爆发及其带来的社会震动后形成的,以至于在当时文艺界中形成一股"颓废"的审美风潮。古典学者德西雷·尼扎尔(Désiré Nisard,1806—1888)在其1834年的《颓废的拉丁诗人研究》中把文学术语中的"颓废"特征视为用语言的独创性取代道德性,用装饰性取代实用性。④ 1857年,波德莱尔将这个词用于先锋派文学。颓废是唯美主义文学作品的重要特征,也是最容易引起国人误解之处:"唯美"何以开

---

① 夏尔·波德莱尔:《一八五九年的沙龙》,见夏尔·波德莱尔:《哲学的艺术》,郭宏安译,上海:上海译文出版社,2012年,第167页。
② 夏尔·波德莱尔:《邀游》,见夏尔·波德莱尔:《巴黎的忧郁》,郭宏安译,上海:上海译文出版社,2013年,第42页。
③ 关于颓废的"反自然"论述,参见马翔、蒋承勇:《人的自我确证与困惑:作为颓废主义"精神标本"的〈逆天〉》,《浙江社会科学》2016年第2期,第114—119页。
④ Patrick McGuinness, Introduction, see Joris-Karl Huysmans, *Against Nature*, Robert Baldick, trans., London: Penguin, 2003.

出"颓废"之花？周作人称赞波德莱尔的诗中充满了病态美，"正如贝类中的真珠"，"他的貌似颓废，实在只是猛烈的求生意志的表现，与东方式的泥醉的消遣生活，绝不相同"。①

帕尔纳斯派和波德莱尔开启了法国文学的唯美主义转向，同时受到以浮世绘为代表的日本美学的影响，促成了法国象征主义诗歌的出现。象征主义诗人如马拉美（Stéphane Mallarmé，1842—1898）、魏尔伦（Paul Verlaine，1844—1896）、兰波（Jean Nicolas Arthur Rimbaud，1854—1891）和雷尼埃（Henri de Regnier，1864—1936）在创作上都与帕尔纳斯派以及波德莱尔有着密切联系。由于受到德国作曲家理查德·瓦格纳音乐的影响和启发，象征主义诗歌的典型特征之一便是强调诗歌的"音乐性"，诗人追求与自身缥缈的感觉和意念相互融通的诗歌韵律，他们将具有音乐性的诗歌称为"纯诗"。顾名思义，纯诗即纯粹（纯粹诗情）、形式自足（形式主义）、与现实生活无涉（反摹仿论）的诗歌，它是唯美主义"为艺术而艺术"理念的一种表现形式。也就是说，纯诗不是描述外部客观世界，也不直接表达诗人的主观想法，而是用隐晦的象征手法和诗歌语言的音乐化暗示迷离恍惚的微妙意识和朦胧隐晦的梦幻感觉。象征主义诗人要在诗歌中找到理想的美，逃避生活的丑，这也是唯美主义"艺术高于生活"的写照。

纯诗之"纯"，既体现在依靠个性化的意象提供线索，实现暗示和隐喻的目的，又体现在依靠文字的读音带来的旋律感，依靠音乐（尤其是近代音乐）的高度形式化和感觉化，将音乐性提高为诗歌的主要原则，使诗歌神秘的审美意蕴在悠扬的旋律中自然地流露出来。比如魏尔伦的《烦闷无边无际》《无词的浪漫曲》和《被遗忘的小咏叹调》等诗歌的意蕴主要由诗行的音律造就，语言仿佛融化在音乐的旋律中，造成"无词曲"的效果（这些诗后来成为德彪西创作印象主义音乐的素材），音乐性的诗歌必然重视旋律、节奏、押韵，具有高度的文学形式美。当然，魏尔伦强调诗歌的音乐性，不单指诗歌的音响（声韵、节奏），还包括字词、色彩等因素，形成一种音乐隐喻手法，仿佛回到了人类语言的原初状态：音乐性的声音和诗性的思维。兰波将音乐性延伸到"暗示"上来，他认为通过诗歌的音响能够唤起人的色彩感。马拉美则继续扩大"暗示"的功能，认为音乐性体现

---

① 周作人：《三个文学家的纪念》，见周作人：《谈龙集》，石家庄：河北教育出版社，2002年，第16页。

在激发联想、诱发想象,使读者能够直抵事物的形而上本质,诗歌的目的是从音乐中"回收"它的美。由此可见,象征主义诗人认为诗的内在音乐性比外在音乐性(字音)更为重要,诗人根据自身情感所到之处选择诗行的长短,不在乎押韵的严格,往往只是谐韵。而对所谓内在音乐性(音乐激发的微妙感觉和直觉)的追寻促使他们将生活化的语言排除在诗歌的王国之外,抛弃传统十四行诗和亚历山大诗体的韵脚,破坏文法规则,别出心裁创造新词,复活古文,只为在字音和字义之间寻找一种微妙的平衡。"纯诗"概念不但影响了法国、德国等欧洲文学圈,还直接推动了中国现代文学的革新。

此外,象征主义诗人立足描写主观神秘世界,试图通过文学修辞性和文字表现力通达纯粹的精神世界。诗歌只写纯粹的"我","我的思想在思想它自己,它进入一种纯粹的观念中"[①]。所谓纯粹的,便是高蹈的,蕴含了一种反世俗化的审美姿态,因此,法国象征主义诗人与高蹈派有着千丝万缕的联系。同样,高蹈的姿态又体现为诗人般的神秘、通灵的感性体验,它可以是无中生有、凌虚蹈空的,是一般世俗之辈无法体会到的。这一感性体验凝结在诗行中,自然就化为"通感"。比如兰波的《元音》一诗,每个元音字母都被诗人赋予了颜色、气味、音响、触感等感官因素,从而在意象的王国中得以"重生"。象征主义诗歌通过语言的声音、字义、色彩与意象之间的相互交织,营造出难以捕捉的瞬间印象。帕尔纳斯派的诗歌也表现通感,如果说帕尔纳斯派诗歌的雕塑感、坚硬感勾勒有形的外部世界,偏重自然主义、科学主义式的"感官实验",那么象征主义的"纯诗"则是向上提升,塑造无形的意念世界,偏重神秘主义式的"感官魔法"。一个偏重感官体验的"真实",一个偏重感官体验的"神秘",两者侧重点虽有很大差别,但殊途同归,本质上都是对人的感性边界的拓展。总而言之,"纯诗"在许多方面都体现了唯美主义特质。

作为一种诗学观念,唯美主义带动了文学创作现象的新变,即便有些没有明确提出唯美主义诗学理论的作家笔下也能表现出唯美主义倾向,比如居斯塔夫·福楼拜。

福楼拜是现实主义、自然主义、颓废派、唯美主义都会涉及的作家,他强调一种无动于衷的"零度写作"。通过精准、琐屑甚至繁复的细节描写

---

① Stéphane Mallarmé, *Correspondance complète*：1862—1871, Paris: Gallimard, 1995, p.342. 转引自李国辉:《人格解体与象征主义的神秘主义美学》,《外国文学研究》2019 年第 3 期,第 81—91 页。

给读者身临其境、眼见为实的阅读感受。与左拉相比,同样具有自然主义倾向的福楼拜的作品并不执迷于遗传、医学、病理学等科学主义话语,他对自然主义的理解与表现是在创作论和方法论层面的。作为善于写实的作家,福楼拜的文字冷静、客观,在创作前会做好基础性的调查研究,参阅大量资料,甚至会到实地亲临体验。然而,他又不像典型的批判现实主义作家那样喜欢表达浓厚的人道主义关怀,也不囿于展现现实生活和"当代题材"。福楼拜认为作家应该隐身在语言背后,这种对语言本身的信心和敬畏呈现出"无个人化"的风格,"语言的自觉"已经是一种文学自觉和文学现代性的体现了。

以《萨朗波》(1862)为例,小说以公元前3世纪的迦太基为背景,描写了迦太基和蛮族雇佣军的战争,并穿插迦太基统帅之女、月神女祭司萨朗波和雇佣军领袖马托的爱情故事。福楼拜为创作这部小说参考了大量的历史资料,还专程到迦太基旧址寻访古迹。福楼拜对战争场面、自然风景、风土人情、衣着服饰、空间环境和惨烈酷刑都进行了精雕细刻的描写,试图还原当时的历史原貌,具有强烈的写实感和现场感。作者并没有站在现代人的道德立场品评人物,而是令古代战争的野蛮血腥、古人旺盛的情欲和变态的杀戮欲望充满原始主义色彩,使"文明"的现代读者震撼不已。可以说,这已经是为表达而表达,为审美而审美,即为艺术而艺术了。

为了达到这样的效果,就要让文字变成摄影机,直面场景。正如摄影机扮演了人的眼睛的角色,《萨朗波》的文字也呈现出印象主义风格,不写情感,不塑造灵魂的斗争,而是写看到的"物"和"物化"了的(野蛮)人,描写对"物"的直观印象,比如战争场面的惨烈景象:

> 活人践踏而过,伤兵只好乱七八糟地同死尸和垂死的人混在一起。烧焦的身体在破散的五脏中、散落一地的脑髓中、一潭潭的血水中,只像一些黑点。从尸堆中伸出来的半条胳膊或者大腿,依旧翘然直立,好像葡萄园火灾后的葡萄架子一样。[①]

又如表现宴会的奢华饕餮:

> 细长的火光在青铜盔甲上抖动。镶嵌着宝石的盆子闪烁着各种各样的亮光。凸镜镶边的双耳爵把一切东西的样子都放大了,而且

---

① 福楼拜:《萨朗波》,郑永慧译,重庆:重庆出版社,2008年,第209页。

反映出无数形象……他们大口地喝着所有那些装在羊皮袋里的希腊酒,装在双耳尖底瓮中的坎帕尼亚酒,用木桶装运的康塔尔布酒,还有枣子酒、肉桂酒、莲花酒。这些酒已经在地上流成水洼,使人滑跌。各种肉食冒出来的热气同口里呼出的气息一齐蒸腾到树叶中间。只听见同时响着的咀嚼声、说话声、唱歌声、碰杯声、破碎成片的坎帕尼亚器皿的爆裂声,或者一个大银盘子的清澈响声。①

再如描写祭司场面的热闹喧哗:

> 各种乐器一齐响起来,把他们的声音淹没了,而奏乐的目的是要掩盖牺牲者的哭喊声。有八条弦的舍米尼特,有十条弦的坎诺尔,有十二条弦的内巴,有咿咿呀呀地,像鸟叫又像雷鸣那样响起来。装满乐管的巨大羊皮袋,发出尖锐的啪啪声;乐师挥臂敲着的铃鼓,回荡着一阵阵低沉而迅猛的咚咚声;而尽管喇叭吹得震天响,铙钹仍然砰砰地拍打着,像蝈蝈的翅膀一样。②

这些描写从写实性和详细程度而言当然是自然主义式的;但仔细辨析,它们从视角和内容角度而言已经是印象主义式的了,尤其是第二段描写,侧重点已不是人物的外表和动作,而是叙事主体的感官印象了,对感官印象的细致描摹已经具有明显的唯美主义的特质。

法国作家若利斯-卡尔·于斯曼(Joris-Karl Huysmans,1848—1907)原名夏尔-马利-乔治·于斯曼(Charles-Marie-Georges Huysmans),1848年出生于巴黎,他的父亲是一位荷兰裔石版画艺术家,母亲是一位法国小学教师。在于斯曼八岁那年,父亲去世,母亲很快改嫁,继父是一名新教徒。由于和继父关系不好,于斯曼度过了不快乐的青少年阶段。大学毕业后,于斯曼进入法国内政部担任公务员,但他并不喜爱这份工作,他的兴趣在文学创作和艺术评论。他在业余时间坚持文学创作,是法国龚古尔学院(Goncourt Academy)③的创始成员之一,也与法国艺术圈保持联系。他钦佩古斯塔夫·莫罗(Gustave Moreau,1826—1898)和奥迪隆·雷东(Odilon Redon,1840—1916)④等先锋画家。为了纪念父亲家族的先

---

① 福楼拜:《萨朗波》,郑永慧译,重庆:重庆出版社,2008年,第4页。
② 同上书,第232页。
③ 龚古尔学院即龚古尔文学奖评选委员会。
④ 莫罗和雷东是19世纪末法国象征主义画派的代表人物,他们主张用绘画表现个人的主观感觉和虚无缥缈的彼岸世界,具有晦涩、神秘的抽象性和主观性特征。

祖，他在第一部公开出版的诗集《什锦糖果盒》(*Le drageoir aux épices*，1874)中使用了"若利斯·卡尔·于斯曼"的笔名。这部诗集受到波德莱尔的影响，可惜反响平平。1876 年，于斯曼的小说处女作《玛特，一个妓女的故事》问世，讲述了巴黎的一个年轻妓女的故事。由于惧怕国内审查，于斯曼首先在比利时布鲁塞尔出版了这部小说。小说的自然主义特征鲜明，引起了左拉的注意。次年，于斯曼与左拉成为朋友，并撰写文章公开支持左拉当时备受争议的作品《小酒店》(1877)，这篇文章标志着于斯曼正式向自然主义靠拢。1879 年，他出版了第二部小说《瓦塔姐妹》，描写装订厂女工的生活，自然主义色彩更为浓厚，他将这部小说题献给左拉。福楼拜称赞了这部小说，同时也给于斯曼提出了几点建议。1880 年，于斯曼和左拉等共 6 位作家编撰出版了中篇小说集《梅塘夜话》，标志着法国自然主义文学发展到高潮。他在其中写的篇目是《背上背包》，以反讽的笔调描写了他在普法战争中的行伍生活。同年，于斯曼发表了一部散文集《巴黎速写》，记录了对巴黎都市世俗生活中各色人等、各类休闲场所的观察。这部作品既体现出写实主义的风格，又流露出休闲、猎奇的都市眼光和都市审美，而都市审美正是"世纪末"文学审美趣味的表现。正如里面有一些描写官能感受的篇章已经超出了自然主义的范畴，而向着颓废唯美风格靠拢，预示了后来《逆天》(又译《逆流》，1884)的出现。1881 年，小说《婚姻生活》出版，讲述了一个作家失败的婚姻。同年，受神经衰弱困扰的于斯曼去巴黎市郊的丰特内疗养，他的创作理念开始发生变化，逐渐脱离自然主义，并向象征主义艺术和天主教艺术靠拢。总体上说，于斯曼的小说表达了对资本主义现代文明的厌恶和悲观，他曾在叔本华的哲学中寻找答案，最终又回到天主教。

1884 年，小说《逆天》的出版标志着于斯曼在创作上正式脱离了自然主义。小说对一个颓废者唯美生活的描写使于斯曼一下子成为法国颓废派的代表人物，这部小说也成为颓废主义的"圣经"，同时影响了英国的唯美主义者王尔德。王尔德在《道林·格雷的画像》中将这部小说作为推动故事发展的一个重要意象和线索。甚至在英国对王尔德进行审判时，这本小说也被当作王尔德"道德败坏"的证据之一。《逆天》除了表现出唯美主义风格外，也透露出不少天主教元素，从这部小说开始，于斯曼的许多后期创作或多或少都和天主教有关。他后来的小说《在那边》(1891)、《途中》(1895)、《大教堂》(1898)、《修士》(1903)、《鲁尔德的民众》(1906)都表现出浓厚的宗教情感。

《逆天》描写了没落贵族让·德泽森特受困于身体机能的衰弱,并且厌倦世俗生活,在隐居的疗养生活中追求极致审美体验的过程,极其详尽和细腻地展现了颓废者的生活态度与审美趣味。他流连于装饰、装潢、园艺、美酒、绘画、文学、宗教等事物,以审美家的苛刻要求和高蹈品位将这些事物的常见形态变成怪异、反常的人工形态,这些人工、怪异、非自然的事物在他看来才是美的享受。如果读者仔细思考他迷恋的这些审美对象,可以发现它们的实用性和自然属性呈递减态势,而精神性和人工属性则呈递增态势。"德泽森特对美的追求从对外部物质世界的选择、加工过渡到对内部身体感官的摹仿,继而向内拓展至精神世界,呈现了自然向人生成的过程。"① 德泽森特对物质自然属性的排斥和对人工属性的依赖日益加剧,甚至表现为逆天而为的"反自然"心态,伴随着这种心态,他的身体也逐渐"去自然化"。德泽森特患有神经官能症与消化不良等疾病,疗养生活非但没有缓解他原本就纤弱的身体,反而变本加厉,将他的生理需求降至最低限度。更具有象征意味的是,他的性功能开始衰退,导致他与异性的欢爱也向"非自然"(非生殖性)状态发展。伴随而来的是德泽森特开始迷恋性别倒错,他会由于女伴在亲密时表现出的"女人味"而大失所望,觉得"她这样过分健康,与德泽森特在西罗丹糖果的香味发现的衰弱气息正好相反"②。在被女伴赶走后,他一度尝试同性恋。与此同时,伴随着身心的"去自然化",德泽森特的感性能力日渐敏锐,能够捕捉常人难以觉察的官能享受——于斯曼用大量的通感描写表现这一点。在此,"同性之爱"这一唯美主义文学的常用主题与逆反自然、崇尚人工的颓废趣味紧密结合。德泽森特作为贵族后裔,是多种疾病的携带者,同时也是中产阶级市侩风气的鄙夷者和疏离者,于斯曼这样的设定显然颇有深意。福柯(Michel Foucault,1926—1984)认为,贵族阶层为了突出和保持自己的特权地位,通常采用保持血统纯洁的形式,即以保持祖先遗留的痕迹或与其他贵族联姻的方式进行,可以说是向前回溯的;而资产阶级正相反,它更关注的是特定机体和后代的健康,是向后追溯的。③ 在德泽森特这里,一方面,他的基因已然"腐朽",无法恢复贵族血统昔日的荣光;另一方面,

---

① 马翔、蒋承勇:《人的自我确证与困惑:作为颓废主义"精神标本"的〈逆天〉》,《浙江社会科学》2016 年第 2 期,第 114—119 页。
② 乔里-卡尔·于斯曼:《逆天》,尹伟、戴巧译,上海:上海文艺出版社,2010 年,第 97 页。
③ 参见米歇尔·福柯:《性史》(第一、二卷),张廷琛、林莉、范干红等译,上海:上海科学技术文献出版社,1989 年,第 122 页。

他病态的机体无法维持自身的健康,他的性取向也让其无法产生后代。于斯曼将德泽森特置于进退维谷的境地中,将他塑造为典型的审美家和唯美主义者形象。

德泽森特一度想在天主教中得到解脱,这显然是于斯曼自身宗教情感的流露。德泽森特将居室打造成修道室,摹仿修士的生活。为了逃避拜金、市侩的生活而在宗教中寻求心灵的解脱。事实上,正如德泽森特苦心孤诣追求的"人工生活"那样,他刻意摹仿的宗教生活也具有高度的形式化(艺术化)特征,换句话说,他将宗教艺术化了,读者也可以将其理解为宗教的艺术或艺术化的宗教。用艺术化的宗教抵御世俗的市侩,亦是唯美主义式的话语方式。

谈到自己对自然主义的偏离,于斯曼认为,自然主义机械式的写实无法观察人的心灵,"没有人比自然主义者更不明白心灵了,尽管他们自诩以观察心灵为己任。他们把人生看作铁板一块;他们看它老是受一些真实性因素的限制"①。换句话说,他的创作要切中人的心灵,当然这是一颗唯美的颓废者心灵。事实上,所谓的"心灵"之内涵太过广大,于斯曼要呈现的,只是心灵世界的一个层面——官能世界。由于官能世界具有感性、易变性、流动性的特点,它显然无法承担记录外部世界原本面目的担子,而是任由感觉印象在思绪中飘荡。《逆天》的出版标志着于斯曼彻底脱离了自然主义,左拉责备于斯曼不该写这本书,因为它"给了自然主义可怕的一击,把它引入了歧途"②。并且,左拉在1884年5月20日于梅塘写给于斯曼的信中谈及《逆天》:"兴许是由于我建造者的气质作祟,但是,让我觉得很别扭的是,德泽森特从开头到结尾始终都那么疯疯癫癫,没有一种什么进展,所有的片段都是由作者内心中一种艰难的过渡所带来,总之,你是在为我们显示一种随心所欲的神奇的走马灯。"③左拉在信中站在实证主义、科学主义的角度询问于斯曼,德泽森特的颓废状态和他生活的外部世界有什么关系?究竟是生活的窘迫将德泽森特抛入怪异的官能世界,还是他自己的神经质让他对生活产生了这样的错觉?当然,于斯曼出道于自然主义阵营,他的许多病理性、官能性的描写仍然带有浓厚的自然主义气质。但这些都不是于斯曼关注的重点,而只是他进行感官实验的"作料"而已。于斯曼只管详尽地描写德泽森特的感官世界,或者说是

---

① 于斯曼:《逆流》,余中先译,上海:上海译文出版社,2015年,作者序言第20页。
② 于斯曼:《巴黎速写》,刘姣、田晶、郭欣译,北京:中国青年出版社,2015年,第158页。
③ 于斯曼:《逆流》,余中先译,上海:上海译文出版社,2015年,第296页。

夸大（或还原）作者自身的审美体验，否则我们无法想象毫无美感能力的人能写这样的小说。换句话说，小说写的是艺术家/审美家式异于常人的感性经验，所谓"反常"（反自然）都是为了突出这一经验之高蹈脱俗的外在表征。"对于于斯曼来说，敏感的艺术家和感觉刺激之间必须有一种至关重要的、动态的对应关系；没有对方，两者都没有意义。因此，唯美主义者对世界提供的多重体验的敏感性是绝对必要的。"① 对此，莫泊桑评论说，人们可以称《逆天》为"一种神经官能症的历史"，但是在他看来，"这位神经官能症患者是唯一一个真正聪明、睿智、能干的人，真正的理想主义者和世界诗人，他当真存在吗？"② 其实，德泽森特的感官体验是否存在于现实世界并不重要，他是一种唯美的诗意理想，是对缺乏美的现实世界的逆反。

奥克塔夫·米尔博（Octave Mirbeau，1848—1917）是法国小说家、剧作家、艺术评论家和新闻记者，他的创作在欧洲文坛，尤其是世纪之交的欧洲先锋文坛获得很大的关注和成功，他的作品已被译成三十多种语言。

米尔博出生于诺曼底的一个小村庄。普法战争后，拿破仑党请他担任私人秘书，并把他介绍给巴黎圣公会，从此米尔博开始在巴黎站稳脚跟，为拿破仑党从事新闻工作。米尔博是无政府主义的信徒，也是阿尔弗雷德·德莱弗斯（Alfred Dreyfus，1859—1935）③的坚定支持者。

米尔博的创作之路是从替别人代笔开始的，在创作了十部代笔小说之后，他以自己的名字发表小说《受难记》（1886），开始以真实身份公开亮相。1888 年，米尔博出版了《朱尔修士》（*L'Abbé Jules*），这部小说受到陀思妥耶夫斯基作品的影响，心理描写占据很大比重。1892 年 9 月至 1893 年 5 月间，米尔博在《巴黎回声报》（*L'Écho de Paris*）以连载形式出版发表了一部关于艺术家命运的小说《天空》，小说以梵高为原型塑造了一个名叫吕西安（Lucien）的画家形象。该小说呈现出片段式的印象主义风格，体现了米尔博对传统小说在形式上刻意统一的拒绝，预示了他后来的

---

① Paul Fox, "Dickens A La Carte: Aesthetic Victualism and the Invigoration of the Artist in Huysmans's *Against Nature*", in Kelly Comfort, ed., *Art and Life in Aestheticism De-Humanizing and Re-Humanizing Art, the Artist, and the Artistic Receptor*, New York: Palgrave Macmillan, 2008, p.65.

② 于斯曼：《逆流》，余中先译，上海：上海译文出版社，2015 年，第 304 页。

③ 德莱弗斯是法国炮兵军官，身为犹太人的德莱弗斯在 1894 年 12 月 22 日被军事法庭判决为间谍罪，造成法国历史上的著名冤案"德莱弗斯案"，引起了世界范围的反犹太运动浪潮。许多相关人士受到株连，遭受种种迫害，整个法国陷入严重的社会和政治危机。

创作方向。《天空》以画家的遭遇表现了艺术家在世俗社会中饱受误解、遭受孤立的悲剧。德莱弗斯事件加剧了米尔博的悲观情绪,之后,他出版了两部自诩为"美德典范"的小说《秘密花园》(1899)和《女仆日记》(1900)。两部作品实际的故事情节却和当时法国社会的"美德典范"南辕北辙,将法国社会伦理规范的虚伪面具彻底撕毁。一年后,米尔博发表了小说《一个神经衰弱者的 21 天》(1901)。小说以极尽讽刺的口吻叙述了一个神经衰弱者在温泉城中见到的堕落、荒淫、愚蠢和丑陋的人性百态,影射当时的法国社会。在这些作品中,米尔博并不在乎讲述一个完整的故事,而是采用片段式的拼贴的手法,呈现夸张、变形且怪异的印象式直觉体验。在他最后的两部小说《628-E8》(1907)和《野狗》(1913)中,他进一步偏离了现实主义,越来越表现出天马行空的幻想。此外,米尔博也创作戏剧,悲剧《坏牧羊人》(1897)是他的戏剧处女座。喜剧《在商言商》(1903)让他在戏剧上大获成功,赢得了广泛喝彩。在这部戏剧中,米尔博塑造了伊西多尔·莱查特(Isidore Lechat)这一现代商业阴谋家的角色,为文学人物形象的画廊增添了新的典型。此外,他还创作了《情人》(1901)、《闹剧与道德》(1904)、《家》(1908)等具有讽刺性的戏剧作品。

米尔博还是一名艺术评论家,他与奥古斯特·罗丹(Auguste Rodin,1840—1917)、克劳德·莫奈、保罗·塞尚、保罗·高更、卡米尔·毕沙罗等印象派艺术家过从甚密。值得一提的是,莫奈珍藏了好友罗丹的画作《莎乐美》(1895—1897),该画是米尔博的小说《秘密花园》扉页的版画习作。《莎乐美》是莫奈相当珍贵的收藏,它可能是罗丹于 1897 年赠予莫奈的铜像和油画以外,唯一的一幅素描作品。

1917 年,米尔博长眠于巴黎第 16 区帕西公墓。他在创作上的先锋性近年来日益得到评论界的重视。

《秘密花园》被认为是文学史上最为残酷和极端的作品之一,小说用印象式的手法描述了一次次花样翻新、血腥残忍的酷刑及其带给人的感官体验。《秘密花园》中的叙述者"我"是个颓废的浪荡子,早年放荡不羁的生活摧残了自己的健康,身体机能开始衰退,像《逆天》中的德泽森特一样受着神经衰弱的折磨。直到他遇见有着病态审美趣味的贵妇克莱拉,两人一拍即合。克莱拉热衷于欣赏各种残忍的酷刑,并将其艺术化(基于想象力的创造)和形式化(观赏艺术的仪式感),打造成花样翻新的酷刑仪式。克莱拉只有在欣赏酷刑时才能激发丰富的感性体验,仿佛欣赏一件件精美的艺术。"肉体上的眼泪……是软弱、疲惫和狂热的眼泪,是面对那些对我疲惫不堪的神经来说过于残酷的场景而流下的虚弱的眼泪,是面对那些对我来说过于强烈的气味流下的软弱的眼泪,是面对自己的肉欲在无力与狂热之间徘徊不定而流下的懦弱的眼泪……"①

此外,《秘密花园》也延续了波德莱尔式的"以丑为美"。克莱拉将酷刑当作"艺术"来看待,能从鲜血淋漓、血肉模糊的"丑"中看出不同的"美"。小说中写到一个女性行刑者,她手上戴的沾满受刑者血迹的红宝石戒指深深吸引了克莱拉,行刑过程中,红宝石在阳光下闪闪发光,好像一小团跳动的红色火焰,瞬间激起克莱拉的情欲。此外,当克莱拉面对以前的情人,一个因监狱的折磨而人鬼不分的诗人,她情不自禁地朗诵起他的诗歌,情人的惨状反而更加激起了她的诗兴。"艺术化"酷刑的极致是使用钟声杀人,洪亮的钟声像具有穿透力的利器,它折磨肉体而发出音乐般悦耳的声音。在克莱拉看来,这普通的刑具更加美妙。钟声施刑的"迷人"之处在于钟声可以激发一个人所有的感觉器官与思想,将官能的感受能力放大到极致,令人想到唯美主义追求的文学"音乐化"倾向。过于敏锐的感官体验造成了印象的"超负荷",给人一种不堪重负却又欲罢不能的审美体验,超出了普通人自然感官生理功能的极限。可以说,这种极致、敏锐以致病态的感官印象并非是对日常世俗感性经验的摹仿或还原,而是为了表现艺术家式高蹈的感性能力。有学者指出,奥克塔夫·米尔博笔下的颓废形象已经穷尽了颓废者的所有可能性,它代表了颓废精神探索的顶峰。②

《秘密花园》的唯美主义特质还体现为"逆反自然",这是"艺术高于自然"的唯美主义理念在文学中的极端表现。叙事者"我"对植物的欣赏是以"人工"痕迹的多少为判断标准的。花园中的草木花卉,看似任性随意,好像只是顺从大自然的规律而非人工的设计,但"我"认为这种说法纯属自欺欺人。在"我"看来,园艺之美的本质在于让使每一株植物经过悉心研究和精心选择,通过人工干预让不同的花色和花型相互补充,以此增加视觉效果。总之,使"它们处在同一个完整的艺术作品中——由于看不出人工雕琢的痕迹,这一作品的效果也就更加强烈"③。米尔博通过小说表

---

① 奥克塔夫·米尔博:《秘密花园》,竹苏敏译,重庆:重庆出版社,2005年,第160—161页。
② 参见 Brian Stableford, ed, *Dedalus Book of Decadence* (*Moral Ruins*), Cambs, England: Dedalus, 1900, pp.48—49.
③ 奥克塔夫·米尔博:《秘密花园》,竹苏敏译,重庆:重庆出版社,2005年,第139页。

达的强烈的逆反自然的价值取向很容易令人联想到于斯曼的《逆天》。

皮埃尔·路易斯(Pierre Louÿs,1870—1925)是法国诗人和作家,原名皮埃尔·费利克斯·路易(Pierre Félix Louis)。1870年12月10日,路易斯出生于比利时,后移居法国,就读于巴黎阿尔萨斯大学。在那里,他与后来的诺贝尔文学奖得主、同性恋权利的捍卫者安德烈·纪德(André Gide,1869—1951)建立了亲密的友谊。从1890年起,他开始把自己的姓"路易"的拼写从"Louis"改成"Louÿs",并使最后的字母 S 发音,以此来表达他对古典希腊文化的喜爱。① 在19世纪90年代,路易斯与奥斯卡·王尔德成为朋友,在王尔德用法文创作《莎乐美》时,路易斯在语言方面提出了修改意见。王尔德在剧本书稿出版的时候,将此书题献给了路易斯。

1891年,路易斯参与建立了文学评论杂志《海螺》,并在杂志上发表了诗集《阿斯塔特》(1891),这些诗歌风格典雅,形式优美,从中可以看到帕尔纳斯派的深刻影响。除却形式上的唯美追求,路易斯在诗中对至美的咏叹和追求像极了王尔德的创作。此外,作品中涉及同性恋与情色主题,为路易斯后来的创作定下了基调。可能是由于与同性恋者圈子的密切交往,他的创作往往涉及同性恋主题。1894年,路易斯出版了另一部散文诗集《碧丽蒂斯之歌》,这部诗集收入146首诗歌,主要围绕女同性恋主题而作。诗集被分成三个部分:"旁菲利牧歌""米蒂连哀歌""塞浦路斯岛的短诗"。三个部分代表了美少女碧丽蒂斯从少年到成年再到暮年生活的不同阶段。有趣的是,路易斯声称这些诗歌是古希腊女诗人萨福的原作,他只是翻译者,还为此"装模作样"地做了一番考据论证。只是这一"伪托"很快便被揭穿,原来路易斯只是摹仿了萨福的手法。这部诗集对女性之美的刻画,对女同性恋心理和性行为的描写香艳而不失优雅。路易斯的创作往往将时空设定在古希腊时代,从中可以看出路易斯对古希腊文化的喜爱,更确切地说,是他在歌颂古希腊文化的过程中寄托了对"爱与美"的崇尚,体现了唯美主义旨趣。

路易斯的一些诗歌被他的朋友德彪西改编成声乐和钢琴曲,比如《碧丽蒂斯之歌》中的诗歌《长笛》被改编为印象派风格的管弦乐《牧神午后序曲》。1914年,德彪西还专门为路易斯诗歌独奏会的序曲创作钢琴曲目。为了表彰路易斯对法国文学的贡献,他先后被授予法国荣誉军团骑士勋

---

① 法语字母"y"的读音类似"igrec",法语"grec"意为"希腊的,希腊人的"。

章和荣誉军团军官勋章。

1896年,路易斯出版了他的第一部小说《阿芙罗狄特》,这是他最具唯美主义特征的小说,也是他影响最大的小说作品。作品表现了希腊化时期亚历山大港一带妓女的香艳生活,一经出版便成为当时法国文坛最畅销的作品之一。小说围绕名妓克莉西丝与雕塑家德米特里奥斯的爱情故事展开,克莉西丝是女神阿芙罗狄特在人间的化身:

> 她的头发浓密闪亮,像两堆金器;但由于过分浓密,以致在额头下方形成两股起落有致的波浪,连同那鬓影便将两耳遮掩得严严实实,并在后颈上弯曲成七道涡流。鼻子生得颇为细巧,鼻孔很有表情,有时微微翕动;鼻下生着厚厚的朱唇,嘴角浑圆而富于动感。她的体态轻盈并具有曲线美,每向前一步都是这曲线的流动;由于胸部无拘无束地起伏,和丰满的臀部的左右摆动,柔美的腰肢便分外楚楚动人。①

德米特里奥斯为了追求克莉西丝,不惜放弃成为女王情人的机会,他从预言中得知爱上克莉西丝必然引起血光之灾,犯下伦理与律法的罪孽,但他认为以此为代价来换取"爱与美"是值得的,不仅能为这份"爱与美"增添血色的浪漫,还可以避免让生活沦为平庸的戏剧,因为生活的形式化/艺术化是唯美主义的理想。然而,当克莉西丝要委身于他时,却遭到了他的拒绝,他说两人已在他的梦中云雨,这便足够了。克莉西丝不遑多让,与其说她是真爱德米特里奥斯,不如说是为了实现对"爱与美"的占有而已。小说的最后,她以无比优雅和庄重的仪态接受法律的制裁,并没有绝望或哀伤,而是将自己当作一个高傲的女神,如阿芙罗狄特女神般接受人们的膜拜。

与其说克莉西丝和德米特里奥斯在追求爱,不如说他们在追求美,即一种形式化了的情爱,呈现为极端戏剧化、程式化的情爱模式,使情爱关系充分艺术化。小说还以唯美的笔调歌颂了不同女性之间唯美纯情的同性之爱,同性之爱淡化了两性之间生理肉欲的生殖行为,并将感官享乐上升到纯美、纯爱的感性范畴,这与两性之间情爱关系的戏剧化是相辅相成的。这种情爱模式不禁令人想起戈蒂耶的《莫班小姐》和王尔德的《道林·格雷的画像》《莎乐美》等经典唯美主义作品。

---

① 比尔·路易斯:《阿芙罗狄特》,丁世中译,长春:时代文艺出版社,2002年,第44—45页。

路易斯其他的作品有小说《波索勒斯国王历险记》(1901)、《死亡凝视》(1916)等,都是类似题材的作品。路易斯的创作往往将背景设定在前基督教或非基督教文化空间,从而借助艳情的外衣展开大胆的感官探索,体现出浓厚的异教、异域情调。由于路易斯与同性恋,尤其是女同性恋群体的密切关系,他对同性恋群体而言有着非常重要的影响。1955年,美国最早的一个女同性恋组织便以"碧丽蒂斯的女儿"(Daughters of Bilitis)为自己命名。

法国人浪漫激进的天性使他们总能在文学领域站在变革者的潮头,他们将德国哲学对人的意识领域中审美能力的划定灵活地运用到文学领域,炮制出"为艺术而艺术"的文学创作理念。由于哲学与文学的不同,创作者与欣赏者的错位,诗学理论与文学创作的错位,以及法国自然主义思潮的影响,唯美主义从法国文学的土壤中开出"以丑为美""逆反自然""印象主义"的花朵,这些花朵既是法国文学与文化的外在表现,也是唯美主义的美学基因落实为文学创作的必然结果。

第三节　英国、爱尔兰唯美主义

相对于浪漫炽烈的法国文艺圈而言,英国文艺总是摆脱不了浓厚的道德气息与社会使命感。对维多利亚时代的英国来说,"'为艺术而艺术'的思想纯粹是舶来品。艺术居然可以远离甚至无视道德准则,听起来简直是无法无天——因为描写感官印象与沉迷感官放纵之间只有一线之隔"[1]。英国唯美主义思想来源于波德莱尔为首的法国颓废派的影响,"然后这种影响跨越海峡到了英国本土,英国的一些唯美主义者便起而向缺乏想象力的听众宣讲想象的福音"[2]。一些游法人士打着具有法国色彩的"颓废"旗号,开启英国的唯美主义运动。当然,英国唯美主义思潮的发展与演变不是简单地照搬法国模式,而是具有自身的逻辑。由于19世纪爱尔兰仍旧属于英国治下,且两国文化圈有诸多交集,因此本节将当时爱尔兰文学也视为当时英国文学的组成部分。

"为艺术而艺术"从法国到英国的传播首先是从理论话语的翻译开始

---

[1]　William Gaunt, *The Aesthetic Adventure*, London: Jonathan Cap, 1945, p.18.
[2]　盖伊·桑:《杂谈波德莱尔对现代诗歌和思想的影响》,见泰奥菲尔·戈蒂耶:《回忆波德莱尔》,陈圣生译,上海:上海译文出版社,2011年,第315页。

的,后逐渐应用于视觉艺术评论(绘画、装饰艺术领域),继而再到文学领域。"为艺术而艺术"最早进入英国文化界的视野绕不开法国新古典主义批评家德西雷·尼扎尔。1833年,法国《民族报》刊登了尼扎尔批判艺术独立观念的言论,引发了一系列波及英吉利海峡两岸的论战,导致"为艺术而艺术"的观念被英国文坛关注。尼扎尔在1837年1月发表在《威斯敏斯特评论》(*Westminster Review*)上的一篇论述拉马丁的文章中,法文l'art pour l'art第一次被翻译成英文 art for art's sake。①

"为艺术而艺术"的观念真正以正面形象影响英国文艺创作是通过当时在法国求学的诗人斯温伯恩(Algernon Charles Swinburne,1837—1909)和旅居欧洲的美国画家惠斯勒之手,他们在法国接触到"为艺术而艺术"的观念,为日后回英国宣传唯美主义思想打下基础。惠斯勒提出了"艺术独立"的说法,他认为:"艺术应该独立于一切哗众取宠的东西……,并且能够引起眼睛或耳朵的美感,而不是把这种美感与对它完全陌生的情感混淆,比如奉献、怜悯、爱情、爱国主义等。"②这种对世俗情感决绝的姿态表达了与感伤主义(早期浪漫主义)分离的趋势。19世纪60年代,英国艺术界对美学的兴趣与日俱增,对艺术市场具有敏锐嗅觉的一些批评家们笔下出现了诸如"纯粹艺术""绘画本身""艺术本身""为美着想"等提法。③ 1865年,长期居住在法国的英国画家兼评论家哈默顿(P. G. Hamerton)在一篇名为《艺术精神》("The Artistic Spirit")的文章中,使用"为艺术而艺术的原则"(the Principle of Art for Art)来翻译"l'art pour l'art",不过他对这一原则的解释相当狭窄,只强调纯粹的创作上的技术问题。④ 哲学家弗朗西斯·科布⑤(Frances Power Cobbe,1822—1904)是一位虔诚的康德主义者,她在1865年的《艺术的等级》("The Hierarchy of Art")一文中明确使用了"art for art's sake"的英文短语。英语中的"为艺术而艺术"曾一度被用来指称法国文学发展中出现的某些特殊现象,而科布把它变成了一个理论术语,主要应用于视觉艺术:

---

① 参见周小仪:《"为艺术而艺术"口号的起源、发展和演变》,《外国文学》2002年第2期,第47—54页。

② https://en.wikipedia.org/wiki/Art_for_art%27s_sake#cite_note-3,访问日期:2020年12月11日。

③ Elizabeth Prettejohn, *Art for Art's Sake: Aestheticism in Victorian Painting*, New Haven: Yale University Press, 2007, p.33.

④ Ibid., p.32.

⑤ 科布,爱尔兰女作家,社会改革者。

诗歌、音乐、雕塑和绘画，可以且必须永远纯粹为了他们自己的目的而创造，而不是为了任何其他的目的。对他们来说，"为艺术而艺术"的法则是显而易见、毋庸置疑的。当这些艺术中的任何一种主要是为了艺术以外的另一种目的而进行的时候，它们的本来面目如果不被破坏，就会退化——无论那另一种目的本身有多么美好。①

爱尔兰评论家、诗人爱德华·道登(Edward Dowden,1843—1913)在1866年的文章《法国美学》("French Aesthetics")中论及维克多·库申的"为艺术而艺术"原则，不过他没有提供该短语的英文翻译。② 1867年，西德尼·科尔文③(Sidney Colvin,1845—1927)的《1867年英国画家与绘画》("English Painter and Painting in 1867")一文中首次提到当时英国画坛出现的"唯美"倾向，主要涉及当时两个艺术圈子：一个是以罗塞蒂为中心的拉斐尔前派群；另一个是以经常聚会于小荷兰屋④(Little Holland House)的乔治·沃茨⑤(George Frederic Watts,1817—1904)和英国皇家艺术院院长、画家弗雷德里克·莱顿(Frederic Leighton,1830—1896)为中心的圈子。将这两个群体联系在一起的是对于"审美至上"的美术宗旨的追求。科尔文写道：

我肯定，美应该是画家的首要目标。绘画艺术通过视觉的媒介，直接将自己作用于视觉；间接地将自己作用于情感和智力。唯有形式和色彩的完美，才能通过感官或视觉直接认识到，所以形式和色彩的完美——一句话，美——应该是绘画艺术的主要目标。有了这一点，它就有了首要的必要条件；精神上、智力上的美就要靠这一点，这就是我们要谈论的东西。⑥

---

① 转引自 Elizabeth Prettejohn, *Art for Art's Sake: Aestheticism in Victorian Painting*, New Haven: Yale University Press, 2007, p.31.
② Elizabeth Prettejohn, *Art for Art's Sake: Aestheticism in Victorian Painting*, New Haven: Yale University Press, 2007, p.31.
③ 科尔文，英国策展人，文学艺术评论家。
④ 小荷兰屋位于英格兰米德尔塞克斯郡肯辛顿教区，坐落于南丁格尔巷的尽头，现在是荷兰公园(Holland Park)的后门。小荷兰屋是当时一群具有创新精神的艺术家们的聚会场所，这些艺术家信奉"为艺术而艺术"的理念，部分成员与拉斐尔前派有重叠。
⑤ 沃茨，维多利亚时代的英国画家、雕塑家。
⑥ 转引自 Elizabeth Prettejohn, *Art for Art's Sake: Aestheticism in Victorian Painting*, New Haven: Yale University Press, 2007, p.31.

1868年7月,小荷兰屋的常客汤姆·泰勒(Tom Taylor)在《绅士杂志》(Gentleman's Magazine)上发表了一篇评论。他在评论弗雷德里克·莱顿时写道:"'为艺术而艺术'是莱顿的座右铭。"①泰勒在1871年提到英国画家艾伯特·摩尔(Albert Moore,1841—1893)时再次使用它:"他的许多热心的崇拜者,特别是在我们年轻的艺术家中间,反对英国绘画,反对它的戏剧性意图以及它对'为艺术而艺术'的麻木不仁。"②同样在1871年,佩特在《威斯敏斯特评论》中对威廉·莫里斯诗歌的评论以及同年3月斯温伯恩的《威廉·布莱克》一书中都出现了"为艺术而艺术"的说法。斯温伯恩谈道:"你不用试图从艺术上得到什么,艺术无论如何也成不了宗教的婢女、责任的导师、现实的仆人、道德的先驱……首先是为艺术而艺术,然后我们才可以谈其他的。"③斯温伯恩还在其他文章中提出了类似"为艺术而艺术"的另一种说法——"为了美而爱美"(the love of beauty for the very beauty's sake)。当时的英国文艺界和评论界习惯上把法语的"为艺术而艺术"(l'art pour l'art)视为源头,把英语的"为艺术而艺术"(art for art's sake)视为舶来品,但斯温伯恩试图将这个短语本土化,寻找英国文艺"为艺术而艺术"的土壤。他将威廉·布莱克的作品视为实践这一短语的思想来源,并将布莱克与波德莱尔对爱伦·坡作品的解读结合起来。④ 可见,在60年代,"为艺术而艺术"的思想已深入英国文艺圈,大家都在争先恐后地论述和阐释它。

如果说"为艺术而艺术"在60年代以前仅仅是文艺圈争论的前沿话题,就像它字面的含义那样显得与世俗格格不入的话,那么从19世纪70年代开始,"为了艺术而艺术"的问题在两个标志性事件的推动下逐渐进入大众视野。

第一个标志性事件是惠斯勒与罗斯金的官司。晚年的罗斯金和王尔德共同参观了一个画展,罗斯金对惠斯勒所作的《泰晤士河上散落的烟火:黑和金的小夜曲》(1875)一画颇为不满。这是一幅在黑色底子上洒满不规则色点的油画。罗斯金认为,此画看起来就像把颜料罐打翻在画布

---

① Elizabeth Prettejohn, *Art for Art's Sake: Aestheticism in Victorian Painting*, New Haven: Yale University Press, 2007, p. 33.

② Ibid., p. 66.

③ A. C. Swinburne, *William Blake: A Critical Essay*, London: John Camden Hotten, 1868, pp. 90—91.

④ See Elizabeth Prettejohn, *Art for Art's Sake: Aestheticism in Victorian Painting*, New Haven: Yale University Press, 2007, p. 38.

上造成的效果,毫无艺术美感,显得敷衍潦草,竟然敢标出 200 吉尼(英国旧时金币)的高价,这对观众而言不啻一种欺骗。他发表评论,谴责惠斯勒"向观众脸上泼了桶油漆"①。

事实上,惠斯勒的这幅画正是践行"为艺术而艺术"宗旨的结果,它代表英国美术界的一场大变革,即描绘主观印象取代摹仿自然的时代的来临。1875 年,惠斯勒以侮辱名誉的罪名向伦敦法院控告了罗斯金,与罗斯金进行了一场著名的法律诉讼,最后法庭判处惠斯勒胜诉,但罗斯金只需支付四分之一便士的罚款。这场官司导致惠斯勒因昂贵的诉讼费破产,也导致罗斯金及其代表的美学理念在艺术界的权威地位受损,逐渐淡出圈子。

第二个标志性事件是从 1877 年起在格罗夫纳画廊(Grosvenor Gallery)的展览中频繁出现反传统的新派艺术家群体的身影。格罗夫纳画廊被广泛视为英国唯美主义运动的公共论坛,甚至被誉为"唯美主义殿堂"(Temple of Aestheticism)②、"唯美主义者的圣殿"(the Palace of the Aesthetes)③。一般认为,英国唯美主义运动随着 1895 年王尔德被审判而结束,但英国唯美主义不仅是一场纯诗学潮流,也是文艺观念的变革,还是社会审美启蒙运动。拉斐尔前派与小荷兰屋集团、《喷趣》(*Punch Magazine*)④和《黄面志》杂志、莫里斯的公司等都与当时的英国艺术圈、时尚界的潮流相联系,而这些艺术形式和潮流都与唯美主义运动息息相关。⑤ 作为唯美主义运动的延续,这些新艺术观念和时尚形态影响了后来风靡欧洲的装饰艺术变革,艺术与生活实现了新的结合。

许多人认为英国唯美主义文学创作起源于济慈,王尔德就非常推崇济慈的作品,曾亲自前往位于罗马的济慈墓凭吊,并赋诗《济慈之墓》(The Grave of Keats),称济慈为英伦"最甜蜜的歌手"⑥。王尔德将济慈

---

① 参见弗雷德·S. 克雷纳、克里斯汀·J. 马米亚编著:《加德纳艺术通史》,李建群、王燕飞、高高等译,长沙:湖南美术出版社,2013 年,第 722 页。
② Colleen Denney, *At the Temple of Art: The Grosvenor Gallery, 1877—1890*, London: Associated University Press, 2000, p. 67.
③ Michèle Mendelssohn, *Henry James, Oscar Wilde and Aesthetic Culture*, Edinburgh: Edinburgh University Press Ltd, 2007, p. 3.
④ 《喷趣》是一本创立于 1841 年的漫画杂志,往往以对某些社会现象的幽默讽刺为主题。
⑤ See Elizabeth Prettejohn, *Art for Art's Sake: Aestheticism in Victorian Painting*, New Haven: Yale University Press, 2007, p. 2.
⑥ 奥斯卡·王尔德:《济慈之墓》,见《王尔德读书随笔》,张介明译,上海:上海三联书店,1999 年,第 42 页。

的诗歌《希腊古瓮颂》(Ode on a Grecian Urn)视为艺术精神的体现,并推崇济慈为"拉斐尔前派"的先驱。济慈的诗歌《伊莎贝拉》(Isabella, or the Pot of Basil)曾作为拉斐尔前派成员威廉·亨特和约翰·米莱斯的画作素材。美国学者福瑞斯特·派尔(Forest Pyle)认为:"当我们追溯维多利亚时代唯美主义者的观点就会发现,他们往往将唯美主义的诞生归因于济慈的诗歌。"①在我国,1995 年 10 月 30 日召开的"纪念济慈诞辰 200 周年座谈会"上,我国著名诗人、翻译家屠岸先生指出:"在以往的英国浪漫主义诗人研究中,济慈一直被作为'为艺术而艺术'的唯美主义诗人而受到研究者的冷落,这不管是从济慈诗歌的艺术价值来看,还是从其思想意蕴来看,都是片面和不公平的。"②

爱与美是济慈终生追求的艺术理想,他从古希腊艺术中汲取美的灵感。以长诗《恩底弥翁》(Endymion)为例,恩底弥翁是希腊神话中的美男子形象,作者借用恩底弥翁与月亮女神相恋的故事,表达对美的无尽向往。在长诗开篇,济慈就写道:"美是永恒的快乐。"济慈认为艺术对现实世界具有超越性:现实世界是丑陋的,只有艺术世界才是纯美的。他呼吁人们摒弃现实的丑,追求艺术世界、理想世界的美。从古希腊时期开始,西方哲学、美学一般将真至于美之上,或者将真作为美的基础,让美向真靠拢,但济慈将这种关系反转,让真向美靠拢。济慈所说的"真"不是现实中的存在,而是想象力的产物和证明——不是现实的真实,而是艺术的真理。"济慈区分了事实和真理,他凭借具有创造力的想象将事实转换为真理"③,这便赋予"美即是真,真即是美"④新的内涵。济慈认为诗歌就是美的艺术:"对一个大诗人来说,对美的感觉压倒了一切其他的考虑,或者进一步说,取消了一切的考虑。"⑤他的诗歌创作也是这种思想的实践,在诗歌形式上不断实验,不断创新与试验诗体,将诗歌的表现形式与内容完美融合。他的诗歌《希腊古瓮颂》将古瓮作为美的观照,以古希腊田园美景否定现实世界的丑陋,具有明显的雕塑美和绘画美。《夜莺颂》(Ode to a Nightingale)、《赛吉颂》(Ode to Psyche)、《忧郁颂》(Ode to Melancholy)、

---

① Forest Pyle, *Art's Undoing: In the Wake of a Radical Aestheticism*, New York: Fordham University Press, 2014, p.5.
② 《纪念济慈诞辰 200 周年座谈会召开》,《诗探索》1996 年第 1 期,第 158—159 页。
③ William Walsh, *Introduction to Keats*, New York: Methuen & Co. Ltd, 1981, p.12.
④ 济慈:《希腊古瓮颂》,见《济慈诗选》,屠岸译,北京:外语教学与研究出版社,2011 年,第 27 页。
⑤ 济慈:《一八一七年十二月二十一、二十七日(?)致乔治与托姆·济慈》,见《济慈书信集》,傅修延译,北京:东方出版社,2002 年,第 59 页。

《秋颂》(To Autumn)等诗歌都营造出饱满的感官体验感,体现出鲜明的唯美主义特质。此外,济慈提出"消极感受力"(negative capability)的说法,认为诗人通过使自我进入一种"麻木倦怠"的意识状态,达到从容平和的创作心态。事实上,"麻木倦怠"不是针对诗人的共情能力和感性能力而言的,这样的诗人压根无法创作,也就谈不上是诗人,而是指诗人需在创作准备阶段进入主客交融、物我两忘的心境,挣脱功利性的、求知性的心态的干扰,才能打开审美的灵感之泉。类似于刘勰所说的"陶钧文思,贵在虚静,疏瀹五藏,澡雪精神"①,达到"寂然凝虑,思接千载;悄焉动容,视通万里"②之境界。

如果说济慈身上流露出的是唯美主义的苗头,那么拉斐尔前派的出现对英国唯美主义运动的发展则起到了非常重要的奠基作用。该派提倡的"艺术超功利""灵肉一致""诗画一体""装饰主义"等主张都体现出明显的唯美主义思想。拉斐尔前派不仅绘画,也写诗。它们的唯美主义特质既体现在美术观念上,也体现在诗学观念中。他们试图在诗歌中表现高蹈的唯灵主义意识和深邃的精神世界,刻意与世俗世界保持距离,追求诗歌形式的精美和语言韵律的动人。此外,他们还表现感官印象的神秘和深刻,体现"灵肉一致"的思想。可以说,拉斐尔前派的诗文是他们绘画美学在文学领域的尝试,不少诗歌明确地对应某幅绘画作品,在某种意义上,这是"艺格敷词"③修辞手法的体现,但又超出了单纯的"艺格敷词",因为作为语言艺术的诗文和作为视觉艺术的绘画是相互阐发的,这一点在但丁·罗塞蒂的诗歌中表现得尤为明显。

在但丁·罗塞蒂的诗歌谱系中,女性之美是至高的美,也是最高的爱,他从两性之爱中,而不是在对上帝、自然或理性等抽象对象中发现爱的最高启示。④ 美丽动人、引人注目的女性形象在拉斐尔前派诗画中占据主导地位,同时也是唯美主义文学作品的共同特征。比如《神佑之女》,运用花色、鸟鸣、圣光、音乐、火光等感官意象描写少女之风姿绰约、多愁善感的情态;又如他写给亡妻的诗集《生命殿堂》中的《玉体》一诗,从男性

---

① 刘勰撰,周振甫译注:《文心雕龙选译》,北京:中华书局,1980年,第131页。
② 同上书,第130页。
③ "艺格敷词"源于古希腊,原意为"充分讲述",指对某个对象进行详细描述的修辞手法,后用于艺术史的写作,指用文学的手法对视觉艺术进行描述,达到"栩栩如生"的效果。
④ See Arther Symons, "Dante Gabriel Rossetti", in Eric Warner, Graham Hough, eds., *Strangeness and Beauty: An Anthology of Aesthetic Criticism 1840—1910*, Vol. 2, *Pater to Symons*, London: Cambridge University Press, 1983, p.219.

感官视角刻画女性身体难以抗拒的魅惑力：

> The rose and poppy are her flowers; for where
> 玫瑰与罂粟是她的花朵，
> Is he not found, O Lilith, whom shed scent
> 哪有男子不被她捕获？哦，莉莉丝，
> And soft-shed kisses and soft sleep shall snare?
> 她散发的体香，温柔的亲吻与沉眠将你诱捕。
> Lo! as that youth's eyes burned at thine, so went
> 瞧！当那青年的目光在她身上灼灼，
> Thy spell through him, and left his straight neck bent
> 她的咒语便穿透了他，使他屈服，
> And round his heart one strangling golden hair.
> 金色秀发缠住了他的心房。①

  诗歌《玉体》与罗塞蒂的油画《佳人莉莉丝》相配，画中的莉莉丝形象有着一头波涛起伏的红发，象征罂粟花般的致命诱惑；莉莉丝背后的白玫瑰凸显出冰冷的感官之爱；诗歌中大量使用的"s"字母读音令人联想起缠绕的吐着信子的毒蛇。热衷于表现灵与肉纠缠的主题使得但丁·罗塞蒂被评论界批评为"肉欲诗派"，这一带有嘲讽贬义色彩的词倒是典型地呈现出拉斐尔前派营造视觉冲击的"诗画一体"之创作特征。但丁·罗塞蒂的妹妹克里斯蒂娜·罗塞蒂尤其擅长抒情诗，她的诗歌同样具有浓厚的宗教神秘感，韵律婉转、结构精巧，她在维多利亚时期女性保守压抑的环境中透过诗歌传递女性敏感的情绪世界。如果说他的哥哥但丁·罗塞蒂是从男性视角出发呈现男性对于女性的感觉印象，带有"返归自然"的肉欲气息，那么克里斯蒂娜·罗塞蒂则抒写女性特有的细腻敏感的内心世界，比如在《王子历险记》中描写新娘等待王子的焦急心态：

> 红色和白色罂粟绕着玉趾，
> 血色蓓蕾等待甜美热烈的夏日，

---

① 作者自译，节选自 Dante Gabriel Rossetti, "Body's Beauty", in Dinah Roe, ed., *The Pre-Raphaelites from Rossetti to Ruskin*, London, New York: Penguin Books, 2010, p.126. 这首诗刻画了莉莉丝（Lilith）的邪魅。莉莉丝原是美索不达米亚神话中的女恶魔，在犹太神话中，她被认为是《旧约》中亚当的第一任妻子，她与亚当被神同时创造，因不满亚当而离开伊甸园，后来成为西方传说中诱惑人类的恶魔形象。

> 花萼闭拢着,毛绒、紧致;
> 白色蓓蕾却已鼓胀,随时绽放,
> 张开它们的死亡之瓣,香甜又松弛,——
> 哪一种花更早开放?①

诗歌隐晦地传达出两性之间的欲望张力,暗示女性在男女情爱中的被动与焦虑。还有《小妖精集市》(节选):

> 把一绺珍贵发卷剪下,
> 淌一滴泪,珍珠般无瑕,
> 她吮吸金色红色圆果:
> 比石中蜜汁还要甜蜜,
> 香醇远胜醉人的佳酿,
> 果汁流淌,比清水更清亮。②

再看《死亡二题》(之一):

> 她那颗曾经爱我的心现在已
> 腐烂并朽坏;她的生命已死亡,
> 它曾经,她说过,和我的合为一体。
> 泥土一定残酷地压在她眼上,
> 白皙的眼睑曾经保护她的眼;
> 蠕虫爬满了她的嘴,那红润甜蜜;
> 肮脏的蠕虫在她优雅的头下面。
> 但这些,出生于她体中某个虚无里,
> 这些蠕虫当然是她肉体的肉体。
> 绿草为何这样的茂密而青青,
> 带露的玫瑰为何艳丽而清新?
> 此外,还有什么比它们更可人美丽?
> 即使她的美已经静静地消逝,
> 当然还有些她曾经没有的东西。③

---

① 节选自克里斯蒂娜·罗塞蒂:《王子历险记》,见《小妖精集市》,殷果译,南京:江苏人民出版社,2015 年,第 61 页。
② 同上书,第 15 页。
③ 克里斯蒂娜·罗塞蒂:《在寂静如语的梦里:罗塞蒂诗选》,陆风译,北京:外语教学与研究出版社,2018 年,第 116 页。

这些感官色彩浓厚的意象让诗歌显示出充分的视觉化倾向,浓艳而鲜活的画面带给读者视觉上的冲击,体现出"诗画一体"的跨艺术特征。同时,肉感气息经由意象营造的画面朝读者扑面而来,但又不流于浅白的肉欲,而带有颓废的忧郁气质,和但丁·罗塞蒂的诗歌具有异曲同工之妙。

斯温伯恩是最早将"为艺术而艺术"的概念引进英国的艺术家之一,他是当时英国文艺圈受戈蒂耶、波德莱尔影响最大的艺术家之一。斯温伯恩维护艺术高蹈脱俗的地位,追求艺术形式的精美,他像阿诺德那样用"非利士人"来抨击庸俗的中产阶级,认为"非利士人巴不得立即粉碎艺术,绞死或烧死它"①。斯温伯恩将艺术、科学、道德视为截然不同的领域,既主张艺术与道德的彻底分离,又主张艺术与科学的绝对不相容:"这不是调和矛盾的问题。承认所有艺术隐含的自命不凡吧,它们对科学来说是微不足道的;接受科学的一切推论吧,它们对艺术毫无意义。"②斯温伯恩早在1857年撰文评论波德莱尔《恶之花》时就初步形成了"为艺术而艺术"的思想,尽管他未曾与波德莱尔会面,但两人保持着通信往来。③他将评论结集成书出版,成为他唯美主义原则的宣言。其中一篇文章《诗人的事业》明确地宣告"艺术自律"时代的来临:

> 大概是为了写好诗句,而不是为了挽回时代和重塑社会。没有任何其他形式的艺术会如此纠缠于这种对干涉无关紧要的事情无能为力的欲望;但广大读者似乎认为,一首诗更适合于包含一堂道德课或有助于形成所谓的内容上有血有肉的好作品。一个人的勇气和理智,在这样的时刻敢于宣称诗歌艺术与说教毫无关系,并以此为基础采取行动,这充分证明了他很可能以明智和严肃的方式处理他的艺术材料。④

斯温伯恩对唯美主义观念的接受有一条源自康德的逻辑线索。爱

---

① A. C. Swinburne, *William Blake: A Critical Essay*, London: John Camden Hotten, 1868, p. 93.
② Ibid., p. 97.
③ See Patricia Clements, *Baudelaire and the English Tradition*, Princeton: Princeton University Press, 1985, p. 10.
④ 转引自 Robert Archambeau, "The Aesthetic Anxiety: Avant-Garde Poetics, Autonomous Aesthetics, and the Idea of Politics", in Kelly Comfort, ed., *Art and Life in Aestheticism De-Humanizing and Re-Humanizing Art, the Artist, and the Artistic Receptor*, New York: Palgrave Macmillan, 2008, p. 141.

伦·坡借鉴康德美学，在他的诗论《诗歌原理》(1850)中认为："智力关心真理，鉴赏力让我们感知美，而道德感则关注责任心。"①波德莱尔译介了坡的观点，而斯温伯恩则译介了波德莱尔的译介，只是略微改变了表达方式："对于艺术，越美越好；对科学来说，越准确越好；对道德而言，越高尚越好。"②斯温伯恩崇尚古希腊文化，他在牛津大学时受但丁·罗塞蒂的影响开始诗歌创作，诗歌主题往往是表现和向往超功利、非世俗的可能世界。他和威廉·罗塞蒂等人都主张诗歌的语音和技巧优先于它的社会道德责任。斯温伯恩擅长用细腻的笔触描绘事物的外形与色彩，刺激读者的感性体验。他也重视诗歌的音乐美，勇于尝试"抑抑扬"等英语诗中少见的三拍子音步，借鉴诸如回旋曲等音乐曲式探索语词的节奏和声韵感，这使他的诗歌极富形式感，有时甚至过于注重押韵而显得刻意，比如他的代表作《般配》，具有鲜明的形式主义倾向：

> If love were what the rose is, 如果爱人是玫瑰鲜艳，
> And I were like the leaf, 而我是一片绿叶，
> Our lives would grow together 我们就会生长在一起，
> In sad or singing weather, 不论是哀泣或欢唱的天气，
> Blown fields or flowerful closes, 不论是开花的田野、庭院、
> Green pleasure or grey grief; 青翠的喜悦、灰色的悲切；
> If love were what the rose is, 如果爱人是玫瑰鲜艳，
> And I were like the leaf. 而我是一片绿叶。
> If I were what the words are, 如果爱人是动人的曲调，
> And love were like the tune, 而我是歌里的词句，
> With double sound and single 单一的欢欣、双重的声音
> Delight our lips would mingle, 会把两对嘴唇结合成吻，
> With kisses glad as birds are 快乐得就像枝头小鸟
> That get sweet rain at noon; 中午尝到了甘甜的雨；
> If I were what the words are, 如果爱人是动人的曲调，
> And love were like the tune. 而我是歌里的词句。

---

① E. A. Poe, "The Poetic Principle", in G. R. Thompson, ed., *Edgar Allan Poe: Essays and Reviews*, New York: Liberary of America, p. 76.

② A. C. Swinburne, *William Blake: A Critical Essay*, London: John Camden Hotten, 1868, p. 98.

If you were life, my darling, 我亲爱的，如果你是生，
And I your love were death, 而你所爱的我是死，
We'd shine and snow together 我们要一同行云飞雪，
Ere March made sweet the weather 趁未到和风滋润的三月，
With daffodil and starling 趁它没有用水仙和鸟鸣
And hours of fruitful breath; 唤醒明媚甜蜜的春时；
If you were life, my darling, 我亲爱的，如果你是生，
And I your love were death. 而你所爱的我是死。

If you were thrall to sorrow, 如果你是悲哀的俘虏，
And I were page to joy, 而我是欢喜的侍者，
We'd play for lives and seasons 我们要生生世世一同游戏，
With loving looks and treasons 用顾盼传情，也用叛逆，
And tears of night and morrow 用朝朝夕夕的痛哭，
And laughs of maid and boy; 也用少男少女的笑乐；
If you were thrall to sorrow, 如果你是悲哀的俘虏，
And I were page to joy. 而我是欢喜的侍者。

If you were April's lady, 如果你主宰着四月，
And I were lord in May, 而我把五月统治，
We'd throw with leaves for hours 我们要把绿叶尽情挥霍，
And draw for days with flowers, 我们要成天描绘花朵，
Till day like night were shady 直到白日荫凉如黑夜，
And night were bright like day; 直到黑夜光华如白日；
If you were April's lady, 如果你主宰着四月，
And I were lord in May. 而我把五月统治，

If you were queen of pleasure, 如果你是快乐王后，
And I were king of pain, 而我是痛苦之王，
We'd hunt down love together, 我们要一同猎获爱神，
Pluck out his flying-feather, 把他的飞羽全部拔尽，
And teach his feet a measure, 再教会他慢步行走，
And find his mouth a rein; 给他嘴里勒上马缰；

> If you were queen of pleasure, 如果你是快乐王后，
> And I were king of pain. 而我是痛苦之王。①

该诗六小节的每节结尾两行都是开头两行的回环，形成一种连绵不绝、回环往复的回旋体效果。每节诗歌都按照 abccabab 的韵律编排，让诗歌读起来富有节奏，具有明显的音乐化倾向，体现出诗人对格律的严格要求。《临别》和《爱与眠》两首诗则用"芳香""果汁""甘苦""肤色""光滑""柔软"等丰富的感官意象与"眉毛""眼睛""嘴唇""喉咙""头发""皮肤"等具体的身体意象表达两情相悦、你侬我侬的思绪，以及对心上人的依依不舍与苦苦思念，在灵与肉、情与欲、诗与画的边界游移，这都体现出拉斐尔前派诗歌与绘画鲜明的唯美主义特征。

如果说拉斐尔前派是英国唯美主义创作的先驱，那么佩特则是英国唯美主义理论的先驱，也是最早进入中国文学视野的唯美主义作家和批评家之一。佩特很早便读到了约翰·罗斯金的《近代画家》（1843—1860，又译《现代画家》），受到这部书的启发和激励，他走上了艺术研究的道路。佩特喜爱福楼拜、戈蒂耶、波德莱尔等作家，在牛津大学念书时，还对德国古典哲学产生了浓厚的兴趣，他后来的许多思想都可以追溯到德国古典哲学。此时，他的基督教信仰发生了动摇，对基督教教义失去虔诚，也不追求圣职，仅对宗教仪式中体现的美感有兴趣。佩特与斯温伯恩等拉斐尔前派成员之间相互影响，与斯温伯恩相似，佩特也极为崇尚古希腊和意大利文艺复兴，为此他于 1865 年游历意大利，并开始正式涉足艺术批评。他的许多唯美主义思想是阐释古希腊和意大利文艺复兴文化和艺术时提出的，一些评论文章后来收录到专著《文艺复兴》（该书共出三版）一书中。佩特认为古希腊和文艺复兴时期不仅是西方艺术的高峰，更重要的是这两个时期的审美趣味与艺术形式代表了崇拜美、充满想象力、远离市侩风气的时代风尚。他在《柏拉图与柏拉图主义》（1893）一书中将柏拉图推崇为"为艺术而艺术"的先知，认为柏拉图预见了"为艺术而艺术"这一现代观念，艺术本身除了它自己的尽善尽美之外没有任何其他目的。② 佩特晚年的作品还有《想象的肖像》（1887）、《鉴赏集》（1889）和《希腊研究》

---

① 选自 Algernon Charles Swinburne: "A Match", in Dinah Roe, ed., *The Pre-Raphaelites from Rossetti to Ruskin*, London, New York: Penguin Books, 2010, p.258. 译文见飞白主编：《世界诗库·第2卷·英国 爱尔兰》，广州：花城出版社，1994年，第 526—528 页。

② 参见沃尔特·佩特：《柏拉图与柏拉图主义》，徐善伟译，郑州：大象出版社，2012年，第 178 页。

(1895),以及未完成的小说《加斯顿·德·拉图尔》(1896)。

与法国唯美主义思想具有二元对立的唯理和思辨气息不同,佩特的理论具有英国式经验主义气息,但有时候反而更加直击本质,因为审美本就建立在具体的感性体验之上。佩特的唯美主义思想体现为以下几个方面:

第一,感性至上。哲学上的"感觉主义"(sensationism,又译"感觉论")产生于18世纪,认为感觉是意识的唯一可靠来源,人的任何心理现象都是不同感觉的组合、变形之结果。由此也形成了感觉主义心理学,试图用感性经验解释全部心理过程的理论。感觉主义一方面汲取了西方当时蓬勃发展的医学、生理学等自然科学思想;另一方面也继承了英国经验论的思想传统,强调对人的知觉进行内省式考察。佩特在《文艺复兴》中多次使用"senses"("复数的"感官)、"consciousness"(感觉)、"perception"(感知)、"feeling"(感受)、"impression"(印象)等词,构成了他的"感觉论"观点。与哲学范畴的"感觉主义"不同,佩特的"感觉论"更像是"印象主义",王尔德就称佩特是"印象主义者"[①],但佩特的"印象主义"剔除了法国印象派观念中的写实与科学的成分,不是为了还原某种主观或客观存在的对象,而是为了找到具体的艺术形式背后蕴含的本质性魅力。当然,这种魅力不是纯粹的理性,也不是纯粹的心智,而是通过感官传递的"充满想象力的理性"[②],而它只能在活生生的美感中寻找,美就在人的真切的美感经验中。同样,美感因素是艺术的基本成分,好的艺术与再现那种感觉的真实程度是相称的,不同的艺术媒介载体激发不同的感觉印象,不同的美的形式对应不同的感官禀赋。艺术批评的要旨在于揪出这些混沌的感觉线条,使其明晰化。因此,我们可以认为,佩特的"感觉"指的是审美感觉,或者也可以理解为感性能力;佩特的"感觉论"可以说是一种感性至上的"感性论"。佩特还通过阐释柏拉图来"六经注我",他认为柏拉图具有敏锐而勤奋的感官天赋,能够把握细微的美的暗示,这是柏拉图注重"ta erotika"使然。"ta erotika"在《会饮篇》中指"爱欲之艺",由于涉及"男男之爱",它并非纯粹的两性生殖性的自然需求。当时的古希腊人相信,男性间的亲密关系能够帮助青年男子培养美德,有利于文化传承;爱的过程有助情人通过对方的眼睛认识自己的美,在情人的指导下达到自身的

---

① 参见奥斯卡·王尔德:《佩特先生的〈想象的肖像〉》,见《王尔德读书随笔》,张介明译,上海:上海三联书店,1999年,第82页。
② 沃尔特·佩特:《文艺复兴》,李丽译,北京:外语教学与研究出版社,2010年,第165页。

完美状态。柏拉图的《会饮篇》和《斐德罗篇》都讨论过这个主题。《会饮篇》认为，爱是最大的善。由于古希腊的"善"包含圆满、完善的含义，所以爱也孕育美，帮助人们获得幸福。《斐德罗篇》借苏格拉底的口吻将"爱欲"转化为精神性的"爱美"，爱的冲动应朝着哲学的方向前进，灵魂要用理智驾驭欲望，才能认识美本身。在此，"爱欲"包含"情爱"和"审美"的双重含义，"ta erotika"也就内含提升感性能力、理解能力的意思。佩特在《柏拉图与柏拉图主义》中将"ta erotika"译为"the discipline of sensuous love"（感官之爱的训练）①，凸显了爱欲的感性能力，既然是能力，那就是可以训练和提升的。事实上，这个翻译是为佩特的唯美主义理念服务的。从这个角度出发，我们也就能够理解为什么那些典型的唯美主义文学作品往往描写形式感极强的"同性恋"题材，因为同性之爱很大程度上剥离了两性生殖性的欲望，或者说，是在形式上架空了情爱的内容，剩下情爱的形式，重形式超过内容，这正是唯美主义的理念之一。1895 年，《综合研究》(*Miscellaneous Studies*)杂志发表了佩特的散文遗著《通透》，在这篇文章中，佩特将品味的表达与革命性的社会变革联系在一起，他描述了"清澈透明的本质"（clear crystal nature），这一本质是佩特的感性主义价值观念的模型或原型。佩特认为在人类成年初期，每个人都具有敏锐的感性体验天赋，这种状态又如一个通透的晶体，是一种"清晰的水晶本性"②，一种"具有教育意义的审美品位"，一种"被内在的精神光芒照亮的有品位的心灵"③。现实世界中的粗劣、市侩的庸俗环境破坏了这种通透性，导致人们的感性能力逐渐衰退。但是，这种感性能力还潜伏于我们体内，它在生命的不同阶段涌现，人们需学会去抓住它们，运用它们。

第二，形式主义。佩特对艺术的形式极为看重，但佩特并非一个反对内容的纯粹形式主义者，更不是那种科学形式主义美学的拥趸。他并不认为艺术的美由某种特定的材料组合而成，也不认为美感单纯是由于形式的"刺激"，而是将内容融入形式之中，与"感性"相结合，形成"有意味的

---

① 参见沃尔特·佩特:《柏拉图与柏拉图主义》，徐善伟译，郑州：大象出版社，2012 年，第88—89 页。
② Walter Pater, "Diaphaneitè", in Eric Warner, Graham Hough, eds., *Strangeness and Beauty: An Anthology of Aesthetic Criticism 1840—1910*, Vol. 2, *Pater to Symons*, London: Cambridge University Press, 1983, p. 12.
③ Ibid., p. 10.

形式"。艺术家在创作时已将其理智和思想观念融入形式中了,他以日本扇画为例:从日本扇画中,我们首先获得的只是花卉抽象的颜色,然后,花儿的诗意融进我们的感知,接着,是完美的花卉画时不时出现。① 这种描述符合人们的认知模式,人的认知能力并不是死板的容器,而是"触类旁通"的格式塔整体。形式经过认知的处理衍生出微妙的感觉,这就将形式主义与之前的感性主义联通了。佩特推崇音乐,认为所有艺术都坚持不懈地追求音乐的状态,艺术的音乐化是唯美主义理论者的共性,因为音乐的形式与内容是最难以区分的,以至于音乐看起来是一种"纯形式"。佩特指出,尽管"通过理解力总是可以进行这种区分,然而艺术不断追求的却是清除这种区分"②。诗歌是最接近音乐的艺术体裁,佩特认为诗歌同样是内容和形式的高度统一,那些无法分割形式与艺术的诗歌是最高、最完整的诗歌形式。这样一来,也就否认了艺术形式的单一性——如新古典主义文学那样的日趋僵化的形式,或者准确地说,佩特的形式主义是一种"媒介的自觉",他认为美学批评的一个任务就是:

> 来界定一首诗真正属于诗歌的特质,这种特质不单纯是描述性或沉思式的,而是来自对韵律语言,即歌唱中的歌曲元素的创造性处理;来指出一首乐曲的音乐魅力,那种不表现为语言,并且与情绪和思想无关,可以从其具体的表达形式中脱离出来的本质音乐的魅力。③

即是说,对于艺术形式的关注,也是对艺术媒介、载体的自觉,"美学意义上的美有很多不同的类型,对应不同类型的感官禀赋"④。如果一门艺术没有自己的媒介,便不可能具有独立的形态。

第三,享乐主义。享乐主义在古希腊伊壁鸠鲁学派中初见端倪,在古罗马时代的贵族阶层中被广泛奉行,表现为对感官享乐和物质财富的崇尚。"唯美主义往往与享乐主义相结合。他们天然地具有内在的一致性。毕竟,美和快乐是紧密相连的。"⑤波德莱尔、于斯曼、米尔博等人的作品中都透出浓浓的感官享乐气息,但与法国文学呈现出的极端"反自然"的

---

① 沃尔特·佩特:《文艺复兴》,李丽译,北京:外语教学与研究出版社,2010年,第169页。
② 同上书,第171页。
③ 同上书,第165页。
④ 同上。
⑤ Aatos Ojala, *Aestheticism and Oscar Wilde*, Folcroft, PA: Folcroft Library, 1971, p.14.

颓废姿态不同,佩特的享乐主义要平和得多,究其原因,可能是因为佩特的唯美主义观念与法国的唯美主义者们比起来,更具有对生活的观照和参与,这也是英国唯美主义思潮的特殊性。佩特的"感性主义"并非将艺术小众化,将审美的禀赋与美感经验视为艺术家或鉴赏家的"特权",而是认为这是每个人都有可能,也应该达到的理想,只有这样才能抵御功利主义、拜金主义、物质主义的侵蚀。同时,他为"伊壁鸠鲁式"的享乐主义正名,认为艺术能够让人排除世俗的干扰,尽情地享受当下的快乐。艺术是人从基督教禁欲主义的"感觉暴政"下逃离出来的工具。"希腊人对于他们自己的看法以及对于他们与世界的关系的普遍看法,则永远是处于可以转化为感官对象的完全就绪的最佳状态。"[①]佩特认为今人应该学习古希腊人,永远追求感觉的充盈状态,保持对美的敏感,对艺术的热情、对美的极度喜悦像"强烈的、宝石一样的火焰"[②]。为此,他专门写了一部哲理性的小说《马利乌斯——一个享乐主义者》丰富自己的理论。小说描写了古罗马青年马利乌斯皈依"享乐主义"哲学,终其一生寻求充盈的感性体验的历程。

第四,刹那主义。佩特宣扬文学的音乐性,认为音乐是时间性的艺术,它的美感在于刹那间的感受,感悟形式与内容相统一的完美瞬间。他在《文艺复兴》中提出"刹那主义"的美学观念,认为生命之流由无数个刹那构成,生命之美在于充实刹那间的感性体验。饱满的感性体验犹如在生命之流上形成的颤抖的小水波,其中包含着感觉的强烈印象,但它们受到时间的制约倏忽而逝。佩特认为,时间是无限可分的,每一个瞬间和刹那也是无限可分的,如要保持热烈而旺盛的美感享受状态,就要尽力延长感觉的时间,"尽量在给定的时间里获得最多的动脉"[③],在刹那间加速体验生命的狂喜、伤恸和激情。这种"刹那主义"的状态不仅与艺术审美时的心理状态相似,还应该成为生活的"指南",只有在刹那主义的指导下,生活的戏剧性和斑斓色彩才能体现出来,而且时间对每个人都是公平的。在佩特看来,艺术和生活之间不是相互脱节,而是相互"训练",他通过小说《马利乌斯——一个享乐主义者》形象地表达刹那主义,佩特写道:"我们经历的所有真实的事物都不过是些飞逝而过的印象而已……这就足以

---

① 沃尔特·佩特:《文艺复兴》,李丽译,北京:外语教学与研究出版社,2010年,第259—261页。
② 同上书,第301页。
③ 同上书,第303页。

使他考虑：怎样凭借智慧的力量最大限度地利用那些一闪即逝的真实时刻。"①虽然佩特的美学理念与艺术批评方式是偏向形式主义，排斥道德干扰的，但又像许多英国评论者那样走向"中庸"的路线，不可避免地论及艺术的扬善救世作用。他谈到，艺术如果"致力于进一步增加人的幸福，致力于拯救受压迫者，或增加我们彼此间的同情心，或展现与我们有关的或新或旧的，使我们变得高尚并有利于我们在此生活的真理"，那么就成了"伟大的艺术"。② 事实上，佩特的"刹那主义"观念也受到当时科学主义大潮的影响，他于1866年发表在《威斯敏斯特评论》上的一篇评论柯勒律治的文章中将柯勒律治视为唯美主义的"立法者"，并指出柯勒律治的诗歌中现代思想的苗头。佩特认为，现代思想与古代思想的区别在于以"相对性"取代了"绝对性"，古代思想力图把一切对象都归纳在某种永恒的范畴中，把思想锚定在一个固定的范式里，把生活的种种变化按"种"或"属"加以分类。对于现代思想而言，除了在某些相对、特定的条件下，没有什么问题是可以被完全认知的。他认为"相对性"的哲学概念是在近代通过科学观察的方式发展起来的。

> 这些科学揭示了通过对变化的难以言喻的精细化而相互渗透的生命类型，以及揭示了事物如何通过不可解释的数量的积累而转化为它们的对立面。科学的发展建立在对大量数据进行不断分析的基础上，从而得出精确细致的事实。因此，求真的能力被认为是一种区分和确定微妙和易变的细节的能力。③

如果我们将这里的"科学"转化为"美学"，将"真"替换为"美"，我们就能领会到佩特对传统形而上的客观主义美学的改造，正如现代科学建立在对细微的变量和大量的动态数据的统计观察基础上从而摧毁了形而上学的根基，那么美也不再是古典主义美学中所规定的条条框框，而是人的微妙、细腻的感性能力。

佩特为英国唯美主义运动提供了基础的理论资源，也影响了叶芝、T. S. 艾略特、詹姆斯·乔伊斯（James Joyce, 1882—1941）、庞德（Ezra

---

① 华特·佩特：《马利乌斯——一个享乐主义者》，陆笑炎、殷金海、董莉译，哈尔滨：哈尔滨出版社，1994年，第87页。

② Walter Pater, *Appreciations, with an Essay on Style*, London: Macmillan, 1910, p. 38.

③ Walter Pater, "Appreciation", in Eric Warner, Graham Hough, eds., *Strangeness and Beauty: An Anthology of Aesthetic Criticism 1840—1910*, Vol. 2, *Pater to Symons*, London: Cambridge University Press, 1983, p. 46.

Pound,1885—1972)等现代主义作家,甚至为20世纪意识流小说提供了借鉴。佩特的唯美主义思想与作为美学学科的发展之间具有深刻的联系。时至今日,佩特的许多美学思想仍然饱受不同程度的误解,这与唯美主义在学界受到的误解是相关联的,对此现状,有待学者做出进一步阐释。

佩特对王尔德产生了非常重要的影响,尤其是《文艺复兴》得到王尔德的高度欣赏,王尔德在晚年甚至还随身携带这本书。他在一封给友人的信中谈到佩特的《文艺复兴》"对他的生活产生了如此奇特的影响"①。王尔德是佩特的支持者,也是继佩特之后英国唯美主义的传承者,用王尔德的儿子维维安·贺兰(Vyvyan Holland)的话说,"父亲真的对佩特着了迷"②。王尔德用自己的评论、随笔和文学创作将英国唯美主义推至高峰,并且在很多方面流露出法国式唯美主义的颓废特征。

王尔德出生于爱尔兰都柏林一个中产阶级家庭,原生家庭为王尔德提供了良好的教育环境,使他精通法语和德语。他先后在都柏林圣三一学院和牛津大学莫得林学院就读,打下了坚实的古典文学基础。在大学期间,王尔德受到了佩特和罗斯金思想的耳濡目染,接触了拉斐尔前派的作品。和佩特相似,王尔德在牛津赶上了黑格尔哲学的热潮,接触了欧洲兴起的社会达尔文主义思想,同时也初步形成了唯美主义思想。大学毕业后,王尔德移居伦敦,进入时尚文化和社交圈。伦敦的大都市氛围非常适合王尔德高调的个性,他参与各种文艺和时尚活动,以华丽出位的穿着、敏捷的才思、犀利机警的谈吐很快成为英国文化圈的知名人物,并出访美国和加拿大讲学,引起很大轰动,客观上推动了美国唯美主义的发展。

经过酝酿和准备,王尔德于1891年出版了他唯一一部长篇小说《道林·格雷的画像》,这部小说是唯美主义文学的经典之作,也是王尔德思想和个性的浓缩。小说借助道林、亨利勋爵、画家巴西尔等形象刻画出恋物癖、丹蒂、同性恋、艺术至上者的言行举止和心理图式,并用奇情异致挑战了主流社会伦理道德的圭臬,呈现出颓废的情趣和犀利的讥讽。王尔德承认,这部小说受到佩特的享乐主义和于斯曼的小说《逆天》的启发。比如,亨利勋爵就是一个典型的享乐主义者形象,并试图以此影响道林。

---

① Oscar Wilde, *The Complete Letters of Oscar Wilde*, Merlin Holland, Rupert Hart-Davis, ed., London: Fourth Estate, 2000, p.735.
② See Vyvyan Holland, *Son of Oscar Wilde*, Oxford: Oxford University Press, 1987, p.27.

亨利反对占据社会主流的清教徒式的理性、平淡、冷峻的生活,他预言一种不同于清教徒生活的、全新的享乐主义生活观念的出现。"这种享乐主义肯定要促进智慧的发展,但它决不会接受主张否定激情经验的任何理论体系。它的目的一定是经验本身,而不是经验的结果——无论那结果是苦是甜……它只教育人们把注意力集中在生活里种种瞬息即逝的片刻之中。"①根据马克斯·韦伯(Max Weber,1864—1920)在《新教伦理与资本主义精神》(1904—1906)一书中的观点,所谓清教徒式的生活隐藏了注重效率、实用至上的潜在密码,适应并推动资本主义原始积累阶段工商业的发展。作为唯美主义者的王尔德则高举反对清教主义的大旗,《逆天》甚至直接成为一个重要意象——"黄皮书"参与故事的进程。这本书改变了道林的人生轨迹,使他将《逆天》主人公德泽森特作为榜样。王尔德写道:"那是一本有毒的书,一股浓郁的香味似乎在书页间飘荡,骚扰着人的头脑。光是那书的和谐的调子,微妙平淡的乐感,复杂而巧妙的反复咏叹便使他在一章一章地读下去时在心里形成了一种白日梦、病态的梦。"②道林成为享乐主义的"俘虏",他逐渐沉迷于感官享乐,并要占有艺术品,"而在抓住它们的色彩,满足了自己智力上的好奇心之后,便把它们随随便便地抛弃。这种奇怪的冷漠和真正热情的气质并不矛盾"③。他从巴黎购买了九本黄皮书,用不同的颜色装订起来,配合他不同的心境和幻想,即是说,道林想要占有的更多的是艺术的形式。

当然,细究起来,王尔德在《道林·格雷的画像》中表现的享乐主义与佩特的享乐主义并不相同,《道林·格雷的画像》的亨利勋爵有意无意地曲解佩特在《文艺复兴》与《马利乌斯——一个享乐主义者》中提出的享乐主义思想。④ 佩特试图调和肉体与精神、感性与理性之间的疏离,实现人性的和谐发展;而王尔德则走的是世俗化、肉身化的路径,偏重感官层面的享受,更靠近法国式的颓废特征。佩特曾在1891年的一篇评论文章中批评王尔德:"真正的享乐主义的目标是实现人类整体的完整和谐发展。王尔德先生笔下的'英雄人物'缺乏道德感、正义感和罪恶感,

---

① 奥斯卡·王尔德:《莎乐美 道林·格雷的画像》,孙法理译,南京:译林出版社,1998年,第135页。
② 同上书,第132页。
③ 同上书,第136页。
④ Gerald Monsman, ed., *Gaston de Latour: The Revised Text*, Greensboro: ELT Press, 1995, Introduction, p. xi.

他们随心所欲……这就显得非常浅薄,将享乐主义庸俗化了。"①后来,王尔德也因为这部小说引起的争议受到牵连,陷入与媒体和评论者的口水战中。

同时我们也要注意到,《道林·格雷的画像》围绕一个艺术青年和他的自画像之间的奇妙关系展开,道林的心理动机与行动准则都受到画像变化的刺激和影响,将画像当成确证自己的镜子,因此,画像(艺术)就成了主导人(现实)的力量。同时,因为这幅画像是自我肖像,在当时,工艺技术的发展为肖像画在大众生活中的普及提供了条件,因此,肖像艺术既是一种生活用品,又是一种艺术品。② 在个人自我意识的发展过程中,肖像的传播起到举足轻重的作用。"自画像中的一个凝视,几乎标记构成了一部关于自己的小说。"③这里就蕴含了一个精神分析式的关于人与自我关系的隐喻④,从而触发精神分析语境中的"凝视"行为,引出有关"自恋"的心理机制。彼得·盖伊(Peter Gay,1923—2015)认为,在现代主义画家展现内心世界的所有方式中,自画像最能够拉近它们与观众之间的距离。"这些投向镜子的目光是主观想法的印记,虽然一般说来不至于病态到自恋症的程度,但是也足够自信到作为画家自我陶醉的证据。"⑤结合小说中的"纳喀索斯"(Narkissos)隐喻,我们可以认为,小说中的"自恋"是艺术家式的自恋,艺术的宗教源于个人主义的崇拜,是艺术之力改变现实局面的"自满",这是唯美主义者的普遍心态。

王尔德的创作中心是戏剧和童话。1891年,他在巴黎开始用法语创作《莎乐美》的剧本。一年后,该剧在法国舞台上首次亮相彩排,由于在英国舞台上禁止搬演圣经题材,因此该剧没有拿到英国的演出执照。又过了一年,该剧本在法国正式出版。这部剧本的英译本加入了当时颇具争议的英国天才插画家比亚兹莱的插图,因此受到更多人的关注。王尔德

---

① Walter Pater, "A Novel by Mr Oscar Wilde", *The Bookman*, No. 4 (Nov. 1891), pp. 59—60.
② 参见菲利浦·阿利埃斯、乔治·杜比主编:《私人生活史Ⅳ:演员与舞台》,周鑫等译,哈尔滨:北方文艺出版社,2008年,第392页。
③ 菲利浦·阿利埃斯、乔治·杜比主编:《私人生活史Ⅱ:肖像》,洪庆明等译,哈尔滨:北方文艺出版社,2007年,第492页。
④ 参见马翔:《〈道林·格雷的画像〉:一种拉康式的解读》,《浙江社会科学》2014年第6期,第136—141页。
⑤ 彼得·盖伊:《现代主义:从波德莱尔到贝克特之后》,骆守怡、杜冬译,南京:译林出版社,2017年,第63页。

的主要戏剧作品还有《温德米尔夫人的扇子》(1892)、《帕都瓦公爵夫人》(1893)、《认真的重要性》(1895)和《理想丈夫》(1895)等,他的戏剧在英国一度颇受欢迎,是维多利亚晚期英国最成功的剧作家之一。《莎乐美》是最具唯美主义风格的戏剧,通过先知约翰和莎乐美的冲突,表现了禁欲主义和审美至上者的冲突。莎乐美最终达到了目的,得到约翰的吻,为此牺牲了数人的性命,她自己也殒命当场,整部剧由此带上了惊悚恐怖的气氛。这也从另外一个角度说明,王尔德将"美"魅惑化,成了某种类似神秘主义崇拜的对象——艺术宗教化。人的性命成为崇拜和追寻美的祭品,从反面将"美"提高到至高无上的地位。事实上,"美的魅惑"也是《道林·格雷的画像》的主题之一,道林美貌的崇拜者最终都死于非命,包括他自己在内。"围绕着'美'形成了一个权力场,……必然包含着某种权力关系,对权力话语的觊觎联系着禁忌与死亡。"① 莎乐美不惜一切代价只为得到约翰的吻,即是在刹那与永恒之间选择了前者,或者说是将刹那当作永恒,显然是对佩特提炼出的刹那主义思想的延续。

在王尔德有些童话故事中也表现出唯美主义特征,比如《渔夫和他的灵魂》(1891)。渔夫倾慕美人鱼的美貌和动人的歌喉,为了和美人鱼长相厮守,不惜将自己的灵魂出卖给女巫。虽然他灵魂最终回到肉体,但和肉体一起随着美人鱼死去。在这则故事中,生命、灵魂、财富都不如美好的肉身以及建立在此之上的爱情。当然,由于童话题材的特殊性,王尔德的大部分童话并没有呈现出强烈的官能享乐和恋物倾向,而是突出"美拯救人生"的主题,体现浓厚的人文关怀,并从侧面表现由城市化导致的社会问题。在《快乐王子》(1888)里,美丽的王子(一座雕像)用他的皮囊(灿烂的金箔和名贵的宝石)救助苦难的人,当他失去了美丽的皮囊后,就被大众认为丑陋不堪而扔进了锅炉焚化。对此,我们当然可以认为快乐王子具有美好的心灵,心灵美高于外形美。但从另一个角度说,王子救济大众的资源是美丽的皮囊,而且人们最终将他抛弃也是认为他失去了外形美而变得丑陋,实质上仍然符合唯美主义的主题。在《夜莺与玫瑰》(1888)中,夜莺为了穷学生能有一束鲜艳的玫瑰实现与心上人在舞会上共舞的心愿,甘愿用玫瑰树的尖刺刺穿自己的喉咙歌唱,用鲜血(生命)与歌声(艺术)浇灌出美丽的玫瑰。学生拿着用生命浇灌的玫瑰赴约,却因

---

① 马翔:《人性的"自然"之镜:19世纪末西方文学的文化反思》,博士学位论文,华中科技大学,2016年,第33页。

为贫穷被心上人奚落一番。他心灰意冷地将玫瑰扔到了大街上。显然，学生的心上人秉持拜金主义价值观，而学生则秉持实用主义价值观，这则故事以艺术至上的尺度批判了拜金主义、实用主义对美的践踏。

  王尔德不仅创作了不少具有唯美主义风格的作品，同时他也具有扎实的学理修养、敏锐的艺术洞察力与强烈的表达欲望，在许多评论与随笔中阐释了唯美主义理论，主要包括以下几个方面：

  一是艺术自足。王尔德认为："除了表现自身，艺术不表现任何东西"；"唯一美的事物是那些与我们无关的事物"。① 艺术不应去摹仿什么东西。艺术的摹仿性越强，就越不能向我们再现时代精神，一切坏的艺术都是试图摹仿生活和自然造成的，艺术的真正目的在于讲述"美而不真实"的故事。换句话说，艺术就是"撒谎"，讲述"美而不真实"的故事才是艺术的真正目的。这样一来，艺术就与外部世界切断了联系，也就与功利主义保持距离，在艺术中真正具有价值的是艺术家的创造力。王尔德还创造性地借鉴柏拉图和亚里士多德的哲学观念为自己的唯美主义思想服务，比如他认为柏拉图思想中关于视觉艺术与外部世界的关系、想象同现实的关系等问题如果仍然作为一种世界观的话，在今天的人看来会有些难以接受，但如果将它们转化为艺术领域，用来理解艺术与生活的关系问题时则仍然具有旺盛的生命力。因此他认为："柏拉图命中注定要作为美学批评家而存在。"② 罗德尼·休恩（Rodney Shewan）指出，王尔德通过对柏拉图的创造性解读，看到了"柏拉图从一个伦理哲学家转换为美学家"③的可能。

  二是艺术至上。王尔德支持艺术高于生活，值得注意的是，这里的"生活"还不是法国唯美主义理论话语中的"现实"概念，而是指日常生活中的人，即普罗大众。受到罗斯金、莫里斯、阿诺德等当时英国的文化批评者影响，王尔德作为唯美主义者，在面对大众时往往持一种"化大众"的文化精英姿态。他认为，生活（包括自然）摹仿艺术远胜于艺术摹仿生活。艺术家不必理睬大众，大众对艺术家而言并不存在。艺术至上其实是艺术家（创造性）至上，以此贬低庸众的摹仿和跟风，艺术应该起到引领大

---

① Oscar Wilde, "Intentions", in Josephine M. Guy, ed., *Complete Works of Oscar Wilde*, Vol. 4, Oxford: Oxford University Press, 2007, pp. 96, 102.
② 奥斯卡·王尔德：《作为艺术家的批评家》（一），罗汉译，见王尔德著，赵武平主编：《王尔德全集·评论随笔卷》，杨东霞、杨烈等译，北京：中国文学出版社，2000年，第397页。
③ Rodney Shewan, *Oscar Wilde: Art and Egotism*, London: Macmillan, 1977, p.22.

众、提升社会审美的作用。"艺术作品应该主宰观众:观众不应主宰艺术作品。"①此外,王尔德还说,艺术改变了我们看待自然的方式,通过艺术的熏陶,使人们具备审美眼光,就能从自然中发现美。如果没有审美眼光,那么其实人们并不能"看见"自然物。显然,在他看来,艺术家与大众的"看"是不一样的,这就将人的感官从自然主义式的生理功能上超脱出来,进入了美学的考察视野。也就是说,人的感性能力是不一样的,需要先天的禀赋和后天的训练。

三是形式主义。王尔德否定艺术的摹仿论,主张艺术不去表现外部世界,那么艺术的美感就来源于形式媒介。作为诗歌而言,形式便是诗行的韵律。他说:"诗的真正特质,诗歌的快感,绝不是来自主题,而是来自对韵文的独创性运用。"②诗歌的音韵美实际上也是语言的形式美、文字的音乐美。因此,王尔德和佩特一样,认为音乐是艺术的本质和最高美感,纯粹的艺术应当取悦耳朵,艺术应遵循耳朵的愉快法则,"关于音乐的真理就是关于艺术的真理"③。事实上,形式主义是艺术自足、艺术至上逻辑之延续,艺术的形式就是艺术的媒介,就是艺术家的领地,也是创造力的体现。作为形式主义的实践,王尔德不仅在文学语言上追求精致考究,还刻意地展现艺术内容与形式的对立。以《道林·格雷的画像》为例,主人公的"恋美癖"表现为不断占有艺术的形式——收藏艺术品的行为;还表现为以审美的态度欣赏天主教仪式的艺术感;更表现为道林在恋情中迷恋演员所扮演的角色而非演员本身。

四是感官解放。如前所述,王尔德提倡艺术家式的审美能力,在面对同样的对象时,只有艺术家式的感官才能捕捉微妙的美感体验,艺术也应该为锤炼人的感官而创作。他在《英国的文艺复兴》一文中谈道:"服从自己的印象,这是艺术的奥秘——艺术与其说是感官专制下的逃避,还不如说是灵魂专制下的逃避。"④西方理性主义和宗教传统太侧重灵魂,忽视肉体,在工商文明的"合谋"下令人的感性能力萎缩。真正的艺术应当高

---

① Oscar Wilde, "The Soul of Man", in Josephine M. Guy, ed., *Complete Works of Oscar Wilde*, Vol. 4, Oxford: Oxford University Press, 2007, p.258.
② 奥斯卡·王尔德:《英国的文艺复兴》,尹飞舟译,见王尔德著,赵武平主编:《王尔德全集·评论随笔卷》,杨东霞、杨烈等译,北京:中国文学出版社,2000年,第19页。
③ Oscar Wilde, "Intentions", in Josephine M. Guy, ed., *Complete Works of Oscar Wilde*, Vol. 4, Oxford: Oxford University Press, 2007, p.158.
④ 奥斯卡·王尔德:《英国的文艺复兴》,尹飞舟译,见王尔德著,赵武平主编:《王尔德全集·评论随笔卷》,杨东霞、杨烈等译,北京:中国文学出版社,2000年,第27页。

扬这种能力，那就需要从感官的解放开始。也正是出于感官解放的考量，王尔德高度评价波德莱尔，认为他的作品"能使我们在一小时内活得比在几十年的可耻生活里经历得更多"①。

五是生活的艺术化。王尔德提倡艺术高于生活，并非完全隔绝两者之间的融通渠道，而是要让生活向艺术提升，让生活摹仿艺术，延续了英国唯美主义"化大众"的诉求。王尔德认为活着就是成为一件艺术品，他自己的言行举止和穿着打扮就呈现出高度艺术化（形式化）的特征，雨格·勒洛克在1891年的巴黎《费加罗报》上写道："王尔德的影响已经涵盖了家具，以至于服装。而他就做了一个示范。'他着装看上去像一名中世纪的少年。人们看到他在皮卡迪利大街漫步，身着哥特式盛装，手拿一枝向日葵。'"②像罗斯金等英国工艺美术运动倡导者那样，王尔德推崇哥特文化，哥特文化中那种神秘主义式的非理性情调与清教徒式的实用精神大异其趣，更具艺术的天才、灵感、幻想之色彩。他在《道林·格雷的画像》中写道："那是隐藏在一切离奇事物后面的活蹦乱跳的生命本能。是这种本能给了哥特式艺术恒久的生命力。人们可以设想，哥特式艺术就是那些心灵为白日梦所困扰的人所特有的艺术。"③可以说，作为一个明星式的话题人物，王尔德自身携带的文化意义早已溢出文学的范畴。他十分看重装饰艺术的效果，喜欢用孔雀羽毛、百合花、向日葵、瓷器、墙纸等饰品装饰居所，尤其对墙纸的运用颇有见地。在19世纪后期，墙纸在北美和西欧的普通中产阶级家庭中流行起来。以英国为例，人们普遍认为墙纸是家庭居住环境的重要组成部分，甚至关系到家庭成员的审美教育和道德修养。当时，由于工业化、机器化的生产模式，包括墙纸在内的室内装饰艺术总体呈现千篇一律、粗糙呆板的效果，王尔德和罗斯金等人对此非常反感，他们为改变这种局面举办了大量讲座。王尔德关于装饰艺术和家庭用品实用小窍门的讲座在英美两地吸引了大批观众，从某种意义上说，他是一位非典型的审美传播和教育者。1882年，王尔德前往

---

① Oscar Wilde, "Intentions", in Josephine M. Guy, ed., *Complete Works of Oscar Wilde*, Vol. 4, Oxford: Oxford University Press, 2007, p.171.

② 见雨格·勒洛克：《奥斯卡·王尔德》，《费加罗报》1891年12月2日。转引自赫伯特·洛特曼：《王尔德在巴黎》，谢迎芳译，北京：作家出版社，2011年，第34页。

③ 奥斯卡·王尔德：《莎乐美 道林·格雷的画像》，孙法理译，南京：译林出版社，1998年，第135页。

美国开始了他自我宣称的"传美之旅"(diffuse beauty)①的巡回演讲。演讲的主题几经修改,一开始是《论美》("The Beautiful"),后来变成《英国文艺复兴时期的艺术特征》("The Artistic Character of the English Renaissance")。最终,他在纽约齐克林大厅(Chickering Hall)发表了题为《英国文艺复兴》("The English Renaissance")的著名演讲,成为他巡回演讲主题的"定稿"。② 这个题目一方面表明王尔德对佩特的崇敬和呼应,另一方面也可以看出王尔德试图将审美/艺术与英国新时代的文艺精神捆绑在一起。王尔德的演讲推广了英国的美化生活运动,他谈道:"一个充满精美的家具、瓷器与帷幔的环境是培养审美感受力的前提条件。"③他还说:"艺术始于抽象的装饰,始于纯粹的想象和愉悦的作品,以表现非现实和不存在的事物。"④前文在讲到浮世绘的时候已经提到,装饰性指的是艺术高度形式化和非摹仿的特征,并且装饰艺术也是最能"嵌入"生活的艺术,对艺术装饰性的看重正是唯美主义思潮的特征之一。这篇演讲的内容产生了广泛的社会影响,王尔德在面对记者关于英国唯美主义运动看法的问题时答道:"唯美主义是对美的符号的追求。这是一门关于美的科学,人们通过它来寻求艺术之间的关联。更确切地说,唯美主义是对生命秘密的探索。"⑤受到王尔德影响,沃尔特·汉密尔顿(Walter Hamilton)于同年发表了广受欢迎的《英国美学运动》(1882),表明了英国唯美主义的社会效应。王尔德的《社会主义制度下人的灵魂》这篇文章连接了唯美主义与社会变革的关联,王尔德在这篇文章中认为,唯美主义在"纯粹审美"范畴中宣扬的自由也应该在政治领域中得以实现。

也正是因为将生活与艺术连接得太紧密,在当时较为保守的英国文化环境中,王尔德的许多言行招致以中产阶级为主体的主流社会舆论的非议,他的丑闻官司引起社会的广泛关注和热议。当时他获罪的主要原因是,陪审团认为王尔德以最为大胆、最放肆的形式坚定地奉行唯美主义

---

① *New York Evening Post*, 4 January 1882, in Matthew Hofer, Gary Scharnhorst, eds, *Oscar Wilde in America: The Interviews*, Urbana: University of Illinois Press, 2010, p.15.

② See Richard Ellmann, *Oscar Wilde*, New York: Alfred A. Knopf, Inc., 1988, pp.156—157.

③ Diana Maltz, *British Aestheticism and the Urban Working Classes, 1870—1900: Beauty for the People*, Basingstroke and New York: Palgrave Macmillan, 2006, p.11.

④ Oscar Wilde, "Intentions", in Josephine M. Guy, ed., *Complete Works of Oscar Wilde*, Vol. 4, Oxford: Oxford University Press, 2007, p.84.

⑤ Richard Ellmann, *Oscar Wilde*, New York: Alfred A. Knopf, Inc., 1988, p.159.

的原则,败坏了社会风气,纵然他本人对此矢口否认。彼得·盖伊认为,王尔德被判刑的头号煽动者和受益者就是那群古板拘谨、了无生趣又愤愤不平的中产阶级大众,他们急不可耐地宣泄心中的怒火。① 不管怎样,出狱后的王尔德已不复当年的风光,不久便因病郁郁而终。王尔德的入狱标志着英国唯美主义的高潮已经过去。

提到王尔德就不得不提到比亚兹莱。比亚兹莱为王尔德的《莎乐美》创作过插画,也曾任《黄面志》杂志的美术编辑,共为杂志贡献17幅插画,还设计过《黄面志》的封面。由于和比亚兹莱的关系,人们往往认为将王尔德与《黄面志》杂志有密切联系。实际上王尔德并不喜欢《黄面志》。据传闻,王尔德还向其恋人道格拉斯勋爵(Lord Alfred Douglas,1870—1945)批评过杂志,认为它沉闷可厌,是严重的失败。王尔德也并不喜欢比亚兹莱,两人打过几次交道,均不欢而散。比亚兹莱曾为《黄面志》向王尔德约稿,但没有成功。比亚兹莱还为王尔德翻译过原本由法文写就的《莎乐美》,但王尔德并不欣赏,没有采用他的译文,让比亚兹莱白忙一场。当《莎乐美》准备出版时,出版商委托比亚兹莱作插画,结果大获成功,许多读者对插画情有独钟,反而忽略了王尔德的文字,这让王尔德非常恼火。他曾向别人抱怨过对比亚兹莱插画的否定态度,认为这不是他想要的风格。经过这些事件,王尔德与比亚兹莱之间已经颇有嫌隙,但公众在主观印象上已经将两个人联系在一起。造化弄人的是,由于一场轰动的性丑闻,王尔德与《黄面志》杂志以及比亚兹莱遭受了池鱼之殃。1895年4月,王尔德因同性恋罪名遭到逮捕,在他被警察带离住所前,得到警察的允许顺手拿了一本黄色封面的书随身携带。结果在第二天,《朴次茅斯晚报》就戏剧性地描述了王尔德被捕时的情景,并将带走的书指认为《黄面志》杂志。这样一来,由于王尔德的名气和他同性恋事件的巨大社会影响,公众将愤怒的矛头指向了原本就游走在英国社会伦理道德观念边缘的《黄面志》,杂志社的办公室玻璃被人用石块砸碎。这场风波成为比亚兹莱被解雇的导火索。实际上,王尔德当时带走的黄皮书是皮埃尔·路易斯的小说《阿芙罗狄特》。

《黄面志》杂志是由伦敦的约翰·莱茵(John Lane)书店出版发行的文艺季刊,由美国作家亨利·哈兰(Henry Harland,1861—1905)担任主

---

① 参见彼得·盖伊:《现代主义:从波德莱尔到贝克特之后》,骆守怡、杜冬译,南京:译林出版社,2017年,第31页。

编,在 1894—1897 年间共发行 13 期。由于杂志封面为黄色,故名为《黄面志》。《黄面志》发表的作品类型广泛,涵盖诗歌、小说、随笔、插画等。虽然它存在时间短暂,但影响颇大,以《黄面志》杂志为阵地出现了一批具有颓废倾向的青年作家,一改当时英国文坛盛行的道德主义风气。这些作家包括欧内斯特·道森、约翰·戴维森、阿瑟·西蒙斯、乔治·吉辛、乔治·摩尔、叶芝、莱昂内·约翰逊、埃德蒙·戈斯等人,此外,还包括长期旅欧的美国作家亨利·詹姆斯,《黄面志》第一期就收录了他的作品《狮子之死》("The Death of the Lion")。《黄面志》作家群的创作风格比较多元,有浪漫主义风格的,有自然主义风格的,等等,但主导风格是颓废和唯美,《黄面志》和另一本刊物《萨伏伊》(*The Savoy*)①成为英国世纪末唯美派文学的阵地。

欧内斯特·道森是英国诗人、小说家,被认为是英国的颓废派代表。道森曾就读于牛津大学女王学院(The Queen's College),但在获得学位前终止了学业。离开大学后,道森曾在船坞公司工作,在此期间他努力写作,是"骚客俱乐部"(Rhymers Club)②的常客(叶芝、莱昂内·约翰逊、阿瑟·西蒙斯也是该俱乐部的成员),也成为《黄皮书》和《萨伏伊》的撰稿人。道森还是一位翻译家,曾翻译巴尔扎克、龚古尔兄弟等人的作品。道森在五四新文化运动时期就被介绍进国内,和道森"同病相怜"的郁达夫就特别推崇他并为他惋惜,将他视为《黄面志》作家群中最有才华、最具"世纪末"特质又最薄命的诗人。郁达夫认为道森的诗"没有一首不是根据他的唯美的天性而来的,源于真挚之情,和谐微妙的音律,当然是不必说了。道森的诗境是他所独造之处,别人断然不能摹仿。音乐上的美,象征上的美,技巧上的美,他毫不费气力,浑然都调和在他的诗中"③。一句话,道森的作品具有典型的唯美主义风格。

道森的著名诗集有《诗篇》(1896)、《片刻的丑角:一幕戏剧性的幻觉》(1897),最有代表性的诗篇是《辛娜拉》:

---

① 《萨伏伊》是一本文艺评论杂志,由作家伦纳德·史密斯(Leonard Smithers,1861—1907)、阿瑟·西蒙斯和比亚兹莱于 1896 年 1 月至 12 月在伦敦创办,共 8 期。它的定位和《黄面志》类似,反对维多利亚时代的道德主义和物质主义,作为《黄面志》的竞争对手,两个杂志成员也有重合。

② "骚客俱乐部"是一个总部位于伦敦的诗人团体,最初是一个餐饮俱乐部,由叶芝和作家欧内斯特·莱斯(Ernest Rhys,1859—1946)于 1890 年创立。俱乐部在 1892 年和 1894 年出版了两卷诗集。

③ 郁达夫:《集中于〈黄面志〉(THE YELLOW BOOK)的人物》,见《郁达夫文集》(第五卷),广州:花城出版社,1982 年,第 176 页。

Last night, ah, yesternight, betwixt her lips and mine
昨夜啊昨夜,在她和我的唇之间
There fell thy shadow, Cynara! thy breath was shed
飘落了你的影;辛娜拉! 在亲吻和酒杯
Upon my soul between the kisses and the wine;
交错间,是你的气息把我的心灵洒遍;
And I was desolate and sick of an old passion,
我感到孤寂,我病了,为我的旧情,
Yea, I was desolate and bowed my head:
是的,我孤寂,我的头低垂:
I have been faithful to thee, Cynara! in my fashion.
我以我的方式,辛娜拉! 对你忠诚。

All night upon mine heart I felt her warm heart beat,
整夜,在我心口上感到她心跳的暖意,
Night-long within mine arms in love and sleep she lay;
整夜,在我臂弯中她在爱情里安睡
Surely the kisses of her bought red mouth were sweet;
无疑地,她买来的朱唇是如此甜蜜,
But I was desolate and sick of an old passion,
但我感到孤寂,我病了,为我的旧情,
When I awoke and found the dawn was gray:
当我觉醒而看到黎明发灰:
I have been faithful to thee, Cynara! in my fashion.
我以我的方式,辛娜拉! 对你忠诚。

I have forgot much, Cynara! gone with the wind,
我已经忘却了许多,辛娜拉! 随风飘忽;
Flung roses, roses riotously with the throng,
向人群抛洒着玫瑰,玫瑰在人群中乱舞,
Dancing, to put thy pale, lost lilies out of mind;
好把你苍白迷茫的百合花从心中抉除;
But I was desolate and sick of an old passion,
但我仍感到孤寂,我病了,为我的旧情,
Yea, all the time, because the dance was long:

是的，在长夜之舞中，从头至尾，
I have been faithful to thee, Cynara! in my fashion.
我以我的方式，辛娜拉！对你忠诚。
I cried for madder music and for stronger wine,
我喊着要更疯狂的音乐更烈的酒，
But when the feast is finished and the lamps expire,
可是一当欢宴结束，灯火燃尽，
Then falls thy shadow, Cynara! the night is thine;
你的影子便飘落，辛娜拉！此夜归你所有；
And I am desolate and sick of an old passion,
我感到孤寂，我病了，为我的旧情，
Yea, hungry for the lips of my desire:
是的，我渴望我心向往的香唇，
I have been faithful to thee, Cynara! in my fashion.
我以我的方式，辛娜拉！对你忠诚。①

这首诗典型地体现了道森的颓废诗风，美国作家玛格丽特·米切尔（Margaret Mitchell, 1900—1949）的成名作《飘》（1936）的小说名"*Gong with the Wind*"就出自《辛娜拉》。诗歌缠绵凄切，诗中充满"朱唇""呼吸""香吻""烈酒""狂热的音乐"等感官意象，充满对肉体和情欲的沉醉，但又未陷于艳俗，颇有拉斐尔前派诗歌的味道。事实上，道森和《黄面志》作家中的叶芝、莱昂内·约翰逊都对拉斐尔前派持有赞赏和肯定的态度。②

阿瑟·西蒙斯是英国诗人、评论家和编辑，他出生于威尔士，在法国和意大利接受教育。西蒙斯对法国诗歌情有独钟，尤其对波德莱尔与魏尔伦的诗歌颇有研究，并将一些法国诗歌译介到英国，这也影响了他后来的创作方向，他在诗歌的题材、风格以及颓废式的情欲描写方面充满法国趣味。1889年，西蒙斯出版第一部诗集《日与夜》，该诗集由戏剧式的独白组成。他的诗作还有《轮廓》（1892）、《伦敦之夜》（1895）、《善恶意象》

---

① 参考飞白译文（有改动），见飞白主编：《世界诗库·第2卷·英国 爱尔兰》，广州：花城出版社，1994年，第600页。
② 参见 E. B. Loizeaux, *Yeats and the Visual Arts*, New York: Syracuse University Press, 2003, p. 9.

(1899)等。西蒙斯曾担任《萨伏伊》杂志的创始人之一,同时也是骚客俱乐部的成员。西蒙斯倡导"为艺术而艺术"的价值理念,在英国评论界受到许多批评。在《伦敦之夜》第二版的序言中,他针对这些充满道德偏见的批评为自己辩护,认为艺术的原则(审美)是永恒的,而道德的准则会随着时代的变迁而改变。因此,"我主张艺术的自由,我否认道德对艺术有任何管辖权。艺术可能被道德服务;它永远不可能是它的仆人"①。

西蒙斯作为英国颓废派的倡导者,于 1893 年发表了《文学中的颓废主义》一文,介绍法国颓废派和象征主义诗人。在这篇文章的基础上,他于 1899 年发表了评论集《象征主义文学运动》,成为 20 世纪初中国学界介绍欧洲唯美主义和颓废派运动的参考书。西蒙斯还在诗歌《高翘腿的妮妮②》中提到"颓废"(Decadence)和"世纪末"的意象,他在诗中指出:"一部分淫荡、一部分唯美,这就是'世纪末'的艺术追求。"③西蒙斯自己的诗歌也有浓郁的颓废倾向,表现新颖、怪异、瞬间的感觉经验和感官印象,尤其是表现出对"人工美"的欣赏,具有浓郁的法国颓废派气息。比如他在诗集《轮廓》中的"广藿香"(Patchouli)意象,广藿香原指一种产自印度的唇形科植物,它是当时制作香料、香水的一种原料。传统的诗歌中很少采用这种生僻、造作的(人工)意象,这不禁令人想起了斯曼和王尔德的那些具有挑衅性的颓废作品,为此,西蒙斯遭到一些英国评论家的批评。作为回应,西蒙斯在他的诗集《轮廓》的再版序言中说道:

> 广藿香!为什么不能歌咏"广藿香"呢?如果精心采集的胭脂对我们有吸引力,那么我们为什么还要停留在大自然呢?自然物和人造物各自存在,各美其美;但是后者作为艺术的题材会更加新颖。倘若你们偏爱干草地里新割的干草,而我更爱香水瓶,为什么我不能去描写香水瓶呢?当然,就算我和你们一样喜欢干草,也只是将其视为理所当然;而我偏爱在文学中表现新奇的感觉。从艺术上说,诗歌歌咏花圃中的芬芳和香囊中的芬芳并无高下之分!我也喜欢诵读优美的自然田园诗,但就我个人而言,我爱都市胜过爱乡村;我们在都市

---

① See Arther Symons,"Dante Gabriel Rossetti",in Eric Warner,Graham Hough,eds.,*Strangeness and Beauty*:*An Anthology of Aesthetic Criticism 1840—1910*,Vol. 2,*Pater to Symons*,London:Cambridge University Press,1983,p.239.

② 妮妮,当时巴黎红极一时的一位康康舞女明星的昵称。

③ Lisa Rodensky,ed.,*Decadent Poetry from Wilde to Naidu*,London:Penguin Books,2006,p.52.

中尽力找出足与自然田园之美相匹敌的都市美。在此,所谓的"人工美"便出现了;倘若有人在这些人工美中,在那些千变万化的都市风景中感受不到丝毫美感,那我只有怜悯他,并继续走自己的路。①

西蒙斯追随法国唯美主义的"反自然"价值取向,表现都市胜于表现乡村,表现人工美胜于表现自然美,与英国早期浪漫主义的"自然崇拜"情结形成了鲜明对比。

在《轮廓》中有一首诗《印象》(节选):

The pink and black of silk and lace,
粉红的丝绸和黑色的蕾丝
Flushed in the rosy-golden glow
在玫瑰色的金光中闪闪发亮
Of lamplight on her lifted face…
灯光打在她扬起的脸上……

西蒙斯用"pink"(粉红)和"silk"(丝绸)两个词中短促有力的元音"i"与尾音"k"模拟丝绸明亮色泽和坚脆质地带给人的感受;用"black"(黑色)和"lace"(蕾丝)两个词中悠长的元音"a",与诗行结尾词"face"轻柔的舌边辅音营造蕾丝的柔和感,进而令人联想到女性的柔美。这是典型的印象主义诗歌,它不仅在文字的内容上还原印象,也着重在语音上刺激读者的听觉,并使读者联想到其他感觉。同时,在这样的诗中,具体的单词意义并不是最重要的,由语音的组合在诗行中引起的整体的朦胧情调才是作者追求的效果。"努力使语言成为感知的行为,而不是对这种行为的分析,把语言变成经验的活动,而不是活动的描写。"②越朦胧、越简约就越能引起联想,也就越具有形式主义倾向。

叶芝是爱尔兰诗人、剧作家和散文家,是"爱尔兰文艺复兴运动"③的领袖。叶芝出生于爱尔兰的一个艺术世家,出生后不久,他便随父母搬到爱尔兰斯莱戈居住,父母经常给叶芝讲述斯莱戈一带的民间传说,这在叶

---

① 序言的英文原文引自"Beijing a Word on Behalf of Patchouli", in Arthur Symons, *Silhouettes*(Second Edition), London: Leonard Smithers, 1896, p. xiii. 笔者根据原文自译。
② 克莱夫·斯科特:《象征主义、颓废派和印象主义》,见马·布雷德伯里、詹·麦克法兰编:《现代主义》,胡家峦等译,上海:上海外语教育出版社,1992年,第198页。
③ 19世纪末至20世纪初,与爱尔兰民族独立运动相呼应,爱尔兰作家为复兴本民族语言、文化、艺术,进而创作出一大批表现爱尔兰人民生活、反映民族精神的作品,形成一场壮观的文艺复兴运动。

芝脑海中留下了永久的烙印,家乡流传的神秘传说和英雄故事启迪了他的想象力。

不久,叶芝举家迁往伦敦,但他留恋爱尔兰的乡居生活和荒野风景,经常回乡生活。之后,叶芝相继就读于都柏林艺术学校和牛津大学,在那里结识了王尔德和诗人、哲学家、神秘主义者罗素(Bertrand Russell,1872—1970),他们对叶芝的创作产生了许多影响。叶芝的创作经历了浪漫主义、唯美主义、象征主义、现代主义等几个阶段。他对爱尔兰神话传说情有独钟,1888年,他出版了饱含浪漫情怀的爱尔兰民间故事集《凯尔特乡野叙事:1888》(1888),并在书中加入一系列诗歌与歌谣。在《凯尔特的薄暮》(1893)中,叶芝搜集了爱尔兰沿海地区斯莱戈和戈尔韦地区的神话传说,他结合爱尔兰民间文化营造出独特的象征体系。同时,叶芝受到布莱克和雪莱等英国浪漫主义诗人的影响,他的乡野故事是独特的爱尔兰题材与英国浪漫派传统结合的产物,在价值取向上批判资本主义现代文明,向往田园牧歌生活,具有鲜明的浪漫主义倾向。叶芝曾一度表现出影射爱尔兰政治、社会现实的创作倾向,不过在后期转向象征主义,成为后期象征主义的代表。1923年12月,叶芝被授予诺贝尔文学奖,授奖词为"因为他的诗歌总是充满灵感,以高度艺术化的形式表达了整个民族的精神"[1]。

叶芝的创作在19世纪末汇入了唯美主义大潮。在给友人的一封信中他指出,自己早期的诗歌"有一种夸大了的伤感,一种多愁善感的美"[2]。由于个人生活的遭际和对社会的不满,他的诗歌具有明显的避世、感伤与朦胧的唯美倾向,他的爱尔兰民间诗歌将爱尔兰塑造为脱离粗鄙的现实社会的"乌托邦",那里是诗的世界,也是美的国度、自由心灵的天堂,是叶芝魂牵梦萦的地方:

> I will arise and go now, and go to Innisfree,
> 我要动身走了,去茵纳斯弗利岛[3],
> And a small cabin build there, of clay and wattles made;
> 搭起一个小屋子,筑起泥巴房;

---

[1] https://www.nobelprize.org/prizes/literature/1923/summary/,访问日期:2020年12月11日。
[2] 转引自叶芝:《叶芝诗选》(I),袁可嘉译,长沙:湖南文艺出版社,2012年,译序第3页。
[3] 茵纳斯弗利岛是传说中爱尔兰西部的一个湖岛,景色秀丽幽静。

Nine bean-rows will I have there, a hive for the honey-bee,
支起九行云豆架,一排蜜蜂巢,
And live alone in the bee-loud glade.
独自往下看,荫阴下听蜂群歌唱。
And I shall have some peace there, for peace comes dropping slow,
我就会得到安宁,它徐徐下降,
Dropping from the veils of the morning to where the cricket sings;
从朝露落到蟋蟀歌唱的地方;
There midnight's all a glimmer, and noon a purple glow,
午夜是一片闪光,正午是一片紫光,
And evening full of the linnet's wings.
傍晚到处飞舞着红雀的翅膀。
I will arise and go now, for always night and day,
我就要动身走了,因为我听到
I hear the lake water lapping with low sounds by the shore;
那水声日日夜夜轻拍着湖滨;
While I stand on the roadway, or on the pavements gray,
不管我站在车行道或灰暗的人行道,
I hear it in the deep heart's core.
都在我心灵的深处听见这声音。①

在叶芝的青少年时代,他的父亲以及艺术同道者佩特、王尔德等人都受到拉斐尔前派艺术理念与风格的影响。正是因为受到拉斐尔前派的感召,叶芝的父亲才放弃成为律师的机会,投身绘画。叶芝的哥哥继承父业,成为画家;叶芝的两个姐妹则投身英国"工艺美术运动"。叶芝本人也不例外,有研究指出,拉斐尔前派是"叶芝在艺术观点成形初期借鉴最多的一种视觉艺术"②。受此影响,叶芝的诗歌追求画面美与音乐美,他在

---

① 节选自叶芝:《茵纳斯弗利岛》,《叶芝诗选》(Ⅰ),袁可嘉译,长沙:湖南文艺出版社,2012年,第45—46页。
② Elizabeth Prettejohn, ed., *After the Pre-Raphaelites: Art and Aestheticism in Victorian England*, Manchester: Manchester University Press, 1999, p.6.

诗歌《快乐的牧人之歌》中说道:"所有一切变动的事物中,按克罗诺斯①的陈腔滥调令人厌倦地旋转而去,唯有词章真正美丽。"② 同时,由于受到印度教神智信仰和当时流行的神秘主义观念的启示,叶芝的诗歌像拉斐尔前派的诗画那样将女性、情欲与艺术之美结合在一起,具有浓郁的唯灵、神秘主义色彩,比如《十全的美》一诗:

> O cloud-pale eyelids, dream-dimmed eyes
> 呵,苍白的眼睑,朦胧的双眼
> The poets labouring all their days
> 诗人终日劳碌
> To build a perfect beauty in rhyme
> 用韵律营造完美的美
> Are overthrown by a woman's gaze
> 却毁于一个女人的凝视
> And by the unlabouring brood of the skies:
> 和天穹悠然的群星击溃:
> And therefore my heart will bow, when dew
> 因此当露水打湿睡意,我的心
> Is dropping sleep, until God burn time,
> 愿向你和悠然的群星致敬,
> Before the unlabouring stars and you.
> 直到上帝燃尽时间。③

乔治·摩尔是爱尔兰小说家、剧作家、诗人和艺术评论家。他出生于信仰罗马天主教的地主家庭,在他 18 岁时,父亲去世并留给他一笔可观的年收入。摩尔的正规教育始于一所位于伯明翰附近的天主教寄宿学校——圣玛丽学院,由于在校表现不好,他并未完成在那里的学业。摩尔心中一直存有成为艺术家的念头,19 世纪 70 年代,他前往巴黎学习美术,结识了许多法国文艺界人士,并受到自然主义的熏陶,尤其是左拉的

---

① Chronos,即希腊语"时间"。——注释为引文原所加
② 叶芝:《茵纳斯弗利岛》,《叶芝诗选》(Ⅰ),袁可嘉译,长沙:湖南文艺出版社,2012 年,第 15—16 页。
③ 作者自译,原文出自 Lisa Rodensky, ed., *Decadent Poetry from Wilde to Naidu*, London: Penguin Books, 2006, p.79.

影响,创作了几部具有自然主义风格的小说,如《伊斯特·沃特斯》(1894)、《麦斯林一剧》(1886)、《纯粹偶然》(1887)等。但摩尔并不是自然主义的信徒,在法国游历期间,他与印象派的马奈、莫奈、德加、毕沙罗、雷诺阿等人都有交往,他的创作和很多艺术观点都具有唯美主义的倾向,比如《现代情人》(1883)和《演员之妻》(1885)等小说。摩尔为了捍卫艺术的神圣地位而抨击现代工业文明,他认为,机械、实用、物质使人们日益平庸,艺术也越来越平庸,"艺术的萎缩正使我们烦恼,我们正失去我们对美的精细感觉"[1]。摩尔认为,艺术的萎缩在文学中的表现就是照相式、复制式的低劣自然主义手法的盛行。因此,他认为必须要寻找新的艺术复兴的路径,以对抗工业化的世界,这是典型的唯美主义者的价值观。

摩尔也是一位诗人,他的处女诗集《激情之花》于1877年在巴黎出版,但是反响平平。回到英国伦敦后,他潜心写作,于1881年出版第二部诗集《异教徒诗集》(*Pagan Poems*),这部诗集具有鲜明的法国象征主义的痕迹。作为文艺评论家,摩尔在巴黎接受的艺术训练和先锋观念让他在评论界游刃有余,他在90年代出版的《印象与意见》(1891)和《现代绘画》(国内又译《19世纪绘画艺术》,1893)等评论集将法国印象派介绍给英国观众,事实上,他的文字表达也具有鲜明的印象主义痕迹。《埃伯利街谈话录》(1924)是摩尔艺术观念的总结,以谈话录的形式对多位文学大家进行评论,并对世纪之交欧洲绘画的流变进行了阐释。摩尔也是传记作家,1886年出版的《一个青年的自白》和1906年问世的《我的死了的生活的回忆》,讲述了他在法国和英国游学期间与先锋艺术家交往的时光以及巴黎社交圈往事,并提出自己的艺术观点,涉及戈蒂耶、波德莱尔、李勒、西奥多·庞维勒、于斯曼、亨利·詹姆斯等作家作品。在摩尔创作生涯的晚期,他将重心放到都柏林,通过戏剧创作和评论参与到爱尔兰文艺复兴运动中。摩尔还是英美意识流小说的开拓者之一,他曾说:"我追逐自己的思绪,犹如孩子追逐蝴蝶。"[2]他的《迈克·弗莱契》(1889)就是充满内心独白的小说。摩尔具有现代主义的创作风格,影响了詹姆斯·乔伊斯(James Joyce,1882—1941)等后来者,被人们视为爱尔兰第一位现代派作家。

---

[1] 乔治·摩尔:《一个青年的自白》,孙宜学译,南京:江苏教育出版社,2005年,第322页。
[2] 乔治·摩尔:《巴黎,巴黎》,孙宜学译,重庆:重庆大学出版社,2010年,第5页。

摩尔欣赏法国的先锋艺术家，尤其是那些具有鲜明唯美主义风格的作家，比如戈蒂耶。他在《一个青年的自白》中谈道："在我厌倦了精神激情时，我就读《莫班小姐》，显而易见的狂喜立刻征服了我，使我迷恋。"①他也高度赞扬于斯曼的《逆天》，将其视为非同寻常的杰作："……如同拜占庭工匠铺里打造出来的黄金饰品一样吸引了我：他的风格具有拱一样的迷人魅力，一种宗教仪式的感觉，具有哥特式的激情和雕花门窗的美。"②尽管摩尔对英国文学的评价不如法国文学高，但他对佩特仍不吝赞美之词，他认为《马利乌斯——一个享乐主义者》是唯一一部我们以后的文学家仍会求助的英国作品，本人对它永远不会厌倦。③ 摩尔在他的评论文章中提出具有唯美主义的观点：在他看来，世界正在机器中走向毁灭，机器是毁灭文明的罪魁，早晚有一天人们会不得不起来反对机器。当今的艺术受到物质主义的戕害，艺术家失去创造力，在文学中的反映就是低劣的自然主义，以至于"眼下的时代是个没有艺术的时代，因为机器正在取代阿波罗的伟大天才，也就是说机械文明正日益取代艺术的灵感"④。艺术的式微导致美感的丧失，人们逐渐失去对美的感受能力。此外，摩尔也表达过艺术/艺术家自律的观点："艺术家是不受教条主义约束的，或者说，如果你喜欢用另外的说法，可以说他就是他自己的教条。"⑤

随着女性地位的提升，维多利亚时代后期涌现了一批新锐女性作家，以女性特有的感性体验表达风云变幻的社会变迁。19世纪末的英国文学出现了所谓"新女性"(New Women)的文学话语，意味着某种在传统语境中边缘化的女性表达开始浮出地表。⑥ "新女性"话语表达了女性在社会角色转换和两性关系转变过程中的心理感受，而消费主义的兴起和时尚杂志的流行则助推女性性别观念的转变和表达欲望的增长。因此，在商业文化中，女性意识觉醒伴随着女性群体甚至社会整体对美的追求，使19世纪后期的英国成为"大众自觉追求'锦衣华服'的时代"⑦。显然，女

---

① 乔治·摩尔：《一个青年的自白》，孙宜学译，南京：江苏教育出版社，2005年，第260页。
② 同上书，第340页。
③ 参见乔治·摩尔：《巴黎，巴黎》，孙宜学译，重庆：重庆大学出版社，2010年，第90页。
④ 同上书，第2页。
⑤ 同上书，第91页。
⑥ Talia Schaffer, *The Forgotten Female Aesthetes：Literary Culture in Late-Victorian England*, Charlottesville：The University Press of Virginia, 2000, p.11.
⑦ Mary Sturgeon, *Michael Field*, London：George G. Harrap, 1921, p.20.

性意识、消费意识与英国唯美主义运动具有紧密的联系。此外,如前所述,英国唯美主义还有作为重塑社会审美风尚(即美育)的一面,如果说作为一场美学、诗学观念的英国唯美主义思潮可以追溯到拉斐尔前派和佩特,那么作为一种美育的唯美主义则可以追溯到罗斯金、莫里斯、王尔德。事实上,两者并不矛盾,由于艺术越来越注重形式感和装饰性,美学日益摆脱形而上学的气息,作为诗学观念和美育的唯美主义在英国是相互促进的。许多具有唯美倾向的女作家都参与到美育活动中:玛丽·哈维斯(Mary Eliza Haweis,1848—1898)[1]和她的丈夫一起推动了英国博物馆周日开放;罗莎蒙德·沃特森(Rosamund Marriott Watson,1860—1911)[2]在《双周评论》(*Fortnightly Review*)杂志和《西尔维娅的日记》(*Sylvia's Journal*)杂志上开辟时尚专栏,试图提高女性和整个社会的审美品位……这些女性通过文学创作和美育活动成为英国唯美主义运动的一部分,比如英国当时的时装热潮产生于女性时尚杂志和罗斯金式高雅文化的结合。[3] 可以说,唯美主义思潮推动了以女性需求为导向的时尚杂志(美妆和时装杂志)的兴起,刺激了女性意识觉醒和审美需求的增长,它们关注女性在政治与文学上的趣味,客观上提高了女性地位和表达权利,为世纪末女性作家的勃兴创造了条件。由于女性群体比男性具有更强的感性能力,女性作家群体的崛起反过来又助推了唯美主义思潮的发展延续。

除了上文提到的霍维斯和沃特森外,当时英国具有唯美主义倾向的女作家还有欧伊达(Ouida,1839—1908)[4]、艾丽斯·梅内尔(Alice Meynell,

---

[1] 玛丽·哈维斯,英国维多利亚时期最有天赋的女性作家之一,同时也是研究杰弗里·乔叟(Geoffrey Chaucer,1343—1400)的维多利亚学者、插图画家。她早年主要从事绘画和插图创作,婚后转向文学和历史研究。她涉猎广泛,作品包括新闻、政治、哲学、散文和小说等,作品的封面也多是由自己设计。她还留下了许多关于各种主题的印刷品和论文。

[2] 罗莎蒙德·沃特森,英国女诗人、评论家,早期以格雷厄姆·R.汤姆森(Graham R. Tomson)和拉什沃思·阿米蒂奇(Rushworth Armytage)的笔名写作。她在创作上是阿尔弗雷德·丁尼生和但丁·加布里埃尔·罗塞蒂的追随者,曾在《黄面志》上发表诗歌,她对诗歌形式的创新和实验表现出某些现代主义特征。

[3] See Talia Schaffer, *The Forgotten Female Aesthetes: Literary Culture in Late-Victorian England*, Charlottesville: The University Press of Virginia, 2000, p.110.

[4] 欧伊达是英国小说家玛丽亚·拉梅(Maria Rame)的笔名。她共创作了四十多部长篇、短篇小说,以及儿童读物和散文。她生活奢华,是当时上流社会交际圈的名流,奢华的生活方式使她变得穷困潦倒,她最终死于肺炎,其作品被拍卖以偿还债务。詹姆斯和王尔德的创作也受其影响。

1847—1922)①、卢卡斯·马莱特(Lucas Malet,1852—1931)②等。她们的作品注重形式,语言精致,擅长捕捉女性特有的心理情绪与感性体验,还经常涉及"恋物"的心理描写,具有欧洲"世纪末"文学的颓废特征。在这些女作家中,最著名的唯美主义女性作家当属麦克尔·菲尔德(Michael Field)。

"麦克尔·菲尔德"是凯瑟琳·布拉德利(Katharine Harris Bradley,1846—1914)和她的外甥女伊迪丝·爱玛·库珀(Edith Emma Cooper,1862—1913)的笔名。库珀是布拉德利姐姐的女儿,因为姐姐身体残疾,布拉德利成为库珀的监护人。布拉德利为了追求文学理想,参加了剑桥大学纽纳姆学院(Newnham College)的暑期课程,并于1868年进入巴黎的法兰西公学院(Collège de France)。1878年,布拉德利和库珀两人都在布里斯托大学学习,后发展成为情侣。由于布拉德利私下被朋友称为"麦克尔",库珀被称呼为"菲尔德",因此,"麦克尔·菲尔德"是一个具有双重含义的名字,既像是男性作者的名字,也象征着两位女性作者的亲密关系。③

布拉德利和库珀共同创作了大约40部作品,包括诗歌、戏剧以及日记。其中戏剧共31部,主要是诗剧,代表作有《父亲的悲剧》(1885)、《是忠诚还是爱?》(1885)、《一杯水》(1887)、《阿提拉,我的阿提拉》(1896)等;诗歌集有《很久以前》(1889)、《视觉与诗歌》(1892)、《枝头之下》(1893)、《百里香的野蜂蜜》(1908)等。麦克尔·菲尔德与英国艺术圈交往甚密,并与罗斯金有着通信往来,时常接受罗斯金的建议。她们还受到佩特唯美主义思想影响,对古希腊罗马文化(异教文化)着迷,比如在诗集《百里香的野蜂蜜》中就以"蜜蜂"的意象歌颂古希腊诗人和古希腊异教文化。在古希腊,蜜蜂受到尊敬和重视,古希腊诗人常被称为"蜜蜂":如索福克勒斯(Sophocles,约前496—前406)被称为"顶级的蜜蜂"(attic bee);萨

---

① 梅内尔是英国诗人、作家、编辑、文艺评论家和女权主义者。她深受罗斯金和佩特美学理念的影响,尤其是佩特的"刹那主义"。梅内尔的诗歌精致华美,曾受到罗斯金的赞扬。

② 马莱特是维多利亚时代女作家玛丽·金斯利(Mary St Leger Kingsley)的笔名。代表作有《罪恶的工资》(*The Wages of Sin*,1891)和《理查德·卡尔马迪爵士的历史》(*The History of Sir Richard Calmady*,1901)等。她曾被誉为"英语世界最杰出的小说家之一",其作品销量甚至一度和托马斯·哈代、亨利·詹姆斯、吉卜林相提并论。从19世纪90年代开始,受到唯美主义思潮的影响,她的创作敏感地触及受虐狂、变态心理、非传统性别角色和潜意识领域。

③ Marion Thain, *Michael Field: Poetry, Aestheticism and the Fin de Siècle*, Cambridge: Cambridge University Press, 2007, pp.4—5.

福(Sappho,约前 630 或者前 612—约前 592 或者前 560)被称为"灵感的蜜蜂"(pierian bee),这是将蜜蜂不停发出声音、创造甜蜜的能力和诗人相类比。① 古希腊式的"甜蜜"在麦克尔·菲尔德这里已被酿造为唯美主义式的感官享乐之酒。此外,她们也钦佩王尔德的言行,欣赏他的个性。麦克尔·菲尔德作品的特点是形式感强,情感细腻隐秘,注重营造语言的视觉效果,充满象征手法,具有世纪末文学的价值观念和审美情调。

第四节 美国唯美主义

19 世纪,美国资本主义发展走上快车道。随着工商业崛起,美国出现以重工业为基础的大城市带,尤其在 1848—1945 年间,是美国快速城市化阶段,年均城市化增长率为 0.45 个百分点。② 包括纽约、马萨诸塞和宾夕法尼亚等在内的美国东部地区最早实现城市化。依托城市发展的印刷出版业随着机器、电力系统的建设以及铁路网的铺开形成全国性的发行市场。同时,随着社会安定,经济繁荣,大众的受教育水平日益提高,文学读者群扩大了,普通工薪阶层开始将阅读边疆冒险小说和城市侦探小说作为消遣活动。到了 19 世纪五六十年代,文化市场蒸蒸日上,各种文学类报刊如雨后春笋般涌现,文学作为产业经济的一部分得到长足发展,催生了一批畅销书作家和评论家。在 1860 年,普通人花费 25 美分即可购买一本"通俗廉价小说"(dime novel,也称"一角钱小说")。随着美国国际地位的提高,一批文化人也开始同欧洲文学界建立广泛交流。随着19 世纪后期美国与欧洲在文化艺术上的交往进一步加深,美国人开始认为他们身处一个日益物质化的社会陷阱中。同时,美国人觉得他们会向欧洲发展,欧洲发达国家的生活对他们意味着真正的解放。③ 因此,像亨利·詹姆斯这样向往欧洲文化的作家干脆移居英国定居,并成为欧美文学交流的桥梁。在这些因素的综合作用下,19 世纪欧洲文艺思潮开始涌

---

① Marion Thain, *Michael Field*: *Poetry*, *Aestheticism and the Fin de Siècle*, Cambridge: Cambridge University Press, 2007, p.141.

② 参见新玉言主编:《国外城镇化——比较研究与经验启示》,北京:国家行政学院出版社,2013 年,第 20—21 页。

③ Humphrey Carpenter, *Geniuses Together*: *American Writers in Paris in the 1920s*, Boston: Houghton Mifflin Company, 1988, p.17.

入美国。

从 19 世纪晚期到 20 世纪初期,美国逐渐摆脱维多利亚时代中产阶级所标榜的自制(self-control)观念,他们开始接受来自欧洲的新文化潮流,也接受本土的印第安文化、非裔美国文化等。人们开始对中产阶级的刻板文化不满,要求更多的个人自由,表现更多的个性,随之而来的是消费主义兴起。① 英国唯美主义运动在这个时期对美国社会与文化产生了极大影响,这种影响作用在两个不同层次:一是罗斯金式的"精英阶层"审美品位和美学理念,其影响主要在文艺领域,在美国的传播范围、接受群体以高等学府与文学杂志的从业者为主,他们试图捍卫自己在世俗化时代文化教养方面的领导者地位;二是王尔德式的美化生活(消费)观念,代表都市生活的审美观念,冲击了传统的清教主义,收获一批来自新兴中产阶级的支持者。

此外,英国工艺美术运动产生的审美风尚为美国制造业、零售业与广告业提供了重要的风格资源与意识理念支持,促使美国消费主义文化逐渐形成。随着贸易和旅行的扩大与普及,许多英国设计师、手工艺者和艺术家漂洋过海来到大洋彼岸,而美国的一些制造商也纷纷跑到英国学习欧洲新潮的工艺美术理念,在欧洲盛行的日本装饰艺术也在 70 年代风靡美国。一股由西欧飘来的唯美主义气息在美国的一些都市上空飘荡。80 年代,莫里斯地毯、壁纸和纺织品在美国广泛分布。② 在 19 世纪 70 年代末到 80 年代初这段时间里,由于人们对英国唯美主义运动的关注和迷恋,英国的《喷趣》杂志中关于唯美主义者的漫画形象在美国大受欢迎。③ 在 1882 年以前,大多数美国人对王尔德的了解都是他们从英国讽刺杂志《喷趣》或从中摘抄的小道消息中得到的。④ 随着美国都市文化和艺术市场的发展,以及以英国为首的欧洲唯美主义运动的影响,与艺术相关的美国本土出版物激增。1876 年在费城举行的百年博览会使美国人领略到来自不同国家和文化的艺术品,来自日本风格、中国风格、波斯风格、古希

---

① 参见林立树:《美国文化史》,北京:中央编译出版社,2014 年,第 67—68 页。
② See D. B. Burke, "Preface", in D. B. Burke, ed., *In Pursuit of Beauty: American and the Aesthetic Movement*, New York: Metropolitan Museum of Art, 1986, p.20.
③ See Michèle Mendelssohn, *Henry James, Oscar Wilde and Aesthetic Culture*, Edinburgh: Edinburgh University Press Ltd, 2007, p.23.
④ Jonathan Freedman, "An Aestheticism of Our Own: American Writers and the Aesthetic Movement", in D. B. Burke, ed., *In Pursuit of Beauty: American and the Aesthetic Movement*, New York: Metropolitan Museum of Art, 1986, p.385.

腊风格的陶瓷品在美国大受欢迎,令美国人大开眼界的同时也激发了他们对艺术收藏的热情。"唯美主义影响了美国的自然观、宗教观、意识形态和性别观,它提供了一种精神上、物质上和社会上的别样选择,以满足美国后内战时代的需要,并适应美国城市和工业的发展。"①在美国也掀起一阵类似英国审美运动(Aesthetic movement)的风潮,这股风潮从19世纪70年代开始一直持续至90年代,旨在提高大众生活质量。19世纪80年代,莫里斯公司设计的地毯、壁纸和纺织品在美国广泛分布,"莫里斯的墙纸设计在美国的使用几乎可以等同于当时美国人的审美品味"②。以装饰艺术为中心,美国开始了工艺改良和审美教育运动,从专为精英阶层打造的独特艺术品到大量生产的流行商品,都体现出高超的艺术成就,还通过学校、博物馆和艺术类印刷品等形式进行大众审美教育。审美运动风潮结束后,对美的追求依然存在,新的美学理念被广泛接受,甚至无处不在。

在文学领域,美国文学并没有形成大范围的唯美主义思潮,但在欧洲哲学和文学的滋养下,美国文学产生了两位具有重要影响并和欧洲唯美主义有千丝万缕联系的人物埃德加·爱伦·坡和亨利·詹姆斯,他们在很大程度上"反哺"了欧洲唯美主义运动。

爱伦·坡是19世纪美国文学商业化浪潮中的一朵"奇葩",由于创作特色和美国主流文学的"脱钩",很长时间以来坡并不被美国文学界重视,直到20世纪后期人们才重新发现他的超前性。爱伦·坡很早就进入中国读者的视野,他的《乌鸦》一诗早在1922年就被茅盾在《文学旬刊》上加以介绍;次年,子岩在《文学周报》(1923年12月1日)的百年纪念号上完整地翻译了《乌鸦》全文。在《真美善》杂志译介的诸多作家中,坡占据重要位置,杂志共译介了坡的4篇作品,分别是小说《斯芬克斯》(1846,林徽因译)、《意灵娜拉》(1841,曾虚白译),诗歌《乌鸦》(1845,黄龙译)、《钟》(1849,黄龙译)。③《真善美》主编曾虚白先生评价坡是"一大堆美国作家中最美丽的鲜花"④。

---

① Michèle Mendelssohn, *Henry James, Oscar Wilde and Aesthetic Culture*, Edinburgh: Edinburgh University Press Ltd, 2007, p.30.
② Catherine Lynn, "Surface Ornament: Wallpapers, Carpets, Textiles, and Embroidery", in D. B. Burke, ed., *In Pursuit of Beauty: American and the Aesthetic Movement*, New York: Metropolitan Museum of Art, 1986, p.74.
③ 参见吕洁宇:《〈真善美〉的法国文学译介研究》,博士学位论文,西南大学,2015年,第68页。
④ 曾虚白:《美国文学ABC》,上海:世界书局,1929年,第56页。

爱伦·坡曾在《伯顿绅士杂志》(*Burton's Gentleman's Magazine*)、《格雷厄姆杂志》(*Graham's Magazine*)和《南方文学信使》(*Southern Literary Messenger*)等文学杂志上多次发表诗歌、小说和文学评论。他一生经济拮据,经常举债生活,倒不是因为作品无人问津,而是因为他的作品大多首发在杂志上,只能获得有限的稿酬,等到了单行本出版时就没有多少人购买了。坡也不计较这些,仍然笔耕不辍,认真对待每部作品,细细打磨。坡是美国最早提出文学自律观念的人,他在接受欧洲浪漫主义诗学的基础上提出具有唯美主义色彩的理念,他的作品中流露出的某些特征已经类似戈蒂耶和波德莱尔。有研究表明,相比于当时的其他美国人,坡凭借其法语优势很早就接触到由库申、斯达尔夫人等法国学者转述的康德美学思想,借鉴了受康德影响颇深的柯勒律治的美学思想,并且还极有可能阅读过《判断力批判》的原著。[①] 这也解释了坡的创作和理论在欧洲,尤其是在世纪末的法国具有较大影响的原因。波德莱尔就很欣赏坡,波德莱尔在1846年读到坡的一些短篇小说,并在1852—1857年间翻译了其中最喜爱的部分。1852年,波德莱尔致信圣伯夫时提道:"这将很有必要——至少我希望如此——爱伦·坡,一位不被美国所注意的作家,将会成为法国文学界的重要人物。"[②]当爱伦·坡的《诗歌原理》传入法国后,波德莱尔在翻译了这篇文章之后表示:"我的伟大的导师爱伦·坡赐给我那严格的形式美,我越钻研越要忠实于它。"[③]波德莱尔对"感官"的强调在坡那里找到了共鸣,在评论坡的文章中,波德莱尔写道:"艺术家之为艺术家,全在于他对美的精微感觉,这种感觉给他带来醉人的快乐,但同时也意味着、包含着对一切畸形和不相称的同样精微的感觉。"[④]可以说,爱伦·坡在法国的走红与波德莱尔的影响力不无关系,正是通过波德莱尔的译介评价,坡的重要思想得以在不被美国文学界重视的情况下而成为法国象征主义的重要宝藏。在英国,坡也影响了拉斐尔前派的但丁·罗塞蒂。由此我们可以认为,坡是"早熟"的美国唯美主义先驱,他

[①] See Glen A. Omans, "'Intellect, Taste, and the Moral Sense': Poe's Debt to Immanuel Kant", *Studies in the American Renaissance*, 1980, pp. 123—168.

[②] C. P. Baudelaire, "Edgar Allan Poe", in Eric Warner, Graham Hough, eds., *Strangeness and Beauty: An Anthology of Aesthetic Criticism 1840—1910*, Vol. 1, Ruskin to Swinburne, New York: Cambridge University Press, 1983, p. 147.

[③] 伍蠡甫、蒋孔阳、秘燕生编:《西方文论选》(下卷),上海:上海译文出版社,1979年,第495页。

[④] 夏尔·波德莱尔:《再论埃德加·爱伦·坡》,见夏尔·波德莱尔:《浪漫派的艺术》,郭宏安译,上海:上海译文出版社,2013年,第304页。

的唯美主义倾向表现在以下几个方面：

一、艺术自律的诗学理念。爱伦·坡在《创作哲学》(1846)中提出诗歌只关乎审美，"美是诗歌唯一合法的领域"，"美才是诗的基调和本质"。① 在《诗歌原理》(1850)中，他也提出诗歌自律的观点："这是一首诗，仅此而已，只是为诗歌而诗歌（poem written solely for the poem's sake）。"②他批评文学的说教，认为智力、趣味和道德感是三种不同的东西，三者职责分明；趣味在智力和道德的中间，沟通两者，"智力关心真理，鉴赏力让我们感知美，而道德感则关注责任心"③。当然有时候诗歌鉴赏也难免与智力和道德扯上关系，但从本质上说，"诗与智力和道德感只有间接的关系。除非出于偶然，否则诗既无关真理也无关责任"④。坡在评论美国诗人、翻译家朗费罗（Henry Wadsworth Longfellow,1807—1882）时指出："一旦超越美的界限，诗的范围就不会扩大。诗歌的唯一仲裁者是鉴赏力。"⑤坡还认为，诗歌是真正的艺术家手里的"黏土"，它完全是诗人的专属领地，诗歌凭借艺术家的意志和技巧而随意赋形。显然，从这种诗学理念的美学表述中可以看出康德哲学的痕迹。1826年，爱伦·坡在弗吉尼亚大学布莱特曼（Blaettermann）教授的指导下攻读学位，布莱特曼教授是德国移民，在他的推动下，德语成为美国大学的教学科目。虽然没有具体的证据表明坡在布莱特曼的指导下阅读康德哲学，但一些爱伦·坡的研究者认为，布莱特曼对他的母语和德国文学的热情很可能传递给了坡。⑥ 随着德语和德国文化的传播，美国在1830—1840年间掀起一股德国文学和哲学热。坡对施莱格尔兄弟、谢林、诺瓦利斯和席勒等人均表现出研读兴趣，并参与到德国文学的美国传播潮流中来。其中，施莱格尔等人对康德的热烈赞扬引发坡对康德的关注。爱伦·坡从1835年开始在他的幽默小品《甭甭》(1835)中以调侃的语气提到康德，从1841年

---

① E. A. Poe, "The Philosophy of Composition", in G. R. Thompson, ed., *Edgar Allan Poe: Essays and Reviews*, New York: Library of America, 1984, p.16.

② E. A. Poe, "The Poetic Principle", in G. R. Thompson, ed., *Edgar Allan Poe: Essays and Reviews*, New York: Library of America, 1984, p.76.

③ Ibid., p.76.

④ Ibid., p.78.

⑤ 原载 *Graham's Magazine*, April 1842, in G. R. Thompson, ed., *Edgar Allan Poe: Essays and Reviews*, New York: Library of America, 1984, p.688.

⑥ H. A. Pochmann, *German Culture in America, 1600—1900*, Madison: University of Wisconsin Press, 1957, p.710.

开始他在评论文章《莫诺斯与乌纳的座谈会》中开始借用康德的思想。坡还在1843年的一篇评论中提到,自己一直在阅读康德,并称赞康德的"共通感"(Common Sense)的说法。① 因此,尽管爱伦·坡没有挑明他与康德美学思想之间明确的师承关系,但在两人之间的确存在着若隐若现的纽带。

二、诗歌的音乐化倾向。作为诗人,爱伦·坡十分强调诗歌的音乐性,他在《诗歌原理》中认为:"音乐以各种不同的格律、节奏和押韵形式存在于诗歌中,音乐是诗歌的重要助手,只有傻瓜才会拒绝承认这一点。"②在另外的评论文章中,坡也谈道:"我们深信,音乐(在节奏和韵律的变化中)在诗歌中占有如此重要的地位。"③"也许正是在音乐中,灵魂最接近达到我们所说的创造超越自然之美的目的……我们可以简单地把诗定义为'美的韵律之创造'(Rhythmical Creation of Beauty)。"④以《钟》《乌鸦》为代表的诗歌将语言的音乐美发挥得淋漓尽致,巧妙的和声技巧与别出心裁的押韵方式营造出动态的韵律美和微妙的情感氛围。他也经常直奔主题,在诗歌中咏颂音乐的美感和魔力,比如《阿尔阿拉夫》:

>那种林间溪涧悦耳的水声——
>或只有(充满爱的心之音乐)
>欢快的声音消失得那么和谐
>就像琴声喁喁哝哝婉转幽咽,
>其余音萦回旋绕,缠绵不绝——
>呵,没有我们世界的浮沫沉渣——
>有的全是美人,全都是鲜花
>为我们的爱增辉,为寓所添华——
>装饰远方那个世界,远方——

---

① Glen A. Omans, "'Intellect, Taste, and the Moral Sense': Poe's Debt to Immanuel Kant", *Studies in the American Renaissance*, 1980, p. 126.

② E. A. Poe, "The Poetic Principle", in G. R. Thompson, ed., *Edgar Allan Poe: Essays and Reviews*, New York: Liberary of America, 1984, pp. 77—78.

③ 原载 *Boston*, Jan. 15, 1845, in G. R. Thompson, ed., *Edgar Allan Poe: Essays and Reviews*, New York: Liberary of America, 1984, p. 699.

④ 原载 *Graham's Magazine*, April 1842, in G. R. Thompson, ed., *Edgar Allan Poe: Essays and Reviews*, New York: Liberary of America, 1984, p. 688.

那颗漫游的星。①

又如《以色拉费》一诗：

> 有一位天使住在天上
> "他的心弦是一柄诗琴"；
> 无人歌唱得如此激昂
> 像天使以色拉费一样
> 就连轻佻的星星（传说如此）
> 也停下它们的赞歌，聆神屏息
> 听他动人的歌声。
> ……
> 九天之上的欣喜若狂
> 与你燃烧的韵律相称——
> 你的爱情、欢乐与忧伤
> 也适合你那诗琴的热诚——
> 愿星星寂然无声！②

爱伦·坡的诗具有浓厚的梦幻美和象征色彩，远离现实生活，流露出忧郁颓废的情调。不过客观而言，尽管爱伦·坡重视诗的音乐性和形式美，但在诗学层面上他还只是将音乐作为诗歌的附属物，还没有像"纯诗"观念那样将音乐视为诗歌的本质。

三、"反自然"的审美取向。之所以说爱伦·坡类似于戈蒂耶和波德莱尔，不仅因为坡的作品中流露出颓废气息，还因为坡在审美取向上具有相对于浪漫主义的超前性，他像法国唯美主义者那样在"自然"与"人工"的天平中倾向于"人工美"，或者说，是用人工（自由）超越自然。坡曾谈道：

> 人性的第一要素是超越自然美的渴望，这是任何现存的自然美的组合都无法给予的灵魂之美，也许，这些自然形态的任何组合都不可能完整地产生这种美。它的第二要素是试图通过在那些已经存在的美的形式之间的新组合来满足这种渴望，这些组合是我们的前辈

---

① 节选自爱伦·坡：《阿尔阿拉夫》，见《爱伦·坡诗选（英汉对照）》，曹明伦译，北京：外语教学与研究出版社，2013年，第67页。

② 同上书，第143—145页。

在追逐同一个幻影时已经尝试过的。因此,我们可以清楚地推断出:新奇、独创、发明、想象或创造才是美,而美是所有诗歌的本质。①

也就是说,美是诗歌的本质,而自由创造是美的本质。在坡对诗歌音乐化(形式化)的推崇中就流露出"反自然"的价值取向,他将音乐艺术的高度形式化特征与艺术家自由创造之本性(意志超越自然)联系在一起,从而超越浪漫主义,进入唯美主义思维范式中。这种价值观也通过他的小说文本得以体现,在科幻题材的短篇小说《阿恩海姆乐园》中,坡表达了对人工美和自然美的褒贬态度。他借文中的艺术痴迷者——喜欢诗与音乐的埃利森之口说道:"大自然并不存在天才的画家可以创造的那种风景组合,现实中绝对找不到闪耀在克洛德洛兰画布上的那种理想的乐园。在最迷人的自然风景中总会发现一点儿不足或一点儿过分,或许多过分和许多不足。"②显然,自然美的不足只能由画家发现,"在一名画家的眼中,从这颗自然星球辽阔表面人迹可至的任何部分,都可以发现被称为风景画'构图'中的刺眼之处"③。这简直就是戈蒂耶、于斯曼口吻的"翻版"。他继而认为,在人工的艺术中,"上帝的意志感被降低了一步,被融入了与人类艺术意识相和谐或相一致的某种东西,形成了一种居于二者之间的中介"④。于是,人类的意志得以保存,而这种合成的艺术则造就了既非上帝创造,亦非从上帝本质中分离出来的全新自然。既然如此,那么艺术家的巧夺天工便凌驾于自然物之上,从而接近了无限创造的造物主之位,即是说,坡抬高了艺术家的自由意志和天才创造力的地位。

爱伦·坡的小说作品往往以侦探、惊悚和科幻故事为题材,被认为是侦探、科幻小说的鼻祖之一,具有鲜明的商业化特征,迎合了通俗文学市场的口味。不过,爱伦·坡的奇特之处在于,他既能保持对新兴大众文化市场口味的关注,也能兼顾文学的艺术性,甚至开始深入人的意识、潜意识领域,采用非传统或反传统的叙事手段,触及文学的现代性,在普通读者与文学批评家之间保持平衡。⑤

---

① 原载 *Graham's Magazine*, April 1842, in G. R. Thompson, ed., *Edgar Allan Poe: Essays and Reviews*, New York: Liberary of America, 1984, pp.686—687.
② 爱伦·坡:《阿恩海姆乐园》,见《爱伦·坡短篇小说全集·科幻探险卷》,曹明伦译,北京:当代中国出版社,2014年,第181页。
③ 同上书,第181页。
④ 同上书,第184页。
⑤ Terance Whalen, "Poe and the American Publishing Industry", in J. G. Kennedy, ed., *A Historical Guide to Edgar Allan Poe*, New York: Oxford University Press, 2001, p.67.

亨利·詹姆斯是美国文学从现实主义转向现代主义的关键作家。他出生于纽约一个富裕家庭,父亲是知识分子,良好的家庭环境使詹姆斯有机会获得精心设计的发蒙教育。在 1855—1860 年间,詹姆斯随父母游览法国和德国,前往伦敦、巴黎、日内瓦等地旅行,到欧洲接受比美国更好的"感官教育"。① 这段时间的游历使詹姆斯第一次受到欧洲文化洗礼,并在欧洲接受一段时间的教育,尤其在巴黎时间最长,为他日后走上文学道路埋下了伏笔。1860 年,詹姆斯回到美国,向他的朋友们介绍法国文学,那时他对巴尔扎克推崇备至。1862 年,詹姆斯进入哈佛大学学习法律,不过在大学期间,他已经确定自己对文学的兴趣,准备走上文学事业的道路。他在 1864 年发表了第一篇短篇小说《错误的悲剧》(1864),六年后出版了第一部长篇小说《时刻戒备》(1870)。

1869 年至 1870 年,詹姆斯开启第二次欧洲之行,他在英国遇见了罗斯金、莫里斯、阿诺德等人,并与出版社建立了良好的关系,在欧洲文艺圈扎下根基。1875 年至 1876 年,他来到巴黎,遇到了左拉、莫泊桑、福楼拜等自然主义作家,并接触到莫奈、马奈等人的印象主义绘画,受法国印象派画法的影响,詹姆斯的小说往往从人物的主观视角出发探索感受与意识领域,颇具印象派绘画的内蕴。② 此后,詹姆斯在伦敦定居,在那里结识王尔德。1883 年,詹姆斯在为《世纪杂志》(*Century Magazine*)撰写的一篇文章中表达自己对《喷趣》杂志的喜爱。1884 年,詹姆斯再次访问巴黎,遇见左拉、龚古尔兄弟和都德(Alphonse Daudet,1840—1897)。1906 年至 1910 年,他出版了 24 卷本的"纽约版作品集"作为一生创作的总结。1915 年,詹姆斯正式成为英国公民,1916 年于伦敦去世。

詹姆斯的作品卷帙浩繁,他一生共创作了近二十部长篇小说,二十多部中短篇小说集,还有不少散文、游记、剧作、自传与文学评论,其中具有鲜明个人特色的小说代表作有:《黛西·米勒》(1878)、《一位女士的画像》(1881)、《波士顿人》(1886)、《阿斯彭文稿》(1888)、《螺丝在拧紧》(1898)、《鸽翼》(1902)、《使节》(1903)、《金碗》(1904)等。

詹姆斯的中后期创作(19 世纪 80 年代到 20 世纪初期)在艺术上更加圆熟,文风渐趋隐微复杂,日益体现出唯美的特征,具体表现在:

---

① Humphrey Carpenter, *Geniuses Together: American Writers in Paris in the 1920s*, Boston: Houghton Mifflin Company, 1988, p. 14.

② See Pater Brooks, *Henry James Goes to Paris*, Princeton and Oxford: Princeton University Press, 2007, pp. 4—5.

一、语言的形式主义倾向。詹姆斯在小说中经常使用"掉尾句"（Periodic Sentence，又译"圆周句"）将句子的主次成分前后对调，让句子的高潮滞后，保留悬念以调动读者紧张的神经。他往往不直接陈述，而使用频繁的双重否定和复杂的描述性意象。比如，用被一堆形容词和介词从句包围的代词取代最初的名词，使其远离最初的指称；动词前面用一系列副词加以修饰；等等。复杂冗长的句式对读者阅读设定了一定的门槛，詹姆斯用这些复杂的句式摹仿敏感的观察者所体验到的充满不确定性、朦胧感的感觉印象。

二、印象主义。19世纪70年代，詹姆斯几次巴黎之行使他接受了印象主义绘画技法的熏陶，而早年的绘画训练也锤炼了他的视觉敏锐度，同时，他也受到英国唯美主义运动的影响①，这些因素导致他在文学创作和文艺评论中对印象主义视觉风格进行建构。詹姆斯在1894年1月9日的日记中描述了一个最终被放弃的故事"概念"，这个故事是他接到《黄面志》杂志约稿后构思的，他写道："这个故事只能像私人生活一样，是印象主义的；故事的叙述者是它的旁观者。"②在他回忆美国印象派画家萨金特（John Singer Sargent，1856—1925）对自己的影响时说："用两万字来表达它的方法就是让它成为一个印象，就像萨金特的一幅画就是一个印象一样。也就是说，我必须从我自己的角度来写，将自己作为想象中的观察者、参与者、编年史者。我必须描绘它，总结它，给它留下印象，一句话，通过使它成为我所看到的图画来压缩和限制它。"③在《螺丝在拧紧》《使节》《鸽翼》《金碗》等小说中，印象往往作为一个最重要的描写对象，詹姆斯不再聚焦事件本身，而是关注事件在人物心理上的印象呈现，通过专注于不同人物的视角、视点和意识中心的变化，发展第三人称叙事，以变换不同叙事视角等方式来打破传统现实主义文学的单一叙事。这样一来，詹姆斯的小说就向着人的意识领域开掘，使他后期的作品体现出意识流的苗头。詹姆斯对"印象"的聚焦与呈现，显然不同于普罗大众的日常"印象"，而是高蹈的、精英式的艺术审美感知力，通过这种方式，詹姆斯在一个效

---

① Daniel Hannah, *Henry James, Impressionism, and the Public*, Surrey: Ashgate Publishing, 2013, p.53.

② Henry James, *The Complete Notebooks of Henry James*, Leon Edel, L. H. Powers, ed. New York and Oxford: Oxford University Press, 1987, p.83.

③ Daniel Hannah, *Henry James, Impressionism, and the Public*, Surrey: Ashgate Publishing, 2013, p.27.

益至上、物质主义的工商业时代唤起了个体的感性丰富性,这是难能可贵的。当然,这种精英主义面向的文学价值取向在当时的美国并不被重视,直到 20 世纪中期开始,詹姆斯在美国文学史上的地位才逐渐被重估。

三、艺术至上的理念。詹姆斯将人的主观印象作为审美对象,这与来自英国唯美主义的影响不无关系,其中佩特对他的启发非常关键。佩特在 19 世纪末的美国极受欢迎,当时哈佛大学的学生为了阅读佩特的《文艺复兴》,不惜争相手抄,因为图书馆中的所有版本都被借走了。在 1897 年,《民族报》(*The Nation*)对佩特的"理想主义的劝诫"(counsel of perfection)非常推崇,认为将其宣传到粗俗的、物质化的美国很有必要。[①] 佩特将"超凡的感知能力"作为构思《文艺复兴》一书的关键,这为詹姆斯提供了借鉴,使他的创作关注那些具备"高度敏感性"(Immense Sensibility)的角色。[②] 所谓超凡的感知能力与高度敏感性,就是高于常人的艺术家、审美家式的感性体验能力,这也是唯美主义者所提倡和追求的能力。詹姆斯在《金碗》《螺丝在拧紧》等作品中体现出的唯美主义风格就是建立在这样的基础上。这就自然引申出詹姆斯作品隐含的高蹈的艺术至上的价值取向。小说《阿斯彭文稿》则通过世俗价值对艺术至上价值的毁灭描绘了一个典型的唯美主义式悲剧。故事讲述一个美国作家为了获取虚构的伟大诗人阿斯彭的遗稿,专程跑到意大利威尼斯,处心积虑地成为阿斯彭的情妇波德罗小姐的房客,并取得了其侄女蒂娜小姐的好感,但是面对蒂娜小姐的真情流露,作家临阵退缩了,心灰意冷的蒂娜小姐将文稿付之一炬。作品中,这份文稿(艺术品)成为一面魔镜,所有人都被它魅惑,将个人幸福寄托其上。但大家在它面前都要直面内心最真实,也最原始的东西,这又令人苦恼和恐惧。小说对艺术魅惑力的表现不禁令人想起了《道林·格雷的画像》和《阿芙罗狄特》的故事内核。

詹姆斯还是一个文学理论家,他在《小说的艺术》一文中提出了艺术至上的理念,他反对当时盛行的小说是用来消遣的观念,认为小说是一门审美艺术(fine arts),应当像音乐、诗歌、绘画等领域那样保持自己的荣耀。小说家的创作必须具有艺术性,让人们觉得是艺术品。"小说是一个

[①] See J. L. Freedman, *Professions of Taste: Henry James, British Aestheticism and Commodity Culture*, California: Stanford University Press, 1990, pp. 114—115.

[②] Daniel Hannah, *Henry James, Impressionism, and the Public*, Surrey: Ashgate Publishing, 2013, Preface, p. xii.

在自由和严肃方面可以和文学领域中任何一个别的门类媲美的文学分支。"①詹姆斯指出,小说创作的目的就是表现美和真,真和美是一体的,这里的"真"是印象主义的偏向主观的"真","一部小说是一种个人的、直接的对生活的印象;这印象首先构成了其大小根据印象的强烈程度而定的价值"②。在《科学的评论》一文中,詹姆斯将艺术批评家提高到和艺术家同等的位置,或者说,他将两者合而为一了,批评家必须和艺术家一样具备超人的艺术感觉和审美能力。"他忠于职守,采取下跪姿势,保持艺术上的警觉……他具有献身精神,为艺术甘做试金石。"③这就将艺术批评者的批评标准转向了审美本身。

詹姆斯向往欧洲文化,鄙视粗俗的大众审美趣味,但又看不惯老欧洲的傲慢和虚伪世故,表现出略带保守的精英阶层品位。因此,他对引领新兴中产阶级风尚的王尔德并不感冒。詹姆斯在与朋友的信中将王尔德描述为"令人厌恶与愚昧昏聩""肮脏的野兽"和"愚蠢的无赖""坏不堪言的人"等。除了两人的性格气质、生活背景、价值观等方面的不一致外,直接的原因可能是两人在1882年首次见面时王尔德表现出的纨绔、浮夸的态度让詹姆斯难以忍受。也可能是由于詹姆斯的剧作《盖伊·多姆维尔》(*Guy Domville*)在1895年伦敦的圣詹姆斯剧院演出时被王尔德的剧作《认真的重要性》(*Importance of Being Earnest*)取代,并且王尔德在伦敦的演出市场比詹姆斯更受欢迎,这让詹姆斯不服气。此外,詹姆斯对波德莱尔、斯温伯恩、比亚兹莱等人的"颓废"倾向也持否定态度。④ 詹姆斯一直在尝试融合美国文化与欧洲文化,通过对英国唯美主义思想注入充满活力的美国"基因",挑战了以王尔德为代表的英国唯美主义者的"霸权"。通过对民族艺术意识形态的表达,詹姆斯将唯美主义思想与美国文化相互嫁接,打通了从英国唯美主义向美国现代主义转向的道路。

---

① 亨利·詹姆斯:《小说的艺术》,朱乃长译,见《小说的艺术:亨利·詹姆斯文论选》,朱雯、乔忄心、朱乃长等译,上海:上海译文出版社,2001年,第9页。
② 同上书,第10—11页。
③ 转引自刘海平、王守仁主编:《新编美国文学史·第二卷(1860—1914)》,上海:上海外语教育出版社,2002年,第99页。
④ See Jonathan Freedman, "An Aestheticism of Our Own: American Writers and the Aesthetic Movement", in D. B. Burke, ed., *In Pursuit of Beauty: American and the Aesthetic Movement*, New York: Metropolitan Museum of Art, 1986, p. 394.

第五节　俄国唯美主义

俄国唯美主义出现于19世纪中后期,又被称为"纯艺术派"。当时沙俄政府力图改革,向西欧靠拢。俄国在社会、经济领域的转型推动了资本主义飞速发展,工业化和城市化水平迅猛提高,以工业为主体的城市、市镇的数量急速增加,也导致社会阶层分化和贫富差距加深。随着社会分工和西欧文化思潮的涌入,催生了许多专业知识团体和民间组织,开启了公共领域的空间转型。这些因素一方面促使知识分子观照现实,寻求改良社会的药方,催生了现实主义、平民主义诗学的发展;另一方面,又滋生了普遍的拜金主义、物质主义的社会风气。俄国唯美主义思潮正是在与现实主义、平民主义诗学的争论以及对拜金主义、物质主义的批判中产生的,此为俄国唯美主义产生的内在原因。外部原因在于德国古典哲学和法国唯美主义思潮的传入,让俄国一些思想开放、眼界开阔的知识分子眼前一亮,找到共鸣。作为当时欧洲思想的高地,德国古典哲学以其逻辑性与思辨性吸引了渴望进步的俄国知识分子,德国哲学中的某些精神性因素与俄国的宗教精神相契合。因此,当德国古典哲学于19世纪初传到俄国,便立刻吸引了一些青年知识分子的关注,比如19世纪30年代,由斯坦凯维奇(Nikolai Vladimirovich Stankevic,1813—1840)、别林斯基(Vissarion Grigoryevich Belinsky,1811—1848)、鲍特金(Dmitri Petrovic Botkin,1811—1869)、巴枯宁(Mikhail Alexandrovich Bakunin,1814—1876)、阿克萨科夫(Constantine Sergeyevich Akesakefu,1817—1860)等青年知识分子组成的斯坦凯维奇小组。该小组中的年轻知识分子是德国古典哲学的信徒,他们批判农奴制,倡导个性自由,主张对国家、国民进行人道主义启蒙。此外还有爱智派小组、格里戈里耶夫小组等团体,都受到德国哲学的启发,为唯美主义思想在俄国的发生、发展提供了精神土壤。

除了德国外,法国的文化资源也滋养着当时的俄国,自18世纪以来,在俄国的贵族中间就形成了一股模仿法国艺术高雅做派的风气。这股风气在19世纪经历了"西方派"和斯拉夫派之间的争论后仍得以保留,法国艺术在俄国的艺术爱好者中仍有极大市场,他们经常光顾巴黎的艺术场所。

俄国唯美主义思潮主要由理论和创作两部分组成,理论领域的代表人物是德鲁日宁（Alexander Vasiliyevich Druzhin，1824—1864）、鲍特金和安年科夫（Pavel Vasiliyevich Annenkov，1813—1887）；具有唯美主义倾向和特征的作家主要是丘特切夫、费特、迈科夫、波隆斯基、阿·康·托尔斯泰等人。

亚历山大·瓦西里耶维奇·德鲁日宁是俄国评论家、作家、自由主义知识分子，也是俄国最早提出纯艺术理念的人之一，他的纯艺术观点主要体现在对普希金与果戈理的文学评论中。德鲁日宁认为俄国文学有两个传统：普希金传统与果戈理传统。前者代表了艺术的自由、文学的优美传统，关注文学本身的永恒价值；后者被称为"自然派"，高举文学揭露和批判的写实性，关注文学的社会价值。德鲁日宁推崇前者，他的文艺评论也聚焦作品的美学风格和艺术价值领域。德鲁日宁的纯艺术思想主要有以下几点：一、纯艺术以自身为目的，呼吁艺术与功利目的之间应该保持距离，尤其要避免政治目的的干扰。二、文学与现实世界不能混为一谈，文学不需要再现现实，不应成为时代的传声筒。三、文学具有自身的逻辑；美具有永恒的理念，真正的美是超越时代的。四、艺术创作是非理性的，主要凭借作者的天才与灵感，这就说明艺术家与大众的感性能力是有区别的。德鲁日宁还主编《读者文库》杂志[①]，成为宣扬纯艺术理念的阵地。为此，他与车尔尼雪夫斯基（Nikolay Gavrilovich Chernyshevsky，1828—1889）、杜勃罗留波夫（Nikolay Alexandrovich Dobrolyubov，1836—1861）为代表的革命民主主义批评者展开论战。

瓦西里·彼得罗维奇·鲍特金是俄国文坛知名评论家。鲍特金认同德鲁日宁关于纯艺术的观点，只不过他的言论比后者要更温和一些，他的文章《论费特的诗歌》(1856)是表达其纯艺术观念的代表作。鲍特金的纯艺术思想颇有德国古典哲学的风采，主要观点有：一、艺术是理念的感性显现，是人类永恒精神的直接表现，而这种理念和永恒精神是无功利的道德。二、和德鲁日宁相似，鲍特金认为艺术创作需凭借作者的天赋，这种天赋让作者在创作时无意识地表现自己，因此艺术的目的就不可能是写实、再现或具有功利目的地揭露与批判某种东西，而是理念（人类永恒灵魂）的代言人。三、每个人都潜在地具备审美的感性能力，诗歌是感性能力的集大成者，也是最高层次的艺术美感来源。四、艺术美不同于生活

---

① 《读者文库》是俄国最早的大型月刊，1834年创办于彼得堡，发行人为当时的大出版家亚·斯米尔津。1856年至1861年由德鲁日宁担任主编，其间该刊物成为唯美派的论坛，1865年停刊。

美,艺术美高于生活,它与生活保持距离(无功利),艺术美仅仅诉诸形式,只有艺术美才能"通过我们完全来自内心的感受而在一切感官之中回应意外的、静谧的和灵魂中的迷狂"[①]。由于深受谢林神秘主义思想影响,在鲍特金的美学理念中,美不但是纯形式的直观体现,而且充满神秘感。越是纯形式越有神秘感,反之亦然,"在这一切直观中,在那神秘的深处存在着我们本质的生命力,……一切创造性天才对于自身来说都是一种隐秘"[②]。从某种程度上说,这是将审美主义与原始主义结合起来。

巴维尔·瓦西里耶维奇·安年科夫是俄国另一位支持纯艺术理论的自由主义评论家。和德鲁日宁、鲍特金一样,安年科夫同样以普希金作为纯艺术理论的"鼻祖",他们三人也被合称为"纯艺术论"三人联盟。安年科夫的"纯艺术论"观点主要有:一、坚持艺术创作的自由原则,反对功利主义。二、自由创作并非对社会毫无用处,相反,它能承担起"美育"的重任,纯艺术能够提升民众的审美能力,培育健康的国民性。三、艺术创作不应遵循某种"金科玉律",不能拘泥于某种固定套路,呼吁打破当时俄国文坛独尊现实主义,充斥反映论美学原则的局面,客观上为文学形式的解放和发展做出了贡献。

在文学创作领域,费多尔·伊凡诺维奇·丘特切夫是俄国"纯艺术派"代表诗人,他自幼喜欢写诗,从小就展现出过人的文学天赋,诗歌中大量使用古斯拉夫语。1819—1821年间,丘特切夫就读于莫斯科大学文学院。毕业后,他加入了外交部,前往慕尼黑,在俄罗斯驻德国使馆担任见习外交官。其间,他与谢林、海涅等德国文化界名人相识,受到德国浪漫派思想熏陶,这些影响后来都反映在他的诗歌创作中。丘特切夫共创作四百多首诗歌,其中抒情诗占据大部分,而在抒情诗中,以自然作为对象的诗又占大多数。丘特切夫的诗歌注重形式的优美,善于营造富有鲜艳色彩、生动明亮的画面感,渲染特定的情绪,具有象征主义色彩。

受到谢林哲学的影响,丘特切夫以泛神论的世界观歌颂自然的生命与灵性,讴歌人与自然之间的微妙联系,在吟咏自然的过程中捕捉细微起伏的感受。丘特切夫借用人与自然沟通时所激发的种种非理性意识,探寻心灵深处的原始情绪,并用想象、直觉和象征还原人的潜意识领域和大自然之神秘。"他的全部抒情诗都贯穿着诗人面对人的心灵的深渊所体

---

① 转引自曾思艺:《19世纪俄国唯美主义文学研究——理论与创作》,北京:北京大学出版社,2015年,第80页。

② 同上书,第81页。

验到的形而上学的颤栗,因为他直接感受到人的心灵的本质与宇宙深渊、与自然力量的混沌无序是完全等同的。"① 当然,大自然在丘特切夫的诗中也不尽是与人和谐相处的,个体在自然之神面前往往显得渺小、无助,进而感到惊慌恐惧。换句话说,丘特切夫在唯美主义的感性追求中包裹了原始主义的核心力量,在复归自然的价值取向中蕴含了逆反自然的价值反思,已经展现出西方"世纪末"思想的内核。

捕捉感觉印象是丘特切夫诗歌的特点,视觉、听觉、嗅觉、触觉等各种类型的感觉状态都以诗意的手段被杂糅在一起,呈现出感官层面的多重印象。在《泪》《红彤彤的火光》《新绿》《阳光普照》等诗中都表现了感官的不同形态,大量出现的通感手法探索了感觉的可能性。我国学者曾思艺指出,在丘特切夫之前的俄国诗歌中,通感手法并不常见,他的通感手法在俄国诗歌中是一种大胆的创新。② 诗人在这种转瞬即逝的诗意感觉中通过瞬间表现永恒,体现出"刹那主义"的时间感,这些特征都是唯美主义文学的主要特征之一。

丘特切夫的出现对俄国唯美主义发展具有重要意义,围绕丘特切夫形成了一个名为"丘特切夫昴星团"的具有"纯艺术"倾向的诗歌群体,费特、迈科夫、波隆斯基等人都属于这个群体。

阿法纳西·阿法纳西耶维奇·费特出生于俄国奥廖尔省的诺沃肖尔基村的一个地主家庭。1838 年至 1844 年就读于莫斯科大学语文系。大学时代,费特开始诗歌创作,果戈理曾读过他的作品,并称赞他很有天赋。在别林斯基的鼓励下,费特于 1840 年出版第一本诗集《抒情诗万神殿》,这部作品具有鲜明的浪漫主义风格,在评论界广受好评,别林斯基称赞道:"居住莫斯科的全部诗人中费特君是最有才华的。"③ 此后费特一度沉寂,直到 1850 年,费特出版《诗集》,标志着费特重新回归诗坛。这部诗集是费特创作的巅峰,饱含音乐性的诗歌形式征服了文坛,受到车尔尼雪夫斯基、杜勃罗留波夫、涅克拉索夫(Nikolai Alekseevich Nekrasov,1821—1878)等人的称赞。50 年代后期,费特曾一度与《现代人》杂志旗下的作家屠格涅夫、冈察洛夫、鲍特金、德鲁日宁等人接近,尤其与涅克拉索夫交往甚密。但由于涅克拉索夫旗帜鲜明地拥护"果戈理传统"(批判现实主

---

① 弗兰克:《俄国知识人与精神偶像》,徐凤林译,上海:学林出版社,1999 年,第 19 页。
② 曾思艺:《19 世纪俄国唯美主义文学研究——理论与创作》,北京:北京大学出版社,2015 年,第 162 页。
③ 徐稚芳:《俄罗斯诗歌史》(第二卷),北京:北京大学出版社,2002 年,第 298 页。

义），两人分道扬镳。60 年代开始，费特专事农庄经营，其间翻译叔本华的《作为意志和表象的世界》和莎士比亚的戏剧，但不太成功。70 年代开始，费特重新执笔，经过酝酿，分别在 1883 年、1885 年、1888 年和 1891 年出版四卷本诗集《黄昏之光》。费特一生创作了八百多首抒情诗，一度被视为俄罗斯最伟大的抒情诗人。

  费特的纯艺术思想表现为：一、艺术拯救人生。他曾在写给康斯坦丁公爵的信中借叔本华的话说道："艺术和美使我们摆脱无穷欲望的痛苦世界，帮助我们进入纯粹直觉的境界。"[1]从而将美视为拯救人生的途径。二、艺术自律。费特认为，艺术的目的只有美，不知道"除了美，艺术还会对什么感兴趣"，"艺术不可能有其他的目的。具有某种说教倾向的作品纯属垃圾"。[2] 与俄罗斯其他纯艺术派成员一样，费特对文学的过度社会性、政治性高度警惕，1859 年，他在一篇评论丘特切夫的文章中谈道："我早就放弃了诗歌的社会使命、道德价值或相关性可能优于其他方面的观点，这对我来说是噩梦。"[3]

  费特诗歌创作的唯美主义特征表现在以下方面：

  一、感官描写的细腻。费特擅长表现女性美，借讴歌女性美表达对美和自由的追求，请看《你绚丽的花冠……》一诗：

你绚丽的花冠新鲜又芳香，
所有的花朵都香气扑鼻，
你的卷发华美而又浓密，
你绚丽的花冠新鲜又芳香。

你绚丽的花冠新鲜又芳香，
你的明眸闪亮摄魄勾魂——
你说从未恋爱我不相信：
你绚丽的花冠新鲜又芳香。
你绚丽的花冠新鲜又芳香，
不经意间心儿沉入爱河：

---

[1] 普拉什克维奇:《诗人音乐家——费特》，见费特:《在星空之间：费特诗选》，谷羽译，桂林：广西师范大学出版社，2014 年，第 259 页。

[2] 同上书，第 256、261 页。

[3] 转引自 https://encyclopedia.thefreedictionary.com/Afanasy＋Fet，访问时间：2020 年 12 月 15 日。

>   在你身边真好我想唱歌,
>   你绚丽的花冠新鲜又芳香。①

诗文要想详细展现抒情主体的美感,往往会涉及感觉印象的描写,相比于男性,女性更具善感细腻的特质,因此,对女性外形美的呈现是许多唯美主义作品的共性。此外,和丘特切夫相似,费特也将人与自然的关系视为诗歌表现的一大主题,大自然在他笔下具有独立的灵魂,一草一木都能具有充分的审美韵味。比如《傍晚》一诗:

>   明亮的河面上水流淙淙,
>   幽暗的草地上车铃叮当,
>   寂静的树林上雷声隆隆,
>   对面的河岸闪出了亮光。
>
>   遥远的地方朦胧一片,
>   河流弯弯地向西天奔驰,
>   晚霞燃烧成金色的花边,
>   又像轻烟一样四散飘去。
>
>   小丘上时而潮湿,时而闷热,
>   白昼的叹息已融入夜的呼吸,——
>   但仿若蓝幽幽、绿莹莹的灯火,
>   远处的电光清晰地闪烁在天际。②

费特善于表现大自然的美,通过光线、颜色等视觉印象,车铃、雷声等听觉印象,以及潮湿、闷热等体感意象勾勒出具有现场感的风景画。类似的还有《雾晨》《呢喃的细语,羞怯的呼吸》《草原的黄昏》等诗,大胆使用通感手法,将各种感觉融会贯通,达到灵魂与自然交合的审美效果,淋漓尽致地体现费特敏感细腻、观察入微、多愁善感的诗风。

二、诗歌的音乐性。音乐性是唯美主义文学最重要的特质之一,费特的诗歌也以显著的音乐性见长。柴可夫斯基(Pyotr Ilyich Tchaikovsky,1840—1893)认为,费特的诗歌是罕见的艺术现象,往往能超越文学的界

---

① 费特:《在星空之间:费特诗选》,谷羽译,桂林:广西师范大学出版社,2014年,第62页。
② 费特:《费特抒情诗选》,曾思艺译,北京:中国友谊出版公司,2014年,第44页。

限,迈进音乐的王国。柴可夫斯基把费特比作诗人中的贝多芬,称赞费特已经大胆地迈步跨进了音乐的领域,费特已经"不是通常意义上的诗人,应该说他是诗人音乐家"①。费特诗歌语言优美又灵活,音韵婉转,注重语词的节奏效果,比如前文提到的《你绚丽的花冠……》,注重用语词的复沓产生回环的旋律感,余韵不绝,具有音乐的美感。对文学音乐性的追求是俄国"纯艺术派",同时也是整个唯美主义文学的共同倾向。这一局面的推动因素之一是(日常)语言的局限性,语言面对微妙的美感有时难免显得捉襟见肘。费特深感语言的苍白无力,于是他求助于音乐,正如他在《请分享我的美梦》一诗中写道:"请分享我的美梦,对我的心细诉热忱,如果用语言无法表明,就用音乐对心灵低吟。"②

阿波罗·尼古拉耶维奇·迈科夫也是俄国"纯艺术派"代表诗人。他出身于贵族家庭,父亲是知名画家,从小受到良好的文化熏陶,精通多国语言,并展现出过人的艺术天赋。迈科夫在彼得堡大学攻读法律,大学毕业后,曾进入彼得堡的彼得拉舍夫斯基小组。1852年,迈科夫进入外国书刊审查部门工作,后担任外国书刊审查委员会主席。迈科夫在15岁时就开始诗歌创作,但由于父亲的影响,他在成为诗人或画家的选择之间犹豫不决,直到1840年,他的处女座受到别林斯基的称赞,使他坚定了成为诗人的决心。迈科夫创作过几百首诗歌,还翻译了大量外国文学作品。他与费特、波隆斯基被称为俄国"纯艺术派"三员大将,他们保持着良好的关系,被称为"友好的三人同盟"。

除了推崇俄国诗歌的"普希金传统"外,迈科夫还崇尚古希腊罗马文明,并借鉴古希腊罗马古典诗歌进行创作。他不仅摹仿古典诗歌的质朴古风,还在诗中大量运用古希腊罗马神话典故。更为重要的是,迈科夫自觉地站在古希腊罗马文化的角度来审视对象,比如他在《赫西俄德》《巴克斯》《酒神女祭司》等诗中经常描写众神畅饮作乐、嬉戏玩耍的欢乐场景,体现出完全不同于宗教禁欲主义的热爱现实、崇拜美、崇尚快乐的享乐主义精神。"伊壁鸠鲁式的享乐哲学是迈科夫'古希腊罗马风抒情诗'的基础,它追求美的享受,远离现实问题和时代风波。"③伊壁鸠鲁(Epicurus,

---

① 普拉什克维奇:《诗人音乐家——费特》,见费特:《在星空之间:费特诗选》,谷羽译,桂林:广西师范大学出版社,2014年,第262页。
② 费特:《费特抒情诗选》,曾思艺译,北京:中国友谊出版公司,2014年,第208页。
③ 转引自曾思艺:《19世纪俄国唯美主义文学研究——理论与创作》,北京:北京大学出版社,2015年,第224页。

前341—前270)认为快乐是人生的最高目的,他追求肉体的快乐,但也追求灵魂的安宁、无烦扰,保持身体与心灵的平衡状态。当然,没有肉体的快乐也就没有灵魂的安宁,肉体的快乐总是灵魂的安宁的根本。这不禁令人想起佩特的享乐主义,以及皮埃尔·路易斯对古希腊罗马神话题材的搬演。

虽然迈科夫不是文论家,没有提出系统的纯艺术理论,但是他在诗歌中表达了艺术自律的思想,比如《诗人的思想》一诗:

> 哦,诗人的思想! 你自由无羁,
> 仿若哈尔库俄涅的自由之歌,
> 你自己为自己制定法则,
> 你本身就和谐匀美如一! ①

"自己为自己制定法则"——显而易见,诗歌歌颂了诗人的思想自由、创作自由不受其他势力的干扰,这是典型的纯艺术派的诗学理念。再看《怀疑》一诗:

> 就让人们去说——诗歌是梦想,
> 热病中的心灵说出的毫无意义的梦话,
> 诗歌的世界空幻而虚假,
> 美——就是模糊的空中楼房。②

迈科夫在这首诗中表示,诗本身就是美,美是与现实无功利关系的"空中楼房";诗除了表现美之外不表现任何东西;诗歌有自己的世界,不是为了反映所谓现实的世界。

迈科夫还在《哦,永恒的青春王国》中表达了艺术高于现实的唯美主义思想:

> 哦,永恒的青春王国
> 和永恒的美!
> 在光荣的天才的作品里
> 我们为你迷醉!
>
> 闪闪发光的大理石,

---

① 节选自迈科夫:《迈科夫抒情诗选》,曾思艺译,北京:中国友谊出版公司,2014年,第6页。
② 同上书,第7页。

> 里热普和伯拉克西特列斯！……
> 永恒的圣母
> 幸福的拉斐尔！……
>
> 普希金神圣的天才，
> 他那水晶的诗句，
> 莫扎特的曲调，
> 所有这一切都使人无比快乐——
>
> 所有这一切，
> 不是来自天国的启示，
> 不是永恒的青春王国，
> 和永恒的美？①

迈科夫告诉人们，真正的艺术和美是来自天国的启示，而非来自红尘俗世；相对于短暂的现实世界而言，艺术美是永恒的；只有艺术才能带给人真正的快乐。

迈科夫还通过诗歌表达艺术拯救世俗人生的思想，在《重读普希金》一诗中，他写道：

> 重读他的诗——我仿佛再次感受
> 那一个美妙的瞬间——
> 似乎有一股出人意料的气流，
> 突然把天庭的和谐带到我身边……
>
> 这些旋律似乎是天外之音：
> 就这样注入他那不朽的诗行，
> 尘世的一切——欢乐、苦难、激情，
> 在诗中全都变成天堂！②

在现实主义和革命民主主义一派诗人看来，这种言论显然不够"客观和真实"，甚至有逃避现实之嫌疑，但只有在纯艺术的唯美主义视野中，才

---

① 迈科夫：《迈科夫抒情诗选》，曾思艺译，北京：中国友谊出版公司，2014年，第99—100页。
② 同上书，第101页。

能理解现实之美丑不等于艺术之美丑的逻辑,才可能产生"艺术拯救世俗人生"的理想。在语言形式上,迈科夫的诗歌追求诗行形式的完美,由于有绘画艺术的磨炼,他特别能把握审美对象的外形美,这使他的诗歌语言充满鲜活的绘画感,具有诗画一体的趋向。

雅科夫·彼得洛维奇·波隆斯基出生于梁赞省的一个小公务员家庭,自幼家境不佳。他于 1838 年进入莫斯科大学攻读法律,但由于家庭原因,直到 1844 年才大学毕业。在大学期间,他结识了费特,初步确立了纯艺术思想,并出版了第一部诗集《音阶》,得到别林斯基的好评。大学毕业后,波隆斯基一直漂泊不定,当过编辑和家庭教师,直到 1860 年担任外国书刊审查委员会秘书一职才稳定下来。之后他在出版事业总管理处任职,直到晚年。

由于出身卑微,波隆斯基熟知民间疾苦,很自然地与底层人民心心相印,他的作品具有浓郁的人道主义的平民情怀。这种平民情怀在诗歌中表现为大量吸收城市平民诗歌和吉卜赛浪漫曲的表现手法,善用平民对白描写平民生活,语言朴实亲切。因此,波隆斯基曾在纯艺术思想与现实主义思想之间徘徊,直到晚年才完全转向纯艺术思想。波隆斯基诗歌的唯美主义特征表现为:一、印象主义。波隆斯基善于捕捉瞬间的感觉印象以及由此生发的情绪,具有鲜明的刹那主义特质。比如这首《泉水》:

> 我的心是一泓泉水,我的歌是一阵波浪,
> 　　从远处落下——向四处漫溢,
> 惊雷之下——我的歌阴郁如雨云一样,
> 　　清晨——那里面映照出朝曦。
> 假如突然闪现不期而至的爱的火苗,
> 　　或者悲伤一时郁结在心头,
> 我的眼泪流向那歌的怀抱,
> 　　浪花很快就将它们卷走。①

作者用水流、惊雷、火苗、浪花等瞬间的自然状态有力地烘托出刹那间的情绪转变,电光石火间的短暂时间与滞留的情绪体验之间形成的张力令人回味无穷。二、异域风情。波隆斯基有过域外游历的体验,他的诗歌也

---

① 波隆斯基:《我的心是一泓泉水》,剑钊译,见飞白主编:《世界诗库·第 5 卷·俄罗斯·东欧》,广州:花城出版社,1994 年,第 183 页。

融进了许多异域风情,比如对敖德萨①、格鲁吉亚、意大利等地区风土人情的想象。异域风情能够给人带来不同于日常生活的体验,让沉沦于俗世生活的人脱离习以为常的生命体验,感受到鲜活的陌生化体验,而陌生化正是美感的重要基础之一,对异域风情和异国情调的营造正是唯美主义文学作品的常用手段。

阿·康·托尔斯泰是19世纪俄国诗人、小说家、剧作家。他出生于彼得堡的贵族家庭,叔叔是俄国著名散文家阿列克谢·佩罗夫斯基伯爵(Alexei Perovsky,1787—1852;笔名安东·波戈尔斯基 Anton Pogorelsky)。由于家庭氛围的熏陶,阿·康·托尔斯泰6岁便开始写诗,展现出过人的文学天赋。1834年起,他在外交部任职;1840年被调往彼得堡的沙皇宫廷中任职;1843年获宫廷侍从头衔。克里米亚战争时期,他任过步兵团的少校。1861年退休后,他开始深居简出,专事创作,在自己的庄园中度过余生。阿·康·托尔斯泰从30年代末期正式开始文学创作,涉猎诗歌、小说、戏剧等文体,与果戈理、屠格涅夫、涅克拉索夫等文学人士保持交往。

阿·康·托尔斯泰的纯艺术观念形成于30年代,他的美学观念也有着鲜明的德国哲学的气质,比如他认为只有通过艺术才能认识永恒的理念世界;艺术是非功利的,不受功利目的制约;艺术是目的不是手段,"艺术不应该是手段……它本身已包含了自称诗人、小说家、画家或雕塑家的实利主义信徒们所徒劳追求的全部结果"②。

阿·康·托尔斯泰对俄国当时的政治斗争不感兴趣,他赞赏费特等人的创作理念,反对当时革命民主主义者将文学当作政治工具的做法,同情被政治迫害的作家,呼吁保持作者的独立性。他曾说:"诗人的使命——不是给人们带来直接的好处或利益,而是为了提高他们的道德水平,培养他们对美的爱,爱美,不要做任何宣传,对人们会有用的。"③

阿·康·托尔斯泰的诗歌以心理刻画的细腻、景物描写的生动、浓厚的俄罗斯民歌风情以及鲜明的音乐性见长。柴可夫斯基(Pyotr Ilyich Tchaikovsky,1840—1893)、里姆斯基-科萨科夫(Nikolay Andreyevich

---

① 敖德萨(Odessa),在乌克兰南部位于德涅斯特河流入黑海的海口东北30公里处,是乌克兰第二大城市。
② 转引自曾思艺:《19世纪俄国唯美主义文学研究——理论与创作》,北京:北京大学出版社,2015年,第334页。
③ 徐稚芳:《俄罗斯诗歌史》(第二版),北京:北京大学出版社,2002年,第316—317页。

Rimsky-Korsakov，1844—1908）、穆索尔斯基（Mussorgsky Modest Petrovich，1839—1881）等俄国作曲家都曾以他的诗歌为灵感与素材谱曲。

  俄国文学具有强烈的观照社会人生之诉求，"为人生"是19世纪俄国文学的主流，也是俄国文学对五四新文学影响极大的重要原因。俄国纯艺术派倡导的"为艺术"则处于弱势地位，更多地扮演文学过度"为人生"的纠正者角色。并且，由于源自德国古典哲学的启蒙主义色彩，俄国的唯美主义思想除了带有西欧唯美主义反对实用主义、市侩主义、拜金主义的价值诉求外，还带有鲜明的反专制、反封建的诉求。也就是说，艺术不仅要抵抗庸俗的审美趣味和伦理教诲的影响，还要抵御政治目的的干扰。由于社会发展程度落后于西欧，加上民族文化渊源和东正教传统的缘故，俄国唯美主义思想不像法国、英国那样"敌视"自然，张扬极端的个体意识，而是具有浓厚的"泛神论"色彩，含有自然崇拜的多神教成分，像丘特切夫、费特、迈科夫等唯美主义诗人的创作都表达出对大自然的亲近感。当然他们对自然的态度并非一成不变，一味吟咏自然，他们也表现人与自然的矛盾。此外，由于产生原因和内部压力的不同，俄国纯艺术派不像西欧，尤其是法国唯美主义者那样极端化，他们并不试图将艺术完全隔离在象牙塔内，有时也会观照19世纪风起云涌的俄国现实，所谓"纯艺术"更多的是对艺术政治化之极端倾向的反拨。

  俄国唯美主义思潮催生了19世纪末、20世纪初的俄国象征主义文学运动。"象征主义者从他们的法国先驱那里吸取了灵感，试图通过强调唯美主义、为艺术而艺术的价值观，采用一种印象主义的和高度主观的批评方法，以期复兴俄国文学。"[①]俄国象征派包括巴里蒙特（Constantine Dmitrievich Balmont，1867—1942）、勃留索夫（Valery Yakovlevich Bryusov，1873—1924）、安年斯基（Innokentiy Fyodorovich Annensky，1855—1909）、别雷（Andrei Bely，1880—1934）等人，他们也受到法国象征主义的影响。俄国象征主义继承了文学音乐化的审美倾向，对语音和韵律极为强调。语义的和语言的内在逻辑作用则被弱化，追求象征和隐喻的朦胧感，包含类似宗教的神秘主义之美，将宗教与艺术的勾连在一起。但是，俄国象征派主要的文化养料仍来自于俄国的纯艺术思想。

---

① M.A.R.哈比布：《文学批评史：从柏拉图到现在》，阎嘉译，南京：南京大学出版社，2017年，第555页。

第六节 德国、奥地利唯美主义

德国哲学是唯美主义思想的重要理论来源,而德国哲学在文学中的直接产物是德国浪漫主义,浪漫主义是唯美主义思想的滥觞。在艾辛多夫(Joseph Karl Benedikt Freiherr von Eichendorff,1788—1857)、瓦肯罗德(Wilhelm Heinrich Wackenroder,1773—1798)、蒂克(Ludwig Tieck,1773—1853)、施莱格尔兄弟、诺瓦利斯等德国浪漫派那里,就出现了提倡艺术"无用""无限""无目的"等唯美主义思想雏形;而在创作特征和元素领域,则出现了孤独感伤的叙事主体、高蹈脱俗的艺术家形象以及描写感觉印象的倾向。只是由于国家发展的滞后,唯美主义在缺少社会土壤的德国本土并没有形成气候。

E. T. A. 霍夫曼的《金罐——一篇新时代的童话》(1814)、《谢拉皮翁兄弟》(1819)、《雄猫穆尔的生活观暨乐队指挥克赖斯勒的传记片段》(1820,以下简称《雄猫穆尔》)等作品往往营造两个世界的冲突以表现这样的价值观:现实世界是庸俗和有限的,在现实世界里生活的是庸众,艺术家要创造出"无限世界",也就是诗和艺术的世界,生活在"无限世界"的是艺术家、作家、诗人。这里的"无限世界"既是艺术创造的可能世界,也是一种宗教神秘主义的彼岸世界,艺术与宗教在这里得以结合。比如在《雄猫穆尔》中,霍夫曼通过作为市侩主义代表的雄猫穆尔与作为艺术虔诚者的乐队指挥克赖斯勒的对比,表达对敌视艺术、乌烟瘴气的现实社会的批判,对具有艺术献身精神又怀才不遇的艺术家的同情。通过小说人物之口,作者认为,诗(艺术)拥有战胜饥饿病痛、拯救人生的力量,但如果一个艺术创作者对艺术没有真正的爱,缺乏发自肺腑的热情,就算他有高超的技巧,也只能创造死气沉沉的平庸作品。美就在世界之中,就在每个人的内心世界,它是上天永恒的最明亮的光,但市侩的现实蒙蔽了世人的眼睛,使他们无法看见超越尘世的美。一旦人们以超越世俗的眼光发现美,"这本身不也是一种充满恩赐的奇迹吗?它是永恒力量为拯救您而允许发生的"[①]。

---

① E. T. A. 霍夫曼:《雄猫穆尔的生活观暨乐队指挥克赖斯勒的传记片段》,陈恕林译,上海:上海三联书店,2013 年,第 326 页。

自幼接受良好的艺术熏陶,一度想成为音乐家的瓦肯罗德在漫游中世纪名城纽伦堡、弗兰肯等地区后,深刻体会到宗教艺术的深度与神性,在新教地区成长、受到启蒙主义教育的瓦肯罗德对此大为震惊。他开始认识到,艺术动人之处不在外部的形式,而在内心的艺术激情与虔诚。他明确提出艺术宗教化的主张,认为艺术和宗教应该统一,宗教艺术的价值就在于它的神秘、伟大、救世的宗教精神。他与蒂克合著的《一个热爱艺术的修士的内心倾诉》已经初步表达了艺术自律、艺术神圣、审美救赎等唯美主义理念。诺瓦利斯是宗教的鼓吹者,他的思想和创作充满宗教神秘主义的呢喃,他把中世纪的欧洲描绘成富有幻想的、童话的、诗意的国度。诺瓦利斯对宗教的崇拜是为了批判和远离令人失望的此岸现实,在他看来,真理产生于诗中,换言之,真理是正在进行中的、动态的诗,"越是诗的,越是真实(je poetischer, je wahrer)"①。他的代表作《夜的颂歌》(1800)以黑色和死亡作为"无限"和"可能世界"的象征。诺瓦利斯未完成的名篇《亨利希·冯·奥弗特丁根》(1800)以行吟诗人为主人公,小说中的核心意象"蓝色花"表现内心的觉醒,暗示彼岸世界,同时也象征艺术理想,蕴含了艺术高于现实的思想萌芽。这部小说体现了德国文学以艺术家为主人公的传统。诺瓦利斯推崇音乐,他认为音乐能最有效地证明诗歌的本质,并且将音乐视为艺术的王冠,因为在音乐中,精神才能诗化客体,改变物质材料(自然)。② 诺瓦利斯的思想对济慈和爱伦·坡都有过很大影响。

同样表露出艺术高于现实的是奥古斯都·施莱格尔,他提出"浪漫主义嘲讽":诗人可以自由地幻想,尽情地渴望,但在最后要痛苦地粉碎自己所创造的幻想世界,这是诗人自嘲的方式,所以叫"浪漫主义嘲讽"。在此,诗人看似嘲讽自己的幻想世界,但随着高于现实的可能世界的毁灭,实则形成了对现实的嘲讽,表露出艺术家的高蹈姿态。与此类似的是,艾辛多夫的《一个无用人的生涯》(1826)同样以艺术家为主人公,主人公是一个音乐家,却因为社会的市侩习气和物质主义成为"无用人",饱受排挤,他只得活在幻想的世界中,从而逃避世俗社会。

19世纪中期,随着工业革命的开始,德国社会经济结构发生了变化,农业人口向工业、商业和服务性行业流动。大批劳动力从农村转移到城

---

① 转引自范大灿主编:《德国文学史》(第三卷),南京:译林出版社,2007年,第106页。
② 参见恩斯特·贝勒尔:《德国浪漫主义文学理论》,李棠佳、穆雷译,南京:南京大学出版社,2017年,第185页。

市,加速了德国工业化和城市化发展的进程。① 1871年,在普鲁士王国基础上建立的德意志帝国让德意志实现统一,德国第一次形成了民族国家,国家的统一对于城市发展具有较大的推动力,助推城市化水平迅速提高。德国文学的现代化随着德国城市的兴起与工业化进程同步进行。到19世纪末,德语文学界展露出现代性的苗头,开始出现非写实、非启蒙的"为艺术而艺术"的文学创作。作家关注人的情绪、感官、梦幻等潜意识、非理性领域,游走于人的印象、感觉与现实世界的边缘。

当时比较有影响力的是德国印象主义文学,它是法国印象派在德国文学花园中开出的"花朵"。印象主义绘画强调细致地观察对象,尤其要捕捉刹那间对象向主体呈现出的样子,而非刻意营造某种呈现对象的范式或者所谓事物的全貌。也就是说,印象主义绘画是利用局部(瞬间)来抓住整体,是从追求客观到表现主观,从写实主义向感觉主义的过渡。印象主义文学是这种创作思路在文学领域的体现。同时因受到当时心理学发展的影响,印象主义文学在体裁上偏向诗歌、散文、短剧;在内容上表现人物在某种情境中对事物瞬间的心理感受、感觉印象、情绪氛围;表达上则注重遣词造句和语言的音响效果,在语言的内容与形式、能指与所指、语音和语义等不同层次上展现通感(如前文对西蒙斯诗歌《印象》的分析),这样一来也就不可避免地突出了语言的象征功能;印象主义文学在情感基调上往往呈现"世纪末"的悲观情绪;在哲学上受到尼采、叔本华的意志主义思想影响。总之,印象主义文学展现出浓厚的唯美主义特质。

世纪之交的德语作家诸如约翰内斯·施拉夫(Johannes Schlaf,1862—1941)、格哈德·豪普特曼(Gerhart Hauptmann,1862—1946)、阿尔诺·霍尔茨(Arno Holz,1863—1929)等人的作品都体现出从自然主义向印象主义过渡的趋势。不过,最典型的印象主义作家当属德特勒夫·封·李利恩克龙、理查德·戴默尔(Richard Dehmel,1863—1920)和马克斯·道滕泰(Max Dauthendey,1867—1918)。

李利恩克龙出生于没落贵族家庭,曾当过普鲁士军官,参加过普法战争,1875年退伍后在美国逗留,直到1887年回到慕尼黑才正式开始文学创作生涯。李利恩克龙的诗歌主题广泛,既有歌颂战争的,也有表达对穷苦人民同情的;既有取材于中古历史的,也有描绘现实社会的。总体上

---

① 刘春成、侯汉坡:《城市的崛起——城市系统学与中国城市化》,北京:中央文献出版社,2012年,第294页。

说，感伤的悲观情绪是他诗歌的主调。从诗歌语言上说，李利恩克龙的诗歌语言精致考究，善于捕捉瞬间感官印象，比如《军乐队来了》一诗：

> Klingling, bumbum und tschingdada,
> 克玲玲，崩崩，钦达达。
> Zieht im Triumph der Perserschar?
> 是波斯国王凯旋回家？
> Und um die Ecke brausend bricht't
> 街角上传来嘈杂的音响，
> Wie Tubaton des Weltgerichts,
> 如同末日审判的喇叭声，
> Voran der Schellentrager…
> 举着铃棒的指挥走在最前面……
> Klingling, tschingtsching und Paukenkrach,
> 克玲玲，钦钦，还有铜鼓声，
> Noch aus der Feme tont es schwach;
> 远方传来的已是微弱的音，
> Ganz leise bumbumbumbumtsching;
> 非常轻的崩崩崩崩钦；
> Zog da ein bunter Schmetterling,
> 难道是一只彩蝶
> Tschingtsching, bun, um die Ecke?
> 钦钦崩，在那街角飞行？①

诗歌描绘了军乐队由远及近，又由近及远带给人的听觉，诗句中出现多个拟声词，并无象征隐喻，而是用语言直接营造音乐感。当乐声远去后，用彩蝶作比，给人以形象的视觉想象，体现了印象主义的创作特色。李利恩克龙的作品还有《诗集》(1889)、《行走在荒原上》(1890)、《新诗集》(1893)以及具有印象主义色彩的战争题材小说集《战争小说》(1895)等。

戴默尔是李利恩克龙的朋友，德国表现主义文学的先驱。他出生于布兰登堡的护林员家庭，后迁居柏林上小学，1882年中学毕业后在柏林攻读哲学、自然科学和国民经济学，1887年在莱比锡获得博士学位。他

---

① 原诗与译文引自余匡复：《德国文学史》(上卷)(修订增补版)，上海：上海外语教育出版社，2013年，第393—394页。

一开始踏上文坛时受到自然主义影响,后转向印象主义。戴默尔走的是一条"为生活而艺术"(Der Kunst um des Lebens willen)道路。他在思想上受尼采的影响,对世界的把握基于个人感官印象,他的诗歌主要描写情感的激情和情欲的冲动。在表现形式上,他受到李利恩克龙启发,语言节奏感强,注重诗歌的音乐性,用词华丽,用他自己的话说,"我生根于尼采和之间"[①]。他的诗歌集有《救赎》(1891)、《爱情》(1893)、《女人和世界》(1896)等。

道滕泰也是典型的印象主义诗人和小说家,出生于维尔茨堡一个富足的摄影师家庭,他曾在巴黎游学,耳濡目染先锋艺术的魅力。道滕泰反对自然主义沉迷外部写实,主张艺术应注重捕捉瞬间的主观感觉,主张文学应该使读者感受"听得到的颜色"和"看得见的声音",也就是用文学修辞技巧将感官体验跃然纸上。他一生游历世界各地,作品大多取材自然风光,抒写异国情调,尤其是东亚、南亚地区的风土人情,颇具唯美的色彩。比如小说集《林加姆》(1909)中有两篇作品是根据道滕泰在中国上海和广东时期的点滴印象写就。他的代表性诗歌有《紫外线》(1893)、《黑太阳》(1897)、《圣人遗物》(1899),主要小说作品有《比瓦湖畔的八副面孔》(1911)、《强盗》(1911)等。

斯蒂芬·格奥尔格(Stefan George,1868—1933)是19世纪最具唯美主义思想和创作特征的德国诗人。他于1888年和1891年先后两次游学英国、法国、意大利等国,尤其在法国的游学让他接触到法国唯美主义和"纯诗"的理念,打开了艺术的大门。他将这些理念带回德国,并译介了波德莱尔、马拉美、魏尔伦等法国诗人的诗歌,还于1892年创办并主编主张唯美主义思想的杂志《艺术之页》(*Die Blätter für die Kunst und die neuste Literatur*),该杂志的宗旨是反对当时流行于德语文坛的自然主义,认为诗歌应与现实世界保持距离,主张艺术无功利,倡导为艺术而艺术,反对艺术商品化。围绕《艺术之页》聚集了一批新锐诗人,他们被称为"格奥尔格圈"(George-Kreis)。格奥尔格受到唯美主义思想、唯意志论哲学和当时以德国犹太作家卡尔·沃尔夫斯凯尔(Karl Wolfskehl,1869—1948)与德国哲学家、心理学家路德维希·克拉格斯(Ludwig Klages,1872—1956),以及不可知论者、神秘主义者舒勒(Alfred Schuler,

---

① 参见余匡复:《德国文学史》(上卷)(修订增补版),上海:上海外语教育出版社,2013年,第395页。

1865—1923)为中心的慕尼黑知识分子圈的影响。在格奥尔格看来，现代工业文明片面追求物质，导致人的堕落和异化。同时，他也批判工业文明中保守、庸俗的市民阶层。当然，对于艺术家、诗人而言，他们无法直接改变世界，鄙视世俗世界的同时又只能选择与世俗世界保持距离，沉浸在艺术的"象牙塔"中，并将艺术宗教化，将宗教精英化。格奥尔格在《艺术之页》第一期的导言中用德语"Kunst für die Kunst"表述"为艺术而艺术"，他写道："本刊物的名称已部分地表明了它的宗旨：为艺术尤其是诗歌及其他著作服务，对所有带有国家与社会色彩的东西则避而远之。它追求的是建立在新的感觉方式与技巧基础之上的精神艺术——为艺术而艺术——，因此，它是与那种基于对现实的错误看法而产生的陈腐低劣的学派背道而驰的。"①格奥尔格认为当时的欧洲文学已经流露出"颓废"的风格，这样的风格与传统文学的不同之处在于"所追求的不是发明历史，而是再现情绪；不是观察，而是阐明；不是交谈，而是印象"②。

与德国浪漫派亲近自然的态度不同，格奥尔格在自然或社会面前保持冷静而克制的姿态，追求精致的形式和华丽的辞藻，流露出梦幻和颓废的情绪，这显然是唯美主义者的高蹈姿态。像许多唯美主义者一样，格奥尔格欣赏古希腊文化中注重感性和美的一面，即日神精神——代表了梦幻、静观，对美丽形体的把握，对美好外观的形塑。格奥尔格曾说："一切都取决于，人们是不是异教徒。为了把握神性之物，人们不该忽视感性的东西，要从感性的事物中看见神性。"③格奥尔格天生具备捕捉美的形式的敏锐嗅觉，他能很好地把握尺度和形式的美感并将其表达出来，E. 克莱特称这种气质为"阿波罗精神"④。在诗集《第七个环》(1907)中，他塑造了一个"希腊化"的美少年形象——"马克西敏"(Maximin)，马克西敏的原型是格奥尔格在街上邂逅的一个俊美男孩，他超凡脱俗的美貌和精神上的早熟强烈地吸引了格奥尔格。格奥尔格成为男孩的导师，并为他作诗，慕求这个学生的好感。可惜马克西敏在17岁时就夭折了，格奥尔格以《马克西敏》一诗作为纪念。这首诗被认为是整个《第七个环》诗集的

---

① 斯蒂芬·盖奥尔格：《〈艺术之页〉导言》，赵勇译，见伍蠡甫、胡经之主编：《西方文艺理论名著选编》（下卷），北京：北京大学出版社，1987年，第337页。
② 同上书，第338页。
③ E. 克莱特：《论格奥尔格》，莫光华译，见格奥尔格：《词语破碎之处：格奥尔格诗选》，莫光华译，上海：同济大学出版社，2010年，第240页。
④ 同上。

"诗眼"。诗人通过"马克西敏"形象(实际上是诗人自己的投射)表达"马克西敏崇拜",即"美的崇拜",展现出神秘、精致、细腻的感性体验,"马克西敏"形象和"马克西敏崇拜"也成为格奥尔格审美创造欲施展的对象。"这个施展过程,就是格奥尔格的'诗性自我'的一种艺术的创造性投射——投向一位俊美追随者的形象。"①事实上,读者很容易联想到佩特与"马利乌斯"、于斯曼与"德泽森特"、王尔德与"道林·格雷"之间的关系。

格奥尔格的其他代表诗集还有《颂歌》(1890)、《朝圣》(1891)、《生命之毯》(1900)等。格奥尔格的创作是连接德国19世纪和20世纪文学的桥梁,既为19世纪末德国诗歌的复兴起到了重要推动作用,又为20世纪德国表现主义文学和表现主义音乐做好了准备。

自15世纪开始,以奥地利为核心的哈布斯堡家族长期占据神圣罗马帝国(德意志第一帝国)的王座,奥地利在数百年间成为德意志的核心地区。19世纪初,随着神圣罗马帝国灭亡,兴起的普鲁士王国开始逐步吞并奥地利以北的德意志邦国。至19世纪60年代普奥战争结束,奥地利帝国和普鲁士王国分离,以普鲁士为核心的北德意志联邦成为实际意义上德国的代表,奥地利则以奥匈帝国的名称自居(尽管1867年后匈牙利从法理上已经脱离奥地利帝国而独立)。虽然德国与奥地利在19世纪分家,但是同属于日耳曼民族和德语文化圈的紧密关系使得两国仍然具有向心力。

利奥波德·冯·萨克-马索克(Leopold Ritter von Sacher-Masoch,1836—1895)是19世纪奥地利作家中最早表现出鲜明唯美特征的作家之一。马索克出生于加利西亚和梅里亚联合王国的首都朗贝尔,该地当时属于奥匈帝国的一个省。马索克的父亲是西班牙裔奥地利警察总管,母亲出身于拥有犹太血统的乌克兰贵族家庭,信仰天主教。马索克在12岁时开始学习德语,之后进入格拉茨大学学习法律、历史和数学,毕业后回到家乡成为一名教授,研究家乡文化风俗和奥地利历史。从19世纪60年代起,马索克开始了文学创作生涯,他的创作以中短篇小说为主,描绘了被奥匈帝国压迫的人民的日常生活和风俗习惯,比如《加利西亚故事集》(1871)、《希伯来故事集》(1878)和《新希伯来故事集》(1881)。他的许

---

① M.施洛塞:《是诗人,还是预言家?》,莫光华译,见格奥尔格:《词语破碎之处:格奥尔格诗选》,莫光华译,上海:同济大学出版社,2010年,第225页。

多小说都体现出浓厚的斯拉夫风情,在东欧一带很受欢迎。

1869年,马索克开始构思一个宏伟的短篇小说系列,该系列名为"漫步者",以"该隐"为主题,计划写6卷,只有前两卷完成。马索克最著名的作品《情迷维纳斯》(1869)就属于该系列。这部小说围绕两性间的性虐关系,展示出独特的性幻想和性癖好(恋物癖),在对残忍的两性关系充满乐趣的描绘中体现了唯美主义的重要信息:"对表面的一种美丽的宣告,让价值和物同样变成对感官的刺激,对兴趣的装潢,对美妙演出的修饰。"①这部小说被奉为"受虐"主题文学的经典和范本,英文单词masochism("受虐倾向")、masochist("受虐狂")即来源于马索克的名字,书中的男、女主人公的名字塞弗林(Severin)和旺达(Wanda)也成为男性奴隶和女性主人之间关系的象征。马索克与法国作家萨德侯爵(Marquis de Sade,1740—1814)两人的名字被组合为sadomasochism一词,简称为SM,指"性虐待(虐恋)"。

如果说马索克属于奥地利唯美主义文学早熟的"奇葩",那么直到19世纪末,奥地利文坛才迎来了猛烈的唯美主义风暴。19世纪末的奥匈帝国已经日薄西山,外强中干,但政治上的颓败却孕育着一股思想文化上的冲击波。人们将艺术当作逃避政治、社会生活失意情绪的替代品,甚至成为一种宗教。"在欧洲其他地方,为艺术而艺术,就是要求艺术爱好者远离社会阶级;只有在维也纳,却要求几乎整个社会阶级都来尽忠艺术,而艺术家不过是其中的一部分。"②从某种程度上说,维也纳实现了唯美主义的理想之一:艺术成为现实生活的替代者。除此之外,奥地利具有天主教传统,天主教崇尚仪式感(形式感),它"不像德国北方文化那样是道德、哲学和科学的,它主要是审美的,其最大成就便在于对艺术的应用和演绎:建筑、戏剧、音乐"③。法国唯美主义文学也是如此,总是借重天主教元素。在这些因素的综合作用下,以维也纳为中心的奥地利文化圈开始迸发出强大的精神活力,各种文化相互碰撞交流,涌现出一批人文领域的人才,同时吸引了欧洲众多的艺术家来到这里,使维也纳取代德国成为德语世界先锋艺术的文化重镇,其影响力甚至超越柏林,与巴黎相媲美。

这股精神冲击波催生了名为"维也纳现代派"(Young Vienna,也称

---

① 彼得-安德雷·阿尔特:《恶的美学历程:一种浪漫主义解读》,宁瑛、王德峰、钟长盛译,北京:中央编译出版社,2014年,第275页。
② 卡尔·休斯克:《世纪末的维也纳》,李锋译,南京:江苏人民出版社,2007年,第6—7页。
③ 参见同上书,第5页。

"青年维也纳")的文学团体,它由奥地利的一些新锐作家、评论家组成,这些青年作家定期在维也纳的格里恩斯坦咖啡馆以及附近的一些咖啡馆聚会,探讨文艺话题。1891年,作家兼文学评论家赫尔曼·巴尔(Hermann Bahr,1863—1934)在维也纳《现代评论》(*Moderne Rundschau*)杂志上发表了著名的《论现代派》一文,标志着维也纳现代派问世。巴尔将"颓废"作为中心概念来称呼德语现代派文学(结合格奥尔格在《艺术之页》中的评论,可以看出"颓废"作为一种美学风格在"世纪末"的盛行)。次年,他发表《超越自然主义》(1891),宣告一种以"感觉印象"为描写对象的新文学的诞生。"青年维也纳"主要成员除巴尔外,还包括阿图尔·施尼茨勒、贝尔-霍夫曼(Richard Beer-Hofmann,1866—1945)[①]、彼得·阿尔滕伯格(Peter Altenberg,1859—1919)[②]、费利克斯·萨尔滕(Felix Salten,1869—1945)[③]、拉乌尔·奥恩海默(Raoul Auernheimer,1876—1948)[④],胡戈·冯·霍夫曼斯塔尔(Hugo von Hofmannsthal,1874—1929)和卡尔·克劳斯(Karl Kraus,1874—1936)[⑤]等人。此外,维也纳现代派还与弗洛伊德、现代主义音乐先驱阿诺尔德·勋伯格(Arnold Schoenberg,1874—1951)等人有交集。维也纳现代派不仅代表了世纪之交奥地利德语文学发展的主流,给德语文学界带来截然不同于当时盛行的自然主义美学的新风,还助推了西方文学的现代主义转向。

维也纳现代派受到奥地利哲学家恩斯特·马赫(Ernst Mach,1838—1916)、弗洛伊德与威廉·詹姆斯的影响,尤其是马赫的哲学思想,被巴尔称为"印象主义哲学"。马赫认为物是人的感觉的综合,组成物体的物理属性仅仅存在于人的感觉中,没有所谓永恒的物体。由于感觉的不稳定性和刹那性,人的所谓自我感受的统一性和稳定性只是来自众多瞬间感觉的复合,始终处于变化之中。受此影响,维也纳现代派认为世事无常,现实瞬息万变,变化才是永恒。于是他们开始将笔触向内转,深入人的潜意识心理深处,记录人的意识流动,表现瞬间的主观感受,捕捉变幻莫测、不断流变的内心感觉,在不断交叠的情绪和印象之中呈现隐秘、暧昧的诗意。同时,由小说家和批评家布尔热(Paul Bourget,1852—1935)与作家

---

① 奥地利戏剧家、诗人。
② 奥地利短篇小说家、诗人。
③ 奥地利作家、批评家。
④ 奥地利法学家、作家。
⑤ 奥地利作家、记者。

于斯曼在法国掀起的颓废主义旋风也刮到德语世界,法国的印象主义绘画也席卷奥地利。在这些因素的共同作用下,维也纳现代派的创作具有鲜明的重主观印象、心理意识的特质。

巴尔是维也纳现代派的核心人物,虽然他也创作文学作品,但他的主要贡献不在创作,而在于提出具有前瞻性、纲领性的文学理论。《超越自然主义》是他的代表作,也是整个维也纳现代派的纲领性文章。巴尔在这篇文章中,将艺术的目的视为艺术家本质的表达,他认为艺术家应凭借发自内心的强大感染力去影响他人,以致奴役和支配他们。这种目的过去是,将来还是。显然,巴尔受到意志主义哲学的影响,将艺术作为"意志"的外显,艺术家是"意志"的代言人,去改变庸俗的世界。为了承载这一使命,巴尔认为必须改变原先机械的自然主义式写作,他断言,自然主义统领艺术潮流的时代已经过去,马上到来的是心理学时代,也就是说,文学要表现人的心理:

> 如今人们要从心理学走出去,而在这以前,人们又是通过一种彻底的自然主义达到心理学的,因为后者的真实性只有我们才能把握。从心理学出发,仿佛被心灵的种种本能冲动迫促着,最终必然会推到自然主义:不是摹仿异己的东西,而是自己把自己塑造出来;不是跟随眼见的表面现象,而是寻访心的秘密;我们要表达的恰恰是我们自己所感受和知道的我们自己,而不是现实……美学已发生了根本的转变。艺术家的本质不应再是现实的工具,去把现实的表层现象描出来,而是恰恰相反,这样,现实就成为艺术家的材料,使他得以在明晰而又有感染力的符号中把自己的本质宣告出来。[①]

自然主义无法直击人的心灵本质,那么新的文学如何表现人的心理呢?巴尔认为:"当古典主义在谈人时,他们所说的是理性和情感;浪漫派谈人时,是讲激情和感官;而现代派谈人,则是讲神经……我认为,将由一种神经的浪漫派来克服自然主义,或毋宁说一种神经的神秘性来克服自然主义。"[②]可以看出,巴尔倡导的"文学心理学"是自然主义(神经研究)与浪漫主义(感性激情)的融合。因此,在巴尔看来,自然主义并非一无是处,它是"文学心理学"的准备。"我们也可以把自然主义看作是神经的高等

---

① 赫尔曼·巴尔:《克服自然主义》,徐菲译,见伍蠡甫、胡经之主编:《西方文艺理论名著选编》(下卷),北京:北京大学出版社,1987年,第332页。
② 同上书,第333页。

学校,在这里,艺术家的感觉得到崭新的提高和全新的训练,培养出极为精微和细腻的感受性,以及对超出常例的无意识的自我意识力。"①他把"文学心理学(神经)"时代称为"新唯心主义",也称维也纳"心理艺术派"。新唯心主义要表达新人,即神经的人,他们只是更多地利用神经来体验和感应。在文学中,文学心理学要表现人的潜意识、无意识甚至非理性情绪,但用来表现的语言是理性、精准的,即用一种尽量客观冷静的语言还原人的感性体验。从巴尔的表述中我们可以看出,新唯心主义文学是浪漫主义经过自然主义"淬火"后的产物。

此外,受英国工艺美术运动的启发,自19世纪末开始在欧洲一场以"装饰艺术"为核心,以设计上的形式主义运动为追求的"新艺术运动"风靡一时,波及十多个国家,其影响涵盖绘画、雕塑、建筑、家具、装潢、服装、平面设计、书籍插画等领域,延续长达十余年。奥地利的新艺术运动是由"维也纳分离派"(Vienna Secession)发起的,该派成立于1897年,由一群先锋艺术家、建筑师和设计师组成,最初称为"奥地利美术协会"。因为标榜与传统美学观和学院派正统艺术分道扬镳,故自称"分离派",其口号是"为时代的艺术,为艺术的自由"。主要代表人物有:建筑师奥托·瓦格纳(Otto Koloman Wagner,1841—1918)、约瑟夫·奥尔布里希(Joseph Maria Olbrich,1867—1908)和设计师约瑟夫·霍夫曼(Josef Hoffmann,1870—1956)等。奥地利的新艺术运动是艺术生活化与生活艺术化的产物,也是唯美主义思潮影响的产物,当时奥地利"无论是诗歌界或是绘画圈的主要领导者们都是从西欧各国……获取灵感的……英国的拉斐尔前派在世纪末的奥地利激发了新艺术运动"②。

奥地利作家霍夫曼斯塔尔被称为"新浪漫主义神童"。他出身于维也纳上流社会,他的曾祖父伊萨克·劳(Isaak Löw,1759—1849)是一位犹太商人,凭借为国效力被奥地利皇帝封为贵族,赐贵族头衔"埃德勒·冯·霍夫曼斯塔尔"(Edler von Hofmannsthal)。霍夫曼斯塔尔继承了这个贵族姓氏。1892年,霍夫曼斯塔尔进入维也纳大学学习法律、法国文学和哲学,1898年获哲学博士学位。第一次世界大战期间被征入伍,后又在奥地利驻外使团工作,直到1916年回到维也纳。

出身于贵族家族的霍夫曼斯塔尔自幼过着雅致闲适的生活,生性早

---

① 赫尔曼·巴尔:《克服自然主义》,徐菲译,见伍蠡甫、胡经之主编:《西方文艺理论名著选编》(下卷),北京:北京大学出版社,1987年,第334页。
② 卡尔·休斯克:《世纪末的维也纳》,李锋译,南京:江苏人民出版社,2007年,第325—326页。

熟、纤弱、多愁善感，从小就开始创作诗歌和戏剧。他早期的一些作品使用了"洛里斯·梅利科"（Loris Melikow）和"泰奥菲尔·莫伦"（Theophil Morren）的化名。17岁时，他结识了斯蒂芬·格奥尔格，1891年格奥尔格来到维也纳，试图与维也纳现代派结盟，但只得到了霍夫曼斯塔尔的回应。随后，作为佩特唯美主义思想的共同信徒①，两人成为亲密伙伴。霍夫曼斯塔尔一度是格奥尔格艺术理念的追随者，还在格奥尔格创办的《艺术之页》上发表诗歌，但两人后来不欢而散。

霍夫曼斯塔尔与当时维也纳艺术圈有紧密的联系，他的思想受到尼采、马赫、弗洛伊德等人的影响。他崇尚英国文化，认为英国是艺术家的理想环境。他认为艺术家、诗人应该成为国家的文化英雄，引领民族奋进，突破现实环境的阻碍，达到世界的顶端，这和格奥尔格的思想有相通之处，当然，也容易被民粹主义和极端政治思想裹挟和利用。他不信任日益现实、实用和平庸的现代日常语言，认为现代语言使人丧失连贯思考和表达的能力，因此，追寻诗化的语言是对现代人的拯救。有学者认为，"现代性"一词在西方最早由霍夫曼斯塔尔在1893年提出，他认为："现代性既是剖析一种情绪，一种叹息，一个疑虑；也是本能地，几乎梦游般地沉醉于一切美的显示，沉醉于一组和谐的色彩，一个璀璨的比喻，一篇奇妙的寓言。"②显然，霍夫曼斯塔尔是从唯美主义出发理解现代性问题的。在诗剧《提香之死》（1892）中，霍夫曼斯塔尔表露了将艺术当作生命源泉的价值观。

霍夫曼斯塔尔的创作体裁主要是诗歌、散文和戏剧。他的诗歌和散文追求形式的工整，语言具有极强的音乐性，饱含内在的韵律美。他将音乐视为"意味无穷的形式"，从中可以触摸"合一的神性与人性"③，以音乐作为高级的美。霍氏的诗歌富有优美感伤的情调，充满梦幻和象征，被称为"诗人中的莫扎特"，代表作有《早春》（1892）、《漫步》（1893）、《生命之歌》（1894）、《强大魔力之梦》（1896）等。霍夫曼斯塔尔的戏剧语言华美，

---

① See Yvonne Ivory, "The De-Humanization of the Artistic Receptor: The George Circle's Rejection of PaterianAestheticism", in Kelly Comfort, ed., *Art and Life in Aestheticism De-Humanizing and Re-Humanizing Art, the Artist, and the Artistic Receptor*, New York: Palgrave Macmillan, 2008, pp. 96—108.

② 詹·麦克法兰:《现代主义思想》，见马·布雷德伯里、詹·麦克法兰编:《现代主义》，胡家峦等译，上海：上海外语教育出版社，1992年，第53页。

③ 胡戈·冯·霍夫曼斯塔尔:《风景中的少年：霍夫曼斯塔尔诗文选》，李双志译，南京：译林出版社，2018年，第252页。

剧中台词多采用典雅的诗句,情节与人物形象都带有寓意性和象征性,营造含蓄的梦境,纠缠于生命、梦幻与死亡的主题,呈现出强烈的诗化的特征。他的代表作有《昨日》(1891)、《提香之死》《愚人与死亡》(1893)、《厄勒克特拉》(1903)、《俄狄浦斯与斯芬克斯》(1906)、《橱窗里的女人》(1909)、《每一个人》(1911)、《困难的人》(1921)等。霍夫曼斯塔尔晚年致力于改编与革新古希腊悲剧、中世纪神秘剧和巴洛克戏剧,并与马克斯·莱因哈特等人一起创办"萨尔茨堡音乐节",理查德·施特劳斯根据霍夫曼斯塔尔的剧本创作了多部歌剧,如《玫瑰骑士》(1911)、《阿里阿德涅在纳克索斯》(1912)《失去影子的女人》(1919)、《埃及的海伦》(1928)等。

霍夫曼斯塔尔的创作不仅营造了包括视觉、听觉、嗅觉、味觉在内的色彩纷呈的"感官世界",同时也通过文字的实验展示和"模拟"音乐、绘画、幻灯片甚至摄影图像的特征,不断突破文学的媒介壁垒,在文字中呈现其他艺术门类的感官特质,比如诗剧《提香之死》中的描写:

> 我如今还是不知道,那是天鹅几只,
> 还是出浴的娜雅得仙女白色的肌体,
> 仿佛是女子头发的甜美香味
> 混合了芦荟的清香……
> 如提琴乐音一般的玫瑰红声响,
> 交织了寂寂沉默与汲汲渴望,
> 井水汩汩有声,金合欢绰约,
> 轻轻洒落繁华之雪,
> 此间一切,在我感觉中汇聚合一;
> 化为一强大超绝的浓重华丽,
> 感官为之静默木然,言词失去意义。①

霍夫曼斯塔尔的文字不但"可看",而且"可听",甚至"可视",十分鲜明地传达出唯美主义"感观试验"的气质,还应和了世纪之交各艺术发展相互交融和启发的趋势。

再如诗歌《为我……》:

---

① 胡戈·冯·霍夫曼斯塔尔:《风景中的少年:霍夫曼斯塔尔诗文选》,李双志译,南京:译林出版社,2018年,第205页。

>用那久已习惯,日日相同之物
>我的眼为我造出魔法的国度:
>激流为我唱出轰鸣的歌曲,
>为我,玫瑰燃成火焰,橡树簌簌低语。
>在女子金发上嬉戏着日光
>为我——月色凌波在寂寂水塘。
>从静默的目光中我读出灵魂,向我倾诉的额头苍白无声。
>我对梦说:"留下,成真!"
>对现实我说:"成梦,消退!"
>词语,别人只当作低价硬币,
>对我是图像之源,丰足而光彩熠熠。
>我所认出的,是我的财富,
>而可爱迷人者,是我不及之物。
>酣醉甜美,由灵智的佳酿燃起,
>甜美的还有这倦怠,柔软无力。
>如此深邃的世界常常向我开启,
>其中光亮让我目眩,我步子轻巧却犹豫,
>我身边绕着一圈金色的轮舞
>那是久已习惯,日月相同之物。①

这首诗亮出霍氏创作的一个"底牌",即他的创作表面上写的是感官感受的对象,实际上通过感官对象反射出感官主体的感性能力——万物皆备于我,于是,具有超凡感性(审美)能力的诗人能从别人的"低价硬币"中找到丰足的"图像之源"。

总体而言,霍夫曼斯塔尔的创作反映出世纪末文化转型过程中人的感官体验之新变,正如他在诗剧《昨日》中写道:"换套新的感官去体验新的乐趣,当旧的性质已经失去了魅力,用自由的力量让昨日脱离我,不再称颂忠诚,那只是脆弱!"②其实,这种跨艺术门类的交融同样是人类不断突破感官介质的功能壁垒,无限放大感性能力的进一步表现。

作为霍夫曼斯塔尔的好友,阿图尔·施尼茨勒也是青年维也纳成员,

---

① 胡戈·冯·霍夫曼斯塔尔:《风景中的少年:霍夫曼斯塔尔诗文选》,李双志译,南京:译林出版社,2018年,第77—78页。
② 同上书,第152页。

他出生在奥地利帝国首都维也纳的犹太家庭。父亲是匈牙利著名喉科学家，外祖父是医生。在家庭的影响下，施尼茨勒在维也纳大学学习医学，1885年获得医学博士学位。施尼茨勒毕业后成为一名医生，但最终放弃了行医，转向写作。

施尼茨勒的创作体裁包括戏剧和中短篇小说。他的44部戏剧中有27部是独幕剧。多数三幕或五幕剧也是由相对独立的片段连接起来的。比如他的成名作《安纳托尔》(Anatol, 1893)由7个既相互联系又相互独立的独幕剧组成，该剧通过不同的片段反映了花花公子安纳托尔的浪荡意识。独幕剧在当时的奥地利也受到霍夫曼斯塔尔、梅特林克等作家的青睐。

施尼茨勒有代表性的戏剧作品主要有《儿戏恋爱》(1895)、《不受法律保护的人》(1896)、《轮舞》(1897)、《绿鹦鹉酒馆》(1899)等，小说作品有《死亡》(1895)、《古斯特少尉》(1900)等。就内容上说，他的作品描写了奥地利中产阶级和上流社会的虚伪和迷茫、人际关系的脆弱混乱、男男女女内心的寂寞和空虚，具有鲜明的"世纪末"悲观主义色彩，一度被批评为有伤风化。由于作者的犹太身份和作品的敏感主题，施尼茨勒的作品被希特勒称为"犹太污秽"，在纳粹时期被禁止。1933年，施尼茨勒的作品和卡夫卡、茨威格、弗洛伊德等人的作品一起被当众焚毁。这也从反面证明了施尼茨勒在德国和奥地利的影响力。

施尼茨勒的创作理念和表现手法更具特色，由于具备医学背景，并和弗洛伊德密切交流，他对人的潜意识、隐秘性心理的挖掘堪称意识流文学的先驱，比如短篇小说《古斯特少尉》就以主人公的内心独白贯穿全篇，因此有人认为，他是德国第一个以意识流叙事方式创作小说的人。可以说，施尼茨勒用文学的形式表现了弗洛伊德的学说，弗洛伊德对此称赞道："我得到的印象是，你通过直觉就能获得——尽管实际上是敏感内省的结果——我必须通过艰苦的工作才在他人身上挖掘的一切。"[1]由此，施尼茨勒的作品能够细致地观察并细腻地表达人的瞬间印象，触及人的意识的边缘域，这是以往的小说很难达到的状态。比如《古斯特少尉》和《埃尔泽小姐》(1924)两篇作品通篇采用内心独白手法，表现主人公神经敏感、飘忽不定、百转千回又突如其来的下意识心理，由一个个感觉和情绪组成

---

[1] 转引自 https://encyclopedia.thefreedictionary.com/Arthur+Schnitzler#cite_ref-4，访问日期：2020年12月20日。

晕圈。这种艺术手法其实已经脱离或者说超越了唯美主义，进入现代派文学的范畴。在《埃尔泽小姐》中，当敏感的埃尔泽小姐陷入弥留之际，施尼茨勒写道："'她没有知觉，那她是什么也听不到的。我们讲话的声音很轻。'——'在这种情况下，感官有时候是异常敏锐的。'"①在现代心理学领域，感觉是大脑对直接作用于感官的事物的个别属性的反映；知觉是对感觉信息的加工以至形成对事物整体认识的过程。感觉是知觉的基础，知觉是感觉的高级形式，事实上，人的感觉不仅是动物的感性直观，已经包含理性的作用，也就是说，是有理性参与其中的意识活动。小说对埃尔泽小姐敏感的内心活动的展露随着她接近生命的尽头而向潜意识层面靠近，此时，感性层面愈发明显，理性层面趋于弱化，形成一种感性知觉。事实上，这种写作现象和趋势普遍见于唯美主义文学作品。

第七节　其他欧美国家的唯美主义

一、意大利、瑞典唯美主义文学

严格地说，意大利的唯美主义文学意识虽然发生在 19 世纪后期，但在 20 世纪初才形成潮流并达到高峰，其实已经超出本书的研究范围。不过，由于意大利文学受 19 世纪西欧文学思潮的影响较大，意大利唯美主义文学的重要代表人物加布里埃尔·邓南遮等人在 19 世纪末就创作了几部典型的唯美主义作品。有鉴于此，我们仍然将意大利列入 19 世纪西方唯美主义的发展谱系中加以介绍。

19 世纪末的意大利经济发展陷入停滞，政治上缺乏强有力的领导，社会问题丛生，和英、法、德等国家的差距不断扩大。同时，社会大工业机器生产和科学技术的迅猛发展，使艺术家开始反思自己的生存境域。在这种局面下，有些作家怀着对现实极度失望、苦闷、彷徨的心态，接受西欧的传来的非理性主义哲学思潮和"为艺术而艺术"的文艺思想，形成了具有鲜明唯美主义倾向的意大利颓废派，乔万尼·帕斯科里（Giovanni Pascoli，1855—1912）、加布里埃尔·邓南遮是其中的代表。

---

① 阿图尔·施尼茨勒：《埃尔泽小姐》，高中甫译，见韩瑞祥选编：《施尼茨勒作品集·Ⅰ·古斯特少尉（短篇·中篇）》，韩瑞祥等译，北京：人民文学出版社，2017 年，第 343 页。

诗人乔万尼·帕斯科里出生于意大利圣莫罗（San Mauro）一个富裕的农场主家庭。他12岁那年，父亲在回家途中被害身亡，不久他的母亲、姐姐和两个兄弟也相继离开人世。亲人离世、家道中落等一连串打击使帕斯科里的童年蒙上阴影，导致他在政治上向社会主义思想靠拢。他的第一部诗集《柽柳集》（1891）就反映了他不幸的童年，这部诗集频繁采用印象派手法，用声音、光线和色彩勾勒不同形象，使感官与个人情绪的表达相互交织。在大学阶段，他积极参加政治运动，赋诗颂扬无政府主义思想，后因此被捕入狱。狱中生活使帕斯科里的精神颓丧。1882年大学毕业后，他一边在中学教书，一边与《新生活》（*Vita nuova*）杂志合作，开始诗歌创作，逐渐在文坛崭露头角。1894年，帕斯科里被召到罗马为公共教育部门工作，在那里他出版了诗集《飨宴》（1904）。后来，他辗转于博洛尼亚、佛罗伦萨、墨西拿、比萨等地。1912年，因患肝癌，帕斯科里死于博洛尼亚。他的代表诗集还有《卡斯忒维丘之歌》（1903）、《处女作》（1904）、《颂诗和赞美诗》（1906）等，另外还有诗论《童心》（1897）。

帕斯科里对社会变革和科学进步不抱希望，对于现代文明和城市抱有恐惧和排斥的态度。他认为，"无数正在兴起的繁荣的大城市将成为奴役人们的工具和场所"，"科学技术的高度发展只能使人的信仰模糊和淡漠"。① 他早期的诗歌关注家庭生活和自然风光。他认为自然生命是一个谜，只有对自然事物展开象征性的联想，才能窥见自然表象背后的真理。他后期的诗歌涉及许多古典主义的题材和典故，在诗风上具有实验性质。帕斯科里擅用象征和比喻，在诗歌语言上营造一种感官享乐主义。他认为童年是诗人的象征，是最富有诗意的时光，因为童年具有无尽的想象力和敏锐的直觉，儿童像诗人一样将自然界的一切都看作是有生命力的，真正的诗歌诞生于对童年的追忆之中。这种观点类似维柯（Giambattista Vico，1668—1744）的思想，怀念代表诗性意识的童年/远古意识，契合当时非理性主义对现代文明的批判。实际上，童年/远古与其说是代表了一种时间观念，不如说代表了一种审美、艺术至上的诗性观念。帕斯科里认为现代资本主义文明破坏了诗意，他在论述诗人与资产阶级社会的关系时说："诗人总是生活在梦境与幻想、往昔与未来之间……他逃离小资产阶级的世界，犹如苍鹰一样，展翅飞往夕阳照耀下的一望无垠

---

① 转引自沈萼梅、刘锡荣编著：《意大利当代文学史》，北京：外语教学与研究出版社，1996年，第27页。

的神秘原野。"①他表达了艺术高于生活、(本真的)生活就是诗歌的思想。他还认为诗人无须介入社会现实,因为艺术不是认识现实的工具,诗意存在于事物内部,要靠敏锐的(审美的、非功利的)目光去发现它。

加布里埃尔·邓南遮是意大利颓废派最有影响力的作家,也是意大利世纪之交最有才华、最有成就和最具话题性的作家,他的创作涵盖诗歌、小说和戏剧。邓南遮在五四时期就被译介到中国,徐志摩将他的名字音译为"丹农雪乌"。

邓南遮出生于意大利中部海滨城市佩斯卡拉,家境显赫。他自幼就显露出创作方面的天赋,在16岁时摹仿意大利诗人卡尔杜奇(Giosue Carducci,1835—1907)的风格发表了第一本诗集《早春》(1879),初露锋芒。1881年,他读完中学后迁居罗马,开始同当地文学界和新闻界的名流人士展开频繁交往。1882年,他以另一部自然主义风格的诗集《新歌》(1882)获得文坛普遍赞誉。成名以后的邓南遮凭借其才情风度马上成为罗马上流社会沙龙的宠儿,他也热衷于逢场作戏、寻欢作乐的生活,沉迷于风流韵事、莺歌燕舞,在他的《欢乐》(1889)、《火》(1900)等作品中都能看到这种生活的痕迹。这些小说以上流人士奢侈的生活和高超的艺术鉴赏力为表现对象,描写他们沉寂于放荡不羁、奢靡享乐的生活状态。《欢乐》、《无辜者》(1892)和《死的胜利》(1895)构成他的"玫瑰三部曲",为他赢得了国际声誉,也表明他告别之前的自然主义痕迹,转向颓废的唯美主义。邓南遮的代表作品还有小说《岩间圣母》(1895),剧本《死城》(1899)、《琪娥康陶》(1899)和诗集《天国的诗》(1893)等,或多或少都表现出唯美主义倾向。

邓南遮一度摹仿自然主义的创作手法,但他不满足于此,后受到法国帕尔纳斯派和象征主义诗歌的影响,并接受和传播唯美主义思想。他崇拜尼采,尤其是尼采的"超人"学说,将其转换为艺术高于生活,艺术家拯救世界的唯美主义思想,并和意大利当时躁动的民族主义情绪相结合,很快引起一大批年轻知识分子的共鸣,成为他们的精神领袖。凭借他思想上的号召力,他被政坛挖掘,受到执政者的推崇和青睐,当然也免不了被政治利用。1938年3月1日,邓南遮死于脑出血。

长篇小说《火》被视为邓南遮作品中最具唯美主义特质的一部。邓南遮原想以这部小说作为"石榴三部曲"的第一部,可惜另外两部没有完成。

---

① 转引自张世华:《意大利文学史》(第三版),上海:上海外语教育出版社,2013年,第281页。

《火》以诗人眼中的威尼斯的梦幻风光为背景,通过诗人斯泰利奥与女演员福斯卡里娜之间炽烈的爱情,描写了艺术永恒、艺术高于生活、艺术拯救世俗人生的"超人"意志和高蹈姿态。比如,小说中多次使用怪兽意象象征人群,作者写到斯泰利奥在大厅中寻找福斯卡里娜的场景:"人群鸦雀无声,而他则在等着一头具有眼状斑痕的庞大怪兽形象出现,那全身长着光怪陆离的鳞片的怪物,以它那夺目的光彩,使像嵌满珍宝布满繁星的夜空似的天花穹顶也黯然失色了。"[①]在古希腊神话中,怪兽是神马珀伽索斯的劲敌,神马珀伽索斯是诗人灵感的象征,谁跨上珀伽索斯,谁就能成为诗人。在此,邓南遮用诗人与怪兽的对峙,象征艺术家的"超人"意志,面对庸众时的"一种挑战精神,一种搏斗的意识,显示一种力量的需要"[②]。作品还涉及对音乐、建筑、雕塑、绘画、戏剧以及各种手工艺品的描绘和点评,无时无刻不显示出邓南遮本人超凡的审美品位和优越感,以及他试图将生活艺术化的企图。

正如典型的颓废派、唯美主义者那样,邓南遮不信任科学主义话语,他曾说:"试验已经完成了。科学已无法充实那已被摒弃的天地,平静安宁的灵魂已被科学所毁灭,科学也无法使那饱受创伤的灵魂重新得到安慰……我们不想要什么真理了,给我们梦幻吧。唯有在未知世界的阴影中生活,我们才能得以安宁。"[③]他不仅是意大利颓废派文学的扛鼎之人,也是整个欧洲"世纪末"时代的代表作家。邓南遮将"美"作为人生的全部价值所在,他的作品总是充满昂扬丰富的情感,追求感官的刺激和美的享受;语言高雅,精致雕琢,大量使用"虚化"的形容词、副词,少用实指的名词,使语言充满音乐感。意大利新现实主义作家维塔利亚诺·勃朗卡蒂(Vitaliano Brancati,1907—1954)曾这样评论邓南遮的创作:"我在青少年时期就拜读过邓南遮的作品,读后给我的第一个印象就是,它们像是一个奇妙的装置,大大地增强了人的听觉、嗅觉、视觉和触觉:芳香、光线、声音和触感一齐向你涌来,我小小的知觉犹如一根发疯的指南针似的胡乱地作着反应。"[④]这个评价不仅指出了邓南遮的创作风格,也在某种程度

---

① 加布里埃莱·邓南遮:《火》,沈萼梅、刘锡荣译,广州:花城出版社,2005年,第40页。
② 同上书,第40页。
③ 加布里埃拉·邓南遮:《在生活和艺术之中》,转引自加布里埃拉·邓南遮:《无辜者》,沈萼梅、刘锡荣译,北京:花城出版社,1994年,译本序第6页。
④ 转引自加布里埃拉·邓南遮:《无辜者》,沈萼梅、刘锡荣译,北京:花城出版社,1994年,译本序第7页。

上捕捉到了唯美主义的某些本质。可以说,邓南遮继法国、英国的唯美主义先驱之后,将唯美主义文学推向了又一个高峰。

除意大利外,欧洲19世纪末的瑞典文学界出现了一股强烈的反对基督教禁欲主义、抵制现实主义的文艺思潮。随着英、法等国新兴文艺思潮的传入,以及尼采、叔本华等人的意志主义哲学的兴起,一批年轻瑞典作家纷纷冲破当时统治文坛的现实主义和自然主义的桎梏,寻找个性化的表达方式,用艺术才情打破文学界的沉闷,促成世纪末瑞典文学的新局面。这些作家对研究人的原始本能问题,对于人的个性是由遗传还是由环境决定的问题不再抱有兴趣,而是关注人的意志问题,尤其是关注强人、天才、艺术家的精神生活。他们相信诗歌和艺术具有提高和改造人类的力量,认为评价一个作家最重要的标准不再是能否细心观察生活,准确反映现实,而是是否具有创造性的想象力,是否具备高超的艺术创作和文学技巧。诗歌与富有音乐性的瑞典语一拍即合、相得益彰,成为当时作家最推崇的文学体裁。不论是抒情诗还是诗化的散文,诗人都力求用浮华精致的语言、丰富多彩的形式和音乐般的韵律来表达对美的追求,作品往往具有神秘主义的玄妙奇想和浓烈的异国/异教情调。代表作家、诗人有魏尔纳·冯·海顿斯坦(Verner von Heidenstam,1859—1940)、古斯塔夫·弗勒丁(Gustaf Froding,1860—1911)、埃里克·阿克塞尔·卡尔费尔特(Erik Axel Karlfeldt,1864—1931)、奥斯卡·雷维廷(Oscar Levistin,1862—1906)和埃伦·凯伊(Ellen Key,1849—1926)。在他们的共同影响下,瑞典文学刮起了一股唯美主义旋风,当然,这股旋风最猛烈的时候是在20世纪。

二、西班牙语美洲唯美主义文学

跟欧洲其他发达国家相比,西班牙语文学世界继巴洛克文学带来的唯美倾向之后反而显得有些沉寂,唯美主义思潮更没有在西班牙掀起大波澜。不过,在大洋的另一端,作为西班牙的殖民地,讲西班牙语的拉丁美洲国家却比宗主国更敏锐地嗅到来自欧洲的唯美主义气息,在拉丁美洲刮起一阵猛烈的唯美主义旋风,文学史上称之为"西班牙语美洲现代主义运动"。

西班牙语美洲现代主义的持续时间范围大致在19世纪80年代至20世纪前10年之间,是继拉美浪漫主义衰弱以后出现的文学思潮。需要注意的是,这里所说的"现代主义"(modernismo)与西方20世纪现代派(modernism)不是一回事。"现代主义"(modernismo)是胡斯托·塞耶拉①(Justo Sierra,1848—1912)在为曼努埃尔·古铁雷斯·纳赫拉(Manuel Gutiérrez Nájera,1859—1895)的诗集撰写的序言(1896)中首次提出的,实际上指的是包括唯美主义和象征主义在内的"世纪末"思潮,主要是"为艺术而艺术"的理念;而西方20世纪现代派文学的拉美文学部分在文学史中一般被称为"先锋派"。一般认为,现代主义运动的宣言是纳赫拉在1876年发表的《艺术与唯物主义》(El arte y el materialismo)一文,而现代主义创作则以何塞·马蒂(José Martí,1853—1895)1882年的诗歌《伊斯马埃利约》为滥觞,以鲁文·达里奥(Rubén Darío,1867—1916)发表诗文集《蓝》(1888,包括短篇小说、诗歌、散文)为高潮,以鲁文·达里奥于1896年发表诗集《世俗的圣歌》为界分为前后两个时期,以鲁文·达里奥在1916年的去世为终结。第一阶段的作家作品总体上呈现为由浪漫主义风格向唯美主义风格过渡的特点,在此期间,刊物《蓝》(墨西哥,1894—1896)是西班牙语美洲现代主义最重要的阵地,在3年时间中发表了96位拉美16国(不包括墨西哥)诗人的作品,还译介了包括波德莱尔、帕尔纳斯派、王尔德等欧洲作家的作品,为拉美现代主义和欧洲文学的双向互动发挥了重要作用。② 第二阶段的总体特点则是由唯美主义向先锋派过渡。

西班牙语美洲现代主义第一阶段的主要作家有尼加拉瓜诗人鲁文·达里奥,哥伦比亚诗人、作家何塞·亚松森·席尔瓦(José Asuncion Silva,1865—1896),墨西哥短篇小说家、诗人曼努埃尔·古铁雷斯·纳赫拉,墨西哥诗人萨尔瓦多·迪亚兹·米隆(Salvador Diaz Miron,1853—1928),深受法国帕尔纳斯派和象征主义诗歌影响的古巴诗人胡利安·德尔·卡萨尔(Julian del Casal,1863—1893),古巴诗人何塞·马蒂等。第二阶段代表作家有玻利维亚诗人里卡多·海梅斯·弗雷伊雷(Ricardo Jaimes Freyre,1868—1933)、墨西哥诗人阿马多·内尔沃(Amado Nervo,1868—1933)和恩里克·贡萨莱斯·马丁内斯(Enrique González Martínez,1871—1952),哥伦比亚诗人吉列尔莫·巴伦西亚(Guillermo

---

① 塞耶拉是墨西哥教育家和历史学家。他以浪漫主义诗人的身份进入文坛,后全身心投入到创办学校、讲学传道的教育事业中,为20世纪初墨西哥的文化复兴发挥了重要作用。
② 参见赵振江:《西班牙语美洲文学期刊一瞥》,《十月》2019年第2期,第195—200页。

Valencia,1873—1943)①、阿根廷诗人莱奥波尔多·卢贡内斯(Leopoldo Lugones,1874—1934)、秘鲁诗人何塞·桑托斯·乔卡诺(José Santos Chocano,1875—1934)、乌拉圭诗人胡利奥·埃雷拉·伊·雷西格(Julio Herrera y Reissig,1875—1910)和乌拉圭女诗人德尔米拉·阿古斯蒂尼(Delmira Agustini,1886—1914)等。

纳赫拉在1876年发表的《艺术与唯物主义》中提出要区分两种艺术:"置人于尘世的堕落艺术"和"净化并引人升入天堂的崇高艺术"。他提倡后者,认为崇高艺术的创作要符合以下标准:(1)"艺术的自由"和艺术家的自由:艺术家"应该完全自由地以他的灵感所支配的形式来表达他的思想"。(2)"艺术的目标是实现美":"工业的目标是"有用",艺术的目标是"美",美也是"有用的",仅仅因为它是美的。(3)美是建立在精神而非物质之上的。(4)艺术是创造而不是摹仿:基于摹仿的现实主义是对艺术的物化,是令人厌恶和反感的实证主义……是艺术的堕落、对物质的神化,那是一种"犯罪",从艺术中攫取它所拥有的一切精神上的东西,使它成为物质的奴隶,使它萎缩在摹仿现实的狭隘道路上,总之,把它囚禁在卑躬屈膝的摹仿的悲惨牢笼里。(5)美不是你所定义的东西,而是你所感觉到的东西。② 显然,这几个标准几乎就是欧洲唯美主义思潮的主要理念。因此,"西班牙语美洲现代主义标志着'为艺术而艺术'的理念对拉美文学生活的植入和影响"③,他们当中的多数作家都提倡或赞同"纯诗""纯艺术"的理念,认为诗歌唯一的要素是"美",而非道德或社会的标准。这些作家的共同特点是主张"为艺术而艺术"和"纯诗"的艺术理念,捍卫艺术的独立性与合法性,以及艺术对现实生活的超越性。

以鲁文·达里奥为例,他在《蓝》中有一篇短篇小说《资产王》,讲述一个诗人在王宫中的悲惨境遇。以艺术保护人自居的国王在王宫中豢养着

---

① 巴伦西亚和中国文学之间颇有渊源,于1929年出版了从法译本中国古体诗选集《玉书》(*Le Livre de Jade*)转译的诗集《神州集:东方诗歌》(又译《震旦》),收录了98首中国古典诗词,其中大多为唐诗。

② See Manuel Gutiérrez Nájera, "El arte y el materialismo", E. K. Mapes, Ernesto Mejía Sánchez, eds., *Obras. Crítica Literaria*, Mexico City: Centro de Estudios Literarios Universidad Nacional Autónoma de México, 1959, pp. 53—57. Qtd. in Kelly Comfort, *European Aestheticism and Spanish American Modernismo: Artist Protagonists and the Philosophy of Art for Art's Sake*, New York: Palgrave Macmillan, 2011, p. 13.

③ Gene H. Bell-Villada, *Art for Art's Sake and Literary Life: How Politics and Markets Helped Shape the Ideology and Culture of Aestheticism, 1790—1990*, Lincoln: University of Nebraska Press, 1996, p. 107.

诗人、音乐家、画家、雕塑家等艺术家，也豢养哲学家、修辞学家、药物学家等学者。宫殿富丽堂皇，布满希腊式、中国式、日本式的异国情调装潢。但国王对艺术和美的喜爱有叶公好龙之嫌，他只是出于虚荣和消遣才用艺术打发时间。他对诗既无鉴赏力，也不尊重，任由鞋匠和药物学家糟蹋诗歌。诗人认为艺术是严肃的，"艺术不穿裤子，不讲资产阶级的语言，不是在每个重读元音上加点。艺术是庄严的，它要么穿着黄金或火焰的披风，要么赤身行走"①。他还说："在阿波罗和呆鹅之间，请选择阿波罗，哪怕前者是土烧的，后者是象牙做的。"②众人不理解诗人的思想，哲学家想出一个馊主意，让诗人在水池旁摇动八音盒的手柄，发出声响以供众人取乐。最后诗人被大家遗忘，冻死在节庆的雪夜。这个故事既说明艺术与现实的对立，表现艺术家在讲究实际和功利的资产阶级市侩主义和资本逻辑中的悲惨境遇，也暗示真正的艺术不是机械地摹仿，而是自由创造。达里奥的散文《卷心菜的诞生》讲述玫瑰被魔鬼蛊惑，放弃自己美丽的本质，想要变得有使用价值，于是玫瑰"像此后的女人一样受了诱惑，一心想要变得有用，鲜红中平添了一抹苍白"③，成了一棵"有用"的卷心菜。达里奥以魔鬼和上帝、美和有用之间的矛盾，讽刺美被实用主义、物质主义破坏的社会现实，这种唯美主义的话语令人想起王尔德的唯美主义童话。

达里奥的另一则短篇小说《中国皇后之死》在情节和立意上都与皮埃尔·路易的《阿芙罗狄特》和王尔德的《道林·格雷的画像》相似。青年雕塑家莱卡莱多酷爱雕刻，尤其喜爱创作美丽的女神形象。他钟情于日本和中国的雕塑艺术，崇拜法国作家皮埃尔·洛蒂（Pierre Loti，1850—1923）和法国女诗人朱迪特·戈蒂耶（Judith Gautier，1845—1917）④笔下描写日本和中国生活的充满异国情调的作品，还从横滨、长崎、京都、南京、北京收集手工艺品。莱卡莱多和妻子苏塞特过着甜蜜的生活，直到一个从事艺术贸易的朋友从香港寄给他一尊名为"中国皇后"的半身瓷像。瓷像"头发向后拢紧，表情如谜，奇异的目光低垂，如天上的公主俯视人

---

① 鲁文·达里奥：《资产王》，见《鲁文·达里奥短篇小说选》，戴永沪译，桂林：漓江出版社，2013年，第10页。
② 同上。
③ 鲁文·达里奥等：《镜中的孤独迷宫：拉美文学选集》，范晔等译，广州：花城出版社，2019年，第3—4页。
④ 朱迪特·戈蒂耶是19世纪末、20世纪初法国著名的女作家、诗人、翻译家以及东方学者。作为第一个入选龚古尔文学院的女院士，她以再创作的方式翻译了百余首中国古诗，于1867年集结为《玉书》出版，对19世纪末西方兴起的中国诗词翻译热潮发挥了举足轻重的作用。

间,露出司芬克斯的微笑。鸽子般的肩上是挺拔的秀脖,肩上盖着起伏如波的绣龙的丝袍"①。这个瓷像充满东方艺术的精巧、婉约、神秘的美感,莱卡莱多爱不释手,整日沉迷于欣赏把玩瓷像,将它视为偶像。他的妻子倍感冷落,一气之下将瓷像砸得粉碎。莱卡莱多沉醉于东方艺术品,完全被它吸引,以致混淆了艺术与生活,这是典型的唯美主义文学的主题。

西班牙语美洲现代主义作家反对浪漫主义直白的情感流露,转而崇尚精雕细镂的艺术形式,追求优雅的语言、和谐的韵律、人工的意象(玛瑙、宝石、翡翠、琉璃等)、诗歌的音乐性,呈现夸饰雕琢的诗风,用"为艺术而艺术"的态度抵御黑暗的现实,流露出个性化的颓废情绪。这些现代主义诗人积极探索诗歌美感的实现途径,丰富诗歌在音韵上的表现形式,以达里奥为例,在他笔下,如九音节、十一音节、十二音节等许多被遗忘或很少被使用的诗律形式都获得生机。在诗学理论上,他们主张自由诗体,探索诗歌韵律的更多可能,如里卡多·海梅斯·弗雷伊雷的诗论《卡斯蒂利亚语诗歌规律》(1912),该书是现代主义为数不多的诗歌理论作品之一。

在现代主义诗人眼里,拉美的现实是污秽的、不合历史潮流的,而高度发达的欧洲的现实才是真正的现实。几乎所有的现代主义诗人都到过巴黎和其他一些欧洲发达城市,他们需要一个类似巴黎的当代美洲。达里奥曾写道:"当我还是个小男孩的时候,就梦想着巴黎,在我的祈祷中,我恳求自己不要在去巴黎前死去。对我来说,巴黎就像一个天堂,在那里人们可以呼吸到幸福的本质。巴黎是艺术、美丽和荣耀的城市;最重要的是它是爱的首都,梦幻的王国。"②

除了将巴黎等欧洲发达城市视为反衬拉美现实的"乌托邦"外,现代主义者们也对东方古国的文明感兴趣,在那里寻找创作的灵感,体现出一种"世界主义"(泛美主义)③的价值取向。同时,他们追求东方主义和异国情调,向往日本、中国、印度,也从西方古希腊神话传说中汲取养分,并和拉美本土充满原始生命气息的语言文化、宗教神话(作为欧洲的异质文

---

① 鲁文·达里奥:《中国皇后之死》,见《鲁文·达里奥短篇小说选》,戴永沪译,桂林:漓江出版社,2013年,第73页。
② 转引自 Gene H. Bell-Villada, *Art for Art's Sake and Literary Life: How Politics and Markets Helped Shape the Ideology and Culture of Aestheticism, 1790—1990*, Lincoln: University of Nebraska Press, 1996, pp.107—108.
③ 参见李德恩:《拉美文学流派与文化》,上海:上海外语教育出版社,2010年,第211页。

化)相结合。他们所逃避的现实很大程度上也是殖民时期民族矛盾、文化矛盾的现实,因此,达里奥等人的诗歌体现出一种异国情调的世界主义,这也是拉美现代主义的产物,比如《神游》(节选)一诗:

> 难道是异国的情意缠绵……?
> 像东方的玫瑰使我梦绕魂牵:
> 丝绸、锦缎、黄金令人心花怒放,
> 戈蒂耶拜倒在中国公主面前。
>
> 啊,令人羡慕的美满姻缘:
> 琉璃宝塔,罕见的"金莲",
> 茶盅、神龟、蟠龙,
> 恬静、柔和、翠绿的稻田!
>
> 用中文表示对我的爱恋,
> 用李太白的响亮语言。
> 我将像那些阐述命运的诗仙,
> 吟诗作赋在你的唇边。①

因此,西班牙语美洲现代主义在颓废美学之外又闪现出原始主义气息,呈现出一种相对于欧洲宗主国文明而言陌生化但又可理解的异质话语抒写形态。从西班牙语美洲现代主义创作中我们可以看到夸饰主义的遗风,现代主义运动不仅丰富了西班牙语表现形式,还反过来影响了当时的欧洲文坛,使拉丁美洲诗歌首次对欧洲宗主国文学世界产生反馈作用,开启了西班牙文坛的现代主义思潮。"欧洲唯美主义运动和西班牙语美洲现代主义之间存在相互影响的方面。"②现代主义运动不仅推动了拉美文学意识的独立,也推动了民族意识的独立,何塞·马蒂谈道:"没有西班牙美洲文学,就没有西班牙美洲。美洲将是文学表达的本质。"③这在第二代现代主义诗人身上表现得更加明显,在现代主义运动晚期,不少诗人开始

---

① 转引自赵振江、滕威、胡续冬:《拉丁美洲文学大花园》,武汉:湖北教育出版社,2007年,第88页。

② Kelly Comfort, *European Aestheticism and Spanish American Modernismo: Artist Protagonists and the Philosophy of Art for Art's Sake*, New York: Palgrave Macmillan, 2011, p.5.

③ 李德恩:《拉美文学流派与文化》,上海:上海外语教育出版社,2010年,第59页。

反对前期现代主义过于欧化的唯美主义倾向,他们把注意力转向拉丁美洲自己的历史和社会现实,有意识地批判欧洲并和宗主国文化保持距离。因此,毫不奇怪,继西班牙语美洲现代主义运动之后,拉美文坛马上就出现了一股泛西班牙主义和美洲主义的民族主义话语,为20世纪拉美先锋派的出现和拉美文学大爆炸做了准备。

  以上就是唯美主义思潮在19世纪主要国家和地区的发展脉络,我们可以发现,并不是每个美学家、文论者和创作者都自诩为唯美主义者,或者明确提出了"为艺术而艺术"的说法,但这不妨碍他们的创作汇入唯美主义大潮。其实,作为口号的"为艺术而艺术"本身就语焉不详,它只是对康德美学的口语化和口号化表达,有时甚至更像一种前卫的"姿态",最早的提出者也并未对它进行系统性的阐释,后来者则在不同层面理解、补充、践行这一口号,使之呈现出立体、逻辑的诗学理论结构,对唯美主义的理解必然要建立在对这一结构的阐释之上。R. V. 约翰逊(R. V. Johnson)指出,对"为艺术而艺术"的理解包含三种理解的角度:一、作为艺术自律的观点;二、作为一种文艺批评的倾向,即认为艺术家不必为时代发声;三、作为一种生活的观点,即以艺术的精神来对待生活经验,把它们作为审美享受的材料。[1] 顺着约翰逊的理解,我们可以将"为艺术而艺术"细化为四个维度的思考:艺术与生活的关系、虚构与真实的关系、形式与内容的关系、作品与作家关系。由此,我们认为"为艺术而艺术"包含艺术高于生活、艺术自律、形式主义、艺术拯救人生四个具有内在逻辑的诗学理论层次。当然,它们并非横空出世,各自都经历了相当长的历史准备。

---

[1] See R. V. Johnson, *Aestheticism*, London: Methuen, 1969, pp. 1—12.

第三章
"艺术高于生活"的理论脉络

从古希腊至近代,由于客观论美学的强大惯性,摹仿论长期占据西方诗学的主导地位,它主张艺术要摹仿自然、再现自然。在18世纪以前,审美艺术与技艺并没有明显的区分,技艺包含审美艺术品、手工艺品与手工技术的含义。作为技艺,首要的功能便是改造生活,既然要改造生活,便要顺应自然与社会的规律,必然要"摹仿"自然。到了19世纪,摹仿论再度被激活,成为写实主义的理论基础。当然,随着历史的演进,摹仿论本身的含义也在发生变化,主要体现为三个方面。

首先,从摹仿的主体角度而言,近代以来,艺术的含义从技艺(technique,古希腊语 technē)逐渐向审美艺术(fine art)转变,艺术的实用性和功利性降低了。其次,作为摹仿的对象,"自然"的内涵在西方哲学中一直在变化,它可以指代大自然、自然界、创造神、自然规律、社会历史、现实人生等。但从总体上说,这些对"自然"的理解可以分为两层含义:一是 natura naturata,指被创造的自然,衍生为客观世界;二是 natura naturans,指创造自然的自然,即造物主或造物主的意志,衍生为本质、规律。[①] 在18—19世纪,随着实证主义和科学主义的兴起,"自然"的前一种含义演变为人类切身生存其间的现实生活,"摹仿自然"就是写实,表现可见的自然,还原生活细节;"创造自然的自然"则演变为自然科学和实证主义语境中的自然规律,"摹仿自然"即表现社会、历史或者自然科学意义上的规律,表现"典型"。最后,摹仿的方式变了,从摹仿对象的外表,到摹

---

① 参见谢林:《自然哲学箴言录》,见《哲学与宗教》,先刚译,北京:北京大学出版社,2017年,第266页。

仿客观世界的规律,再到摹仿(再现)人的规律。在经典现实主义文学那里,文学成为观察社会规律的窗口;在经典自然主义那里,文学成为观察印证自然、生理规律的实验室。

第一节　摹仿论统御下的理论酝酿

在摹仿论的统御下,生活高于艺术、艺术从属于生活仿佛是天经地义的观念。因此,唯美主义提出艺术高于生活、生活摹仿艺术的说法便显得石破天惊。但事实上,艺术与生活的关系并非一成不变。艺术高于生活观念的出现经历了相当长时间的理论酝酿,它的出现标志着西方诗学观念从近代向现代过渡。

在古希腊时期,虽然赫拉克利特和德谟克利特等早期自然哲学家从朴素的唯物主义出发认为艺术摹仿自然,但他们也不排斥灵感,也强调艺术中的天才因素,当然天才的创作灵感本质上是受到理念的召唤才产生的。后来的智者学派强调艺术是对真理(自然本性)十足的摹仿,从而贬低人工技艺,但他们抽象地发展了人作为主体的能动性,为审美主体的觉醒提供了理论准备,比如普罗泰戈拉的著名命题"人是万物的尺度"。苏格拉底提出"摹仿再现自然"的观点,但他认为艺术不是简单地照搬自然,还需要作家对题材进行筛选和提炼;高明的诗人不仅具备娴熟的技艺,还受神的驱遣而发挥自己的创造性;高明的诗人不是仅凭诗艺,而是还要凭借灵感和情感。古希腊"摹仿论"的代表人物当属亚里士多德,他也认为,艺术/技艺需要发挥人的能动性,并赋予自然质料以形式。艺术/技艺一方面要摹仿自然,另一方面又可以弥补自然的缺陷,完成自然无法完成的事,这在雕塑、绘画、文学等偏重审美的艺术/技艺中尤为突出。与柏拉图不同的是,亚里士多德不认为摹仿是低级、卑下的行为,或仅仅是对理念的"分有",而是体现人对自然的认识能力,并将这种认识能力视为人高于动物的自然禀赋。比如雕塑和绘画,两者都是在三维与二维的空间中对自然形象的呈现;音乐也一样,亚里士多德说道:"当人们听到摹仿的声音时,即使没有节奏和曲调,往往也不能不为之动情。"[①]那么如何解释音乐

---

① 亚里士多德:《政治学》,颜一、秦典华译,见苗力田主编:《亚里士多德全集》(典藏本)(第九卷),北京:中国人民大学出版社,2016年,第280页。

摹仿带来的愉悦呢？亚里士多德说："然而人们共享音乐，并非仅仅为了过去"①，"节奏和曲调摹仿愤怒和温和、勇敢和节制以及所有与此相反的性情，还有其他一些性情……在仿照的形象面前感到痛苦或快乐与亲临其境面对真实事物的感受几乎相同"②。他进而指出，除了视觉和听觉，诸如触觉和味觉等其他感觉都无法摹仿性情，因此他们不能形成审美愉悦。也就是说，音乐不是摹仿什么已经发生的自然声音现象（过去），而是摹仿艺术家的心灵和情感。由摹仿带来的愉悦显然不能仅从摹仿客观自然的角度解释，更要站在摹仿主观心灵的角度理解。这样一来，摹仿的客体变得次要，从摹仿中锤炼主体的认识能力变得重要。基于此，我们就可以理解亚里士多德在《诗学》中所说的要摹仿在行动中的人，摹仿应当存在的东西，摹仿可能发生的事。这些无一不是人的认识能力的产物，也就触及了文艺心理学的内容，超越了机械的摹仿论，给艺术与生活的关系打开了另一个视角。

中世纪奥古斯丁的美学思想是连接古希腊美学和基督教神学美学的桥梁。受古希腊传统客观论美学的影响，早年还未信教的奥古斯丁认为美在和谐的秩序。从他转向基督教开始，和谐的秩序就变成了全能的上帝。由于奥古斯丁眼中的上帝太神圣、太抽象、太道德化，再加上罗马帝国的"穷奢极恶"作为前车之鉴，所以人世间的美在奥古斯丁眼里便带有虚妄和邪恶的"原罪"色彩。从这个意义上说，奥古斯丁的美学思想仍然是"摹仿论"的，只不过是从摹仿"被创造的自然"变成了摹仿"创造自然的自然"。他还第一次提出对"丑"的看法，认为"丑"是上帝设计的为了彰显"美"的存在，使"丑"作为美学讨论的一个范畴。由于持宗教禁欲主义观点，奥古斯丁不断忏悔自己早年迷恋艺术的行为，并指责古希腊罗马文学编造众神荒淫的故事诱导和教坏了读者。既然艺术能败坏人心，我们又似乎从中可以得出"生活摹仿艺术"的观点，这恐怕是奥古斯丁本人也始料未及的。到了中世纪晚期，神学家阿奎那继承毕达哥拉斯和亚里士多德的客观论传统，认为美在和谐的自然秩序（整一、比例、明晰），但他不像中世纪早期的主流神学家那样一味排斥感性，反而重视感官，他曾说："如果声音是一种和谐；如果声音与对它的听觉在某种意义上说是一回事情，虽然在另一种意义又并非如此；如果和谐总是意谓比例，那么被听到的，

---

① 亚里士多德：《政治学》，颜一、秦典华译，见苗力田主编：《亚里士多德全集》（典藏本）（第九卷），北京：中国人民大学出版社，2016年，第279页。

② 同上书，第281页。

就是一种协调（ratio）。"①和谐是能被感觉到的东西，被感觉到的东西才是和谐，那么比例和谐就从事物本身的属性转移到了人与物之间的感觉关系。阿奎那进而指出人的感觉内部也存在一种和谐，否则无法解释为什么感觉能够体会事物的和谐。"狮子在看到或听到一只牝鹿时感到愉悦，是因为这预示了一顿佳肴，而人却通过其他感觉体验到愉悦，这不仅是由于可以美餐一顿，还由于感性印象的和谐。"②由于预设了上帝的存在，加之艺术与技艺在那个时代还混沌不分，阿奎那关于艺术创造的观点仍然是摹仿说的：创造是上帝的能力，艺术只是摹仿上帝的创造力，艺术在本体论上的地位低于自然。因此，从阿奎那美学思想中透露出的美的本质与美感体验相分离的趋势既是他的局限性的体现，又是他的先进性之体现，预示了近代二元对立的大陆唯理论与英国经验论美学的产生。

文艺复兴时期的美学是中世纪美学的演变期，我们可以看到古典美学和神学美学大厦的松动，自然界作为"人间天国"的魅力开始显露。意大利建筑学家阿尔伯蒂认为，自然万物的存在都是被上帝和谐的法则所规范，整个自然因和谐而完美。和谐就是"将那些其特征彼此相差很大的各个部分，按照一些精确的规则而组合在一起"③。中世纪以来的很长一段时间，建筑是人类技艺和艺术水平的最高代表和最直观展现，是人类对自然孜孜不倦学习的产物，建筑的主要目的和法则就是和谐。但阿尔伯蒂在论述建筑之美时透露出将美至于善之上的思想，并且指出自然本美，万物皆趋向美。达·芬奇则在论述绘画时提出"镜子说"这一摹仿论的变体，他认为画家作画要像照镜子那样栩栩如生地反映自然，画家不仅依靠感性去观察自然，更要运用理性来揭示自然的规律。因此，达·芬奇还钻研光学、人体解剖学、透视学等方面的知识。更重要的是，达·芬奇的"镜子说"不仅将画面视为自然的镜子，还将画家的心灵视为自然的镜子，画家通过认识自然从而将自然呈现在画布上，画面就成为画家心灵的镜子。"画家的心应当像一面镜子，将自己转化为对象的颜色，并如实摄进摆在

---

① 转引自陆扬：《西方美学史·第 2 卷·中世纪文艺复兴美学》，北京：北京师范大学出版社，2013 年，第 205 页。
② 沃拉德斯拉维·塔塔科维兹：《中世纪美学》，褚朔维、李同武、聂建国等译，北京：中国社会科学出版社，1991 年，第 316 页。
③ 莱昂·巴蒂斯塔·阿尔伯蒂：《建筑论——阿尔伯蒂建筑十书》，王贵祥译，北京：中国建筑工业出版社，2010 年，第 290 页。

面前所有物体的形象,应当晓得,假如你们不是一个能够用艺术再现自然一切形态的多才多艺的能手,也就不是一位高明的画家。"①从这个意义上说,达·芬奇已经逐渐脱离传统的"摹仿论"而进入"表现论"的范畴了。因此,达·芬奇说得最多的是关于"想象""思考"等主观能动因素,并说"画家与自然竞赛,并胜过自然"②。英国人文主义作家、学者菲利普·锡德尼(Philip Sidney,1554—1586)认为,历史、哲学、法学等人文学科都需要依靠自然,依据自然的规律存在,"只有诗人,不屑为这种服从所束缚,为自己的创新气魄所鼓舞,在其造出比自然所产生的更好的事物中,或者完全崭新的、自然中所从来没有的形象中……升入了另一种自然"③。锡德尼恐怕是第一位明确指出诗可以高于自然的思想家,或许得益于他本人就是一位作家,有着切身的艺术创作(而非单纯的理论阐释或艺术欣赏)之体验。作为诗人,他必然更加重视想象与虚构等创造性元素。另外,这也反映了文艺复兴时期艺术创作者对艺术独立做出的贡献,没有艺术本身的独立,就没有艺术超越自然的意识。

第二节 经验论与唯理论的对峙与融合

文艺复兴以降,想象和虚构作为诗歌审美的核心特质获得越来越多的承认。无论是大陆唯理论还是英国经验论,都不约而同为想象和虚构能力开拓领地。英国经验主义鼻祖弗朗西斯·培根(Francis Bacon,1561—1626)从感觉经验和审美心理学的角度论述诗歌在想象与虚构方面给人带来的审美愉悦。他认为诗歌代表人类认识能力中想象力的部分,将诗歌视为人类认知体系中仅次于哲学(理性)的门类。在培根看来,想象使诗人挣脱了自然的束缚,当自然不能满足人类时,诗能弥补自然的不足,进而带给人虚幻的满足。在诗的世界中,"自然的世界与人的灵魂相比处于比较低下的位置。因此人的精神世界与物质的世界相比更广

---

① 列奥纳多·达·芬奇:《达·芬奇论绘画》,戴勉编译,桂林:广西师范大学出版社,2003年,第96页。
② 同上书,第98页。
③ 锡德尼:《为诗辩护》,钱学熙译,见马奇主编:《西方美学史资料选编》(上卷),上海:上海人民出版社,1987年,第304页。

大、更仁慈、更多变化"①。这种观点在当时非常超前，再往前一步就将类似戈蒂耶和波德莱尔崇尚人工、逆反自然的观点了。由于看重审美的心理因素，培根认为艺术创作过程中个人灵感的作用高于既定的创作法则，他以绘画和音乐为例："一位画师不可以使他的肖像画比那真人更美，而是说，他的作画须凭借某种灵心妙悟（音乐家能谱出佳曲亦系同一道理），而不是规矩法则。"②另一经验主义者托马斯·霍布斯（Thomas Hobbes，1588—1679）也认为，诗歌虽然无法超越可然律和必然律的支配，但可以通过想象和虚构超越自然的实在。哈奇生（Francis Hutcheson，1694—1747）提出绝对美（又称"本原美"）和相对美（又称"比较美"）的概念，他认为绝对美并非古希腊的美的理念或中世纪的上帝之美，也不是审美对象本身固有的美的客观属性，而是指"我们从对象本身里所认识到的那种美，不把对象看作某种其他事物的摹本或影像，从而拿着摹本和蓝本进行比较"③。因此绝对美不属于摹仿的范畴，它的快感来自于人所认识到的对象身上体现出的多样统一而和谐的形式感，它引起的审美愉悦来自于主体认识能力的协调，比如自然现象、音乐、人体等。相对美是"以蓝本和抄本之间符合或统一为基础的"④，它来自于摹仿，表现在雕塑、绘画、诗歌等艺术领域，也就是说，它评判的标准是抄本与蓝本的相似程度。但哈奇生指出，相对美的要义不在于蓝本，蓝本美不美无关紧要，巧妙的抄本才是美的关键，现实生活中的"丑"或有缺陷的人物性格经过艺术家的"摹仿"同样可以引起美感。

　　受到大陆理性主义哲学滋养的新古典主义文学则将摹仿真实作为向公众传递君主专制思想的途径。新古典主义者们改写亚里士多德与贺拉斯（Quintus Horatius Flaccus，前85—前8）的一些文艺观念，将其移植到悲剧创作中，指出悲剧所描写的情节必须符合情理，这个情理要求符合封建君主专制思想和宫廷贵族沙龙的审美期待。符合情理的追求最终走向类型化、观念化、公式化，即"三一律"。这样一来，亚里士多德关于文艺心理学的"净化说"被压缩为伦理教诲，善的概念也从古希腊罗马时期的完

---

① 弗朗西斯·培根：《学术的进展》，刘运同译，上海：上海人民出版社，2015年，第75页。
② 弗朗西斯·培根：《说美》，见《培根论说文集》，高健译，天津：百花文艺出版社，2001年，第200页。
③ 哈奇生：《论美与德行两个概念的根源》，见朱光潜编译：《西方美学家论美与美感》，台北：天工书局，2000年，第93页。
④ 同上书，第93页。

善(圆善)之含义日趋世俗化为遵从伦理教条。对于新古典主义者而言,"理性"和"自然"是等同的,在自然神论的影响下,理性主义哲学理解的自然毋宁说是一种"自然法则",是"创造自然的自然",诗人要钻研和学习自然,而且由于理性已经是人的天赋,那么"自然法则"同样内涵于人的认识能力,这是摹仿论美学在 17 世纪、18 世纪的变体。布瓦洛(Nicolas Boileau-Despréaux,1636—1711)曾说:"只有真才美,只有真可爱,真应统治一切,寓言也非例外。"①他高扬"真"的地位,看似不过是传统摹仿论的旧论调,不过我们也要注意到,古典主义理论家布瓦洛关于摹仿论的论述已经为表现论腾出了一些空间,他在《诗的艺术》一书中谈及悲剧中摹仿论的美学功能时指出:

> 绝对没有一条蛇或一个狰狞怪物,
> 经艺术摹拟出来而不能供人悦目:
> 一支精细的画笔引人入胜的妙技,
> 能将最惨的对象变成有趣的东西。②

在此,"像不像"已经不是艺术表现的重点,"悦目""有趣""引人入胜"才是。现实的东西可以丑,但经过艺术的加工后就成为审美的对象,这就是艺术高于生活之处。这是因为,正如理性和自然已经是人自身拥有的认识能力,新古典主义不再将美视为事物的属性,而是来自于人的理性精神的创造。美的要素仍然是和谐,但这种和谐已然是人的理性认识能力的和谐法则。因此,真实不是主观符合客观,而是主客观都符合先验的理性。在此意义上,布瓦洛认为:"你的作品反映着你的品格和心灵,因此你只能示人以你的高贵小影。"③探到艺术是作者心灵的反映,其实已经可以看到浪漫主义的苗头了。

在古典主义风靡欧洲大陆之际,意大利又扮演了欧洲文化先锋的角色,哲学家维柯反对笛卡尔(René Descartes,1596—1650)代表的"理性主义"观点,在他的代表作《新科学》(*New Science*,1725)中大谈诗性思维。所谓诗性思维即一种象征、隐喻、玄学的思维方式,是将那些无生命、无感觉的事物看作有生命、有感觉的事物的思维方式。维柯认为现代人太理

---

① 布瓦洛:《诗简》,见朱光潜编译:《西方美学家论美与美感》,台北:天工书局,2000 年,第 75 页。
② 波瓦洛:《诗的艺术》,任典译,北京:人民文学出版社,1959 年,第 30 页。
③ 同上书,第 64 页。

性化,诗性思维已经被掩盖了,而远古先民都是具有诗性思维的人,只有在儿童身上我们才能找到类似古人的思维方式。"诗的最崇高工作就是赋予感觉和情欲于本无感觉的事物。儿童的特点就在把无生命的事物拿到手里,戏与它们交谈,仿佛它们就是些有生命的人。"①维柯的历史观和文化观具有崇古和返古的倾向,类似于卢梭,透露出浪漫主义的光彩。表面上看,维柯称赞古人的感性、神秘的思维方式,与启蒙主义的理性大异其趣,令人想起中世纪的神秘主义倾向。然而在深层上,维柯称赞原始先民的本意在于呼唤当代人的艺术创造性,反对古典主义的清规戒律和亦步亦趋。如果我们把"古人"替换为"诗人""作者""艺术家"的话,就能明白维柯的良苦用心。

18世纪,经验主义美学和理性主义美学开始走向融合。伏尔泰虽然还持有新古典主义的审美理念,认为美在"得体",得体就是"自然的""高雅的",但"自然"的概念在伏尔泰这里已经不同于新古典主义的"理性法则",而是指明晰、质朴、流畅的风格。显然,这是反对古典主义类型化、观念化、公式化的原则,带有"返璞归真"的意味。这说明,对"自然"的阐释权从宫廷贵族回归到市民阶层。狄德罗认为真善美是统一的,他修正了美与和谐之间的关系,提出美在关系的观点;在此基础上,他也提出了艺术应该摹仿自然。古典主义诗学同样基于摹仿自然,狄德罗又是古典主义的"敌人",难道两者是"沆瀣一气"吗?其实,狄德罗对"自然"的理解与古典主义已经不一样了。古典主义推崇的"自然"是封建贵族眼中的"自然",实际上指的是宫廷生活以及由宫廷生活、教养熏染而来的贵族习性。如果说古典主义的"自然"是教养、文雅、得体、集体主义的代名词,摹仿自然就是仿古和尊崇规则;那么狄德罗所谓的"自然"是由物质实体构成的总和,是独立于主体意识之外的现实存在,包括物质世界的内在本质和主客之间的关系。在他看来,这样的"自然"需要用朴素的唯物主义观点去研究,只有自然的人性和自然的情感关系才是真实的,古典主义推崇的"自然"是矫揉造作的虚假,恰恰是不自然,它远离真实,是平凡、软弱和残缺的。因此,摹仿自然就是反对仿古,反对因循守旧,按自然的本来面目再现自然,不管它是美的还是丑的。从这样一种世界观出发,狄德罗认为艺术的确要摹仿自然和表现真实,但不应该亦步亦趋地复制自然,艺术应该有所选择,摹仿的是"美的自然",对自然加以理想化的改造。他指出,

---

① 维柯:《新科学》(上),朱光潜译,合肥:安徽教育出版社,2006年,第155页。

诗的真实和哲学的真实是两码事，诗歌注重想象，"为了真实，哲学家说的话应该符合事物的本质，诗人说的话则要求和他所塑造的人物性格一致"①。这样一来，狄德罗就给古典主义式的摹仿论打开了新的空间，为容纳人的主观性创造了条件。在美与善的问题上，狄德罗强调艺术的社会道德价值。不过，他强调的道德不再是法国新古典主义的封建道德、贵族道德，而是带有朴素人道主义的启蒙道德。"画家有责任颂扬伟大美好的行为而使它永垂不朽，表彰遇难受冤的有德行者，而谴责侥幸得逞反倒受人称颂的罪恶行径，威慑残民已逞的暴君。"②

顺着伏尔泰到狄德罗的思想轨迹，卢梭呼之欲出。卢梭认为当时的社会文明使人堕落，人类失去了远古时期自然淳朴的天性，这是一种"文明病"，只有"返回自然"才能医治。"这种状态是人世的真正青春，后来的一切进步只是个人完美化方向上的表面的进步，而实际上它们引向人类的没落。"③卢梭的"自然"是在伏尔泰和狄德罗基础上的"向后推进"，直接返回到了前文明的原始状态。从某种意义上说，新古典主义的"自然"正是卢梭的"文明"，卢梭的"自然"正是古典主义的"非自然"（非理性），相当于未经封建贵族习性污染的"自然人性"，哪怕这样的自然人性还具有原始的野性，但也远高于那些矫揉造作的贵族法则。在类似"历史倒退论"的文明观影响下，卢梭对艺术的评价并不高，并指责它是伤风败俗的。在此需要指出的是，彼时"艺术"的概念不同于今日的审美艺术，仍偏重于技艺，包括逻辑学、天文学、修辞学、数学等，它们都是文明的结晶，遭到卢梭的排斥。另一方面，包括戏剧在内的文学类型在当时也是贵族的休闲、沙龙的消遣，滋生了人性的虚荣。于是，作为平民主义者的卢梭指责艺术是浪费时间和生命的奢侈，妨碍趣味和道德（自然天性）的培养，也就不足为奇了。

如果说中世纪以前的西方美学将艺术视为低于自然（包括"创造的自然"与"被创造的自然"）的存在，那么经过文艺复兴和启蒙主义的熏陶，以及经验主义和理性主义的混战和融合之后，艺术中的想象和虚构能力逐渐被文艺界视为艺术的重要因素。尽管它们仍然处于"创造的自然"之

---

① 狄德罗：《论戏剧诗》，徐继曾、陆达成译，见《狄德罗美学论文选》，北京：人民文学出版社，1984年，第196页。
② 狄德罗：《画论》，徐继曾、宋国枢译，见《狄德罗美学论文选》，北京：人民文学出版社，1984年，第411—412页。
③ 卢梭：《论人类不平等的起源和基础》，李常山译，北京：商务印书馆，1962年，第120页。

下,但已悄悄地超越"被创造的自然"之上。也就是说,"创造的自然"是完美圆善的楷模,但"被创造的自然"未必,这预示着德国美学动摇艺术与自然关系的时代即将到来。

第三节　德国美学:"首足倒置"

作为"美学之父"的鲍姆嘉通肯定了感性有其自身的规律,他称诗为"完善的感性作品"。他对美的理解尽管还保留着古典主义的"完善"要求,却种下了"感性"的种子,美或丑的问题就向微妙复杂的主观感受倾斜了:丑的事物可以用美的方式去想象,美的事物也可以用"丑的方式"去想象。① 但本质上,他的世界观仍是莱布尼兹(Gottfried Wilhelm Leibniz,1646—1716)和沃尔夫(Christian Wolff,1679—1754)式的"前定和谐",即艺术要摹仿(创造性的)和谐自然,摹仿自然是艺术家的最高准则。在鲍姆嘉通看来,艺术摹仿自然,就是表现自然呈现于感性认识中的先验的完善。当然,艺术也需要虚构,虚构就是想象的表象,它是诗意的来源,但艺术虚构的是现实中可能发生或还未发生的事,而不是现实中完全不会发生的乌有之事,而且虚构的完善不如自然的完善。温克尔曼(J. J. Winckelmann,1717—1768)也认为艺术应当摹仿自然,他崇拜古希腊艺术,认为古希腊艺术之所以取得极大成就,原因在于古希腊人善于观察自然。温克尔曼在对自然的观察中得出美就是"整体和部分的比例和谐"这一美的概念,并认为这一概念高于自然本身。因此,在他的论述中,经常将古代希腊看作是美的代表,摹仿自然就变成了摹仿古希腊。现代人可以"通过希腊人的摹仿更好地摹仿自然"②。通过摹仿古希腊艺术品,人们可以发现最优美的自然。显然,这里的"自然"指的是美的形式(和谐的比例关系)。客观地说,温克尔曼的美学思想仍然是传统的和谐说与摹仿说,但他的超越之处在于认为可以通过摹仿"艺术"而超越"自然",艺术能够集中和放大自然中分散、模糊的形式因素,并借助于特定的艺术形式表现出来。因此,摹仿并非简单的仿照,或者说看似简单的摹仿背后包含很

---

① 参见鲍姆嘉通:《美学》,李醒尘译,见马奇主编:《西方美学史资料选编》(上卷),上海:上海人民出版社,1987年,第693页。
② 参见温克尔曼:《关于绘画和雕刻中模仿希腊作品的一些见解》,杨德友译,见马奇主编:《西方美学史资料选编》(上卷),上海:上海人民出版社,1987年,第725页。

大的技巧,其中所蕴含的创造力已经在可见的自然之上了。

戏剧评论家和美学家莱辛(Gotthold Ephraim Lessing,1729—1781)提出"真实性"理论,在戏剧的"真实—虚构"问题上逼近了现实主义。莱辛认为悲剧要打动人,必然要求上演的事件是真实的,人物性格也必须是真实的。需要指出的是,作为德国启蒙主义思想家,莱辛所说的"真实"不再是传统悲剧的理念真实,也不是新古典主义戏剧中的王侯将相和神话人物,而是更接近"现实生活",也就是描写现实生活中的人。当然莱辛也不否认艺术虚构,他在论述喜剧时指出,相比于悲剧,喜剧较适合表现虚构的事件和人物。这里的"虚构"也不是乌有之事,而是符合可然律。经过艺术虚构的事件和人物比现实中的事件和人物更具普遍性,类似于"典型"。莱辛对艺术"真实—虚构"问题的洞见反映出美学思想的进步,也反映出文学作为一种艺术门类自身的发展——以往对艺术摹仿自然的阐释主要是基于绘画和雕塑;同时还反映出艺术本身的日渐独立——艺术不再混于"七艺"[①]中,更接近于今天的审美艺术。

康德的美学思想打破了客观论美学的基础,又在很大程度上统一了经验主义和理性主义认识论:美不在认识某种客观属性,而在于从感性和理性协调一致的探究中找到人自身的规律。康德美学确立了审美主体,审美鉴赏的逻辑不是主体符合客体,而是客体契合主体。顺此逻辑,康德非常重视"想象力",并"把审美(感性)理念理解为想象力的那样一种表象",认为"想象力(作为生产性的认识能力)在从现实自然提供给它的材料中仿佛创造出另一个自然这方面是极为强大的"[②]。不同于以往美学思想将想象力视为某种点缀或不可靠的心理质素,康德视想象力为人的意识活动的枢纽,感性、知性和理性都离不开想象力的协调沟通,审美愉悦是由想象力串联起感性、知性和理性的自由活动。在一般的认识活动中,想象力为知性服务,而在审美活动中,知性反过来为想象力提供材料。这也说明了为什么审美标准总在变化,在审美中人们总是"喜新厌旧",断无可能出现科学定理那样的关于美的金科玉律,因为任何僵死的标准都是对想象力的禁锢,这是艺术高于生活之理念的基础。康德明确将艺术与自然区别开来,"一种自然美是一个美的事物,艺术美则是对一个事物

[①] "七艺"是古希腊创立的七门学科,后成为西方早期大学的七门课程,包括逻辑、语法、修辞、数学、几何、天文、音乐。到17世纪、18世纪,七艺的概念随着学科发展和社会分工逐渐消亡。

[②] 康德:《康德三大批判合集》(下),邓晓芒译,北京:人民出版社,2009年,第354页。

的美的表现"①。艺术是一种人工产品,不是自然的,而是自由的。由于时代的发展,艺术也逐渐从同为人工产品的手工艺当中独立出来。康德从审美无利害角度将艺术称为游戏般的自由创造,它令人愉悦,体现了人的主体性,艺术家与作品是一体的。康德指出,手工艺是为了经济目的,生产者和产品相分离,由于工艺品不是独创的,所以从产品上体现不出生产者完整的天才。康德从艺术与自然的关系中论述"天才",他认为想象力是天才的内心力量,艺术美是天才的对象,而自然美是鉴赏的对象。不过,康德还是站在自然这一边,因为自然美更符合他的"四个契机",艺术毕竟是人造的表象和符号,必然要通过概念才能进行传达。但康德也承认,艺术有超越自然之处,艺术可以弥补自然的某些不足。"当经验对我们显得太平淡的时候,我们就和大自然交谈;但我们也可以改造自然……这时我们就感到了我们摆脱联想律的自由。"②在此,康德甚至已经距离突破前代人亦步亦趋的可然律和必然律观念仅一步之遥。改造自然是想象力的必然要求,自然美必须本身契合人的趣味,而艺术则可以表现"丑"的事物,"美的艺术的优点恰好表现在,它美丽地描写那些在自然界将会是丑的或讨厌的事物"③。也就是说,为符合审美主体的情感,艺术的重点逐渐转移到"美丽地描写"上来,而不是描写"美丽的自然事物"。

  席勒认为,事物的假象(形式)与事物的实在(质料)完全不同。假象又分为逻辑假象(logischer Schein)和审美假象(ästhetischer Schein)。前者离不开实在和真理,即要符合现实;后者与现实有着严格的界限,它是游戏(自由)的,也是一切美的艺术的本质。通过游戏,人就从自然王国走向了自由王国。因此,席勒认为艺术是自由的产物,它给人以想象空间,超越了现实生活;而自由又是精神的自由,它是自然赋予人的精神禀赋,从这个意义上说,艺术归根结底又是自然的产物。综合而言,艺术是比现实生活更真实的想象,更能反映自然的本质。在此基础上,席勒提出了素朴的诗与感伤的诗的区别,前者旨在摹仿现实,后者旨在表达理想。当然,席勒还是偏向于素朴的诗,因为他从复古的角度将人性的完整视为古典理想的基础,感伤的诗要表达的只是对过去理想的留恋。

  歌德认为艺术既源于自然又高于自然。完美的艺术作品是作为自然之子的人类创造的,因此它无法脱离自然。但艺术又是人的精神创造的

---

① 康德:《康德三大批判合集》(下),邓晓芒译,北京:人民出版社,2009年,第351页。
② 同上书,第354页。
③ 同上书,第352页。

产物,"它把分散的对象集中在一起,把甚至最平凡的对象的意义也吸收进来"①,形式化了的对象超越了自然。歌德指出,艺术有自己的规律,全盘摹仿自然是不可能的,因为艺术家一旦把握住某个自然对象,这个对象就被"人化"了,它不再属于自然,而是被赋予了另外的意义。"艺术家在把握住对象的那一刻就创造出了那个对象。"②在此基础上,歌德提出了"个别与一般"之间的辩证关系,"个别"凸显了超越自然状态的创造性特征,感性的个别是艺术的真正生命。

德国古典哲学催生了浪漫主义思潮。德国浪漫派崇尚天才和原创,他们认为如果没有独创性,艺术就不存在,摹仿古人与自然不会产生真正的美。浪漫主义的核心价值是追求个体自由,他们将基于想象之上的独创性视为自由的表征。在此过程中,艺术逐渐宗教化,宗教也逐渐艺术化,艺术成为神性的象征,和神一起成为宇宙的本源。赫尔德(J. G. von Herder,1744—1803)被誉为浪漫主义的先驱,他全盘否定新古典主义摹仿自然的原则,也同时否定了得体、和谐的本体论美学,肯定诗歌语言的感性与创造性。赫尔德将诗人视为对创世的命名和神性的摹仿,是"第二造物主"③,他将西方传统的"神—自然—人"的世界图式变为"神—人—自然"的结构。在赫尔德看来,正是因为诗人代神创造,所以诗人是人间的神,诗歌高于哲学。如果说浪漫主义之前的传统美学、诗学重心在于摹仿,虚构和想象只是作料,即使创造也要符合可然律与必然律,那么赫尔德明确"赋予"诗人"无中生有"的权力。他崇拜天才,认为天才是自己形成的,古代的陈旧审美趣味会败坏天才。施莱格尔兄弟则将"艺术摹仿自然"修改为"艺术塑造自然",认为艺术最重要的品质是想象,用想象的力量点染自然。他们推崇拉斐尔的绘画风格,认为拉斐尔的画不是为了写实,而是为了表现对上帝的虔诚之精神,由于神性是人性本质的反映,那么美也是人性的本质。

诺瓦利斯推崇音乐美,将音乐美视为艺术高于自然的体现。他认为自然产生的声音是粗糙的、非精神性的(即物质的),"只有音乐的灵魂才

---

① 歌德:《论艺术作品的真实性和或然性》,范大灿译,见《歌德文集·第10卷·论文学艺术》,范大灿、安书祉、黄燎宇等译,北京:人民文学出版社,1999年,第43页。
② 歌德:《〈雅典神殿入口〉发刊词》,范大灿译,见《歌德文集·第10卷·论文学艺术》,范大灿、安书祉、黄燎宇等译,北京:人民文学出版社,1999年,第53页。
③ 参见赫尔德:《论希腊艺术》,朱光潜译,见刘小枫选编:《德语诗学文选》(上卷),上海:华东师范大学出版社,2006年,第65页。

能在簌簌的森林中,在潇潇的风中,在袅袅的莺歌中,在淙淙的溪流中感知出旋律与价值"①。德国浪漫派的另一代表费希特把一切外物看作自我设定的产物,自我感觉到异己存在只是自我设定表象,表象是自我显示自己的产物。费希特认为,一切自我能感觉到的东西都不是客观存在,客观是想象力构造出的表象,只能以自我的主观反思能力为根据。反思就是将自我一分为二,自我设限。自我通过在不同层次上的反思,自我设定了感觉、直观、图像、概念等一系列非我。这种唯我论的美学认为美感以自我的感觉能力为限,因为自然本身就是主观的设定,所以不存在所谓艺术摹仿自然的命题。在费希特看来,以往人们认为自然是美的根源,只是由于自然是绝对自由的自我之产物。自我的本质是无限和绝对自由,自由通过自我设定非我表现出来。这样一来,自然就被赋予了自由的意义,自然美就是自由美的表现。费希特提出,美丑之间的关系在于:从不自由的精神出发看外物(陷于非我),只能看到丑;如果从自由的精神出发(从非我返回自我),就能看到美。美不是事物的客观属性,而是自我的自由精神。"合奏与和弦并不存在于乐器之中;它们只存在于听者的心灵中,听者在自己心里把多种多样的声音结合成为一体;如果不再进一步设想这样一个听者,和谐就根本不存在。"②与康德相似,费希特也推崇天才,真正的艺术家就是天才的创造者。另一位浪漫主义思想家荷尔德林认为:"一旦以特定的形态成为我的当下现实,无论是自然还是艺术的每一种表达方式都将首先就已经是艺术家的创造性反思的一种特定行为。"③美不过是人的创造性的精神投射,因此,艺术与自然的关系发生了彻底颠倒。

谢林同样从自我出发,自我就是一种把自身变成自己对象的活动。自我不断运动,产生出感觉,感觉不是用感官去把握外在事物,而是自我在自身内觉察到另一个对立的自我。感觉可以进一步发展为直观,直观是在自我意识中构造表象。直观有理智直观和鉴赏直观,前者是直观客体的本质,后者是在此基础上直观创造性的自我,后者才是直观的最高形

---

① 恩斯特·贝勒尔:《德国浪漫主义文学理论》,李棠佳、穆雷译,南京:南京大学出版社,2017年,第203页。
② 费希特:《知识学新说》,见梁志学编译:《费希特文集》(第2卷),北京:商务印书馆,2014年,第664页。
③ 荷尔德林:《论诗之精神的行进方式》,见《荷尔德林文集》,戴晖译,北京:商务印书馆,1999年,第238页。

态。谢林认为世界的本源是绝对同一,像主观与客观、自由与自然、有意识与无意识都是从绝对同一中分化出来的对立统一项。在绝对同一分化的不同阶段,精神和自然所占的比重并不相同,一开始是客观自然占优,随着人类社会的发展,主观精神逐渐占有绝对优势,最终发展为世界精神,并回到绝对同一的自我意识,这种过程已经具有了黑格尔的"历史哲学"的雏形。谢林的洞见在于将精神的种子埋藏在还未"开花结果"的自然土壤之中,在绝对同一发展的早期,尽管精神还未苏醒,但已经包含在自然界里面了,谢林称之为"冥顽化的理智"。"理智是一种使它自己变为机体的无限趋向。因此,在理智的整个系统内一切也都将极力要成为机体,而且这种极力要成为机体的普遍冲动必将遍及理智的外部世界。所以也必然存在着机体发展的一种阶序。"① 谢林认为,自然界本身就是一个螺旋式上升的发展过程,它以自然规律(两极性)为自身的"外衣",并为精神的产生做好了准备,这是今天所说的自然辩证法的雏形。换句话说,精神就是自然发展的成熟形态:"自然应该是可见的精神,精神应该是不可见的自然。"② 诚然,谢林所谓的绝对同一的自我意识并不等于个体的自我意识,但正如上帝是个体人格的异化形态那样,客观唯心主义的绝对同一概念同样是个体人格的对象化形态。因此,这个观念在浪漫主义文学那里得以发扬,大自然成为具有神性、灵性的存在并与人的自然情感同声相应、同气相求;与世俗社会格格不入的孤独个体流连在大自然中沐浴自己的灵魂。需要指出的是,谢林将自然与精神视为一体,并非旨在从人身上发现自然属性,而是从自然那里看出精神属性,且将精神化视为历史的趋势。这个思维方式在康德的自然目的论那里就有苗头,谢林用更具思辨、更富诗意的方式表达出来。从表面上看,精神从自然中孕育出来,自然具有优先性;但从本质上说,是精神通过自然这一"胎盘"脱胎换骨,最终将自然扬弃。这样一来,就形成"创造性自然"与"被创造的自然"两种关于"自然"的概念。"创造性自然"显然拥有形而上的天启宗教色彩,它将精神的创造性以异化的形式表现出来,比自然界层次更高,这便蕴含了艺术(创造)高于自然(摹仿)的观念。谢林认为,自然只是绝对同一的外化形态,而艺术才是对绝对同一的自我显现。艺术与"被创造的自然"不同,后者是混沌的,它不是从意识出发,没有展现出矛盾,也就谈不上美

---

① 谢林:《先验唯心论体系》,梁志学、石泉译,北京:商务印书馆,1976 年,第 170 页。
② 同上书,译者序言,第 X 页。

感。艺术创造是以意识活动的矛盾对立为根据和出发点，艺术家的冲动起源于对内在矛盾的感受，这个矛盾会使艺术家全力以赴地投入创造。如果艺术家"企图有意识地俯首帖耳屈从现实，而且对现存的一切依样画葫芦，那么他的制作就不过是雕虫小技，绝不是艺术作品。"① 谢林也谈到崇高的问题，他将崇高视为无限蕴于有限中的同一，有限是表象，无限才是本质，美是从有限中直观到的无限。事实上，美与崇高是相同本质（绝对同一）的不同侧面，都是从有限中看出无限，这不禁令人想到个别性与普遍性之间的关系，艺术的真实不是现实的真实，而是一种普遍的理想，所以谢林认为："只有在艺术中的对象才是崇高的，因为自然本身不是崇高的，这是由于这里使有限事物降为无限事物的象征的思想或原则只存在于主体之中。"② 不像康德美学中美与崇高的界限分明，在谢林的表述中可以看出，一旦艺术从摹仿论转向表现论，艺术高于自然（生活），那么美与崇高必然可以相互交融与转化，可见浪漫主义对创造性主体和主体创造性的崇尚。当看似不和谐，在形式上压迫人，令人感到不舒服的崇高进入了美的范畴，就意味着人们对丑与美的理解也发生了变化。现实中的美丑不等于艺术中的美丑，艺术可以化丑为美，用美的方式表现丑。因此，谢林认为，在造型艺术中，美丑可以互相转化，丑如果能表现艺术家的观念，那么它也是美的。也就是说，自然（生活）反过来要为艺术（虚构）服务了。

与谢林相似，基于绝对精神的哲学框架，黑格尔的美学体系也明确指出"艺术高于自然"这一唯美主义诗学理论的重要命题。在黑格尔看来，世界的本质是绝对精神，精神是第一性的，自然是精神外化的一个阶段的产物。绝对精神再往前进化到精神阶段，即人类社会，就又比自然阶段高级，并最终返回绝对精神自身。可见，在黑格尔的这个哲学框架中，精神要高于自然，尽管精神是以客观唯心主义的形式出现，但正如上帝是人的异化形态那样，绝对精神也只是人的精神世界的异化形式。在黑格尔看来，艺术能自觉地显现理念，"因为艺术是由心灵产生和再生的美，心灵和它的产品比自然和它的现象高多少，艺术美也就比自然美高多少"③。黑

---

① 谢林：《论造型艺术对自然的关系》，见章安祺编订：《缪灵珠美学译文集》（第二卷），北京：中国人民大学出版社，1998年，第303页。
② 曹俊峰、朱立元、张玉能：《西方美学史·第4卷·德国古典美学》，北京：北京师范大学出版社，2013年，第238页。
③ 黑格尔：《美学》（第一卷），朱光潜译，北京：商务印书馆，1979年，第4页。

格尔将艺术美置于自然美之上,艺术是艺术家自由创造的产物,它比一般的自然真实更真实。于是,黑格尔否定了将艺术和技术混为一谈的传统观念,艺术不能仅靠摹仿,它有表现自身的独特规律。这个规律就是将理念通过感性形式显现出来。在此基础上,黑格尔认为艺术的使命在于表现理念的真实(不是自然的真实)。与康德相比,黑格尔将自然美和人工美对调,他所说的美主要指的是人工的艺术美。艺术即绝对理念的感性显现,只有艺术才是美的高级形式,因为艺术比自然更高级。艺术美在黑格尔那里指的是能够表现普遍与特殊统一的个别,艺术美既要表现自然,又要"自然地"表现。理念是真善美的统一,自然是理念的外化,自然的真来自理念的真,因此,美与真是一回事,美要表现理念的普遍性,反映事物的本质。但黑格尔又认为美不仅是真,美是艺术的理想,这个理想是艺术对生活进行加工后的观念——艺术的真实。艺术真实来源于自然真实,又高于自然真实。

叔本华将黑格尔的绝对精神置换为生命意志,一切表象都是意志对象化的产物。他按照意志对象化的不同程度将艺术分为四类:建筑艺术、造型艺术、文学、音乐。这四种艺术门类是意志外化自身由低到高的四个层次。建筑和造型艺术可感(表象)程度高,最依赖自然物质;文学和音乐是心像艺术,更贴近无形无相的意志及其外化出来的理念。也就是说,对物质质料的依赖性越小,意志的外化程度越高;自然(生活)的气息越小,自由(直观)的程度越高。在叔本华看来,音乐要高于文学,音乐是文学的高级和理想形态,如果说文学依赖的文字符号只能达到理念的世界,理念也只是意志的客体化,那么音乐则超越了理念,直达意志。"音乐在人的内心里作为一种绝对普遍的,在明晰程度上甚至还超过直观世界的语言","音乐乃是全部意志的直接客体化和写照"。[1] 尼采推崇酒神精神,酒神精神的狂野、热力、激情、冲动正是生命意志强力扩张的表征,而酒神精神代表的正是音乐(化)的艺术。尼采在《悲剧的诞生》中谈道:"在狄俄尼索斯的酒神颂歌中,人受到刺激,把自己的象征能力提高到极致;某种从未有过的感受急于发泄出来。"[2]从中我们再一次看到了音乐的身影。

事实上,在叔本华、尼采、弗洛伊德这些唯意志主义思想家那里,艺术

---

[1] 叔本华:《作为意志和表象的世界》,石冲白译,北京:商务印书馆,1982年,第353、355页。
[2] 弗里德里希·尼采:《悲剧的诞生》,孙周兴译,北京:商务印书馆,2012年,第30页。

已然被视为哲学真理的最高形式,将艺术直观作为"对物自体的'纯粹认识'(pure knowing,或'智性直观'intellectual intuition),而非他们偶然、日常的现实状态"①。他们对艺术的推崇,对梦幻感的追寻,与其说是对现实世界的否定,不如说是对绝对王国的向往。对他们而言,既然俗世纷扰已是虚妄,那么在审美的刹那感中获得的高峰体验是超越一切现实的本真存在。

第四节 艺术美对自然美的超越

经过浪漫主义的洗礼,"审丑"成为19世纪艺术表现力的重要来源,尤其在深受德国哲学影响的法国美学和诗学思想中。审丑往往与崇尚"人工"、反对"自然"联系在一起。罗丹在《罗丹艺术论》中推崇"自然",罗丹的"自然"不仅指自然界,也指社会现实。他指出,对艺术的衡量标准不是自然中的真实,而是内在的"性格"。"性格"是艺术家的独特感受,是以外在形式表现的内在真实。罗丹认为,现实中的"丑"是破坏了的形式,令人想起疾病、衰弱和痛苦等不健康的东西。但是,一位伟大的艺术家或者作家,以现实中的"丑"作为他的素材,就可以化"丑"为美。他还认为,自然中"丑"的事物在艺术中往往比自然中"美"的事物更易于显示"性格"。"所以常有这样的事:在自然中越是丑的,在艺术中越是美。"②雨果也提出著名的"美丑对照"原则,作家表现美的同时也不能回避丑,丑的事物也能显现美的一面,甚至表现丑更能衬托美。尽管雨果试图平衡美与丑的关系,"美丑对照"原则却在事实上高扬了"丑"的审美价值。从浪漫主义文学开始,大量生活中"丑"的对象成为作家表现的对象,这也是艺术与自然(生活)关系的一种体现。

在夏多布里昂(Chateaubriand,1768—1848)看来,想象力是丰富、繁盛和神奇的;与此相比,现实则是欠缺、贫瘠且乏味的。德拉克洛瓦也提出,最美妙的作品乃是那些表现出艺术家的纯粹想象的作品,而不是那些倚赖现实模型的作品。波德莱尔认为,诗是人类对理想的向往,理想高于

---

① Paul Gordon, *Art as the Absolute: Art's Relation to Metaphysics in Kant, Fichte, Schelling, Hegel and Schopenhauer*, New York: Bloomsbury Academic, 2015, p.161.

② 罗丹:《对于艺术家,自然中的一切都是美的》,沈琪译,见蒋孔阳主编:《十九世纪西方美学名著选(英法美卷)》,上海:复旦大学出版社,1990年,第490页。

现实,诗高于自然。在波德莱尔那里,艺术对自然的优越性得到了最光明正大的阐释,这是通过他对"人工美"的价值阐释表现的。以至于任何自然状态下产生的东西都不入波德莱尔的法眼,他像戈蒂耶那样否认自然情感,认为自然情感会伤害诗歌。与此相应,波德莱尔提出"以丑为美",成为文学现代化转型的观念思想。

在法国美学界高扬"人工美"大旗的同时,较为中庸和保守的19世纪英国美学虽然深受法国美学的影响,但在"艺术与自然"的问题上还没有法国那么激进。比如英国前期浪漫主义对大自然抱有留恋、寄怀的心情,将自然作为逃避现实的情感天地。柯勒律治认为,艺术要摹仿自然,但不是机械地摹仿自然表面的东西,而要摹仿自然内在的本质。如果艺术家只摹仿自然表面的东西,那是白费力气。"他从一个符合于美的概念的既定形式着手摹仿,他的作品会多么空虚、不真实!"[1]柯勒律治沿用"创造自然的自然"与"被创造的自然"的传统"自然观念",认为自然的本质是带有神性的创造精神,它与人的心灵世界相通。这种相通是摹仿自然的基础,但它不容易被看出来。为了在精神上摹仿自然,艺术家首先要与自然保持距离,像神那样以更高的视野观照自然,这就将作家的主观性置于自然之上了。于是,柯勒律治提出想象力的重要性,想象力能够完善和调节理解力,艺术的真实是主观的真实,是创作者和欣赏者共同配合的产物。艺术中的真实需要欣赏者发挥想象力,预设一种"姑妄信之"的心理模式,欣赏者要相信出现在他眼前的事物必须是真实的。"我们都是天生的理想主义者,因此,也正因为如此,我们又都是真正的现实主义者。"[2]华兹华斯认为情感是诗歌的本体。诗人的情感能力和普通人不同,普通人的情感只能由现实事物的刺激产生,而诗人具有超于常人的热烈情感,可以凭借自身产生,无须现实的刺激。这就使得自我意识从表现"真实的情感"向"真实地表现情感"进化了。艺术不仅超越了现实的物质,也可以超越世俗的情感。华兹华斯继而指出,诗人具有超强的创造力和想象力,艺术创造的基础是虚构而非摹仿。佩特认为,表现真实是艺术质量的关键,但真实不是庸常生活的事实,而是艺术家感觉的真实,好的艺术与艺术家

---

[1] 柯勒律治:《论诗或艺术》,刘若端译,见中国社会科学院外国文学研究所外国文学研究资料丛刊编辑委员会编:《欧美古典作家论现实主义和浪漫主义》(一),北京:中国社会科学出版社,1980年,第279页。

[2] 柯尔立治:《文学传记》,党明明译,见蒋孔阳主编:《十九世纪西方美学名著选(英法美卷)》,上海:复旦大学出版社,1990年,第31页。

再现对世界的感觉的真实程度是相称的。"文学的艺术,也就是说,就像所有以任何方式摹仿或再现事实——形式、色彩或事件——的艺术一样,是对与灵魂有关的事实的表现,是对特定人格的表现,是对其偏好、意志和力量的表现。这就是想象的或艺术的文学作品的内容——不仅是对事实的记录,而且是对事实无限变化的记录。"①正因为人的印象、旨趣不断自由变化,文学表现作者对形式、色彩或事件的印象也在不断变化。像华兹华斯一样,佩特也反对世俗化的情感,不过他比华兹华斯更为激进,毕竟浪漫主义还是以情感作为文学本体的。佩特认为世俗化的情感有太浓的"生活气息",世俗化的情感只能表现庸俗的思想,这种高蹈的态度是唯美主义者的标签,所以他将美与智力的明晰性联系在一起,赋予感觉以高超的鉴赏力,艺术作品只需要将感觉印象表现出来,而不要主观情感的自然流露。在小说《马利乌斯——一个享乐主义者》中,佩特实践了他的诗学,在作品中他推崇美的直观,在刹那的感知中领会美的奥秘。这一片美的感觉海洋显然属于艺术家和审美家,已然超越了现实生活,也超越了庸众的世俗生活情感。

英国新黑格尔主义者布拉德雷(Francis Herbert Bradley,1846—1924)提出"为诗而诗"的观点,诗的本质不在于与现实生活的联系,而是一种想象性的观念,这就否定了艺术对生活的从属关系。他认为诗不是真实世界的摹本,诗具有独立、完整和自治的世界。②正因为诗有其自身的目的,所以诗的价值也是自足的,任何宗教的、道德的、名誉的、金钱的衡量标准对诗歌而言都不适用,它们都是外在的。那么诗的价值标准是什么呢?布拉德雷认为是"想象"。诗越是能够打开读者的想象空间,越具有艺术的价值。他甚至认为想象是一种真实性的形象,比现实还要真实。

在俄国,陀思妥耶夫斯基指出,艺术和美对人而言就如同吃喝那样不可缺少,没有美的世界是无法忍受的。"人对美的渴望、探索和感受是不附带任何条件的,而仅仅因为这是美。人们崇拜美,而不问它有什么好处,用它可以买什么东西。"③尤其是当人对现实生活不满的时候,与现实

---

① Walter Pater, *Appreciations, with an Essay on Style*, London: Macmillan, 1910, p.10.
② 参见张玉能、陆扬、张德兴等:《西方美学史·第5卷·十九世纪美学》,北京:北京师范大学出版社,2013年,第534页。
③ 陀思妥耶夫斯基:《陀思妥耶夫斯基论艺术》,冯增义、徐振亚译,桂林:漓江出版社,1988年,第29页。

发生斗争的时候,人对美的需要就会达到顶点,美是人类的理想。陀思妥耶夫斯基对艺术与生活关系的论述具有批判现实主义的色彩,但也能看出追求艺术自主性的渴望。艺术是生活的理想化提升,可能世界是现实世界的必要补充。

大洋彼岸的美国受到英、法美学的影响,美国超验主义诗人、评论家爱默生(Ralph Waldo Emerson,1803—1882)认为,自然美是人类用生理感官能够把握的自然物之表象,它是低级的美,因为它稍纵即逝。人类精神的美是高级美,因为它是心灵的创造,艺术美也就是精神美,它是永恒的。爱默生也谈到美丑辩证的问题。艺术美将美丑都容纳进来,只要经过艺术的加工,现实与艺术的美丑之间就可以相互转化,在艺术家眼中,美丑、善恶并无等级区别。

美国作家亨利·詹姆斯主张艺术应该反映生活,作家必须捕捉生活本身的色彩。詹姆斯被视为唯美主义色彩浓厚的作家,原因在于他对"艺术反映生活"的独特理解。詹姆斯所说的"反映"并不是建立在自然主义式的仔细观察生活的细节表象之上,也不是建立在现实主义式的把握社会生活的本质规律之上,而是通过作家对生活刹那间的直观,然后借助自我意识的统觉将直观印象表现出来。"这种根据所见的事物来推测未见的事物、探寻事物的含义、通过模式来判断整体的能力,经过深刻地感受一般生活来正确地理解它的任何一个独特角落的能力……就构成了经验,……也许可以这样说,印象就是经验。"①现实成为作家主观心理的现实,它已不同于客观世界的存在,也不同于完全主观的幻想,而是介于两者之间,类似于绘画上的印象派技法。事实上,任何文学上的写实都出于这样的心理机制,但人们往往"自信"能还原客观存在,詹姆斯则充分肯定了这种印象主义式写作的真实性,他不追求还原现实,而是还原色彩斑斓的印象。他认为艺术就应该描写印象,印象才是真正现实的。当然,相比于客观自然界,印象更偏重于主观的感受,或者说是艺术家式的感性体验,正如缺少艺术眼光的人根本无法体验和欣赏印象派绘画。

经过梳理可以发现,从世界观构建层面说,"艺术高于生活"的思想很早就埋藏在人们的思维方式之中。在近代以前,艺术被包裹在"可能世界"的范畴里,"艺术高于生活"几乎等同于"可能世界高于现实世界"。这

---

① 亨利·詹姆斯:《小说的艺术》,程介未译,见蒋孔阳主编:《十九世纪西方美学名著选(英法美卷)》,上海:复旦大学出版社,1990年,第679页。

不正是神话、宗教、客观唯心主义哲学共同的思维方式吗？也正是在此基础上，才能产生"摹仿论"，因为所谓的"自然"只不过是神的产品，是对可能世界的现实化，摹仿的本意不是去摹仿那个"被创造的自然"，而是摹仿"创造自然的自然"，也就是神的创造能力。可见，人的创造力还未被承认，它以神的创造力的异化形式存在。文艺复兴以降，人本主义从神本主义的外壳中脱离出来，人们逐渐发现，可能世界不过是人自己的创造物，理解与描绘可能世界主要并不依赖认识能力，而是想象与创造力。并且，由于理性的逐渐工具化，以及人们对感性能力和审美意识的逐渐重视，作为自我意识能力的最后一块"短板"的审美之作用日益得到人们的切身体认。这样一来，艺术逐渐成为可能世界最好的"代言者"，或者说可能世界也越来越艺术化，于是，"艺术高于生活"的理念浮出水面。唯美主义将现实世界和社会生活视作平庸、无聊、丑陋，将艺术视为脱离现实世界的避难所，这种世界观是建立在"艺术高于生活"理念上的，由此引出艺术与现实之间的关系：艺术相对于现实世界是本源，是更高级的存在，"第一是艺术，第二是生活"①。既然可能世界高于现实世界，现实世界不应该向可能世界靠拢吗？既然艺术是可能世界的最好代表，那么自然不应该摹仿艺术吗？因此，"艺术高于生活"自然就衍生出"生活摹仿艺术"，形成一种倒置的"摹仿论"，王尔德将此总结为："生活摹仿艺术远甚于艺术摹仿生活。"②伟大的艺术家创造理想的艺术典型，引领世俗大众在生活中去摹仿这一理想。一旦艺术将自然和生活上升为理想，试图返回自然，反映时代历史，它就衰朽了。于是，王尔德将艺术称为"谎言"，和波德莱尔等人一样，王尔德也抬高艺术，贬低自然。他认为，人们越研究艺术，就越不关心自然，"艺术真正向我们揭示的，是自然在构思上的不足，是她那难以理解的不开化状态，她那令人惊奇的单调乏味，她那绝对未经加工的条件"③。

---

① 叶渭渠：《日本文学思潮史》，北京：北京大学出版社，2009 年，第 267 页。
② Oscar Wilde, "Intentions", Josephine M. Guy, ed., *Complete Works of Oscar Wilde*, Vol. 4, Oxford: Oxford University Press, 2007, p. 94.
③ Ibid., p. 73.

第四章
艺术自律的诗学准备

如前所述,在唯美主义的语境中,"生活"可以理解为"自然","自然"又象征平庸的现实。唯美主义的理想是让艺术成为独立王国,不受现实世界与世俗价值观念的侵扰。因此,"艺术高于生活"的理念引出了关于"艺术自律"的话题。这个问题更为复杂,从词源上说,"自律"来源于希腊语"自我"(heautos)和"法律"(nomos),顾名思义,自律就是自我规定的意思。自律原本是道德概念,即自由意志凭借自身原则做决定,不受任何外部因素的规定和约束,并且决定的动机像自然法则那样始终如一。自律是自由的一个层次、一个环节。艺术自律是现代艺术领域的话题,审美自觉是艺术自律的前提,关于艺术自律的话题很多时候与审美自觉纠缠不清。关于审美自觉的话题却古已有之,讨论的焦点有二:一是审美在艺术活动中有没有自身独立的合法性;二是美与真、善之间的关系,由于在上一章已经涉及美与真的关系,本章主要关注的是美与善的关系问题。

生活摹仿艺术和艺术自律的提出之所以显得惊世骇俗,原因在于艺术摹仿自然的思维。客观论美学思维导致艺术和审美在相当长的历史中总是服务于某种外在目的,总结起来,主要是服务于物质生产和伦理道德。前者在原始艺术中得以展现,在生产力落后的时代,艺术成为凝聚生产力,保持和扩大物质生产的工具。随着生产力的增长,阶级的分化,才出现诸如巫师、神职人员等专职从事精神活动的人。艺术也从鼓舞、统一、调动生产者的劳动步调以促进生产力发展的劳动功能,慢慢过渡到统一人们的思想步调,促进社会共同体和谐的社会功能。于是,艺术的伦理作用得到重视,比如在古希腊,我们能看到哲学家对审美净化灵魂作用的强调。同时,基于天人相分的世界观,西方客观论美学还赋予艺术认知(也是一种摹仿)功能,并将其与伦理道德的培养相结合。对自然的认知和对美德的学习是两位一体的:对自然的认知愈深,对美德的需求愈强;只有把握住自然界的内部结构和内在规律,才能把握人与人之间的社会结构和交往规律。因此,毕达哥拉斯学派试图在音乐中找到美的根源,让音乐成为美的体现,他们认为通过音乐欣赏,能够改正坏的品性,回归正直质朴。公元前4世纪希腊哲学家阿里斯托克塞诺斯(Aristoxenos,前375—前335)谈到毕达哥拉斯学派时指出:"毕达哥拉斯学派凭借医学实现净化肉体,凭借音乐实现净化灵魂。"[①]毕达哥拉斯学派很早就发现了音乐的美育作用,用音乐来指导门徒,并运用到政治仪式和宗教仪式中。这种基于客观认识论基础上的美育思想与中国儒家的乐教思想截然不同,可以说,前者是通过人与物的(认知)关系实现人与人的(伦理)关系,后者是通过人与人的(伦理)关系实现人与物的(认知)关系。从古希腊到近代前期,西方美学一般是将真与善放在美之上,尤其是善,总是成为美的目的,并且这个善也包含了"完善""圆善"等认识的目的。因此,如说艺术与自然(生活)的关系体现的是美与真的关系,那么艺术自律则更多地涉及美与善的关系。

第一节 审美意识的"蛰伏"

亚里士多德论述过文艺的审美教育功能,这与他持有的"净化论"观点相关。他认为通过文艺熏陶,在闲暇和松弛的状态下增强人的鉴赏力,有助于培养德性、净化感情。虽然审美教育是为了培养一个合格的城邦公民服务的,从根本上说是艺术为社会政治服务,但同时也承认了审美是在闲暇和松弛状态下的精神活动,这一活动能够使人更加完善,等于肯定了艺术的无功利性和无目的的合目的性。

阿奎那将亚里士多德的理论"神学化",或者说将神学"亚里士多德化"。阿奎那也是从整一、尺度、匀称、比例、秩序等数学关系理解美的,因此,他认为美在完美的形式。"个别事物依其自身性质为美,这是说,根据

[①] 范明生:《西方美学史·第1卷·古希腊罗马美学》,北京:北京师范大学出版社,2013年,第72页。

自身的形式而显其美。"①完美的形式意味着事物自身的完善,也意味着上帝安排的"完美",因此,美与善在阿奎那的眼中是同一的,代表了某种完美的"范例"。阿奎那的观点虽然有着浓厚的神学色彩,但由于其底色是亚里士多德式的古希腊哲学,因此,他关于美善同一的观点也代表了西方古典哲学、美学的思路。同时也表明,西方哲学、美学中的"善"不等于中国传统伦理观念中的"善良",它具有更偏重于本体论的意义——完善。"美与善在其主旨上是同一的,因为明晰与和谐也见于善的性质之中。"②如前所述,阿奎那的美善同一是客观论、本体论美学思维的产物,即美在某种客观的和谐比例(完善)。不过,阿奎那的美学已经触及了人的美感,美是人的感觉体验到的和谐,因此它自然地衍生出审美无功利的思想,成为中世纪美学向近代美学透出的一缕曙光。"由于源于其他一些感官的感觉印象因其和谐而给人以快感,比方说,人在和谐有序的声音中得到欣悦,所以这一快感同他维持生计并无联系。"③只不过在阿奎那的世界观中,感官的感性认识是低级的,只有凭借理性才能认识上帝。

文艺复兴时期,阿尔伯蒂将美泛化,从至高的美的形式推导出"最为高尚的东西就是美的"④。任何人都会被美的东西所吸引,大自然本身也不会停止对美的陶醉,甚至整个国家和社会的组织机构之间也呈现出美的比例来,而艺术的具体社会功能则是平淡无奇、卑微可怜的。这既是将艺术的形式因素最大化,又通过类似泛灵论的视角将人的审美能力和美感因素推到极高的地位。英国诗人菲利普·西德尼(Philip Sidney,1554—1586)肯定诗歌高于自然,实际上肯定了虚构、想象的力量,他还认为诗歌高于历史,因为诗歌可以通过将现实素材艺术化,使之更具理性和教育意义,从而达到寓教于诗的目的,而历史(他主要指历史事件,而非历史规律)总是被迫去"真实地"记录许多丑恶不堪的事实,免不了诱人纵恶。尽管西德尼在文学欣赏方面仍持传统的诗教观念,但他在文学创作层面肯定了艺术虚构对道德的反作用。此外,在将诗与哲学的对比中,西德尼认为如果从教诲的角度出发,那么诗和哲学是相近的。区别在于,诗

---

① 转引自陆扬:《西方美学史·第2卷·中世纪文艺复兴美学》,北京:北京师范大学出版社,2013年,第193页。
② 同上书,第196页。
③ 同上书,第219页。
④ 莱昂·巴蒂斯塔·阿尔伯蒂:《建筑论——阿尔伯蒂建筑十书》,王贵祥译,北京:中国建筑工业出版社,2010年,第150页。

歌是通过打动人的情感实现教诲,这样的教诲就不仅仅是知性的认识活动,而且还带有情感自由活动的审美心理学特征。因此,西德尼指出,使人感动高于予人教诲,这是诗歌才能做到的事。这就触及了文学艺术的情感本质,促使文艺学、美学向研究感性运作规律的方向转变。

近代经验论者培根注重研究感性意义上的美,但他仍把善置于美之上:"美德而能重之以修态当然更佳,但其佳处却非仅在人容颜之姣好;因而气度之娴雅犹胜于风姿之昳丽。"①霍布斯将美视为物体中指引我们向善的"符号",美即某种表面迹象预示其为善的事物。② 相应的,丑是指引我们向"恶"的符号。美是善的外在形式,善是美的内容;丑是恶的表现形式,恶是丑的内容,这仍是美善同一的观念。夏夫兹博里认为真善美同一,美感就是道德感,审辨善恶的道德感和审辨美丑的美感是相通的,审美带来道德上的完善。夏夫兹博里从自然神论的角度认为,自然是神创造的最和谐的存在,所以"凡是美的都是和谐的和比例合度的,凡是和谐的比例合度的就是真的,凡是既美而又真的也就在结果上是愉快的和善的。"③与传统本体论美学的区别在于,真善美在夏夫兹博里那儿不是客观的理念或属性,而是人心的"内在感官",和谐的比例形式从客观事物转移到内在心理能力和态度上去了。博克认为,审美和生理欲望无关,只和爱有关,审美应该是排除了欲望因素的更加"纯洁"的静观。总体上说,英国经验论美学试图寻找某种直接感知善与美的感性能力,将这种高级的感性能力与动物式的生理感官能力区分开来,将美感与伦理情感以及功利性的满足感区别开来,这就为审美无利害理念打下了基础。

从英国经验论者有关真善美的论述中可以看出,真善美从天国被拉回人间,真善美的概念从中世纪以前的某种先验、神秘的理念转变为人性中存在的某种禀赋和能力。在近代理性主义哲学家那里,真善美更是成为构成人性完整的三个组成部分。随着时代的发展,真善美本身的含义发生着变化,总体而言,它们从早期本体论哲学中的抽象存在日益世俗化,即是说它们要通过人本身才能获得解释。如前所述,真从真理、理念、理式逐渐转变为生活的真实感,善从完善、圆善逐渐转变为调节社会交往、维护社会政治稳定

---

① 培根:《说美》,见《培根论说文集》,高健译,天津:百花文艺出版社,2001年,第199页。
② 参见霍布斯:《利维坦》,黎思复、黎廷弼译,北京:商务印书馆,1985年,第37页。
③ 夏夫兹博里:《杂想录》,见朱光潜编译:《西方美学家论美与美感》,台北:天工书局,2000年,第89页。

的伦理道德,这是不是预示着美的概念也逐渐世俗化呢?

第二节　审美作为完整人性的拼图

在笛卡尔、布瓦洛、莱布尼兹等大陆理性主义者眼中,真善美是高度统一的,它们都处于理性的统摄之下,更重要的是,理性不是来自天国,而是来自人自身。狄德罗、温克尔曼等启蒙主义思想家同样持真善美一体的思想,他们从资产阶级的人道主义出发,将真善美视为人的全面发展的三个意识维度并在人性中趋于统一的观点是近代以来西方美学的主流。

其实,从启蒙主义时代开始,艺术自律和审美自觉观念就已经潜伏在以"自由"为核心的"天赋人权"观念取代"专职王权"观念的过程中了。启蒙主义将艺术活动中政权、神权的枷锁砸碎,为艺术自律观念提供了温床。当然,启蒙主义思想的根本目的并非企求艺术自律,而是试图构建人性完善的图式。比如"美学之父"鲍姆嘉通确立美学的形而上学领域,将感性学与伦理学、逻辑学并列为三门研究人性完整的学科,客观上使美学成为一门独立的学科,但他的出发点和目标是将感性(审美)领域作为人性完整的拼图之一,并非将美抬高到超越真与善之上的地位。

与鲍姆嘉通相似,康德美学借助"无功利""无概念""合目的性""共通感"等话语详细阐释了鉴赏的发生特征,他的目的也是探究审美判断背后的先验机制,从而将人的知性和理性勾连起来,构建出一个"大写的人"。康德将审美视为一种判断力,还带有些许理性主义认识论的痕迹,但他将审美判断力视为与认识能力、意志力并列的先天禀赋,指出主体在面对具体对象时所具有的反思的判断力。这样一来,美学的研究视角同样是以人自身为出发点,而不是外界的某种存在。康德将"情感"确立为美学的先天原则,将审美视为人的自由本质的一块"自留地"。在康德那里,审美看起来还是鲍姆嘉通所说的感性认识,属于人的认识能力,但其本质并非为了认识客观对象,而是通过认识对象反思共通的人性,引发人的情感,即共通感。"鉴赏有更多的权力可以被称之为共通感;而审美(感性)判断力比智性判断力更能冠以共同感觉之名,如果我们真的愿意把感觉一词用于对内心单纯反思的某种结果的话;因为在那里我们把感觉理解为愉快的情感。我们甚至可以把鉴赏定义为对于那样一种东西的判断能力，它使我们对一个给予的表象的情感不惜借助于概念而能够普遍传达。"①无论是美学的形而上学领域（感性），还是美学的先天原则（情感）的确立，都承认审美是人性中不可或缺的部分，通过审美展现人的自由本质。因此在康德看来，审美判断力具有"主观情感性""先天立法性""普遍有效和必然性"，此三点正是"审美自觉"的内涵。事实上，在康德那里，知性和理性作为人性的两极，同样是自律的，区别在于"主观情感性"②，而这种主观性又包含先验性、普遍性和必然性。因此，正如自由就是以自身为目的，那么审美完全可以成为自身的目的——审美自由。

康德试图正面解答审美自觉的合法性问题，他认为鉴赏判断的两大心理特征是无利害性与无目的的合目的性。审美无利害的观念并非康德首创，在夏夫兹博里、哈奇生、博克等英国经验主义者那里就初见端倪。康德对审美无利害进行了规定："鉴赏判断的愉悦是不带任何利害关系的。"③所谓没有任何利害关系表现为主客体之间没有理性的意愿关系，也没有实际利益的联系，鉴赏主体只对单纯表象感到愉快。由此可见，利害关系指的就是对象的质料和内容能不能使人满意。这种满意在康德看来是低层次的欲望，不光人有，动物也有，比如说官能享乐。一旦欲望上升到了情感，欲望带来的快适升华为情感的愉悦，利害关系就不存在了。反过来说，一旦掺杂利害关系，纯粹的鉴赏判断就不存在。比如虽然道德带来的愉悦感同样拥有普遍性，但是道德感带来的愉悦也不是鉴赏判断，因为"对于善的愉悦是与利害结合着的"④。无目的的合目的性是另一个审美自觉的特征，指的是"对象的表象的不带任何目的（不管是主观目的还是客观目的）的主观合目的性"⑤。康德首先对"目的"进行辨析，将合目的性分为客观合目的性和主观合目的性两类：前者符合的是自然目的，如自然系统中的事物和规律；后者符合的是人的目的，比如依靠质料满足欲望和通过形式使人愉悦。康德还从内外关系出发将目的分为外在目的和内在目的：前者是事物之间的"有用关系"，这种关系的存在依靠偶然的经验条件，视情况而定；后者是"绝对目的"，指事物内部各部分之间的有

---

① 康德：《康德三大批判合集》（下），邓晓芒译，北京：人民出版社，2009年，第336页。
② 同上书，第541页。
③ 同上书，第250页。
④ 同上书，第253页。
⑤ 同上书，第266页。

机关系,这种关系是先验的,不以外在经验条件为转移。综上所述,鉴赏判断中无目的的合目的性指的是符合主观目的和内在目的,而不是符合外在目的。在康德看来,审美是包括想象力、感性、知性、理性等自我意识内部的自由协调活动,即完整人性的自由活动。显然,康德在《判断力批判》中主要是用理性主义认识论的思维指导对审美活动的分析,还残留客观论美学的痕迹——反思判断一个对象美不美;同时也含有古典主义式的道德主义理想——将美视为道德的理想和象征。这导致康德的四个契机只是对于审美心理现象的归纳总结,而不是对审美现象本质的把握,也说明康德本质上是试图建构一个具有"完善的"理性判断能力的西方人本主义思想,而非将艺术的自律性推到极致的唯美主义思想。在后来的《实用人类学》中,康德修正了他的理性主义认识论,将重心从"审美距离"(无利害)和"形式主义"(形式的合目的)观点转向了对"共通感"的阐释,发现了审美背后的人的社会性情感的本体作用,所谓"合目的"不是绝对的没有目的,而是符合人的情感目的,尽管他对此还未自觉。

席勒与康德很相似,他认为从本质上说,美必然是道德的,道德上的正直是所有基于生活标准的鉴赏力的必要组成部分。但艺术的本质是假象,假象即艺术的形式,由于在艺术审美中,形式超越了内容,也就超越了现实和功利的束缚。"判断审美假象的标准不是有没有实在性,道德法则也不适用对审美假象的判断。"[①]席勒延续了康德对审美无功利的理解,又超越了康德的形式主义认识论,他认为判断审美假象的根据是美的法则,也就是自由、完整的人性。人们喜爱艺术形式,正是由于它是假象,是自由的游戏,从某种程度上说是超越现实(真实)的,而不是什么现实中更好的东西。

鲍姆嘉通、康德和席勒等人的美学思想以完整、和谐的人性观念给予审美和艺术应有的位置,将人的感性能力视为补齐完整人性的"短板"。不过,从中我们显然无法导出"艺术自律"的逻辑,甚至恰恰相反,让人觉得感性能力是人性中其他能力禀赋的"服务人员"或"润滑剂"。但是,人本主义对完整人性的追求带来一种人学的眼光,即人性应该是鲜活的、灵动的,衡量人性完善的标准毕竟不是简单的"木桶理论",这一标准同样应该是既先验、又切身的东西。可以说,追求人性完善带来了一种新的价值

---

① 弗里德里希·席勒:《审美教育书简》,冯至、范大灿译,上海:上海人民出版社,2003年,第212页。

判断和人学判断的标尺,即自由。自由的一个层次是自律,艺术自律和审美自觉就建立在人性自由的观念基础上,甚至由于感性与自由(感)的相通性,美感逐渐被西方人视为自由的直观表现。

第三节　自由:艺术自律的翅膀

人性自由观推动了18世纪以降西方哲学的人本主义转向,也催生了浪漫主义思潮的到来。对人性自由本质的追问和美学研究的人本主义转向是同步的。赫尔德认为美是真理的感性现象,真理是历史的精神,这一点与黑格尔很相似。他还认为,美和真是一体的,两者互为形式和内容。美是物质存在的高级形态,是完善的感性现象。费希特继承康德的审美无概念说,也继承了康德将审美与道德勾连的阐释路径。他指出,由于道德强调概念,有时候会压抑自我的自由,但审美体现了自我的自由本质,锤炼了人的精神,它比道德站位更高,通过审美为道德准备了土壤。席勒用游戏说佐证审美的无功利性,在扬弃外在物质、功利的目的后,物质消耗转向了审美游戏。"在美的崇高自由中,自然得到了提高从而超越了任何目的的强制。"[①]也就是说,自由(审美)比自然崇高,或者说自由是自然的高级阶段。因此席勒认为,"在审美王国中,一切东西,甚至供使用的工具,都是自由的公民。"[②]席勒还谈到,文艺不应受任何政治和社会目的的制约,艺术的自律并非否定启蒙运动和狂飙突进运动所追求艺术的社会效果,反而有助于实现这一效果,因为艺术只有同理性和行动力平起平坐时才能真正实现人类的自由发展。谢林认为,艺术作品与工艺产品的不同在于:一切美感创造活动在其原则上都是一种绝对自由的活动,艺术家虽然也可能是受了某种矛盾的驱使而从事美感创造活动,但这种矛盾仅仅存在于艺术家所特有的最高天赋中,即一种内在目的;反之,其他的创造活动都是由存在于创造者之外的矛盾引起的,因而是一种外在目的。内在目的的独立性形成艺术的神圣性与纯洁性。由于将世界本源视为绝对同一,真善美在谢林这里也是同一的,三者相互包容。谢林驳斥将美与真对立的看法,认为这是人们把真理解为表面的真,这样的真与无所不包

---

① 弗里德里希·席勒:《审美教育书简》,冯至、范大灿译,上海:上海人民出版社,2003年,第230页。
② 同上书,第239页。

的绝对同一不是一回事。因此,如果摹仿自然指的就是再现这样的真,那是肤浅的;同理,他也驳斥了那种将美当作手段,善当作目的的艺术观,美和善本就是一回事。谢林的真善美同一的观点超越了传统的真善美统一的思想,表现出了追求本质真实、内在真实的浪漫主义思想。表面上看,美还是和真善混为一谈,实际上,他将美从真善之间纠缠不清的等级秩序中解脱出来。美和艺术真正找到了彼此,引起美感的事物就是艺术,艺术就是表现美,美和艺术是同一事物的不同侧面。

德国浪漫派对人的自由推崇备至,自由即自己决定自己,自律即自由的一个层次。既然自由是人的本质,那么知情意、真善美也应该是自由的。施莱格尔兄弟主张艺术的自主性,不受任何规律、利害和概念的束缚。奥古斯都·施莱格尔在1801年《关于美文学和艺术讲座》中就谈到"美的艺术是无目的的合目的"观点。事实上,早在这之前,就有人提出艺术除了美之外,绝不应当也不可能表现任何东西。[①] 奥古斯都·施莱格尔还提出艺术"有机论"的观点,一件艺术品也显示了一个自然产品的有机特性,即艺术的内容与形式是一体的,艺术的内容可以由内向外展开,在萌芽完全发展的同时,也获得自身形式的定性。如果说"自律"原本是指事物有一个内在目的,那么有机物则是这种目的之最佳代言者,"有机的"(organisch)一词内含"自组织"的意思。所谓"有机的"也是"自足的",有机的艺术"像自然一样是自动创造的,既是被组织的也具有组织力,它必须形成活的作品。这作品首先必须发动起来,但不是像钟摆一样靠某种外在机械装置来发动,而应像太阳一样,靠一种内在力量来启动。"[②]弗里德里希·施莱格尔也认为,美是人性的本质,美必须是自由的,它与真、善一样有自身内在的规律,不受他律的制约。诺瓦利斯认为音乐能从自身中提炼出艺术的精华,音乐是自律自足的美的艺术,因为它是非摹仿性的。

黑格尔认为,美的理念要通过感性形象显现,但不能停留在外在形象上,必然要体现出理念的普遍性。理念是真善美的统一,美是理念(主体)的感性显现(客体化),美是主体创造性的表现,同时由主体性出发引出美

---

① 参见奥·史雷格尔:《关于美文学和艺术讲座》,刘半久译,见中国社会科学院外国文学研究所外国文学研究资料丛刊编辑委员会编:《欧美古典作家论现实主义和浪漫主义》(二),北京:中国社会科学院出版社,1981年,第357—373页。
② 转引自 M. H. 艾布拉姆斯:《镜与灯:浪漫主义文论及批评传统》,郦稚牛、张照进、童庆生译,北京:北京大学出版社,2015年,第246页。

的根源是自由的观念。黑格尔将自由理解为理念在外界中将自身实现出来,最终达到主客体统一的过程。"自由首先就在于主体对和它自己对立的东西不是外来的,不觉得它是一种界限和局限,而是就在那对立的东西里发现它自己。"①我们可以认为,黑格尔的自由就是对象化过程中的理性与感性、主体与客体、内容与形式的统一。在黑格尔的哲学框架中,人类社会是理念自我外化的最高阶段,如果我们搁置抽象的绝对精神、绝对理念的概念,而看到理念背后深厚的人本主义内涵的话就会发现:理念就是人的自我意识的异化形式,理念的主体性其实就是人的主体性的另一种表述,理念的对象化就是人的本质的对象化,理念的自由本质也是人的自由本质,美就是人的自我意识发展到一定阶段的产物。黑格尔将美的根源视为自由,像席勒那样试图通过艺术审美消除人性的缺陷和社会的矛盾。从形而上的世界观层面说,超越了客观论和认识论美学主客二元对立的局限性,使美与美感真正合为一体,回到人性本身来理解本就属于人性的问题。从形而下的艺术创作和审美经验上说,自由抓住了审美活动的本真,只有在超功利的自由的状态中才能发生审美活动。这说明,如果没有对人的本质的哲学理解,便不可能有对美和艺术的科学理解。

黑格尔将自由与人的本质力量相联系,他从人的本质力量对象化的角度谈论艺术创造,认为艺术起源于自由创造。自然物被先天命定,没有其他的可能性,它是直接的、一次性的;而人则通过自由自觉的创造活动,既从对象中直观自身,又在实践中外化自己的本质,在自我意识中不断观照自己。人的本质不是直接的、一次性的,而是充满各种可能性。"人有一种冲动,要在直接呈现于他面前的外在事物之中实现他自己,而且就在这实践过程中认识他自己。"②因此,人在对象中看到的实际上是他自身的外在现实,这样一来,人与物的异己、异化关系就打破了,从而实现自由。反过来说,未经人的实践活动的事物之自然状态恰恰是不自然的异己状态,人不能从中看到自身力量的实现,人与对象之间只是低级的生理欲求关系,主客之间被束缚在生理欲求中以致相互丧失,这就不是自由的状态。艺术创造和审美就是一种特殊的实践活动,也就是人直观自己本质力量的对象化过程的特殊形式。当然,这一形式不同于一般的功利性的实践活动,功利性活动基于主体的知性能力,主体要认识事物的一般规

---

① 黑格尔:《美学》(第一卷),朱光潜译,北京:商务印书馆,1979年,第124页。
② 同上书,第39页。

律,服从对象的普遍必然性,在此过程中,个体的感性丰富性被取消了,主客之间还未达到自由无束的状态。审美实践的特殊性在于真正实现了感性与理性、主体与客体之间的交融,矛盾双方互相作用,又不会导致互相取消。从自由创造的角度看,黑格尔认为作家可以表现伦理观念,但他反对将道德教诲作为艺术的主要目的,艺术不应该过分强调道德宣教,作家的伦理观念应该消融在感性形象中。"至于其他目的,例如教训、净化、改善、谋利、名位追求之类,对于艺术作品之为艺术作品,是毫不相干的。"①

第四节　艺术无功利思想

19世纪德国美学中的艺术自律思想主要沿着康德美学的逻辑向两条路径前进:一是审美无功利、无概念;二是形式主义。

费尔巴哈的美学思想与他的人学思想是紧密结合的,他谈道,人的感觉不同于动物的感觉,很重要的原因在于动物的感觉只对影响它生存的功利对象产生,而人的感觉可以对那些超功利的对象产生,反映出人自身的自由本质。叔本华对古希腊哲学的"智性直观"进行了改造,使其具有艺术直观的绝对能力,在此基础上,他指出艺术无须表现什么真实的概念,它本身就是最真实的本质,不受"充足理由律"(principle of sufficient reason)的限制②,不需要"为什么是这样而不是那样"的前提条件,换句话说,艺术是自足的。德国形式主义理论家赫尔巴特认为,纯粹的美是纯形式和无功利的,美与单纯的感性快感不同,美(形式)具有一种永恒的价值,但在具体的审美状态中,往往包含了伦理道德的成分。因此,如果要获得纯粹的美感,应该用一种静观的态度将伦理道德(内容)净化掉,剩下永恒的形式。反过来说,纯粹的形式主义其实无法解释所有的艺术门类,比如以语言符号为载体的文学,这也是为何文学的形式主义者总是对音乐艺术心向往之,试图从音乐中找文学美感的原因。另一位形式主义者齐美尔曼也不否认艺术中的道德具有美感,鉴赏力既可以欣赏纯形式的美,亦可以欣赏道德的美,显然,他的重心已经从道德教诲转移到审美上

---

① 黑格尔:《美学》(第一卷),朱光潜译,北京:商务印书馆,1979年,第69页。
② Paul Gordon, *Art as the Absolute: Art's Relation to Metaphysics in Kant, Fichte, Schelling, Hegel and Schopenhauer*, New York: Bloomsbury Academic, 2015, p.170.

来,道德在艺术中也是作为审美对象被欣赏的。

19世纪的英国,随着印刷业和读者群规模的扩大,"作家和新闻记者之间的分离就已经清晰可见,尽管两者偶尔也会有重叠"①。这说明,大众已经有意识地区别小说艺术与新闻的作用,即意识到"审美"与"求真"的区别,尽管通俗小说仍试图给人一种"真实感"。法国学者雅克·杜加斯特(Jacques Dugast)就认为,印刷业的发展使得文学文本的独立性不断增长。② 柯勒律治是最早接触德国古典哲学和美学的英国人之一,尤其受到康德和谢林思想的影响。柯勒律治于1821年在布莱克伍德(Blackwood)的《爱丁堡杂志》(*Edinburgh Magazine*)上向读者介绍了"审美/感性"(aesthetic)一词,这个词在当时对大众而言是十分陌生的。

> 我希望我能找到一个比"审美"更贴切的词来表达我的品位和批评……由于我们的语言中没有其他有用的形容词,为了表达形式、感觉和智力的巧合……我们有理由希望,一旦独特的思想和明确的表达再次成为艺术家所必需的,"审美"这一术语就会被广泛使用。③

当审美与感性能力结合在一起就意味着美成为一种切身的体验,即一切能够激发愉悦而无涉利益和利害关系的感觉。柯勒律治吸收了亚里士多德和奥古斯都·施莱格尔的"有机论"思想,认为诗歌的形式应该是"有机的",而非"机械的",诗歌的形式各部分应该是和谐与统一的"生命体",既然是生命体,便具有自主性。柯勒律治还赞同"游戏说",他认为文学的直接目的是获得乐趣,这就将文学鉴赏与非功利的审美联系在一起。"游戏说"在英国也很有市场,斯宾塞也持游戏说的观念。他继承席勒的观点,认为艺术是人的过剩精力的发泄,美感是摆脱了生存欲望的高级体验,这种自然主义和实证主义式的美学观使他将审美与功利区别开来。斯宾塞只承认视觉和听觉是审美感官,因为两者在更大程度上脱离了为生存服务的职能,向往更自由的境界。罗斯金虽然持社会学的观点,从社会制度和劳动分工以及经济状况分析美,美具有现实的基础,但他对美的

---

① 雷蒙德·威廉斯:《漫长的革命》,倪伟译,上海:上海人民出版社,2013年,第206页。
② 参见雅克·杜加斯特:《存在与喧哗:19、20世纪之交的欧洲文化生活》,黄艳红译,北京:中国人民大学出版社,2015年,第146页。
③ 转引自 Elizabeth Prettejohn, *Art for Art's Sake: Aestheticism in Victorian Painting*, New Haven: Yale University Press, 2007, Introduction, p. 4.

本质的理解却是非功利的,他认为美来自有机形式中体现出的健康生命力,而异化劳动则损害了生命的有机统一形式,剥夺人的自由。他主张美与效用无关,认为那些将美视为正确、有用、习惯的想法是错误的。① 比如他的那句名言——"少女可以歌唱她失去的爱情,守财奴却不能歌唱他失去的金钱"②,道出了审美无功利的关键因素——真挚的情感。尽管罗斯金并非极端的审美至上者,他认为艺术修养的前提是正确的道德水平,否则一个人就不可能欣赏艺术。但是,"当艺术一旦获得,它所反映的行为就会增强并完善它所产生的道德水平,最重要的是,它会将愉悦的心情传达给已经具有类似道德水平的人"③。这种关于艺术引发情感共鸣作用从而提升人的道德感和道德自觉的说法既有英国经验哲学的传统,又有康德哲学的影子。英国文化批评家马修·阿诺德认为过于计算利益关系导致民族文化的堕落,艺术应该秉持超然而无利害的本质。

王尔德在《谎言的衰朽》一文中指出,艺术除了表现自身,不表现任何别的东西。"艺术具有独立的生命,就像思想具有独立的生命那样,艺术完全按照自己的路线向前发展。"④艺术表现自身,其实就是表现美,而不是真理和道德。因此,王尔德认为,现实主义的艺术不一定是现实的,它可能给读者以假象;信仰时代的艺术也不一定是精神的,它无法提供道德标准。他将艺术视为"谎言",谎言需要头脑和技巧,正如艺术作品的审美价值需要艺术家的品位和造诣;谎言既不是真实,说谎也不是善良,"谎言"的艺术只关心美。艺术的历史就是美的历史,这也是为什么艺术相对于现实而言忽而超前、忽而怀旧,而不是去尝试再现时代。只要能表现美,任何一个时代都适合成为艺术表现的对象,因此,美是超功利、超现实的,与现实的生活无关。

在19世纪的法国,库申首次提出了"为艺术而艺术"的说法,他区分了"效用"与"合适"。凡是和效用有关的实用价值都不是美。美是建立在

---

① 参见约翰·罗斯金:《近代画家》(第一卷),张璘、张杰、张明权等译,北京:清华大学出版社,2012年,第26页。

② John Ruskin, "Lectures on Art", in E. T. Cook and A. Wedderburn, eds., *The Works of John Ruskin*, Vol. 20, London: Longmans, Green, and Co, 1905, p.74.

③ Ibid., p.73.

④ Oscar Wilde, "Intentions", Josephine M. Guy, ed., *Complete Works of Oscar Wilde*, Vol.4, Oxford: Oxford University Press, 2007, p.102.

合适的基础上,合适是事物自身的目的与方法的统一,也就是以自身为目的。① 波德莱尔将浪漫主义开启的审丑推向极致,"丑与恶"成为他描写的主要对象,他将"丑"视为现代艺术和现代人独特的美感。在《恶之花》序言中,波德莱尔表达了对诗歌的形式主义追求,同时也提出诗歌要兼顾美感体验,真正的诗要在节奏和韵律上符合现代都市人的审美需求。诗人应发掘恶中之美,避免道德说教,将美与善区别开来。诗歌当然也可以涉及真理和道德,但真理和道德不是诗歌的目的,如果诗歌一味宣教道德、追求真理,就会拙劣不堪。波德莱尔还在评论庞维勒的文章中说道:"艺术,尤其是诗和音乐,只把使精神欢悦当作目的,向它展示表现至福至乐的画面,与我们投身其中的紧张和斗争的可怕生活形成对比。"②这既表达出艺术自律的思想,也内含艺术(欢愉)高于生活(紧张)的命题。

波德莱尔受爱伦·坡影响很大,爱伦·坡在1850年发表的《诗歌原理》中明确提出了艺术自律(为诗而诗)的观点。他说,美国诗歌长期以来重视道德教诲,甚至达到了一种极端的状况,用道德的标准衡量诗歌的标准。这种局面造成一种诗歌创作上的异端和虚伪,它给诗歌创作和欣赏带来了巨大的危害。他认为,尽管人们不愿承认,但只要扪心自问,就会发现要是仅仅为写诗而写诗并承认这就是我们的目的,那就等于承认我们的诗完全缺乏高尚和感染力。如果人们愿意审视一下自己的内心,立刻就会发现再也没有比为诗而诗,以诗为终极目的诗歌更加高尚的作品了。事实上,我们可以将坡提到的诗理解为一般艺术的化身。坡借重德国哲学对知、意、情三分的说法,认为理解力与利弊有关,道德关涉责任,而审美让人感知美,三者各司其职。如果说审美也关注道德,那只是因为不道德的行为产生了丑的结果。亨利·詹姆斯的观点类似于艺术"有机论",他认为文学是一个有机整体,叙述、描写、对话、情节等文学元素都不能孤立地分析,而是相互依存,每一部分之中都包含着其余各部分的因素,共同构成了作品的生命力。这些成分构成了作品自身的目的,从这个层面看,文学有着自足的生命力。文学创作的艺术就是整合这些因素的技巧。"我们在谈论小说的艺术,艺术问题(在最广泛的意义上)即创作

---

① 参见库申:《论美》,宋国枢译,见蒋孔阳主编:《十九世纪西方美学名著选(英法美卷)》,上海:复旦大学出版社,1990年,第360页。
② 波德莱尔:《对几位同代人的思考》,见《1846年的沙龙:波德莱尔美学论文选》,郭宏安译,桂林:广西师范大学出版社,2002年,第119页。

技巧问题,道德问题完全是另一回事。"①因此,艺术水准的高低就是艺术家创作技巧的高低,艺术的本质就是艺术家心灵的本质。艺术家的才智越是优秀,艺术作品就越具有美和真的本质。与英国唯美主义运动颇多交集的美国画家惠斯勒认为,审美感受应该区别于其他感受,艺术应该独立于谄媚的陷阱——它应该创造吸引人的眼睛或耳朵的艺术感觉,而不要把它与那些完全陌生的情感相混淆,比如奉献、怜悯、爱国主义等。②

第五节 艺术自律还是审美自觉?

随着艺术理论逐步脱离摹仿自然的藩篱,艺术自律性和自足性便得到重视。当然,艺术自律是以哲学、美学上对审美自觉的发现为基础的,自律自足的艺术是以审美自觉为出发点和归宿。审美自觉基于哲学中对人的意识结构的阐释,近代哲学将人的意识领域分为知、意、情三个领域,分别对应真、善、美的价值。从哲学上说,人对自我的感觉印象一开始只是表象,随着语言的提升,这种朦胧的感觉成为类意识。人的类意识随着语言的产生而产生,语言使人认识到自己有同类,具有社会属性,在自我身上看到他人,在他人身上看到自我。因此,类意识就是自我意识,就是超越个体的普遍意识,所以,语言(逻各斯)就是理性。

在"知"方面,动物的知觉只能涉及事物的表象,而人类通过自我意识和语言将表象抽象化、普遍化,成为概念,这就上升到了理性认识。经过语言的作用,人的表象比动物的表象更高级,概念就是高级的表象,因为它得到了命名,成为他人可以理解的东西,人的任何感觉印象背后都已经有语言系统在施加控制。

通过自我意识和语言的作用,动物对物质对象的欲望上升到了意志,意志活动要求用理性规划行动,按照理性的法则去达成某一目的,这就涉及"善"的概念。如前所述,在古希腊哲学中,"善"与"好"是一体的,传统语境中的"善"天然包含了"适合""效用"的考量,表示符合某一个目的的合适。因此,美即协调、匀称,也意味着善、有用。随着社会的发展,人们不但要建立与自然(物)打交道的法则和标准,也要建立与人打交道的法

---

① 亨利·詹姆斯:《小说的艺术》,程介未译,见蒋孔阳主编:《十九世纪西方美学名著选(英法美卷)》,上海:复旦大学出版社,1990年,第689页。

② J. A. M. Whistler, *The Gentle Art of Making Enemies*, New York: Dover, 1967, p.127.

则和标准,于是"善"也逐渐与"好"分离,被更多地赋予伦理道德的含义,伦理道德就是帮助社会化的人与人之间,在不同个体的意志之间建立起交往的普遍性原则。

同样的,在自我意识和语言的作用下,人类将动物式的本能情绪上升为情感,情感与情绪不同,它可以借助于对象而在不同主体之间传达,形成情感共鸣。无来由的情绪、感觉经过语言的控制成为能够传达的情感。专门用于情感传达的对象就是艺术,它以对象化的方式来传达情感。一开始,艺术只是原始初民生产劳动的辅助手段,它具有工具性、实用性的作用,艺术和技艺(techne)是一体的,审美作为一种精神性的活动还未取得自身独立的地位。不过,技艺性的艺术中已经蕴含了人与人之间的情感交流了。比如劳动号子,它本身不产于生产,而是调动起生产者之间相互鼓励、协调、放松的劳动辅助功能,成为生产者之间情感交流的纽带。随着生产力的进一步发展和社会分工的进一步细化,产生了专职从事艺术职业的人员,艺术的主要目的已经不是促进生产,而是专注于传达情感,表现美感。

既然为认识而认识(求真的兴趣)、为道德而道德(自由意志)是可能的,那么为审美而审美为什么不可能呢?真、善、美对应的知、意、情都是建立在自由意志基础上的人的高级精神活动,它们都将人的意识从本能的表象、意志和情绪加以升华。如前所述,德国近代哲学确立了人的意识的知、意、情三大领域,将知、意、情视为人的自我意识建立起的三大领域。这一观点在康德哲学那里被系统化,后来的法国美学将这一划分通俗化地表达为"为知识而知识,为道德而道德,为艺术而艺术",从而开启唯美主义。这一切的产生,都是通过自我意识的活动,使人可以为达到某种目的而克服眼前的欲望,当然也可以让人具有超越一切物质欲望,纯粹将精神的享受当作自己的目的。事实上,康德是为了将"纯粹"知、意、情的各自原则论述清楚,才将它们分开来讲。作为自由自觉地精神活动,自我意识的知、意、情三个领域当然不是泾渭分明的。任何一个时代对真、善、美的理解都是一种由人建构的世界观,人们凭借世界观以便更容易地理解世界,便于人与人之间的社会交往。同时,大家再通过文艺作品和审美活动"培养和训练"这种世界观。这一过程从本质上说就是以艺术指导现实,让生活摹仿艺术。比如前文提到的英国"如画运动",它既是一种美学概念,又是意识形态的产物,促成英国社会由古典主义美学向浪漫主义美学的转化。"如画运动"也是一场世界观的"修订"和"训练",它改变了当时英国文艺界和年轻人们看待世界的"古典眼光",重塑了他们对"真"和"美"的评判标准,让他们以一种新的审美眼光去重新"发现""同样"的自然景色。其实,从人类文明的历史长河来看,人们总是尝试用认知和道德去规范艺术的标准,匡正艺术的边界,但艺术往往比科学认知更加"敏感",更多地扮演人类意识开拓者的角色,"先行一步"地抵达科学的盲区,并冲击和重塑伦理道德的藩篱。只不过在唯美主义出现以前,艺术家们对此不够"理直气壮"。

我们可以认为,审美自觉的意思不是把知、意、情和真、善、美分隔开,而是说审美活动中的真、善以美为目的,知、意为情服务。通过艺术欣赏实现审美是最终目的,而不是手段。事实上,只要美感发生,就已经是审美自觉的过程了。那么美与真、善的本体差异在哪里呢?在于情感!美感来源于情感,但情感仍然可能和真、善有关,比如对科学研究的热爱和道德感,所以情感只是美感的基础。那么审美的情感活动和其他情感的区别在哪里呢?在于形式!形式的合目的性确保了美感,并赋予美感以普遍性,美感就是审美主体借助于人化对象而产生的情感共鸣。人化对象之所以不同于自然对象,就在于它被人赋予了某种形式,从而产生了超越其物质属性之外的精神属性——自我决定非我,客观统一于主观的自然向人生成之过程。任何艺术都显现为某种形式,那么文学的形式是什么呢?是文学语言!准确地说是包含了情感的语言,最典型地体现为具有隐喻、象征等诗性特质的"意象",这也是为什么强调个人情感的浪漫主义会裂变出文学唯美倾向的原因。

审美自觉当然是可能的,但艺术自律可能吗?这又是另一个问题,而且是一个文学现代性的问题。可以说,艺术自律是文学现代主义意识的重要组成部分。在冈特看来,"道德的目的、深邃的思想、睿智而审慎的思考,这些陈腐和提炼的装束都和自由创作精神毫无关系,事实上,它们甚至妨碍了自由创作"[①]。简而言之,"为艺术而艺术"即无拘无束的创作精神。唯美主义提出"为艺术而艺术"主要针对两个"枷锁":一是为人生的写实艺术,二是为经济效益的艺术产品。在唯美主义者看来,前者以写实之名承担艺术的伦理教诲之实,让欣赏者接受资产阶级腐朽的伦理道德观念说教,并且往往由于沉迷说教而丧失艺术的审美价值;后者将艺术变成商品,艺术家变成商人,服务于毫无审美鉴赏力的庸众,令艺术充满令

---

① William Gaunt, *The Aesthetic Adventure*, London: Jonathan Cap, 1945, p.13.

人鄙夷的市侩习气。

　　事实上,如果艺术自律指的是艺术作品的自律,那么这种自律指的仍然是审美自觉,因为脱离审美活动,艺术作品并不"存在",正如我们无法谈论一部无人欣赏的"艺术",并且自律往往落脚于文学的形式主义追求。如果艺术自律指的是艺术家和创作者自律,那么这种自律指的就是创作者单纯为表现自己的情感进行的创作,即所谓有感而发和自我表达。但这个过程难以证明,也许除了创作者本人的单方面愿景,谁也无法确证某个创作活动是不是自律和纯粹,人们只能从欣赏者的角度去理解和揣摩。康德就认为艺术创作的自律不可能,因为在他的年代,艺术是上流贵族社会沙龙的消遣,艺术创作多是为了贵族社交和虚荣心服务的,这显然算不上自律,所以康德就崇尚自然美,瞧不上艺术。只有在艺术家社会地位上升,使他们能够通过创作而衣食无忧的情况下,才可能发生艺术自律的现象。如本书第一章所述,19世纪艺术市场的发展为艺术家地位的上升和艺术自律提供了可能(当然,艺术自律和作品的艺术价值之间并不存在必然联系)。艺术家们通过树立自身在审美领域的权威角色,进而宣称自己社会精英的身份,而且这种身份的标识是基于品味与鉴赏力,而非出身、财富、贵族的装饰等因素,由此形成唯美主义者的高蹈姿态。"唯美主义思潮对艺术自律的推崇成为中产阶级在日益变幻流动的英国19世纪末期宣示主权的渠道。"[①]但同时我们也要看到,艺术市场在提高艺术家地位的同时,也难免给艺术创作增加了商业和市场因素的考量,冲击着艺术自律的"自律性",形成"艺术自律"问题的复杂性。

[①] J. L. Freedman, *Professions of Taste: Henry James, British Aestheticism and Commodity Culture*, California: Stanford University Press, 1990, p.48.

第五章
形式主义溯源与误区

就创作者而言,由于艺术自律难以自证,那么最能证明艺术自律理想的因素也许就是文本的形式主义倾向,由此引出了唯美主义文学的又一理论,即文学形式的自觉。究其原因,由于"为艺术而艺术"本身就反对艺术表现政治、道德、宗教的内容,在传统的文艺观念中,这些范畴属于思想领域,而抛开这些观念的结构、体裁、语言、修辞等因素则属于形式领域,也是艺术创作者安身立命的领域。因此,"艺术自律"是"艺术家自律"的副产品,正如冈特指出,戈蒂耶和波德莱尔把艺术家唯我独尊的地位和艺术家与中产阶级世界的分裂凝聚成一个结晶——"为艺术而艺术"。① 无论是革命激情衰退后平庸苦闷的法国社会,还是工业革命后保守市侩的英国社会,抑或社会矛盾与改革焦虑暗流涌动的俄国,艺术家对现实的不满情绪逐渐滋长,他们对世俗社会产生了敌对情绪,进而鄙视庸众,认为艺术与日常生活琐事分离是天经地义的。他们认为对艺术形式的雕琢,追求所谓"纯粹美"才是艺术家的"专业",这促使唯美主义成为"反抗市侩现代性的第一个产儿"②。康德也指出,美的关系契机在于审美对象具有主观形式的合目的性,形式是审美最直观的媒介,形式美是艺术躲避其他因素直接干扰的"堡垒"。形式主义对艺术形式的自觉与唯美主义的"艺术自律"理论相契合,"为艺术而艺术"在很大程度上表现为"为形式而形式"。

但形式又是什么呢?波兰美学家瓦迪斯瓦夫·塔塔尔凯维奇

---

① See William Gaunt, *The Aesthetic Adventure*, London: Jonathan Cap, 1945, pp. 12—13.
② Matei Calinescu, *Five Faces of Modernity: Modernism Avant-Garde Decadence Kitsch Postmodernism*, Durham, N.C.: Duke University Press Books, 1987, p. 45.

(Wladyslaw Tatarkiewicz,1886—1980)提出了西方哲学关于形式的五种概念:一是指构成事物整体的结构、比例,比如音乐的旋律,这个概念与构成事物的元素、成分相对。贝尔"有意味的形式"指的就是这一层意思,几乎等同于"有意味的组合"①。二是指直接呈现在感官之前的材料,此概念与内容相对,比如诗歌的音韵。三是指对象的界限或轮廓,此概念与质料相对,主要运用于视觉艺术领域。四是指对象的概念性本质,类似亚里士多德的"隐德莱希"(Entelechy)②和柏拉图的"理念",带有本体的意思,在概念上与"偶然"相对。五是康德哲学中的范畴,指人的意识感知对象的先验综合能力,类似于"格式塔",包括感性直观的先验形式(时间和空间)以及知性的逻辑判断能力(十二范畴),与其相对的是未经感性直观整理的"杂多"。③ 这说明,"形式"的概念一直处于变化之中。在不同语境中有不同含义,而并不是一成不变的,形式与内容具有内在的转化契机,因此,对形式的理解需要我们在历史长河中仔细梳理,细细辨析。

第一节 本体论视域中的"形式"

形式主义思维源于西方客观论美学。由于形式的抽象性与本源性,在西方形而上学中它指的是事物的本质,是事物成其为这一事物的内在根据与目的。早期古希腊哲学认为美来源于某种客观存在,哲学家们从朴素的唯物主义角度出发,在水、火、气、元素粒子等自然物质那里寻找答案。随着人类思维能力的发展,毕达哥拉斯学派将这种客观存在指认为某种抽象的"关系"——数。数字之间形成的数学关系是最抽象和最稳定的,体现了匀称、和谐的秩序。高低、强弱、快慢、长短等元素的对立统一关系,似乎可以解释一切具象事物存在的根本原理。"由于他们看到的和声的比例和属性是在数目之中,所以就认为,其他的那些东西的全部本性也是由数目塑造出来的。"④因此,古希腊早期的美学观念认为美的根源

---

① 克莱夫·贝尔:《艺术》,薛华译,南京:江苏教育出版社,2005年,第131页。
② "隐德莱希"指达到了目的、完成了的实在。亚里士多德提出"四因说":质料因、形式因、动力因、目的因。他认为后三种原因可以合而为一,即事物具有实现自身潜在目的的形式驱动。
③ 参见瓦迪斯瓦夫·塔塔尔凯维奇:《西方六大美学观念史》,刘文潭译,上海:上海译文出版社,2006年,第227—249页。
④ 亚里士多德:《形而上学》,苗力田译,见苗力田主编:《亚里士多德全集》(典藏本)(第七卷),北京:中国人民大学出版社,2016年,第39页。

就是和谐的"数的关系",即适当、协调、整一、匀称的比例,最能表现这一比例的直观对象就是音乐。毕达哥拉斯从铁匠打铁的声音中受到启发,通过数学的推理领悟音程和弦的比例关系,建立起协和音程及其背后的数学秩序。符合这些数学秩序的音符构成美妙的音乐,不符合数学秩序的则是不悦耳的音乐,甚至不能称之为音乐,只是杂乱无章的声音。由于古诗是可以吟唱的,所以在古希腊便有一种说法:"令人愉快的音响,便足以形成好诗与坏诗间的唯一的差别。"[1] 推而广之,在建筑、雕塑、美术等艺术体裁中,秩序和匀称是美的,无秩序和不匀称是丑的,这样的观点背后蕴含了理性主义的思维方式,毕达哥拉斯也被视为西方唯理论哲学的鼻祖。

既然和谐的"数的关系"是美的,那么在这一关系中便蕴含了某种"效用"的考量,即事物内部元素的组合是否"适合"。"数的关系"也可以延伸到人与大自然的关系,赫拉克利特就结合音乐中的数量关系分析艺术与自然的关系。随着古希腊哲学意识到"人是万物的尺度",人的审美主体意识开始形成,苏格拉底将美的根源从事物本身属性中蕴含的"数的关系"演进为事物对人是否"适合"。"因为一切事物,对它们所适合的东西来说,都是既美而又好的,而对于它们不适合的东西,则是既丑而又不好。"[2] 苏格拉底认为万事万物都是神的"杰作",它们必然符合神的理智,也符合神的目的,对神"适合"。人作为神最为得意的作品,这些客观对象必然也符合人的目的,对人"适合"。在"适合论"的阐释中,美从单纯的自然客观物的属性转化为精神的(神学)目的,在形而下的感性自然物和形而上的神的中间植入了人的力量。苏格拉底还探讨艺术创作中"灵感"的重要意义,他认为艺术灵感源于宗教祭祀仪式中充满激情的忘我状态。当然,苏格拉底没有摆脱客观论美学的惯性,"灵感"在他那里仍被理解为艺术家对神意的摹仿。既然是摹仿,必定要产生一个确定的形式,否则就会堕入神秘主义,这个形式在苏格拉底看来就是"美本身"。

柏拉图不满足于形而下的形式,而是在苏格拉底的基础上寻找"美本身"的来源。柏拉图的理念论哲学将一般、普遍的理念与个别、特殊的存在相分离,他将"美本身"指认为"美的理念"。先有美本身,才能衍生出具

---

[1] 瓦迪斯瓦夫·塔塔尔凯维奇:《西方六大美学观念史》,刘文潭译,上海:上海译文出版社,2006年,第235页。
[2] 苏格拉底:《苏格拉底论美善》,吴永泉译,见高建平、丁国旗主编:《西方文论经典·第一卷·古代与中世纪》,合肥:安徽文艺出版社,2014年,第201页。

体事物的美，个别的美的事物不过是"分有"了美的理念。除非是哲学家，普通人只能认识美的事物，无法认识美的理念。"如果有人对我说一个事物之所以是美的，乃是因为它有绚丽的色彩、形状或其他这样的东西，我都将置之不理……一样事物之所以是美的，乃是因为美本身呈现在该事物中或者该事物分有美本身。"①哲学家可以从众多具体的美的感性内容中总结出一般的美的理念（形式），达到永恒的美本身，这时，感性已经不起作用，只有理性才能把握这一终极存在。美的理念说是古希腊早期客观论美学发展的必然逻辑，它从事物存在的内在关系中找到了"终极"的客观唯心物，以此统摄所有的美。形式在柏拉图那里已经高度抽象化，甚至可以被理解为理念，但在谈到美的理念的特征时，柏拉图仍然将美与匀称相关联，即美在匀称和适度，比如在《斐莱布篇》中，他说道："善的力量已经在它的盟友美的本性中找到避难所。尺度和比例在所有领域将其自身显现为美和美德。"②在《蒂迈欧篇》中，柏拉图更是指出："凡是善的事物都是美的，而美的事物不会不合比例。"③可见，柏拉图所持的仍然是古典时期特有的美学形式主义观念，与毕达哥拉斯派和苏格拉底大同小异。

　　亚里士多德奠定了西方哲学本体论的思维范式，虽然他不认同柏拉图关于理念（一般）与感性存在（个别）相互分离的理念论，但也试图寻找个别中蕴含的一般，即"存在"。存在是不依赖于它物的本体，是个别事物的原因，而存在是万事万物最抽象的形式，因此，个别事物区别于其他事物的根源不在质料，而在形式，形式是"个别事物的所以是的是和第一实体"④。亚里士多德在《形而上学》中谈道："我们寻求的是使质料成为某物的原因，这个原因就是形式，也就是实体。"⑤美的最高形式是"秩序、对称和确定性"⑥，数学关系是美的形式最典型的代表。亚里士多德将尺度、匀称和数量视为美的事物存在的客观条件，这样的形式观并没有超出

---

　　① 柏拉图：《斐多篇》，见《柏拉图全集》（增订版）（第1卷），王晓朝译，北京：人民出版社，2015年，第96页。
　　② 柏拉图：《斐莱布篇》，见《柏拉图全集》（增订版）（第8卷），王晓朝译，北京：人民出版社，2017年，第153页。
　　③ 柏拉图：《蒂迈欧篇》，见《柏拉图全集》（增订版）（第8卷），王晓朝译，北京：人民出版社，2017年，第227页。
　　④ 亚里士多德：《形而上学》，苗力田主译，见苗力田主编：《亚里士多德全集》（典藏本）（第七卷），北京：中国人民大学出版社，2016年，第164页。
　　⑤ 同上书，第187页。
　　⑥ 同上书，第296页。

毕达哥拉斯学派的观点，只是将其系统化、理论化。只不过，"隐德莱希"观念的提出不仅将形式指认为事物内部或事物之间数学上、物理上的和谐关系，更指向一种内在的有机目的性。无机物无生命，无生命即意味着无始无终；有机体有生命，生命本身就是时间的始终。有机体以自身生命的开始为开端，以生命结束为终点，在此过程中始终以自身为目的组织并维持着生命要素的形成，因此，自律、自足就是有机体专属的概念。人是有机体的最高形式，自律、自足在人那里就上升为自由。亚里士多德正是从有机体的角度观察形式，他认为形式并非某种固定的形态，而是具有主动性和现实性，形式先于并作用于质料。质料是被动和潜在的，它要实现自身，必须获得形式。"我们寻求的是使质料成为某物的原因，这个原因就是形式，也就是实体。"①亚里士多德进而认为："美和善是认识和运动的本源。"②他的"净化"（Katharsis）观点便是例子，这样一来，摹仿论就顺理成章了：美的内在目的上的和谐关系与人们行为之间的和谐关系是相互影响的，艺术是对美好事物的摹仿。同时，亚里士多德认为，音乐是最能体现摹仿（和谐）的艺术。亚里士多德关于形式与质料的思考比柏拉图更具辩证性，他认为形式与质料是相对的，比如砖瓦和房子之间的关系。砖瓦相对于构成它的泥土而言是形式，但砖瓦相对于由它构成的房子而言又是质料。形式和质料之间蕴藏着相互转化的可能，或者说，它们是不同视角下对同一本体的不同理解。

斯多葛派继承了这一传统，将美视为匀称协调（外在形式）、合适完善（内在形式），艺术就是协调的比例、匀称和谐的内外形式的反映。既然外在形式的协调和内在形式的和谐是一体的，它们都根据"合适""适用"为目的进行组合，那么外在形式与内在形式就得到了统一，美与善（心灵的和谐、人伦的和谐）得到了统一。斯多葛派认为内外统一的理想化形式是一切现实中的美的原因，它一定不会来自凡人，而是来自诸如神之类的先验存在，这就是本体论美学的本质。

本体论美学盘踞西方美学理念的"王座"长达千年之久，他们追求美的普遍性，以及美的一般本质。古希腊之后的哲人如西塞罗（Marcus Tullius Cicero，前106—前43）、贺拉斯、普罗提诺和中世纪的阿奎那等人都只是对本体论美学做出修订和提出自己的理解。比如西塞罗认为："这

---

① 亚里士多德：《形而上学》，苗力田译，见苗力田主编：《亚里士多德全集》（典藏本）（第七卷），北京：中国人民大学出版社，2016年，第187页。
② 同上书，第111页。

一体系结构的如此严整,以至于只要稍许发生变化,便不可能保持协调……现在请再看人类或者甚至其他动物的形象,你会发现身体的所有部分构造得都是必要的,整个形象是艺术性地,而不是偶然地完美创造的。"①他认为美取决于某种被设计好的秩序,每一部分对于秩序而言都是有用的,任何美的东西的产生都必然带有合目的性。贺拉斯强调文艺的美是"得体",即按照尺度和比例组成的有机统一体。普罗提诺将柏拉图的"理念论"修改为"流溢说",用"太一"取代理念,美的理念和美的事物被置换为神的美与尘世的美,尘世的美源于太一的流溢。美是"一",不是感性的"多",因为尘世的美是具体、个别、感性,因此它远离太一的光芒,我们应该努力摆脱尘世的灰暗,回到太一至美、至善的境界。普罗提诺的太一相当于神。他的流溢说相较于柏拉图明显具有更强烈的神学色彩,具体的感性存在已经变成绝对抽象的"太一",感性与理念(纯形式)之间的鸿沟更加固化,感性进一步被压制。神学家奥古斯丁基本上是将普罗提诺的"太一"命名为"上帝",用"三位一体"取代"流溢说",具体的感性的美在上帝面前彻底失去了光彩,人只能凭借反思和忏悔以及对神的信仰才能接近上帝,显然,人的感性并不能认识上帝的美,为了认识上帝的美,只能压制人的感性能力。奥都斯丁的美学思想不多,基本继承了普罗提诺的比例说,他认为存在于美之中的是形象,存在于形象之中的是比例,而存在于比例之中的是数目,他还给美定下了一个公式:度量、形象和秩序。由于奥古斯丁在中世纪神学界的地位和影响力,他的判断基本代表了当时主流的价值判断,也可以看出古希腊自然哲学和客观论美学思想的延续,只不过将某种美的客观规律归功于"神",将客观论美学转变为神学美学。同样认同比例说的还有中世纪神秘主义美学代表人物圣维克托的雨果(Hugues de St-Victor,1096—1141),他认为:"音乐中一切令人生快的全在于节奏,而有节奏的运动则完全出于数目。"②至中世纪晚期的托马斯·阿奎那,神学本体论美学开始出现了动摇,标志着西方人对"形式"理解的转变。如果说普罗提诺和奥古斯丁继承了柏拉图一脉的神秘主义,那么阿奎那则受到亚里士多德影响,他认为上帝是宇宙的第一因和目的因,是绝对的理智,人对上帝的信仰要凭借理性能力。理性认识和信仰的基础是感官感觉,理智中没有什么不是首先在感觉中出现的。因此,

---

① 西塞罗:《论演说家》,王焕生译,北京:中国政法大学出版社,2003年,第643页。
② 转引自瓦迪斯瓦夫·塔塔尔凯维奇:《西方六大美学观念史》,刘文潭译,上海:上海译文出版社,2006年,第132页。

美的要素是可以凭借人的感官认识的,"美则与知识相对应,其作用有如形式因。各种事物能使人一见而生快感即称为美"①。阿奎那认为美的基础是形式,它有三要素:完整性或全备性、匀称与调和、光辉和色彩。上帝赋予人感觉,就赋予了人欣赏美的能力。"视觉和听觉,也最能为美所吸引……美的事物一被察觉即能予人以快感。"②在阿奎那的论述中,对美的感受不再像是普罗提诺和奥古斯丁那样依靠心灵的内省,而是与感官的直接接触碰撞出耀眼的火花,这就重新激活了被压抑许久的人的感性能力。当然,这种感官上的审美享受并非自然主义式的感官享乐,而是与"知识相对应"的最接近心灵的感觉——比如视觉、听觉,而非滋味和气味,即感性认识(包括知性在内),感性通过知性上升到高级的理性,从而超越感性形式的局限。人凭借理性能力就能领悟表象背后的本质形式,领悟上帝的至善、至美。"较高的能力自行地相关于对象的一个更为普遍的形式(universaliorem rationem obiecti);因为一种能力越是高级,它就越是能够扩展到更多数量的事物。从而,许多事物便被结合进对象的一个形式中,较高等级的能力是将之视为属于自身的。"③

应当说,阿奎那的美学思想是一种中世纪特有的象征性的思维方式,它不仅可以用来阐释审美,还可以阐释艺术创作心理。阿奎那认为人的艺术是对上帝艺术的摹仿,但不是像古希腊的摹仿说那样摹仿某种抽象的形式(范式),而是体现心灵中的观念。"一件装置的摹仿对象,乃是制作者心灵中的观念,而非工具本身。"④艺术家的心灵观念也是上帝的杰作,因此艺术创造又是对上帝心灵的摹仿。"艺术乃是制造者心里有关制造事物的思想,至于对艺术的掌握,则以上帝为最确实。"⑤艺术不是摹仿什么客观的形式,而是再现上帝是如何创造世界的。这样一来,摹仿说也变成了象征说,人的心灵世界和神的心灵世界在艺术审美中沟通起来了。

在神学美学中更强调象征和暗示,正如中世纪的神学文献和文学表现的那样,那是因为具体的感性美已经被遮蔽,人只能凭借心灵的忏悔和

---

① 圣托马斯·阿奎那:《哲学著作》,见高建平、丁国旗主编:《西方文论经典·第一卷·古代与中世纪》,合肥:安徽文艺出版社,2014年,第488页。
② 同上书,第489页。
③ 托马斯·阿奎那:《神学大全》(第一集·第6卷),段德智译,商务印书馆,2013年版,第81页。
④ 圣托马斯·阿奎那:《哲学著作》,见高建平、丁国旗主编:《西方文论经典·第一卷·古代与中世纪》,合肥:安徽文艺出版社,2014年,第491页。
⑤ 同上。

体悟去感受上帝的存在。古希腊罗马式的摹仿论已经作为异教的偶像崇拜思维被批判了。但是,神学美学的象征色彩仍然没有和摹仿说一刀两断,因为说到底,神学美学虽然在表现主观的神秘主义式的信仰,不要求甚至反对表达的东西与感性对象的一致性,但由于预设了神的存在,这些主观的象征物仍然吁求和神契合。从某种程度上说,神学美学的象征主义和摹仿论有着深刻的内在联系。客观论、本体论美学或神学美学不可避免地伴随摹仿论思维,这是古典形而上学的必然逻辑。在这个逻辑中,真善美便具有了等级。或者将真作为最高等级,即越真越美;或者将善(至善,不仅指道德含义)视为本源,即越善越美;美往往是最低等级,作为前两者的附属。不过,从古希腊罗马美学到中世纪神学美学的演变过程看,形式的内涵也在发生变化:从极致抽象的数学关系逐渐向容纳感官元素过渡,对形式的理解途径从纯粹的理性认识逐渐包容感性认识;从客观的物质属性逐渐变为主客之间的关系(适用),再到以主观的异化形式(神)体现的客体化的主观属性。当然,有一点是不变的,那就是形式美的核心要素还是和谐、平衡和适度。

但是,阿奎那美学中已然表现出美的本质(整一)与美感(杂多)之间的矛盾,便预示着形式观念的嬗变:哪怕是整一协调的某种具体形式中,也一定包含它们的对立面(否则也谈不上整一协调),只是作为主体的人将其认识为一种和谐。到文艺复兴时期,阿尔伯蒂试图从具体的艺术作品内部(以建筑为例)的美感中整合这一矛盾,他提出:"美是在一个物体内部的各个部分之间,按照一个确定的数量、外观和位置,由大自然中那绝对的和根本性的规则,即和谐所规定的一致与协调的形式。这就是建筑艺术的主要目的,是她所具有的高贵、妩媚、权威和价值连城的源泉所在。"[①]西方近代美学再也无法忽视那些文艺巨匠的天才创造,美学也沿着人的认识能力本身,即理性认识和感性认识的两条线索向前发展。前者的代表是大陆理性主义美学,后者的代表是英国经验主义美学,西方美学也由本体论转向了认识论。相应的,形式的本质也从某种客观对象的属性过渡到人的心灵属性。当然,理性主义和经验主义并非截然对立,他们相互吸收了对方理论中的某些观点作为自己的支撑,两者相互融合的趋势越到后期越明显,直至德国古典哲学那里合二为一。

---

① 莱昂·巴蒂斯塔·阿尔伯蒂:《建筑论——阿尔伯蒂建筑十书》,王贵祥译,北京:中国建筑工业出版社,2010年,第290页。

第二节　认识论视域中的"形式"

　　大陆理性主义美学认为人的认识具有先天的运作机制和规则，即使人的感性认识，也是在理性规定好的轨道中发挥作用。也就是说，感性认识要服从高度和谐、缜密、形式化的理性认识。莱布尼兹从形而上的逻辑结构分析人的认识机制，认为一切美都来源于上帝，但他又认为美感是可分析的，它产生于某种上帝创造的完善的形式结构——和谐和秩序，美感就是对这种形式结构的感性认识。世界是上帝凭借理性创造的，人的认识能力又是上帝所赋予的，因此美从根本上统一于上帝的理性。沃尔夫将莱布尼兹的美学思想总结为"美就是感性所认识到的完善"这一说法，所谓的完善，就是和谐与整一的形式结构。"完善性可以界定为一种整体的性质，其中各个部分都肯定整体而没有相反的作用……在沃尔夫那里，完善性自然只是意味着部分与整体或多样性中的统一性这种逻辑关系。"[①]也就是说，美从本质上还是归结于和谐完善，但它们是通过人的感性认识到的。从莱布尼兹和沃尔夫的美学观念中我们可以看到大陆理性主义美学的古典主义气质，他们将美的根源视为和谐与整一的形式，当然由于经验主义美学的冲击，他们不得不正视人的主观经验，对美的认识不能脱离人的美感。这样一来，他们的美学观点包含了难以自圆其说的矛盾。比如莱布尼兹将审美鉴赏视为与明晰的理性认识相对的混乱、模糊的认知，美感由一系列混乱的感觉组成，主要从五官产生，以致我们不能明确地说明它的来龙去脉。但是他又认为，在混乱的背后，是理性的认识能力在指导，从混乱模糊中分析出多样性的统一。这一理性主义的认识论影响深远，以至于博克、朗吉弩斯、康德等近代西方美学家在谈到美的时候，要将崇高、卑下、夸张、滑稽等既不和谐、也不整一的感性经验与一般美感分开来谈。正如施莱尔马赫所指出的："美和崇高一般是作为艺术完善的两个属类被提出来的，人们越是习惯于这两个概念的统一，就越要尽力让人相信它们很少是能被调和的，就像让人们相信它们对艺术完善的概念不是决定性的一样。"[②]

---

① 鲍桑葵：《美学史》，李步楼译，北京：商务印书馆，2016 年，第 255 页。
② 克罗齐：《美学的历史》，王天清译，北京：商务印书馆，2017 年，第 200 页。

大陆理性主义美学的逻辑是先确定美的概念,再来研究反映这个概念的途径,他们认为感性认识的途径也有迹可循,可以纳入理性的轨道。在笛卡尔、莱布尼兹、沃尔夫和布瓦洛那里,随处可见和谐、比例、协调、秩序、多样统一等字眼,并将它们视为美的先验的要素。比如,笛卡尔不否认审美带来的主观愉快,但他更注重那种使大多数人都能感觉到愉快的形式要素,他从对音乐的分析中推导出美在于"彼此之间有一种恰到好处的协调和适中,没有一部分突出到压倒其他部分,以致失去其余部分的比例,损害全体结构的完美"[①]。莱布尼兹认为美就是和谐与秩序,和谐与秩序就是多样性的统一。当然,他所说的多样性的统一并非审美对象的客观属性,而是人的理性认识自身的属性。

总之,在理性主义者看来,感性认识是认识的低级阶段,理性认识才是高级阶段。审美的确能够带来感性上的愉悦,那是由于理性原则在背后起着引领作用,只不过这种作用不为人所察觉而已。理性主义美学具有明显的形而上学的痕迹,同时认为美应该摹仿自然——这里的自然主要指理性、真理。这一套美学观念在17世纪的法国新古典主义戏剧中得到最典型的呈现。"形式"在大陆理性主义美学那里可以被理解为人的理性思维的逻辑能力框架,和谐、比例、协调、整一等字眼已经从超验的"理念世界"或"上帝"那里转移到先验的人的理性能力上来。更重要的是,大陆理性主义美学关于美的根源和美的本质之认识的冲突,透露出古典主义形而上学和人本主义之间的冲突。[②] 也就是说,美的根源仍旧是外在形式的和谐,但美的本质已逐渐被让渡到人的感觉上来。尤其到了狄德罗和鲍姆嘉通那里,受到英国经验主义美学的影响,他们将不和谐、不协调、不完善等混乱的感受都纳入美学考察的视野,比如鲍姆嘉通指出:"美学的对象就是感性认识的完善(单就它本身来看),这就是美;与此相反的就是感性认识的不完善,这就是丑。"[③]

与大陆唯理论美学先预设美的概念,通过自上而下的思辨演绎出具体的美感不同,英国经验主义美学则是通过观察、总结、归纳等类似于科学实验的方法研究美感,进而自下而上地把握审美。经验主义美学并不

---

① 笛卡尔:《给友人论巴尔扎克书简的信》,见朱光潜编译:《西方美学家论美与美感》,台北:天工书局,2000年,第74页。
② 参见邓晓芒、易中天:《黄与蓝的交响——中西美学比较论》,武汉:武汉大学出版社,2007年,第131—132页。
③ 朱光潜:《西方美学史》(上、下卷),北京:人民文学出版社,1979年,第289页。

否认理性对认识能力的重要性,只不过他们认为理性认识的基础在于感性认识,通过对人的美感经验加以分析综合,就能自下而上地认识美。无论是洛克的"第一性的质"和"第二性的质",还是夏夫兹博里的"心眼",哈奇生的"第六感",博克的"同情",再到休谟"反省的印象",英国经验论一直在努力尝试区分两个范畴:一是物质的客观属性与人的感觉经验的区别——感觉的源头究竟是客观还是主观?二是在上一对范畴的基础上区分五官生理感觉与审美感受的差异——搞清人的自然属性与社会属性的区别。比如博克认为,美感不同于生理感觉,而是对事物的"同情感",使传统的摹仿说从摹仿自然的形式转变为摹仿艺术家社会性的情感形式,即人的感性心理状态的协调关系。因此,表面上看,经验主义美学将美降格为各种具体的、形而下的感觉、感受、知觉等生理、心理经验,显得有些机械,还带有神秘主义色彩(如内感官、第六感等),甚至有些功利化倾向(将美感感官化或道德化),但他们紧紧抓住了人的感性体验——美就是美感,凸显了美学的人本主义气质。经过霍布斯、夏夫兹博里、哈奇生、博克等人的论述,美感经验论越来越完备和科学化,逐渐和理性主义美学相互靠近,为"感性学"的诞生做好了准备。

如果说,"形式"在大陆理性主义美学中可以被理解为人的理性认识的规律和运作方式,那么显然,在英国经验主义美学那里,"形式"可以被理解为人的感知能力运作方式和规律。两者都涉及审美对象对审美主体之间的认识关系。

康德在此基础上继续推进,认为审美是"反思的判断力",它和认识对象的客观属性关系不大,而是认识活动的自律、自足,即感性、知性、理性诸认识的自由协调活动。只有这样,审美才能连接认知和实践、真理和道德。康德进一步指出,审美鉴赏具有人人相通的"主观普遍性",又具有"形式的合目的性",通过诸认识能力相互配合、协调,产生愉悦感。两厢综合,形成主观形式的无目的的合目的性。一方面,康德理解的"形式"是指不涉及利害关系,即无关对象质料的形式感,因为只有形式才可能达成普遍的规则,而质料只能对个别才有意义,它是偶然的。另一方面,由于形式感是人的认识能力形成的,其审美愉悦在于诸认识能力好像"商量好"一般协调沟通,这是一种主观认识能力的活动规则。比如说音乐带来的审美愉悦,就不仅是单纯由声音刺激的生理性感官快适造就,也不仅是由音程和弦自身的排列组合的客观形式导致。换句话说,不是人被动地接收或认识某种信号,而是主动地与客观形式发生情感上的互动,将客观形式激活为主观形式。因此,康德美学的"形式"毋宁说是指认识的内在规律,纯粹的鉴赏判断并非指向审美客体,而指向的是主体的意识活动,客体对人而言难免具有利害关系,只有以情感带动的意识活动才是真正无利害的。需要指出的是,康德美学的形式观既是对大陆理性主义和英国经验主义美学的综合,同时也是超越,他认为审美判断是先天综合判断,审美看起来好像是客观的,但实际上是主观的,没有所谓的客观的文学形式之美。康德不再需要借助概念的规定去寻求某种外在于人的客观规律,而是把握人的内在规律,即符合人自身的规律。问题在于,人自身的规律是什么呢?

席勒对这个问题做出了自己的回答,他把人视为感性冲动和理性冲动的结合体。在席勒的美学体系中,艺术成为从自然王国向自由王国的桥梁;形式成为一种冲动,代表了人的理性能力(逻辑、概念、原则),它起到调和感性冲动(自然存在、生命冲动)的作用,感性冲动和理性冲动最大限度地调和在游戏冲动中。因此,席勒认为艺术应该是形式克服质料,使物质的自然属性统属于人类赋予它的形式。他说:"在一部真正的美的艺术作品中,内容不应起任何作用,起作用的应是形式,……只有形式才会给人以审美自由。艺术大师的真正艺术秘密,就在于他用形式来消除材料。"①当然,席勒不是现代意义上的形式主义者,他所谓的形式相当于"观念"或"理想",艺术品的审美特质不是由艺术品的物质质料体现的,而是由艺术品所表现的对象的观念体现的,比如人体的雕塑,就是摹仿观念中的人体的生命力来克服石头本身的无生命性。从这个意义上说,席勒是从感性和理性的相互作用,形式与内容的相互统一的角度理解艺术的。席勒称艺术的形式为"假象",假象是人的想象的产物,它不是质料,也就超越了功利。席勒认为,任何对艺术的审美都是以感性形式为依托,质料与内容在艺术中被形式克服和消融了。"在美的交往范围内,即在审美国家中,人与人只能作为形象彼此相见,人与人只能作为自由游戏的对象相互对立。"②因此,形式成为创造力的表现,美的形式是自由的,也可以说是现象中的自由。

赫尔德认为美是真理的感性形式,这一形式随着历史意识(内容)的改变而改变,美产生于不断变化之中。他认为艺术奠定了人类形象化的

---

① 弗里德里希·席勒:《审美教育书简》,冯至、范大灿译,上海:上海人民出版社,2003年,第176页。
② 同上书,第236页。

范畴,"艺术不仅使思想,还使思想形式和永恒的性格变成可以看见的东西,……艺术调整并进化这些形式,亲自用清晰的、永恒的概念把这些形式表现在世世代代的每一个观赏者眼前"①。人的天性仿佛就是大自然的最高艺术,大自然发展到人的阶段,就将自己的最高级形式——美显现出来。而人的美集中地体现在古希腊艺术中,在这些艺术形式中可以看到作为"第二造物主"的神性形象。艺术是人的高级形式,人是自然的高级形式,艺术形式体现了神的创造力,这令人想起了谢林的神秘主义美学思想,其核心命题是"在有限的形式中表现无限"。这样的"形式"观不再是和谐、统一、合适的古典主义形式,而是在对表象的艺术直观中发现人的自由本质。

  黑格尔将理念作为艺术的内容,感性显现作为形式,艺术作品直接诉诸人的感官,从感性世界汲取源泉。就感官层面而言,审美只涉及视觉和听觉,这两个感官具有理性的力量,其他感官则会和对象形成物质的关系。"艺术的内容就是理念,艺术的形式就是诉诸感官的形象,艺术要把这两方面调和成为一个自由的统一的整体。"②感性显现只能以形式(感性事物现形的显现)呈现,这种形式(特殊)介于物质的感性存在(个别)和观念的思想(一般)之间,但它仍然需要"以形色声音等面貌从外面先给心灵看"③。因此,感性显现的形式不再是哲学逻辑中的绝对理念,而成为"符合理念本质而现为具体形象的现实"④,即艺术理想。在黑格尔看来,艺术的发展史是形式与内容之间的力量对比在不同阶段的表现,理念与感性显现结合成为不同的艺术理想。黑格尔以理念论将人的能动性以异化的材料包装起来,在本质上和谢林相似,是将传统本体论意义上的形式纳入感性内容的轨道。艺术创作是将艺术家体验到的真实(理念)用某种形式表现出来,既然理念要通过具体的感性材料(诉诸感官的某种形象)显现,那么在具体的艺术作品中,尤其是文学中,感性显现也可以被理解为内容,将这些感性显现组织起来的背后的理念又成为了形式。新黑格尔主义者鲍桑葵认为,美就是表象化了的情感,"表象"在他那里就是"形式"的意思。世俗的现实情感必须经过形式化才能产生美感,进而被分

---

  ① 赫尔德:《论希腊艺术》,朱光潜译,见刘小枫选编:《德语诗学文选》(上卷),上海:华东师范大学出版社,2006年,第65页。
  ② 黑格尔:《美学》(第一卷),朱光潜译,北京:商务印书馆,1979年,第87页。
  ③ 同上书,第48页。
  ④ 同上书,第92页。

享,我们所能感受或想象的只能是成为直接表象的东西,"凡是不能呈现为表象的东西,对审美态度说来是无用的"①。形式在鲍桑葵看来可以分为两类:一是形状、结构的规则,即外部形式;二是事物内部各部分具有生命力的有机联系,即内部形式,情感的形式就是内部形式。经过形式化了的艺术情感,就与现实情感有了区别,美就和现实生活和实用功利拉开了距离。因此,鲍桑葵视审美经验为"静观"的心灵态度,审美主体通过想象力在形式上获得愉悦,避免与事物本身产生实用性、功利性的关系。"只有采取审美态度时,他们才观看事物,而并不打算改变它。"②其实鲍桑葵所论述的外部形式和内部形式的张力关系就是形式与内容的矛盾关系。

从德国哲学充满思辨的论述中我们可以看出,形式与内容越来越无法割裂,而且两者在不同的语境中可以相互转化,形式在某些时候就变成了艺术的内容,内容在某些时候就成为了艺术的形式。19世纪意大利形式主义美学家德·桑克蒂斯(Francesco De Sanctis,1817—1883)也表达过类似的观点:"当形式出现的时候,美学才出现;在形式中,艺术的前面的那个世界是低垂的、溶化掉的、被忘却和被丢弃的。形式就是它自身,就像个人就是他本身一样。"③德·桑克蒂斯论述的形式不是先验的形而上学的东西,也不是本身独立存在的区别于内容的某种附加物。他认为,形式是从内容——它在艺术家的头脑中是主动的——中产生出来的:有什么样的内容,就有什么样的形式。④ 他还指出,内容可能是不道德的、荒谬的、虚伪的、轻佻的;但是,如果在一定时间内和在一定条件下,它能在艺术家的头脑里强有力地活动并变成一个形式的话,那么,那个内容便是不朽的。⑤

第三节　科学主义视域中的"形式"

黑格尔所说的艺术理想存在吗?这是近代以来兴起的科学主义所质疑的。代表古典哲学高峰的黑格尔哲学大厦在科学主义和实证主义的冲

---

① 鲍山葵:《美学三讲》,周煦良译,上海:上海译文出版社,1983年,第6页。
② 同上书,第4页。
③ 克罗齐:《美学的历史》,王天清译,北京:商务印书馆,2017年,第222页。
④ 同上书,第222页。
⑤ 同上书,第223页。

击下"悲壮"地崩塌了。黑尔格论述的艺术危机变成了德国古典美学的危机,美学家纷纷另辟蹊径,从其他角度对美学的堡垒发起冲击。例如雨果和柯勒律治等浪漫主义作家继承西方古典哲学中对立统一思想,认为艺术的美感来源于善与恶、美与丑、灵与肉、自然与自由等矛盾关系。也有人从科学主义和实证主义出发,认为人们既然能依靠推理、测量、实证的方法破解大千世界自然科学的诸多秘密,那么同样也可以用这些方法解决包括形式在内的审美问题。这种观点构成19世纪科学形式主义美学的潮流,主要代表人物是德国美学家赫尔巴特(Johann Friedrich Herbart,1776—1841)、奥地利美学家齐美尔曼(Robert Zimmermann,1824—1898)与汉斯立克(Eduard Hanslick,1825—1904)。科学形式主义美学是对康德美学的"改造",将研究审美主体的心理图式转向研究审美对象的结构形式,视美学为一种"精密科学",试图通过科学分析的方式找到美的根源。

赫尔巴特主张美即形式,美只能从对象的形式中检验,而形式则产生于作品各组成要素的关联中。因此,要认识美,必须剔除人的情感,将艺术作品中产生的放松、娱乐、吸引力、震撼人心、引起同情等情感因素与美截然分开。美学研究的主要对象就是形式本身含有的某种因素,这些因素必然是独立和自足的(比如绘画中的线条),而且形式因素得由一定比例关系组织起来才能具有美感,因此美来自客观对象的形式关系。从中我们可以看到客观论美学的共性:试图排除人的主观(情感)来研究美。但赫尔巴特在面对具体的审美对象的时候,又无法完全将主观因素排除在外,认为美学应该研究艺术的思想价值,于是他在强调美的形式性、纯粹性的同时,也不得不承认道德的存在。齐美尔曼的美学一度被人们称为"形式科学",他指出,只要从较远距离观看一个物体,就能很容易地发现其形式,而这一形式正是产生审美愉快的源泉。赫尔巴特的追随者汉斯利克则提出"音乐就是声响运动的形式",这一见解把形式主义思潮推向极端,曾轰动一时。赫尔巴特的形式主义美学观对摹仿说构成了又一轮冲击,他认为:"模仿的原则并不适用于美学。"但由于他思想上的悖论,导致他对摹仿说的否定又显得暧昧:"美学尽管不能完全拒绝摹仿的原则,但必须将它置于附属地位。"[①]另一德国形式主义者阿道夫·蔡辛

[①] 赫巴特:《美学导论》,石燕致译,见李醒尘主编:《十九世纪西方美学名著选(德国卷)》,上海:复旦大学出版社,1990年,第376页。

(Aldolf Zeising,1810—1876)也是赫尔巴特的追随者,他将黄金分割的比例视为美的根源,黄金分割的比例关系能够引起人的美感,具有浓厚的科学主义倾向。

赫尔巴特的继任者齐美尔曼继续推进形式主义,并使形式主义美学的体系真正确立起来。和赫尔巴特相似,齐美尔曼认为只有形象的集合所构成的某些特定形式关系才能给人快感或不快感,美学研究的正是这些形式,它们产生美感是客观必然的,人的主观感受只是客观形式的附属。尽管齐美尔曼试图扩展传统客观论美学的容量,认为"美"也包含了"不快感"的余地,毕竟在他之前的德国美学已经慢慢将美学的研究重点转向感性本身的丰富性,但他想要排除人的因素的科学形式主义的观点必然从经验主义滑向先验主义,甚至神秘主义,正如他所说:"美学并不是一种经验科学,而是一种先验科学。"[①]不过,在谈及美来自什么样的形式关系时,他还是持一种客观论的论调,即美在尺度、完美、均衡和秩序等形式因素的范型,这种论调既是西方古典客观论美学的延续,又是近代科学主义思潮在文艺领域的回响。齐美尔曼的形式主义思想成为英美新批评派和俄国形式主义文论的先驱。

同样来自奥地利的美学家、音乐评论家爱德华·汉斯立克在音乐形式本体论与形式主义之间相互阐发,认为音乐的本质只能在音响结构中去理解,影响音乐的法则来自音乐之内,在音乐形式的自律中才能发现美的自律。十二平均律理论已经发现,一个八度音阶之间的音高关系从物理学上说是振动频率关系——频率加倍(即二倍频率),各相邻两律间的频率比都是相等的。在八度音中可以分为十二个等比级数关系,每个音的频率为前一个音的 2 开 12 次方倍,即 1.059463 倍,现代的乐器制造都是依靠十二平均律来定音的。从这个角度来看,音程产生的美感背后是物理学的原理。同理,和弦是由具有特定音程关系的声音按照三度或非三度的关系的组合,在大、小和弦基础上构成大调和小调的不同情感色彩,这仍然可以用物理关系去理解。汉斯立克从科学的形式主义思维出发,反对将美与情感画等号,不认同音乐的审美在于情感表现。"音乐作品的美是一种为音乐所特有的美,即存在于乐音的组合中,与任何陌生

[①] 转引自张玉能、陆扬、张德兴等:《西方美学史·第 5 卷·十九世纪美学》,北京:北京师范大学出版社,2013 年,第 81 页。

的、音乐之外的思想范围都没有什么关系。"①他认为,过去对音乐艺术的研究方法不是去探寻音乐中的美本身,而是去描述欣赏音乐时所唤起的情感,并把这些情感认为是美学研究的重点,这是本末倒置的幻觉。同样,艺术应该从它本身出发来理解,美学的研究对象应该是美的物体(艺术本身),而不是审美主体。汉斯立克把美和美感截然分开,排斥人的因素,以一种科学认识论的方式来认识美:"至少必须采用接近于自然科学的方法,至少要试图接触事物本身,在千变万化我的印象后面,探求事物不变的客观真实。"②应当说,这正是 19 世纪科学主义、实证主义思想的延续。既然美在艺术本身,而艺术(音乐)的本质在形式,那么"'美'是没有什么目的的,因为美仅仅是形式,这个形式要看它的内容怎样,它可以用于各种不同的目的,但它本身并没有其他目的,只有它自己是目的"③。汉斯立克认为,感觉是对某一感性素质的知觉(形、色、音等),情感是心灵状态的发扬(舒适)或抑郁(不适)的意识。感觉是情感的基础,感觉使心灵状态超过或低于平素的状态,叫作"感受着情感"④。但感觉并不仅仅由音乐本身带来,音乐及其他艺术并没有这样的使命,因此,音乐的本质并不是表现情感,而是表现美的事物(音乐的形式)。音乐的要素是节奏、旋律与和声,节奏是对称结构的协调性和有规律变动的节拍。音乐的形式和内容是统一的,即"乐音的运动形式"⑤,正因为形式与内容的一体化,音乐不再试图"表现"对象,更不是摹仿、再现自然,于是,自然相对于艺术就退居到了次要的位置,自然界的声音不算音乐(没有和声与旋律)。"艺术不能呆板地摹仿自然,它得把自然改造过来……作家不能改造什么东西,他必须从头创造一切。"⑥那么形式如何体现美呢?汉斯立克认为,接纳美的机能不是情感,而是幻想力,也就是对形式的纯粹观照活动。音符、节奏、和弦激起听者的幻想,幻想好像是直接发生的事,实际上在此期间兼有表象和判断等多种精神作用。因此,幻想不是浪漫主义式的恣肆的驰骋想象力,而是理智的观照,对形式的连续观察,类似于康德所说的想象力和知性的协调。黑格尔也认为:"各种音乐的定性和彼此的配合要

---

① 爱德华·汉斯立克:《论音乐的美——音乐美学的修改刍议》,杨业治译,北京:人民音乐出版社,1980 年,第 14 页。
② 同上书,第 15 页。
③ 同上书,第 17 页。
④ 同上书,第 18 页。
⑤ 同上书,第 50 页。
⑥ 同上书,第 104 页。

以量或数的关系为基础,这种数量关系固然根植于声音本身的性质,但是要由音乐按照艺术去发明而且分出无数细微差异的方式去运用。"①音乐有着严谨的比例和结构,具有隐蔽的抽象数量关系,对于抽象形式的理解离不开知性,但作为艺术,它又在客观上搅动着人的感官感觉,通过节奏、音调、力度、和声的变化激发着想象力,产生与听觉相类似的视觉印象,使不同类型的感觉相互作用。汉斯立克也谈到音乐和语言的区别,两者虽然都能激发想象,但音符本身是审美对象和目的,而语言是符号和能指,对语言的审美不能仅依赖能指,还要配合所指。这对于理解唯美主义理论和唯美主义文学创作之间的关系是重要的启示。

科学的形式主义美学影响至 20 世纪的克莱夫·贝尔和罗杰·弗莱(Roger Fry,1860—1934)。贝尔在对后期印象主义绘画的阐释中提出"有意味的形式"的观点。由于后期印象主义绘画已经从画自然转向了画主观感受的表现形式,因此贝尔认为美感仅来自某种特殊的形式,该形式能激起审美情感。因为审美情感是一种与日常生活情感不同的纯粹情感,所以美感仅与由色彩、线条组成的特殊形式有关,而与自然、社会无关。同样受到后期印象主义绘画启发的弗莱也认为形式是艺术作品的本质,形式激发的纯粹情感是超现实和超功利的。

由于科学主义的渗入,19 世纪唯美主义诗学观念往往借助文学与音乐的关系展开,推动文学的形式主义自觉。事实上,文学作为语言的艺术,其美感的实现无法脱离语言的内容,除非忽略语义,只关注语音,将文学音乐化,因为音乐是最能体现形式美的艺术。音乐能将纯形式的数学关系以人的感官体验的方式表现出来,并且与其他各类艺术相比,音乐又是极度抽象的艺术形式,追求文学的音乐性成为戈蒂耶、佩特、王尔德等唯美主义者的诗学观点。比如,戈蒂耶否认诗歌要表达情感:"光芒四射的字眼,加上节奏和音乐,这就是诗歌。"②佩特将"为艺术而艺术"与形式美的理想结合起来,他以音乐为例,"所有艺术都共同地向往着能契合音乐之律。音乐是典型的,或者说至臻完美的艺术。它是所有艺术、所有具有艺术性的事物'出位之思'的目标,是艺术特质的代表。"③因此,"界定一首诗真正属于诗歌的特质,这种特质不单纯是描述性或沉思式的,而是

---

① 黑格尔:《美学》(第三卷上册),朱光潜译,北京:商务印书馆,1979 年,第 355 页。
② 柳鸣九主编:《法国文学史》(第二卷),北京:人民文学出版社,2007 年,第 223 页。
③ 沃尔特·佩特:《文艺复兴》,李丽译,北京:外语教学与研究出版社,2010 年,第 169—171 页。

来自对韵律语言,即歌唱中的歌曲元素的创造性处理"①。王尔德也说:"关于音乐的真理就是关于艺术的真理。"②惠斯勒对音乐很感兴趣,他提出:"音乐是声音的诗,绘画是视觉的诗,主题与声音或色彩的和谐无关。"③他希望能将音乐与绘画结合:"大自然包含了所有图画的色彩和形式,正如键盘包含了所有音乐的音符。艺术家的天职就是要挑选、选择,并用科学的方法把这些元素组合在一起,从而达到美的效果——就像音乐家收集音符,形成和弦,直到写出美妙动人的乐曲。"④惠斯勒在与罗斯金的官司中为自己辩护:"它是一个艺术性的编排……我不可能给您解释其中的美,就像我也无法跟您解释某一旋律的美。"⑤爱伦·坡直言,诗的最高境界是音乐,诗歌天然地蕴含了音乐的结构,"音乐以各种不同的格律、节奏和押韵形式存在于诗歌中,音乐是诗歌的重要助手"⑥。正是通过音乐的结构,诗的情感才得以激发。因此,爱伦·坡称诗为"美的有韵律的创造"。

音乐之所以被视为所有艺术的典范,是因为在音乐中内容已经充分形式化了,形式就是内容,我们无法将音乐的形式与内容截然分开,将表现手法与主题相互分离。一方面,我们可以认为,在音乐中形式与内容结合成为一体;另一方面,也可以将其视为音乐的形式"吞没"了音乐的内容。后者正是19世纪科学形式主义的倾向,并直接影响了唯美主义重形式轻内容的价值判断。

第四节 语言学转向中的"形式"

如果说本体论意义上的形式主义思想是以形而上学的方式找寻最本

---

① 沃尔特·佩特:《文艺复兴》,李丽译,北京:外语教学与研究出版社,2010年,第165页。
② Oscar Wilde, "Intentions", Josephine M. Guy, ed., *Complete Works of Oscar Wilde*, Vol. 4, Oxford: Oxford University Press, 2007, p. 158.
③ J. A. M. Whistler, *The Gentle Art of Making Enemies*, New York: Dover, 1967, p. 127.
④ J. A. M. Whistler, "The Ten O'Clock Lecture", in Eric Warner, Graham Hough, eds., *Strangeness and Beauty: An Anthology of Aesthetic Criticism 1840—1910*, Vol. 2, *Pater to Symons*, London: Cambridge University Press, 1983, p. 80.
⑤ 弗雷德·S.克雷纳、克里斯汀·J.马米亚编著:《加德纳艺术通史》,李建群、王燕飞、高高等译,长沙:湖南美术出版社,2013年,第721—722页。
⑥ E. A. Poe, "The Poetic Principle", in G. R. Thompson, ed., *Edgar Allan Poe: Essays and Reviews*, New York: Liberary of America, 1984, pp. 77—78.

原的形式，那么随着本体论哲学向认识论哲学的转化，形式从本体论的含义向认识能力规律的含义上转化，形式的规律从形而上学的规律变成了人的意识的规律，宇宙的形式变成了人的形式。19世纪后期，自然科学的发展将形式的内涵向科学主义靠拢，自然科学对各种知识的细化分类使人们不再相信本体论意义上的形式的存在，转而归纳总结具体知识领域的形式。19世纪以来，绘画、音乐等各艺术门类的理论建设开始取得长足发展，艺术领域的形式自觉与艺术门类自觉是紧密联系在一起的。文学作为语言的艺术，其美感的实现无法脱离对语言表达的含义的理解，随着文学创作的自觉以及语言作为独立学科（语言学）的发展，理论家开始意识到文学也许具有的自身独特的形式元素——语言，文学的形式美几乎等同于语言的形式美。于是，文学的形式主义追求到了19世纪末转向了语言学视域中的形式主义。

如前文所述，哲学中的形式与内容是一对相对立的范畴，两者处于相互依存和转化的辩证关系中。比如，砖头的长方体形式对砖头的材料而言是形式，但用作建筑房子的材料时就成了内容。语言在文学中的作用同样如此，索绪尔的语言学理论正是语言形式与内容相互转化的理论根据。"形式主义"的概念最初也是由索绪尔提出的，他将语言视为由能指和所指组成的符号系统，在这个符号系统中，能指是形式，所指是内容。索绪尔认为，语言是由社会成员约定俗成的符号系统，属于社会心理现象；言语是由个人意志支配的语言的具体运用。语言是言语被人理解的基础，而言语是语言确立和发展的前提，语言的作用由它在言语里所处的具体位置决定。在文学这一特殊的言语活动中，当语言重在所指的确定性时，它就是文学的内容；当语言重在能指的多样性时，它就是文学的形式。

这种语言的形式主义转向不仅与语言学的兴起有关，还与西方理性思维传统有关。20世纪西方理论既是对以往传统思维观念的突破，也在另一层面上是一种回归。西方本体论哲学传统对真理（逻各斯）的追寻本就基于语言之上：由语言上升为逻辑，由逻辑上升为理性，由理性进入真理，在20世纪的非理性哲学那里又返回语言。同时，语言学转向还与作家创作风格的主体意识形成有关，作家独特的风格就体现在语言之中。在人们的传统观念中，自然主义文学是机械、刻板地还原现实的代名词。但左拉指出，试图通过文学还原现实世界的真实是不可能的，准确的真实是无法达到的，真实只存在于"语言"中。"在世界上没有比一个写得好的句子更为真实的了"①,"所有过分细致而矫揉造作的笔调,所有形式的净化,都比不上一个位置准确的词"②。莫泊桑也认为,现实主义作家想要揭示出现实背后的哲理,不得不修改真实生活中的事件,使它们更像真的,但却有损于真实。因为真实有时可能并不像是真的,但"我们一定要毫不含糊地辨别出一个字由于所处的位置不同而产生的各种语义变化"③,通过语言的效果带给读者真实的体验。

提到语言学转向中的文学形式主义观念,我们自然会想到20世纪的俄国形式主义,事实上,在19世纪后期,俄国就已经出现了形式主义美学思想的雏形,代表人物是亚历山大·阿法纳西耶维奇·波杰勃尼亚(Alexander A. Potebnja, 1835—1891)和亚历山大·维谢洛夫斯基(Alexander Veselovsky, 1838—1906)。语言学家波杰勃尼亚从语言学的角度分析文学作品的结构,认为作家将自己的观念通过创造的感性形象表现出来,由语言编织的感性形象组成作品的"内部形式"。文学的审美价值就在于"内部形式",而不是摹仿作品外在的表象,文学从再现外部转变为再现自身,即通过语言符号的活动编织文本自身的意义。由于语言具有象征性和多意性,每个人都可能有不同的理解,因此,文学的创造力就是语言的创造力。"思维力图把语词降低为指明客体的单纯标记,诗歌则力图显示语词的多重意义。"④文学批评也应该关注创作行为的内在规律,探究作家和读者通过内部形式唤起的心灵表象。波杰勃尼亚的理论为俄国形式主义美学奠定了基础,也在创作上直接影响了俄国唯美主义和象征主义文学运动。文学史家维谢洛夫斯基将人类学、民族学等社会学理论同形式主义思想相结合,从原始初民的诗化语言中探寻文学体裁、题材、情节和修辞技巧的恒定规律。在他看来,虽然诗歌语言的内容意义随着时代的发展而变化,但其形式是稳定的。⑤ 因此,作家在创作过程中的主观能动性是有限的,他们更多的是继承和摹仿传统的诗性语言才能

---

① 左拉:《致居斯塔夫·福楼拜》,见《左拉文学书简》,吴岳添译,合肥:安徽文艺出版社,1995年,第113页。
② 左拉:《论小说》,见朱雯等编选:《文学中的自然主义》,上海:上海文艺出版社,1992年,第252页。
③ 莫泊桑:《论小说》,见莫泊桑:《漂亮朋友》,王振孙译,上海:上海译文出版社,1993年,第592页。
④ 雷纳·韦勒克:《近代文学批评史》第四卷,杨自伍译,上海:上海译文出版社,2009年,第379页。
⑤ 参见同上书,第381页。

创造。

在 20 世纪俄国形式主义文论看来,文学的本质就是语言的形式,回到文学的形式就是回到语言本身。需要指出的是,第一,以俄国形式主义为代表的 20 世纪形式主义文论把语言形式当作文学的本质,语言才是文学抒写的真正内容,是"完整、具体、动态和自足的东西"①。他们认为形式即内容,这样就能克服形式与内容之间的脱离,而不是像唯美主义那样试图将形式凌驾于内容之上,否定形式与内容之间的必然关系。可以说,20 世纪形式主义文论是文学形式主义观念进一步发展的表现。第二,20 世纪形式主义文论的本质也是一种科学主义和实证主义,"形式主义背后的意识形态是实证主义,是一种仿效被认为是'科学'的模式和方法的企图"②。他们试图借用科学视野,将诗学科学化,寻找某种语言学、符号学的规律;找出构成文学结构的可变与不可变的功能单位;找到文学语言与非文学语言的本质区别,甚至诗歌与散文等不同文学类型之间的区别,以此寻找文学语言本身的规律。这导致他们一度找到"陌生化"(创造性)这一方向,用什克洛夫斯基的话说便是:"艺术的技巧是使对象变得'陌生',使形式变得复杂,增加感受的难度,延长感受的时间,既然审美的目的就是为了获得感受,那么感受过程就应当被放大;艺术是体验对象艺术性的方式,对象本身并不重要。"③但由于以俄国形式主义文论为代表的 20 世纪科学形式主义在美学观念上实际持一种"客观论"的复古思维,他们试图在对象(语言已成为审美对象)中找到客观存在的美的要素,而忽略了"人"这一主体的核心作用,所以这种观念实际上是偏颇的。同样的表达、同样的话语在不同的语境和不同的传播与接受者那里具有不同的效果和意义。因此,当解构主义、后现代主义兴起后,强调语言的自由嬉戏,导致能指与所指之间的"脱钩",作家开始在文学创作中自觉地追求意义的不确定性。

在本书谈到艺术自律问题时,已经指出文学语言相对于日常语言在能指上的多样性,从而形成诗意化、陌生化并充满无限想象的特质——最

---

① Boris Eichenbaum,"The Theory of the 'Formal Method'",in L. T. Lemon, M. J. Reis, eds., *Russian Formalist Criticism: Four Essays*, Lincoln and London: University of Nebraska Press, 1965, p.112.

② M. A. R. 哈比布:《文学批评史:从柏拉图到现在》,阎嘉译,南京:南京大学出版社,2017 年,第 555 页。

③ Victor Shklovsky, "Art as Technique", in L. T. Lemon, M. J. Reis, eds., *Russian Formalist Criticism: Four Essays*, Lincoln and London: University of Nebraska Press, 1965, p. 12.

早的文学就是诗与神话。从 19 世纪末开始,西方文学向现代主义风格过度,自觉地追求语言的象征、隐喻、陌生化效果。20 世纪现代派和后现代派文学中常见的诸如拼贴、戏仿、元叙事等语言自我指涉现象,都是语言陌生化现象的极端表现。比如福克纳认为:"小说表明自己从根本上和表面上都是一个语言问题,涉及的是词语、词语、词语。"① 简而言之,语言的形式主义之极端表现就是追求语意的不确定性,打破能指和所指之间的稳定性,在能指的自由组合中打开语言的张力,使文学成为语言的嬉戏。到了后现代主义中,更是玩起零度叙事、自我指涉、不确定性等语言游戏,这都说明,当作家认识到语言作为文学这一独特艺术门类的本体时,文学就开启了语言的自觉,它与西方艺术思潮整体的形式主义转向是同步的,因为文学就是语言的艺术,语言的自觉就是作为文学形式的自觉。

和浪漫主义重抒发作者的情感(内容)不同,唯美主义推崇形式是为了克制情感的直接抒发,从而令情感避免世俗化和庸俗化。波德莱尔在《一八五九年的沙龙》中谈道,一个人越富有想象力,就越是要懂得用形式技巧去节制想象力。技巧不会扼杀想象力,有了形式的节制,想象力才得以获得更有力的表现。用形式调节和引导内容,是为了更好地表现内容。并且,唯美主义避免情感的世俗化和庸俗化的动机在于试图区分艺术中的审美情感与日常生活的情感,这是艺术高于生活的必然逻辑,俄国形式主义的"陌生化"理论正是这种逻辑的延续。诚然,尽管还未形成气候,未能达到语言学转向后的形式主义思想,但作为向现代主义过渡的文艺思潮,经典的唯美主义作品与唯美主义诗学理论已经开始流露出语言自觉的苗头。当然,我们也要看到唯美主义与 20 世纪形式主义文论的区别。首先,后者有着鲜明的科学主义思维,而唯美主义从某种意义上说恰恰是反对科学主义思维的,因此,毫不奇怪,20 世纪形式主义文论对唯美主义诗学的形式化倾向持反对态度。② 其次,20 世纪形式主义文论实际上是将文学审美由作者中心转向了作品和读者的中心,打破了创作者对文本的先天阐释权,这与唯美主义对艺术家高蹈地位的维护是背道而驰的。

---

① 彼得·福克纳:《现代主义》,付礼军译,北京:昆仑出版社,1989 年,第 87 页。
② M. A. R. 哈比布:《文学批评史:从柏拉图到现在》,阎嘉译,南京:南京大学出版社,2017 年,第 555—556 页。

第六章
艺术拯救世俗人生

"艺术拯救世俗人生"是唯美主义区别于其他艺术形式主义思想的重要元素,这一命题是"艺术高于生活"命题的自然延伸,看似与"艺术自律"互相矛盾。如果说"艺术自律"是唯美主义者从捍卫艺术创作者地位的角度看待艺术审美的问题,那么"艺术拯救世俗人生"则是从艺术欣赏者的角度(实际上是艺术创作者对欣赏者的想象性期待)抬高艺术审美的作用,因此,"艺术拯救世俗人生"是"艺术自律"的呼应和必然逻辑。问题在于,艺术如何能够承担拯救人生的重任呢?这又要从美学的发展说起,事实上,"艺术拯救人生"的思想早于唯美主义思潮出现,它在德国近代美学中得到阐发,经由马克思主义美学开拓获得全新的内涵并影响英国社会学美学。在自身发展过程中,唯美主义不可避免地"溢出"艺术与美学的范畴,与性别问题、教育、时尚、传媒、装潢等领域相互纠缠和催化。通过对英国和美国唯美主义运动的研究发现,唯美主义是对19世纪后期性别和阶级的重新调整的回应。① 可以说,唯美主义思潮本身既是19世纪西方社会价值体系变革的产物,又是促成社会变革的推手之一。

由于"摹仿论"长期占据西方美学统治地位,除诗歌以外的其他艺术门类在相当长的时间以来不被视为"创作",而是类似手工艺的"制作",是对现成事物(自然规律)的摹仿。在中世纪,"创作"更是成为独属上帝的能力,人类只能匍匐于上帝脚下。在近代,原创性观念发挥的作用微乎其微:17世纪以及以前的作曲家利用自己或别人的整段作品谱写新曲乃是

---

① See Michèle Mendelssohn, *Henry James, Oscar Wilde and Aesthetic Culture*, Edinburgh: Edinburgh University Press Ltd., 2007, p.13.

寻常之事,画家和建筑师常常将素描和设计工作委托弟子们去完成。直到波兰拉丁诗人、诗学理论家马切伊·沙比斯基(Maciej Kazimierz Sarbiewski,1595—1640)在17世纪打破僵局,他首次用"创作"一词形容诗人的工作,不仅谈到诗人"发明",也写到诗人"创新"。随后,巴尔塔沙·葛拉西安(Baltasar Gracian,1601—1658)[①]将创造性特质推广到一切艺术之上,并将艺术家的地位置于上帝之下,他认为:"艺术就好比是自然的第二位创造者,它向来是把另外一个世界加到原先那个世界之上,赋予它原先的世界所缺少的一种完美性,并且使它逐渐与自然相融合。艺术每一天都创造出一个新的奇迹。"[②]既然原先由上帝创造的自然缺少一种完美性,而完美性由艺术赋予,既说明艺术高于自然,又隐含艺术家"创世"的思想。在浪漫主义思潮中,美学界一反先前不敢大胆承认艺术创造性本质的局面,艺术不仅被视为包含创造性,甚至被视为创造性本身。"创作者"和"艺术家"成为同义词。在此,艺术已然承载"上帝"的某些功能了,由此开启了艺术宗教化的进路。艺术的宗教化实则是人的能动性、自由自觉的实践意识的逐渐苏醒,代表人本主义时代的到来。

第一节 宗教艺术化与艺术宗教化

艺术与宗教并不陌生,两者的相互纠缠在原始先民的艺术和巫术中就已表现出来,即便在压抑感性的唯灵主义占据绝对统治地位的中世纪,为了迎合底层民众的感性需求,将尽可能多的没有受过教育的民众吸引到教堂中来,那些宗教人士也对艺术和审美"网开一面"。这种局面在宗教画,尤其是圣母画像的创作中得以最清晰地展现。宗教画家在创作圣母像时往往会巧妙地牺牲一些禁欲主义的桎梏而给感性留下空间,并且以各式各样的感官魅力来予以修饰。圣母像是一块硕大无朋的磁石,能把大众吸引到宗教的怀抱里来。[③] 这说明审美是人的天性,并不能被宗教禁欲主义完全压制,甚至两者会相辅相成。当然,在中世纪的宗教语境中,艺术与宗教的壁垒还是比较分明的,比如在历史上发生数次的捣毁圣

---

① 巴尔塔沙·葛拉西安是17世纪西班牙作家、哲学家、思想家、耶稣会教士。
② 转引自瓦迪斯瓦夫·塔塔尔凯维奇:《西方六大美学观念史》,刘文潭译,上海:上海译文出版社,2006年,第269页。
③ 参见海涅:《论浪漫派》,张玉书译,北京:人民文学出版社,2016年,第14页。

像运动。

艺术与宗教的重新融合在人本主义美学中得到阐释。人本主义美学源于18世纪德国美学,它不再从认识论的角度思考美学问题,而是从人性的全面、自由的角度探讨美学问题。审美不是去认识某个对象,审美本身即人性完整的表现。人性的完整就是自由,美是自由的象征,自由是美的标尺。人本主义美学用人性的完整作为标准追溯艺术起源之谜,并用这个标准审视不同时代的艺术。尽管人本主义对人的理解缺乏实践唯物主义的眼光,但它从人自身出发寻找美的根据,为美学的发展开辟了新的通道。

康德将审美视为联系知性和意志、协调理性与感性的纽带,在审美中知性和理性等诸意识活动不知不觉地被调动起来,诸意识活动的参与蕴含了人性完整的前提。席勒的美学思想更是明确围绕人性的完整展开思辨,在游戏(审美)中寻找治疗近代社会人性异化的治疗方式。在席勒看来,感性与理性的统一才是人性完整的条件;人性完整就是自由;在现象/直观中的自由就是美,而游戏(审美)是达到自由的条件,人性的异化是由感性与理性的冲突导致。"美的作用就是通过审美生活再把由于人进入感性的或理性的被规定状态而失去的人性重新恢复起来,……自然是人的本来创造者,美是人的第二创造者。"[①]席勒认为,作为有缺陷的近代人榜样的古希腊人是人性完整的楷模。事实上,在今天看来,感性与理性本就是对立统一的,无须游戏(审美)将两者统一起来,甚至也可以说,游戏(审美)本就是两者对立统一的产物,而非疗救。

和席勒相似,歌德也将自由作为美的标尺,他认为美是自由的完善境界。与以往客观论或认识论美学不同的是,歌德的完善主要不是指事物本身各结构要素的完善,也不是指人的认识能力的完善,而是自由的完善,即事物合目的性的自在自为状态。艺术创作就是要表现这一状态,以体现创作者的自由活动,从这个意义上说,艺术美比自然美更高级、更自由。费希特认为,由于美与自我合二为一,艺术审美能引导人返回自身,即是说,自我对外界的终极追求就是返回绝对自由的自我本身,人类的精神家园就在艺术和美中,这种带有艺术神秘主义的阐释既是德国古典哲学的逻辑,又是艺术宗教一体化"艺术拯救人生"的思想源流。在天启宗

---

① 弗里德里希·席勒:《审美教育书简》,冯至、范大灿译,上海:上海人民出版社,2003年,第165页。

教的视野中,人的最高本质是通过上帝的形象展示的,一神论的文化土壤是个体主义思想的异化形式,由于人向神的靠拢过程摆脱了尘世(各种非我表象)的纷扰,从而达到至善至美的自由境界。从18世纪开始,神的位置上出现了艺术的形象,艺术与宗教被统一在自我("自我"也可以理解为"自由")中,自我/自由就是美。正如荷尔德林所认为的,美与神性是一回事,艺术与宗教是一回事,宗教就是美的爱。"人一旦成其为人,也就是神。而他一旦成了神,他就是美的。"①

谢林认为,世界的本原即绝对同一,它不能用概念来理解和表现,只能借助于直观。他认为有两种直观:理智直观和艺术直观。理智直观只有哲学家才可能做到,它本身纯粹是内在的直观,无法客观化,只有通过艺术直观才能使其以感性的方式表现出来。"哲学虽然可以企及最崇高的事物,但仿佛仅仅是引导一少部分人达到这一点;艺术则按照人的本来的面貌引导全部的人到达这一境地。"②显然,艺术的目标是全部的人,也就像宗教的博爱精神那样"一个都不能少"。在艺术中,意识与无意识、有限与无限、自然与自由实现了统一,艺术能比哲学更深刻地展现绝对同一。因此,谢林将艺术提升到比哲学还要高的层次,去接近那神秘的绝对同一,从某种程度上说,已经将艺术提高到宗教的位置。

到了黑格尔的美学体系中,他把哲学的地位提高到认识绝对精神的地位。基于"美是理念的感性显现"的理念,黑格尔认为艺术分为三个阶段,第一个阶段是象征型艺术,此时理念(精神)还很幼稚、朦胧,说不出是什么,只能用感性显现(形式)来暗示,比如原始图腾。第二个阶段是古典型艺术,这一阶段理念和形式达到完全的统一,通过形式可以准确地表现理念,最典型的艺术类型是古希腊雕塑,从雕塑的外形上可以清晰地把握"高贵的单纯、静穆的伟大"的古典美学追求。第三个阶段也是最高的阶段,是浪漫型艺术。浪漫型艺术表现内心的欲望、冲动、痛苦、丑恶等无法抑制的自我意识的骚动。这个时候理念就压倒了形式,理念向自身复归,它变得越来越重要,形式则越来越次要。按照黑格尔的逻辑,浪漫型艺术是理念压倒形式的产物,"理念越来越重要,形式越来越次要,直到任何形式都无关紧要",其实也就达到了形式的解放,这个时候艺术就会从整体上趋于解体并让位于宗教。浪漫型艺术的类型是绘画、音乐和诗歌,在浪

---

① 荷尔德林:《论美与神性》,伯杰译,见刘小枫主编:《人类困境中的审美精神——哲人、诗人论美文选》,魏育青、邓晓芒、李醒尘等译,上海:知识出版社,1994年,第89页。
② 谢林:《先验唯心论体系》,梁志学、石泉译,北京:商务印书馆,1976年,第313页。

漫型艺术中,从绘画过渡到诗的就是音乐,时间逐渐超越空间,意识逐渐超越形式。因此,浪漫型艺术的顶峰就处于宗教的边缘,或者说它在精神气质上已经向宗教靠拢了。浪漫型艺术不再是"为了艺术",或者仅仅是为了表现美,它开始"超越"艺术,逐渐接近宗教或哲学的地位。① 这与唯美主义和宗教的关系何其相似! 美、艺术的本质与自我/自由逐渐合而为一,自我的终极追求就是自由,在这一追求过程中,会有诸多异己的、外在的、非我的力量阻挠,但这些非我无非是自我/自由实现过程中外化的产物,在审美与艺术创造的契机中,人的自由本质将得到拯救。

"拯救"原本是宗教命题,承担拯救人生之使命的是神。随着18世纪开始的宗教艺术化倾向,艺术逐渐承担了上帝的拯救使命。诺瓦利斯曾谈道:"诗人与牧师起初是合二为一的。真正的诗人总是牧师,就像真正的牧师总是诗人一样。难道将来不会回到事情的原有状态吗?"②施莱尔马赫将宗教的本质归为直觉感受,是对无限的感知能力和热情,而不是借助认知去解释宇宙(求真),这就与审美的特征建立了直接联系。弗里德里希·施莱格尔原本对宗教并不感冒,但他后来受到施莱尔马赫影响改变了自己的宗教观念。施莱格尔从美学角度切入宗教,主张艺术与宗教融合,称赞艺术中的宗教题材与宗教精神,他的断片集《主意》(1800)是将诗与哲学融合为宗教的尝试。奥古斯都·施莱格尔认为:"艺术欣赏的根本就是想象力的自由发挥,无论它多么汪洋恣肆,这种忘我投入需要一种悔悟式的自我克制,一种可以说是对尘世存在的即时悬置,尽管如此,不可否认,现代艺术在复兴期及其后的鼎盛时期与宗教紧密相连。"③

瓦肯罗德和蒂克都论述过艺术与生活之间的不可调和性,也就是理想与现实、神圣与世俗、自由与自然之间的不可调和性,给摹仿自然的艺术理念再一次暴击,让艺术与生活之间的地位掉了个儿。他们认为,艺术不是为了表现现实,而要表达情感;美来自上帝的神性,是宇宙的终极目的;不是艺术为人服务,而是人为艺术服务。只有以全部的生命投入艺术审美中,才能实现完美的人性。尤其是瓦肯罗德,他在《一个热爱艺术的修士的内心倾诉》(1796)中批驳了陈腐的道德训诫观念和艺术商业化倾

---

① Elizabeth Prettejohn, *Art for Art's Sake: Aestheticism in Victorian Painting*, New Haven: Yale University Press, 2007, p.159.
② 陈恕林:《论德国浪漫派》,上海:上海社会科学院出版社,2016年,第62页。
③ 恩斯特·贝勒尔:《德国浪漫主义文学理论》,李棠佳、穆雷译,南京:南京大学出版社,2017年,第229页。

向,提出艺术是"心灵的启示"和艺术除了自身以外没有其他目的的观点。并且,他认为艺术令支离破碎的生活变得更加完美,艺术是人造的完美,是生活的替代者,是另一个"天堂"。在形容艺术作用的时候,瓦肯罗德使用了许多宗教用语,比如"神""造物主""启示"等,与其说是为了表达宗教信仰,毋宁说是为了表达"艺术信仰"。他说:"我把享受高贵的艺术作品比作祈祷",原本使人平静的上帝之爱变成了"艺术之爱","我们应满怀崇敬之心用艺术杰作来抚慰自己的灵魂"。① 如果说宗教信仰是让人匍匐于神的荣光之下,那么艺术信仰则开启了人类心中的宝藏,展示人类心中本身就含有的高贵的神性。在瓦肯罗德看来,最高的创造力来源于艺术与宗教信仰的结合,"艺术为我们塑造了人类至高的完美"②。《一个热爱艺术的修士的内心倾诉》还收录了一部短篇小说《音乐家约瑟夫·柏灵格发人深省的音乐生涯》,讲述了音乐家约瑟夫在现实生活中遭受的矛盾和痛苦。他无法摆脱令他生厌的凡人俗事,但只要音乐响起,整个世界仿佛重新被点亮,焕发出迷人的光辉。这篇小说是德国最早的"艺术家小说",以这篇小说为滥觞,德国文学史形成了专门表现艺术家理想与现实生活矛盾的"艺术家的难题"之主题传统,突出艺术(理想)与生活(现实)之间的矛盾,这一矛盾也成为后来唯美主义思想立论的出发点。

匈牙利音乐家李斯特(Franz Liszt,1811—1886)认为,艺术是从人间通往天堂的神秘阶梯。他在《巴黎音乐观察家》(*Gazette musicale de Paris*)杂志上撰文,指出宗教、科学、政治的分离导致现代文明的衰退,只有在艺术中才能将它们重新统一,因此,艺术家肩负着"伟大的宗教与社会使命"③。到了19世纪后期,叔本华和尼采的哲学将黑格尔庞大但封闭的理性框架丢弃,直接将美视为生命本体的形而上形式。生命哲学承认个体切身的本真在世状态,将个体生命状况当作衡量世界的标尺,从某种程度上说实现了价值尺度的倒转:不是用哲学的、神学的、科学的标尺丈量生命,而是用生命的发生和发展来解释哲学、神学与科学。在美学上,艺术、审美与人的感性生命融合得更加紧密,进一步摆脱了形而上的抽象色彩,更加能够解释多样的审美形态。

---

① 威廉·亨利希·瓦肯罗德:《一个热爱艺术的修士的内心倾诉》,谷裕译,北京:生活·读书·新知三联书店,2002年,第80页。
② 同上书,第70页。
③ T. C. W. Blanning, *The Romantic Revolution: A History*, New York: Modem Library, 2011, p. 35.

叔本华将世界分为意志和表象，在意志和表象之间的是理念。表象受到"根据律"的制约，处于时空、逻辑、因果等规律的摆布中，只有意志才是真正自由的，可以摆脱一切束缚。但如何透过表象认识意志呢？叔本华认为不能靠认知能力，它只是意志的产物而已；只能靠"直观"，直观是超越了感性与理性的直接了悟，是在瞬间把握对象本质（理念）的悟性能力。这种能力"是认识理念所要求的状况，是纯粹的观审，是在直观中沉浸，是在客体中自失，是一切个体性的忘怀，是遵循根据律的和只把握关系的那种认识方式之取消"①。从某种程度上说，好像是直观"激活"了表象——类似于创造活动，正如意志外化出表象那样。直观本身是自足的，正对应了意志的自由。由于直观认识了意志，直观就可能摆脱意志带来的痛苦，达到自由。要实现直观有两种方式：一是通过禁欲彻底断除意志，如"看破红尘"般清心寡欲，达到类似中国传统诗学推崇主客同一的境界。二是通过哲学和艺术，在艺术中可以实现审美的"观审"状态，主体可以挣脱一切"根据律"的束缚，使现实的对象从一切世俗关系中超拔出来，显现出普遍的本质，摆脱意志和欲望的摆布，将自我融化于审美对象之中。由此，叔本华认为艺术是人摆脱痛苦的方式，艺术的功能便是将痛苦超功利化、审美化和形式化，助人从意志的驱使中解脱出来，达到暂时的平静，从中我们可以看出东方美学对叔本华的影响。

尼采也高扬艺术审美中的"直觉"，在他看来，只有直觉才能体验强力意志，才能感受生命的强大和无穷动力。"艺术，无非就是艺术！它乃是使生命成为可能的壮举，是生命的诱惑者，是生命的伟大兴奋剂。"②尼采认为审美能力离不开强力的、充满活力的生命，他用生命尺度来衡量艺术的价值，用艺术（创造）确证生命的意义。因此，尼采的强力意志不同于古典哲学中的抽象律令和思辨，而是自由创造、自我扩张、自我确证的无穷动能。强力意志既是肉体的，也是精神的（尼采推崇的酒神艺术正是扩张性的意志的象征）。正是在这个意义上，艺术和生命被内在地联系在了一起，美丑是生命意志强力和衰退的表征。"艺术乃是这种生命的最高使命，是这种生命的真正的形而上学的活动。"③而高度理性化、制度化的现代文明则遏制了生命的扩张，需要得到艺术的拯救，艺术自身的健康发展

---

① 叔本华：《作为意志和表象的世界》，石冲白译，北京：商务印书馆，1982年版，第273页。
② 弗里德里希·尼采：《权力意志——重估一切价值的尝试》，张念东、凌素心译，北京：中央编译出版社，2005年，第236页。
③ 弗里德里希·尼采：《悲剧的诞生》，孙周兴译，北京：商务印书馆，2012年，第18页。

建立在对整个现代文明的背叛之上。同时,尼采认为生命意志具有无限扩张的本质,它要点染一切,甚至让自己不断生成各种可能,正如上帝创世。

从 18 世纪开启的宗教与艺术合流现象并非偶然,双方具有许多内在的共性:一是从本质上说,宗教和艺术都是人的本质力量的对象化,对某种超验精神的寄托和依靠是个体意识追求自由的必然逻辑,在宗教和艺术的虚构和想象中可以不同程度地看到个体理想化的状态,从而抚慰现实中有限、渺小的自我认知。随着"艺术自律"观念的到来,感性、非理性的艺术取代超验的上帝,个体意识的寄托和依靠从宗教转向艺术。二是从传播与接受角度看,宗教(尤其是天主教)的建筑、仪式、典礼具有很强的仪式感,与艺术的形式感机制类似,都需要借助形象传达内容。并且这些形象都带有强烈的现代审美(浪漫、神秘、恐怖)因素,在宗教的传播与接受过程中就已经借助了许多艺术要素。三是从思维方式的角度看,宗教具有内向性和内省性,它关注人的内心胜过外在行为。艺术和宗教的意识方式具有类似之处,它们都依赖直觉、感悟、天才、灵感等非理性的认识方式,尤其是脱离烦琐的经院哲学桎梏的宗教和浪漫派文学,开始触及个体内心的非理性领域。"为了把握神性之物,人们不该忽视感性的东西,要从感性的事物中看见神性。"①在天启宗教的思维看来,如果不追溯到"上帝"这一最高的创造者那里,艺术家的创造性来源就难以理解。四是从世俗生活角度看,随着生产力的提高和城市化的进展,审美成为世俗生活日益重要的追求,仿佛一切领域都可以审美化,就连宗教也被纳入审美化的版图中。五是从社会思潮看,工业化和极端理性化的社会氛围将人的自由精神逼到了角落,非理性意识触底反弹,成为人们找寻日益失落的自由感的"飞地",而传统宗教教义和古典主义式的艺术已然无法扮演此种角色。出于现实需求的倒逼,两者相互"抱团取暖",促使传统宗教与古典艺术精神革新,形成艺术与宗教的融合形态。事实上,"艺术自律"观念本就是工业化和商业化时代西方人追求自由的类宗教形态,带有"朝圣"的意味。在上述原因的综合作用下,艺术化的宗教和宗教的艺术化成为非理性大潮的先锋。如果说中世纪艺术只是宗教的宣传工具,艺术栖息于宗教的羽翼之下,那么从 18 世纪开始宗教则逐渐成为艺术的注脚,

---

① E. 克莱特:《论格奥尔格》,莫光华译,见格奥尔格:《词语破碎之处:格奥尔格诗选》,莫光华译,上海:同济大学出版社,2010 年,第 240 页。

宗教需要艺术才能证明其合法性。

"艺术拯救世俗人生"既是对"艺术自律"的补充,又可以说是"艺术自律"的必然结果。正如意大利哲学家、历史学家翁贝托·艾柯(Umberto Eco,1932—2016)指出:"实证主义对科学的崇拜成为显学的时代也是颓废主义的时代。唯美宗教出现,以美为唯一值得实现的价值。"①在英国,威廉·布莱克在18世纪末就曾说过"基督教就是艺术"②,以此与社会上的拜金主义风气针锋相对。不过,英国走的一直是务实的社会改良路线,这种艺术宗教化/宗教艺术化的思想逐渐与社会文化实践相结合,艺术变成传播美的思想的"福音"。卡莱尔(Thomas Carlyle,1795—1881)、阿诺德与佩特等人都通过诗歌与艺术研究审美是如何代替在工业文明、拜金主义和实用主义挤压下日益衰弱的宗教信仰。

19世纪后期,宗教和艺术更是"纠缠不清",许多艺术不仅借用宗教的主题和意象,还刻意展现宗教仪式的神秘、庄严的情调以及神圣感;反过来,宗教(仪式)在艺术家眼中变得艺术化(形式化),甚至变成了艺术的宗教。比如拉斐尔前派的艺术广泛借用宗教的题材,依靠"灵"的神秘气息中和"肉"的世俗化;索罗门对宗教崇拜的专注预示了唯美主义式的宗教虔诚。③《逆天》中的德泽森特营造"人工艺术的天堂",通过布置修道室过上了幻想中的教士生活,在经历了一系列肉体退化和神经衰弱的折磨后,在宗教的仪式中找到了片刻的安息。"上帝啊,怜悯一下一个具有怀疑精神的基督徒吧!可怜一下准备皈依您的无宗教信仰者吧!可怜一下一个在一片漆黑中独自划桨驶入大海的人吧,因为这片天空已经不再被安慰人心的烽火和古老的希望所照亮了。"④于斯曼在1903年回顾创作《逆天》的过程时说,德泽森特能够体会教会典礼中使用的熏香和洗礼仪式,但教会关注的则是仪式本身,芳香本身似乎被教会本身给遗忘了。他指出,在教会仪式中,"礼仪、神秘、艺术则是它的载体或手段……在出席典仪时,有一种内心的震颤,这是人们通过观看、倾听、阅读一部美妙的作品而感受的不停的小小颤动"⑤在于斯曼那里,宗教由于禁欲的特质,

---

① 翁贝托·艾柯编著:《丑的历史》,彭淮栋译,北京:中央编译出版社,2012年,第350页。
② 彼得·盖伊:《现代主义:从波德莱尔到贝克特之后》,骆守怡、杜冬译,南京:译林出版社,2017年,第23页。
③ See Alan Sinfield, *The Wilde Century: Effeminacy, Oscar Wilde and the Queer Moment*, London and New York: Cassell, 1994, pp.3—4.
④ 于斯曼:《逆天》,尹伟、戴巧译,上海:上海文艺出版社,2010年,第199页。
⑤ 于斯曼:《逆流》,余中先译,上海:上海译文出版社,2015年,作者序言第20页。

抽空了典仪过程中具体的神性内容,但宗教的仪式感、形式感和审美中的形式因素是相似的。19 世纪末,德国诗人理查德·德默尔(Richard Fedor Leopold Dehmel,1863—1920)告诉朋友:"我的艺术就是我的信仰。"①世纪之交,萧伯纳在话剧《医生的窘境》中写到,无视道德标准的艺术家路易·迪贝达在临终时说出了亵渎上帝的信仰:"我崇拜米开朗基罗、维拉斯奎兹和伦勃朗;我崇拜设计的力量,崇拜色彩的神秘,崇拜永恒的美丽对所有事物的救赎,也崇拜保佑他们成功的艺术主旨。阿门。阿门。"②

第二节 生活艺术化与艺术生活化

"艺术拯救人生"理念的基础是将审美视为人的自由本质的集中展现。随着康德等人的阐释,人们逐渐接受了艺术与审美的一体化,两者被视为一个事物的不同方面。因此,艺术与自由也就联系在一起了。反过来说,是什么因素在破坏着人的自由呢?那便是世俗生活,更准确地说是资本主义生产方式。审美与自由的联姻受到资本主义劳动异化现象的驱动,哲学家和美学家们开始将人性的不完满归咎于劳动的异化。黑格尔在主奴意识的辩证法中暗示了他对劳动的理解,奴隶通过劳动扬弃人对自然的依赖性,劳动既改造了外部世界的自然性,又改造了人自身的自然性,劳动使奴隶从产品中认识到自身的存在。主人并不直接面对劳动对象,他将这个"契机"让渡给了奴隶,主人逐渐失去了对劳动对象的支配能力,也就失去了从劳动中直观自己本质的能力。"黑格尔这一思想的美学意义,在于为揭开艺术和美的起源、人类美感的生成发展之谜提供了一条辩证的道路。"③人从劳动对象中直观自己的本质,就像感性显现作为理念的对象化,理念从感性显现中体现、发展自身那样。

马克思扬弃了黑格尔的异化理论,他借助经济学的原理,以生产力与生产关系的矛盾为基础,以资本主义生产关系为突破口阐释异化劳动的

---

① 转引自彼得·盖伊:《现代主义:从波德莱尔到贝克特之后》,骆守怡、杜冬译,南京:译林出版社,2017 年,第 23 页。
② 同上书,第 23—24 页。
③ 曹俊峰、朱立元、张玉能:《西方美学史·第 4 卷·德国古典美学》,北京:北京师范大学出版社,2013 年,第 459 页。

本质。马克思认为异化劳动是受生产关系制约的历史现象,虽然异化具有进步的一面,但终将随着生产力的解放和生产关系的变化得以克服。在马克思看来,从物质上说,异化劳动首先表现为劳动成果分配的不公,作为本质力量对象化的劳动成果被少数人占有,多数劳动者丧失了劳动成果,劳动成果成为与劳动者异己的关系,劳动过程本身退化为动物式的生存手段;从精神上说,劳动者在动物式的劳作中失去了自由自觉的本质属性,只能发挥类似"螺丝""螺母"的作用,从而在身心两方面感到不幸;从社会关系上说,人是社会的类存在物,在自由自觉的实践活动中不断确证自己的类本质,异化劳动截断了这一确证的链条,使人丧失自我与他人之间的精神纽带。"人的类本质——无论是自然界,还是人的精神的类能力——变成对人来说是异己的本质,变成维持他的个人生存的手段。异化劳动使人自己的身体,同样使在他之外的自然界,使他的精神本质,他的人的本质同人相异化。"①马克思在人的劳动实践和类本质基础上提出美学思想。他认为,类本质使人的感觉在动物的生理机能上发展起来,美感正是类本质的确证。动物的生产是在片面的肉体需要支配下生产,它只生产自身;而人的生产是自由全面的,并且只有摆脱了肉体需要的影响才能进行真正的生产,他生产的是整个自然界。"动物只是按照它所属的那个种的尺度和需要来构造,而人懂得按照任何一个种的尺度来进行生产,并且懂得处处都把内在的尺度运用于对象;因此,人也按照美的规律来构造。"②正如非异化的人的劳动是自由自觉的那样,美感也是无限丰富的。异化劳动剥夺了劳动者的劳动成果,也摧毁了类本质;相应的,人的感官也失去了审美的能力,只剩下单一维度的自然感觉。马克思认为,只有在扬弃异化劳动的过程中,精神劳动与物质劳动,艺术与生活才能重新走向融合,随着劳动成为自由自觉的生命活动,艺术将重新回到劳动的"母体"中。

19世纪以前,艺术一直努力从技艺中分离出来,这一分离趋势在19世纪又出现新的变化。随着资产阶级政权的确立,城市化和工业化的进程促使英法等发达国家出现艺术大众化的现象。罗斯金和莫里斯受到马克思思想的启发,推动了英国社会学美学的发展。社会学美学希望通过改变社会生活环境,尤其是改变劳动条件,进而将劳动和生活审美化,进

---

① 马克思:《1844年经济学哲学手稿》,中共中央马克思恩格斯列宁斯大林著作编译局译,北京:人民出版社,2000年,第58页。

② 同上。

而改变劳动异化现象,具有很强的实践性。罗斯金认为,造型艺术("美的艺术",当时被称为"大艺术"——Major Art)与实用艺术(被称为"小艺术"——Minor Art / The Lesser Art,相当于"技艺")之间并没有本质差别。艺术家应从事实用美术设计,让工艺美术与艺术相结合。罗斯金于1870年在伦敦工人学院发表演说时提出:"缺乏工业的生活是罪恶的,缺乏艺术的工业是粗俗的。"①莫里斯不关心高雅、纯粹的"大艺术",而更看重手工与实用性的劳动作品,他呼吁将艺术与技术相结合,美与实用相结合,将艺术广义化;不是为艺术而艺术,而是为大众(日常生活)而艺术(the art of the people)。罗斯金倡导审美教育对完善人性与改进国民素质的重要意义,并指出:"我们的大学教育计划中应增加一些初级艺术实践环节,这对培养人非常有帮助;但最重要的是,我们应该把大学教育的精神推广到初级艺术的实践中去。"②他还认为,审美教育可以"百年树人","艺术修养是可以传承的;因此受过教育的民族的孩子们有一种天生的审美本能,这种本能来自于他们出生前几百年的艺术实践"。③ 罗斯金从1854年起担任F. D. 莫里斯工人学院的艺术教师,1871年组建成立圣乔治公会(该公会是罗斯金审美教育的平台),1878年主导成立公会博物馆,通过亲身实践参与到对底层劳动者的审美教育中。罗斯金将艺术与生活相结合的观点在欧洲大陆艺术和思想界受到瞩目,并引起很大反响。到19世纪末,许多艺术家都认同这样的观点:美和实用应该协调一致,所有人,不管其社会地位如何,都可以获得审美乐趣;人类环境的方方面面都应纳入艺术目标中,手工业(以及工艺品的工业化生产)与艺术创作之间的界限应被消除。④

莫里斯认为,真正的艺术就是人在劳动中的愉快的表现。他站在人的和谐发展角度看待劳动与美的关系问题,进而认为,在商业主义和消费主义环境下,纯粹的劳动已经不复存在,由单纯劳动创造的改变自然与人类面貌的纯粹艺术也日益消失,工人们在劳动中的愉悦心情已经转变为异化劳动的负面情绪。"在工作中他被迫假装幸福,以至人类双手创造的

---

① John Ruskin, "Lectures on Art", in E. T. Cook, A. Wedderburn, eds., *The Works of John Ruskin*, Vol. 20, London: Longmans, Green, and Co, 1905, p. 93.
② Ibid., p. 21.
③ Ibid., p. 36.
④ 参见雅克·杜加斯特:《存在与喧哗:19、20世纪之交的欧洲文化生活》,黄艳红译,北京:中国人民大学出版社,2015年,第152页。

美,曾经是对他劳动最好的回报,现在已经变成额外的负担。"①因此,莫里斯主张要迫切改变这种局面,既还劳动以真正的艺术享受,又还艺术以真正的劳动创造。如何达成这个目的呢?他主张的一个重要手段就是改变劳动环境,也就是美化人类环境和生活空间。由于社会分工的发展,审美艺术(fine art)逐渐从手工艺生产中脱离出来,也就是从生活需要中独立出来,这造成那些从事审美艺术的艺术家看不起以装饰艺术为代表的生活化的艺术。艺术与生活的脱离被莫里斯视为艺术衰败的重要原因,他倡导艺术应该重新与生活相结合,最迫切的是改良装饰艺术。

王尔德在美国进行关于英国唯美主义运动的巡回演讲,实际上是在传播他的生活艺术化理念,这让信奉清教主义的美国人大开眼界,同时也招来很多质疑。在演讲中,他拒绝回答记者提出的唯美主义本质的问题,但他认为,美表现在日常平凡的事物中,但"我们绝大多数人都因为缺乏系统的眼光而意识不到这一点"②。有记者挑衅地指向马路上的一辆大型谷物升降机,询问王尔德它有没有审美价值,王尔德答道:"美的表现形式可能会改变,但美的原则永恒,人们永远渴望美……唯美主义者所遭受的嘲笑其实正是那些无法发现美的盲目、痛苦的灵魂得到拯救的唯一道路。"③

英国社会学美学的倡导者看到机器化大生产使劳动异化、劳动者日益扁平化的现象,提出要回到传统手工业劳动的状态,改变流水线式的劳动模式和艺术产品,推崇前工业化时期的手工艺技术。他们也看到由于社会资源分配的不公导致阶层分化,底层劳动者无法享受艺术资源,于是开设了诸如博物馆、艺术沙龙、文化长廊、工艺美术学校等各类艺术公益组织。总而言之,英国社会学美学开始自觉将"艺术拯救世俗生活"的理念赋予社会实践,将艺术生活化、生活艺术化、工艺美术化、美术工艺化。当时著名的作家、编辑乔治·霍利约克(George Jacob Holyoake,1817—1906)声称:"一个画家比一千个传教士要伟大得多……伟大的画家或雕塑家的作品可以流芳千古,而传教士只能影响极有限的受众。"④但社会

---

① 威廉·莫里斯:《有效工作与无效劳动》,沙丽金、黄姗译,北京:中国对外翻译出版有限公司,2013年,第17页。
② Richard Ellmann, *Oscar Wilde*, New York: Alfred A. Knopf, Inc., 1988, p.159.
③ Ibid.
④ Diana Maltz, *British Aestheticism and the Urban Working Classes, 1870—1900: Beauty for the People*, New York: Palgrave Macmillan, 2006, p.121.

学美学的倡导者往往没有认识到,要克服劳动的异化,只能建立在生产力发展和改变生产关系的基础上,试图回到手工业时代或更早的人类历史阶段以改变这一现象无疑是痴心妄想;要提高普通劳工的审美趣味,必须建立在调整生产关系从而实现社会公平和人的全面发展的基础上,而不是在劳动中加点艺术,给劳工一点审美趣味那么简单。

尽管具有这样那样的局限性,英国社会学美学在客观上极大地推动了英国工艺美术运动以及后来的欧洲新艺术运动,成为唯美主义大潮的组成部分。英国唯美主义运动的初衷,就是想把美还给大众,还给日常生活,以改造畸形的都市环境,提升都市生活品质。比如佩特受到德国美学中关于审美教育理念的启发,他的美学思想的核心便是呼吁审美领域的自我修养,将上帝的完美性移植到人身上,将艺术视为社会问题的解药,通过艺术进行审美教育以恢复和巩固人们的自我意识,寻找每个人身上潜藏的精神力量。[①] 这些观点推动了国家与社会对国民审美教育的重视。也许我们可以说,唯美主义作为由艺术创作、诗学理论、社会运动三个相互阐发又相互错位的层面共同构成的独特文艺思潮,其独特性在很大程度上是由"艺术拯救世俗生活"理念以及由此带来的"艺术生活化"现象带来的。

在法国,随着19世纪国力的增强,尤其是法兰西第三共和国的建立,安定的政治社会环境促使法国开始重视国民教育,以适应国家崛起和国际竞争。由政府主导,法国在19世纪后期建设了一批专科大学(又称精英学校),包括工程师学院、高等商学院、国家行政学院、高等师范学院、高等艺术学院等。这些学校入学门槛高,学费昂贵,旨在培养高级工程师、政治人才、商业精英和文艺工作者等专业技术人员,专科大学的建立很快提升了法国高等教育的专业化水准。随着高等教育专业化的发展,首当其冲的就是对神学教育的冲击,宗教思想的控制力进一步减弱,到世纪之交,法国的神学院陷入死气沉沉的状态,直至被撤销。高等教育专业化的另一结果便是为文艺领域输送了科班出身的从业人员,扩大了文艺从业人员的队伍。同时,文艺专业人才还向中等和初等教育"下沉",发挥扫盲和美育的功能。由于国家重视艺术教育在国民教育中的比重,以美术为代表的艺术形式更广泛地被民众接受,从客观上提高了国民的文化艺术

[①] See Kate Hext, "The Limitations of Schilleresque Self-Culture in Pater's Individualist Aesthetics", in Elicia Clements, L. J. Higgins, eds., *Victorian Aesthetic Conditions: Pater Across the Arts*, New York: Palgrave Macmillan, 2010, pp. 205—219.

素养,实现对国民的审美教育。1875年,一个由艺术家、行政官员和议员组成的高级美术理事会成立,作为世俗化的公共服务机构,这个理事会承担组织协调艺术活动传播推广的相关工作,使艺术活动更加具有组织性和社会化,同时抵御了工商业对艺术的侵入。曾在19世纪末担任过法国总理的朱尔·费里(Jules François Camille Ferry,1832—1893)指出:"国家的任务是保存现代社会很可能使之逐渐衰竭枯萎的事物,是抵抗工业化的事物对艺术的侵袭,以及奖励对保存民族传统来说不可或缺的艺术形式。"①审美教育的共和国力量逐渐取代了以往的贵族家庭的力量,艺术活动与国民教育紧密地联系起来,为艺术大众化和生活化打下了基础。

艺术与生活在19世纪重新融合的重要载体是装饰艺术。19世纪末在英国、奥地利、比利时、德国、西班牙等国兴起的新艺术运动与装饰艺术的发展有着密切联系。装饰艺术包括海报设计、书籍装帧、室内装潢、日用品设计等形式,由于装饰艺术对材料有着更多的依赖性,材料的介入使装饰艺术具有"艺术的生活化"和"生活的艺术化"之双重特性。对装饰性的追求,使新艺术运动试图在艺术领域创造一个陌生化的象征性世界,以便制衡和弱化装饰材料本身的属性,其结果便是在装饰艺术中"使用大量植物性的、女性化的、暧昧的、始终肉感的和拟人形的装饰图案来保持稀奇古怪的风格"②。新艺术运动的推动者认为,以上这些元素具有颓废、暧昧的象征性意味,通过冲击人的感官,使人们从日常生活"烂熟"的语境中获得不真实的陌生化体验。波德莱尔指出,现代诗歌同时兼有绘画、音乐、雕塑、装饰艺术的特点,总是明显地带有取之于各种不同的艺术的微妙之处。③ 也就是说,现代文学的精神不仅在于打破各种艺术门类之间的壁垒,打破各种感官之间的壁垒,还在于打破艺术与生活之间的壁垒。于斯曼的小说《逆天》便是装饰艺术的展览,也是艺术生活化/生活艺术化之可能性的展示。主人公德泽森特的人工生活从家居装饰开始,他将房间打造成心仪的船舱样式,后又将房间布置成修道室,过上了"想象中"的水手与修士生活。他收藏名画和稀有植物,并不仅仅是为了欣赏它们,更是为了装饰建筑空间。为了使龟甲的色彩与地毯的色彩相得益彰,德泽

---

① 转引自让-皮埃尔·里乌、让-弗朗索瓦·西里内利主编:《法国文化史(卷四)大众时代:二十世纪》(第3版),吴模信、潘丽珍译,上海:华东师范大学出版社,2012年,第32页。
② 同上书,第76页。
③ 波德莱尔:《对几位同代人的思考》,见《1846年的沙龙:波德莱尔美学论文选》,郭宏安译,桂林:广西师范大学出版社,2002年,第119页。

森特还将宝石镶在龟壳上,直至乌龟不堪忍受而死亡,看着被改变了自然形态的乌龟壳,他感到幸福无比。

  与重视艺术装饰功能相呼应的是艺术与技术的重新融合,不同的是,过去的技艺是让艺术服从于技术,而19世纪则是让技术服从于艺术,从纯粹艺术中脱离出来的手工技术被赋予创造性审美属性。以书籍装帧为例,在19世纪70年代以前,对书籍装帧的设计和选择的标准更多地着眼于读者的身份地位而非审美需求,收藏某种精美装帧的珍本更多的是为了彰显读者的社会地位和雄厚财富。19世纪70年代以后,随着彩印技术的出现,书籍装帧成本的下降,新的装帧观念开始向精神性的审美需求转变,并旨在寻求两种风格之间的协调:一种是与书籍外表相适应的各要素的风格,另一种是与书籍内在要素(主题、文风)相配合的风格。从此以后,对珍本的爱好不再被视为一种炫耀或"怪癖",而是一种体面的审美趣味。在法国巴黎,一些装帧爱好者成立了以现代装帧风格驰名的"书籍之友协会"。在1889年和1990年的巴黎万国博览会上,人们展示了新的装帧制品并举办竞赛,更是让装帧艺术获得公众的认可。① 除法国外,19世纪末的英国、德国、意大利、西班牙等国都掀起装帧艺术的热潮。德泽森特热衷用精美的装潢和珍贵的纸张装帧书籍,他雇佣专业人士为他排版和印刷,对于字体、纸张、封皮材料的挑剔到了无以复加的地步。比如他收藏了一本波德莱尔的作品:

  大开本的波德莱尔的作品让人想起了祈祷书——轻柔的日本海绵质毡线柔软得如同接骨木的骨髓,乳白色之中微染了些许玫瑰色。这是个独一无二的版本,用中国墨黑色印刷,里外都包上了千挑万选的优质肉色母猪皮,黑色的生铁小花饰取代了鬃毛,零星地散布在封面上,一切都在伟大艺术家的妙手下达到了神奇的完美统一。②

这样极尽奢华和浮夸的装帧艺术对于德泽森特这样的隐居人士而言毫无彰显身份的必要,只是他个人的审美游戏。在《道林·格雷的画像》中,道林·格雷是德泽森特的摹仿者,他请工匠把自己的肖像画装裱起来供自己欣赏;他还从巴黎买来了黄皮书(实为于斯曼的《逆天》)的大平装本九

---

  ① 参见雅克·杜加斯特:《存在与喧哗:19、20世纪之交的欧洲文化生活》,黄艳红译,北京:中国人民大学出版社,2015年,第149—150页。
  ② 于斯曼:《逆天》,尹伟、戴巧译,上海:上海文艺出版社,2010年,第131页。

本之多,"把它们用不同的颜色装订起来,让它们跟他所喜欢的心情和他易变的天性里的种种幻想配合"①。装帧只为情感、情绪的愉悦以及自由的想象嬉戏,这都是艺术审美的心理范式。

随着装饰艺术的流行,人们越来越重视实用性(功能性)与审美性的协调统一。当然从趋势上看,这并非追求在审美性中融入实用性,或是牺牲审美性以适应实用性,而是在实用性中注入审美性。也就是说,形式(非实用性)的地位被抬高了,这就导致艺术领域产生了具有悖论意义的新趋势:实用功能和形式主义的结合。越是形式化的事物,越具有功能性的作用。比如20世纪初诞生的包豪斯风格②,追求一种与物质材料功能密切相关的纯粹形式,既反映了形式与内容(材料)的辩证关系,又表现出艺术与生活的融合,还体现了艺术思维与科学思维的纠缠,成为现代生活和艺术设计的重要思维方式。

艺术与生活的融合还体现在由城市化和工业化带来的休闲观念的转变。休闲的重要功能是感知自由,也就是体验自由感。自由感的核心是自由(支配)时间,即属己的时间意识,或者说是对时间的掌控感;绵延在自由时间之中的具体行为是次要的,它因人、阶层、时代、文化而异。与自由时间相对的是外在于主体、反身支配主体的时间刻度,在资本主义时代,这种时间刻度表现为雇佣劳动时间。一般认为,审美活动是最能使人获得自由感的途径,马克思也认为:"从整个社会来说,创造可以自由支配的时间,也就是创造产生科学、艺术等等的时间。"③因此,休闲与艺术、审美之间存在着密切联系。

随着工业化生产的制度性安排,劳动者开始获得固定的休息时间,同时由于宗教影响力的式微,休闲娱乐逐渐取代宗教仪式成为市民业余时间的主要活动,于是诞生了一些新的休闲娱乐场所和形式,成为现代文化生活的标志。比如咖啡馆文化,自19世纪后期开始,咖啡馆文化成为欧

---

① 奥斯卡·王尔德:《莎乐美 道林·格雷的画像》,孙法理译,南京:译林出版社,1998年,第133页。
② 包豪斯(Bauhaus)是德国魏玛市的"公立包豪斯学校"(Staatliches Bauhaus)的简称,成立于1919年。它是世界上第一所纯粹为实施设计教育所建的学校,它的成立标志着现代设计教育的诞生,对现代设计的发展产生了深远的影响。包豪斯风格追求艺术与技术的统一,旨在提高艺术生产效率,降低艺术门槛,以大众需求为本;强调设计必须遵循自然与客观的法则,用科学、理性、实用的技术思维来代替艺术理想主义;追求简约的形式,偏重抽象的几何形式,突出功能和材料的表现力。"几何""三原色""少即是多"是包豪斯风格的三要素。
③ 马克思:《政治经济学批判(1857—1858年手稿)》,见《马克思恩格斯文集》(第八卷),中共中央马克思恩格斯列宁斯大林著作编译局编译,北京:人民出版社,2009年,第86页。

洲都市文化生活演变的重要标识。① 咖啡馆成为艺术家、艺术爱好者和文人墨客的社交场所，逐渐取代了由贵族家庭和皇家科学院组织的传统艺术沙龙。传统艺术沙龙由于门槛高、等级严密、礼仪烦琐、受众面窄，基本上是私人性质的，无法辐射大众生活。咖啡馆则由于其开放性、平民性、平价性，很好地承担起艺术大众化和生活化的角色，尤其是以文学艺术为主题的文艺类咖啡馆的出现，迅速在巴黎、柏林、慕尼黑、维也纳、布达佩斯、里斯本等城市发展开来。文艺类咖啡馆的发展与报刊传媒业的发展之间存在密切关系，咖啡馆的顾客除了艺术家之外，还有文艺类报刊的读者和文艺爱好者，他们在咖啡馆中逗留，消磨时间（无目的），从事非生产性的活动（非功利），只是为了无拘无束地阅览文艺作品和资讯，或是交流探讨某些文艺话题。许多作家和艺术家都是通过咖啡馆而走红的，而对于那些还未成名、囊中羞涩的作家和艺术家而言，咖啡馆也是他们逃避世俗社会压力的避难所。

与文艺类咖啡馆相似的休闲场所还有酒吧。酒吧不仅承担了和咖啡馆相类似的社交、休闲功能，还提供艺术演出服务，如音乐舞蹈、戏剧杂技、诗歌朗诵、画展等形式。欧洲19世纪末的咖啡馆和酒吧聚集了众多年轻的先锋艺术家，他们中的许多人成为西方艺术现代转型的主力军。由于文艺类咖啡馆和酒吧的文化属性，它们自身的装潢设计风格也成为引领时尚的风向标，体现出装饰艺术的特征，成为新艺术运动的一部分。此外，适应市民文化休闲生活的场所还有歌舞场、游乐场、剧院、游乐场、公园等，当然也包括各种展览会和博览会，以及大众化的现代艺术沙龙。这些场所在19世纪后期激增，它们的共同特点就是坚持大众化的定位，"演艺明星"这个概念也是在这一时期出现的。② 总而言之，19世纪新出现的文化休闲场所为艺术创作和传播提供了新的平台和推手，以城市化和工业化作为契机的都市文化休闲方式的转变为艺术的生活化创造了条件，同时在提高大众生活质量的过程中推动了生活的艺术化。可以说，这些新现实是唯美主义大潮的余波。

在休闲业和报刊传媒业的助推下还诞生了时尚业和广告业。19世纪时尚产业由艺术欣赏、潮流服饰、时尚报刊等元素构成。波德莱尔、马拉美、王尔德、邓南遮等具有唯美主义倾向的作家都对时尚话题非常关

---

① 参见雅克·杜加斯特：《存在与喧哗：19、20世纪之交的欧洲文化生活》，黄艳红译，北京：中国人民大学出版社，2015年，第93页。

② 同上书，第106页。

注,不但撰写时尚类评论,还参与创办时尚类刊物。兰波也不排斥时尚,他的许多诗作的语言来自对巴黎文学夜总会里听到的话语的摹仿。① 19世纪后期,时尚印刷品数量激增,巴黎和维也纳这两座先锋艺术大本营成为时尚印刷品的重镇。这股时尚出版物的热潮在1912年达到顶峰,当年巴黎共出现三份仅面向唯美主义读者群的刊物:《女士和时尚报》《优雅时刊》和《今日时尚和风度》,它们都以1892年创办的美国杂志《时髦》为楷模。② 波德莱尔在《现代生活的画家》一文中曾谈论时尚,他认为在时装和时尚印刷品中可以看到人们对时代精神与审美价值的理解:"一个人关于什么是美的理解,可以铭刻在他全部的穿着打扮上。"③艺术和审美不再是艺术家的专利,普通人获得了表现美和体验美感的权利和场域,美体现在日常生活中。本雅明认为,时尚的命脉在于恋物癖,商品膜拜助长了这种恋物癖。④ 王尔德也凭借在服饰、家居装潢方面的特长在1887年被聘为《女性世界》杂志的编辑。可见,随着商品经济和消费主义对生活的渗透,在艺术与生活的融合过程中,时尚在不断扩大自己的领地,甚至成为一种无所不包的概念,前文所述的"丹蒂形象"便是时尚观念和时尚产业的衍生品。"丹蒂"代表了商业化时代个人自我美化(艺术化)的趋势,将自我包装成时尚、新潮、绚烂、脱颖而出的社会宠儿,从而引起大众的侧目、膜拜和效仿,具有明显的广告效应,这是浪漫主义思潮开启的"天才崇拜"的世俗化形态。"丹蒂渴望成为凝视的对象,作为回报,他把自己变成一件艺术品,他只要求你承认他是一个'视觉对象'。"⑤似乎可以说,随着审美意识的普及,原本想要守护艺术自身领地的"为艺术而艺术"的思想种子结出了生活艺术化/艺术生活化的果实,以至于令人不禁再度质疑"为艺术而艺术"的可能性。事实上,对于艺术与生活的融合,一方面我们

---

① See T. W. Adorno, *Aesthetic Theory*, Gretel Adorno, Rolf Tiedemann, eds., C. Lenhardt trans., London, Boston: Routledge & K. Paul, 1984, pp. 436—437.

② 马拉美曾在1874年创办名为《时尚速递》的报纸,主要面向女性时尚群体,他在该报上的文章用的是女性笔名。邓南遮也对女性时尚颇感兴趣,他在巴黎时期的秘书就担任《女士和时尚报》的领导。参见雅克·杜加斯特:《存在与喧哗:19、20世纪之交的欧洲文化生活》,黄艳红译,北京:中国人民大学出版社,2015年,第124页。

③ 波德莱尔:《现代生活的画家》,见《我心赤裸——波德莱尔散文随笔集》,肖聿译,北京:中国广播电视出版社,2000年,第3页。

④ 瓦尔特·本雅明:《波德莱尔:发达资本主义时代的抒情诗人》,王涌译,南京:译林出版社,2014年,第174页。

⑤ Giles Whiteley, *Oscar Wilde and the Simulacrum: The Truth of Masks*, London: Legenda, 2015, p. 150.

可以将其视为生活侵入艺术领地,破坏了艺术的"纯洁性",令唯美主义成为空中楼阁。另一方面,如果抛弃艺术的"纯洁性"想法,意识到审美自觉不等于艺术自律,我们也可以将艺术与生活的融合视为艺术自身扩张的自然结果:不是生活侵入艺术,而是艺术突入生活;不是为实用和功利牺牲审美,而是用审美冲淡、润饰实用和功利,从而扩大了艺术的领地,拓展了艺术的范畴。阿多诺认为:时尚能使艺术与它拒绝接受的事物发生关系,并将其吸纳到自身,从而保持艺术的活力,避免艺术生命力的萎缩,"时尚对主体精神怀有痛苦的敌意,但这种敌意有助于矫正主体精神纯粹自在存在的错觉"[①]。如果我们囿于艺术与生活二元对立的观点,那么显然无法理解这种辩证关系。我们应从人类意识本身的发展规律来看待这一现象,它是随着生产力的提高,人类知、意、情三大意识领域协调发展,尤其是审美(感性)能力得到长足进步的自然结果。因此,我们不必为艺术与生活的融合而简单嘲笑或否定唯美主义思潮,而是认识到人类审美需求的"韧性",也许艺术与生活之间永远隔着一条界线,但可以尝试无限趋近。在20世纪后现代主义话语和大众文化批评视野中,由于消费社会对商品的"赋魅",使其具有符号化和影像化的梦幻特质,由此消解虚构/影像与真实/实在之间的区隔。艺术与生活之间、精英艺术与大众艺术之间、艺术与非艺术之间的界限进一步淡化。当然,这是另外的话题了。

　　由此可见,19世纪西方人关于艺术拯救世俗人生的想象与期待主要有两种途径:一是宗教式的拯救,用艺术取代宗教,从而承担传统宗教的救赎任务;二是世俗式的拯救,用艺术美化日常生活,从而提高普通人的生活质量。两种路径看似对立,实则具有共同的先验逻辑,即承认人性具有完整和谐的内在本质,艺术能够最大限度地弥合分裂与残缺的人性。从宗教拯救的框架而言,人的终极目标就是完美的神,完整和谐的人性属于理想化的彼岸世界,艺术相当于私人化的祷告和典仪,勾连日渐个人化的尘世生活与天国。从世俗拯救的框架而言,完整的人性在于打破主体与客体、感性与理性、(肉体)有限性与(精神)无限性、个体与群体之间的隔膜与壁垒,而人类无数次的审美实践告诉我们,审美的确能担此重任,尽管它的作用可能仅仅只能维持很短的瞬间。

---

① T. W. Adorno, *Aesthetic Theory*, Gretel Adorno, Rolf Tiedemann, eds., C. Lenhardt trans., London, Boston: Routledge & K. Paul, 1984, p.437.

第七章
理论与创作的错位与对应

文艺思潮通常都会构建自己的诗学理论,并不同程度地形成理论与创作实践之间的对应与同构关系。但是,由于理论与创作实践毕竟属于不同范畴,并不是所有文艺思潮的理论都能直接地落实到具体的文学创作之中,理论与创作不可能无缝对接,唯美主义思潮尤其如此。"艺术高于生活""艺术自律""形式主义""艺术拯救世俗人生"是唯美主义理论体系的四个层次,它们作为世界观、价值观与方法论渗透在具体的文学创作中。同时,这些诗学理论与创作实践之间存在较大程度的错位甚至自相矛盾,这正是唯美主义较之19世纪其他文学思潮的独特性所在。我们认为,只有在美学视域中厘清唯美主义文学从理论到实践之间的逻辑转换关系,才能"于矛盾处见真章",真正认识唯美主义的本质与历史价值。

第一节 "艺术高于生活"与"逆反自然"

唯美主义文艺理论的世界观是建立在"艺术高于生活"上的,由此引出艺术与现实之间的关系:艺术相对于现实世界是本源,是更高级的存在,"第一是艺术,第二是生活"①。这种对传统世界观、艺术观的颠覆导致一种倒置的"摹仿论":"生活摹仿艺术远甚于艺术摹仿生活。"②事实上,无论是"艺术高于生活"还是"生活摹仿艺术",本意都不是对世界本源

---

① 叶渭渠:《日本文学思潮史》,北京:北京大学出版社,2009年,第267页。
② Oscar Wilde, "Intentions", Josephine M. Guy, ed., *Complete Works of Oscar Wilde*, Vol. 4, Oxford: Oxford University Press, 2007, p.94.

问题的探索,换句话说,它回答的是一个经典的美学问题,即"美的根源来自何处?"

如前所述,西方古典美学的主流是客观论美学,无论是毕达哥拉斯提出的"数的和谐",赫拉克利特的"对立面的和谐",还是德谟克利特的"大小宇宙的和谐",抑或是苏格拉底、柏拉图与亚里士多德提到的"关系"与"比例"等概念,都认为美的根源在于某种"和谐"的比例、关系、结构等客观形式。只要认识到美的客观根源,就能发现美,艺术的功能便是表现、摹仿这种客观形式,此为西方摹仿论的依据。尤其是早期的艺术(技艺)作为谋生的手段,观察、复制现实生活的现象与规律是题中之意。客观论美学与摹仿论认为美来源于某种客观存在,它可能并非实存之物,但一定符合可然律或必然律,这是不以人的主观意志为转移的,西方哲学、美学界往往将主观意志之外的客观存在称为"自然"。因此,艺术与生活的关系问题又转换为艺术与"自然"的关系。

西方传统"自然"观念包含"创造自然的自然"(造物主)与"被创造的自然"(可见的自然界)两层含义,西方艺术在艺术摹仿"自然"的问题上,经常摇摆于这两者之间。在18世纪以前,"自然被当作一切可能的善的美的源泉和典型"[①]。直到18世纪、19世纪,艺术才真正摆脱"技艺"的匠心匠气,一反先前不敢承认人的创造能力的局面,艺术不仅被视为包含创造性,甚至被视为创造性本身,"创作者"和"艺术家"成为同义词。相对应的,在艺术史上,浪漫主义艺术正是在此时以"自由主义"的姿态把讲究规则、典范的古典主义艺术赶下历史舞台。并且,在当时的美学史上,经过大陆理性派与英国经验派美学的冲击,客观论美学已经逐渐转向研究人的感性认识本身的人本主义美学。显然,无论是文学艺术史还是美学史都已经展露这样的苗头:美的根源不在于客观存在,而是主观感受,即美感。与此同时,人的美感对象也逐渐从自然物转向人的创造物。从18世纪、19世纪开始的关于"美"的定义的变化,可以看出人们对自然物审美属性的关注转向了艺术品。[②]

强调"艺术高于现实",实际上是将美的来源从客观世界转移到了主观世界,既然美不是来源于客观存在,而是来源于主观感受,那么对客观

---

① 波德莱尔:《现代生活的画家》,见《波德莱尔美学论文选》,郭宏安译,北京:人民文学出版社,1987年,第504页。
② Luke Phillips, "Aestheticism from Kant to Nietzsche", Diss., Indiana University, 2012, p. 6.

存在的摹仿也就不再是艺术的目的,人的自由创造才是艺术审美的领地。在此基础上,作为自由创造的王国,艺术成为人们改变客观存在的"媒介"。王尔德通过"生活摹仿艺术"点明了艺术对人们看待世界的方式、角度的影响,他借助法国印象派绘画举了一个例子:"事物的存在是由于我们看见它们,我们看见什么,以及我们如何看见它,这取决于艺术对我们的影响。看一样东西和看见一样东西是非常不同的。人们只有看见事物的美,然后才能看见这一事物,否则,事物就不存在。人们看见雾不是因为雾存在,而是因为诗人和画家教人们如何欣赏这种景色的神秘可爱之处。"①王尔德的意思是,与个体"无关"的事物对他来说是无意义的,也就不存在于他的意识中。艺术在潜移默化中改变了人的眼光,使原本无意义的外在对象变得有意义了,成为"人的对象",从而变得与人"有关"。王尔德在谈到日本浮世绘时也认为:"所谓的'日本人'只是一种风格样式,一种精致的艺术幻想。"②西方人通过浮世绘领略独特的日本风情,然而,这种日式美源于艺术的"虚构"和创造,现实生活中的日本人和现实中的英国人一样大同小异,是绘画艺术塑造了西方人对日本的认知,而不是艺术对显示的摹仿。这是因为,个体对外部世界的认知是后天形成的,审美也是如此,正如对于没有音乐感的耳朵来说,最美的音乐并不存在,忧心忡忡的穷人对最美的景色也会无动于衷。"未受训练的感官不易察觉大自然的真理。"③艺术起到训练感官的重要作用,通过艺术的"中介",人们可以感知原本零散、模糊、难以把握的对象。我们对历史的还原与追忆往往也不是通过"枯燥"的文献记录,而是通过对彼时的艺术风格的想象。比如在影视剧中,当我们想要还原历史上的某一个时期,最有效的方式就是还原那个时代经典艺术的表象特征(诸如光影、色彩、构图等元素)。"定义一个时代并非通过它的外在表现,而是通过对这些外在表现的感知方式进行。就像威尼斯画派作品的金色光泽,这种感觉使整个时代的生活呈现出色彩,因此人们对生活的任何看法都不可避免地通过它的媒介出现。"④

---

① Oscar Wilde, "Intentions", Josephine M. Guy, ed., *Complete Works of Oscar Wilde*, Vol. 4, Oxford: Oxford University Press, 2007, p. 95.

② Ibid., p. 98.

③ 约翰·罗斯金:《近代画家》(第一卷),张璘、张杰、张明权等译,北京:清华大学出版社,2012年,第36页。

④ Leon Chai, *Aestheticism: the Religion of Art in Post-Romantic Literature*, New York: Columbia University Press, 1990, p. 88.

王尔德的论断也是具有时代意义的。正如马克思所言:"人对世界的任何一种人的关系——视觉、听觉、嗅觉、味觉、触觉、思维、直观、情感、愿望、活动、爱,——总之,他的个体的一切器官,正像在形式上直接是社会的器官的那些器官一样,是通过自己的对象性关系,即通过自己同对象的关系而对对象的占有,对人的现实的占有……"①这些感官之所以能成为审美享受的渠道,从而不同于动物式的单一生理器官,无非是因为它们是人的社会性和能动性的展现,也就展现出立体的丰富感。19世纪机器大工业的异化劳动逐渐剥夺了人与外部世界丰富多彩的"关系",外部世界对于劳动者来说失去了除经济效益以外的其他丰富意义。王尔德认为只有艺术才能改变人看待世界的观念视角(内在尺度),以修复受损的审美能力。

当然,陶冶情操、完善人性,这是所有艺术都具有的价值属性,问题在于唯美主义文学是如何在创作中探索人的"内在尺度",并把"内在尺度"落实到作品中的呢?唯美主义认为艺术高于现实,实际上是将自由创作极致化,表现个性化的美感。"避免过于真切地表现真实世界,那只是纯粹的摹仿;避免过于直白地表现理想,那只是纯粹的理智……艺术的重点既不应放在认知能力,也不应放在推理能力,而只应关注美感。"②因此,与自由意志相对的自然(自然造物、自然规律)就成为唯美主义对立面的"标靶",于是我们可以看到唯美主义对待自然总是"不太友好"。比如,波德莱尔的美学观念中的一个重要原则是重艺术(人工)而轻自然。波德莱尔认为,艺术是"高于自然的,而自然是丑的,因为它是没有经人为的努力而存在的,所以与人类的原始罪恶有关。"③戈蒂耶这样称赞波德莱尔的写作:"这些无疑都是反自然的、奇特的想象,接近于幻觉,表现一种对不可企及的新奇境界的内心向往。不过,从我们的角度来看,这种怪异的表现要比冒牌诗人平淡乏味的朴素好得多。"④受其启发,王尔德也认为:"一切不好的艺术都源于回归生活和自然,并将生活和自然上升为理想的

---

① 马克思:《1844年经济学哲学手稿》,中共中央马克思恩格斯列宁斯大林著作编译局译,北京:人民出版社,2000年,第85页。
② Oscar Wilde, "Intentions", Josephine M. Guy, ed., *Complete Works of Oscar Wilde*, Vol. 4, Oxford: Oxford University Press, 2007, p.160.
③ 郭宏安:《论〈恶之花〉》,上海:上海译文出版社,2014年,第144—145页。
④ 泰奥菲尔·戈蒂耶:《回忆波德莱尔》,陈圣生译,上海:上海译文出版社,2011年,第45页。

结果。"①唯美主义者重视人工美而轻自然美,认为自然造物是呆板、单调的,美只能来源于人的创造,因此他们主张用人的自由创造改造自然。米尔博在《秘密花园》中借叙事者"我"之口吻说到,花园之美本质上在于人工布局,"每一株植物的位置都经过悉心研究和精心选择,……要让不同的花色和花型相互补充、相互衬托"②。在这些作家看来,自然状态恰恰是有缺陷的,只有人工才能弥补。对"人工美"的追求典型地反映在于斯曼的《逆天》中,值得注意的是,该小说书名的英文译名为 *Against Nature*(中文意思是"逆反自然")。具有"颓废英雄"之称的主人公觉得大自然已经过时,"磨灭了真正的艺术家们宽容的敬仰之情,现在是时候尽可能用人工手段来取代自然了"③。佩特也反对自然美,他认为,艺术家应该与自然保持距离,因为当艺术家对于所描写的对象充满了冷漠和超脱时,他们这种宁静的态度也就非常感人,从而使作品非常有表现力。"艺术家们通常都把日常生活和自然环境看成是低劣、丑陋的,然而他们创造的作品却是美的。"④即便是落后于西欧社会现代化进程的俄国,在丘特切夫等唯美主义代表作家那里,就已经展现出"对自然的矛盾、困惑,……对大自然产生怀疑,从而产生了与自然的疏离感"⑤的审美倾向。

前文说到,在浪漫主义语境中,与刻意、造作的古典艺术相反,"自然"意为"自由精神","人工"代表"不自由","摹仿自然"就是回归自由。由于科学主义和实证主义的过度膨胀,宗教意识形态中创世神话蕴含的"奇迹""神秘""创造"元素被自然神论的"机械""规则"取代。"自然已经变成了一种纯粹的机械,一个由嵌齿和滑轮构成的体系。"⑥在唯美主义思潮的话语中,"人工"和"自然"调了个,"人工"成为自由意志的象征物,"自然"则坐在了古典艺术的位置,成为被批判的对象。因此,《逆天》的法文原文书名 *A Rebours* 除了"逆反自然"这一层含义外,也暗示"逆流而上、

---

① Oscar Wilde, "Intentions", Josephine M. Guy, ed., *Complete Works of Oscar Wilde*, Vol. 4, Oxford: Oxford University Press, 2007, p. 102.
② 奥克塔夫·米尔博:《秘密花园》,竹苏敏译,重庆:重庆出版社,2005年,第139页。
③ 于斯曼:《逆天》,尹伟、戴巧译,上海:上海文艺出版社,2010年,第20页。
④ 转引自张玉能、陆扬、张德兴等:《西方美学史·第5卷·十九世纪美学》,北京:北京师范大学出版社,2013年版,第494页。
⑤ 曾思艺:《丘特切夫诗歌研究》,北京:人民出版社,2012年,第41页。
⑥ 欧文·白璧德:《卢梭与浪漫主义》,孙宜学译,北京:商务印书馆,2016年,第283页。

逆水行舟"的姿态,同时还包含"固执、任性、故意为难"的意义。① 恩格斯在反对康德哲学的"自在之物"观点时指出,既然我们自己能够制造出某一自然过程,按照规律和条件把它生产出来,使它为我们的目的服务,从而证明我们对自然过程的理解是正确的,那么不可捉摸的"自在之物"就完结了。② 也就是说,人工的创造、实践正是人的能动本质戳破自然迷雾的利刃。

逆反自然、崇尚人工的价值取向不仅表现为作家对自然造物的疏离,也表现为对诸如"恋物癖""乱伦"等"反常"("反常"的英文 unnatural 本就含有"非自然"的含义)行为的描写,同时还表现为对"凶杀""尸体""疾病"等"恶之花"的迷恋,形成"审丑"的艺术现象。从理论上的"唯美"演变为创作中的"审丑",好像是一个悖论,实则在情理之中。传统的美感以人的生理感官的舒适与感觉的和谐为标杆,体现的是对自然生命"肯定性"的价值——和谐、有序、健康等;相反,"丑"代表了对自然生命力的否定。休谟认为:"一切动物都有健全和失调两种状态,只有前一种状态能给我们提供一个趣味和感受的真实标准……我们就能因之得出'至美'的概念。"③黑格尔说得更加直白:"根据我们对于生命的观念,……我们就说一个动物美或丑,……因为活动和敏捷才见出生命的较高的观念性。"④这些观点都表明,传统的美感很大程度上来源于人对生命本身的认可:合生命原则,并将其投射到其他事物上。相比传统的审美观,唯美主义文学作品热衷于在"反常"与"丑恶"的事物中提炼出病态的"美"。对生命活力、感官舒适状态的破坏,是审美趣味上的"反自然"(反生命原则)的体现。"这种极端、怪诞、违反自然、几乎总是和古典美大唱反调的趣味……乃是人类意志的一种征兆:要根据自己的想法纠正肉体凡胎所赋予的形式和色彩。"⑤

如果我们跳出摹仿论和反映论的思维定式,就不会对文学中的"丑恶"意象太过敏感,好像它们就等同于现实世界,而是从中感受到作者的

---

① See Patrick McGuinness, "Introduction", in Joris-Karl Huysmans, *Against Nature*, Robert Baldick, trans., London: Penguin, 2003.
② 参见马克思:《路德维希·费尔巴哈和德国古典哲学的终结》,中共中央马克思恩格斯列宁斯大林著作编译局译,北京:人民出版社,1997年,第17页。
③ 大卫·休谟:《论趣味的标准》,吴兴华译,见《西方文论经典·第二卷·从文艺复兴到启蒙运动》,高建平、丁国旗主编,合肥:安徽文艺出版社,2014年,第686页。
④ 黑格尔:《美学》(第一卷),朱光潜译,北京:商务印书馆,1979年,第169页。
⑤ 泰奥菲尔·戈蒂耶:《浪漫主义回忆》,赵克非译,北京:人民文学出版社,2011年,第243页。

共情能力和情感模式;作品中的"丑恶"不是表现了真实世界的丑恶,而是"真实地"(充满想象力地)表现了作者情感中对丑恶的感受。在诗学层面,逆反自然、崇尚人工的价值取向隐喻了人的自由意志与自然之间的紧张关系,它以极端的姿态表达了逃避与反抗自然力量的企图。呼应了哲学领域关于"自由与必然"关系的思考之演进,事实上也是关于"自由"观念的深化。自由与必然是一组对立的哲学范畴,两者互为否定。从表面上看,自由是对必然的摆脱,必然是对自由的限制;从深层上看,必然性建立在自由之上,必然是自由的一个层次,是自由外化的一个环节。"必然"的概念是自由意志通过自身立法和为自然立法而形成的,否则只有偶然、随机的混沌。科学主义和实证主义强调的自然规律,正是人为自然立法的表现,离开人的基点,不存在什么规律,一切都是偶然。大自然不会给人类现成的必然规律,科学研究和实验正是通过将偶然、随机的变量控制起来,从而推导出能够为人所理解的必然规律。因此,"必然"的本质就是自由,只有凭借自由意志的普遍性、立法性,才能保证必然的客观性。可以说,"必然"的规律就是自由的规律。由于人的认知水平有限,古人将自我意识的立法性交给了神,"必然"的概念在历史上就表现为神的意志。到了近代,抽象的神被自然神论(Deism)取代,"自由的必然性"实现为"自然的必然性",即自然的"铁的规律"。自然的"铁的规律"有时又以上帝的"世界理性"为名,比如歌德对18世纪法国启蒙思想家霍尔巴哈(Baron d'Holbach,1723—1789)在《自然的体系》一书中的唯物自然观——"一切都是自然而然的,故没有神的存在"——进行反驳:"神不可以也必然地存在吗?不消说,我们同时也不能否认,昼夜的迭代,四季的往复,气候的影响,物理状态和动物性的必然存在;但是我们仍感到在自身中有一物,像意志的完全自由那样,更有一物,力求与这自由意志保持均衡。"[①]"自然的必然性"观念在实证主义和自然主义哲学中达到顶峰。19世纪后期自唯美主义思潮中涌现的"逆反自然"之美学风尚表明,自由意志开始将"自然的必然性"纳入自身,成为实现自身必然性(合法性)的一个环节。比如柯勒律治认为,艺术家应该从精神上摹仿自然,为此艺术家首先应当使自己离开自然,而离开自然的目的并不是抛弃自然,恰恰相反,离开是为了以更充分的力量返回自然。如果艺术家一开始就跳不出

---

① 歌德:《对〈自然体系〉的评价》,见《歌德自传:诗与真》(下册),刘思慕译,北京:华文出版社,2013年,第462页。

自然，只是纯粹地苦心临摹，那么他只会做出仅仅与自然形似而毫无生气可言的自然的假面。相反，跳出自然，从一个更高的角度审视自然，就能看到自己与自然有着共同的"精神"，这样再来摹仿自然的话，必定能够摹仿自然的内在，并使之与自己的精神相契合。① 从具体的文学创作层面看，"艺术高于生活"在具体的创作中演变为对"自然"的逆反、对个性化的"反常"审美感受的强化。因此，唯美主义文学并非提供一个美的"典范"，而是试图展现审美的主观性——"衡量标准是个体的素质，而不是对标准的追求"②，这既是对浪漫主义思潮的推进，同时也是美学观念、艺术观念的历史演变。

第二节 "艺术自律"与"异教情调"

在唯美主义文学的语境中，"生活"可以理解为"自然"，"自然"又象征着平庸的现实。唯美主义的理想是让艺术成为独立王国，不受现实世界与世俗价值观念的侵扰。艺术审美给人以自由自觉的自由感，而自由感正是实现自由最直接的证明，是衡量一切自由理论的尺度，具有无法怀疑的明证性。正如自由不受外部对象的掣肘，完全以自身为目的，艺术自律也应该如此。唯美主义高扬"艺术自律"的底气来源于此，"真正美的东西都是毫无用处的，所有有用的东西都是丑陋的，因为它是某几种需要的代名词"③。

但如前文所述，"审美自觉"与"艺术自律"之间并不能画等号。康德认为美是无目的的合目的性，审美并非为了某种外在的目的或利害关系，而仅仅是为了自身。在审美过程中，人的诸认识能力不约而同地协调一致，产生审美愉悦。诚然，人们在进行纯粹的艺术欣赏过程中确实可能达到无利害的理想状态，但在艺术创作过程中却很难达到。艺术创作无可避免地要投入、渗透作者的某些理念与意图，甚至艺术创作的初衷可能就

---

① 参见柯勒律治：《论诗或艺术》，刘若端译，见蒋孔阳主编：《十九世纪西方美学名著选（英法美卷）》，上海：复旦大学出版社，1990年，第36页。
② Linda Gordon, *The Utopian Aestheticism of Oscar Wilde's The Picture of Dorian Gray and Gertrude Stein's Three Lives*, Diss., Auburn University, 2012, p.4.
③ 泰奥菲尔·戈蒂耶：《莫班小姐》，黄胜强、许铭原译，北京：中国社会科学出版社，2013年，序言第20页。

不纯粹是为了审美。尽管高明的艺术家可以将自己的意图隐藏起来,但这种刻意而为的审美就远离了审美自觉的初衷。因此,对艺术的欣赏在康德看来不如对自然的欣赏更能体现审美的自由本质。显然,康德对艺术的态度与唯美主义重"人工"而轻"自然"的理念是相违背的。

事实上,唯美主义文学提出"艺术自律",本意是想将自己与世俗世界隔离开,用某种"紧闭的窗户"保护审美自治的"领地"[①],提醒人们不要被政治、商业、伦理道德等因素绑架先验的自由本性。在具体的创作中,由于诗学理论与文学创作的错位,"艺术自律"被转码为以下几个层面。

第一,以叛逆的态度描写"反常"行为与丑恶现象,以"审丑"的姿态表达对世俗伦理道德以及市侩主义、功利主义价值取向的高傲姿态。"逆反自然"的价值取向与"为艺术而艺术"的高蹈姿态结成了同盟。"审美欲望、对美的渴望成为晦暗污浊的东西,对感官享受的渴望最终与对身体和道德上令人反感的罪恶相混淆。"[②]艺术的美丑不等于现实的美丑,以审丑为跳板,达到唯美的效果,这是美丑之间的辩证法。

第二,异教情调抒写。唯美主义重作品形式,"对作品内容的淡化导致作者和艺术家将题材与'真实''日常生活'拉开距离,转而召唤遥远的异国情调,塑造梦幻和虚幻的空间,并以禁忌为主题"[③]。基督教是西方文化的源头之一,尽管其具体教义、内涵随着时代不断变化,内部不同流派对教义也有不同的阐释,但其基本价值取向是贯穿始终的,那就是对人的精神层面保持唯灵主义的追求。因此,艺术,尤其是诉诸感官享受的艺术,是早期基督教所排斥的。对人体美的欣赏与追求,在相当长的时间内更是作为异端被打压。尽管在文艺复兴与宗教改革后,这种情况已经大为改观,但改革后的基督教(尤其是新教)和资本主义上升期所需要的勤俭、奋斗等精神相契合,宗教精神在维多利亚时代也内化为中产阶级古板、节制、重视伦理道德的行为举止与精神面貌。然而,唯美主义文学作品的一大特征是对异教情调的抒写,大胆表现反宗教价值与中产阶级旨趣的异教情调,刻画"离经叛道"的异教形象,通过这些异教形象"引出了

---

① See Patrick McGuinness, *Poetry and Radical Politics in Fin de Siècle France: From Anarchism to Action Française*, New York: Oxford University Press, 2015, pp. 9—12.

② Diana Maltz, *British Aestheticism and the Urban Working Classes, 1870—1900: Beauty for the People*, New York: Palgrave Macmillan, 2006, p. 93.

③ Kelly Comfort, "Reflections on the Relationship between Art and Life in Aestheticism", in Kelly Comfort, ed., *Art and Life in Aestheticism De-Humanizing and Re-Humanizing Art, the Artist, and the Artistic Receptor*, New York: Palgrave Macmillan, 2008, Introduction, p. 3.

对死亡的体验与对美的欲望:对死亡的体验激发了对美的欲望"①,并与日常世俗世界形成鲜明对比。

《马利乌斯——一个享乐主义者》的故事发生在基督教成为罗马国教的前夜。主人公马利乌斯身上潜藏了两种文明/价值——唯灵主义禁欲观念与享乐主义思想之间的冲突,并且这两种文明/价值化身为两种感觉——听觉与视觉。他曾思索道:"在一个拥有众多声音的世界上,不去倾听这些声音势必导致道德上的缺陷。他起初曾设法消除这种怀疑,但最终却被它吸引过来。然而这个声音早在少年时期就已经被强行灌输进他的头脑中了。作为他精神上的两个主导思想之一,它似乎促成了他孤傲的个性;而另一个指导思想却要求他在这个充满七彩阳光的世界上,无限制地发展自己。"②在西方文化史上,古希腊罗马的世俗享乐观念对外部世界的好奇、对人之原欲的追求,象征视觉上的"看",正如古希腊哲学对"火"与"看"关系的阐释:人的目光犹如火光照亮对象。宗教唯灵主义则将对此岸世界的隐忍、对彼岸世界的渴望,寄托在对上帝"圣言"的聆听之中。在小说中,佩特不断通过对声音和音乐性的描述展现基督教的文化氛围。显然,通过描写视觉与听觉对马利乌斯的"撕扯",深谙西方文化传统的佩特隐喻了两种文明/价值观之争。在小说最后,在马利乌斯弥留之际,听觉成了维系他与世界联系的渠道,甚至他的整个意识都音乐化了:"在昏迷中,他跳跃不停的智慧像一种音乐,将生命看作是结局本身而不是通向结局的手段。"③床边的人在为他祈祷:保佑你!真正的基督徒!表面上看,佩特将马利乌斯纳入听觉(基督教)的轨道中;但从深层看,由于生命的终结,马利乌斯失去了以更丰富的官能观察事物的权利。祷告的人群将油膏涂在他的手足上,"涂在他曾用来阅览匆匆往来的世界而今已黯淡的感官上",而他的一生正是为了发展他"观察事物的官能……通过对接受力的自我培养,期待着将来某一天获得更新的启示,更丰富的观察力,对世界做更精彩的解释"④。因此,佩特事实上站在了更为丰富的视觉(古希腊—罗马)文化一边。

---

① Marion Thain. *Michael Field*: *Poetry, Aestheticism and the Fin de Siècle*, Cambridge: Cambridge University Press, 2007, p.87.
② 华特·佩特:《马利乌斯——一个享乐主义者》,陆笑炎、殷金海、董莉译,哈尔滨:哈尔滨出版社,1994年,第23—24页。
③ 同上书,第242—243页。
④ 同上书,第243页。

"唯美主义作家把古希腊人视为现代美学批评概念和'为艺术而艺术'观念的源头,视为唯美主义者们的先锋。"①他们通过对古希腊文化与艺术的欣赏,传达一种以审美为最高价值,艺术与功利主义、道德观念相分离的理念。王尔德特别推崇希腊精神,他笔下也随处可见以希腊式的异教情调对抗基督教禁欲主义的抒写。以《莎乐美》为例,先知约翰代表着宗教禁欲主义,排斥任何感官享乐,与莎乐美所代表的"嗜美"形象形成鲜明对比。在《渔夫和他的灵魂》中,渔夫为了与美人鱼(源于古希腊神话)在一起,不惜抛弃自己的灵魂。他向神父请教丢掉灵魂的方法,神父指出灵魂乃无价之宝,是上帝的恩赐,而肉体之爱是邪恶可耻的,劝渔夫回头是岸。然而神父的斥责并不能让渔夫回心转意,渔夫反问:"至于我的灵魂,如果它阻挡在我和我所爱的东西之间,那它对我又有什么益处呢?"②

古希腊罗马神话中随处可见俊男美女形象,众神大多有着精致俊美的外形,体现了初民认识自然的兴趣和从对自然的认识中找寻对自我理想形象的幻想。"我们可以从希腊人那里认识到,除了'美'以外,没有任何东西能给予宗教信仰以如此的支撑,因为没有一个理想被如此普遍接受并且使人性得以提升。"③在唯美主义作品中随处可以看到作者对美丽外形的向往,这些美丽外形都是古希腊罗马世俗人本文化的产物,因此他们都是"异教式"的形象。在欧洲,"异教形象一般指的是传承希腊文化(世界观)或是本土化区域文明(民间宗教与传说)的人物形象"④。由于这些异教形象的存在,唯美主义文学作品散发着独特的异教情调。马索克的《情迷维纳斯》正是充满异教情调的文本,男主人公塞弗林是"维纳斯"形象的迷恋者,收藏了好几幅维纳斯的画像,并且暗中迷恋维纳斯的雕塑。旺达是一个异教式的女人,丰韵娉婷且热情奔放,富有神秘气息,让塞弗林难以自持。根据小说的描述来看,其实塞弗林迷恋的是"维纳斯"的形式,而旺达只是"维纳斯"形式的"填充物"——质料,她在赛弗林

---

① Stefano Evangelista, "Vernon Lee in the Vatican: The Uneasy Alliance of Aestheticism and Archaeology", *Victorian Studies*, Vol. 52, No. 1 (2009), pp. 31—41.
② 奥斯卡·王尔德:《快乐王子》,赵洪玮、任一鸣、潘天一译,北京:北京燕山出版社,2014 年,第 86 页。
③ Arthur Fairbanks, "The Message of Greek Religion to Christianity Today", *The Biblical World*, Vol. 29, No. 2 (1907), pp. 111—120.
④ E. P. Butler, "The Theological Interpretation of Myth", *The Pomegranate*, Vol. 7, No. 1 (2005), pp. 27—41.

心中要比"维纳斯"低级。事实上,两人之间的情爱模式——虐恋,也是一种形式化了的性爱。米尔博的《秘密花园》以虚构的广州的中国式花园为背景,主人公克莱拉是个集美貌与恐怖于一身的形象,她迷恋东方式的人体酷刑,只有在欣赏花样翻新的酷刑时才能激发自己的情欲。"大概因为母神是终极力量——统治者的力量、生与死的力量的最初执掌者,……无论在神话中或历史上,伟大的女神奔放的性欲以及她对血的嗜欲都衍生出了古老但确有其事的'弑王'仪式。"①与旺达相似,作为女性,克莱拉身上既具有异国、异教情调,又具有嗜血元素,对男性而言,这些女性身上具有与原始、嗜血、情欲等因素的"天然联系",许多有关异教的叙述都是母系氏族化的,"因为这个原因,异教情调的文本中占主导地位的人物往往是现代式的女性,异教情调的女性崇拜带着复仇的姿态回归"②。

路易斯的作品《阿芙罗狄特》中的亚历山大港名妓克莉西丝的容貌最具古希腊式的美感。

作者将故事安排在基督教一统西方世界之前的希腊化时期,当时的亚历山大港一带还残留母系氏族公社的痕迹——对阿芙罗狄特的全民崇拜、女王的统治与风华绝代的妓女。在两性关系上,读者可以发现摩尔根(L. H. Morgan)与恩格斯描述过的"淫游制"的变形。这种淫游制直接起源于群婚制,起源于妇女为赎买贞操权而做的牺牲,它最初是一种宗教行为,是在爱神庙举行的,所得的钱最初都归于神庙的财库。恩格斯认为:"亚美尼亚的阿娜伊蒂斯庙、科林斯的阿芙罗狄蒂庙的庙奴,以及印度神庙中的宗教舞女……都是最初的娼妓。这种献身起初是每个妇女的义务,后来便只由这些女尼替代其他所有妇女来实行了。在其他一些民族中,这种淫游制起源于允许姑娘们在结婚前有性的自由,因此也是群婚制的残余……"③正是在这样的历史背景下,诸如像克莉西丝这样的妓女能够活得轰轰烈烈,被人膜拜。"希腊妇女那超群出众的品性,正是在这种卖淫的基础上发展起来的,她们由于才智和艺术上的审美教养而高出于古代妇女的一般水平之上……"④作品还以唯美的笔调歌颂了美丽的歌

---

① 罗莎琳德·迈尔斯:《女人的历史》,刁筱华译,北京:中央编译出版社,2011年,第34页。
② K. A. Reid, "The Love Which Dare Not Speak Its Name: An Examination of Pagan Symbolism and Morality in *Fin de Siècle* Decadent Fiction", *The Pomegranate*, Vol. 10, No. 2 (2009), pp.130—141.
③ 恩格斯:《家庭、私有制和国家的起源》,中共中央马克思恩格斯列宁斯大林著作编译局译,北京:人民出版社,1999年,第67页。
④ 同上书,第65页。

女罗多克莱娅和笛女米尔蒂斯之间唯美纯情的同性之爱。在此,"女性身体发挥着面对与控制难以驾驭的自然力量的主要符号场域功能"①。

同性之爱也是异教情调的组成部分,这种同性之爱的实质不在于肉欲,而在于对美的追求。在希腊神话中,赫马佛洛狄忒斯(Hermaphroditus)是赫尔墨斯(Hermes)与阿芙罗狄特(Aphrodite)之子,是具有男性形象的阿芙罗狄特。他在河边洗澡时,被爱恋他的山泉仙女萨尔玛西斯(Salmacis)抱住,山泉仙女祈求诸神让他们永远在一起,于是两个人便合为一体(雌雄同体),具有双性。神话隐喻了古希腊原始初民的两性观念:对爱与美的追求是跨越性别的。以古希腊罗马诸神为代表的男女两性的性别界限是模糊的,人与人之间的吸引往往淡化了性别因素,而以人的外表(形式美)吸引为前提。正因为形式美是较为抽象的,所以希腊神话对美的追求是超性别的,于是产生了诸多同性之爱的题材。同性之爱被宗教传统(尤其在中世纪)严厉压制,而在唯美主义作品中被大胆地展现,其鼻祖当属戈蒂耶的《莫班小姐》。小说中的德·阿尔贝、珞赛特、莫班三人间互生情愫、暧昧不清,德·阿尔贝不可遏制地爱上了女扮男装的莫班,在其恢复女装后,莫班同样可以与暗中苦恋自己的珞赛特一夜缠绵,她还在女扮男装的过程中勾引一个乡村姑娘做自己的情妇。诗人德·阿尔贝作为作者的代言人,对美的追求、对古希腊罗马文化的迷恋、对宗教的抵触都让其与现实秩序格格不入。在《道林·格雷的画像》中,道林、画家巴西尔、亨利勋爵之间也存在着超乎普通男性友谊的关系。在经历王尔德同性恋情而展开的一系列官司和社会舆论风波后,"唯美主义"几乎成为"同性恋"的一个代称,或一种整合同性欲望的社会工具。②"性"往往被视为人类文明进程和文化叙事中的颠覆性力量,尤其在特定的文化语境中,"异教信仰与同性恋题材往往是探索社会颠覆性元素不可分割的象征手段"③,作为文学的题材从而成为追求个体自由的标识。对同性恋的描写与中产阶级婚姻家庭道德观念形成了鲜明的反差,目的在于用异教文化包裹审美自由的领地,抵御强大的宗教、道德束缚。事实上,唯美主义

---

① Rita Felski, *The Gender of Modernity*, Cambridge MA: Harvard University Press, 1995, p.109.

② See Michèle Mendelssohn, *Henry James, Oscar Wilde and Aesthetic Culture*, Edinburgh: Edinburgh University Press Ltd, 2007, p.4.

③ K. A. Reid, "The Love Which Dare Not Speak Its Name: An Examination of Pagan Symbolism and Morality in *Fin de Siècle* Decadent Fiction", *The Pomegranate*, Vol.10, No.2 (2009), pp.130—141.

对"同性之爱"的描写也是形式化的,并无自然主义式的肉欲色彩,并且"暗示了一种特定的由同性之爱所驱动和启发的审美感知,从而增加了企图由这些形式所引发的审美感知的焦虑"①。

第四,"艺术自律"又表现为形式主义的追求。"艺术自律"指的是艺术以审美为目的,形式是审美最直观的媒介,形式美是艺术躲避其他因素直接干扰的"堡垒"。如何将情感内容通过某种形式加以定型从而引起欣赏者的情感共鸣,对于艺术创造来说变得尤为关键,由此引出形式主义在诗学理论和文学创作中的不同变体。

第三节 "形式"的自觉与"感觉"的描写

唯美主义诗学理论倡导形式的自觉,成为西方文艺思潮形式主义传统的代表。并且随着西方科学主义在 19 世纪的风靡,对某种规律性的艺术形式的探求成为理论界一股汹涌的暗流。由于"形式"的内涵在美学、诗学历史中不是固定的,在不同历史阶段、不同思潮流派甚至不同语境中都有特定含义。作为语言的艺术,文学的形式与内容之间同样具有相互转化的辩证关系。此外,如果我们将视野放大至 19 世纪、20 世纪的美学史,就会发现这样一个有趣的规律:理论家越是试图以科学实证的方式归纳总结出某种美的形式依据,就越会失去科学的根基而倒向某种神秘主义的观念,实证主义与唯意志主义辩证关系,意识流、精神分析的科学主义话语与非理性主义思潮之间的二元对立与共存关系等都是例证。以今天的眼光来看,唯美主义对形式的追求不仅与康德美学存在出入,也在文学理论上无法自洽,他们试图用一种"泛音乐化的"理论解释所有艺术的本质,这当然是不科学的。同时,通过对形式主义观念的溯源我们可以发现,以往试图找寻一种客观的美的形式标准的意图已被证明是痴人说梦。形式的美感永远无法摆脱历史的意识观念,形式需通过和内容之间的张力才能被视为美。在艺术中,所有的形式都是为表现情感内容服务的,比如法国新古典主义喜剧将严整的"三一律"形式视为美的典范,但当支撑"忠君爱国"的古典主义思想情感的封建王权衰弱时,"三一律"就成为束

---

① J. O. Taylor, "Kipling's Imperial Aestheticism: Epistemologies of Art and Empire in *Kim*", *English Literature in Transition 1880—1920*, Vol. 52, No. 1 (2009), pp. 49—69.

缚戏剧情感表现的负担。又如起源于中世纪的十二音节法国亚历山大诗体一度风靡欧洲,这种诗体要求严格押韵,喜用对偶反语,讲究诗行音节数量的整齐,具有极强的形式感。但在思想大解放的启蒙主义时期,它被当时许多诗人视为矫揉造作,逐渐被六音节诗和无韵的抑扬格取代,因为后者更利于激起人们的自然情感,表现诗人的才气。在中国古代,汉赋极尽辞藻华美之能事,从某种程度上说也是"形式主义"的。但汉赋专事铺叙、穷极声貌的文风为的是润色鸿业、点缀升平,很快就演变为形式上的僵化,类似于西方新古典主义文学的"典范",我们当然不会将汉赋的"形式主义"视为"形式的自觉"。同样,乐教传统是古代官方的主导意识形态,与乐教传统对应的是被视为正统美的雅乐。但在魏晋时期,当政治权力削弱的时候,四平八稳的雅乐再也无法引起民间的兴趣,传统的雅乐逐渐被百姓抛弃,尽管西晋官方进行了一系列努力,仍不能阻挡雅乐被抛弃的局面。

由于语言文字的特性,作为语言的艺术,文学创作更无法规避"内容",因此,形式的自觉在唯美主义文学的创作中表现为别样的特质。通过阅读具体的文学作品,我们可以发现这一特质就是对感觉、感性的描写,而非试图找到某种客观的美的文学形式。事实上,在文学领域有个很有趣的现象:那些被读者认为高度唯美的作品往往是高感性化的作品,如本书前文所述,这涉及感性在西方美学和艺术领域的崛起。

一般认为,感性是一种认识方式,是人通过肉体感官接触客观对象,引起许多感觉,在头脑中有了许多印象,对事物的表面形成初步认识并产生相应情绪和情感的过程。感性认识包含了感觉(感官刺激)、知觉、直觉与情感。[①] 感觉是感性认识的基础,想象力是感性认识的黏合剂。在西方哲学、美学的历史中,感性作为理性的对立面,大多数时候都处于被理性压抑的状态。相对于理性,感性代表了表面化、不稳定、无定型、不可捉摸、无法预测等特征,这些特征显然不适合充当解释世界本质的尺度。不过,随着生产力的发展与人性的解放,感性作为人性中不同于理性的另一面向,其重要性逐渐得到阐释。美学作为学科的确立,真正让感性登上了大雅之堂,美学也被称为"感性学"。至此,感性作为一种能力,越来越参与到解释人性与世界的角色中,成为19世纪末西方哲学非理性转向的基

[①] 参见林崇德、杨治良、黄希庭主编:《心理学大辞典》(上卷),上海:上海教育出版社,2003年,第381、388页;波尔蒂克:《牛津文学术语词典》,上海:上海外语教育出版社,2000年,第202页;布莱克波恩:《牛津哲学词典》,上海:上海外语教育出版社,2000年,第347页。

础。西方哲学具有理性主义传统,对于感性的理解、接纳再到重视有着漫长的历史过程。

柏拉图认为,关于"绝对美"的知识需要通过"回忆"才能重新记起,但需要通过感觉体验,"我们这种观念得自视觉、触觉,或其他感觉,而不能以其他任何方式进入我们心里"①。通过感觉的帮助,在灵魂中唤醒已经忘记的美的理念。也就是说,柏拉图给可感知的美的事物与美的理念之间留下了"暗道",它们不是壁垒森严的。美本身离不开美感。他关于文艺创作的"迷狂"(mania)和"灵感"(entheos)的观点受到奥尔弗斯教(又译为俄耳甫斯教,Orphism)酒神秘仪的影响,尽管他强调灵感来自神的禀赋(非人的)和哲学的思考,却也不否认人在艺术审美中那狂热、兴奋、充满激情的非理性状态。

亚里士多德也认为,尽管美是事物的客观属性,但美感离不开人的视觉和听觉。当然,他并不认为审美等同于感官享受,比如人的味觉和触觉就无关审美,它们只是生理上的享受,没有理性的规约。"因为节制的人并非在一切欲求和快乐方面都节制,而似乎只是在两类感觉,即味觉和触觉上节制……因为节制者并不关涉视觉引起的漂亮的快乐(只要没有性方面的欲求)或丑陋的痛苦,也不关涉听觉引起的和声的快乐或噪声的痛苦,此外,也不关涉由嗅觉引起的芳香的快乐或腐臭的痛苦。"②亚里士多德将感性纳入理性(协调、比例、适度)的统摄下,他认为一旦感觉印象太强烈,就会破坏和谐带来的美感。

古希腊伊壁鸠鲁派(Epicureanism)持朴素的唯物主义感觉论,他们认为认识源于对客观事物的感觉,感觉不是先验的,而是受到客观存在的刺激产生的,比如视觉是客观存在的影像流入眼睛的结果。伊壁鸠鲁认为感觉是鉴别真理的标准,只有切实的快乐或痛苦的感觉才是可靠的,美和善无非是快乐的感觉带来的结果。伊壁鸠鲁的学说将美与感觉紧密相连,为抽象的理念论思维的统治打开了一扇可以通往另一天地的小门。

文艺复兴时期是人被重新发现的时期,也是人的感官被重新发现的时期。达·芬奇在《论绘画》中对画与诗进行比较。他认为画是眼睛的艺术,诗是想象的艺术,两者都应该像"镜子"般呈现出自然的本质。但想象

---

① 柏拉图:《斐多篇》,见《柏拉图全集》(增订版)(第1卷),王晓朝译,北京:人民出版社,2015年,第68—69页。
② 亚里士多德:《优台谟伦理学》,徐开来译,见苗力田主编:《亚里士多德全集》(典藏本)(第八卷),北京:中国人民大学出版社,2016年,第393页。

所见不如眼睛所见的美妙，因为眼睛接收的是实实在在的表象。人们从绘画中能够认识到大自然协调的比例，从而使人产生愉悦。那么音乐不是也能体现协调的比例吗？达·芬奇认为，相比绘画，音乐是耳朵的艺术，从某种程度上说音乐是绘画的"姊妹"，两者都能表现和谐的形式，但在古代，音乐不好保存，它是"一次性"的，无法像绘画那样持续地作用于感官。相比而言，眼睛是最高贵的艺术，它更真实，更贴近自然的本质。对感官，尤其是对视觉的赞美与重视标志着人本主义认识论美学的新时代来临了，正如达·芬奇振聋发聩的话语："我们的一切知识来源于我们的感觉。"①这比英国经验主义鼻祖培根对感觉的肯定还要早。

经验论者培根肯定人的认识来源于感觉，再通过观察、归纳、总结、判断找到感觉的规律，开启了英国经验主义哲学。培根在讲到艺术和美的问题时，不是宣传那些虚无缥缈的美的理念，而是围绕具体的美感对象展开。培根之后的霍布斯和洛克确立了英国经验论思想体系，他们也和洛克一样强调人的感觉，但在他们的论述中，明显地带有机械论特征，强调对感觉经验的逻辑、归纳和分析。比如霍布斯认为："在感觉方面，真正存在于我们体内的，只是外在对象的作用所引起的运动。"②比如视觉、嗅觉、味觉等感官，都是外在对象运动引起人的愉快或不愉快的反应，除此之外再也没有其他精神性的东西可言。洛克将观念分为"第一性的质"和"第二性的质"。前者类似于物质的物理属性，如体积、外形、数量、运动等，它们作用于大脑，在人们心中产生各种观念。后者不是物质本身的物理属性，而是第一性的质在我们身上产生的包括颜色、声音、气味、滋味等各种内在感官的能力，它是经过反省产生的，这就涉及了想象、联想的能力，但洛克对这些感性能力持否定的态度，因为它们妨碍理性的判断力。感觉在经验论美学中变成了可以试验测量、重复计算、逻辑论证的认知体系，从而失去了先验、变化、灵动、丰富的感性色彩。"感性失去了它的鲜明色彩，变成了几何学家的抽象的感性。物理运动成为机械运动或数学运动的牺牲品；几何学被宣布为主要的科学。唯物主义变得漠视人了。"③夏夫兹博里和哈奇生确立了美就是心灵的知觉，美就是美感。与

---

① 列奥纳多·达·芬奇：《达·芬奇论绘画》，戴勉编译，桂林：广西师范大学出版社，2003年，第109页。
② 参见霍布斯：《利维坦》，黎思复、黎廷弼译，北京：商务印书馆，1985年，第38页。
③ 马克思、恩格斯：《神圣家族》，第249—359页，见《马克思恩格斯文集》（第1卷），中共中央马克思恩格斯列宁斯大林著作编译局译，北京：人民出版社，2009年，第331页。

霍布斯、洛克等前人相比,他们更注重"内感官"和"第二性的质",并将"内感官"和"第二性的质"视为人类天生的审辨美丑善恶的能力,也视为某种神秘的"第六感官",甚至要切断五官感觉与审美鉴赏之间的联系,因为许多人有着健全的五官,却没有高级的鉴赏能力。这种论述尽管带有神秘主义的倾向,却比洛克他们的机械感觉论更加贴近感性学的理解,使审美活动呈现"直觉化",开启西方美学直觉说的滥觞。从夏夫兹博里、哈奇生开始,英国经验论美学开始越来越注重想象的力量,将其视为审美能力的重要组成部分。同时,由于他们是从认识论角度理解审美,客观论美学中关于和谐、秩序、比例、结构等美的元素被内化为人的先验认识能力:我们之所以能认识美,是因为我们内心有美感。"有些事物立刻引起美的快感,我们具有适于感觉到这种美的快感的感官。"①

博克认为美是通过感官的干预对人的心灵发生作用的物质的某种属性,这与夏夫兹博里、哈奇生等人并无本质区别,但在面对如何通过感官的干预发生作用这一问题上,他批评了"内感官"理论的神秘主义,认为应该从人的社会性中寻找答案,他提出了"社会情感"的概念作为美的原因。"我们所谓美,是指物体中能引起爱或类似情感的某一性质或某些性质。"②这样一来,美的根源就脱离了客观论美学的那些比例、尺度、效用、完善等形式主义,而纯粹与人的感性能力相关,这无疑是"审美自觉"的美学基础。博克指出,美感就是一种"爱"的情感,即同情感。通过同情,"诗歌、绘画及其他动人的艺术把一个人心中的感情传输到别人心中,常常能把愉悦与沮丧、苦难、死亡等感情融为一体"③。博克对摹仿的阐释也是基于"同情":同情心不仅使人愿意分享他人的情感,也促使人去仿照他人的行为。这就改变了古典摹仿论的先验主义的根基,作家不是去摹仿什么自然的本质,而是表现自己的"同情",这样的同情引起了观众的共鸣。休谟在人性论的框架下将"美"主观化,他明确提出,美不再是感觉和认识到的事物本身的属性,而是在此基础上形成的"次生的"反省印象。他虽然也说美是一种秩序和结构,但指的不是事物本身的秩序和结构,而是指

---

① 哈奇生:《论美与德行两个概念的根源》,见朱光潜编译:《西方美学家论美与美感》,台北:天工书局,2000年,第95页。
② 博克:《论崇高与美》,见朱光潜编译:《西方美学家论美与美感》,台北:天工书局,2000年,第115页。
③ 伯克:《崇高与美——伯克美学论文选》,李善庆译,上海:生活·读书·新知三联书店,1990年,第44页。

人的心理功能的协调关系。这样一来,美只存在于审美者心里,同一对象能够激发不同的审美情感。至于为什么不同的人也可以分享相同的美感,休谟和博克一样提出了"同情说",因为人性趋同,所以人可以借助于想象站在他人的处境体验旁人的情感,甚至是非人的事物的拟人化情感。只是从根本上说,休谟认为由于个人禀赋和外部环境不同,人的美感是千差万别的,美和美感在休谟那里成了一回事,社会性的情感开始成为美感的主要元素,同时他认为,鉴赏判断中的情感已经包含道德的因素。至此,美学研究真正叩开了人的心灵的大门,直接指向了对感性心理的研究。

经由17世纪、18世纪英国经验主义和大陆理性主义的融合,启蒙主义时期的伏尔泰、狄德罗的美学思想中尽管还保留了理性主义的底色,但也越来越绕不开对感性的分析,显示出理性与感性的结合趋势。比如伏尔泰就认为,审美(伏尔泰称之为"鉴赏力"[①])是在瞬息之间完成对美的感受和体察的能力,它不仅需要瞬间的直觉,也需要细致的分析。狄德罗从根本上说也是理性主义者,将理性作为认识的引导,理性认识是人类认识能力的根本原则,当然他的理性是启蒙主义的理性原则,而不同于古典主义。不过,狄德罗已经认识到感性认识的重要意义,他认为感性认识的基础是感官感觉,源于客观事物对人的感官的刺激形成的影响。虽然狄德罗指出这种印象无法自行产生,并且需要得到理性认识的反思和验证才能得出所谓和谐、比例的观念,但是他承认感觉是运动的,它能自我变化并产生一系列可能。"我们就是赋有感受性和记忆的乐器。我们的感官就是键盘,我们周围的自然弹它,它自己也常常弹自己。"[②]从这个意义上说,感性同样是一种能动的认识能力,不是被动的。既然感性是运动的,那么说明它可能有自己的规律。狄德罗在莱布尼兹、沃尔夫的基础上将理性主义美学向前推进,试图解决这一古典主义美学的窘境。他认为既然美感是一种感性认识,那么它完全可以摆脱和谐整一的古典主义形式观的束缚,将不和谐、不整一的东西纳入美感的范畴中。这样一来,美的来源(客观存在)和美感(主观感受)被一分为二,和谐整一的形式固然

---

① "鉴赏力"一词的法文原义是"外在的感觉,认知食物的特性的能力",对美丑的艺术鉴赏是对这个词的比喻用法,因此,鉴赏先天含有感官、感觉的含义。参见伏尔泰:《论鉴赏力》,朱立人译,见马奇主编:《西方美学史资料选编》(上卷),上海:上海人民出版社,1987年,第591页。
② 狄德罗:《达朗贝和狄德罗的谈话》,见《狄德罗哲学选集》,江天骥、陈修斋、王太庆译,北京:商务印书馆,2009年,第141页。

仍旧是美感的来源,但只是来源之一。凡是人对于关系的感觉就是美,"不论是怎样的关系,美总是由关系构成的",而且这种关系必须是通过感官而察觉的,即"关系到我的美"。[①] 人凭借悟性(知性)认识到感官体验到的关系,就是审美的过程。这就打破了古典主义美学的和谐观,把原本研究审美对象本身内部元素的结构关系变成了研究对象与人的关系。哪怕是"外在于我的美",也不是纯粹客观的,它也不能脱离"人的尺度"。由于"关系"是多种多样的,对关系的知性理解也是多种多样的,那么建立在关系之上的美也是多样化的。于是,那些混乱、原始的非理性元素都获得了审美的"入场券"。在狄德罗的文艺论述中,往往将创作与异常、粗俗、热情、活力、狂热等感性话语相联系,认为这些都是属于"天才"的禀赋。"诗需要的是巨大的、野蛮的、粗犷的气魄。"[②]

以狄德罗为代表,在法国启蒙运动的推动下,法国文坛刮起了一股"崇今薄古"的旋风。孟德斯鸠(Charles-Louis de Secondat, Baron de La Brède et de Montesquieu, 1689—1755)、达朗贝尔(Jean le Rond d'Alembert, 1717—1783)、伏尔泰、卢梭等人都将矛头对准了法国古典主义的教条、规则等理性原则,推崇天才、激情、感觉、感受、情感等感性元素。尤其是伏尔泰与卢梭,他们借助音乐给人带来的美感阐释艺术和人的感性之间的关系,如伏尔泰认为:"要判断诗人,就必须学会感觉……这正如判断音乐,以数学家的身份去计算音调的比例是不够的,甚至是毫无价值的,必须具有音乐方面的听力和心灵。"[③]卢梭在《论语言的起源兼论旋律与音乐的模仿》(1749)中认为音乐的旋律是激情的语言,他对音乐美的理解不像古希腊传统那样来自于对和谐、比例、关系的摹仿,而认为来自营造一种意境,征服人的内心。[④] 在启蒙主义学者的冲击下,"摹仿论"被赋予了新的理解,"艺术摹仿自然"的基础变成了情感的真挚,而非理性的法则;摹仿的对象不是客观的自然生活,而是同人的审美趣味相联系的"美的自然";摹仿的标准不是逼真,而是激发人的情感,使人获得审美愉悦。总之,人的心灵、精神、自由创造成为认识美的出发点。

---

① 狄德罗:《关于美的根源及其本质的哲学探讨》,张冠尧、桂裕芳译,见《狄德罗美学论文选》,北京:人民文学出版社,1984年,第31、25页。
② 狄德罗:《论戏剧诗》,徐继曾、陆达成译,见《狄德罗美学论文选》,北京:人民文学出版社,1984年,第206页。
③ 伏尔泰:《伏尔泰论文艺》,丁世中译,北京:人民文学出版社,1993年,第415页。
④ 参见卢梭:《论语言的起源兼论旋律与音乐的模仿》,吴克峰、胡涛译,北京:北京出版社,2010年,第87—98页。

应当说,狄德罗的美学是一种折中的美学,在他几乎要说出美是人的主观意识产物之时又羞羞答答、临阵退缩,无法与西方客观论美学和反映论思维划清界限。直到美学之父鲍姆嘉通的出现,感性才在美学领域真正"登堂入室"。鲍姆嘉通被誉为"美学之父",在于他开始触及感性规律,他沿着莱布尼兹、沃尔夫划分的知、意、情三个心理活动范畴,将情感锚定在感性认识的核心地位,感性认识的规律就是情感的规律。虽然他也认为理性认识是有逻辑、有条理的,相对而言,感性认识是低级认识能力,但他首次借鉴希腊语将"感性"(希腊文 Asthetik,德文 Ästhetik,英文 Aesthetics)视为值得研究的科学——"感性学"。"感性"的希腊文源于另一个希腊词 aisthetikoa,意指感知、感觉。① 鲍姆嘉通将审美与感性等同起来,认为美正是感性认识本身的完善,而不仅是认识对象自身的完善。美的本质被还原为感性认识的领域,与理性学(逻辑学)和实践学(伦理学)相区别,美从"感性认识到的完善"变成了"感性认识本身的完善"②,完善的感性认识"使得一些混乱的东西变成了不再是否定而是肯定的东西"③。于是我们可以看到美学的产生与浪漫主义的纠缠关系,同时喻示了作为浪漫主义变体的唯美主义的内在特质。不过,我们一般仍将鲍姆嘉通归于大陆理性主义美学的一员(尽管是最后一员),因为鲍姆嘉通将感性学视为一种"低级的认识论",是上升到高级理性认识的阶梯和准备阶段,最终还是要通过理性认识去求"真"。对于这一点,鲍桑葵总结为:"美就是表现于理性认识时被称为真理的那种属性在感觉中的表现。"④真比美具有更高级的属性,统御艺术的法则是摹仿自然,这导致审美心理(感性)与艺术标准之间的断裂。"尽管如此,鲍姆嘉通认为感性认识也是有效和可靠的,对感性认识的研究就是对美学的研究。他还认为美是秩序的完善,但这种完善更多的是指感性认识本身的完善,感性认识的完善指的是各种感知的符号表象的内在协调一致,使感觉各种现象的能力无所不包。我们可以对比另一位理性主义、启蒙主义美学家沃尔夫对美的阐释:"美在于一件事物的完善,只要那件事物易于凭它的完善来引起我

---

① 参见范明生:《西方美学史·第 3 卷·十七十八世纪美学》,北京:北京师范大学出版社,2013 年,第 581 页。
② 克罗齐:《美学的历史》,王天清译,北京:商务印书馆,2017 年,第 62 页。
③ 同上书,第 63 页。
④ 鲍桑葵:《美学史》,李步楼译,北京:商务印书馆,2016 年,第 253 页。

们的快感。"① 显然,对于完善的理解逐渐从事物本身过渡到理性认识,再过渡到感性认识,美学思想也从客观本体论领域过渡到审美心理领域。当然,鲍姆嘉通在论述感性认识本身的完善时也强调,这种完善要和事物本身内在因素的完善相一致。"感性认识的美和事物的美本身,都是复合的完善,而且是无所不包的完善。"② 同时,他的美学思想之确立并不仅仅是纯粹哲学思辨的结果,也得益于实证科学的发展。他认为美学既是艺术,也是科学,美学就是以美的方式去思维,这就成为了审美心理学。它能够证实经验,心理学和其他科学为美学提供了可靠的原则基础。

康德综合了理性主义与经验主义的观点,认为美感是先验的情感模式。美感的根源是主体的感受力,对象之所以能引起主体不同的感受,原因在于主体本身就有感受的鉴赏判断能力。"鉴赏"的原文是德语"geschmacksurteil",在德语里是从"Geschmack"(口味、滋味)的感官意义基础上衍生出来的。17世纪中叶,经过西班牙学者格拉西安的阐释,鉴赏获得了社交、品位的含义,由于当时上流社会的社交之重要纽带便是艺术沙龙,因此"鉴赏"一词与审美靠近了。③ 经过法国哲学家、数学家帕斯卡(Blaise Pascal,1623—1662)、散文家多米尼克·鲍尔神父(Dominique Bouhours,1628—1702)和艺术评论家杜博(Jean-Baptiste Dubos,1670—1742)等人的阐释,鉴赏的含义逐渐从古典主义美学的明晰、合理原则逐渐向难以言说的主观感性靠近,从人际、伦理范畴向审美范畴转化,他们还发现了其中的情感因素。康德延续17世纪、18世纪大陆美学思想,将人的认知分为知性、理性、感性。与前辈不同的是,康德对感性并不贬低,感性在有些时候比知性和理性更重要。康德认为美感属于感性的一种,但和经验主义不同,他不认为美感是感官的快适。快适是纯粹主观和无概念的,它是愉悦在前,判断在后,甚至也可以没有判断,所以不具有普遍性。美感则伴有想象力的活动,在想象力的调节中,感性、知性和理性等各种质素相互自由协调,人的感官质素各有不同,但自由协调的机能人所共通,这样的愉悦才(应当)是普遍的。显然,审美的普遍性并非自然的普

---

① 沃尔夫:《经验的心理学》,朱光潜译,见朱光潜编译:《西方美学家论美与美感》,台北:天工书局,2000年,第82页。
② 鲍姆嘉通:《美学》,李醒尘译,见马奇主编:《西方美学史资料选编》(上卷),上海:上海人民出版社,1987年,第693页。
③ 参见曹俊峰、朱立元、张玉能:《西方美学史·第4卷·德国古典美学》,北京:北京师范大学出版社,2013年,第68页。

遍性，不是符合某种自然规律，而是符合人的精神层面的规律，即人的规律。康德将鉴赏判断的普遍性视为人的"共通感"，是指人的情感的相通性，这一假设无法通过经验和概念在知性层面得到验证，而只是一种假设。从这个角度来说，康德充实并拓展了鲍姆嘉通所说的"感性本身的完善"这一判断，他回答了构成完善的具体要素，又超越了就感性而论感性的局限，还直指感性的核心要素——普遍情感。

从17世纪、18世纪开始，"崇高"越来越得到诸如博克、夏夫兹博里等思想家的重视，尤其到18世纪，"崇高"日益摆脱新古典主义的理性内涵，逐渐和"美"并列成为美学研究的重要内容，如果说当时所说的"美"还是偏向古典主义和谐、典雅的"优美"，那么崇高就指向了非理性的浪漫主义风格。这一演变过程中间有着内在必然的逻辑：古典主义之崇高内涵中的"威严"向前一步就是"恐怖"，再向前一步就是"怪诞"。康德对崇高进行了深入的分析，甚至认为崇高比美更深刻、更动人。如果说美感是基于对形式的鉴赏判断，那么崇高感则指向无序、混乱、不规则、不可捉摸等感性因素。由于这些因素是非形式与不和谐的，超出了知性的把握能力，只能用理性去统摄，"理性与想象力达成一种自由协调关系"。当然，崇高之所以能占据康德美学思想的高位，主要是其中蕴含的理性因素，通过崇高可以自然地"想象到"人的道德情感和实践理性，这表明了康德的理性主义立场。

浪漫主义正式奠定了感性在艺术中的核心地位。以德国古典哲学为代表的西方美学有一个共同的倾向，即试图在某种形而上的框架中找到美的本源。但随着历史的发展，尤其是艺术本身的发展，美学家开始承认，虽然美的本源是唯一的，但美的摹本是无穷无尽的。华兹华斯指出，"诗是强烈情感的自然流露"[①]，诗给人的审美愉悦是因为通过诗可以使人产生"同情"，同情带来愉快。诗歌的真理不是自然界的真理，而是情感的真实。华兹华斯立足于艺术的情感本体，直接否定了古典主义诗学的理性戒律。

强调情感在艺术中的本体地位，这是一种主情主义的价值观，它在浪漫主义思潮中发扬光大。受黑格尔美学影响的鲍桑葵也提出，"美是一种创造性的独特情感"[②]，艺术的目的是充分的自由／自我发展，艺术的使命

---

① 华兹华斯：《〈抒情歌谣集〉序言》，缪灵珠译，见章安祺编订：《缪灵珠美学译文集》（第三卷），北京：中国人民大学出版社，1998年，第19页。
② 参见鲍山葵：《美学三讲》，周煦良译，上海：上海译文出版社，1983年，第57页。

就是让情感获得一种独创性的、打动人心的形式。鲍桑葵为此还谈到"为艺术而艺术",称如果"为艺术而艺术"是试图告诉人们某种艺术的限制性概念和形式上的标准,那么这句话就变得十分有害了。他还认为,美感是由感受力和表象力产生的特殊快感,它不是生理上的,而是精神上的,具有美感的情感是一种同情感,可以为他人所分享。鲍桑葵还拓展了传统美学对于审美感官的局限,他认为除了视觉和听觉外,味觉和触觉也能提供审美愉悦,当然,必须通过训练(审美教育)提升鉴赏力,才能使感官充分发挥审美的作用。

赫尔德在《雕塑论》(Plastik,1778)中通过对古希腊雕塑的分析来阐释艺术对人的感知方式的训练。雕塑艺术的特质使赫尔德对触觉感官推崇有加,他认为视觉只给我们平面的形象(Gestalt),是二维的,只能认识事物表面;而触觉是三维的,能带给我们立体感(Koerper),具有外表形式(Form)的一切东西都能为触觉所认识。因此,触觉是人体生命存在与外部世界的零距离接触,能够形成关于事物的整体感知,触觉比视觉、听觉等其他感官更能成为形式感的基础,视觉、听觉是触觉的简化形式。在此基础上,赫尔德认为人体比例的和谐并非源于某种抽象规则,而是人类感官力量的表现。"我们只能忠实地、完整地、真实地、生动地得到形式,因此,这种形式就传导给我们,通过活跃的感官活在我们的心中。"①于是,赫尔德将西方形式主义传统的根基转移到近代浪漫主义的感性基础上来,他不把诗歌看作是摹仿自然的产物,而是表现感性的最富表现力的语言,"它是充满热情的并且是能唤起这种热情的一切东西的语言"②。所以,诗是热情,是感性的表现和唤醒。诗是感官的语言,描述人的感受的印迹越真实、清晰、有力,就越有诗意,这些感受留下的印象也越真实。由于感性的流变性、丰富性、不可控性,只有天才的丰富内心世界才能把握。摹仿自然的倒塌伴随着尊重天才和创造意识的觉醒,德国浪漫派思想家普遍认为,美在个人的内心,由于每个人内心的独特,美就有不同的表现。"正如在每一个非永恒的(即非神性的、凡人的)眼睛里彩虹会产生出不同

---

① 赫尔德:《雕塑论》,见《赫尔德美学文选》,张玉能译,上海:同济大学出版社,2007年,第24页。
② 赫尔德尔:《论诗的艺术在古代和现代对民族道德的作用》,关惠文译,见中国社会科学院外国文学研究所外国文学研究资料丛刊编辑委员会编:《欧美古典作家论现实主义和浪漫主义》(二),北京:中国社会科学院出版社,1981年,第272页。

的色相一样,周围的世界对于每一个人都会反射出一种不同的美的映像。"①

从这个角度出发,瓦肯罗德和蒂克等浪漫派思想家反对以某种美的体系和规则指导审美活动,主张尊重个人内心的审美感受。他们否认美有任何先验的规则,美是不可言说和描述的神秘体验,只有具备艺术感受力的天才方能捕捉美。瓦肯罗德和蒂克是一对挚友,他们两人都推崇审美化的宗教的神秘主义体验,对梦幻的描绘让他们着迷。瓦肯罗德有一句名言:"艺术可谓人类的感觉之花。它以永恒变化的形式从世间诸多的领域中高高耸起,升向天空。"②艺术能够唤起和锤炼人的感官天赋,深入感性世界深处探测幽微。诺瓦利斯崇尚艺术家、天才,他认为:"艺术家是以愉悦的感觉充实外部感官,诗人则是以神奇而诱人的新思想充实情感的隐秘圣地。"③尽管他认为诗与艺术不同,但他倡导用具有审美禀赋的感官"积极地"赋予外部讯息以审美的感受,用独特的感性能力"为自然立法",在这一点上诗与艺术是相通的。他已经深刻地意识到人的感官具有融汇互通的禀赋,视觉、听觉和触觉能够同时进行,感觉的元素是内在之光,通过感觉会折射出比自然更美、更浓艳的色彩。因此,要想感知自然的美,"感官绝不可昏睡,即便并非所有感官都同时保持清醒,但它们却必须全部处于兴奋状态,绝不可受到压抑,绝不可松弛无力"④。诺瓦利斯推崇音乐,与西方古典美学对音乐的客观形式主义的理解不同,诺瓦利斯不认为音乐的美来自音程和弦的客观形式,而是来自充满音乐感的心灵。具有音乐感的心灵不是被动地接受音符的刺激,而是积极地运用天赋的感觉去捕捉音乐的内蕴,用自己的感性去激活客观的音波,赋予对方以美的享受。在此,音乐的声音不再是对某种外在和谐形式的摹仿,而是对主观美的心灵的摹仿。审美不是去认识外界的事物,而是去认识人的本质。"人总是在他的作品和他的工作过程以及要求愿望中反映出他的本

---

① 转引自曹俊峰、朱立元、张玉能:《西方美学史·第4卷·德国古典美学》,北京:北京师范大学出版社,2013年,第279页。
② 威廉·亨利希·瓦肯罗德:《一个热爱艺术的修士的内心倾诉》,谷裕译,北京:生活·读书·新知三联书店,2002年,第49页。
③ 诺瓦利斯:《塞斯的弟子们》,朱雁冰译,见刘小枫主编:《大革命与诗化小说:诺瓦利斯选集卷二》,林克等译,北京:华夏出版社,2008年,第46页。
④ 同上书,第10—11页。

质。"①施莱格尔兄弟将充满生机的自然和美相联系,将自然的生命力与人的感性生命冲动相契合,将自然的神性与人的精神相呼应,将奇异怪诞的审美元素与人的隐秘内心相联系。从18世纪开始,英法等国的浪漫主义作家则用实际的文学创作冲击了古典主义文学的清规戒律,属于个人的、无定型的、具有无限可能的"感性"与浪漫主义一起登上了历史的舞台。

西方近代哲学推崇感性的一个重要原因是劳动异化观点的产生。相较英法等西欧先发资本主义国家,德国虽然发展滞后,但德国哲学家却很早就从人本主义的角度论述劳动异化的问题。与席勒等人隐晦地触及这一问题相比,黑格尔真正直击了人的本质在资本主义劳动中异化的问题。他认为,劳动者在工业化大生产的环境中失去了人的感性,变成了抽象化的劳动者。"生产的抽象化使劳动越来越机械化,到了最后人就可以走开,而让机器来代替他。"②由于机器的普及和劳动分工,劳动失去了多样性,人性也变得日益片面、单一、死气沉沉。黑格尔对劳动异化的观点建立在他关于人的本质的对象化理论之上,这就与他的美学思想建立起了联系。黑格尔超越了认识论美学的感性主义,将美感置于感官之上,美感不是感官的物理刺激,而是通过个别的感性体验上升到普遍的理性思考。审美中想象、思考的作用大于感官刺激的物理作用,"创造活动就是艺术家的想象"③,这说明在艺术领域,人们对音乐、文学等心像艺术的喜爱逐渐取代了建筑、雕塑等造型艺术,同时也说明美学关注点和美学理念的变化。

费尔巴哈信赖人的感觉,认为人可以凭借感觉能力认识世界,艺术的本质就是以感性形式表现的感性本质,它与人的感觉能力对接,感觉获得了审美的中心地位。只不过费尔巴哈所谓的"感觉"带有明显的机械唯物主义和自然主义的痕迹,他将美感的基础也视为生理上的感官刺激,这是许多19世纪的理论家不可避免的局限——感性在科学主义的背景下向感官转变。但费尔巴哈也承认,艺术不是简单地由感官刺激可以解释的,艺术是一个中介,连接起创作者和欣赏者的美感。也就是说,美感不是艺

---

① 转引自曹俊峰、朱立元、张玉能:《西方美学史·第4卷·德国古典美学》,北京:北京师范大学出版社,2013年,第289页。
② 黑格尔:《法哲学原理或自然法和国家学纲要》,范扬、张企泰译,北京:商务印书馆,1961年,第210页。
③ 黑格尔:《美学》(第一卷),朱光潜译,北京:商务印书馆,1979年,第356页。

术家创造的,他只能利用自己的审美能力假定欣赏者心中已经具有审美能力,并且通过艺术创作引导美感,这是双方美感的"交换"。美感的本质在费尔巴哈看来就是人道主义式的"爱"。当然,费尔巴哈无法在自然主义式的感觉刺激和哲学与"爱"之间找到贯通的逻辑。费尔巴哈继承了黑格尔关于对象性关系的研究,他认为人离不开对象,对象是人的本质的确证,没有对象,人就成了虚无。"人的本质在对象中显现出来:对象是他的公开的本质,是他真正的、客观的'我'。"①无论这个对象是多么遥远、抽象、虚无缥缈,只要进入人的意识,他就和人发生了关系,就成为人的对象。比如动物只感受得到有关它生存的阳光,而人却可以感受到来自遥远星球无关紧要的光线。也就是说,只有人才能将超功利的事物作为对象。并且在这种光线中,人看到的不是光线,而是自己的本质。于是,和审美、情感有关的感性对象自然也具有确证人的本质的作用,费尔巴哈说:"感性的对象的威力,就是感情的威力;理性的对象的威力,就是理性本身的威力;意志的对象的威力,就是意志的威力。"②并且,费尔巴哈在人的感性能力的确证基础上提出了类似"通感"的解说:正因为美感的基础是感官感觉,而所有的感官感觉都是人的感性本质的对象化,那么在不同的感官感觉之间,不同的艺术类型之间是可以互通的,给人的本质力量以全面的证明和满足。"在一定意义上同样可以说,一切艺术是音乐、雕塑术、绘画术。诗人也是画家,……音乐家也是雕塑家,……绘画家也是音乐家……我们不仅观赏其景色,而且,也听到牧人在吹奏,听到泉水在流,听到树叶在颤动。"③唯美主义文学的一大描写对象正是"通感",通过"通感"表现感性的各种可能性,体现主体的内在丰富性。

英国实证主义思想者斯宾塞将生物学和进化论的观点应用到哲学中,提出和费尔巴哈相似的感觉主义论调。他认为人只能通过自然生物感官认识外部现象,而无法通过理性认识现象背后的本质。他将美感由低到高分为三个不同的层次,低级的美感就是简单的、由听觉和视觉引起感官印象,中级美感是由文字符号引起的想象性的感觉,高级美感则是神秘的超感知。最完善的美感就是这三种美感的协调活动。斯宾塞提出著

---

① 路德维希·费尔巴哈:《基督教的本质》,荣震华译,见《费尔巴哈哲学著作选集》(下卷),荣震华、王太庆、刘磊译,北京:商务印书馆,1984年,第30页。
② 同上。
③ 路德维希·费尔巴哈:《从人本学观点论不死问题》,荣震华译,见《费尔巴哈哲学著作选集》(上卷),荣震华、李金山等译,北京:商务印书馆,1984年,第323页。

名的"艺术游戏说",但与席勒的充满形而上思辨色彩的"游戏说"不同,斯宾塞的"游戏说"更偏向自然主义,他认为游戏就是人的过剩精力的发泄。人的精力不但满足了低级感觉的生理需求,还能有盈余满足高级美感的享乐活动。斯宾塞的"游戏说"和他的感觉主义是一脉相承的。

尼采认为,传统形而上学建构的"自然"的真实性是可疑的,理性建构出所谓抽象、永恒的存在,否定感性经验的可靠性。离经叛道的尼采要重新赋予肉体以信赖,甚至以感官为准绳。"根本的问题:要以肉体为出发点,并且以肉体为线索。肉体是更为丰富的现象,肉体可以仔细观察。肯定对肉体的信仰,胜于肯定对精神的信仰。"①在尼采看来,感性体验的流变、丰富正是强有力的生命意志生生不息的特质,感性的汹涌才是艺术的真正本质。"艺术,无非就是艺术!它乃是使生命成为可能的壮举,是生命的诱惑者,是生命的伟大兴奋剂。"②"自然"就在感性体验之中,艺术是生命感的激发,美丑是生命体验充盈和衰竭的表征。艺术联系着感性体验,而感性联系则取决于自然生命力,一切以感官、肉身为准绳。尼采美学关于生命力的阐释可以说是自然主义和意志主义的混合体。

马克思在实践论基础上解答了人的本质力量和美感来源问题。他认为人的感觉的丰富性是由劳动实践产生的,劳动的异化就是感觉的异化,只有在非异化的劳动中,人的感觉才是社会化的,美感才得以产生。美感正是人的本质力量的确证感,美感越是丰富,就越能确证人的本质的全面。"因此,社会的人的感觉不同于非社会的人的感觉。只是由于人的本质客观地展开的丰富性,主体的、人的感性的丰富性,如有音乐感的耳朵、能感受形式美的眼睛,总之,那些能成为人的享受的感觉,即确证自己是人的本质力量的感觉,才一部分发展起来,一部分产生出来。"③这样的感觉不是生物学式的感官机能,也不是抽象的和理性相对的先验感性能力,而是一种社会性的感觉,它是"对象化"的,也是"对象性"的,即一种主体间性。因此,人的感觉相互之间是可以沟通、传达的。这就使人的感觉真正能动起来,具有历史唯物主义的内涵——马克思称之为"人的感觉、感

---

① 弗里德里希·尼采:《权力意志——重估一切价值的尝试》,张念东、凌素心译,北京:中央编译出版社,2005年,第50页。
② 同上书,第236页。
③ 马克思:《1844年经济学哲学手稿》,中共中央马克思恩格斯列宁斯大林著作编译局译,北京:人民出版社,2000年,第87页。

觉的人性"①。因此,马克思的感性已经不同于以往人本主义哲学中的感觉主义和感性直观,而是感性实践。事实上,在马克思那里,实践是自由自觉的有意识的生命活动,人的本质的丰富性和无尽可能性在实践中得以确证,因此,感性和实践在马克思那里本就是一回事。感性就是人的存在的本体论证明,它既是社会的,又是历史的。马克思指出,任何一个对象对人的意义,都以人的感觉所及的程度为限。这句话的意思并非要像康德那样人为划定感觉能力的界限,设立一个不可知物,而是指出主客体之间的审美关系取决于人与对象的实践关系,只有在不断实践、不断发展人的本质力量的基础上,美感才会日渐丰富和敏锐。也就是说,马克思是从人的本质力量对象化活动来认识人的感觉,人的感觉也就和审美(情感)具有内在的同一性(在德文中,"感觉Gefühl"一词还包含"情感"的意思)。

由此可见,随着人类文明的发展,感性从最初的作为理性附庸的低级认识能力,逐渐上升到人类高级的认识禀赋,成为美感的主要来源。随着美学的确立,感性本身的内在结构和层次成为探究的对象,在浪漫主义文学中,感性中想象力的飞扬与情感的爆发力得以展现。经过医学、生物学等自然科学的洗礼,以及生产力的解放带来的物质进步和城市化消费主义的发展,19世纪中后期形成了一股享乐主义的风尚,相比于灵魂,肉身的感官愉悦更能体现个体当下的生存实在,更符合都市市民生活化的价值取向。到了19世纪后期,由于科学话语、写实主义与非理性哲学的影响,唯美主义文学开始探索感性中的"感觉"元素,尤其是五官感觉,并通过对五官感觉的探索将感性学搬到了文学的场域。

唯美主义先驱戈蒂耶在《阿贝杜斯〈序言〉》和《莫班小姐〈序言〉》中表达了"为艺术而艺术"的理想。之所以称之为理想而不是理论,原因在于戈蒂耶并没有提出系统化的完整理论,而是以一种戏谑、讥讽、玩世不恭的态度对当时保守、市侩的社会舆论和重伦理教诲的文艺思想发出挑衅。通过戈蒂耶的小说和诗歌作品,我们可以发现他理想中的"为艺术而艺术"的实质是一种放浪形骸、随心享乐的肉感主义,追求肉欲的、感官的美感享乐。戈蒂耶在《莫班小姐》中描写的狂喜与放纵都是为了寻求感官享受和审美愉悦。他的诗集《珐琅和雕玉》通过文字展现包括颜色在内的感官印象之间的"秘密亲缘关系",他对颜色的看法"取决于一个物体所引起的主

---

① 马克思:《1844年经济学哲学手稿》,中共中央马克思恩格斯列宁斯大林著作编译局译,北京:人民出版社,2000年,第87页。

观印象,而不是它的实际颜色。这是对印象主义的辩护"①。戈蒂耶认为,世界是人的感觉的世界,形式、色彩和感受是它们为之存在的人类获得完美细腻的快乐的手段。艺术家必须毫无顾忌地把它们变为艺术。②

波德莱尔的艺术观受到印象派绘画的影响,特别善于捕捉人的感官印象的瞬间。从这个意义上说,他的文学创作注重形式美,这种形式美又是为他的感官印象之对象服务的。于斯曼的语言同样与印象派的画笔有着异曲同工之妙:"他们都呈现了栩栩如生的几乎是迷惑性的印象,……没人像他那样创造了那样粗犷而又精确的隐喻来呈现视觉感受。"③皮埃尔·路易斯和王尔德的作品往往通过颓废式的主人公表现精美艺术品施予感官层面的魔力。

拉斐尔前派画家通过他们的诗与画同样还原了感性经验的细节。在他们的诗歌中,感性与审美经验围绕着所谓的"特殊时刻"(special moment)。罗塞蒂形容这一时刻为"由于情绪体验的巅峰时刻而产生的刹那却永恒的状态,它总是处在半醉半醒之间"④。斯温伯恩与波德莱尔一样相信艺术的目标是达到通感⑤,他们的创作尤其倡导将文学与音乐(感觉的艺术)相互类比、贯通。

佩特提出他的"感觉主义"思想:"艺术所关注的不是纯粹的理性,更不是纯粹的心智,而是通过感官传递的'充满想象力的理性'。而美学意义上的美有很多不同的类型,对应不同类型的感官禀赋。"⑥他主张在艺术创作中集中表现艺术家深刻而独特的感觉印象,并用特定的形式将感觉之流表现出来。这些感觉印象属于具有高级鉴赏力的艺术家的生命体验,它们经过形式化之后必然是美的。佩特还认为感觉是时间性的,它受到时间的限制。时间无限可分,因此感觉也无限可分。短暂的刹那最能凸显感觉的时间性——倏忽而逝,却又真实强烈。从艺术欣赏的角度说,

---

① Leon Chai, *Aestheticism: The Religion of Art in Post-Romantic Literature*, New York: Columbia University Press, 1990, p. 20.

② See William Gaunt, *The Aesthetic Adventure*, London: Jonathan Cap, 1945, p. 13.

③ See Arthur Symons, *The Symbolist Movement in Literature*, New York: E. P. Dutton & Co., 1919, p. 81.

④ J. R. Prince, "D. G. Rossetti and the Pre-Raphaelite Conception of the Special Moment", *Modern Language Quarterly*, Vol. 37, No. 4(1976), pp. 349—369.

⑤ Lionel Lambourne, *The Aesthetic Movement*, London: Phaidon Press Limitted, 1996, p. 11.

⑥ 沃尔特·佩特:《文艺复兴》,李丽译,北京:外语教学与研究出版社,2010 年,第 165 页。

欣赏者要去把握作品中那些稍纵即逝的感觉印象,获得瞬间的美感体验。"我们唯一的机会就是延长这段时间,尽量在给定的时间里获得最多的脉动。巨大的热情可能带给我们一种加速的生命感、爱情的狂喜和伤恸,各种各样的充满热情的活动。"① 审美活动最能提供这种刹那间的生命热情,因此,真正的艺术就是要展现这种刹那间的感觉。他的小说《马利乌斯——一个享乐主义者》就是这样的尝试。"佩特重新定义了唯美主义者——更广泛地说,是审美批评家——他们能够细致地分辨现象世界带来的经验印象的多样性。"②

爱伦·坡一方面强调诗歌与音乐的同形同构,认为诗歌就是"美的韵律之创造",塑造美的形式;另一方面,他又强调"美感",认为形式如果不能通过人的美感加以捕捉和呈现,就毫无意义。"美感能使人从各种各样的形式、声音、色彩、气味和情感中感受愉悦……用语言或文字再现这些形式、声音、色彩、气味和情感,也是形成愉悦的源泉。"③ 亨利·詹姆斯通过《使节》等小说展现了对视觉过程的分析——外部印象如何被转化为对美丽和意义的认知,他"与佩特的相似之处在于……对感官体验的广度与强度的伊壁鸠鲁式享乐"④。

在俄国,唯美主义诗人丘特切夫与费特的诗歌可以把各种不同类型的感觉杂糅在一起,竭力追求一种瞬间印象、一种朦胧的感受⑤。在遥远的东方,崇尚感官享乐的日本文化成为唯美主义东渐的"跳板",日本人把肉体享乐视为一种需要精心栽培的艺术之花,甚至连日本的禅宗都倡导"感官训练"。禅宗持类似英国经验主义美学"第六感""内感官"的"第六官"说,他们认为除却生理的五官外,还有"第六官",通过接受特殊训练(修行入定),"第六官"就能起到协调、支配、平衡五官的功能,"嗅、视、听、触、尝都是'辅助第六官',人要在这种境界中学会使'诸官皆敏'"⑥。日

---

① 沃尔特·佩特:《文艺复兴》,李丽译,北京:外语教学与研究出版社,2010 年,第 303 页。
② J. L. Freedman, *Professions of Taste*: *Henry James*, *British Aestheticism and Commodity Culture*, California: Stanford University Press, 1990, p. 10.
③ E. A. Poe, "The Poetic Principle", in G. R. Thompson, ed., *Edgar Allan Poe*: *Essays and Reviews*, New York: Liberary of America, 1984, pp. 76—77.
④ J. L. Freedman, *Professions of Taste*: *Henry James*, *British Aestheticism and Commodity Culture*, California: Stanford University Press, 1990, Introduction, p. xv.
⑤ 参见丘特切夫:《丘特切夫诗选》,查良铮译,北京:外国文学出版社,1985 年,第 199 页;费特:《费特抒情诗选》,曾思艺译,北京:中国友谊出版公司,2014 年,译者序第 22 页。
⑥ 鲁思·本尼迪克特:《菊与刀——日本文化诸模式》(增订版),吕万和、熊达云、王智新译,北京:商务印书馆,2012 年,第 217 页。

本唯美主义文学(又称新浪漫派)认为唯美主义的重要属性是感官享乐，他们玩味绝对的官能主义，以官能的开放来改变一切价值观念，文学创作"在于利用瞬间即逝的直觉，捕捉它最强烈的最纯粹的闪光"①。随之崛起的日本新感觉主义文学则将唯美主义对"感觉"的玩味发扬光大，主张营造人的感官世界，追求新的感觉和新的感受方法，这直接启发并影响了中国新感觉派的创作。

在中国，郁达夫与新感觉派等作家的创作表明新时代要用新感觉来体验，"在物质文明进步，感官非常灵敏的现代，自然要促生许多变态和许多人工刺激的发明"②。除了新感觉派作家外，以滕固、章克标、邵洵美为代表的唯美—颓废作家群(时称"唯美派")自觉地"摹仿"西方唯美主义沉浸于感官享乐、印象主义的情调，因此往往被冠以"肉感主义"的称号。

这些例子应该可以充分说明唯美主义艺术家对人的感性认识本身的好奇心，感觉、感官是唯美主义追求形式美的另一面，唯美主义文学表现形式上的创新是以"感觉"描写的创新为基础的，这是文学艺术中形式与内容的"辩证法"。其实，无论是感觉主义还是肉感主义，都是一种将落脚点置于感觉印象的过程，正如川端康成所说："没有新的表现，便没有文艺；没有新的表现便没有新的内容。而没有新的感觉则没有新的表现。"③"感觉"作为唯美主义描写的对象，呼应了哲学、美学领域"感性"的崛起，唯美主义文学"通过将感觉提升为达到精神狂喜的第一途径，……从而超越了伦理道德的话语范畴"④。从"形式"到"感觉"的演变，是唯美主义从诗学理论到文学创作实践的又一内在逻辑。

第四节 "艺术拯救世俗人生"与"感性解放"

自德国古典哲学以降，艺术与自由越来越紧密地结合在一起。如果

---

① 叶渭渠：《日本文学思潮史》，北京：北京大学出版社，2009年，第268页。
② 郁达夫：《怎样叫做世纪末文学思潮？》，见《郁达夫文集》(第六卷)，广州：花城出版社，1983年，第288页。
③ 叶渭渠：《日本文学思潮史》，北京：北京大学出版社，2009年，第321—322页。
④ Diana Maltz, *British Aestheticism and the Urban Working Classes, 1870—1900: Beauty for the People*, New York: Palgrave Macmillan, 2006, p. 10.

说"自由"是哲学中古老的难题,那么艺术则赋予自由一个直观的、形象的载体。通过艺术和审美,自由与自然、感性与理性、可能性与必然性、有限性与无限性等矛盾范畴以无目的的合目的性协调在一起,给人以自由感的无限想象。在马克思看来,人的本质力量在于自由自觉的生命活动,它的根基是感性的——具有无限可能和丰富性。"艺术和美则是始终执着于感性的基点来发展自身,具有一种引导人回归到自己的哲学本质的作用。"①随着旧宗教理念的式微,现代人本主义思想更是赋予艺术以形而上的终极价值,借重艺术重新追寻生命的永恒存在方式,甚至将艺术视为一种全新的宗教,将富有创造力的艺术家等同于创世的新上帝。或者也可以说,是艺术家在一片价值虚无的废墟中无中生有地创造出令现代人向往的新天堂,他们使自己成了新的"救世主",只不过,上帝式的艺术家及其信徒们传播的价值理念已然不是传统的宗教教义。唯美主义借"艺术自由之酒浇自我之块垒",是对工商文明、工具理性对人的异化现象的反思与反抗,它表现为一种睥睨一切清规戒律的反抗姿态,被视为"论战式的美的概念""对艺术完全无利害性的一种激进的肯定"②。

  艺术家反抗性的姿态当然也是自由的一种表现,它可被视为自由的初级状态,即一种否定性的自由。但我们似乎也可以这样理解,正因为唯美主义主张凭"为艺术而艺术"构筑"紧闭的窗户"以抵御外部世界,反过来说明窗外世俗世界之纷扰,恰恰暗示了世俗势力之强大。因此,对唯美主义的认识必然无法离开现实世界的坐标。作为一场运动,唯美主义与维多利亚时代的社会现实紧密相连,而并非仅仅是形式主义式的梦境。③如前所述,尽管散发着浓厚的高蹈气质,但唯美主义作为文艺思潮,却具有强烈的社会介入意识。包括诸多艺术普及和审美教育团体在内的唯美主义社会运动参与者,他们的行动宗旨与作用是通过各种公益活动使劳工阶层和平民百姓能够获得审美教育。莫里斯等人领导的工艺美术运动,否定工业化、机械化的生活方式与审美风格,吸引了王尔德、叶芝等人的追随。叶芝称赞工艺美术运动,认为它造就的产品"不仅唤起了对文学

---

① 邓晓芒:《对"价值"本质的一种现象学思考》,见邓晓芒:《实践唯物论新解:开出现象学之维》,武汉:武汉大学出版社,2007年,第139页。
② Matei Calinescu, *Five Faces of Modernity: Modernism Avant-Garde Decadence Kitsch Postmodernism*, Durham, N. C.: Duke University Press Books, 1987, p.45.
③ Tim Barringer, "Aestheticism and the Victorian Present: Response", *Victorian Studies*, Vol. 51, No. 3(2009), pp. 451—456.

世界的情感,还在哲学观念上支持了视觉艺术与诗歌之间的纽带"。像浪漫主义一样"标志着人类在文学中重获精神和想象的自由"。① 佩特在艺术眼光上是形式主义者,但他也承认伟大的艺术具有扬善救世的作用。王尔德认为:"穷人世代受穷,而资本家又贪婪成性,他们双方对这种状况的原因都只是一知半解,因而日益受到其他的威胁。就在这样的时候,诗人应当站出来发挥有益的作用,向世人展示更公正的理想形象。"②

这些都说明,唯美主义并非一味钻进艺术的象牙塔里与世隔绝,而是抱有"拯救世俗人生"之人文关怀的。"拯救世俗人生"与"为艺术而艺术"看似相互矛盾,又在情理之中。阿托斯·奥娅拉(Aatos Ojala)将唯美主义区分为两个层次:一个是艺术领域的唯美主义理念(artistic aestheticism),它是"仅存在于艺术而非生活领域的文化观念";另一个是审美运动(aesthetic movement),它主张"艺术凌驾于生活之上",旨在美化生活,在生活中建立"美的王国"。③ 与此相似,杰弗里·D. 托德(Jeffrey D. Todd)鉴于唯美主义固有的自律结构,设想出两种唯美主义类型:"弱唯美主义"和"强唯美主义"。前者表现为艺术独立于宗教、生活、道德的自律意识,它不侵犯其他领域,但也避免其他领域的入侵;后者则表现为"艺术在保持自己领域自主性的同时,也越过了其他领域的边界,侵入它们的阵地,进而决定它们的内容。在此,艺术显得不那么得体,不那么谦逊,不那么注意自身与其他领域之间的界限"④。事实上,无论奥娅拉的两个层次说,还是托德的两种类型说,都表明一个事实:唯美主义与现实人生是相互渗透和相互作用的。唯美主义作为一股文艺思潮,本身就是对现实社会现状不满的反映。经过康德、席勒、歌德等人对艺术与审美完善人性的作用的阐释,给人们提供了一个依靠艺术与审美完善人性、改进社会的路径。事实上,艺术一直以来就扮演着这样的角色,只是还未经思想家们阐释出来。但这种人文关怀若停留在理论或理想阶

---

① E. B. Loizeaux, *Yeats and the Visual Arts*, New Brunswick: Rutgers University Press, 1986, p. 24.

② 奥斯卡·王尔德:《诗人与大众》,杨东霞译,见王尔德著,赵武平主编:《王尔德全集·评论随笔卷》,杨东霞、杨烈等译,北京:中国文学出版社,2000年,第70页。

③ Aatos Ojala, *Aestheticism and Oscar Wilde*, Folcroft, PA: Folcroft Library, 1971, pp. 13—14.

④ Jeffrey D. Todd, "Stefan George and Two Types of Aestheticism", *A Companion to the Works of Stefan George*, Jens Rieckmann, ed., Rochester, NY: Camden House, 2005, pp. 127—128.

段,则只能属于美学或文艺理论的范畴,况且任何文艺都具有人文关怀,这是"不言自明"的。那些审美运动、审美布道者或艺术社团的行动,固然也是唯美主义思潮的一部分,但还只能算作社会运动与艺术行为。我们需要搞清楚的是,怀揣"拯救世俗人生"理想的作家是如何在具体的文学创作中将这一理想实现出来的?这个问题也可以转换为:唯美主义文学创作的人文价值诉求是什么?

提到人文价值,就不得不令人想到博爱、仁慈、道德、平等、公义等传统人道主义思想或某些宗教思想。但显然,唯美主义文学塑造的人物不是传播这些人文观念的。他们展现官能、享乐、冷酷、自我、震颤、罪恶……和传统宗教教徒唯一的相通之处就是虔诚,只不过虔诚的对象是艺术和美。一方面,他们用艺术和美摧毁旧的世俗价值体系,甚至不惜以一种残忍的极端方式,就像《旧约》中的上帝;另一方面,他们又用艺术和美在旧价值体系的废墟中拯救世俗大众,这些唯美主义文学形象是前文提到的上帝式的艺术家的雏形。在此,我们看到了唯美主义诗学理论、唯美主义的社会运动和唯美主义文学创作之间的断裂,但在断裂中间又有承接,于是我们又可以进一步追问:唯美主义文学展示的"离经叛道"的新价值是如何承担"拯救"这一使命的?

显然,艺术新宗教的拯救不再依靠传统的宽恕、仁爱和禁欲,那靠什么呢?也许我们还得在唯美主义文学对"感觉"的描写中寻找答案。由于学界往往在戈蒂耶、王尔德等唯美主义理论家的诗学理论与创作实际之间简单地画上等号,将美学史中的某些观念、规律与文学批评相混淆,从而导致对唯美主义文学之人文价值认识上的诸多偏差,许多评价已经偏离或溢出了唯美主义文学的范畴。这种偏差与混淆的一个直接表现是文学评价标准的"自相矛盾":肯定文学自律与审美救赎的理论或理念,否定具体的文学作品(主要指责其沉迷于感官享乐,无视世俗的伦理道德)。这种自相矛盾的批评之根源在于并未准确理解唯美主义文学从"形式"到"感觉"的内在逻辑,也未准确理解这一内在逻辑的历史必然。对唯美主义的"感觉"的评价,应该回归到19世纪的历史语境。

唯美主义文学并不重视对现实世界的记录,尽管作者通过描写"感觉"呈现出外部对象的某些范畴与特质,但由于描绘的是通过感觉形成的表象,因此从本质上说,唯美主义文学的审美对象并非外部世界,而是感觉本身。"感觉"成了建构主体意识的基石。"你感觉到了什么,你就是什么。"①这与贝克莱(George Berkeley,1685—1753)的"唯我论"有相似之处。不过,贝克莱把外部世界看作是感觉的复合与观念的集合,它们都是意识的衍生物,只有自我意识才是真实的存在,是世界的本源。唯美主义对感觉的把握与还原,保留了主体的"神话",但其关心的并非世界本源的命题,而是旨在提升主体感受力,充盈刹那间的感受,尽可能占有、把握丰富的感性体验。

　　唯美主义文学塑造了感觉异常敏锐的主体形象,这使其区别于其他文学思潮或流派,从而在文学史上占据了独特的位置,也正是在这个意义上,我们才能看出唯美主义探索"感觉"的人文价值。19世纪是资本主义生产方式逐渐占据统治地位的时期,资本无限度追求剩余劳动,延长劳动时间,使劳动者失去对自由时间的支配。"至于个人受教育的时间,发展智力的时间,履行社会职能的时间,进行社交活动的时间,自由运用体力和智力的时间,以至于星期日的休息时间(即使是在信守安息日的国家里),——这全都是废话!"②大工业机器生产使生产劳动日趋成为单调抽象的一般劳动,劳动失去了丰富的感性体验。马克思从这一现象中找出"社会必要劳动时间"这一规律,他认为社会必要劳动时间成为价值尺度,获得了抽象劳动的量的规定性,它是线性的流俗时间观念的社会化形态,将时间变成无生命的外在刻度,消除了绵延于时间之流的生命的丰富性与自由感。线性的流俗时间观念和仿真的"透视法"空间观念是同构的,两者都可以通过外在参数精确测量。

　　线性流俗时间是否是时间的真相呢?在马克思看来并非如此,一旦以社会必要劳动时间作为衡量人的劳动的终极尺度,必然抽空了劳动原本自由自觉的感性丰富性,成为"卑污的犹太人"的活动。马克思进而认为,在线性时间观中,原本丰富完整和直接明证的感性被"平均化",成为和动物一样的扁平、抽象的生理感觉,给人带来痛苦。这种感觉的抽象化与感官的退化使感觉不再是人自身的,这是造成人的异化的根源——自然主义文学中表现人性被生物化、病理化,进而受本能的摆布,其实就是这种异化的典型呈现。从中我们可以看出(劳动)时间和感性的关系,事实上,在马克思那里,劳动、实践、感性、时间这几个概念是相互交融的。

---

① J. L. Freedman, *Professions of Taste: Henry James, British Aestheticism and Commodity Culture*, California: Stanford University Press, 1990, Introduction, p. 42.

② 马克思:《资本论》(第一卷),见《马克思恩格斯文集》(第五卷),中共中央马克思恩格斯列宁斯大林著作编译局编译,北京:人民出版社,2009年,第306页。

马克思认为,"因为自身反映的感性知觉就是时间本身,所以不可能超出时间的界限",而"感性世界的变易性作为变易性,感性世界的变换作为变换,这种形成时间概念的现象的自身反映,都在被意识到的感性里有其单独的存在。因此人的感性就是形体化的时间,就是感性世界的存在着的自身反映"①。按照马克思的思路,真正的时间不是冰冷的机械刻度,而是内化为人的感性,离开了个人的感性经验,也就不存在真正的时间。海德格尔也指出,时间性的本质即是在诸种绽出的统一中到时。线性的流俗时间"被当作一种纯粹的、无始无终的现在序列,而在这种作为现在序列的时间中,源始时间性的绽出性质被敉平了"②。因此,时间的问题就是感性的问题,即人的现实存在的问题。于是,马克思提出了"感性解放"的命题,将人从异化的时间中解脱出来,旨在"用非物质的享受对抗唯物的资本主义,用内在性对抗外在性,用感受性对抗机器,用自由的感官运用对抗机械化,用个性对抗异化"③。

感性、个性、自由这三个概念是紧密相连的。其实在浪漫主义思潮涌起之时,就已经出现用个性化的感性经验取代理性、追求自由的趋势。不过,浪漫主义的感性还保留浓厚的形而上的痕迹,它注重对某种抽象、典型的情感与欲望主体的刻画,而唯美主义对感性的重塑基于对感觉可能性的探索。感性的内涵包含感觉、欲望、情感、情绪、意志、冲动等,感觉是感性的基础,甚至在马克思看来,人的感觉也不是生理性的,而是社会性的,正如人的本质也是社会的、感性的。从这个意义上说,人的感觉天然地体现了人的感性本质,"任何一个对象对我的意义(它只是对那个与它相适应的感觉来说才有意义)恰好都以我的感觉所及的程度为限"④。感觉又是与"刹那"联系在一起的,由于倏忽而逝的特质,感觉才显得真切而鲜活。在刹那中,过去与未来被悬置起来,被纳入"当下"的存在,而"当下"就是鲜活的感性体验,这些感性体验组成了我们的意识。生活中的每一个时刻都受到我们对时间的感觉的支配,感性体验的每个瞬间都是由

---

① 马克思:《德谟克利特的自然哲学和伊壁鸠鲁的自然哲学的差别》,见《马克思恩格斯全集》(第一卷),中共中央马克思恩格斯列宁斯大林著作编译局编译,北京:人民出版社,1995年,第53页。
② 海德格尔:《存在与时间》(中文修订第二版),陈嘉映、王庆节译,北京:商务印书馆,2019年,第450页。
③ 奥利维耶·阿苏利:《审美资本主义:品位的工业化》,黄琰译,上海:华东师范大学出版社,2013年,第159页。
④ 马克思:《1844年经济学哲学手稿》,中共中央马克思恩格斯列宁斯大林著作编译局译,北京:人民出版社,2000年,第87页。

对时间的知觉所统摄,组成了不同的时间之流,形成了对时间的感受。换句话说,时间是一种意识,它由不同的感觉过程中形成的意识组成,我们对时间的感觉体验,使我们对时间本身产生一种理解。因此,时间的本质对每一个体来说是不一样的,越是丰富的感性体验越是能够造就切合人的生命原则的时间意识。"这种感觉的经验创造了时间,但只有当我们能够理解时间产生的过程时,我们才能意识到时间的本质。然而,在对这一过程的一瞥中,我们也认识到自己是如何对时间的创造负责的,以及我们如何在自身中包含超越时间的可能性。"①时间的短暂性唤起人们对个体生存之价值与意义的追问,唯美主义对"刹那"的关注,正是"感性解放"的呈现。在唯美主义文学对感性可能性的探索中,与人无关的流俗时间观念逐渐褪去,对生命当下状态的关注以感觉的形式呈现出来,在对当下的直观把握中,时间被还原为生命本身,正如佩特所言,人生的意义就在于充实刹那间的感受②。佩特认为所有艺术都渴望达到音乐的状态,即和谐的形式感,生活也是如此。在生活中,只有当我们的印象在某种安排中结合在一起,表现出更高的和谐或一致时,我们才会体验到生命的形式,因此,对生命的追求,就像对音乐的追求一样,转换为一种包含对生命的感知能力的提升(内形式),而不是对外部环境(外形式)的改进。佩特在《文艺复兴》中所讨论的艺术,本身就是一种对生命状态的憧憬。从这个意义上说,对瞬间和刹那的关注,并不是由佩特独创,而是所有具备唯美主义特征的作品都不可避免涉及的,在佩特之前的拉斐尔前派的"灵肉诗歌"中就可见一斑:"只有在(拉斐尔前派)的艺术与音乐中才能捕捉到特殊的瞬间。"③或者说,艺术正是人类记忆的另类存档,它以一种感性直观的方式保存了所有人类充盈而鲜活的生命"标本",这正是"艺术至上"的价值依据所在。

我们可以联系波德莱尔在《感应》一诗中对"通感"的描绘:感官之间的"感应"是受到"自然"(这里的"自然"指的是理念世界)的启发,抑或说感官在与理念世界的"感应"中打开了独立封闭的疆界。由于理念世界是

---

① Leon Chai, *Aestheticism: the Religion of Art in Post-Romantic Literature*, New York: Columbia University Press, 1990, p. 216.

② 参见沃尔特·佩特:《文艺复兴》,李丽译,北京:外语教学与研究出版社,2010年,第297—303页。

③ J. R. Prince, "D. G. Rossetti and the Pre-Raphaelite Conception of the Special Moment", *Modern Language Quarterly*, Vol. 37, No. 4(1976), pp. 349—369.

向诗人敞开的,因此,"感应"是诗意的,也就是说,只有"感应"的感官才能体会诗意的感觉,才是真正的属人的感官。由于宗教传统的影响,西方文学总是借助于某种神性的元素寄托理想,波德莱尔的"感应"也是如此。倘若我们暂且剥开神性的外壳,将其还原到人本身,就可以看出除了诗人与理念世界之间的"感应(通灵)"外,还有嗅觉、触觉、视觉、听觉等各个感官之间的"感应"。可以说,"感应"真正要传递的正是呼吁感性解放的信息,感性解放伴随着感官的解放,感性之丰富性必然以感官之丰富性为前提。这里包含了让"人的感性的丰富性,如有音乐感的耳朵、能感受形式美的眼睛,总之,那些能成为人的享受的感觉,即确证自己是人的本质力量的感觉"[①]发展起来的意义。从这个意义上说,唯美主义文学创作倒是把握住了康德美学的精髓:审美不是主体对客体的契合,而是客体对主体的契合,只有丰富的、人化的感官才能萌生对"形式"的追求。事实上,与唯美主义一起构成19世纪末思潮的象征主义、颓废主义等文学思潮与现象都与"感觉"发生联系绝非偶然,这正是文学领域对"感性解放"的呼唤。

感性体验的每个瞬间都是由每个人丰富、鲜活、流动的时间感统摄,组成了不同的时间之流。唯美主义文学对感觉的极致描写正是对感性之丰富性的重塑,在充分解放了的感觉世界中,蕴含了时间观念的变革,也提示了人的解放的路径。

综上所述,"艺术高于生活"是唯美主义文学理论的基石,它属于世界观层面,在具体的创作中演变为自由(意志)与自然(现象、规律)的冲突,由此引出"艺术自律"的思想。"艺术自律"是对"审美自觉"的"创造性误读",唯美主义者试图扛起"艺术自律"的旗帜来反对功利主义、市侩主义与世俗道德,它在具体的创作中落脚于对"反常"事物与"异教情调"的描写,由此又衍生出文学的形式主义追求。"形式"是唯美主义诗学理论的核心概念,却一直被广泛误解,唯美主义文学创作的形式主义追求转化为以"感觉"为主要描写内容的感性主义。形式主义在呼应"艺术自律"的同时,又演化为"艺术自律"的反面——艺术拯救世俗人生。艺术当然可以提升世俗人生的精神层次,但在文学创作中如何体现出来(不论是有意还是无意的)?这是最大的悖论和难题,一不小心就会落入道德说教,进而违背唯美主义文学理论的初衷。在创作中,唯美主义是以"感性解放"为

---

① 马克思:《1844年经济学哲学手稿》,中共中央马克思恩格斯列宁斯大林著作编译局译,北京:人民出版社,2000年版,第87页。

基础实现时间的解放,最终提示人的解放的可能性。"唯美主义文艺的修辞体系的建立是为了逃避时间永恒流逝的残酷感。"①由此可见,唯美主义文学思潮无论是理论还是创作实践,都不是一个封闭的体系,它在建构与发展自身的时候,又扬弃了自身,成为近代文学向现代文学发展的桥梁。

唯美主义是一场理想主义色彩的文艺思潮,它带有较为浓厚的乌托邦气质,它涵盖文学、绘画、装饰、音乐等不同艺术门类,甚至触及工业、慈善、教育等社会领域,早已溢出纯文学的范畴。正因如此,作为唯美主义思潮分支的唯美主义文学在理论与创作之间存在明显的"对应中的错位",这种错位往往导致评论者对唯美主义文学评价的"失焦",在理论与创作两端"顾此失彼"。但从另一方面说,任何文学思潮的理论与创作之间都无法"无缝对接"。通过美学视域的分析,我们可以发现唯美主义文学理论与创作之间的"错位"并非"断裂",而是在"错位"中蕴含了逻辑转换关系,对逻辑转换关系的解读为我们探究唯美主义文学思潮的本质提供了"钥匙"。从这个意义上说,"对应中的错位"也可以被视为"错位中的对应"。

---

① J. L. Freedman, *Professions of Taste: Henry James, British Aestheticism and Commodity Culture*, California: Stanford University Press, 1990, Introduction, p. 14.

第八章
唯美主义思潮的本质

唯美主义是综合性的文艺思潮,它在表现形态上有三个层次:一是唯美主义诗学理论,二是具有唯美主义特征的文学创作,三是旨在美化生活与审美教育的社会艺术运动。从唯美主义诗学理论与文学创作之间的对应与错位中我们可以发现,文艺思潮内在的诗学理论层面与创作实践层面往往并不一致。更有意思的是,社会艺术运动对生活的强烈介入欲望又与唯美主义的某些诗学理念看似"自相矛盾"。这样一来,究竟什么是唯美主义?这个问题似乎就更加错综复杂了,以至于我们很难找到能够把握唯美主义诗学、创作、社会运动三位一体本质的某种"第一原理"。因此,尽管大众公认唯美主义具有"为艺术而艺术"的明确的宗旨,但对其本质却历来没有定论,或者只对其内涵与外延的某些方面做了一定程度的阐释。唯美主义在今天的文艺界与学术界仍是一个既熟悉又陌生的概念。

第一节 "感性认识"之显现

不过,现象学的观点告诉我们,本质就蕴藏在"显现"出来的,被人们"看到"的现象中,而不在现象之外,通过现象显现出来的本质是直接被给予的,具有自我明证性。它不需要概念、逻辑等附加物的证明,反之,它是其他附加物之所以能够成立并得以理解的基础。为了在现象中直观本质,就要求人们"回到事情本身",也就是"看到"我们的"看"本身,即直观。换言之,我们要将那些预设的、超验的、独断的、对象化的附加物悬置起来放进"括号"。被悬置的东西并不是无价值的,而是为了获得最纯粹的直观才将其存而不论,还原出摆脱了独断论束缚的现象领域。这一现象学"剩余"不但不是限制了"看"的范围,反而扩大了"看"的范围。那些被悬置的附加物在直观中获得真正内在于人的解释,即从自我意识本身的结构中得到解释,而不会成为与人相对立的东西。

事实上,唯美主义关于"艺术高于生活""艺术自律""形式主义""艺术拯救人生"等诗学理论当然是唯美主义思潮的重要组成部分,从某种程度上说,这些诗学理论对后世文艺观念影响深远,其影响力在某种意义上说要超过唯美主义文学创作和艺术运动。但由于这些观念性的东西带有强烈的预设性和超验性意味,它们无法自证自身合法性问题,容易陷入独断论以致遮蔽了唯美主义的本质。换句话说,这些诗学理论是唯美主义本身的逻辑所推导出来的不同层次与不同侧面,并不能由它们反身推导出唯美主义的本质。相比之下,创作者借助这些观念产生的艺术创作和艺术行为则向人们展现出活生生的现象(艺术作品),也许只有将唯美主义诗学理论先放进"括号",调整我们看待艺术创作现象的角度方式,直观艺术作品,才有可能回到唯美主义本身,切中它的本质。

唯美主义推动的社会艺术运动涉及建筑、装饰、绘画等非文学的艺术门类,而唯美主义文学创作则要单纯得多。美是人的本质力量最完整、最现实的体现,人的本质的对象化就是艺术[①],如果说其他艺术门类更需要物质载体实现"对象化"目的,那么文学则相对来说更接近于"人的本质"方面。与其他艺术门类相比,文学创作最大限度地弱化了对物质性手段(包括单纯技术性手段)的依赖性,完全向人的精神性敞开。在此意义上说,文学是所有艺术门类中最直接触及人性本质的类型——文学即人学。作家不需要和异己的物质手段打交道,只需要和语言文字打交道,而语言不是别的,就是他自身的存在,语言的目的就是自身。维柯和海德格尔等人认为,在原始初民那里,最初的语言都是诗性(隐喻性)的,也就是文学性的——神话与诗歌是文学的滥觞。今人在语言方面的想象力以及比喻、拟人的修辞性在原始初民的语言中是自然而然的日常存在,所以"文学所使用的语言本身,本质上就是文学性的"[②]。在海德格尔看来,"存在

[①] 参见邓晓芒、易中天:《黄与蓝的交响——中西美学比较论》,武汉:武汉大学出版社,2007年,第373、394页。

[②] 邓晓芒:《文学的现象学本体论》,《浙江大学学报(人文社会科学版)》2009年第1期,第5—12页。

在思中形成语言。语言是存在的家。人以语言之家为家"①。人的存在表现为语言,而语言的本质就是诗意,诗意是审美活动最本质的内容,也是艺术活动最本真的追求。因此,文学不仅是艺术门类中的"一种",而且是最能体现艺术本质的艺术。顺着这个思路我们可以想到,唯美主义思潮的本质就蕴含在文学作品之中,一旦把握住唯美主义文学创作的"真相",也就能够掀开"唯美"的面纱。

由于"形式"的可见性,形式主义追求在唯美主义诗学理论中处于可见的地位,因此,在人们的传统观念中,唯美主义几乎等同于形式主义,唯美主义也被普遍认为是形式主义文艺思潮。唯美主义文学倡导的形式化理论指的是完善文章的结构安排,讲究谋篇布局与起承转合吗?显然不是,这种对"形式"的理解虽然也属于"形式"范畴的一部分,但并非唯美主义文学创作极力追求的。这样的形式主义还停留在"认识论"的范畴,即预设一种客观的美的规则、秩序的存在,但经过近代经验派美学的洗礼,美学已从客观的认识论美学转向人本主义对自由创造力的呼唤。哪怕是20世纪的形式主义者克莱夫·贝尔也认为,艺术不必和古人的典范相同,也就是不必摹仿某种固定的美的形式,"艺术是形式的创造,而非形式的摹仿"②。从浪漫主义思潮冲破古典主义原则的桎梏开始,所谓文章结构安排的"典范"已然失去往日的神圣光辉,现代文学更是做着各种形式革新的实验,甚至出现"无形式""非形式"的先锋创作。站在现代主义文学门口的唯美主义必定不会重返古典主义的形式原则。

唯美主义的形式追求指的是对语言的极尽雕琢吗?好像也不尽然,在西方文学史上,希腊化时期的"亚历山大里亚派诗歌"、古罗马晚期"衰颓"阶段的文学风格、西班牙贡戈拉派的夸饰主义文学和意大利马里诺诗派等,都是追求语言形式的文学创作。那么,唯美主义与它们的区别在哪儿?我们还需要找到它和其他形式主义文学观念的区别。

其实,在本书第七章谈到唯美主义文学理论与创作的错位与对应关系时就已经触及形式与内容的辩证关系了:没有可以脱离内容的形式,任何形式都和内容相互联系,甚至可以相互转化。在后结构主义那里,单个文本只能在众多文本构成的互文网络中才能获得意义,艺术自律主观设

---

① 海德格尔:《关于人道主义的书信》,熊伟译,见孙周兴选编:《海德格尔选集》(上),上海:生活·读书·新知三联书店,1996年,第358页。
② 克莱夫·贝尔:《艺术》,薛华译,南京:江苏教育出版社,2005年,第149页。

想的所谓纯形式的"独创性作品"只是一个审美形而上学的幻影。① 恰当的形式是为某种特定的情感所支配的,以某种独特的方式组合起来的特定形式关系能激发人的情感。19 世纪唯美主义思潮的独特性就在于它在形式背后的"意味",即它的形式中承载的情感内容。任何艺术都是借助某种形式寄托可以普遍传达的情感,欣赏者在艺术形式上体验到自己的情感,而这种情感又是从他人的创造中得到的,这就是人与人之间情感的共鸣。审美就是对这种寄托在形式上的情感的共鸣,它之所以是愉快的,是因为它可以让人确证自己与他人的共性,即人的社会性。哪怕是艺术创造亦如此,因为创造者将自己的情感寄托在对象(艺术形式)之上,这种凭借形式固定下来的情感就已经是社会性的了,因为它潜在地呼唤着"知音",即他人的审美。假如没有情感的共鸣,形式就是一堆异己的材料而已。康德以降的许多美学家已逐渐认可审美活动中情感因素的重要性。如果我们承认,任何历史时期的情感除了拥有普遍的共性(共同的人性)之外又都有其独特性与时代性的话,那么唯美主义文学所传达的独特的美感/情感就是它与其他形式主义文学的本质区别。

唯美主义的美感/情感是什么?

我们还得回到美学对"美"的理解的发展中寻找线索。"唯美主义"(aestheticism)的名词来源于"aesthetic",词源来自希腊语"aisthetikos",本义为"感觉、感知"。后经鲍姆嘉通阐释,才转变为"美学的、审美的"的意思,并且从鲍姆嘉通开始,美学(aesthetics)与美感(aesthetic)紧密关联。在康德那里,"感性"与"审美"使用的是同一个词(德文:ästhetisch),广义的"感性"包含了"审美"的意思。克罗齐认为,自 18 世纪到 19 世纪以来,美学的发展主要有两个趋势:一是将丑纳入审美研究的视野并作为美的内在部分,崇高、喜剧、悲剧、幽默都是由丑发动的一场反对美的战争,正是由于美丑之间的矛盾转化,才使审美上升为更高、更复杂的表现;二是对美的认识从抽象转向具体,也就是从抽象的美的理念转向具体的艺术形式。② 无论是审丑的"介入"还是艺术形式的受重视,都标志着鲜活的审美感受在美学研究中的地位的确立。并且,我们从鲍姆嘉通、康德等人对感性的研究与强调可以看出,既然美学是研究审美的学科,"感性"是审美的基础,美学自诞生以来主要的研究对象就是感性认识的规律,美

---

① 参见冯黎明:《艺术自律与审美伦理》,《文艺研究》2018 年第 11 期,第 29—38 页。
② 参见克罗齐:《美学的历史》,王天清译,北京:商务印书馆,2017 年,第 201—203 页。

学也被称为感性学。由此我们可以发现唯美主义与感性认识的关联。如果我们将形形色色风格各异的唯美主义文艺作品的社会背景、宗教情怀、伦理道德与政治立场(不介入政治也是一种政治立场)先存入括号,直观地从其描写的对象上观察,就可以发现唯美主义文学作品极力展现的是叙事者对审美对象的各种感性直观,即人的"感性认识"。

从哲学上说,感性认识是一种直观,是感性对外部对象做出反应、产生表象的能力,它不是被动地反映感觉材料,而是具有主动的统觉能力。因此,感性认识不同于认识论话语中的认识某种对象属性的能力,而是调动主体自身感性体验的能力,即感性能力。感性认识是审美的基础,感性能力是艺术鉴赏力的基础。作为基本的思维活动,感性认识在很多时候是无意识展开的,并且伴随着所有艺术的创造过程。从心理学领域来说,感性认识包含了感觉(官能刺激)、知觉与直觉,感觉是感性认识的基础。当然,人的感觉(官能刺激)无法脱离知觉、直觉而单独存在,没有脱离知觉的感觉。因此,在日常语境中,往往将人的感觉等同于感性认识,这也具有哲学上的依据。康德在《判断力批判》第一导言中认为,长时间以来,广义上的"感性"包含了"感官性"(德文:sinnlich)的含义,"感官性"与狭义的"感性",即"审美鉴赏"相混淆而产生歧义,因为由感性带来的感觉"绝不是对一个客体的感官表象,但它毕竟由于自己主观上与知性概念通过判断力而来的感性化(Versinnlichung)结合起来,而可以作为被那种能力的一个行动所刺激起来的主体之状态的感官性表象而被归于感官性之列"[1]。但康德指出,如果刨去广义"感性"中包含的质料、知性直观与官能快适的内容,"把 aesthetisch 这个术语既不是用于直观上,更不是用在知性的表象上,而只是用在判断力的活动上,那么上述歧义毕竟是可以消除的"[2]。虽然在康德的美学框架中,感性的感官判断包含质料的合目的性,审美的反思判断包含的是形式的合目的性,但在具体的审美实践中,我们很难完全剔除感官的作用。因此,康德认为,审美鉴赏究竟是直观的还是判断的,从不同角度可以形成不同的视野。"所以一个审美的(aesthetisch)判断就是这样的判断,它的规定根据在一个与愉快和不愉快的情感直接结合着的感觉中。在感性的(aesthetisch)判断中这就是这样一种感觉,它是从对象的经验性直观中直接产生出来的,但在审美的

---

[1] 康德:《康德三大批判合集》(下),邓晓芒译,北京:人民出版社,2009年,第539页。
[2] 同上。

(aesthetisch)反思判断中则是这样一种感觉,它在主体中引起判断力的两种认识能力即想象力和知性的和谐的游戏。"① 当然,在康德的理性主义逻辑中,更注重审美过程中想象力和知性对官能感觉(杂多)的统觉作用,这是一种研究美的科学的思维。但在文学中,重心应该是倒置的,文学应该呈现的不是"统觉",而是"杂多"。因此,官能感觉是感性认识的前提,它有着更为明晰的特质与边界,更适合成为文学描写的题材,又因为所有的感觉都是一瞬间的,我们能够凭借语言文字将其记录下来的,都是对于"感觉"的回忆,即"感觉的印象"。

我们从唯美主义诗学理论对文学音乐化的追求中就可以发现这个端倪。声音的无形和弥散具有不确定性,容易使人产生不同的想象与感觉,产生多样的可能性。音乐是经过形式化的声音,它的旋律与节奏给予人一种纯形式的"印象",是作用于感性认识的"形式结构"——流动的音符。"'肌肉'和'精神'两个维度的存在赋予了节奏一种生理和情感的双重目的,并将其与人的神经和感觉连接起来。"② 毕达哥拉斯学派正是将"数的和谐"运用到音乐领域,继而运用到天体宇宙观中,提出了宇宙谐音问题,将天体运动秩序比作音乐的和谐。他们又认为人的灵魂与宇宙秩序是相通的,因此,通过音乐可以使灵魂净化(和谐),这就使音乐成为触动心灵的媒介。然而,如果要表达对音乐的欣赏,人们只能借助语言将音乐(形式)给予人的感觉表达出来,而无法直面音乐本身,因为它是"不可视"的形式艺术。"叙事并不存在于音乐中,而是存在于听者被对象所激发的想象与虚构的情节中。"③ 虽然声音稍纵即逝,但它带给人的印象却是可以"存储"的,我们能够凭借语言将"感觉的印象"表现出来。哪怕这种印象是作家虚构的,但组成虚构的感觉材料仍然是储存在作家印象中的,他能够随时"调取"。"音乐创造了一种模式,它超越了单个音符的短暂性,将重点从特定的时刻转变为他们形成的序列。"④ 这里蕴含了"形式—感觉(印象)—语言"的转化过程,尤其在以语言为媒介的文学艺术之中。文学是语言的艺术,语言由文字构成,文字相对于意指对象而言是纯粹的形

---

① 康德:《康德三大批判合集》(下),邓晓芒译,北京:人民出版社,2009年,第540页。
② Angela Leighton, *On Form: Poetry, Aestheticism, and the Legacy of a Word*, New York: Oxford University Press, 2007, p.151.
③ Jean-Jacques Nattiez, "Can One Speak of Narrativity in Music?", *Journal of the Royal Musical Association*, Vol.115, No.2(1990), pp.240—257.
④ Leon Chai, *Aestheticism: The Religion of Art in Post-Romantic Literature*, New York: Columbia University Press, 1990, p.83.

式,但同时,文字"具有物化的整体趋势,向着成为某物的形状或身体发展"①。因此,语言作为形式,具有向内容转化的倾向性和能动性,是一个有待充实的事物。感觉(印象)自然不等于美,也不是形式,但在文学中,经由语言的媒介,对感觉(印象)的描写成为对感性经验形式上的探索;又因为语言文字和意指对象之间不是无缝对接的,具有灵活的裂隙、朦胧的错误、永恒的矛盾,对感觉(印象)的描写自然就转化成了陌生化的美感。于是,"形式—感觉(印象)—语言"的转化过程就成为一个正—反—合的发展逻辑,通过文学语言将形式和感觉(印象)在更高的层次上统一在一起。

经过唯美主义思潮的洗礼,进入 20 世纪后,西方现代主义艺术已经发现这种转换在当时的文学创作中普遍存在,比如德国表现主义理论家赫瓦特·瓦尔登(Herwarth Walden,1879—1941)就曾谈论这一现象:

> 大多数人从不为感官担忧,可是给人感受最强烈、令人思索最深切的莫过于感觉上的印象。印象在大脑里蓄积起来,进而重新组合……语言在种种形象中传达出这一点,这些形象亦即凝定化了的感觉上的印象,在视觉印象中是比喻,在听觉印象中是节奏。通过此种特殊训练,大脑已习惯于进行直接思维。人们能够把印象和节奏作为思维表象去逻辑地接受,而无须想象到感觉上的印象。②

事实上,所有的艺术审美都含有这样的过程,但音乐是最典型的,正如王尔德所说,"可视艺术的美和音乐的美一样,它从根本上说是印象性的"③,这种艺术经常被艺术家过度的理性破坏。因此,随着唯美主义思潮的来临,音乐与文学结合得越来越紧密,甚至许多人认为,文学(尤其是诗歌)的本质就是音乐。

此外,从近现代西方美学的发展趋势中我们可以看到,随着理性主义王座的动摇,非理性主义、神秘主义的兴起以及东方哲学西进,西方人对音乐的认知也在发生着转变。音乐不再是古典时期所认为的"数的和谐"与"流动的建筑",也不是什么对世界本原的摹仿,而是象征某种生命意志

---

① Angela Leighton, *On Form: Poetry, Aestheticism, and the Legacy of a Word*, New York: Oxford University Press, 2007, p.1.
② 赫瓦特·瓦尔登:《究竟什么是表现主义》,刘小枫译,见伍蠡甫、胡经之主编:《西方文艺理论名著选编》(下卷),北京:北京大学出版社,1987年,第342页。
③ Oscar Wilde, "Intentions", Josephine M. Guy, ed., *Complete Works of Oscar Wilde*, Vol. 4, Oxford: Oxford University Press, 2007, p.157.

和生命感受并作为一种"元艺术"渗透在各个门类的艺术中。在此基础上,对唯美主义者在大谈"形式"的同时又大谈"感觉(印象)"就不足为奇了。

第二节 唯美主义本质论

借重胡塞尔(Edmund Gustav Albrecht Husserl,1859—1938)的现象学视野,直观不是以对象是否客观存在为判断真假的依据,而是以直观本身是否自明、是否能建立意向对象来判断真假。比如天使、魔鬼、理念世界、绝对自由等观念并不存在于现实世界,但人们能够在自己的意识活动中建立意向对象,并对此加以理解和交流,甚至那些非理性的、自相矛盾的东西都能够成为意向对象,从这个意义上说它们也都是真实的。也就是说,人的意识活动不是去反映(摹仿)实在的东西,而是去构成(激活)感觉材料。同时,胡塞尔认为,直观的要义在于对现象作"想象的自由变更"①,因为意向活动不断地激活意识之流,即便在最基本的感觉中,意识也已经在以潜伏的、边缘的隐蔽方式知觉着一般性,从变动不居的现象中找到维持着的稳定结构。例如对各种不同色差的红色的直观,我们可以发现,不论什么程度的红色都与其他不同,它们蕴含共同的红的类型。在这个类型基础上,我们可以发挥想象的自由变更,从最深的红到最浅的红,其间有许多红是在现实生活经验中未见过的,但它们都属于"红"的类型的变种。也就是说,它不是现实存在的"具体的红",而是可能存在的"红"。但现实存在恰恰是以可能存在为基础,即便某种红色在世界上从未有过,我们也可以根据这个系统把它想象出来,艺术家实际上就是这样创造出了无限丰富的色彩效果。因此,"红"不依赖于经验事实,而是本质系统,是直观到的本质,根据它,我们可以创造出更多的红色。

我们用现象学的思路观照唯美主义就能够发现,由于语言艺术的特殊性,唯美主义对感性认识的描写在唯美主义文学中表现得最为充分与典型。尤其是那些公认的最具唯美主义特质的作品,更是呈现出感性认识的各种形态,其中不乏变异、怪诞、偏执甚至变态的官能感受,远远超出

---

① 参见埃德蒙德·胡塞尔:《经验与判断——逻辑谱系学研究》,邓晓芒、张廷国译,北京:生活·读书·新知三联书店,1999年,第394页。

大众的日常生活感受和美感经验。由于这些高蹈的、"无中生有"的感性描写的存在,唯美主义文学才能进行"感性实验",不断打破官能的生理阈限,打通各种官能体验的壁垒,从而超越自然主义等同样经常涉及感官描写的文学技巧,打破生理感官的局限,使"通感"不仅成为一种修辞技巧,同时也成为一种审美对象,并在唯美主义批评话语中占据关键位置。[①]从作者的角度而言,他们想呈现超越庸常世俗的艺术家、审美家式的感性能力,有些感性经验可能在现实性上也是存疑的,是作者用想象、虚构、夸张等方式主观杜撰出来的,也就是说,它们的可能性大于现实性。就像对波德莱尔塑造的"恶之花"而言,"如果感官把它作为一种刺激来看待,并且从感官的角度来把它们联系在一起,那么这里对恶也就是说说而已"[②]。但是,只要它们被作者写出来,就意味着它们在作者的意向活动中被构成了;既然作者能够构成、激活这些感觉材料,那么读者也完全有可能在自己意识中构成它们、理解它们,从而激活自身的感性能力。可见,唯美主义文学作品中永远在变的是感觉能力的强弱、感官印象的不同内容,不变的是对感性认识能力和可能性的永恒探索,艺术家对大众的"审美教育"就这样在暗中进行。

　　这种对感性认识的描摹,由于描写的对象是主观意识领域,往往被认为是浪漫主义遗风。但与浪漫主义不同的是,唯美主义对感觉的描写是细致、冷静的,将主观的感觉用一种客观、准确甚至某种科学(医学、病理学)式的话语加以描摹,而不再是某种观念、欲望、情绪的抒发宣泄,这不禁让人想到了自然主义。大卫·威尔(David Weir,1947—)在评论福楼拜的《萨朗波》时指出,《萨朗波》包含了异域情调、原始主义、离奇怪诞的故事等浪漫主义的诸多元素,但其叙事方式是严谨、有深意、超然与客观化的。这些都不属于传统浪漫主义的范畴,而是向现代主义过渡的后期浪漫主义了[③](在西方学界,唯美主义往往与后期浪漫主义、新浪漫主义或颓废派混用)。联系前文论述的形式主义问题,形式主义美学观念的盛行是西方自然哲学发达的表现,而自然哲学的发达在19世纪表现为实

[①] See E. J. Hester, *Aestheticism: A Selective Annotated Bibliography of Dissertations and Theses*, North Charleston: Create Space Independent Publishing Platform, 2014, p.189.

[②] 彼得-安德雷·阿尔特:《恶的美学历程:一种浪漫主义解读》,宁瑛、王德峰、钟长盛译,北京:中央编译出版社,2014年,第200页。

[③] David Weir, *Decadence and the Making of Modernism*, Amherst: University of Massachusetts Press, 1995, p.42.

证主义、科学精神的盛行,这在帕尔纳斯派那里得到集中的展现。帕尔纳斯派反对诗歌的主观抒情,他们试图将精细描绘客观世界作为诗歌的主要内容,将自然科学等方面的知识带进诗歌,追求诗歌的科学化、理性化、形式化。因此,无论是福楼拜的"客观而无动于衷"的非个性化叙事,还是拉斐尔前派崇尚"返回自然"、忠实于细节的精致描摹,都是实证主义、科学精神在不同程度上的体现。就连佩特倡导的刹那主义,也接受了现代怀疑论科学、经验主义与认识论哲学的思想。① 在此,内容与形式达到了统一。唯美主义文学描写的是人的感性认识,它以感性认识为审美对象,一切因素都是为了细腻地描写感性认识服务,因此它常常表现出某种"唯我论"的色彩。

从广义上说,感性认识是文艺的基础,所有的文艺体裁都包含了某种感性认识的范式。但将感性认识作为文学的母题,是在唯美主义中才首次作为一种文学现象普遍出现。当然,人是社会的动物,人的感性模式也是社会历史的产物,它已经镶嵌在整个社会结构中了,那么唯美主义式的感性认识有什么特殊性呢?

首先,唯美主义文学的感性认识对象从自然物转向了人造物(艺术品)。自然物作为审美对象一直都是艺术史的主流,但在19世纪,人造物逐渐取代自然物成为艺术家主要表现的对象,美学本身对"美"的理解也在经历着这种变化。从18世纪、19世纪开始的关于"美"的定义的变化可以看到,人们对自然物审美属性的关注转向了艺术品。② 这无疑是城市化与工业化带来的人的感知模式与经验对象的变化。城市、楼房、街道、装饰品、手工艺品等"人造物"的美在唯美主义作品中得到淋漓尽致的展现,它们被作家们赋予了魔力,甚至成为某种"恋物癖"或"拜物教"式的存在。

其次,这种"恋物癖"或"拜物教"式的感觉由于偏离了自然界,因此不再是"天人合一"式的田园牧歌,也不同于追求崇高的古典美。在戈蒂耶、波德莱尔、爱伦·坡、于斯曼、王尔德、马索克那里,唯美主义式的感觉表现为精神的紧张、内心的震惊与生命力的衰竭。唯美主义创作对疾病和病态身体感知的呈现也是围绕"感觉"的可能新展开的,病态的身体与身

---

① Kristen MacLeod, *Walter Peter, Oscar Wilde, and Audiences of Aestheticism*, Montreal: McGill University, 1997, p. 8.

② Luke Phillips, "Aestheticism from Kant to Nietzsche", Diss., Indiana University, 2012, p. 6.

体的病态感知能带来陌生化的感官想象,因为"疾病的空间完完全全就是机体的空间。对疾病的感知就是感知身体的某种方式"①。最为极端的是,对艺术的追求往往与死亡相联系,体现为对人生苦短绵延不绝的沉思、联想与激情宣泄,"对死亡的体验激发了对美的欲望"②。一方面,这种美感来源于现代化过程中的生存体验:快节奏的都市生活、消费型的商品经济、疏离感的人际关系、日新月异的物质奇观、飞速拉开的贫富差距、不断颠覆的男女关系……社会阶层和等级快速变迁带来社会流动性的加强,人们的生活日益多元化,许多人产生了焦虑和彷徨的感受。齐美尔在《大城市与精神生活》("The Metropolis and Mental Life")一文中说,由于都市生活瞬息万变,形成"信息超载",导致都市人的心理基础是"表面和内心印象的接连不断的迅速变化而引起的精神生活的紧张"③。工商业城市的崛起与唯美主义密不可分,正如本雅明在分析波德莱尔时指出:"它们都是以广泛曲折的方式源于生产过程。然而,这些广泛曲折的方式在他的作品中是显而易见的。其中最重要的是神经衰弱者的经验、大城市居民的经验和消费者的经验。"④另一方面,唯美主义对感性认识的审美又与19世纪自然科学的发展相互关联。科学技术与仪器将官能无法感知的物质信息转化和放大为可供感知的形式,这导致人的感知能力和模式越来越受到技术设备的影响,人的感性认识也不再囿于自然官能的生理阈限。"正如人发明了技术一样,技术也同样发明人。人这个主体是其客体的延续,反之亦然。"⑤新的感知技术不仅增强了人的感性认识的能力,使感性认识日益个性化,同时为许多敏感的艺术家提供了创作的素材。比如《逆天》中对人造灯光的营造就是当时都市生活对人造光的普遍应用的反映,以电能为驱动的人造光在都市夜生活、庆典仪式、大型展会中的运用标志着人类借重现代技术取悦感官的新能力。

再次,个性化的感性认识传达的是"情调"。"唯美主义的诞生与社会

---

① 米歇尔·福柯:《临床医学的诞生》,刘北成译,南京:译林出版社,2001年,第215—216页。
② Walter Pater, "Aesthetic Poetry", See http://www.gutenberg.org/files/4207/4207-h/4207-h.htm,访问日期:2020年12月11日。
③ G. 齐美尔:《桥与门——齐美尔随笔集》,涯鸿、宇声等译,上海:生活·读书·新知三联书店上海分店,1991年,第259页。
④ 瓦尔特·本雅明:《巴黎,19世纪的首都》,刘北成译,北京:商务印书馆,2013年,第188页。
⑤ 雷吉斯·德布雷:《图像的生与死:西方观图史》,黄迅余、黄建华译,上海:华东师范大学出版社,2014年,第108页。

的日趋职业化密不可分,在此过程中,审美成为一块自治的领地。"[1]一部分艺术家、鉴赏家逐渐脱离大众,沉迷于个人的审美趣味,并用某种独特的形式将其表达出来。这种美感的基础当然还是借助于形式传达的情感。情感从本质上说是社会性、对象性的,是能够普遍传达的,但每个人情感的具体形式却千差万别,这就是"情调"。情调是一种高级的审美情绪,是美感的体验和表现所采用的形式。它和情绪一样有着直接性,与感觉、知觉直接相连,不需要从对象(形式)返回来体验自我情感的联想与移情过程,也没有体验旁人或一般社会情感的意向,就好像是一种直觉体验。因此,"情调是一种高度自我意识的心理体验,看起来似乎不像是体验,而是一种认识,即对对象形式结构的一种纯客观的冷静的整体把握"[2]。但与无意识对象的情绪不同,情调仍然伴随着情感对象化的过程,在对象上体验自我最微妙的内心感触,它需要更为"熟稔"的感性能力。因此,"情调"在审美活动中的特殊性导致人们对形式美、形式主义产生误解,认为审美只是对某种客观存在的认识与分析,情感本身并不重要。其实,形式美只是"情调"的相对独立化的表现,是人们直观感受到的情感寄托的可能性。唯美主义探索形式,更表现蕴含在形式后面千差万别的"情调",它表现的不是直白的、大众化的表达形式,而时常显得怪异:"'为艺术而艺术'的诗人希望首先把自己——带着自身的全部怪癖、差异和无法估量的因素——交付给语言。"[3]这是唯美主义作品中出现大量看似"不那么美的"感受、意象与趣味的原因。作家有意识地体验和展现背离大众与传统审美趣味的"情调",正是现代艺术的萌芽。

因此,唯美主义文学指的是这样一类作品:在19世纪后期西方现代化转型过程中,有些敏感的艺术家怀着对工业文明、城市文明的震惊与好奇的矛盾心态,表现与探索感性认识可能性的写作。需要再次强调的是,唯美主义在文学创作实践中代表一种创作风格,在具体的文本中只能接近或远离上述风格,而不可能"无缝对接"。因此当我们面对具体的文学文本时,不能削足适履地将某它等同于唯美主义,而剥夺文本内在的丰富性,只能说它有没有唯美主义的风格特征。事实上,那些我们认为具有典

---

[1] J. L. Freedman, *Professions of Taste: Henry James, British Aestheticism and Commodity Culture*, California: Stanford University Press, 1990, Introduction, p. xix.

[2] 参见邓晓芒、易中天:《黄与蓝的交响——中西美学比较论》,武汉:武汉大学出版社,2007年,第364—365页。

[3] 瓦尔特·本雅明:《巴黎,19世纪的首都》,刘北成译,北京:商务印书馆,2013年,第187页。

型唯美主义风格的文学作品就是指这一类作品,越接近这一概念的文学作品就越具有唯美主义风格,只不过以往由于缺少现象学的眼光而无法把握它们的本质,只能浮于表面的描述。这个风格特征可以从以下六个方面加以理解:

第一,由于唯美主义的描写对象是人的感性认识,因此从出发点上说无关宗教、政治、伦理,这是"为艺术而艺术"的根据。

第二,由于唯美主义处于现代化的初期,因此还保留了对传统的留恋,在题材的选择上带有浪漫主义的余晖(描写主观精神领域、异国情调、贵族化与宗教情怀),但其观察与表现对象的方式已经是科学化、工业化与城市化的了,于斯曼将这种自然主义式的冷静与精确称为"精神自然主义"(Spiritual Naturalism)[①]。这种矛盾状态在宗法制影响深广、现代化转型更加艰难的19世纪俄国的"纯艺术派"作家身上表现得更加明显。

第三,唯美主义对感性领域的深耕开拓了文学意识的内转向趋势,19世纪以降,"各种倾向的创作主旨可以归结为对19世纪末文学和艺术家所倡导的'为艺术而艺术'理念的继承和发展"[②]。

第四,正如马克思指出,异化劳动的根源在于仅仅用"社会必要劳动时间"这一外在的价值尺度来衡量劳动,造成劳动的抽象化和人的扁平化的后果。马克思指出克服异化劳动的路径是以人的全面发展作为价值尺度。这是一种以人为本的价值尺度的"倒置"。由于缺少"倒置"的价值尺度,导致人们往往指责唯美主义文学陷入感官享乐的颓废感,沉迷脱离大众的病态趣味。如果以这样一种"倒置"的价值尺度观照唯美主义文学,就可以发现它描写了审美对象的颜色、气味、状态等物理属性,但这些"客观"的物理属性并非唯美主义真正的人文价值所在,对象的物理属性本身对人而言并没有必然的价值,只有当它被人赋予某种形式,进而凝聚人的情感时,它才具有审美意义。从这个意义上说,唯美主义文学真正的人文价值在于使人的感性成为审美对象,作品中描写的审美对象的感官属性只是为了反身确证感性的无限可能,使异化了的人的感性脱离抽象的单

---

① 于斯曼说:"保存各种文档记录、精确的细节与现实主义式的严肃准确的语言都很重要,但是对灵魂深处的挖掘,保持精神病症的神秘性同样重要……沿着左拉的路径的继续深入开掘很有必要,但开创一条新的路径,即精神自然主义(Spiritual Naturalism)同样很有必要。"See Arthur Symons, *The Symbolist Movement in Literature*, New York: E. P. Dutton & Co., 1919, p.76.

② 张敢:《欧洲19世纪美术——世纪末与现代艺术的兴起》,北京:中国人民大学出版社,2010年,第212页。

一维度，重新呈现丰富的内涵并确证人的本质力量。物对人而言就不再是自然主义式的存在，而是具有情感意义的存在，物成为观念中的另一个"人"，人与物的关系成为人（小我/个性）与人（大我/类本质）的关系。正如马克思所言："全部历史是为了使'人'成为感性意识的对象和使'人作为人'的需要成为需要而作准备的历史（发展的历史）。"① 感性的解放标志着"自然向人生成"的历史过程，也是克服人的异化的标志和途径，暗合了唯美主义"逆反自然"的价值取向。

第五，通过以人为本的价值尺度的观照，我们可以意识到，虽然唯美派的文学总是繁复抒写人的感官，呈现出感觉对象的某些范畴与特质，但它描写的是通过感官媒介形成的印象，而非对象的客观属性。从这个意义上说，唯美主义文学的真正审美对象并非外部世界，而是人的感觉本身。"敏感的艺术家和感觉刺激之间必须有一种至关重要的、动态的对应关系；没有对方，两者都没有意义。因此，唯美主义者对世界所提供的多重体验的敏感性是绝对必要的。"② 具有无限丰富性的感性能力是唯美主义者心目中的理想，毋宁说是艺术家式的感性，它具有超越常人的敏感、锐利、灵动，有时为了凸显感性的可能性，唯美主义文学甚至会以过犹不及的姿态刻意展现极端、怪异甚至病态的感性体验。

第六，唯美主义从英、法、德等西欧发达国家兴起，从 19 世纪末到 20 世纪初，伴随着文艺思潮的传播与接受，在意大利、西班牙、日本、中国等后发国家经历城市化、工业化带来的社会巨变之际，在这些国家与地区也开始出现具有浓烈唯美风格的文学作品，如意大利的颓废派、日本的感觉派文学等。这说明唯美主义思潮不是某国、某地区所独有的精神现象，它具有时代性与普遍性，或者说是一种人文性。

当我们把握住唯美主义文学创作实践的真相——感性认识的可能性，也就把握住了整个唯美主义思潮的本质。如果说美学是用哲学探究感性认识的规律，那么唯美主义文学创作就是用文学拓展感性认识的可能性。于是，我们就可以将抽象的唯美主义诗学理论和具体的社会艺

---

① 马克思：《1844 年经济学哲学手稿》，中共中央马克思恩格斯列宁斯大林著作编译局译，北京：人民出版社，2000 年，第 90 页。

② Paul Fox, "Dickens A La Carte: Aesthetic Victualism and the Invigoration of the Artist in Huysmans's Against Nature", in Kelly Comfort, ed., *Art and Life in Aestheticism De-Humanizing and Re-Humanizing Art, the Artist, and the Artistic Receptor*, New York: Palgrave Macmillan, 2008, Introduction, p. 65.

运动从"括号"中解放出来,从"感性认识的可能性"这个第一原理出发,更加准确地理解诗学理论和社会艺术运动:对唯美主义诗学理论层面而言,如果我们将感性认识理解为审美,那么探索感性认识的可能性就意味着提升感受美的能力,获得更多审美愉悦的可能,这就意味着扩大审美力在自我意识中的比重,极限之处便是艺术自律。强大的美感能力使人可以从对象的形式结构中一下子把握住主体微妙深邃的情感,并要求不断变化形式结构以维持鲜活的情感(美感)的阈值,这便是形式主义的追求。形式主义并非寻找某种固定的美的客观形式,而是不断探索新的可能形式,即形式的解放。艺术家、审美家对自身感性能力具有高度的认同感和自豪感,对缺乏感性能力的环境与现状感到不满和愤怒,衍生出艺术高于生活和艺术拯救人生的观念。对于社会艺术运动层面而言,探索感性认识的可能性主要针对相对而言缺少审美感受力的普罗大众,这已经内含审美教育的诉求了。如何提升大众的美感能力?社会艺术运动无非是美育的一种形式,以便让普罗大众的审美能力向艺术家靠近。

这样,我们就能对唯美主义下一个定义:唯美主义是试图通过艺术的方式自觉探索并提升感性认识能力的文艺观念。唯美主义观念在19世纪后期这一特殊的历史阶段形成一股风靡多地,影响多个领域的思想潮流。唯美主义的根本宗旨是高扬审美与艺术的价值和影响,提升人的美感与鉴赏力,它的出现受到西方美学观念发展的直接影响,也是社会分工、城市化、工业化、生产力提升和大众生活水平提高等社会因素的综合结果。

第三节 唯美与感性的"现象学"纽带

唯美主义文学对艺术家式感性能力之营造,突破了传统理性主义和经验主义的主客二分式的认识论,已经展现出诸多现象学的元素。

作为一种哲学方法,现象学试图改变西方传统哲学观察世界的主客二分方法。它提出"朝向事情本身",即不脱离对现象的直接体现,而非用某些抽象的逻辑、先验的预设和干瘪的概念去把握所谓超现象的本质或理式。在现象学看来,我们生活的此在世界现象,远比这些预设的逻辑、概念、实体更鲜活、丰富、完整、生动,只是有时候由于我们观察世界的方法不对,盲目相信自然科学和传统哲学关于思维与存在、主体与客体、主观与客观的许多"预设",从而导致现象被遮蔽,使我们无法把握意识和认识的本质。现象学的目的就是将现象加以"去蔽",还原生活世界中使经验得以成为可能的视域结构。

传统的认识论是主客二元对立的,比如理性主义认为,个人感性经验是偶然的、个别的、不可靠的,具有普遍必然性的科学知识不可能建立在感性经验的基础之上。理性主义试图预设人脑中存在"放之四海而皆准"的理性原则,只要沿着理性原则的"车辙"向前推演,就能得出关于外在对象的可靠的知识。经验主义认为,人的认识是通过感官被动接受外在的感觉刺激,继而形成印象材料,再通过意识对这些单一的、个别的感觉材料加以组装,使之成为一个复杂的观念。胡塞尔认为人的感知方式并非如此机械,而是通过内时间意识(意识之流)的综合作用,在意向活动中将实项(reell)内容(感觉材料)激活,从而构造出超出实项内容的意向对象(内在的被给予者)。人们能够直接感知到对象本身,并远远超出对象被人的感官感知到的那些物理刺激和印象材料。因此,意识之所以成为可能是因为意识对象是被给予的,它在意向活动中不断激活感觉材料而构建自身,在直观的现象中显现自己。任何现象都不是现成地被给予的,而是被构成着的。所有的意向性活动都运作于视域(边缘域)中,在视域中的"看"已经潜在地参与构成对意向对象的感知。比如我们看一盏灯,不会只看到它面向自己眼睛的那一面形状或实际发射出的物理光线,还会以一种原初的方式"看到"围绕灯的整个背景。这个背景的显隐面随着注意力的游移而渐次发生变化,它由原印象、滞留和前摄交融而成一种"时间晕",凸显出意识对象不同的面向——胡塞尔称之为"侧显面"①。只要变更"看"的方式和角度,对象永远会有新的形态侧显。更为重要的是,我们在边缘域中知觉到电灯所处的整个境域,它与我共存于一个广大的生活境域中,具有无限的生发可能。因此,任何现象都不是"僵死"和孤立的,而是不断地更生,伴随保持和消隐的动态趋势。"现象学的单个体(本质单个体)就是在其完全充实的具体化中的物想象,正如它在体验流中流逝着,以规定性和非规定性使该物有时从一侧、有时从另一侧显现,在明晰性或模糊性中、在来回变动的明晰性和断续的晦暗性中显现,如此等等。"②正是由于"时间晕"的存在,意识的行为与当下的物理刺激和印象

---

① 胡塞尔:《纯粹现象学通论》,李幼蒸译,北京:中国人民大学出版社,2014年,第73页。
② 同上书,第134页。

材料相互交织,或者说,当下的物理刺激和印象材料已经获得了"时间晕"的加持,融入意识之流中。

意识之流就是时间之流,它是意识的"活水",不同形态的"侧显面"经由意识的综合显现出对象的立体性,同时也塑造着意识流本身。感知活动在意识之流中保持开放的"活性",也就是说,它有"时间感"。胡塞尔认为,对一个意识对象的感知本身就具有时间性,延续的感知是以感知的延续为前提的,对任一时间形态的感知本身也具有其时间形态。意识之流的"时间感"并非由钟表刻度的客观时间,也不是经过反思得出的主观时间经验。它比这二者都更为本源,是一种现象学的时间,即内时间意识。因为是意识流,所以必然是一种前经验的内时间视域,即原生活,或曰原时间之流。① 其实目的是为了去刻度化,展现一种流状:预持着的前视域、保持着的后视域以及由这两者交织而成的"当下"视域。意向活动的被寄予性正是建立在内时间意识之上,这样意识的对象才能在延续中维持着统一性。

以唯美主义诗学理论最爱提及的"音乐感"为例,音乐是时间的艺术,但音调不是一个一个被"挤压"进耳朵的音符,而是在每一个声音的瞬间都包含即将过去的声音滞留和马上到来的声音趋势。随着声音的进一步"涌入",注意力在声音的滞留与趋势之间的辗转,形成多维度、多可能性的"声音场",否则,我们听到的就只是相互孤立的杂音。"声音场"就是"时间晕"的外在表现,在"声音场"中,每一个音调都包含着前后音调的交织和螺旋,过去、当下、未来没有明确的界限,这种现象靠事后联想是跟不上意识活动的脚步的。音乐没有过去时态,它的呈现是现在时的,但所有的现在时都是以过去时的状态被接受。过去、未来、现在的相互敞开,呈现为时间性的绽出。这就能够解释为什么我们可以反复聆听一首熟悉的旋律,并仍然陶醉其中,甚至越来越感觉"有滋味",因为在此过程中,"声音场"随着音调交织和螺旋形成的晕圈越来越大(那些"不辨音乐的耳朵"在"声音场"的构造方面就薄弱得多)。这也能够解释当大脑处于放松状态时,某段旋律会来回反复在意识中"重播",像一个钩环那样永远处在旋转状态,即便播放到旋律的"尽头"也不会完全消逝,也就是我们俗称的

---

① 参见埃德蒙德·胡塞尔:《关于时间意识的贝尔瑙手稿(1917—1918)》,肖德生译,北京:商务印书馆,2016年,第309页。

"耳虫效应"(earworm)①。音乐的存在状态转瞬即逝,尽管是一次性的存在,但又能够在意识中留下余音绕梁、不绝于耳的效果。最具音乐性的文学形式是诗歌,斯达尔夫人(又译斯太尔夫人)认为,诗歌韵脚是近代的发现,韵是希望和记忆的象征,"一个音吸引我们期待相押的另一个音;当这第二个音发出的时候,又使我们回想起方始消逝的那个音"②。从这个意义上说,唯美主义对音乐性的推崇实际上是对"时间感"的推崇,它不再追求传统西方乐论讲究的科学主义的形式,而是一种现象学的内时间形式。这种形式永远包含着新的内容,每一个当下的声音都使刚过去的声音滞留,并流畅地预期着下一个声音;每一个以前的声音又在滞留的意义上作为一个现在而映射出来,连接着新的绵延点。正如胡塞尔所说:"声音在时间河流中穿越它的各个相位而构建起自身。"③

换句话说,我们"看到"的电灯不仅是向眼睛呈现的"这一个"而已,而是由"时间晕"构造而成的包含了更多可能性维度的"那一个",因为对于那些没有直接看到的电灯的维度,我们也已经在预期了——比如它的背面形象、内部构造、质量、价格等。由此看出,人的"看"本身就含有自由变更的可能空间,无时无刻不在有意或无意地塑造意向对象。这样一来,我们看到一盏电灯,就能看到其他电灯,而且看到无数种电灯的可能性,从而能在之前没有见过的电灯面前一下子"统握"它,认出电灯的本质。正如胡塞尔所言:"如果没有那种将目光转向一个'相应'的个体的自由可能性以及构造一个示范性意识的自由可能性,那么任何本质直观都是不可能的。"④这不可能像经验主义和自然主义解释的那样,依靠收集感觉印象的碎片从而比对出"电灯"的本质来实现。同理,当面对同样发光的"月亮"时,我们才可能"看到"嫦娥、吴刚、桂树、玉兔……这也不是靠个别人的天才的想象而能解释的。

相较而言,传统经验论者所说的现象是由人的感官受到外界刺激而产生的经验反映,由于缺乏生存境遇和边缘域的视野,这些反映只是没有生机、呆板、现成的感觉材料的拼凑。而从现象学对意象行为的阐释中可

---

① "earworm"(耳虫)这个词是从德语词"Ohrwurm"直译过来的,指音乐的片段不由自主地在脑海里反复出现的现象。
② 德·斯太尔夫人:《德国的文学与艺术》,丁世中译,北京:人民文学出版社,2016年,第38—39页。
③ 埃德蒙德·胡塞尔:《内时间意识现象学》,倪梁康译,北京:商务印书馆,2017年,第110页。
④ 埃德蒙德·胡塞尔:《现象学的方法》,倪梁康译,上海:上海译文出版社,2016年,第94页。

以看出，人的意识本就含有自由构造无限丰富的感性的能力，而并非机械地组装感觉印象。我们所感觉的也不是感觉材料或生理官能刺激，而是通过意向活动从感觉材料中激活的意向对象，因此，意向活动的价值在于可能性、构成性，而非现实性。我们切身的存在体验必然也是晕圈状和流动式的，而非线性、点状的感觉材料之物理组合。现象学视域中的"现象"是由人的完全投入其中的活生生的体验构成的，在海德格尔那里，存在体验是境遇化、发生性、完全投入的，"存在者的存在被把握为'在场'，这就是说存在者是就一定的时间样式即'现在'而得到领会的"①。其渊源则是潜伏着的无限可能的原发境域，它在生发的原初时刻是以"时间晕"的状态存在的，超出了过去、当下、未来的线性时间刻度，也就不受主客二元对立的思维禁锢。比如在《马利乌斯——一个享乐主义者》中，佩特借助声音和音乐（性）描写人的听觉结构的真相："捕捉同一时刻中的运动和停滞——在动态中维持顿悟、悬停。听觉域使这个边缘过程得以实现，甚至产生它。"②事实上，结合上文"看月亮"的阐释我们可以看出，追寻主客统一的美感正是最鲜活的切身体验与最原发的意象活动的典型代表。这就是唯美主义文学创作总是涉及通感的根本原因，因为感觉对象本就是被各种感觉生发的意象对象，同时，单一的生理感觉也必定汇入意识的晕圈和流动之中，成为随时被调取和激活的感觉材料。请看《莎乐美》中的描写：

> 你的身子是一根象牙的柱头，镶在一双银质的腿上；是一座花园，园里满是鸽子和银色的百合花；是一座有象牙盾徽装饰的银塔。世界上就没有东西比你的身子更白。世界上就没有东西比你的头发更黑。世界上就没有东西比你的嘴唇更红。你的声音是一个散发着异香的香炉，我望着你便听见了奇妙的音乐。③

莎乐美的视线以强烈的感性欲望在约翰身体的各个部位游移，她时而用华丽的辞藻赞美约翰的身体，在遭到拒绝后又用刻薄的比喻，以同样华丽

---

① 海德格尔：《存在与时间》（中文修订第二版），陈嘉映、王庆节译，北京：商务印书馆，2019 年，第 30 页。
② Elicia Clements, "Pater's Musical Imagination: The Aural Architecture of 'The School of Giorgione' and *Marius the Epicurean*", in Elicia Clements, L. J. Higgins, eds., *Victorian Aesthetic Conditions: Pater Across the Arts*, New York: Palgrave Macmillan, 2010, p.158.
③ 奥斯卡·王尔德：《莎乐美 道林·格雷的画像》，孙法理译，南京：译林出版社，1998 年，第 35 页。

的语言羞辱约翰。她欲望的视线与感性化的语言相互拱火:在声音中闻到香味,"看见"香味便听见音乐……五官感觉也随着情欲视线的游移而流动。再看邓南遮在《火》中描写的威尼斯景色:

> 在我的眼里整个城市都点燃着欲望之火,那千百条震颤着的蓝色水道露出焦急的神情,有如情人等待着她欢乐的幽会时刻。她那雄伟的建筑像是张开双臂迎接旷野的秋色,那湿润的海风带着秋意向她徐徐拂来,原初的乡间沉浸在美妙的秋的荒寂之中。她窥视着从寂静的远海升起的薄薄的雾霭,犹如瞬间即逝的气息向她飘逸而来。在寂静中她聆听着自己生发出来的最微弱的响声;在她那丰饶的菜园里轻轻吹过的微风像是从修道院里传出来的音乐。围墙内苍白荒凉的林木,就像突然烧着了似的,闪光发亮,令人惊异不止。落在岸边破损石板上的一片枯叶,像是一块宝玉似的闪烁着;在布满金黄色枝条的墙头上,那饱满的石榴果实像突然迸发出热情欢笑的一张嘴似的咧开了。①

《火》中充满了类似的描写。这显然不是普通人眼中的城市生活,也不是社会学家、经济学家眼中的城市现象,而是诗人眼中的城市"风情画"。诗人在极其强烈的情感冲动的支配下,将心中火焰般的激情喷向威尼斯,使整个威尼斯笼罩在罕见的表现力(感性能力)之中。仿佛所有的感官都打开了,所有的思绪都流动起来,所有的想象都飞扬起来,所有的城市景观都"活"了。

现象学并非一套封闭的哲学体系,而是一种关于人与世界关系的新视野和方法论,它用原发性的、构成性的意识活动冲毁了传统二元对立的机械认识论,直接和间接地影响了包括存在主义哲学在内的20世纪人文学科的方法和观念。如前文所述,在唯美主义文学对感觉、感性的表现主题和表现方式中,就已经潜藏着现象学的视野了。因为美感本就是对主体与客体之间、自我意识和对象意识之间二元对立的打破,在主客双方相互交融的过程中,人的情感在想象力的作用中得到自由驰骋,得到在现实生活中所无法体验的自由感。瓦肯罗德认为:"即便是艺术中的至美也只有在我们的目光专注于它时,它才会如期向我们完整地展示自己,它要求

---

① 加布里埃莱·邓南遮:《火》,沈萼梅、刘锡荣译,广州:花城出版社,2005年,第46页。

我们回避与此同时去窃望其他的美。"①可以说,审美是纯粹境遇化、发生性和完全投入的状态,这也就是海德格尔所说的"诗意的栖居"。在此,艺术创作与艺术欣赏统一于审美体验,西方现代艺术就是基于这一艺术心理之上。现代派的艺术家往往在一开始并不知道自己要创作什么具体的内容,而往往直接从某种直觉或朦胧的情感出发。艺术体验本身就成为艺术创作的内容,艺术表现的形式即艺术体验的形式,形式与内容之间的关系也得以重构,艺术与生活的界限进一步被打破了。

正如唯美主义的宗旨"为艺术而艺术"那样,唯美主义诗学试图悬置一切功利、实用、实证的东西,将它们放进"括号",同时也使主体的"生活世界"得以显现。主体凭借想象力的"自由变更"构建意向对象,主体与意向对象之"物"处在原发的充满各种可能的境域关联中。意向对象摆脱了功利主义与实用主义的羁绊而返回原发想象的自由空间,从而向"我"显现出各种面相,而这些面相是在"我"的观念中直观到的,是具有"主体间性"的"艾多斯"(相),释放出现象本身具有的非对象化的、缘在性的生存意蕴。"现象本身即包含着审美的自由空间,悬中而现的现象与美和美感的特质是统一的:现象本身就是美的。"②当然,唯美主义是文学对艺术家式的感性之可能性的探索,尽管作者可能凭借记忆,用类似"写实"的手法将其记录下来,但经过回忆的印象是一个"再造的"意识;并且当作者将其落实为文字,经由读者阅读和理解之后,必然和真实发生的那段感性体验已经有了区别。因此,唯美主义文学描写的感性体验从本质上讲是想象的、虚构的。但是,从现象学的视野出发,对曾经的感觉印象的想象和回忆(不可避免地包含虚构)也可以是非常生动的,因为它们本就是由充满前摄、滞留的内时间意识构造的,同时它们也汇入意识之流中,成为"再造"其他感觉的想象和回忆的构成材料。于是,"每一个想象也是感觉,在对一首旋律的想象中,我也具有对旋律的感知。现在,一首被感知的旋律(一首被感觉的旋律)对我来说可以图像化地当下化另一首旋律。"③越是无遮蔽的、物我一体的、非功利的意向活动,越是能够调动本就充分"在场"的感性和感觉材料,进而激活现象,直观本质。并且,在内时间意识中

---

① 威廉·亨利希·瓦肯罗德:《一个热爱艺术的修士的内心倾诉》,谷裕译,北京:生活·读书·新知三联书店,2002年,第64页。
② 张祥龙:《为什么现象本身就是美的?》,《民族艺术研究》2003年第1期,第4—14页。
③ 胡塞尔:《关于时间意识的贝尔瑙手稿(1917—1918)》,肖德生译,北京:商务印书馆,2016年,第268页。

被创造的意向联系对意向对象来说是时间联系,它是在绵延的意识之流中作为一个时间的对象被给予的,因此,"时间是感性的形式"①。这也正如前文所述,唯美主义文学借由"感性解放"达到"时间解放",直至"人的解放"。

第四节 文学的"内宇宙"转向

胡塞尔现象学观念中的意识流指的是一个由诸现象组成的无限现象,它既是流动的,又是统一的,是一系列现象和前现象的意向统一性。胡塞尔关于意识流的观点吸收了威廉·詹姆斯有关意识流的观念,意识流学说的提出让西方传统认识论濒临破产。西方传统认识论的高峰是康德提出的先验范畴论,十二个先验范畴像网格那样捕捉认识对象,就像"照方抓药"般呆板与刻意,事实上禁锢了意识的自由创造。到了 19 世纪,自然科学的发展使意识成为一个复杂的"黑箱",意识的产生涉及感觉器官、神经系统的复杂运作。传统哲学中认识的基本范畴(时间、空间等)成了生理范畴而非抽象的观念范畴。意识流观念既吸收了心理学等科学观念,又试图超越科学主义的认知,在意识流看来,人的意识像水流一般呈现延绵不绝的流动状态,意识具有当下性、境域性。以往的哲学或心理学对意识的理解太理性化,一直忽略意识的流动不居。在詹姆斯看来,由于人的感觉残留在感觉器官中,于是就产生了时间感,其性质就像心理学所说的残留印象一样。意识产生的表象都浸染在不受拘束的意识之流中,表象的出现、成形和消失以及残留是非泾渭分明的黏滞状态。"这表象的意义和价值全部存在于这环绕和伴随着它的晕轮(halo)或者半影(penumbra)之中。"②即便在存在时间间隙之处,其后的意识也感觉到好像它与这之前的意识同处一处,意识从一个时刻到另一个时刻所发生的流转是自然而然的。意识的流动特征被揭示后,敏锐的作家们发掘了新的领域——对人的意识流动状态的展示。事实上,唯美主义文学对感觉的描写中就开始流露出意识流动的特征,当然,唯美主义对意识流动的描写是以美感为依托的,这就给人带来一种错觉,以为唯美主义文学在描述

---

① 胡塞尔:《关于时间意识的贝尔瑙手稿(1917—1918)》,肖德生译,北京:商务印书馆,2016年,第 421 页。
② 威廉·詹姆斯:《心理学原理》(上),田平译,北京:中国城市出版社,2012 年,第 162 页。

审美对象给人的表象。不过据前文所述,审美体验中的原发性与主客交融性本就是意识流动的体现。正如詹姆斯指出,随着人的感觉能力的变化,我们的感觉始终在改变着,"同一个对象不会很容易就重复地给我们相同的感觉"①。佩特在1873年出版的唯美主义理论著作《文艺复兴》中对感觉印象的分析像极了詹姆斯对意识流的描述:

> 经验缩小而成的那些单个心灵的印象,永远处于飞逝之中。每一个印象都受时间的制约,因为时间是无限可分的,所以它们每一个也是无限可分的。它里面切实存在的一切仅仅存在于刹那间,当我们试着去捉住它时就会消失无踪。关于它,我们与其说它存在着,不如说它已经停止存在来得更加真实。对于这种不停在川流上一次次自我形成的颤抖的小水波,对于包含着感觉的强烈的印象,对于包含着转瞬即逝的刹那的飞逝的遗迹,我们生命中真实的东西渐渐清晰。②

这比詹姆斯的《心理学原理》要早17年面世,考虑到佩特的《文艺复兴》是一本研究论文集,那么这些观点的提出要比这本书出版的时间更早。并且,詹姆斯的"意识流"学说是他的机能主义心理学的组成部分,他认为人的情感并非由意识活动导致,而是由生理器官在外界环境的刺激下产生,带有浓厚的实用主义和自然主义色彩。一般认为,法国作家埃杜阿·杜雅尔丹(Édouard Dujardin,1861—1949)于1888年发表的《被砍倒的月桂树》是意识流文学的鼻祖,而真正的意识流文学的盛行已经是20世纪20年代以后的事了。由此我们可以看出,唯美主义对意识流动状态的关注具有先行者的风范。或者说,对人的"内宇宙"的探索在那时起成为文学开垦的"处女地"。像世纪之交的德国作家施尼茨勒的中短篇小说和戏剧,以及意大利作家邓南遮的《无辜者》(1892)、《死的胜利》(1894)和《火》(1900)等小说,不但具有浓烈的唯美主义式的感官描写,同时也聚焦人物的幽暗、病态的深层心理,将各种复杂的内心活动交织在一起,营造出庄周梦蝶般的梦幻感。

从19世纪末、20世纪初开始,后期象征主义用音乐性和直觉形象来暗示精深的最高哲理。表现主义令外部世界扭曲和变形,越过细节的写实而直击事物内在的永恒本质。超现实主义和意识流文学则借助心理学

---

① 威廉·詹姆斯:《心理学原理》(上),田平译,北京:中国城市出版社,2012年,第150页。
② 沃尔特·佩特:《文艺复兴》,李丽译,北京:外语教学与研究出版社,2010年,第299页。

的翅膀遨游于人类内心深处的潜意识领域,让文字成为对自发性心理过程和原始情绪的记录和释放……显然,西方20世纪现代主义文学流派和创作手法的共同点在于,它们都不再聚焦外部世界的真实,而是不约而同地探索内心世界的真实。事实上,所谓内心的"真实",就是"第一时间"的,未经反思和充分对象化的非线性、非抽象的意识之流。也正是由于"晕轮""半影"、流状的意识形式,给读者带来种种变形、荒诞、象征、超现实的审美意象,这些审美意象无非都是个人瞬间朦胧的印象、感受的艺术表征。包括文学在内的现代艺术表现的也是现代人个性化、精神性的生命体验,重想象、重直觉、重梦幻,现代主义艺术家们认为只有通过这些途径才能抵达内心的真实体验。尽管现代主义文学流派与技巧各领风骚,各美其美,但我们一般将这种内倾化的文学表达视为具有形式主义的、为艺术而艺术的倾向,这说明文学中所谓的形式化和唯美化不是指达到某种既定的美的标准,而是指对人类感性世界和意识边缘域的探索倾向,现代主义不同的流派与技巧无非体现了不同的探索方式。因此可以说,借由"为艺术而艺术"的唯美主义文学创作助推了文学的"内宇宙"转向,正如唯美主义推崇一种高级的感性能力,从而暗含审美教育的诉求那样,现代主义文学也对读者提出了更高的要求。当然,这一转变的文化推动力不仅局限于心理学的发展,还有意志主义哲学、语言学等理论的参与。

第五节　唯美与象征的关系

如果说"摹仿自然"是传统美学原则的最高理念,那么"'反摹仿'(antimimetic)则被视为现代美学与传统美学分裂的分水岭"[①]。19世纪以降,文学创作宗旨从摹仿外部世界的局限中解放出来,作家和文论家都自觉地寻找文学表现的可能形式。由于每个人禀赋、才情、兴趣的不同,造成20世纪西方文学体裁、类型的解放,各种流派"你方唱罢我登场",争相斗艳,此消彼长,有些甚至像流星般一闪而过,稍纵即逝。不过,这些流派都汇入了文学的星河,开拓了文学的表现技法和美学风格。从这个意义上说,唯美主义诗学理论提出形式主义的自觉,它所带来的客观效应并

---

① Jean Pierrot, *The Decadent Imagination*, 1880—1900, Derek Coltman, trans., Chicago: University of Chicago Press, 1981, p.11.

非试图找到某种古典的美的"套路",而是人人各美其美,最终导致文学形式的解放,这其中的关键因素在于文学的根——语言。

如前所述,如果认为文学的形式仅仅是叙述的技巧和文章结构的起承转合,未免狭隘。世纪之交,文学形式的内涵已经转移到语言上来,文学形式的自觉本质上是文学语言的自觉。语言是一个约定俗成的符号系统,它是开放的、发展的,语言系统通过不同的言语不断发展、补充、更新自身。但是,任何具体的言语都离不开语言的内在作用,这就给人一种感觉,不是人在说语言,而是语言在言说自身。正是这种感觉经过语言学和诗学的强化,发展出文学语言的自觉意识,俄国形式主义文论和英美新批评的出现就是语言自觉的产物。在社会结构发生翻天覆地的变化的19世纪,传统的情感对象化形式再也不能激起读者的兴趣,文学领域也在呼唤新的语言形式。同样在19世纪,语言的自觉为各个国家母语的发展奠定了基础,从而凝聚起国民的向心力。以英语为例,唯美主义对文学自律原则的追求,尤其是佩特与王尔德创作实践的影响,为英语语言文学成为英国大学学科体系中的一环创造了先决条件。对母语学习的强调,培养了英国人的国家意识。[①] 在中国五四新文化、新文学运动中,由"为艺术派"推动的美文运动对现代汉语的发展和成熟来说功不可没。

语言的自觉表现为语言的象征、隐喻特质的重新发现。之所以说是重新发现,是因为人的语言从一开始就是象征隐喻性的,也就是诗性的,正如原始初民的神话传说。在维柯看来,原始初民的思维逻辑就是诗性逻辑,总是将无生命的事物看作有生命的、和自己同类的事物。从文化人类学角度而言,这种思维方式正是人的意识形成的基础,但现代人已经逐渐遗忘和遮蔽了它。维柯认为,诗性逻辑的本质就是比譬(tropes),也就是隐喻(metaphor),"最初的诗人们就用这种隐喻,让一些物体成为具有生命实质的真事真物,并用以己度物的方式,使它们也有感觉和情欲,这样就用它们来造成一些寓言故事"[②]。在此,古人的智慧(隐喻)就是诗人的智慧。隐喻和象征从本质上说是文学意识的根,它在人类意识发展过程中潜藏在意识深处。自我意识发展出"知、意、情"的三维精神世界,人的情感与意识一样,也是对象化的,情感只能附着在对象(艺术)上才能被体验,形成审美。从某种意义上说,正是由于人类的悲欢并不直接相通,

---

① Ian Small, Josephine Guy, "The 'Literary', Aestheticism and the Founding of English as a Discipline", *English Literature in Transition*, 1880—1920, Vol. 33, No.4(1990), pp.443—453.
② 维柯:《新科学》(上),朱光潜译,合肥:安徽教育出版社,2006年,第238页。

人类文明中才开出艺术的花朵,艺术让本不相通的情感在审美中相通起来,成为情感的"中介"。随着人的意识层次越来越深,人的情感越来越细腻,就越需要和意识的对象之间拉开距离——意识上的"中介化"。"象征主义是要防止客体与客体所表现的东西之间的同一性;形式只是一种方法,而非事物本身。"①

卡西尔也认为,语言分为两个大类:一是命题语言,二是情感语言。前者是概念性的,功能是表达观念或指示对象,遵循逻辑和科学的规律;后者是表达情感的,体现想象和诗意。在卡西尔看来,情感语言是初级的,是命题语言的基础,动物也具有情感语言,动物之间也能传递快乐、恐惧、悲伤、愤怒等情绪,但只有人类能够掌握和应用命题语言。也就是说,情感语言是一种直观性和主观性的信号(signs),而命题语言是抽象性和客观性的符号(symbols)。信号是物理的存在世界之一部分,它的意义依赖物理实体的属性,而符号则属于人类的意义世界,它的意义可以独立于物理实体,比如人类可以用语言符号谈论没有出现于眼前的东西。"命题语言和情感语言之间的区别,就是人类世界与动物世界的真正分界线。"②当然,动物到底有没有语言是另一个话题,并且人的语言一经形成,就已经是一种符号系统了,人类即便要表达情感,也能够借助叙述、描写等命题语言达成,比如现实主义的文学、赋比兴的手法等。因此,我们不妨将卡西尔的"命题语言"理解为语言的命题功能,将"情感语言"理解为语言的情感功能更为恰当。语言的命题功能在文学中最典型地体现在写实观念中,写实主义为了摹仿对象,必然调动语言的命题功能,而随着唯美主义思潮的冲击,19世纪写实主义和摹仿论的霸权受到挑战和动摇,先锋文学转而追求语言的情感功能,不再试图还原、再现客观对象,模糊甚至否定语言意义的确定性,造成意义的多元和不可靠性。结合前文所述,追求语言的情感功能从某种程度上说是一种思维方式的"复古",或者说是一种复古外衣下的现代性。这种现代性的一个主要表现是走向象征隐喻,打破符号能指与所指之间的"直接性",增加能指和所指的距离与张力,以达到陌生化效果。"如果艺术是绝对,那么所有艺术都是象征的,

---

① 弗雷德里克·R.卡尔:《现代与现代主义:艺术家的主权 1885—1925》,陈永国译,北京:中国人民大学出版社,2004年,第160页。
② 恩斯特·卡西尔:《人论》,甘阳译,上海:上海译文出版社,1985年,第38页。

因为没有比象征更能体现绝对了。"①世纪之交的西方文学都开始出现语言象征化的倾向,并且广泛重视神话题材和借鉴神话框架模式。象征主义文学为了表现隐藏在事物表面背后的深层本质,拓展词语意义展现的可能性,对习以为常的词句加以陌生化的组合,获得朦胧晦涩、出人意料的新意。在 20 世纪的后期象征主义那里更是发展出了"客观对应物"的概念——在此过程中,语言本身都更加中介化了。现代主义作品往往被视为一种独立的艺术表达,正如 T. S. 艾略特指出:"艺术家的进步是一种不断的自我牺牲,一种不断的人格消亡的过程。现代诗歌不是抒发情感,而是逃避情感;不是表达个性,而是隐藏个性。"②可以说,现代性的美追求的不是日常生活的情感,不是情感的自然流露,而是一种拉开了距离的情调,或者说情感上的"反常/反自然/反摹仿"。但这并不能简单地理解为自我意识与对象之间的疏远,而是在疏远的过程中达到更高层次的统一。语言作为符号媒介,将人与物之间的联系变成人与人之间的联系,语言的张力就是情感的张力。象征系统的意义指向是模糊的,因此具有无限丰富的内在含义,它需要调动作者和读者的所有想象力与感悟力,也就是人的情感能力去把握以对象为中介的人与人之间深层的内在联系,因为"象征主义不是为了揭示自然的本质,而是为了表达人的情感"③。这样一来,语言不是追求符号与对象、能指与所指的严格对应,而是变成需要读者密切参与的符号系统内部的自由嬉戏。

　　唯美主义对文学音乐性的追求也被象征主义加以发扬。追求文学的音乐化,也就是在语言的语音层面做文章,通过诗歌语言在节奏、韵律、重低音方面的重复和变换找寻声音的美感,有时甚至故意摹仿乐谱的横向排列形式和大量的空白格来组合诗行(比如马拉美的《骰子一掷,永远取消不了偶然》)。但是这样一来,文学的表现力反倒被削弱了,因为音乐不但在节奏和旋律层面远比语言文字的音节有着更为丰富的变化,而且音乐的美感还来源于调性、调式、和声以及不同乐器的音色等元素。同时,音乐还可以通过乐章激发人的情绪,通过抑扬起伏的情绪升华为情感的

---

① Paul Gordon, *Art as the Absolute*: *Art's Relation to Metaphysics in Kant*, *Fichte*, *Schelling*, *Hegel and Schopenhauer*, New York: Bloomsbury Academic, 2015, p. 130.
② Martin Jay, "From Modernism to Post-Modernism", in T. C. W. Blanning, ed., *The Oxford History of Modern Europe*, New York: Oxford University Press, 2000, p. 265.
③ Leon Chai, *Aestheticism*: *the Religion of Art in Post-Romantic Literature*, New York: Columbia University Press, 1990, p. 18.

矛盾冲突,形成戏剧化的美感。可是激发想象力不是文学艺术最擅长的吗？一味追求语音层面的美感在某种程度上是削足适履。相比唯美主义,象征主义对音乐化的追求更加极端,也更为艰难和狭隘,最终还是回到"通感"上来,即回归感觉层面的自由想象,在语音和诗行的直观中联想其他的感觉范式。

通感的人学机制是什么呢？

人的自我意识的形成过程,就是把自我"一分为二"的过程——将对象当作自我,将自我当作对象,只有这样,人才能和外部世界产生关联与沟通,进行实践(人的本质力量对象化)。因此,自我意识形成的内在机制就是"移情","移情和拟人是人与他人、人与万物的一切关系的基础"[①]。人类意识中概念形成的过程也得益于移情机制所带来的想象力的自由变更,比如,恩格斯在《自然辩证法》中谈到,物理学"力"的概念,就是人从对自己"力气"的感觉中借用的,"力的观念对我们来说是自然而然地产生的,这是因为在我们自己身上就有使运动转移的手段"[②]。从人类学上说,人们对无生命事物的表达方式都是借用人的感觉和情欲的隐喻来形成的。在自我意识的运作中,这种朴素的移情机制就是象征的基础,否则就无法解释,为什么人类从原始初民那里就开始将此物指代彼物,并且形成文字与文学。同理,这种移情机制也是"通感"的基础,既然能在意识中利用移情将自我的感觉挪用到认识活动中,那么自然也可以由移情将认识对象引起的不同感觉进行融会贯通,并用符号化的文字将其呈现出来。

唯美主义表现通感是为了表现艺术家、审美家式超人的感性能力,与唯美主义相比,象征主义在创作语言层面更具极端化和彼岸化的追求,在诗学层面更具形而上的气质。在象征主义者看来,理念世界对诗人敞开,诗歌表现通感是让诗人的感官在与理念世界的"感应"中打开封闭的疆界,直达彼岸的理念世界。从某种程度上说,美感是象征的副产品,极端的例子就是中世纪的宗教艺术。在宗教艺术中,艺术形式和形象只是一种无奈的"姑且"和妥协,通过具有象征性的形式和形象帮助底层百姓理解背后的宗教奥义才是目的,一旦达到理解(认识)的目的,艺术是要被抛弃掉的,否则就陷入了纵欲的罪孽。

---

① 邓晓芒：《人类起源新论：从哲学角度看(下)》，《湖北社会科学》2015年第8期，第94—105页。
② 恩格斯：《自然辩证法》，见《马克思恩格斯文集》(第九卷)，中共中央马克思恩格斯列宁斯大林著作编译局编译，北京：人民出版社,2009年,第537页。

我们可以认为,象征主义文学是唯美主义追求语言自觉过程中的产物,是唯美主义思潮在文学语言方面的极端化形式。

第六节　唯美与"颓废"的关系

追求情感语言的另一倾向是语言的繁复倾向,即在命题语言的基础上增加大量形容词、副词等感性化的词语。形容词和副词无法指称对象,而是作为装饰性的词语,用来修饰对象,使语言变得复杂、感性、情感饱满,显得更加华丽和浮夸,凸显了语言的装饰性倾向。如前所述,装饰艺术和艺术的装饰性是唯美主义的衍生物,追求象征隐喻同样体现出语言的装饰性。正如装饰艺术没有所谓的美的标准,它的美体现在和环境的相互融合中,离不开具体环境,对象征性的理解也离不开文本内外的"语境"。语言的高度"语境化"造成文本的多义、隐喻、拼贴感和不确定性是文学现代性的标识之一。当装饰艺术风格(Art Deco)在20世纪初风靡欧美之时,"Art Deco"这个词还没有被发明出来,它还被称为"现代主义"(Modernistic)或"现代风格"(Style Moderne)。[①]

语言的装饰性倾向被视为"颓废主义"的表现形式。"颓废"作为一种文学现象广泛存在于19世纪后期西方文学作品中,作为一种文化表征则弥散于这一时期的西方文化领域,其影响持续到了20世纪现代派。长期以来,"颓废"的含义在中外学界一直处于含混不清的状态。结合本章前文对唯美主义本质的分析,"颓废"与唯美主义之间有着紧密的内在联系,有些学者将唯美主义与"颓废"视为生长于不同环境的"两生花":法国称为颓废派,英国称为唯美主义;更多的学者将两者视为一体——唯美—颓废文学。但也有学者提出不同意见,罗登斯基(Lisa Rodensky)与格伯(Helmut Gerber)认为,尽管试图区分两者的努力是无聊的,这很难得出一个有意义的标准,但也并非无迹可寻,因为"唯美主义被用来定义文学作品的创作特点(形式与技巧),而颓废派更多地被用来形容作品的主题与思想"[②]。尽管这个论断比较粗糙与武断,但是指出了两者并非一个层

---

① 参见陈茜:《西方现代装饰艺术设计史(1850—2005)》,哈尔滨:黑龙江人民出版社,2013年,第37页。

② Lisa Rodensky, ed., *Decadent Poetry from Wilde to Naidu*, London: Penguin Books, 2006, p. xxvi.

面上的概念:"唯美主义"指向思潮流派,"颓废"指向艺术风格。我国学者在对 19 世纪文学领域的"颓废"概念进行梳理与考证后也指出,"颓废"指的是精致繁复的文体风格和古怪反常的题材①,用来形容某种特定的艺术风格。艺术风格是内容与形式的和谐统一中所展现出的总的思想倾向与表现技巧。其中,表现技巧是艺术风格的外在形式;思想倾向是支撑表现技巧的世界观与价值观,是艺术风格的内在本质。精致繁复的文体风格和古怪反常的题材是颓废风格的外在形式,那么其内在本质是什么呢?

追根溯源,"颓废"在艺术上源于对古罗马衰颓时期文学形式化特征的界定。文学是语言的艺术,因此,配合特定的历史风貌,用来说明当时文学的"颓废",便天然内含"感官享乐"的意义。正因如此,在正统观念看来,"颓废"风格是离经叛道、堕落反常的。由于工业城市的崛起,科学思想(进化论、病理学、生物学等)的融入,19 世纪文学与文化观念中的"颓废"有了更加时代化的思想内涵,表现为重"人工"而轻"自然"。艾布拉姆斯与哈珀姆在《文学术语词典》中指出:"颓废派文艺运动的核心观点认为,在生物性和标准,或者说道德和性行为的'自然'准则的意义上,艺术与'自然'是截然对立的。"②戈蒂耶与波德莱尔在 19 世纪 60 年代详细阐述了颓废的根本理念,即"完全地反对自然,推崇……人工性"③。全篇都在描写人工生活的《逆天》被称为"颓废派圣经"。因此我们认为,"颓废"的思想本质是"逆反自然"。

需要指出的是,"自然"一词具有多重含义。从词源上分析,自然(nature)一词来源于罗马人对希腊语词 physis(φυσις:"向我们涌现")的翻译:nasci。"nasci 的意思为诞生、来源,即'让事物从自身中起源'。另外,从拉丁词 nasci 源于对希腊语词 physis 的翻译来看,它在词源上必然继承了 physis 的本义,即事物自身的生长和涌现。"④在中国文化语境中,按照《说文解字》的解释,"自,鼻也",即最初的、开始的事物。"自然"是"自"的引申,同样包含起源、自在的意思。现代意义上的"自然"一词主要有以下几个含义:一是大自然、自然物质;二是事物的基本特征,本性与本

---

① 参见杨希、蒋承勇:《复杂而多义的"颓废"——19 世纪西方文学中"颓废"内涵辨析》,《浙江社会科学》2017 年第 3 期,第 115—121 页。
② 艾布拉姆斯、哈珀姆:《文学术语词典》,北京:北京大学出版社,2014 年,第 151 页。
③ 波尔蒂克:《牛津文学术语词典》,上海:上海外语教育出版社,2000 年,第 51 页。
④ 刘成纪:《自然美的哲学基础》,武汉:武汉大学出版,2008 年,第 13 页。

质;三是自然规律,大自然的存在与运动形式。借鉴康德的观点,从哲学上看,"自然"指的是未经人为改造的事物之形式与规律,即自然律;"反自然"便是人的"自由意志":不受自然律(包括肉体本能)束缚而按自身立法行事的能动性。"反自然"即自由意志在审美领域中的表现。

"自由"与"自然"并不是截然对立的,而是一组对立统一的矛盾体。作为大自然进化的产物,人本身就是自然界对自身的扬弃。在行动上,自然环境是人的镜子,在改造自然的过程中展现出人的能动性;在观念上,人内心深处的本能、欲望等自然因素也是人的镜子,理智在与本能的搏斗中锻造着理性精神。作为人的实践对象,"自然"看起来是外在于人的,同时又内含于人性本身。人对自然的认识、与自然的关系,其实呈现了人与自我的关系、人性的发展以及文明进程的状态,"作为完成了的自然主义=人道主义,而作为完成了的人道主义=自然主义"①。

由于"自然"一词包含了本质、天性的意义,因此学术界往往将"反自然"理解为古怪反常。古怪反常的题材确实是"颓废"的元素,但其中包含人与自然关系的"隐喻"。以往的研究只看到"反常"的外在形式,却未深入"反自然"的思想本质,导致对"颓废"的诸多误解。因此,"颓废"内含的"反自然"的思想内核在写实主义、科学主义的注入中获得再造,促生了矫揉造作、繁复装饰的语言风格,同时也表现为"自然生命力的萎缩""蛇蝎女性"形象、"矫揉造作的人格形态"等看似"反常"的文学主题。

"颓废"含有文明过熟(进而衰朽)的含义,在作品中以身体的病态和自然生命力的退化作为文明衰朽的隐喻。颓废派文学的主人公往往伴有某种疾病与缺陷,呈现生命力的萎缩感。"在世纪行将终结之时,对于'疾病'的想象日益成为引人注目的文学主题,成为颓废文学极力表现的概念之一。"②《逆天》的主人公德泽森特患有神经官能症与消化不良症,在病痛的折磨中逐渐丧失自然生命力。他还是性功能障碍者,男性气概的缺失使他的情欲关系也向"反自然"状态发展。德泽森特与马戏团杂技演员的恋爱关系具有鲜明的性别倒错倾向,甚至因为对方在亲密时表现出的"女人味"而大失所望。《情迷维纳斯》中的塞弗林体弱多病,长期在疗养院休养。与德泽森特一样,塞弗林的情爱关系也以一种"反自然"的形式

---

① 马克思:《1844 年经济学哲学手稿》,中共中央马克思恩格斯列宁斯大林著作编译局译,北京:人民出版社,2000 年,第 81 页。

② Victor Brombert, *The Intellectual Hero*: *Studies in the French Novel*, 1880—1955, Chicago: The University of Chicago Press, 1961, p.17.

呈现：并不寻求肉体接触，而是借助工具（裘皮与皮鞭）和幻想达到快感。他对女性的爱恋只能用鞭打的形式表达，并试图以虐恋形式（主奴关系）维持与女性的恋情，最终被对方抛弃。在"父权制"的意识形态中，"自然"的两性情爱关系应该是以男性为主导的异性恋模式，颓废派文学却经常让男性在情感关系中呈现出"反自然"（非生产/生殖性）特点。《秘密花园》的主人公由于早年放荡不羁的生活的摧残，饱受神经衰弱的折磨，身体机能严重衰退。对于这些颓废者而言，肉体的衰朽与神经官能的敏感呈反比，身体的残缺在日益敏锐的感官能力中找到代偿。敏锐的官能带来让人不堪重负却又欲罢不能的"超负荷"感官体验，与病态的身体相互对照。"反自然"与生命力的"退化"相联系，表现为病态的身体。

传统的美感以人的生理感官的舒适与和谐为标杆，来源于人对生命本身的认可（合生命原则），体现的是对自然生命"肯定性"的价值：和谐、有序、健康等；相反，"丑"代表了对生命力的否定。相比传统的审美观，"颓废"热衷于在丑恶的事物中提炼出一种病态的"美"。对生命活力、感官舒适状态的破坏，是审美趣味上的"反自然"（反生命原则）的体现，对"丑恶"的把玩、欣赏与田园牧歌式的自然和谐之美背道而驰。

"颓废"作为一种生长于现代城市文明之上的"恶之花"，是工业与消费时代的产儿，标志着人与自然相疏离时的复杂心态。如果说自然主义文学对"疾病"意象的使用是将人捆绑于遗传学的"车轮"上，驶向"生物化"的方向，突出的是人肉身躯体的病变；那么颓废式的"疾病"意象则偏重精神层面，诸如歇斯底里、神经衰弱等精神官能症，赋予其茕茕孑立、抗拒世俗的"文化抵抗者"形象，因此更具文化隐喻的象征意味。与此相应，在男性形象身边伴随着旺达、莎乐美、克莱拉等"蛇蝎女性"形象。"强大的、优雅的和集权的女性成了容易被视为'恶魔'的新女性，她们在日益被阉割的19世纪的男人面前炫耀自己的权势。"① 两性关系的颠倒成为一个符号场域，"女性身体发挥着……难以驾驭的自然力量的主要符号场域的功能"②。从文化隐喻的层面看，"反常"的两性模式隐喻了人与"自然"的紧张关系，它以看似弱势的姿态表达了逃避与反抗自然力量的企图。

"人格"一词原本是指古希腊演员在舞台上表演时所戴的面具，用以

---

① K. A. Reid, "The Love Which Dare Not Speak Its Name: An Examination of Pagan Symbolism and Morality in *Fin de Siècle* Decadent Fiction", *The Pomegranate*, Vol. 10, No. 2 (2009), pp. 130—141.

② Ruth Livesey, *Socialism, Sex, and the Culture of Aestheticism in Britain, 1880—1914*, Oxford: Oxford University Press, 2007, p. 13.

表现剧中不同身份与性格的角色。对希腊人来说,戏剧服饰就是角色的性格,一个角色可能在一次演出中由许多演员扮演,因此服装提供了连续性。这套服装最引人注目的方面是面具,它有着夸张的特征,作为角色的延伸。面具源于希腊语 prosopon,原义为"脸"。① 后来,"这个词又演变成显出特定个人的各种特征或使其与他人的关系具有个人化或特色化的概念"②。因此,人格天然具有"表演成分"。从人类学角度而言,文明和野蛮的区别之一在于对原始本能、自然天性的掩饰。随着人类文明的演进,文明社会要"掩饰"的东西越来越多。人格成为个体性、私人性的社会"面具",是对个体心理自然状态的"伪装",人格的形成过程就是个体在精神层面摆脱"自然状态"的过程。颓废派小说的人物形象往往呈现出"高度程式化、风格化的自我精心建构"③,他们的喜怒哀乐、爱恨情仇具有戏剧化的夸张,表现出过度形式化的审美特征,具有背离日常生活的陌生化效果。过度形式化的人格形态在读者的直观中呈现为人物行为和心理过程的矫揉造作:《阿芙罗狄特》中克莉西丝的"殉情"、《逆天》中德泽森特的"人工生活"、《情迷维纳斯》中旺达和塞弗林之间的"虐恋"与"角色扮演"、《莫班小姐》中的"异装癖"、莎乐美与道林·格雷戏剧化的他恋/自恋模式……无不显出戏剧化的夸张。桑顿(R. K. R. Thornton)指出:"颓废风格呈现出怪诞的、漫画般的夸张形态。"④这种夸张的人格形态造成了陌生化的美学效果,与社会普遍追求的自然得体、举重若轻的中产阶级做派形成反差,呈现出艺术上的"坎普"(camp)风格。"坎普"一词来源于法语中的俚语"se camper",意为"以夸张的方式展现",在英语中意为"忸怩作态"、过分"戏剧化"的,并且带有女性气息、同性恋与异国情调的含义。作为一种体验,"坎普风"带有"矫揉造作与夸张的不自然"的艺术形态,它与人物形象相结合,象征远离自然形态的过度文明化的人格面具。颓废式的人格形态突出人格的表演性和面具性,它以矫揉造作的形式呈现出"过度文明"(逆反自然)的价值取向。事实上,矫揉造作的"坎普"源于德国浪漫派开启的"怪诞",怪诞风格是德国浪漫派的标志性手法,在作品中

---

① Giles Whiteley, *Oscar Wilde and the Simulacrum: The Truth of Masks*, London: Legenda, 2015, p.10.
② 陈志尚主编:《人学原理》,北京:北京出版社,2005 年,第 158 页。
③ R. K. Garelick, *Rising Star: Dandyism, Gender, and Performance in the Fin de Siècle*, Princeton: Princeton University Press, 1998, p.3.
④ R. K. R. Thornton, *The Decadent Dilemma*, London: Edward Arnold, 1983, p.21.

常用背离生活常识的情节、人物、环境、行为反讽庸俗的生活,表现生活与理想(艺术)之间不可调和的矛盾。

我们可以认为,由于具有"反自然"的思想价值内核,"颓废"作为一种艺术风格和唯美主义有着天然的内在联系。如前文所述,唯美主义在创作中对感性认识可能性的描写表现为三个特质:一、感性认识对象从自然物转向了人造物(艺术品);二、艺术家、审美家式的超人感性能力偏离了田园牧歌式的古典(和谐)美,表现为精神的紧张、内心的震惊等现代(城市)美;三、个性化的感性认识传达的是陌生化、怪异的"情调",通过不断冲击习以为常的日常审美经验,放大感性认识的难度,延长审美体验的时间,回收鲜活情感的"余热",造成了一种感性上的"循环模式",进而避免艺术与审美成为一次性的"快消品",沦落为商品消费的损耗对象。"基于'循环'(recycling)的生产模式(艺术之类)与基于消耗的生产模式之间的区别是非常重要的:前者导致创造和再生,后者导致毁灭和死亡。"[①]这些特质就是颓废的特质,或者说,唯美主义思潮落实在创作中很容易表现出颓废的艺术风格,这也说明了为什么颓废派和唯美主义的作者群高度重叠。当然,唯美主义具有更大的内涵,两者不能等同和替代。

---

① Kelly Comfort, *European Aestheticism and Spanish American Modernismo: Artist Protagonists and the Philosophy of Art for Art's Sake*, New York: Palgrave Macmillan, 2011, p. 55.

余 论
唯美主义、消费文化与艺术大众化

一、再论唯美主义与消费文化

国内不少研究将唯美主义与消费文化①联系在一起,比如周小仪先生在《唯美主义与消费文化》中认为,唯美主义和消费文化之间此呼彼应,"唯美主义生活艺术化的实践,从根本上说正是资本对审美感性全面渗透并加以重新控制的表现。而情感的表达被纳入商业运作之后,审美与艺术所具有的革命性也就丧失殆尽了"②。周小仪先生的观点指出三个现象:一是资本主义生产方式是唯美主义产生的重要推动力;二是资本逻辑渗透和控制人的审美感性;三是一旦情感的表达被纳入资本运作的固定模式,那么审美与艺术也就成了资本的"傀儡",从而丧失了文化批判性。应当说,这三个现象都是唯美主义思潮展开过程中客观存在的,唯美主义思想及其推动者中也存在某些"言过其实"或"想当然"的成分。但是,如果我们因此跌入二元对立的"陷阱",将消费文化与审美对立起来,进而否定消费与审美、艺术之间更为深层的互动作用,就难免会因噎废食。我们

---

① 从广义角度说,"消费文化"不同于"消费主义文化",前者是中性词,指用消费行为表达某种意义或价值观念的符号系统;后者是贬义词,指用消费行为填补意义的空虚状态以及不断膨胀的欲望和激情在概念上后者从属于前者。从狭义角度说,特别就当前主流消费社会的研究而言,"消费文化"几乎等同于"消费主义文化",指的是不以满足实际需求为目的,而以满足不断被制造、被刺激起来的欲望为目的生活方式,追求消费至上、为消费而消费的价值观。因此,"消费文化"往往与资源浪费、环境恶化、传统信仰断裂、主体性丧失等社会和文化现象联系一起,含有贬义。参见王宁:《消费社会学》(第二版),北京:社会科学文献出版社,2011年,第114页;莫少群:《20世纪西方消费社会理论研究》,北京:社会科学文献出版社,2006年,第29—30页。

② 周小仪:《唯美主义与消费文化》,北京:北京大学出版社,2002年,第15页。

认为应当坚持历史唯物主义的视野,在更广阔的历史语境中再度辨析唯美主义与消费文化之间的关系:

第一,虽然唯美主义者和一些理论家将审美和艺术视为对抗商品经济和消费文化的堡垒,但从根本上说,审美和艺术是人的精神活动的"花朵",而不是能够一劳永逸将某个对象一枪毙命的"武器",它们的革命性也不是要革掉某个特定对象的"命",而是人性的发展与完善。

第二,既然审美和艺术的本质是精神活动,那么它们就一定建立在某种生产关系的基础上,而非先验的东西。比如,古希腊神话生长在原始氏族社会生产关系土壤中,中世纪和近代新古典主义文学建立在封建主义生产关系上,唯美主义则建立在机器化大生产时代以生产资料私有制为基础的生产关系之上。因此,资本渗透审美,情感表达被纳入商业运作并不奇怪。如本书第一章第五节指出的,艺术家为市场考量,他作为商品经济的市场要素为自己的选择负责,相比于原始社会和封建社会而言,艺术家获得了更多的选择权,也就获得反向推动艺术市场的发展,让普通人获得审美资源的能量。因此,我们并不能简单地否定审美与艺术的革命性,正如马克思、恩格斯并不否认资本主义生产关系的革命性,他们认为资本主义时代的生产力比过去世世代代的总和还要多,将人们从基本生存和王权土地附庸中解放出来,"资产阶级在它已经取得了统治的地方把一切封建的、宗法的和田园诗般的关系都破坏了"①。

第三,正如新古典主义文学的情感最终异化为一种迎合封建主义话语的僵化模式,唯美主义艺术中的情感表达当然也会异化为资本运作的固定模式。不过,既然审美与艺术是人的精神活动,它与社会物质生产关系一样都处于变动发展中,从挣脱旧枷锁的自由状态逐渐又沦为某种程式化的、阻碍情感传达的不自由状态,进而又会面临新的思想与形式的革新。唯美主义思潮也不会例外,它从反对旧美学、旧伦理、旧情感模式出发,演化出一系列诗学理论和创作实践,引发了西方文学形式的自觉(形式的解放)、情感模式的革新(非流俗的陌生化情感)。作为一种思潮,唯美主义在20世纪初以后就逐渐隐匿了,但它的诸多特质被现代西方文学的诸多流派吸收,在这些流派身上仍然保持着鲜明的文化批判性,这是一种历史的进程。

---

① 马克思、恩格斯:《共产党宣言》,见《马克思恩格斯文集》(第二卷),中共中央马克思恩格斯列宁斯大林著作编译局编译,北京:人民出版社,2009年,第33—34页。

第四，艺术的生活化和通俗化当然伴随消费文化的渗透，体现出某些非理性与阶级性的特征。马尔库塞等人认为消费文化制造出某种"虚假需求"，通过颠倒人与物的关系将人网罗在物化的消费之网中；鲍德里亚（Jean Baudrillard，1929—2007）揭露消费社会通过建构某种符号体系来置换传统的商品交换，使消费成为某种具有表意功能的符号代码，以消费符号的编码来操控意识形态。但这些现象的产生不是审美与艺术的错，在市场经济语境中，消费的另一面就是生产，消费文化是机器化大生产时代的产物，除了审美外，几乎所有的东西都被纳入了商品经济的交换目的中。因此，将消费文化的某些弊端归咎于对审美与艺术的追求，归咎于艺术生活化或生活艺术化，其实是本末倒置。比如用后现代符号学理论生硬地切入美学理论，认为消费社会中的物质系统已被符号系统取代，物的消费已变成符号消费，继而得出消费社会的审美无非是符号价值系统内部的嬉戏的结论。这种观点将艺术品消费行为等同于审美活动，将围绕物质资源展开的社会交换活动等同于审美中的社会化情感的"交换"（交流）活动，用"物化"眼光来批判"物化"现象，显然是有失偏颇的。

马克思、恩格斯认为，资本主义是在封建社会里面形成的，当封建社会的生产和交换资料发展到一定阶段，封建的所有制关系就不能适应已经发展了的生产力了。"这种关系已经在阻碍生产而不是促进生产了。它变成了束缚生产的桎梏。它必须被炸毁，它已经被炸毁了。"[①]同理，消费主义产生的根本原因是生产力发展不平衡与不充分，消费文化的某些弊端也不可能靠限制甚至取消消费实现，而是要在生产力继续发展，进而改变不平等的生产关系的基础上才能实现。以19世纪出现的百货公司为例，在百货公司出现前的传统集市中，商人会将普通商品陈列出来，而将优质商品"隐藏"起来。有些商铺会挂出贵族的家徽，表明自己是这家贵族的特定供应商，从而将普通客户拒之门外，除非经圈内人介绍。并且，进入商店就要购买，不许空手而归。百货公司的明码标价带来"价格面前人人平等"的观念，在降低商品成本的同时，也就降低了顾客身份的门槛和限制，童叟无欺。普通人也可随便光顾，无论买与不买都没有消费的压力，新型的消费观念和消费文化随之成形。可以说，19世纪后期机器化大生产时代的消费文化实际上以货币形式推动了社会平等观念的进

---

① 马克思、恩格斯：《共产党宣言》，见《马克思恩格斯文集》（第二卷），中共中央马克思恩格斯列宁斯大林著作编译局编译，北京：人民出版社，2009年，第36页。

步。同时,正如本书第六章第二节所述,休闲不仅是消费的条件,同时还是消费的产物和对象,在商场中的"闲逛"成为都市休闲生活的一种滋养市民的"自由感"。尽管消费行为容易被资本和大众裹挟,就像人们追求自由又往往陷入不自由的境地,"但是必须承认消费主义对于更宽泛的社会和个人利益的重要作用。它不是一直像表面上那么肤浅"①。

因此,我们固然要对非理性的消费行为持批判态度,但仍不能忽视某些批判理论产生的"语境",尤其在面对我国当前发展还不平衡、人均消费水平和层次还偏低的具体国情时,应避免照搬某些理论来分析中国具体问题的简单思维。我们认为,审美与艺术的非理性与阶级性的根本原因正是生产力与社会资源的不平衡导致的。同时,我们不能简单地否认人们对美的追求,哪怕这种追求是通过消费实现的;而是应当认识到,只有不断发展生产力,缩小贫富差距,实现共同富裕,才能让尽可能多的民众充分地享受审美资源。事实上,唯美主义倡导美育,追求艺术生活化的"泛美"追求中已经蕴含了呼吁平等的思想了。

二、艺术为精英还是为大众?

这是另一个与唯美主义有关的话题。

19世纪20年代,黑格尔做出艺术必然终结的判断。无独有偶,19世纪30年代,随着摄影技术的发明推广,法国画家德拉罗什(Hippolyte-Paul Delaroche,1797—1856)宣告绘画艺术的终结。相似的预言还出现在世纪之交,推崇艺术至上论的唯美主义思想与艺术终结论此起彼伏。这的确是一个有趣的现象,不禁令人想起王国维的"有我之境"与"无我之境"之辨。有我之境,以我观物,用主体的情感点染对象,故对象皆着我之色彩。美是情感的对象化,艺术是对象化了的情感,"有我之境"是审美心理的发生过程。"无我之境",以物观物,也就是抛弃现实功利的考量,完全投入主客交融的情境中,故不知何者为我、何者为物。"无我之境"即是审美活动发生的基础(无功利),又是审美活动的必然结果(物我两忘)。因此,"有我之境"和"无我之境"是组成审美活动的心理机制,两者相互作用、彼此生发。艺术至上论和艺术终结论之间具有相似的关系:前者内含"泛艺术"思想,以艺术(情感)的眼光观照一切对象,将对象美化/艺术化,

---

① 彼得·N.斯特恩斯:《世界历史上的消费主义》,邓超译,北京:商务印书馆,2015年,第182页。

即呼吁拥有一双发现美的慧眼（正如现代社会中被有些人视为"矫情"的文艺青年）；后者同样基于泛艺术思想，只不过从反面切入，既然生活中处处充满美，作为独特范畴的艺术也就不必存在，艺术就像熟透的花叶一样"零落成泥碾作尘"，融化进生活，"只有香如故"。这也是理解"为艺术而艺术"和"为生活而艺术"之矛盾关系的钥匙。

唯美主义"为艺术"还是"为生活"的矛盾中衍生出另一个关于美学和艺术的问题，即艺术创作应该为精英还是为大众？其实这也是和消费社会、消费主义有关的问题。这个问题也助推了唯美主义思潮在19世纪的风靡，因为随着艺术市场的急速发展与消费主义时代的来临，艺术拯救世俗人生，很容易就变成艺术被生活消解。艺术在"化大众"的同时，自身也面临着被大众化的局面，许多后现代艺术作品就在悄悄地溶解着艺术与生活的界限。并且，由于艺术形态和传播媒介的变革，艺术作品已经可以完全脱离博物馆、展览馆等传统艺术机构。由于互联网的介入，许多艺术形式甚至成为网络"原住民"和数字化的"符号"。网络时代的艺术先天地呼唤创作者和观众的交流互动，甚至观众本身就是创作的一部分，随之而来的是艺术家角色身份的问题也在悄然改变，以至于有人发出"艺术终结"的感叹。

事实上，艺术的终结指的是自律性艺术的终结，而不是艺术本身的终结。[1] 换句话说，是艺术创作为了取悦那些具有较高审美水平的艺术精英/专家，还是为了迎合更多普通大众的喜爱。这个问题也在20世纪的不同时期以不同的话题、面貌、影响搅动着文艺界的神经，甚至直接触及政治意识形态。比如，从19世纪中后期开始，在德国文艺圈出现"媚俗"（Kitsch）一词，指称艺术市场中的廉价艺术品，媚俗自20世纪初以来成为文艺美学中的"热词"。批评家克莱门特·格林伯格（Clement Greenberg，1909—1994）、马泰·卡林内斯库（Matei Călinescu）以及作家米兰·昆德拉（Milan Kundera）等人都关注过"媚俗"。其中，鲍德里亚在他的名作《消费社会》中对"媚俗"提出了自己的理解。他认为，"媚俗"大致出现于19世纪中后期的西方发达资本主义国家，"媚俗"的土壤是工业化、消费社会、社会阶层流动导致的大众文化的兴起。缺少审美教育的大众在审美领域发出自身的诉求，形成广泛的平民化审美。平民化审美具体表现为用占有"艺术符号"来凸显自身的话语诉求，由此导致工业社会

---

[1] 参见冯黎明：《艺术自律与审美伦理》，《文艺研究》2018年第11期，第29—38页。

大量生产"媚俗物":带有摆设性质的工艺品、民间小杂货、纪念品、伪劣博物馆等。它们的共同特点是"宁愿把自己定义为伪物品,即定义为模拟、复制、仿制品、铅板,定义为对细节的歌颂并被细节填满"①,相当于演讲中的陈词滥调。从鲍德里亚对"媚俗"的描绘中我们可以看到,"媚俗"实质上是审美精英主义者对大众审美的定义,指的是缺少学院派审美教育和非精英主义审美趣味的大众审美品位;"媚俗艺术"就是为了迎合大众审美和消费水平生产的艺术产品,含有明显的贬义色彩。那么"媚俗艺术"的本质是什么呢?结合本书前文所述,试图从审美对象本身寻找某种客观因素(肤浅的、复制的、工艺的、廉价的)来理解"媚俗"是徒劳的,只能从审美主体,即人本身出发才能理解。如果说艺术精英主义看重艺术和审美中蕴含的创造、创新因素所带来的自由感,那么"媚俗"则是非创造、非创新的跟风和摹仿。在精英主义者看来,"媚俗"无法创造和赋予艺术全新的审美内涵(陌生化),反而会耗尽艺术中的"陌生感",使艺术品成为陈词滥调,继而抽空鲜活的情感。因此,鲍德里亚指出:"媚俗有一种独特的价值贫乏……与此相对的是那些稀缺物品最大的独特品质,这是与它们的有限主体联系在一起的。这里与'美'并不相干:相干的是独特性。"②说到底,"媚俗"一词的产生和热议本质上仍然是精英与大众审美话语之争,只不过精英们掌握了评论的主导权,"在一个没有社会流动性的社会中是没有媚俗的:一个有限的奢侈品公园作为特权等级的特殊物资就足够了"③。到了 21 世纪,随着互联网的普及、文化产品的丰富、社会价值的多元化趋势,精英主义的主导权似乎削弱了,以至于精英主义的审美趣味时常被大众调侃和讽刺。艺术的精英面向与大众面向之间似乎又有新的分离的趋势,精英的更"精英"了,大众的更"大众"了,我们在那些艺术类节目、论坛、媒体平台上总能看到双方的"唇枪舌剑"。

诚然,从个体审美角度讲,感性是私人性的,每个人的审美感受千差万别。但从社会、历史、文化共同体的角度讲,审美具有一种"理想",这种审美理想凝聚着人性的丰富性,引领人性向高处攀登。并且,审美理想只能通过艺术作品来体现,因为艺术是实现人与人情感交流的纽带,而人的情感既是个人化的,更是社会性的。因此,审美理想体现当时的时代精神,虽然它会随着时代精神的发展不断变化具体形态,但就某个时代历史

---

① 让·鲍德里亚:《消费社会》,刘成富、全志钢译,南京:南京大学出版社,2014 年,第 98 页。
② 同上书,第 99 页。
③ 同上书,第 98 页。

横截面来看,具体的艺术创作在总体上总是趋向接近这一理想。当然,个别、具体的审美活动也总是会偏离审美理想,但我们能够说这些偏离是毫无意义的吗?显然不能,因为正是这些具体的"偏离"的存在,才会形成一种无限趋近审美理想的"正态分布"。一个健康的社会环境应该成为"正态分布"的守护者,从这个意义上说,艺术无论是为精英还是为大众,都值得鼓励。艺术应该为尽可能多的人服务,社会应该创造条件让更多的人享受审美的机会和资源,让不同需求的人都能找到心仪的艺术产品,真正实现"百花齐放"。当下,中国社会主要矛盾是人民日益增长的美好生活需要和不平衡不充分的发展之间的矛盾,国人对文化生活和审美活动的要求日益提高,并且对感官能力和可能性的探索越来越深化:诸如虚拟现实技术、高帧率播放、5D电影、沉浸式体验、新一代移动通信技术等新的审美技术与艺术形态不断刷新我们对传统艺术的认知。人们在科学技术大爆炸的推动下仿佛又要面临"感性解放"的新局面,因此,对唯美主义思潮的重新审视有助于我们认识和反思当今社会的许多文化现象。

附 录
中西"文学自觉"现象比较

"文学自觉"即文学的"审美自觉"。文学的"审美自觉"现象由社会文化背景、文艺理论、文学创作、文人共同推动并孕育，标志着文学审美价值的确立。中西方文学尽管有着截然不同的文化土壤和审美旨趣，但都在某个历史阶段出现了"审美自觉"的现象。西方文学的"审美自觉"现象滥觞于浪漫主义对古典主义的反拨，在19世纪唯美主义思潮那里发扬光大，开启了西方现代文学的形式化转向。中国文学的"审美自觉"现象较之西方而言出现得更早，发生、发展于魏晋南北朝时期。虽然魏晋南北朝时期的文化观念与意识形态也处在流变之中，但从整体上看，文学的"审美自觉"贯穿其中，构成对"政教"传统的"异数"和补充，然而它又很快"融化"在日益成熟的"文以载道"观念中。通过比较中西文学"审美自觉"现象的发生与发展轨迹，既可以比较中西文学的不同美学理念，又可以寻找某些文学观念演变的规律，并重新审视文学"审美自觉"的内涵。

一、"审美自觉"的文化土壤：文化的断裂与革新

就中西文学的"审美自觉"现象发生的社会背景来看，传统文化与旧意识形态的断裂、新文化观念与意识形态的重组是其发生的契机。在西方，古典主义的式微、宗教地位的衰落以及大都市的崛起为"审美自觉"观念奠定了基础。在风云激荡的19世纪，法国文学家与理论家将目光投向德国，激活并创造性地发挥了德国古典哲学的若干理论，凝练出"为艺术而艺术"的观念，并很快风靡整个西方世界。事实上，德国古典哲学正是德意志民族从封建社会向现代化转型的思想武库。"为艺术而艺术"的观念开启了审美现代性的理论范式，试图用"艺术崇拜"取代"上帝崇拜"，一

方面为了填补宗教传统衰弱后导致的信仰"真空",另一方面又警惕着工商文明带来的功利主义、市侩主义,用审美的力量呵护异化的人性、扭转乾坤,尽管工商文明的崛起正是推倒宗教传统的"罪魁祸首"。

  魏晋时期的文学观念之所以能够突破汉代经学的束缚,正是基于战乱频仍、政权频繁更迭的社会现实。儒家思想的统治地位随着大一统的国家政权的丧失而衰弱,随之而来的是佛教的传入、道教的勃兴以及玄学的兴起。一时间形成儒道兼容、佛道相争的思想文化格局。"汉末魏晋六朝是中国政治上最混乱、社会上最苦痛的时代,然而却是精神史上极自由、极解放,最富于智慧、最浓于热情的一个时代。因此也就是最富有艺术精神的一个时代。"① 主流意识的重组和异域文化的注入带来了文学观念与文学创作的嬗变:"越名教而任自然"②的玄言诗在景物描写中融入佛道思想与哲学意识,表现出个人的精神对自然、生命的审视,标志着文人诗的彻底化。志怪小说一改"子不语怪力乱神"的禁锢,记叙神怪灵异故事;志人小说作为魏晋崇尚清谈的结果,是对魏晋门阀士人传闻轶事和玄虚清谈的记录。"魏晋以来,乃弥以标格语言相尚,惟吐属则流于玄虚,举止则故为疏放,与汉之惟俊伟坚卓为重者,甚不侔矣。盖其时释教广被,颇扬脱俗之风,而老庄之说亦大盛,其因佛而崇老为反动,而厌离于世间则一致,相拒而实相扇,终乃汗漫而为清谈。"③志怪、志人小说都是佛道玄学兴盛的产物。鲁迅认为,用于记人录事的文献早在春秋战国时期就有记载,但那只是用来实现政治教化的目的,而志人小说虽仍有记录史实、供人揣摩的实用目的,但已经具有明显的供人把玩和娱乐的特点。"若为赏心而作,则实萌芽于魏而盛大于晋。虽不免追随俗尚,或供揣摩,然要为远实用而近娱乐矣。"④也就是说,叙事文学的审美特质开始逐渐摆脱政教与写实目的而获得确立。此外,汉末"反切"的发明标志着对音韵的研究进入科学的阶段,它同样与因佛教传入带来的异域语音的本土化有关。周祖谟认为:"至若反切之所以兴于汉末者,当与象教东来有关。清人乃谓反切之语,自汉以上即已有之,近人又谓郑玄以前已有反语,皆不足信也。"⑤

---

 ① 宗白华:《美学散步》,上海:上海人民出版社,1981年,第177页。
 ② 嵇康撰,戴明扬校注:《嵇康集校注》,北京:中华书局,2015年,第368页。
 ③ 鲁迅:《中国小说史略》,见《鲁迅全集》(第九卷),北京:人民文学出版社,2005年,第62页。
 ④ 同上。
 ⑤ 王利器撰:《颜氏家训集解》(增补本),北京:中华书局,1993年,第538页。

正如美学的确立经历了漫长的历史过程,西方文学的"审美自觉"观念要"破土而出",同样要等待社会文化转折的契机,这个契机就是世俗个体的"人"的重新发现。西方的"审美自觉"观念发生在政治理性与宗教禁欲主义式微的都市市民文化土壤中。快节奏的都市生活、消费型的商品经济、疏离感的人际关系、日新月异的物质奇观、飞速拉开的贫富差距、不断颠覆的男女关系……新的生活、生产方式与社会组织结构带来新的感受。在法国,由波德莱尔领衔开创了文学中的城市美学;在英国,工业城市之所以欢迎作为唯美主义先驱的拉斐尔前派的理念,是因为通过这个理念可以带来一种全新的审美视野。另一方面,"唯美主义继承了浪漫主义对现代工商业主导下的城市生活的抗拒"①,试图用个性化的审美(感性)中和高度组织化的工商文明、都市文化。因此,工商业与大都市的崛起既是唯美主义的对立面,又是它的养料,从而构成西方文学"审美自觉"现象的复杂形态。

魏晋时期"审美自觉"观念的发展也依赖于商业与城市的兴起。东晋以降至南朝前期,长江流域政治安定、城市繁荣、商业发达、歌舞升平,据李延寿《南史》记载,宋初"凡百户之乡,有市之邑,歌谣舞蹈,触处成群"②。裴子野《宋略》记载:"王侯将相,歌伎填室;鸿商富贾,舞女成群。竞相夸大,互有争夺……"③南朝乐府民歌便是在这种环境中出现的,它是当时城市中百姓多姿多彩的世俗生活之反映,并伴有不少突破封建礼教的情爱内容与艳情描写,这与汉乐府"观风俗""行乐教"的宗旨大相径庭。从中我们可以看到彼时统治阶级审视文艺的标准已经含有很强的怡情悦性之色彩。情感内容的解放带来艺术形式的解放,为后来五言绝句的出现打下了基础。但是,南北朝时期的城市发展与繁荣稳定都是极其短暂的,南朝乐府诗的审美化倾向只能说是魏晋时期"审美自觉"观念的延续。中国文学"审美自觉"观念发生在政教伦理意识破灭后的"士人"群体中,动荡的政治格局以及强有力的政治文化中心的缺失迫使士人群体隐于市、隐于野,寻求内心的慰藉。同时,外来文化、宗教意识"趁虚而入",成为"审美自觉"的催化剂。

---

① See M. A. R. Habib, *Literary Criticism from Plato to the Present: An Introduction*, Oxford: Wiley-Blackwell Publishing, 2011, p.175.
② 李延寿:《南史》,北京:中华书局,1975 年,第 1696 页。
③ 转引自袁行霈编著:《中国文学史纲·魏晋南北朝 隋唐五代文学》(第四版),北京:北京大学出版社,2016 年,第 49 页。

二、为人生而艺术：士人风度与"丹蒂"做派

"审美自觉"的重要支点在创作、诗学领域的"为艺术而艺术"的观念，但同样也不能忽视"为人生而艺术"，甚至可以说只有"为人生而艺术"，才有可能"为艺术而艺术"，艺术的"审美自觉"正是审美的人生态度在创作中的自然流露。

审美的人生态度首先反映在人物品评的标准上。人物品评在中国古已有之，在儒家看来，人之美是德性美，美在道德修养的完美境界——圣人。"君子比德于玉，中国人对于人格美的爱赏渊源极早。"[①] 到了魏晋时代，人物品评的标准由汉代举孝廉、察孝悌的道德标准转变为重才情、风貌、神采的审美标准，尤其表现出外形美的力量。如以《世说新语》为代表的志人小说塑造了何晏、潘岳、杜弘治等美男子形象，这些人物不以个人品德立世，而以外形引领风骚。又如《世说新语·惑溺》中玄学家荀粲对女性价值的评判："妇人德不足称，当以色为主。"[②] 荀粲对妻子的深情与妻子离世后的伤感并非建立在妻子贤良淑德的品行之上，而是建立在妻子的容貌之上，可谓任诞不羁。志人小说将士人的神态仪表、精神气质、才情禀赋以一种欣赏（审美）的态度表现出来，说明魏晋时期士人的价值观念的转变：由汉末的"政治道德清谈"转变为魏正始年间的"玄学清谈"，再到西晋以后演变为"审美清谈"。[③] 文学将世俗生活语境中的人本身当作审美对象来表现，形成"一种感性地追求心调意畅的审美活动"[④]。为后世宫体诗的出现做好了准备。

审美的人生态度还表现在任情使性、洒脱倜傥、简傲狂狷的士人作风。他们清谈、饮酒、吃药、纵情山水，在生活上不拘礼法，主张符合自然人性的生活。正如嵇康所说的"非汤、武而薄周、孔"[⑤]，"越名教而任自然"[⑥]。到了东晋一代，士人逐渐从纵欲狂放转向追求宁静淡远的境界，追求含蓄蕴藉、冲淡清远的审美境界，"逐渐脱离了西晋士人的世俗化情趣，向着纯美的方向提升"[⑦]。又如宰相谢安在其名篇《与王胡之诗》中体

---

① 宗白华:《美学散步》,上海:上海人民出版社,1981年,第178页。
② 徐震堮著:《世说新语校笺》(下册),北京:中华书局,1984年,第490页。
③ 详见陈顺智:《魏晋玄学与六朝文学》,武汉:武汉大学出版社,1993年,第63—73页。
④ 黄伟伦:《魏晋文学自觉论题新探》,台北:台湾学生书局,2006年,第101页。
⑤ 嵇康撰,戴明阳校注:《嵇康集校注》,北京:中华书局,2015年,第179页。
⑥ 同上书,第368页。
⑦ 刘月:《魏晋士人人格美学研究》,上海:复旦大学出版社,2013年,第12页。

现出的风流自赏的心态:"朝乐朗日,啸歌丘林。夕玩望舒,入室鸣琴。五弦清激,南风披襟。醇醪淬虑,微言洗心。幽畅者谁,在我赏音。"魏晋士人前后期的转变并不矛盾,正说明他们对"自然"理解的深化,从追求构建不加(政教伦理)矫饰的天然本性转变为追求以形媚道、得意忘言的玄学化审美理想。这种转变都统一在对自由(自然)人格的崇尚之中,从而形成士族人格的理想形态——魏晋风度。

从某种程度上说,魏晋风度是整个魏晋南北朝士人意识的底色,它就像处在青春叛逆期的少年儿童一样,剥去了早熟的中国文人的道德、功名之人格面具。魏晋士人的"为生活而艺术"好比一次思想文化领域的"还原",去掉了虚伪的封建政教思想的"遮蔽",将士人的目光拉回到个人的世俗生活,显示出个体生活的本真在世状态。因此,"为人生而艺术"更像是"为人生而人生"。

关于唯美主义的评论一般都会涉及"丹蒂"形象的研究,丹蒂具有相当复杂的社会含义。他们拒斥资产阶级的生活方式和意识形态,具有较高的艺术修养和审美品位,并且极其注重穿着打扮的时尚与个性,保持冷酷不失风度的外表,追求精练又发人深省的语言,具有强烈的审美化倾向。丹蒂最早出现在 18 世纪末、19 世纪初的英国,他们有钱有闲,谈吐考究,举止不凡,对于外在的人和事保持一种沉着冷静又超脱于外的态度。这样的气质风度经过法国作家多尔维利(Jules-Amédée Barbey d'Aurevilly)与波德莱尔的渲染之后,获得了对抗世俗、蔑视清规和追求完美的审美与文化意义,成为资本主义时代的精神骑士与贵族。波德莱尔将丹蒂的风格理解为:矫揉造作、力求完美、精致优雅以及对庸俗的厌恶。[1] "丹蒂"影响了 19 世纪末年轻一代的文人,这种影响既表现在他们日常生活层面的言行举止,又反映在文学作品中,从而形成典型的人格形态,呈现出"高度程式化、风格化的自我精心建构"[2]的特征。这种颇具戏剧化的精心建构的人格形态造成了陌生化的美学效果,从而形成对庸众的讽刺效果,迫使读者反思其合理性。因此,丹蒂形象天然地与艺术、审美(陌生化)紧密地联系在一起,然而,他们并非遗世独立于生活之外,而

---

[1] See David Weir, *Decadence and the Making of Modernism*, Amherst: University of Massachusetts Press, 1995, p.62.

[2] R. K. Garelick, *Rising Star: Dandyism, Gender, and Performance in the Fin de Siècle*, Princeton: Princeton University Press, 1998, p.3.

是保持在外界社会习俗的限度内创造一种新奇人格形态的强烈愿望①，并与现实人生构成微妙的张力。从这个角度我们才能理解唯美主义的一个重要命题——"艺术拯救世俗人生"。事实上，作为一种精神上的引领，丹蒂影响了英国的唯美主义倡导者。他们顺着康德、席勒、歌德等哲学家对艺术与审美作用的阐释，试图为机器大工业时代提供依靠艺术与审美完善人性、改进社会的路径。其中一些人还化身为审美布道者，通过艺术社团与工艺改良运动直接介入社会生活②，提高城市中底层的劳动阶级的艺术修养和审美品位，从而改良人性和社会。这样一来，"为生活而艺术"又可被视为"为大众而艺术"，"审美自觉"也就溢出了美学与文艺理论的范畴。

由此可见，无论是远离"仕途经济"的"魏晋风度"，还是抵抗市侩和异化的"丹蒂风格"，都是"为人生而艺术"的直接呈现。"为人生而艺术"与"为艺术而艺术"看似相互矛盾，实则一脉相通，因为两者都在被冲击的旧意识形态废墟基础上将生活的本真还原出来，也就是将生活的感性丰富性向人呈现出来，显露出生活的可能境域和人的自由本质。从某种程度上说，两者是"为人生而人生"。也许只有"为人生而人生"的视野，才有产生"为艺术而艺术"的可能。

三、"形式的自觉"辨析

文学的"审美自觉"最直观地反映为对文学形式的自觉，即对文学形式美的重视。这反映在诗学和文学创作实践两个方面。

魏晋南北朝是中国诗学理论大发展时期，出现了中国文学批评史上第一篇文学理论的文章《典论·论文》。《典论·论文》肯定了文学独立于史学和政治的地位，也就是肯定了文学相对于其他文献的审美价值。陆机《文赋》主张"诗缘情而绮靡"③，重视诗歌的形式与修辞的技巧，指出文章要韵味深厚，"阙大羹之遗味，同朱弦之清泛。虽一唱而三叹，固既雅而不艳"④。反对过于质朴和枯燥无味的文风。南朝沈约提出"四声八病"

---

① 参见瓦尔特·本雅明：《巴黎，19世纪的首都》，刘北成译，北京：商务印书馆，2013年，第224页。
② See Ian Fletcher, "Some Aspects of Aestheticism", in O. M. Brack, ed., *Twilight of Dawn: Studies of English Literature in Transition*, Tucson: University of Arizona Press, 1987, p. 25.
③ 陆机著，杨明校笺：《陆机集校笺》（上），上海：上海古籍出版社，2016年，第17页。
④ 同上书，第33页。

说,以一种"过犹不及"的姿态高扬文学的形式追求。钟嵘的《诗品》虽反对"四声八病"说这种极端的形式主义,提倡词采和风骨兼具的诗歌,但也主张诗歌应具有自然和谐的音律。作为反证的是,陶渊明的诗歌由于形式上的朴素自然,在沈约、刘勰那里都不受重视;钟嵘也将陶诗列为中品,放在陆机、潘岳之下。除此之外,当时的文坛提出了诸如风力、风韵、言意关系与形神关系等一系列诗学观念与命题,这都说明对文学形式的重视。

对文学形式的追求是作家主体意识觉醒的表现。在文学创作上,曹植改变了汉乐府的古朴风貌,体现出辞藻华丽的趋势,正是这样的五言诗风格的形成,"才完成了乐府向文人诗的转变"①。鲍照的七言诗和杂言乐府诗,由于语言高低变化,诗风奇矫凌厉,其审美风格超出了汉魏以来的诗歌传统,故被称为"险诗"。"永明体"(新体诗)讲究声律和对偶,追求流转圆美和构思的巧妙,为律诗的形成奠定了基础。魏晋南北朝诗歌普遍重辞藻、用典、对偶与声韵,求言外之意、象外之趣,在诗歌的影响下,还出现了诗化的散文与骈文。

值得注意的是,魏晋时期对于形式的探讨集中体现在文学与音乐的关系中,即文学的音乐性。与其他艺术相比,纯音乐由一连串流动的音符构成,虽然不同的乐器具有不同的音色,带给人不同的感受,但是单一的或杂乱的声音显然不能称为音乐,音乐的美感主要是由音程和弦按照一定的比例所造出的旋律、节奏带来的。从这个意义上说,音乐是高度形式化的艺术。

当然,中国古代艺术的"乐"并非纯音乐,而是乐、文、舞的统一体,但其核心载体是音乐。在此基础上形成的儒家的礼乐文化和乐教观念不仅成为具有统治地位的政教规范,也成为巩固政权的意识形态,同时还是中国古代自然哲学思想的表现形式。《礼记》认为:"乐由阳来者也,礼由阴作者也,阴阳和而万物得。"②乐由阳气产生出来,礼由阴气产生出来,阴阳和谐而万物各得其所。礼乐文化与阴阳五行观念结合,获得了宇宙本体论的合法性。具体而言,"乐者,天地之和也;礼者,天地之序也"③。乐是天地间之和谐,礼是天地间之秩序。"和,故百物皆化;序,故群物皆别。乐由天作,礼以地制。"④天/阳/乐生成外物,地/阴/乐规制万物;乐依照

---

① 傅刚:《魏晋南北朝诗歌史论》,北京:商务印书馆,2017年,第33页。
② 杨天宇:《礼记译注》(上),上海:上海古籍出版社,2004年,第306页。
③ 同上书,第476页。
④ 同上。

天的道理而作,礼依照地的道理而制;乐是礼的内容,礼是乐的形式。然而正如阴阳是辩证生成互相转化的那样,在实际的权力运作中,乐往往成为礼的形式,而礼又成为乐的内容。这是儒家乐音理论的核心要义。魏晋时期的音乐理论得到了巨大的发展。阮籍的《乐论》尽管在思想内核上没有突破儒家的"乐教"藩篱,但他指出:"夫乐者,天地之体,万物之性也。合其体,得其性,则和;离其体,失其性,则乖。"①阮籍将音乐在形式上的和谐视为自然界万物本质的体现,音乐本身也是和谐自然秩序的组成部分,体现了自然的和谐。显然,这里的"自然"是道家的、玄学的"自然"。阮籍以道家的"自然"观作为儒家礼乐观的补充,在某种程度上突破了政教伦理的形而下范畴,从而进入形而上的抽象领域。音乐理论的发展促进了诗学、美学的发展,嵇康的《声无哀乐论》在《乐论》的基础上继续向形而上层面推进,站在宇宙的本体论的角度将音乐的本质归为"和":音乐与人性相同,都符合自然的和谐之道。陆机的《文赋》就将文学的形式美以音乐类比:"其会意也尚巧,其遣言也贵妍。暨音声之迭代,若五色之相宣。"②当时谶纬思想的发展也为音乐理论的发展提供了新的思路,魏晋南北朝文人对艺术的理解便受到谶纬观念的影响,"纬书以为音乐可以感动天地,通晓神明之道,安定百姓,成就性类,将其功能推向极致"③。对文学的音乐性的追求也促进了当时诗歌在节奏和音韵上的考究,打破了汉代传统五言诗形式的束缚,在语言形式上更加注重高低变化与长短激荡。

儒家传统历来重视音乐的政教作用,通过音乐的熏陶,能够使百姓同心同德不逾矩。符合乐教理念的音乐就是雅乐,不符合乐教理念的音乐如"郑声",便被归入"淫"的范畴而遭到禁止。"乐是被赋予了政治与道德伦理及价值的高级形式,一般人没有能力知乐察政,只有那些具有执政能力的圣人君子,才能有'知乐'进而治政的权力。"④这就说明,在中国传统乐教观念中,音乐的形式(审美)和音乐的内容(伦理)与音乐的用途(政教)之间存在密切的对应关系。这种美学观认为特定的形式体现着特定的内容,属于客观论美学的范畴。

嵇康的《声无哀乐论》虽然还带有儒家政教伦理的残余,比如将"和"

---

① 阮籍撰,陈伯君校注:《阮籍集校注》,北京:中华书局,2014年,第65页。
② 陆机著,杨明校笺:《陆机集校笺》(上),上海:上海古籍出版社,2016年,第21页。
③ 王焕然:《谶纬与魏晋南北朝文学研究》,郑州:河南人民出版社,2016年,第231页。
④ 罗世琴:《魏晋南北朝文学对音乐的接受》,新北:花木兰文化出版社,2013年,第28页。

视为音乐终极的美感,这是中国古典文化的必然性之体现,但它已经突破了客观论美学的藩篱。嵇康认为,音乐本身是一种独立的存在,能够激发生理上的烦躁或宁静的情绪,但音乐本身的形式与人之哀乐的情感不存在对应关系。"音声之作,其犹臭味在于天地之间。其善与不善,虽遭遇浊乱,其体自若,而不变也。"① 嵇康认为是人的内心先有哀乐之情,然后在欣赏音乐的过程中被触发,"音声有自然之和,而无系于人情"②。也就是说,通过音乐可以表达情感,但音乐本身的形式不产生情感,艺术形式和情感内容之间并无因果关系。"劳者歌其事,乐者舞其功。夫内有悲痛之心,则激切哀言。言比成诗,声比成音。"③ 嵇康并不否认音乐具有移风易俗的作用,但这不是通过音乐本身的形式产生出来的,而是用音乐来宣导本就藏在人心中的情感。"夫音声和比,人情所不能已者也。是以古人知情之不可放,故抑其所遁;知欲之不可绝,故因其所自。为可奉之礼,制可导之乐。"④ 通过音乐的共鸣养成百姓的感情,顺应百姓的情性。因此,就像人与音乐之间的同声相应那般,人与人、人与国、国与国之间都可以通过音乐同心同德,这就是音乐的移风易俗的作用。"夫言移风易俗者,必承衰弊之后也……和心足于内,和气见于外;故歌以叙志,儛以宣情。"⑤ 也就是说,不是音乐改善了民风,而首先是民风改善了,社会政通人和,才情不自禁用"雅乐"叙志宣情。而所谓的"郑声"则是礼崩乐坏之后百姓在音乐审美上的自然取向,这就从根本上颠覆了儒家的乐教思想。

其实,嵇康在论及音乐与民风关系时仍带有自相矛盾之处,尤其在谈到"郑声"时又滑向了客观论美学的边缘。既然"雅乐"是政通人和的结晶,"郑声"是礼崩乐坏的产物,那么在形式和内容之间仍然具有一一对应的关系,这样一来,形式依旧被绑定在作为伦理道德之反映的窠臼中。如果我们顺着嵇康的思路再向前一步,就能看到超越乐教思想的契机。事实上,从阶级社会出现以来,音乐欣赏就成为区分人的阶级归属的重要标识。不同阶级的人所能使用的乐器具有严格的区分:"天子诸侯多使用钟、鼓、磬一类乐器;士大夫主要为琴、瑟、筝等丝竹类的乐器;至于老百姓

---

① 嵇康撰,戴明阳校注:《嵇康集校注》,北京:中华书局,2015年,第316页。
② 同上书,第321页。
③ 同上书,第316页。
④ 同上书,第328页。
⑤ 同上书,第327页。

所使用的乐器就只能是盆瓴了。"①古人所谓金、石、丝、竹、匏、土、革、木这"八音"中，金与石对应的是天子诸侯所欣赏的钟磬，金石所奏之音即被官方认定的宫廷雅乐，后世也用金石之音形容精彩的文章。"夫乐，天子之职也。夫音，乐之舆也；而钟，音之器也。天子省风以作乐，器以钟之，舆以行之，小者不窕，大者不摦，则和于物，物和则嘉成。"②与金石之音的浑厚悠远相比，盆瓴这样的介质所发出的声音显得任性不羁、新鲜活泼。显然，政治地位的高低决定了德性的优劣与乐器的贵贱，德性的优劣与乐器的贵贱决定了音声的雅俗。"不难发现音乐发展到阶级社会中所介入的两个极其重要的因素：礼与德。礼代表着社会的制约范畴，而德则是个人需要所要达到的境界。"③在意识形态的规训中，这个顺序被加以逆转，音声的雅俗反过来被认为能够决定社会与政治的风气。因此，老百姓喜闻乐见的热情奔放的音乐被官方视为"淫"继而被排斥也就不奇怪了。

作为反例便是，当魏晋时期政治权力削弱的时候，传统的雅乐就逐渐被社会所抛弃，官方四平八稳、缺少变化的雅乐再也无法引起民间的兴趣，尽管西晋官方进行了一系列的努力，仍不能阻挡雅乐流失的局面。通过音乐的例子说明，魏晋时期文艺的"审美自觉"确实表现出形式主义的追求，即对形式的自觉。然而所谓的形式主义并非找到某种"美（雅）"的形式标准，而恰恰是要打破对于"美（雅）"之标准的垄断。于是我们可以看到，魏晋南北朝时期正是文学形式创新与发展的契机，就诗歌体裁而言，五言、七言古体相较以往更加丰富多彩，还出现了作为律诗的滥觞的"永明体"。中国古典诗歌的基本形式如五绝、五律、七绝、七律等都在这一时期具备了雏形，这种现象站在客观论美学的立场是无法解释的。比如有学者认为，东汉以降，五言诗、七言诗之所以能够逐渐取代四言诗，是由于五言诗、七言诗的节奏更符合黄金分割率，相较于四言诗有偶无奇的二音节结构，吟诵五言诗、七言诗比四言诗更能获得节奏上的舒畅。但这种观点无法解释五言诗、七言诗在近现代逐渐失去魅力的事实。五言、七言形式之所以能够成为汉魏以降中国古典诗歌的主流，是由于五言诗、七言诗的体制最符合当时士庶人民传达情意的需要，它们与封建社会的超稳定结构极为相似。④

---

① 罗世琴：《魏晋南北朝文学对音乐的接受》，新北：花木兰文化出版社，2013年，第30页。
② 杨伯峻编著：《春秋左传注》（第四册），北京：中华书局，1981年，第1424页。
③ 罗世琴：《魏晋南北朝文学对音乐的接受》，新北：花木兰文化出版社，2013年，第31页。
④ 参见傅刚：《魏晋南北朝诗歌史论》，北京：商务印书馆，2017年，第5页。

西方文学"审美自觉"的一个重要内涵是形式主义,形式主义思维源于西方客观论美学渊源。西方客观论美学传统认为美是某种客观存在,只要找到它就能解决美的本质问题。早在古希腊,思想家们就将这种客观存在指认为某种抽象的"关系"——数。数字之间形成的比例关系是最稳定的,似乎可以成为解释一切具象事物美的根源,比如黄金分割被公认为最能引起美感的比例。因此,古希腊早期的美学观念认为美的根源就是和谐的"数的关系",即适当、协调、整一、匀称的比例。显然,这是西方文化思维注重观察自然的表现,对"数的关系"的认识除了促进自然科学的发展之外,还影响了艺术、宗教、哲学、法律等人文社会领域的研究,成为西方文化思维重要的认知范式。无论是后来柏拉图的"理念论"、亚里士多德的"四因说"、普罗提诺的"太一说",还是中世纪神学美学,抑或是近代的理性派美学,甚至现代的俄国形式主义和法国结构主义,都暗含了"数的和谐"的理念。由于形式的抽象性与稳定性,西方形而上学将它视为事物的内在本质,是事物成其为这一事物的内在根据与目的。正如亚里士多德在《形而上学》中谈道:"我们寻求的是使质料成为某物的原因,这个原因就是形式,也就是实体。"①一般认为,形式主义又受到康德美学的影响。康德将单纯形式的合目的性称为"自由美",因为"形式"不表现为某种外在的目的,而是自为的,一旦涉及"质料"就不可避免会带有功利成分。因此,康德认为"自由美"最合乎人的自由本质,对形式的审美判断最能体现"无目的的合目的性"。从某种程度上说,形式主义与"为艺术而艺术"具有内在逻辑的契合——形式的自觉与艺术的自觉。文学的形式主义成为唯美主义诗学理论的重要组成部分。

与魏晋诗学观念相似,唯美主义诗学不约而同地将理论目光投向音乐,只不过与中国传统乐教理论不同,唯美主义诗学是从音乐中发现某种形式的规则与比例。毕达哥拉斯正是从铁匠打铁的声响中发现音程和弦之间的关系,进而发现"数的和谐"的原理,并将这一原理应用到音乐欣赏中。后来的赫拉克利特同样从音乐出发,分析艺术与自然的关系。音乐艺术的特质使它能将纯形式的数学关系,即音符的排列组合用于人的感官体验,同时最大限度地减轻对内容的依赖——容易忽略发声的声源与介质。在诗歌领域中,形式是字音、韵律和修辞,对形式的重视在19世纪

---

① 亚里士多德:《形而上学》,苗力田译,见苗力田主编:《亚里士多德全集》(典藏本)(第七卷),北京:中国人民大学出版社,2016年,第187页。

大量出现在音乐理论中。① 如本书前文所述,追求文学的音乐性成为戈蒂耶、佩特、王尔德等唯美主义者的共同特征,追求音乐性也是文学创作形式化的重要标识。唯美主义诗学理论从音乐的角度追求文学的形式,旨在探索形式上的美感,甚至为此不惜掩盖主观情感。显然,从美学角度看,他们并没达到嵇康在《声无哀乐论》中展现的超越客观论美学的思想高度。

魏晋以前的文艺政教观念与西方传统的形式主义具有异曲同工之处,两者都属于客观论美学的范畴。区别在于,儒家的乐教观念认为美是在特定的形式中蕴含的某种对应的思想;西方传统形式主义观念认为美在对象的自然属性或比例关系。由于魏晋南北朝文学"形式自觉"的动力是高扬人的主体性、个体性,因此它促使文学跳出了政治权力的禁锢,实现思想与形式的解放;也使中国的诗学摆脱道德教化的"陈词滥调",生发出"意境"(意与境会、虚实相生)这一重要审美范畴,促成唐宋文学高峰的形成。西方形式主义传统在19世纪唯美主义文学理论中被重新激活为"形式的自觉",因为这一"自觉"是个人化的,它无法达成某种共识(如17世纪新古典主义文学的"金科玉律"),所以每个创作者都在探索自己的形式,这同样促进了文学形式的多样性。西方文学现代化过程就是文学形式的革新、探索过程。因此我们可以认为:形式的自觉就是形式的解放!

四、情感的自觉:"解放"与"隐退"

文学的形式与内容、理论与创作之间存在着诸多错位。文学的美感无法仅凭语言的形式得以展现,在形式与内容的张力中,我们可以探究中西文学"审美自觉"现象的另一层面——"情感的自觉"。如果说"形式的自觉"更多地考察了文学的诗学观念,那么"情感的自觉"则侧重考察文学的创作实践。魏晋南北朝时期文学的"审美自觉"的重要推动力之一是作家创作意识的自觉。文学创作成为作家抒发个人情感,展现独特性情的载体。并且,魏晋文学"形式的自觉"也是由"情感的自觉"所推动的——"诗缘情而绮靡"。因此,"审美自觉"从某种程度上说是"情感的自觉"。当然,文学从本质上说都是表现情感的,但在魏晋之前,文学表现的情感更多的是群体性的伦理情感,是建立在血缘关系基础上的政治化的社会

---

① 参见瓦迪斯瓦夫·塔塔尔凯维奇:《西方六大美学观念史》,刘文潭译,上海:上海译文出版社,2006年,第226—250页。

性情感。因此,文学的理想不是表现作者的个性,而是以无个性为最高的个性。正如汉赋极尽辞藻华美之能事,从某种程度上说也是"形式主义"的。但那是为了润色鸿业,点缀升平,以致这种专事铺叙、穷极声貌的文风呈现为形式上的僵化与程式,类似于西方新古典主义文学的"典范"。因此,我们不会将汉赋的"形式主义"追求指认为"审美自觉"。

魏晋文学的"形式的自觉"打破了汉代文学传统形式的束缚,同时,魏晋文人也展现出与汉代文人不同的个体情感与情绪。曹植改变了乐府诗的叙事传统,使诗歌转向抒情,完成了乐府诗向文人诗的转变。"至于建安,曹氏基命,二祖陈王,咸蓄盛藻,甫乃以情纬文,以文被质。"①西晋太康诗人追求诗歌的形式主义,表现出"繁缛"的诗风,这与他们对感伤情绪的推崇是不可分的,可谓"先情而后词密"。钟嵘认为西晋张华诗歌重情、重美,开西晋缘情绮靡一派,"其体华艳,兴托多奇,巧用文字,务为妍冶。虽名高曩代,而疏亮之士,犹恨其儿女情多,风云气少"②。裴頠对西晋士风的评价是:"时俗放荡,不尊儒术……遂相放效,风教陵迟。"③正是由于个体情感的萌发与充盈,使得文人观照"自然"的角度也发生了变化,从"仁者乐山,智者乐水"的伦理眼光中超脱出来,进入哲学意识与宇宙意识的"玄学"眼光——玄言诗,在大自然中领悟生命的"本体";继而又从枯燥的"玄理"中解放出来,从保持人的自然性灵的视野出发建立起人与自然的情感契合状态,让"山水"成为独立的审美对象——山水诗,促成"山水审美"之古典文学传统真正成形。"山水审美"中蕴含的是魏晋玄学"天人合一"的思维方式,但与汉代儒学"通古今之变"的"天人合一"已经大异其趣。后者将"天"看作是封建伦理秩序的理想化;前者是农耕文明群体关系的自然化,是个体融化在群体中的"太一"境界。自然山水以其"无为"的自然形态向审美主体展现出大自然"生生不息"的生命活力,而生命活力的原动力则是道的本体——无。"天下之物,皆以有为生。有之所始,以无为本。将欲全有,必反于无也。"④因此,审美主体必须以澄怀空灵的心态观照自然,才能获得玄妙的境界,但这种心态又非"看破红尘"的空寂,而是自然情感的"去弊",可谓是"无为而无不为",恰似"无目的的合目

---

① 沈约:《"二十四史"(简体字本)·宋书》,中华书局编辑部编,北京:中华书局,2000年,第1176页。
② 钟嵘著,曹旭集注:《诗品集注》(增订本)(上),上海:上海古籍出版社,2011年,第275页。
③ 许嘉璐分史主编:《晋书》(第二册),上海:汉语大词典出版社,2004年,第823页。
④ 王弼著,楼宇烈校释:《王弼集校释》(上),北京:中华书局,1980年,第110页。

的"。魏晋士人哀乐过人,不同流俗,《世说新语》记载竹林七贤之一王戎的感叹:"情之所钟,正在我辈"①。刘勰则从理论上将文学的美感归结为情感,"情以物迁,辞以情发";"使味飘飘而轻举,情晔晔而更新"②。他已经意识到,形式是为情感内容服务的,空洞的形式没有审美价值。他说"繁采寡情,味之必厌"③,这里的"情"主要是个体的情感,而非群体的伦理情感,与"诗缘情而绮靡"的观念一脉相承。钟嵘将颜延之的诗歌评价为:"尚巧似,体裁绮密,情喻渊深,动无虚散,一句一字,皆致意焉。又喜用古事,弥见拘束。"④与刘勰一样,钟嵘同样注意到对于用典排偶、选词用字的过分讲究会成为异化情感的形式主义文学。可见,经过诗学和创作的探索,魏晋南北朝文人已经注意到艺术的情感本体,形式要为情感服务。

因此,魏晋南北朝文学"情感的自觉"表现为:从先秦两汉的伦理美(群体情感)转为形式美(客观),再转变为情感美(个体情感),形成一种正—反—合的轨迹。经过魏晋时期青春期的躁动,随着大一统政权的重新确立,中国古典文学进入成熟期。文人个体情感的抒发重新融化在伦理与自然(天人合一)的群体情感中,或者说文人心境和意趣的深层仍然是群体性伦理情感的,它在无意识中把控着个体情感的范式,成为一种"集体无意识"从而凝结成诗词中那些独特的审美意象,在严格的格律中组织情感释放的秩序,形成"从心所欲不逾矩"的敦厚之美。

与魏晋士人的情感解放相比,西方文学的"审美自觉"现象从浪漫主义文学思潮那里初现端倪,但主要还是在唯美主义思潮中得以发展并自成体系。然而,审美自觉的发展过程伴随着情感的逐渐"隐退"。需要指出的是,"隐退"并非意味着情感的消失,只是与浪漫主义热情奔放的语言、夸张的想象、外倾的(世俗)情感相比,以唯美主义为代表的形式主义文学在语言上日趋冷静,回避直抒胸臆,传达某种隽永的情调。泰纳曾和戈蒂耶当面讨论文学"为艺术而艺术"是否恰当,泰纳认为诗歌应该表达个人情感,戈蒂耶则反击:"泰纳,你似乎也变成资产阶级的白痴了,居然要求诗歌表达感情。"⑤法国高蹈派主张诗歌应该避免流露情感;马拉美

---

① 徐震堮著:《世说新语校笺》(下册),北京:中华书局,1984年,第349页。
② 刘勰撰,周振甫译注:《文心雕龙选译》,北京:中华书局,1980年,第180、183页。
③ 同上书,第172页。
④ 钟嵘著,曹旭集注:《诗品集注》(增订本)(上),上海:上海古籍出版社,2011年,第351页。
⑤ 柳鸣九主编:《法国文学史》(第二卷),北京:人民文学出版社,2007年,第223页。

提出"纯诗"理论,认为诗歌是超越世俗经验的独立存在,诗歌要创造不同于现实世界的理念世界。相对应的,"纯诗"在创作方法上强调暗示性,否定直白的语言,用直觉、联想、隐喻的方法来创作。情感的隐退当然和西方形式主义对"数学关系"的追求有关,但要搞清楚情感隐退的本质,必须要立足唯美主义文学的创作实践。

如前所述,与其他文学思潮相比,唯美主义文学在诗学理论与文学创作中呈现出诸多对应中的错位。如果说唯美主义诗学理论对文学形式的强调带有客观论美学的渊源,那么唯美主义的文学创作实践却呈现出"感性学"的倾向。唯美主义文学对"感性认识"可能性的探索具有自然科学的影响痕迹,在表达上呈现为促进了文学中情感的"隐退"。科学主义占据了19世纪文化意识领域的话语霸权,成为实证主义哲学的注脚。科学主义影响了文学创作的题材和思维方式,与意志主义一道形成对主情主义传统的"夹攻之势"。"性无意识领域的开拓,基于种族低下论的退化学说,性变态论,新女性的出现,艺术上的先锋和现代主义的兴起,以及实证进步论,到 1895 年全都汇集一流。"[①]唯美主义文学将感觉主体置于意志主义与科学主义的交汇处,它一方面突出个体灵魂与精神的高贵性,通过感官异常敏锐的感觉主体,使其沉浸于自我行为与情绪的"自我主义"(egoism)状态[②];另一方面,从宗教话语中"解放"出来的身体感官在19世纪后期被纳入科学主义的版图中,"幻透镜、立体视镜等光学仪器将观察者重塑为可计算与可控管的个体,同时,重塑人的视觉,使其变成可测量的东西"[③]。唯美主义对"通感"的描写具有自然科学的视野,它试图寻找某种感官运作(尤其是"通感"现象)的规律,呼应心理学概念中的"联觉"现象。这一现象随着科学话语的兴盛而进入文学的视野,使"通感"不仅成为一种修辞技巧,同时也成为一种审美对象,并在关于唯美主义的批评话语中占据关键位置。以《恶之花》为例,波德莱尔对"恶"的展现在很大程度上通过感官的渠道得以完成,"恶在波德莱尔那里在道德区分的彼岸

---

① 弗雷德里克·R.卡尔:《现代与现代主义:艺术家的主权 1885—1925》,陈永国译,北京:中国人民大学出版社,2004 年,第 130 页。

② Glyn Hambrook, "Baudelaire, Degeneration Theory, and Literary Criticism", *The Modern Language Review*, Vol. 101. No. 4 (2006), pp. 1005—1024.

③ 乔纳森·克拉里:《观察者的技术》,蔡佩君译,上海:华东师范大学出版社,2017 年,第 28—29 页。

保存在生理学领域"①。在王尔德那里,以《道林·格雷的画像》为例,道林一面张扬个体意志,沉迷于寻找刺激、猎奇的感官体验,以感官的实验作为衡量一切的标准;一面却"倾向于德国的达尔文主义运动所提倡的唯物主义学说,对把人类的思想感情追溯到头脑里的某些珍珠色的细胞或身体上某种白色的神经的理论感到兴趣;对精神对某些物质条件(无论是病态的或健康的,正常的或不正常的)的依赖感到兴趣"②。唯美主义文学作品中不乏神经官能症、退化论、性反常等医学意象的书写,对感觉现象的描写是细腻的、写实的,从摹仿外在世界转向摹仿内心真实,甚至具有自然主义式的写作风格,这些都是科学主义痕迹,从中我们可以看到唯美主义与科学话语的复杂结合。

此外,由英、法浪漫主义文学带动的(世俗)情感范式——主情主义——逐渐成为平庸的套路,人们迫切呼唤新的形式作为情感的载体。经过写实主义的涤荡,伴随对感性能力的探索,人的意识层次日益深化,情感与情感对象之间的张力逐渐增大——意识上的"中介化"(与之相反的是原始初民"混沌不分"的意识)。但这并不能简单地理解为自我意识与对象之间的疏远,而是在疏远的过程中达到更高层次的统一。西方19世纪以降具有形式主义倾向的文学之共同特征就是打破符号能指与所指之间的"直接性",增加其距离与张力。在此过程中,语言本身都更加中介化了。语言的张力就是情感的张力,于是,文学中的情感表达不再是作者"自然"的宣泄,而是营造个性化的、神秘朦胧的情调。读者必须调动所有想象力与感悟力去把握这种情调,才能引发情感的共鸣,文学的形式美并非来源于某种特定排列组合的秩序(自然的规律),而是来源于形式中隐含的情调。从这个意义上说文学的"审美自觉"既非"自然崇拜",也非"摹仿自然",而是在人的意识结构中与"自然"保持距离。既然近代美学的发展已经逐渐将"美在客观"逐出了审美领域,那么审美中想象力与知性能力就被无限放大,它以极端的姿态放大了意识的能动性,在审美活动中注入了更多的个体意志。在此,我们可以看到以尼采、叔本华等人为代表的唯意志论哲学思潮在文学中的"协奏"。无论是叔本华的"生命意志"(审美是意志的暂时平息),还是尼采的"强力意志"(审美是意志的宣泄),都

---

① 彼得-安德雷·阿尔特:《恶的美学历程:一种浪漫主义解读》,宁瑛、王德峰、钟长盛译,北京:中央编译出版社,2014年,第200页。
② 奥斯卡·王尔德:《莎乐美 道林·格雷的画像》,孙法理译,南京:译林出版社,1998年,第137页。

是以人的"意志"为核心,高扬"肉体""生命"等非理性旗帜,甚至要重估一切价值。我们当然不能将艺术创作中的个体意志描写等同于强力意志或生命意志,但要看到两者之间存在的关联。因此,"审美自觉"虽然表现出情感的"隐退",但实际上并非价值取向上的"坍缩",而成为资本主义文化反叛的意识先锋。它往往将世俗化的情感与传统的美感范畴排除在外,极力寻找陌生化的情感范式,追求某种个性化甚至怪诞的情调,使之成为抵御庸俗思想与独断价值的堡垒。作为一种伴随"审美自觉"而来的文学现象,情感的"隐退"浮现于19世纪末文学的现代转型中,并且影响了20世纪现代文学。

五、"感物"与"恋物"

由于情感的"意向性",情感范式的变化导致人与对象关系的变化,中西方文学的"审美自觉"在"解放"与"隐退"的不同情感范式中生成了"感物"与"恋物"的不同审美现象。

李健先生认为,"感物"是一个关于文学艺术创造与审美体验发生的概念。它指的是文学艺术创造过程中人与对象的自然、自由的感应现象。①"感物"这一概念是《礼记·乐记》第一次明确提出来的:"人心之动,物使之然也。感于物而动,故形于声。"②西晋书法家卫恒在描述书法艺术的规律时说:"睹物象以致思,非言辞之所宣。"③刘勰认为"感物"是人的自然天性:"人禀七情,应物斯感,感物吟志,莫非自然。"④钟嵘在形容舞蹈歌谣的生发情态时也说:"气之动物,物之感人。"⑤这些例子都说明,"感物"作为一种物我之间的审美关系,描述的是人与对象之间隐秘连接的发生性的情感状态。

与"感物"密切相关的是"虚静"。"虚静"的思想本出自道家,道家认为,要认识"道",必须"涤除玄览",破除对生理上的五官感觉和日常经验感受的依靠,排除主观欲念,以更通透的心灵境界去把握,这样的境界便是"虚静"。魏晋南北朝时期,"虚静"思想在玄学兴盛的背景下被引入美

---

① 李健:《魏晋南北朝的感物美学》,北京:中国社会科学出版社,2007年,第2页。
② 杨天宇:《礼记译注》(上),上海:上海古籍出版社,2004年,第467页。
③ 卫恒:《四体书势》,见上海书画出版社编:《历代书法论文选》,上海:上海书画出版社,1979年,第13页。
④ 刘勰撰,周振甫译注:《文心雕龙选译》,北京:中华书局,1980年,第57页。
⑤ 钟嵘著,曹旭集注:《诗品集注》(增订本)(上),上海:上海古籍出版社,2011年,第1页。

学范畴。陆机在《文赋》中提到"伫中区以玄览"①,作家要深入细致地观察各种外部事物,在此过程中应避免外界纷繁复杂的无用信息与功利得失心理的干扰,保持内心的宁静、虚空和澄明,以获得直接的审美体验。陆机是站在艺术创作心理的角度论述"虚静"的,他开始认识到"虚静"之于创作的重要意义。刘勰将"虚静"的概念引入了文学理论范畴,他写道:"是以陶钧文思,贵在虚静,疏瀹五藏,澡雪精神。"②文学创作应排除一切杂念,才能使精神空间得以敞开,以饱满的精神状态容纳神思的活动,调动一切学养和灵感进行文学创作。

"虚静说"在南北朝时期还影响了绘画、书法等艺术领域,标志着审美意识的进一步觉醒。"虚静说"的出现扭转了文人政教伦理式的主体意识,以空灵明净的去功利心境改变人们看待对象的方式。正所谓"贤者澄怀味象"③,在文学创作中,"虚静"说为"感物"做好了准备和铺垫,这首先表现为"山水诗"的出现与勃兴。如果说玄言诗已经意识到自然山水具有自己的"本体",但玄言诗对山水本身不感兴趣,而是以山水体会玄心,从自然表象中提出精神对自然的审视,那么山水诗的出现则是在玄言诗的基础上发展起来并超越了玄学的自然观,在体会和感受自然的过程中体会心与物相契合的美感。这在魏晋南北朝时期对音乐之本质的认识中就有所体现:音乐的美妙来源于它的"自然"本性,"自然"本身就是蕴涵了美的契机。由于"感于物而动","自然"仿佛有着自己的性情,山水就成为独立的审美对象。对象在创作主体那里获得了情感共鸣,必然要用陌生化的形式(文学的语言)将情感加以定型,形成文学性的表达,这正是刘勰所说的"情必极貌以写物,辞必穷力而追新"④。因此,"感物"是审美过程中情感的对象化和对象的人化的过程。

魏晋南北朝文人情感的解放催生了诗歌写物的进步,山水诗对自然山水的形、色、光都进行了极为细致的描写。既然文人能够在大自然那里发现美,那么也能在人造物那里体验到美感。继山水诗而兴起的南朝咏物诗,就开始注重描摹物质对象的外形特征,比如刘绘的《咏博山香炉》:

---

① 陆机著,杨明校笺:《陆机集校笺》(上),上海:上海古籍出版社,2016年,第5页。
② 刘勰撰,周振甫译注:《文心雕龙选译》,北京:中华书局,1980年,第131页。
③ 宗炳:《画山水序》,见张彦远著、俞剑华注释:《历代名画记》,上海:上海人民美术出版社,1964年,第129页。
④ 刘勰撰,周振甫译注:《文心雕龙选译》,北京:中华书局,1980年,第62页。

参差郁佳丽,合沓纷可怜,蔽亏千种树,出没万重山。
上镂秦王子,驾鹤乘紫烟;下刻蟠龙势,矫首半衔莲。
旁为伊水丽,芝盖出岩间;复有汉游女,拾羽弄余妍。
荣色何杂揉,缛绣更相鲜。麇麚或腾倚,林薄杳芊眠。
掩华终不发,含薰未肯然。风生玉阶树,露湛曲池莲。
寒虫悲夜室,秋云没晓天。

  没有春秋笔法和微言大义,全诗纯粹是对物象的细致描摹,说明个体感性能力的打开,对日常人和物有了细腻的感受能力。沈约的《少年新婚为之咏》《乐将殚恩未已应诏诗》与《梦见美人》等"永明体"诗歌,开始侧重感官的描写,视觉、听觉、触觉、体感都成为具有审美价值的对象,这在齐梁之际兴起的宫体诗那里发展到极致。宫体诗是中国形式主义诗歌的高峰,重视用典声律,词藻丽靡轻艳。更值得注意的是,宫体诗发现了女性形体之美,以"闺房""衽席"等与女性有关的内容为表现对象,如:"细树含残影,春闺散晚香。轻花鬓边堕,微汗粉中光。"(萧纲《晚景出行》)"粉光胜玉靓,衫薄似蝉轻。密态随羞脸,娇歌逐软声。朱颜半已醉,微笑隐香屏。"(萧纲《美女篇》)"轻罗飞玉腕,弱翠低红妆。朱颜日已兴,眄睇色增光。"(萧衍《捣衣诗》)与"香草美人"的比兴传统不同,宫体诗对"美人"的描写细腻、繁复,尽管有将女性"物化"的局限性,但其进步性在于不带有政治功利目的,又超越了两性间生理上的吸引而上升到审美的层次。在描写"美女"风情万种、婀娜多姿的形态时,不像西方唯美主义文学那样直指不加掩饰的美妙肉身,而是在装饰品(人造物)上极尽笔墨,如:"约黄出意巧,缠弦用法新。迎风时引袖,避日暂披巾。疏花映鬓插,细佩绕衫身。"(萧纲《率尔成咏》)"妆成理蝉鬓,笑罢敛蛾眉。衣香知步近,钏动觉行迟。"(萧绎《登颜园故阁诗》)这种来自人工装饰的视觉美描述,既表达了宫体诗诗人超越政教意识的审美眼光,也表现出对"戒妄动风月之情"的矛盾心理。"其实,就人体美来说,自然的人体虽有其值得称赞的审美价值,但人工装饰的人体却更合于历史的走向。"[①]事实上,"感物"的对象从自然山水到人体,再到人工制品,与其说是历史的必然趋势,不如说是审美观念演变的规律。"宫体诗"沉迷于咏物,表面上看是对物象的呈现,实际上表现的是"感物"主体的感觉。对五官感觉的重视显然僭越了儒家的"克己复礼"的价值观,又违背了道家"为腹不为目"的信条,表现出个体

---

① 傅刚:《魏晋南北朝诗歌史论》,北京:商务印书馆,2017年,第383页。

意识觉醒所引起的感性解放。我们可以将魏晋南北朝文学表现的感性解放之轨迹总结为:从对自然"本体"之美的体认延伸到作为自然之子的"人体美"的发现,再拓展到对"人造物"之情趣的感受。这个轨迹与宫体诗延续永明体对诗歌形式探索的过程是相统一的。事实上,作为宫体诗的先驱,在萧衍、何逊等人的诗歌中就已经出现了这样的趋势,如:"手中白团扇,净如秋团月。清风任动生,娇香承意发。"(萧衍《团扇歌》)"摇风入素手,占曲掩朱唇。罗袖幸拂拭,微芳聊可因。"(何逊《与虞记室诸人咏扇诗》)"薄黛销将尽,凝朱半有残。垂钗绕落鬓,微汗染轻纨。"(刘孝绰《爱姬赠主人诗》)因此我们认为,并非宫体诗带来了对"人造物"的审美,而是宫体诗的出现本就是这种趋势的发展必然。

从"感"自然山水到"感"人体之美,再到"感"人工之物,这样一条感性解放之旅是否和唯美主义文学的"审美自觉"相契合呢?

浪漫主义文学将文学的视野从古典主义的"宫廷"转向了大千世界,尤其是充满生机和灵性的大自然。但很快,19世纪西方经典现实主义文学开始将目光投向发展中的城市以及城市中的平民生活。到了19世纪晚期,随着西方发达国家现代城市的快速发展,人们观察生活的方式较之以往已然发生翻天覆地的变化。大都市的崛起改变了人的感知范式。"城市诗人"波德莱尔以"都市漫游者"(Flâneur)形象宣告了一种新型的观察者视角,即"城市市民"的诞生。面对都市这一庞然大物,漫游者的视线能够穿透迷宫般的都市景观,以不同于经济学或社会学的人文眼光观照都市生活。于是,都市生活不再仅仅作为自然乡村的对照(浪漫主义),也不仅是人性之恶的温床(批判现实主义),而是成为独立的审美对象甚至形成审美的视域。阿瑟·西蒙斯(Arthur Symons)在诗集《影像》(*Silhouettes*,1892)的序文中谈道:"倘若有人在这些人工美中,在那些千变万化的都市风景中感受不到丝毫美感,那我只有怜悯他,并继续走自己的路。"[①]新的生活方式带来了新的感性,唯美主义思潮的兴起与都市生活密不可分。因此,从唯美主义文学表现的感性主体到感觉对象都呈现出这样的转变:从"自然"转向"人工(城市)"。

人的感觉是对象化的,"是由于它的对象的存在,由于人化的自然界,

---

① 序言的英文原文转引自萧石君编:《世纪末英国新文艺运动》,上海:中华书局,1934年,第76—77页,笔者根据原文自译。

才产生出来的"①。感性主体通过感官与对象发生联系,在对象上反身体验到自身感觉的丰富性。科学与技术的发展很大程度上延伸了人的感官,将原本无法依靠自然感官感知的信息转化为可供感知的形式,使人的感觉突破感官的生理阈限。不断提升的感性能力使"第一自然"逐渐失去"魅力",人们乐于接受更多新奇的、非自然物的信息刺激。从"18世纪、19世纪开始的关于'美'的定义的变化可以看到人们对自然物审美属性的关注转向了艺术品"②。城市、楼房、街道、装饰、工艺品等"人造物"之美在唯美主义作家笔下得到淋漓尽致的展现。如果说科学的视角是对物质的自然属性加以"祛魅",那么唯美主义作家们则赋予人造物以魅惑力。在"物"中"看到"更多的东西,突破"摹仿论"的藩篱,表现个性化的美感,表达"艺术高于现实"的主张,从美学史的发展规律来看,审美自觉的进程与艺术(人造美)逐渐从自然美中独立出来的过程是一致的。于是,"自然"(自然造物、自然规律)就成为唯美主义对立面的"标靶"。

唯美主义文学以人造物作为探索"感觉"之可能性的媒介,隐含了"恋物"(fetishism)的心理机制。"恋物"含有"恋物癖"与"拜物教"两种含义,分别属于心理学与哲学的范畴,但这两个范畴之间具有内在关联。无论是《莎乐美》与《阿芙罗狄特》中的"死亡之恋",还是《秘密花园》中对酷刑与情欲的异国情调想象,抑或是道林·格雷沉迷的"镜像世界"与德泽森特营造的"人工生活",以及《情迷维纳斯》中对虐恋心理的刻画……"恋物"的两种含义总是一体两面相伴出现。本雅明认为,恋物的心理机制被都市、商品经济放大、增生,时尚的命脉在于恋物癖,商品膜拜就助长了这种恋物癖。③

在精神分析的视野中,弗洛伊德认为"恋物"产生于男孩对母亲缺失的阳具的替代。拉康从语言学角度将"阳具"理解为具有象征功能的"菲勒斯"(Phallus),即是说,具体的恋物对象并不重要,重要的是"符号",它象征永远的匮乏,迫使主体寻找理想的他者。然而,理想的他者并不存在,于是,主体一方面承认他者之欠缺,另一方面又"通过与他者相关的部

---

① 马克思:《1844年经济学哲学手稿》,中共中央马克思恩格斯列宁斯大林著作编译局译,北京:人民出版社,2000年,第87页。

② Luke Phillips, "Aestheticism from Kant to Nietzsche", Diss., Indiana University, 2012, p.6.

③ 参见瓦尔特·本雅明:《巴黎,19世纪的首都》,刘北成译,北京:商务印书馆,2013年,第15页;瓦尔特·本雅明:《波德莱尔:发达资本主义时代的抒情诗人》,王涌译,南京:译林出版社,2014年,第174页。

分对象的转喻性替代来拒绝他者欠缺的事实，以对象升华的方式来获得想象性的满足，以补偿或遮蔽主体自身的欠缺"[1]。从"拜物教"的角度来看，"恋物"机制是商品的符号化，商品被编织进各种意识内容从而使商品超出使用价值，成为欲望的能指。从中我们可以看出，"恋物"是关于欲望的心理机制，是维持匮乏与满足、本质与表象、能指与所指之间的"平衡点"。在拉康看来，"欲望是一种存在与匮乏的关系。确切地说，这一匮乏是存在的匮乏……存在就是据此而存在着"[2]。主体为了欲望的满足而不断置换着各种欲望对象，或者说是欲望在填充匮乏的过程中得以维持，而这种填充本身即印证了欲望的不可满足。如果我们将精神分析话语中具有"泛性欲论"的"欲望"置换为"意向性"，那么欲望的结构就表现为自我意识的结构——自我意识和对象意识。欲望的匮乏与满足之间的关系就是自我意识与对象意识的辩证关系。因此，自我的对象化与对象的人化是两位一体的，自我意识的深度正是这种辩证结构所造就。"当物按人的方式同人发生关系时，我才能在实践上按人的方式同物发生关系。"[3]人与物的关系体现着人与人的关系，拜物教与恋物癖也在这个意义上相互融合：拜物教（人与物）的基础是生产资料私有制基础上建立起的生产关系（人与人），恋物癖（人与人）是以人造物为媒介（人与物）的情欲冲动。唯美主义文学对"恋物"的刻画成为19世纪工业化、城市化进程中关于"主体神话"的变迁：自我的本质不再是宗教或传统人道主义观念中的先验定义，而是由自我所拥有的物质资料决定。对自我的把握越来越离不开物化的非我，喻示了人与物的新关系开始形成。"19世纪末大都市对'物'的功能的特定重塑密切相关……物质在能指意义上的根本转变改变了人的身份认定与交互方式。"[4]

因此，从审美心理机制的角度而言，"感物"与"恋物"是同构的，两者都反映了情感的意向性结构，两者的对象从自然物向非自然物的变迁正

---

[1] 吴琼：《拜物教/恋物癖：一个概念的谱系学考察》，《马克思主义与现实》2014年第3期，第88—99页。

[2] Jacques Lacan, *The Seminar of Jacques Lacan*, Book II, *The Ego in Freud's Theory and in the Technique of Psychoanalysis 1954—1955*, Jacques-Alain Miller, ed., Sylranna Tomaselli, trans., Cambridge: Cambridge University Press, 1988, p.223.

[3] 马克思：《1844年经济学哲学手稿》，中共中央马克思恩格斯列宁斯大林著作编译局译，北京：人民出版社，2000年，第86页。

[4] J. O. Taylor, "Kipling's Imperial Aestheticism: Epistemologies of Art and Empire in *Kim*", *English Literature in Transition 1880—1920*, Vol.52, No.1 (2009), pp.49—69.

是自我意识结构日益深化所带来的审美范式的演进:并非简单渴求审美主体与客体的直接同一,而是努力在两者之间的陌生与异化的疏离感中达到情感共鸣。"感物"与"恋物"的不同之处在于,"感物"的情感主体是"被动"的。《礼记》认为:"人生而静,天之性也;感于物而动,性之欲也。"①人的情感波动是被对象"扰动"——所谓树欲静而风不止。情感主体的理想状态是保持虚极静笃的状态;对象本身则仿佛带上了某种主体性,获得了独立的审美地位。因此,"感物"的出发点与理想归宿是达到"物我合一"的"大道自然"状态。从"感物"的被动性中我们还可以看到儒家传统对"德性"的追求。"感物"的前提是"感","感"是儒家思想中关于"德性"之所以可能的重要范畴②。"感"在儒家文献中最早的含义是"对神明旨意的了解",后演变为"感阴阳以明人伦"之意,再发展为"圣人感化人心"的意思。从"神明"到"阴阳(自然)"再到"圣人",变化的是不断增强的道德内涵,不变的是一种关于"教化"的等级关系——凡人应当受到"教化"。"夫物之感人无穷,而人之好恶无节,则是物至而人化物也。人化物也者,灭天理而穷人欲者也。"③在儒家的语境中,"静态"是道德的理想状态,"感物"后则成"欲",即人的私情,私情会侵蚀人的道德主体,令人变坏。因此,在"感物"的过程中,应该加强道德修养,节制一己私情和欲望,保持"静"的本源状态,这就和上文提到的道家"虚静"思想异曲同工了。理想的感物之情不应追求冲动的一己私情,而是受到节制的温柔雅正的伦理化情感,"情以物兴,故义必明雅"④。从中国的审美传统来说,魏晋南北朝文学对闺房、女红、装饰的抒写仍然隐藏了"德性"的考量,即通过写物表现女性含羞温婉的"闺阁之态",避免流露直白的肉欲,具有含蓄婉约的情趣。

与"感物"主体的被动性相比,"恋物"主体呈现"主动"的姿态。无论是弗洛伊德宣扬的"力比多",还是拉康主张的"jouissance"(原乐)⑤,"恋物"的心理机制是由自我生发出的"纯粹的欲望",它骚动不安且永远无法满足,它被(人伦)禁忌却不断犯禁,然而主体却乐此不疲。从中我们可以

---

① 杨天宇:《礼记译注》(上),上海:上海古籍出版社,2004年,第471页。
② 参见干春松:《"感"与人类共识的形成——儒家天下观视野下的"人类理解论"》,《哲学研究》2018年第12期,第50—59页。
③ 杨天宇:《礼记译注》(上),上海:上海古籍出版社,2004年,第471—472页。
④ 刘勰撰,周振甫译注:《文心雕龙选译》,北京:中华书局,1980年,第81页。
⑤ "原乐"是主体追求不可满足的欲望或欲望过程的一种享受。参见吴琼:《拉康:朝向原乐的伦理学》,《清华大学学报(哲学社会科学版)》2011年第3期,第113—122页。

看到作为西方文化源头古希腊罗马"原欲型"文化的基因:充满骚动的个体本位。

通过比较中西文学的"审美自觉"现象,可以发现两者在美学上的异同之处。从"审美自觉"产生的土壤来看,两者都发生在传统文化意识激变重组的社会历史转折期。从推动"审美自觉"现象的主体而言,中西的文人与艺术家在特定的社会时期发现了别样的生活可能性,展现除去遮蔽的生命本真(艺术)状态,"为艺术而艺术"是"为人生而艺术"的自然延伸。从文学的理论与创作角度看,由于中国文艺将政教伦理思想与文学形式捆绑,"审美自觉"表现为由思想、情感的解放带来的形式的解放;西方唯美主义文学在理论与创作实践之间存在错位:理论上是对西方传统形式主义的回归,创作实践中则沿着浪漫主义的内转向继续前进,在科学主义的影响下将"感觉"作为文学的审美对象。理论和实践"中和"的结果是(世俗)情感的"隐退",反映出19世纪后期科学主义与意志主义的合流。由于情感的对象化和对象的人化的审美心理机制,"审美自觉"带来情感范式的转变,进而导致审美主体与审美对象关系的改变,这种改变在中西文学中具有相似的演变轨迹:从"审"自然山水之美到"审"人体之美,再到"审"人造物之美,并且由于中西传统文化心理的根本差异,分别形成带有群体文化本位底色的"感物"与个体文化本位特征的"恋物"之情感机制。

(本附录主要内容曾发表于《中国比较文学》2021年第1期)

参考文献

中文文献

阿尔文,雅;哈塞尔贝里,古:《瑞典文学史》,李之义译,北京:外国文学出版社,1985年。
阿利埃斯,菲利浦;杜比,乔治主编:《私人生活史Ⅱ:肖像》,洪庆明等译,哈尔滨:北方文艺出版社,2007年。
阿利埃斯,菲利浦;杜比,乔治主编:《私人生活史Ⅳ:演员与舞台》,周鑫等译,哈尔滨:北方文艺出版社,2008年。
阿姆斯特朗,蒂姆:《现代主义:一部文化史》,孙生茂译,南京:南京大学出版社,2014年。
蔼理士:《性心理学》,潘光旦译注,北京:商务印书馆,1997年。
艾布拉姆斯,M. H.:《镜与灯:浪漫主义文论及批评传统》,郦稚牛、张照进、童庆生译,北京:北京大学出版社,2015年。
艾布拉姆斯,M. H.;哈珀姆,杰弗里·高尔特:《文学术语词典》(第10版),北京:北京大学出版社,2014年。
昂纳,修;弗莱明,约翰:《世界艺术史》(第7版修订本),吴介祯等译,北京:北京美术摄影出版社,2013年。
巴林杰,提姆:《拉斐尔前派艺术》,梁莹译,北京:中国建筑工业出版社,2007年。
鲍桑葵:《美学史》(权威全译本),李步楼译,北京:商务印书馆,2016年。
柏拉图:《柏拉图全集》(增订版)(第1卷),王晓朝译,北京:人民出版社,2015年。
柏拉图:《柏拉图全集》(增订版)(第8卷),王晓朝译,北京:人民出版社,2017年。
贝尔,丹尼尔:《资本主义文化矛盾》,严蓓雯译,北京:人民出版社,2010年。
贝尔,克莱夫:《艺术》,薛华译,南京:江苏教育出版社,2005年。
本雅明,瓦尔特:《巴黎,19世纪的首都》,刘北成译,北京:商务印书馆,2013年。
比格尔,彼得:《先锋派理论》,高建平译,北京:商务印书馆,2002年。
毕光明:《纯文学视镜中的新时期文学》,北京:中国社会科学出版社,2013年。
波德莱尔等:《法兰西诗选》,胡品清译,上海:上海三联书店,2014年。
布莱克波恩,S.(Simon Blackburn):《牛津哲学词典》,上海:上海外语教育出版社,

2000年。

曹俊峰、朱立元、张玉能:《西方美学史·第4卷·德国古典美学》,北京:北京师范大学出版社,2013年。

陈恕林:《论德国浪漫派》,上海:上海社会科学院出版社,2016年。

陈晓辉:《论西方"风景如画"的意识形态维度》,《东南大学学报(哲学社会科学版)》2013年第1期。

陈晓明:《不死的纯文学》,北京:北京大学出版社,2007年。

陈炎锋编著:《日本"浮世绘"简史》,台北:艺术家出版社,1990年。

陈众议、宗笑飞:《西班牙文学:中古时期》,南京:译林出版社,2017年。

邓晓芒:《实践唯物论新解:开出现象学之维》,武汉:武汉大学出版社,2007年。

邓晓芒:《哲学起步》,北京:商务印书馆,2017年。

邓晓芒、易中天:《黄与蓝的交响——中西美学比较论》,武汉:武汉大学出版社,2007年。

杜吉刚:《世俗化与文学乌托邦:西方唯美主义诗学研究》,北京:中国社会科学出版社,2009年。

恩格斯:《家庭、私有制和国家的起源》,中共中央马克思恩格斯列宁斯大林著作编译局译,北京:人民出版社,1999年。

范伯群主编:《中国近现代通俗文学史》(上、下卷),南京:江苏教育出版社,2010年。

范伯群、朱栋霖主编:《1898—1949中外文学比较史》(上、下卷),南京:江苏教育出版社,2007年。

范大灿主编:《德国文学史》(第三卷),南京:译林出版社,2007年。

范明生:《西方美学史·第1卷·古希腊罗马美学》,北京:北京师范大学出版社,2013年。

范明生:《西方美学史·第3卷·十七十八世纪美学》,北京:北京师范大学出版社,2013年。

范希衡选译:《法国近代名家诗选》,南京:南京大学出版社,2014年。

飞白译:《法国名家诗选》,深圳:海天出版社,2014年。

费尔巴哈,路德维希:《费尔巴哈哲学著作选集》(上卷),荣震华、李金山等译,北京:商务印书馆,1984年。

费尔巴哈,路德维希:《费尔巴哈哲学著作选集》(下卷),荣震华、王太庆、刘磊译,北京:商务印书馆,1984年。

冯寿农编著:《法国文学批评史》,上海:上海外语教育出版社,2019年。

弗洛姆,埃里希:《逃避自由》,刘林海译,北京:国际文化出版公司,2007年。

冈特,威廉:《拉斐尔前派的梦》,肖聿译,南京:江苏教育出版社,2005年。

高建平:《美学的当代转型:文化、城市、艺术》,保定:河北大学出版社,2013年。

高建平、丁国旗主编:《西方文论经典》(第一—六卷),合肥:安徽文艺出版社,2014年。

贡布里希,E.H.:《艺术的故事》,范景中译,南宁:广西美术出版社,2008年。

顾梅珑:《现代西方审美主义思潮与文学》,北京:中国社会科学出版社,2018年。

郭沫若著作编辑出版委员会编:《郭沫若全集》(文学编·第十二卷),北京:人民文学出版社,1992年。

郭沫若著作编辑出版委员会编:《郭沫若全集》(文学编·第十六卷),北京:人民文学出版社,1989年。

郭沫若著作编辑出版委员会编:《郭沫若全集》(文学编·第十五卷),北京:人民文学出版社,1990年。

哈比布,M. A. R.:《文学批评史:从柏拉图到现在》,阎嘉译,南京:南京大学出版社,2017年。

海德格尔:《存在与时间》(中文修订第二版),陈嘉映、王庆节译,北京:商务印书馆,2019年。

韩瑞祥、马文韬:《20世纪奥地利、瑞士德语文学史》,青岛:青岛出版社,1998年。

何畅:《19世纪英国文学中的趣味焦虑》,北京:中国社会科学出版社,2018年。

贺兰,维维安:《王尔德》,李芬芳译,上海:百家出版社,2001年。

黑格尔:《精神现象学》,先刚译,北京:人民出版社,2015年。

黑格尔:《美学》(第三卷下册),朱光潜译,北京:商务印书馆,1981年。

黑格尔:《美学》(第一、二卷,第三卷上册),朱光潜译,北京:商务印书馆,1979年。

怀特海,A. N.:《科学与近代世界》,何钦译,北京:商务印书馆,2009年。

黄乐平编著:《西班牙文学纵览》,北京:旅游教育出版社,2014年。

基西克,约翰:《理解艺术——5000年艺术大历史》,水平、朱军译,海口:海南出版社,2003年。

济慈:《济慈书信集》,傅修延译,北京:东方出版社,2002年。

蒋承勇:《娱乐性、通俗性与经典的生成——狄更斯小说经典性的别一种重读》,《浙江社会科学》2014年第9期。

蒋承勇、马翔:《错位与对应——唯美主义思潮之理论与创作关系考论》,《社会科学战线》2019年第2期。

蒋承勇、马翔:《揭开"唯美"的面纱——西方唯美主义中国传播之反思》,《文艺理论研究》2019年第3期。

蒋孔阳主编:《十九世纪西方美学名著选(英法美卷)》,上海:复旦大学出版社,1990年。

卡尔,弗雷德里克·R.:《现代与现代主义:艺术家的主权1885—1925》,陈永国译,北京:中国人民大学出版社,2004年。

康德:《康德三大批判合集》,邓晓芒译,北京:人民出版社,2009年。

克雷纳,弗雷德·S.;马米亚,克里斯汀·J.编著:《加德纳艺术通史》,李建群、王燕飞、高高等译,长沙:湖南美术出版社,2013年。

克罗齐:《美学的历史》,王天清译,北京:商务印书馆,2017年。

勒纳,罗伯特·E.;米查姆,斯坦迪什;伯恩斯,爱德华·麦克纳尔:《西方文明史》(Ⅱ),王觉非等译,北京:中国青年出版社,2009年。

李德恩:《拉美文学流派与文化》,上海:上海外语教育出版社,2010年。

李德恩、孙成敖编著:《插图本拉美文学史》,北京:北京大学出版社,2009年。

李国辉:《人格解体与象征主义的神秘主义美学》,《外国文学研究》2019年第3期。

李雷:《审美现代性与都市唯美风——"海派唯美主义"思想研究》,北京:文化艺术出版社,2013年。
李芒:《美的创造——论日本唯美主义文学》,《外国文学评论》1987年第3期。
李欧梵:《中国现代文学与现代性十讲》,上海:复旦大学出版社,2002年。
李永毅:《艾略特与波德莱尔》,《外国文学评论》2011年第1期。
《梁实秋文集》编辑委员会编:《梁实秋文集》(第一、五、六卷),厦门:鹭江出版社,2002年。
梁志学编译:《费希特文集》(第1—2卷),北京:商务印书馆,2014年。
林崇德、杨治良、黄希庭主编:《心理学大辞典》(上、下卷),上海:上海教育出版社,2003年。
林立树:《美国文化史》,北京:中央编译出版社,2014年。
刘春成、侯汉坡:《城市的崛起——城市系统学与中国城市化》,北京:中央文献出版社,2012年。
刘海平、王守仁主编:《新编美国文学史·第二卷(1860—1914)》,朱刚主撰,上海:上海外语教育出版社,2002年。
刘小枫编:《夜颂中的革命和宗教——诺瓦利斯选集卷一》,林克等译,北京:华夏出版社,2007年。
刘小枫选编:《德语诗学文选》(上、下卷),上海:华东师范大学出版社,2006年。
柳鸣九主编:《法国文学史》,北京:人民文学出版社,2007年。
鲁迅:《鲁迅全集》(第七—九卷),北京:人民文学出版社,2005年。
陆扬:《西方美学史·第2卷·中世纪文艺复兴美学》,北京:北京师范大学出版社,2013年。
吕洁宇:《〈真善美〉的法国文学译介研究》,博士学位论文,西南大学,2015年。
罗斯金,约翰:《建筑的七盏明灯》,谷意译,济南:山东画报出版社,2012年。
罗斯金,约翰:《近代画家》(第一卷),张璘、张杰、张明权等译,北京:清华大学出版社,2012年。
罗斯金,约翰:《现代画家》,唐亚勋、赵何娟、张鹏等译,上海:上海三联书店,2012年。
马克思:《1844年经济学哲学手稿》,中共中央马克思恩格斯列宁斯大林著作编译局译,北京:人民出版社,2000年。
马奇主编:《西方美学史资料选编》(上、下卷),上海:上海人民出版社,1987年。
马睿:《未完成的审美乌托邦:现代中国文学自治思潮研究(1904—1949)》,成都:巴蜀书社,2006年。
马翔:《〈道林·格雷的画像〉:一种拉康式的解读》,《浙江社会科学》2014年第6期。
马翔:《感性之流的理性源头:唯美主义之德国古典哲学思想渊源探析》,《浙江学刊》2019年第2期。
马翔:《"棱镜"中的"唯美":五四前后唯美主义中国传播考论》,《河南大学学报(社会科学版)》2019年第6期。
马翔、蒋承勇:《人的自我确证与困惑:作为颓废主义"精神标本"的〈逆天〉》,《浙江社会科学》2016年第2期。

迈尔斯,罗莎琳德:《女人的历史》,刁筱华译,北京:中央编译出版社,2011年。

米歇尔·福柯:《性史》(第一、二卷),张廷琛、林莉、范干红等译,上海:上海科学技术文献出版社,1989年。

苗力田主编:《亚里士多德全集》(典藏本)(第七—九卷),北京:中国人民大学出版社,2016年。

莫里斯,威廉:《有效工作与无效劳动(英汉双语)》,沙丽金、黄姗译,北京:中国对外翻译出版有限公司,2013年。

尼采,弗里德里希:《悲剧的诞生》,孙周兴译,北京:商务印书馆,2012年。

尼采:《偶像的黄昏》,卫茂平译,上海:华东师范大学出版社,2007年。

平松洋:《美的反叛者:拉斐尔前派的世界》,谢玥译,南昌:百花洲文艺出版社,2017年。

饶鸿兢、陈颂声、李伟江等编:《创造社资料》(上、下册),福州:福建人民出版社,1985年。

萨弗兰斯基,吕迪格尔:《荣耀与丑闻:反思德国浪漫主义》,卫茂平译,上海:上海人民出版社,2014年。

沈萼梅、刘锡荣编著:《意大利当代文学史》,北京:外语教学与研究出版社,1996年。

沈石岩编著:《西班牙文学史》,北京:北京大学出版社,2006年。

叔本华:《作为意志和表象的世界》,石冲白译,北京:商务印书馆,1982年。

苏立文,M.:《东西方美术的交流》,陈瑞林译,南京:江苏美术出版社,1998年。

塔塔尔凯维奇,瓦迪斯瓦夫:《西方六大美学观念史》,刘文潭译,上海:上海译文出版社,2006年。

滕固:《唯美派的文学》,上海:光华书局,1927年。

梯利,弗兰克:《西方哲学史》,贾辰阳、解本远译,北京:光明日报出版社,2014年。

田汉:《田汉文集》(第十四卷),北京:中国戏剧出版社,1987年。

王尔德著,赵武平主编:《王尔德全集·评论随笔卷》,杨东霞、杨烈等译,北京:中国文学出版社,2000年。

王焕宝编著:《意大利近代文学史——17世纪至19世纪》,北京:外语教学与研究出版社,1997年。

王一川:《两种审美主义变体及其互渗特征》,《社会科学》2006年第5期。

王佐良、李赋宁、周珏良等主编:《英国文学名篇选注》,北京:商务印书馆,1983年。

维柯:《新科学》(上),朱光潜译,合肥:安徽教育出版社,2006年。

卫茂平主编:《德语文学辞典·作家与作品》,上海:复旦大学出版社,2010年。

卫姆塞特、布鲁克斯:《西洋文学批评史》,颜元叔译,台北:志文出版社,1984年。

闻一多:《闻一多全集》(全十二册),武汉:湖北人民出版社,1993年。

伍蠡甫:《欧洲文论简史》,北京:人民文学出版社,1985年。

伍蠡甫、胡经之主编:《西方文艺理论名著选编》(下卷),北京:北京大学出版社,1987年。

席勒,弗里德里希:《审美教育书简》,冯至、范大灿译,上海:上海人民出版社,2003年。

萧石君编:《世纪末英国新文艺运动》,上海:中华书局,1934年。

谢志熙:《美的偏执——中国现代唯美—颓废主义文学思潮研究》,上海:上海文艺出版社,1997年。

新玉言主编:《国外城镇化——比较研究与经验启示》,北京:国家行政学院出版社,2013年。

徐玉凤:《济慈诗学观研究》,北京:光明日报出版社,2019年。

徐稚芳:《俄罗斯诗歌史》(第二版),北京:北京大学出版社,2002年。

薛家宝:《唯美主义研究》,天津:天津社会科学院出版社,1999年。

薛家宝:《唯美主义与中国现代文学》,北京:中国社会科学出版社,2015年。

杨匡汉、刘福春编:《中国现代诗论》(上、下编),广州:花城出版社,1985年。

叶渭渠、唐月梅:《日本现代文学思潮史》,北京:华侨出版社,1991年。

余匡复:《德国文学史》(上、下卷)(修订增补版),上海:上海外语教育出版社,2013年。

郁达夫:《郁达夫文集》(第六卷),广州:花城出版社,1983年。

郁达夫:《郁达夫文集》(第五卷),广州:花城出版社,1982年。

曾思艺等:《19世纪俄国唯美主义文学研究——理论与创作》,北京:北京大学出版社,2015年。

曾虚白:《美国文学 ABC》,上海:世界书局,1929年。

詹姆斯,威廉:《心理学原理》(上),田平译,北京:中国城市出版社,2012年。

张大明编著:《西方文学思潮在现代中国的传播史》,成都:四川教育出版社,2001年。

张敢:《欧洲19世纪美术——世纪末与现代艺术的兴起》,北京:中国人民大学出版社,2010年。

张鹤琴:《瑞典文学史》,台北:黎明文化事业股份有限公司,1978年。

张世华:《意大利文学史》(第三版),上海:上海外语教育出版社,2013年。

张玉能、陆扬、张德兴等:《西方美学史·第5卷·十九世纪美学》,北京:北京师范大学出版社,2013年。

章安祺编订:《缪灵珠美学译文集》(第一——三卷),北京:中国人民大学出版社,1998年。

赵澧、徐京安主编:《唯美主义》,北京:中国人民大学出版社,1988年。

赵振江、滕威、胡续冬:《拉丁美洲文学大花园》,武汉:湖北教育出版社,2007年。

郑克鲁:《法国诗歌史》,上海:上海外语教育出版社,1996年。

中国李大钊研究会编注:《李大钊全集》(第2卷)(最新注释本),北京:人民出版社,2006年。

中国社会科学院外国文学研究所外国文学研究资料丛刊编辑委员会编:《欧美古典作家论现实主义和浪漫主义》(一),北京:中国社会科学出版社,1980年。

中国社会科学院文学研究所编:《文艺理论译丛》(上、下),北京:知识产权出版社,2010年。

周小仪:《"为艺术而艺术"口号的起源、发展和演变》,《外国文学》2002年第2期。

周小仪:《唯美主义与消费文化》,北京:北京大学出版社,2002年。

周泽东:《论"如画性"与自然审美》,《贵州社会科学》2007年第5期。

朱光潜编译:《西方美学家论美与美感》,台北:天工书局,2000年。

朱立华:《拉斐尔前派诗歌的唯美主义诗学特征研究》,天津:南开大学出版社,2013年。

朱立元、张德兴等:《西方美学史·第6卷·二十世纪美学(上)》,北京:北京师范大学出版社,2013年。

朱立元、张德兴等:《西方美学史·第7卷·二十世纪美学(下)》,北京:北京师范大学出版社,2013年。

朱秋华:《西方音乐史》,北京:北京大学出版社,2002年。

朱寿桐:《新月派的绅士风情》,南京:江苏文艺出版社,1995年版。

外文文献

Adorno, Theodor. *Minima Moralia: Reflections on a Damaged Life*, E. F. N. Jephcott, trans., London: Verso, 1974.

Barringer, Tim. "Aestheticism and the Victorian Present: Response", *Victorian Studies*, Vol. 51, No. 3(2009), pp. 451—456.

Blanning, T. C. W., ed., *The Oxford History of Modern Europe*, New York: Oxford University Press, 2000.

Blanning, T. C. W. *The Romantic Revolution: A History*, New York: Modern Library, 2011.

Bolus-Reichert, Christine. "Aestheticism in the Late Romances of William Morris", *English Literature in Transition*, 1880—1920, Vol. 50, No. 1 (2007), pp. 73—95.

Brooks, Pater. *Henry James Goes to Paris*. Princeton and Oxford: Princeton University Press, 2007.

Calinescu, Matei. *Five Faces of Modernity: Modernism Avant-Garde Decadence Kitsch Postmodernism*, Durham, N. C.: Duke University Press Books, 1987.

Carpenter, Humphrey. *Geniuses Together: American Writers in Paris in the 1920s*, Boston: Houghton Mifflin Company, 1988.

Chai, Leon. *Aestheticism. The Religion of Art in Post-Romantic Literature*, New York: Columbia University Press, 1990.

Cheyfitz, Eric. *The Poetics of Imperialism: Translation and the Colonization from The Tempest to Tarzan*, New York: Oxford University Press, 1991.

Clements, Elicia & Higgins, L. J., eds., *Victorian Aesthetic Conditions: Pater Across the Arts*, New York: Palgrave Macmillan, 2010.

Comfort, Kelly, ed., *Art and Life in Aestheticism De-Humanizing and Re-Humanizing Art, the Artist, and the Artistic Receptor*, New York: Palgrave Macmillan, 2008.

Elliott, Emory, et al., eds., *The Columbia Literary History of the United States*, New

York: Columbia University Press, 1988.

Ellmann, Richard. *Oscar Wilde*, New York: Alfred A. Knopf, Inc., 1988.

Evangelista, Stefa, "Vernon Lee in the Vatican: The Uneasy Alliance of Aestheticism and Archaeology", *Victorian Studies*, Vol. 52, No. 1(2009), pp. 31—41.

Felski, Rita. *The Gender of Modernity*, Cambridge MA: Harvard University Press, 1995.

Freedman, J. L. *Henry James, Oscar Wilde and Commodity Culture*, Stanford, Calif.: Stanford University Press, 1990.

Gaunt, William. *The Aesthetic Adventure*, London: Jonathan Cap, 1945.

George, Laura. "The Native and the Fop: Primitivism and Fashion in Romantic Rhetoric", *Nineteenth-Century Contents*, Vol. 24, No. 1 (2002), pp. 33—47.

Gluck, Mary. "Interpreting Primitivism, Mass Culture and Modernism: The Making of Wilhelm Worringer's Abstraction and Empathy", *New German Critique*, No. 80, (Spring/Summer, 2000), pp. 149—169.

Gordon, Paul. *Art as the Absolute: Art's Relation to Metaphysics in Kant, Fichte, Schelling, Hegel and Schopenhauer*, New York: Bloomsbury Academic, 2015.

Greif, Mark. "Flaubert's Aestheticism", *Raritan: Winter*, Vol. 24, No. 3 (2005), pp. 51—75.

Hannah, Daniel. *Henry James, Impressionism, and the Public*, Surrey: Ashgate Publishing, 2013.

Hester, E. J., *Aestheticism: A Selective Annotated Bibliography of Dissertations and Theses*, North Charleston: Create Space Independent Publishing Platform, 2014.

Holland, Vyvyan. *Son of Oscar Wilde*, Oxford: Oxford University Press, 1987.

Jackson, W. W. *Ingram Bywater: The Memoir of an Oxford Scholar, 1840—1914*, Oxford: Oxford University Press, 1915.

James, Henry. *The Painter's Eye: Notes and Essays on the Pictorial Arts*, J. L. Sweeney, ed., Cambridge: Harvard University Press, 1956.

Kofman, Sarah. *The Childhood of Art: An Interpretation of Freud's Aesthetics*, Winifred Woodhull, trans., New York: Columbia University Press, 1988.

Lacan, Jacques. *The Seminar of Jacques Lacan*, Book Ⅱ, *The Ego in Freud's Theory and in the Technique of Psychoanalysis 1954—1955*, Jacques-Alain Miller, ed., Sylranna Tomaselli, trans., Cambridge: Cambridge University Press, 1988.

Lambourne, Lionel. *The Aesthetic Movement*, London: Phaidon Press Limited, 1996.

Lemon, L. T. & Reis, M. J., eds., *Russian Formalist Criticism: Four Essays*, Lincoln and London: University of Nebraska Press, 1965.

Loizeaux, E. B. *Yeats and the Visual Arts*, New York: Syracuse University Press, 2003.

Maltz, Diana. *British Aestheticism and the Urban Working Classes, 1870—1900: Beauty for the People*, New York: Palgrave Macmillan, 2006.

McGuinness, Patrick. *Poetry and Radical Politics in Fin de Siècle France: From Anarchism to Action Française*, New York: Oxford University Press, 2015.

Monsman, Geralded. *Gaston de Latour: The Revised Text*, Greensboro: ELT Press, 1995.

Morris, William. *The Collected Works of William Morris*, London: Routledge/Thoemmes Press, 1992.

Nattiez, Jean-Jacques. "Can One Speak of Narrativity in Music?", *Journal of the Royal Musical Association*, Vol. 115, No. 2(1990), pp. 240—257.

Parrington, V. L. *The Beginnings of Critical Realism in America*, New Brunswick, NJ.: Transaction Publishers, 2013.

Pater, Walter. *Appreciations, with an Essay on Style*, London: Macmillan, 1910.

Prettejohn, Elizabeth. *Art for Art's Sake: Aestheticism in Victorian Painting*, New Haven and London: Yale University Press, 2007.

Roe, Dinah, ed., *The Pre-Raphaelites from Rossetti to Ruskin*, London, New York: Penguin Books, 2010.

Ruskin, John. *The Works of John Ruskin*, E. T. Cook, A. Wedderburn, eds., London and New York: Longmans, Green, and Co, 1904.

Schaffer, Talia. *The Forgotten Female Aesthetes: Literary Culture in Late-Victorian England*, Charlottesville: The University Press of Virginia, 2000.

Simmel, Georg. *Philosophy of Money*, David Frisby, ed., Tom Bottomore and David Frisby, trans., London and New York: Routledge, 2004.

Small, Ian & Guy, Josephine. "The 'Literary', Aestheticism and the Founding of English as a Discipline", *English Literature in Transition*, 1880—1920, Vol. 33, No. 4(1990), pp. 443—453.

Stableford, Brian. *Dedalus Book of Decadence (Moral Ruins)*, Cambs, England: Dedalus, 1900.

Sturgeon, Mary. *Michael Field*, London: George G. Harrap, 1921.

Sweet, Dennis. "The Birth of 'The Birth of Tragedy'", *Journal of the History of Ideas*, No. 2(1999), pp. 345—359.

Swinburne, A. C. *William Blake: A Critical Essay*, London: John Camden Hotten, 1868.

Thomas, Edward. *Walter Pater: A Critical Study*, London: M. Seeker, 1913.

Thompson, G. R., ed., *Edgar Allan Poe: Essays and Reviews*, New York: Library of America, 1984.

Trollope, Anthony. *An Autobiography*, Oxford: Oxford University Press, 1980.

Warner, Eric & Hough, Graham, eds., *Strangeness and Beauty: An Anthology of Aesthetic Criticism 1840—1910*, London: Cambridge University Press, 1983.

Webb, Beatrice. *My Apprenticeship*, London: Longmans, Green, and Co, 1938.

Weir, David. *Decadence and the Making of Modernism*, Amherst: University of Massachusetts Press, 1995.

Whistler, J. A. M. *The Gentle Art of Making Enemies*, New York: Dover, 1967.

Whiteley, Giles. *Aestheticism and the Philosophy of Death: Walter Pater and Post-Hegelianism*, Oxford: Legenda (Studies in Comparative Literature), 2010.

Wilcox, John. "The Beginnings of L'art pour L'art", *Journal of Aesthetics and Art Criticism*, Vol. 11, No. 4(1953), pp. 360—377.

Zeitlin, F. I. "Playing the Other: Theater, Theatricality, and the Feminine in Greek Drama", *Representations*, No. 11(1985), pp. 63—94.

主要人名、作品名、术语中外文对照表

A

《阿芙罗狄特》*Aphrodite*
《爱丁堡杂志》*Edinburgh Magazine*

B

巴尔,赫尔曼 Bahr, Hermann
鲍姆嘉通,亚历山大·戈特利布 Baumgarten, Alexander Gottlieb
贝尔,克莱夫 Bell, Clive
比亚兹莱,奥博利 Beardsley, Aubrey
波德莱尔,夏尔·皮埃尔 Baudelaire, Charles Pierre
波隆斯基,弗拉基米尔·伊万诺维奇 Polonsky, Yakov Petrovic
勃留索夫,瓦列里·雅科夫列维奇 Bryusov, Valery Yakovlevich
布莱克,威廉 Blake, William
巴洛克 Baroque
《巴黎的忧郁》*Le Spleen de Paris*

C

纯诗 poésie pure

D

达里奥,鲁文 Darío, Rubén
道森,欧内斯特 Dowson, Ernest
道滕泰,马克斯 Dauthendey, Max
德鲁日宁,亚历山大·瓦西里耶维奇 Druzhin, Alexander Vasiliyevich
邓南遮,加布里埃尔 D'Annunzio, Gabriele

E

《恶之花》 Les Fleurs du mal

F

菲尔德,麦克尔 Field, Michael
福楼拜,古斯塔夫 Flaubert, Gustave

G

冈特,威廉 Gaunt, William
戈蒂耶,泰奥菲尔 Gautier, Théophile
戈斯,埃德蒙 Gosse, Edmund
贡斯当,本杰明 Constan, Banjamin
格奥尔格圈 George-Kreis
格罗夫纳画廊 Grosvenor Gallery

H

哈维斯,玛丽·伊丽莎 Haweis, Mary Eliza
汉密尔顿,沃尔特 Hamilton, Walter
赫尔巴特,约翰·弗里德里希 Herbart, Johann Friedrich
亨特,威廉·霍尔曼 Hunt, William Halman
惠斯勒,詹姆斯·麦克尼尔 Whistler, James Macneil
红房子 Red House
《黄面志》 The Yellow Book

J

济慈,约翰 Keats, John
精神自然主义 Spiritual Naturalism

K

卡莱尔,托马斯 Carlyle, Thomas
科尔文,西德尼 Colvin, Sidney
科佩,弗朗索瓦 Coppée, François
克劳斯,卡尔 Kraus, Karl
库珀,伊迪丝·爱玛 Cooper, Edith Emma
库申,维克多 Cousin, Victor

L

拉斐尔前派 Pre-Raphaelite Brotherhood
莱顿,弗雷德里克 Leighton, Frederic
雷尼埃,亨利·德 Regnier, Henri de
雷维廷,奥斯卡 Levistin, Oscar
李勒,勒孔特·德 Lisle, Leconte de
卢贡内斯,莱奥波尔多 Lugones, Leopoldo
罗斯金·约翰 Ruskin, John
埃雷拉·伊·雷西格,胡利奥 Herrera y Reissig, Julio

M

马蒂,何塞 José, Martí
马拉美,斯特凡 Mallarmé, Stéphane
马莱特,卢卡斯 Malet, Lucas
迈科夫,阿波罗 Maykov, Apollon
米尔博,奥克塔夫 Mirbeau, Octave
摩尔,乔治 Moore, George
莫里斯,威廉 Morris, William

N

纳赫拉,曼努埃尔·古铁雷斯 Nájera, Manuel Gutiérrez

P

帕斯科里,乔万尼 Pascoli, Giovanni
庞维勒,西奥多·德 Banville, Théodore de
坡,埃德加·爱伦 Poe, Edgar Allan
普吕多姆,苏利 Prudhomme, Sully
《喷趣》*Punch Magazine*

Q

乔卡诺,何塞·桑托斯 Chocano, José Santos

R

儒富罗尔,泰奥多尔·西蒙 Jouffroy, Théodore Simon
《人民的艺术》"The Art of the People"

S

萨尔滕,费利克斯 Salten, Felix
施尼茨勒,阿图尔 Schnitzler, Arthur
斯达尔夫人 Staël, Germaine de
骚客俱乐部 Rhymers Club
《萨伏伊》*The Savoy*
《绅士杂志》*Gentleman's Magazine*

T

泰勒,汤姆 Taylor, Tom

W

王尔德,奥斯卡 Wilde, Oscar

魏尔伦,保罗 Verlaine, Paul
维也纳分离派 Vienna Secession
《威斯敏斯特评论》*Westminster Review*

X

西蒙斯,阿瑟 Symons, Arthur
席尔瓦,何塞·亚松森 Silva, José Asuncion
新艺术运动 Art Nouveau

Y

叶芝,威廉·巴特勒 Yeats, William Butler
于斯曼,若利斯-卡尔 Huysmans, Joris-Karl
约翰逊,莱昂内 Johnson, Lionel
《艺术的等级》"The Hierarchy of Art"
《艺术精神》"The Artistic Spirit"

Z

詹姆斯,亨利 James, Henry